MIRA®

Der Preis dieses Bandes versteht sich einschließlich der gesetzlichen Mehrwertsteuer.

Umwelthinweis:
Dieses Buch wurde auf chlor- und säurefreiem Papier gedruckt.

Die Millionenerbin

Victorias Leben in Florida ist luxuriös, aber leer. Doch dann wird sie eines Tages entführt. Bis nach Louisiana fahren die Kidnapper, wo man sie zwingt, einen Laden zu überfallen und sie auf der Flucht angeschossen wird. Als sie nach einer Notoperation erwacht, erkennt sie, dass ihre Lage verzweifelt ist: Sagt sie Sheriff Roan Benedict die Wahrheit, schickt er sie zu ihrem Verlobten Harrell zurück, den sie hinter der Entführung vermutet. Lügt sie, muss sie sich für den Überfall verantworten. Also beschließt sie, Roan vorzuspielen, sie hätte das Gedächtnis verloren. Bis sie es wiedererlangt, ist sie seine Gefangene ...

Die Handlung und Figuren dieses Romans sind frei erfunden.
Ähnlichkeiten mit lebenden oder verstorbenen Personen
sind nicht beabsichtigt und wären rein zufällig.

Jennifer Blake

Die Millionenerbin

Roman

Aus dem Amerikanischen von
Emma Luxx

MIRA®

MIRA® TASCHENBUCH
Band 25054
1. Auflage: Juli 2003
2. Auflage: September 2003

MIRA® TASCHENBÜCHER
erscheinen in der Cora Verlag GmbH & Co. KG,
Axel-Springer-Platz 1, 20350 Hamburg
Deutsche Taschenbucherstausgabe

Titel der nordamerikanischen Originalausgabe:
Roan

erschienen bei: Mira Books, Toronto
Published by arrangement with
Harlequin Enterprises II B.V., Amsterdam

Konzeption/Reihengestaltung: fredeboldpartner.network, Köln
Umschlaggestaltung: pecher und soiron, Köln
Titelabbildung: Zefa, Düsseldorf
Autorenfoto: © by Harlequin Enterprise S.A., Schweiz
Satz: Berger Grafikpartner, Köln
Druck und Bindearbeiten: Elsnerdruck, Berlin
Printed in Germany
ISBN 3-89941-069-6

www.mira-taschenbuch.de

1. KAPITEL

Die Gelegenheit, auf die Victoria Molina-Vandergraff, genannt Tory, seit Tagen wartete, kam in der dritten Nacht. Getrieben von Wut und Abscheu, im Hinterkopf einen vagen Plan, war sie bereit. Doch dann hätte sie ihre Chance um ein Haar verpasst.

In der einen Minute lag sie noch gefesselt auf dem Boden des gestohlenen Vans, der mit hoher Geschwindigkeit um eine Kurve raste, und verfluchte in Gedanken die beiden Saftsäcke auf den Vordersitzen, während sie gleichzeitig die Polizei, die ihnen auf den Fersen war, anfeuerte. Doch als der Wagen eine Minute später auf der regennassen Straße ins Schleudern kam und in einen Graben fuhr, schlidderte sie unsanft über den schmutzigen Bodenbelag. Einen atemlosen Moment lang flog das Fahrzeug durch die Luft, dann krachte es gegen einen Baum.

Nach einem durch Mark und Bein gehenden Knirschen hagelte es Glassplitter. Tory rutschte hilflos herum und wischte mit ihrer Wange den Boden auf, bevor sie gegen ein Seitenpaneel geschleudert wurde. Der Van prallte zurück, dann gab der Motor seinen Geist auf.

Scheinwerferlicht zerschnitt die Dunkelheit, als das Polizeiauto um die Kurve raste und mit quietschenden Bremsen hinter ihnen zum Stehen kam. Sekunden später schallte über den Lautsprecher des Streifenwagens die tiefe, schneidende Stimme des Polizisten durch die Nacht.

„Aussteigen! Hände hoch! Tempo!“

„Schöne Scheiße! Was machen wir ‘n jetzt?“ brummte der eine der beiden Entführer, den Tory irgendwann im Laufe der langen Fahrt von Florida Zits getauft hatte, und starrte seinen Kumpel hinterm Steuer finster an. Big Ears greinte wie üblich eine Entschuldigung, während er den Motor startete und in den Rückwärtsgang schaltete, wobei die Reifen im Schlamm durchdrehten.

Zits ließ eine Kette von Flüchen vom Stapel, die ebenso stupide wie bösartig waren. Er verrenkte sich den Hals, um aus dem Rückfenster schauen zu können, und sagte: „Jesses, wenn das mal nicht der Sheriff von dem Kaff da hinten ist. Steht jedenfalls auf seiner Kühlerhaube."

„Ich seh bloß seine Riesenkanone", stöhnte Big Ears. Er trat das Gaspedal durch, wobei er sich so in seinem Sitz zusammenkauerte, als ob er mit seinem gesamten Körpergewicht nachhelfen wollte. „Jetzt sind wir dran. Ich hab dir doch gleich gesagt, dass es beknackt ist, diesen Kramladen zu überfallen, aber du hast ja behauptet, dass sie in so Käffern wie Turn-Coupe keine Überwachungskameras haben und dass sie um diese Zeit alle schon pennen ..."

„Woher zum Teufel sollte ich das denn wissen?"

„Na, du hast doch den Grips, oder? Jetzt sind wir am Arsch. So einem Provinzsheriff ist es doch scheißegal, wen er erschießt."

„Mich bestimmt nicht!"

Zits riss das Handschuhfach auf und angelte sich seine Pistole. Dann zwängte er sich zwischen den Sitzen hindurch nach hinten auf die Ladefläche.

„Was machst'n du?" fragte Big Ears, während er das Gaspedal wieder durchtrat, mit dem Erfolg, dass er ein paar Zentimeter vom Fleck kam.

„'n Weg suchen, wie wir hier rauskom'n."

„Und wie zum Teufel soll'n wir das anstell'n?"

Zits, der sich neben Tory auf die Knie niederließ, antwortete nicht.

Tory sah im Scheinwerferlicht des Streifenwagens seine Zähne aufblitzen. Als er die Pistole in den Hosenbund schob und sich aus dem Stiefelschaft ein Messer angelte, presste sie sich mit dem Rücken gegen die Seitenwand. Noch ehe sie Luft holen konnte, um zu schreien, schnitt er ihre Fußfesseln durch. Dann zerrte er sie hoch, durchtrennte das Klebeband an ihren Handgelenken ebenfalls und riss es ihr so unsanft ab, dass er gleich noch mehrere Zentimeter Haut mitnahm.

„Sieht ganz danach aus, als hättest du heute deinen Glückstag“, sagte er höhnisch.

„Was haben Sie mit mir ...“

Zits gestattete ihr nicht, ihren Satz zu beenden. Er riss sie herum und stieß sie zu den Hecktüren des Vans, während er mit der anderen Hand wieder seine Pistole aus dem Hosenbund zog.

In diesem Moment schaltete Big Ears in den ersten Gang und gab erneut Gas. Der Motor heulte auf, dann machte der Van einen wilden Satz und landete wieder am Baum. Tory wurde gegen die Hecktüren geschleudert, und Zits krachte in sie hinein. Dabei prallte seine Schulter gegen ihren Kopf, der an die Fensterscheibe knallte, mit der Folge, dass ihr Gehirn kräftig durchgeschüttelt wurde. Sie konnte einen Moment lang nichts sehen, weil vor ihren Augen rote Nebelschleier waberten, während gleichzeitig ein scharfer Schmerz ihren Kopf durchzuckte. Trotzdem war da irgendwo in ihrem Hinterkopf noch die Erinnerung an den dumpfen Knall, den Zits' Pistole verursacht hatte, als sie ihm aus der Hand gerutscht und zu Boden gefallen war.

Zits fluchte. Er schob Tory von sich weg und fing an, auf dem Boden nach seiner Pistole zu tasten.

„Rauskommen! Auf der Stelle!“

„Jesses, dieser verdammte Sheriff schnappt uns noch", brabbelte Big Ears in heller Panik. „Wir müssen schleunigst aus diese Schrotthaufen hier raus und die Kurve kratzen."

Plötzlich erschien Tory alles ganz unwirklich. Die tiefe vibrierende Stimme des Sheriffs, die durch die Nacht schallte, klang wie die Stimme eines Helden aus einem Actionfilm. Tory rappelte sich in Zeitlupe auf. Durch die Heckfenster sah sie den Sheriff, der sich im Scheinwerferlicht nur als dunkle Silhouette abzeichnete. Als er einen Schritt nach vorn trat, fiel sein Schatten so lang und breit über die Straße wie der eines Riesen. Hinter ihr schaltete Big Ears panisch wieder in den Rückwärtsgang und drückte aufs Gas, bis der Gestank von verbranntem Gummi die Luft erfüllte und der Schlamm hoch aufspritzte.

„Ja, wir steigen aus, aber unsre reiche Tussi hier geht vor." Zits streckte die Hand nach ihr aus und machte die hintere Tür auf.

Er hatte vor, sie als Schutzschild zu benutzen. Im Film funktionierte so etwas normalerweise, doch in ihrem Fall war Tory sich nicht so sicher, dass der Provinzsheriff da draußen mitspielte. Schließlich wusste er nicht, dass man sie entführt hatte.

„He, warte!" schrie Big Ears, als der Van in seiner Schlammfurche ruckte. „Wir ham uns bewegt, merkst du's? Gleich sin' wir raus hier!"

Aber nicht mit ihr.

Als Zits den Kopf drehte, um ihre Fluchtchancen einzuschätzen, sprang Tory auf die Füße, doch der nächste Satz des Vans schickte sie wieder zu Boden. Dabei stieß sie mit dem Ellbogen gegen etwas Hartes – die Pistole. Geistesgegenwärtig griff sie danach und hob sie auf.

Zits wirbelte herum. Sie sah das Aufblitzen des Messers in seiner Hand.

„Stop!“ Tory zielte und krümmte den Finger um den Abzug. Glücklicherweise wusste sie, wie man mit einer Pistole umging, weil sie vor Jahren Privatstunden in Selbstverteidigung genommen hatte. Und wenn sie keine andere Wahl hatte, würde sie schießen.

Zits hielt abrupt mitten in der Bewegung inne. Sie standen sich in Angriffshaltung gegenüber und maßen sich mit Blicken.

„Hab's geschafft, Chris!“ schrie Big Ears. „Jetz' sin' wir weg!“

Der Van bewegte sich ruckelnd von der Stelle. Sie musste sofort raus hier. Zeit zum Nachdenken gab es nicht. Sie wirbelte herum und taumelte zu der offenen Hecktür, wo sie sich einen Moment schwankend am Rahmen festklammerte, bis sie ihr Gleichgewicht wiedergefunden hatte. Dann sprang sie.

Was anschließend kam, war rein instinktiv – Ergebnis des jahrelangen Sportunterrichts während ihrer Schulzeit und eines Kurses in Fallschirmspringen, wo man ihr beigebracht hatte, wie man auf dem Boden landete, ohne sich das Genick zu brechen. Nach ihrem Aufprall ließ Tory sich geschmeidig nach vorn rollen, auf den Sheriff zu, weg von ihren Entführern. Irgendwann im Verlauf dieser Aktion kam sie, immer noch mit der Pistole in der Hand, anmutig schwankend auf die Füße. Als sie dem Sheriff gegenüberstand, warf sie ihren langen Pferdeschwanz, der ihr übers Gesicht gefallen war, zurück und suchte in seinem im Schatten liegenden Gesicht nach einem – irgendeinem – Anzeichen dafür, dass sie in Sicherheit war.

Dann wusste Tory, was gleich kommen würde. Sie spürte es, noch bevor sie sah, wie der hoch gewachsene Mann seine Pistole hob, noch bevor der orangerote Blitz des Mündungsfeuers sie blendete.

Der Schuss peitschte auf. Tory wurde von der Wucht des

Einschlags zurückgeschleudert, ihr Pferdeschwanz schwang nach vorn und fiel ihr erneut ins Gesicht. Die Schotterstraße kam auf sie zu und krachte in sie hinein. Dabei entglitt ihr die Pistole und flog in hohem Bogen durch die Luft. Tory war zu benommen, um atmen zu können, und starrte in den schwarzen Nachthimmel, während am Rand ihres Blickfelds auf der schmutzigen Seide ihres einst weißen Jogginganzugs wie ein Nachtschattengewächs ein dunkelroter Blutfleck erblühte.

Sie hörte gedämpft, dass der Motor des Vans aufheulte, und spürte, wie die Straßendecke unter ihr erbebte, als sich die Räder in einem Hagel aus Matsch und Kies frei drehten. Der Sheriff schrie einen Befehl und gab einen weiteren Schuss ab, aber Big Ears hielt nicht an. Der von dem Unfall bös mitgenommene Van holperte mit krachender Gangschaltung vorwärts, wobei verbogene Metallteile quietschten und schepperten. Dann verschwand er in der Nacht.

Erst jetzt spürte Tory den Schmerz. Er zerrte an ihrer Schulter und ihrer Brust wie ein lebendiges Ding, das sich unter ihrem Schlüsselbein festkrallte. Sie wollte schreien, wollte sich wehren. Aber sie konnte es nicht. Alles, was aus ihrem Mund kam, war ein gequältes Keuchen. In ihren Augenwinkeln sammelten sich heiße Tränen und rannen über ihre Schläfen in ihr Haar.

Der Schotter knirschte, als sich Schritte näherten. Wenig später fiel ein Schatten über sie, und gleich darauf ging der Sheriff neben ihr in die Knie. Er zögerte einen Sekundenbruchteil, dann streckte er die Hand aus und tastete nach dem Puls an ihrem Hals. Die Berührung war unpersönlich, aber kompetent. Nach ein paar Sekunden ließ der prüfende Druck nach, woraufhin seine Fingerspitzen behutsam über die seidenbedeckte Wölbung ihrer Brüste wanderten. Er fluchte leise in sich hinein und setzte sich auf die Fersen zurück.

Tory blinzelte, dann schaute sie dem Mann, der sich über sie beugte, ins Gesicht. Es wirkte in dem gelbgoldenen Licht der Scheinwerfer streng, auf seine raue Art, aber auch irgendwie gut geschnitten. Der im Licht glitzernde Sheriffstern an seinem Hemd, Symbol seiner Amtsgewalt, strahlte etwas Bedrohliches aus. Die makellose Perfektion seiner Uniform mutete im Vergleich mit ihren schlammbespritzten und blutbesudelten Kleidern regelrecht obszön an. Tory spürte augenblicklich Widerwillen gegen ihn in sich aufsteigen.

„Sie haben auf mich geschossen." In ihren geflüsterten Worten schwang Fassungslosigkeit mit.

„Was zum Teufel haben Sie anderes erwartet, wenn Sie mit gezogener Waffe auf mich zukommen?"

Er hob die Pistole, die er zwischen seinen Knien hielt, es war dieselbe, die ihr aus der Hand gerutscht und in hohem Bogen durch die Luft geflogen war. Offenbar war er erst hingegangen und hatte sie aufgehoben, bevor er zu ihr gekommen war. Wahrscheinlich hatte man ihm das auf der Polizeischule so beigebracht, denn immerhin war es die angemessene Reaktion, aber dass er es so wenig eilig gehabt hatte nachzuschauen, ob sie lebte oder tot war, verstärkte ihren Eindruck, schlecht behandelt zu werden, noch.

„Ich habe nichts gemacht", quetschte sie zwischen zusammengebissenen Zähnen heraus, um zu verhindern, dass ihre Stimme sie durch ihr Zittern verriet.

Wenn er sie gehört hatte, beachtete er sie jedenfalls nicht. Er neigte den Kopf und sprach in etwas, das wie ein kleines Mikrofon aussah und an seinem Ärmel befestigt war. „Zentrale? Benötige Krankenwagen für Tatverdächtige. Schussverletzung. Standort Gunter's Road, zwei Meilen südlich der Kreuzung Highway 34."

„Schon unterwegs, Sheriff.“ Es war die schroffe Stimme einer älteren Frau.

Ganz so rücksichtslos wie sie geglaubt hatte war er also offenbar doch nicht. Sie nahm wieder Anlauf, um ihm ihre Situation zu erklären. „Ich bin keine ... keine Tatverdächtige.“

Er musterte sie einen Moment mit unbewegtem Gesicht. Gleich darauf hob er die Pistole, um deren Griff er ein Taschentuch gewickelt hatte, ins Licht, untersuchte kurz das Magazin und ließ dann die Patronen in seine Hand fallen. Nachdem er die Munition eingesteckt hatte, sagte er kühl: „Gedulden Sie sich einen Moment. Ich bin gleich wieder da.“

Sofort stieg Panik in ihr auf. „Wohin ... wohin gehen Sie?“

„Nur den Verbandskasten aus dem Streifenwagen holen. Bis gleich.“

Kein Mann vieler Worte, wie es schien. Er hatte sich nicht einmal die Mühe gemacht, sie zu fragen, wie sie sich fühlte, wie sie hieß oder warum sie in dem Van gewesen war. Mit Sicherheit aber hatte in dieser tiefen Stimme nicht einmal der leiseste Anflug von Bedauern darüber, dass er sie angeschossen hatte, mitgeschwungen.

Tory schaute ihm nach. Seine Bewegungen waren selbstsicher und geschmeidig, und nichts deutete darauf hin, dass er in Eile sein könnte. Als er um den Streifenwagen herumging, verschmolz seine hoch gewachsene Gestalt mit der Dunkelheit, so dass sie sich unwillkürlich fragte, ob er überhaupt noch da war.

Nach und nach begann der stechende Schmerz in ihrer Schulter wunderbarerweise nachzulassen, obwohl sie immer noch spürte, dass ihr das warme Blut in die Achselhöhlen rann. Ihr Kopf wurde leer. Sie war so müde. Sie erlaubte ihren Augen zuzufallen.

Sie war kurz davor, ohnmächtig zu werden. Sie wusste es,

aber es war ihr egal. Die Bewusstlosigkeit winkte mit dem süßen Versprechen, alles zu vergessen, was falsch gelaufen war, so dass sie gar nicht widerstehen wollte.

Der Schmerz brachte sie wieder zu Bewusstsein. Als sie die Augen aufschlug, sah sie den Sheriff, der sich über sie gebeugt hatte; seine Hände erzeugten auf ihrer Schulter einen festen Druck. Sie erschauerte unter seinem Griff und wurde von einer Welle von Übelkeit überschwemmt. Eilig hob sie ihren unverletzten Arm, um sich die Hand vor den Mund zu halten.

„Stillhalten, Honey“, befahl er in befehlsgewohntem Ton. „So leicht kommen Sie da nicht raus.“

„Wo raus?“ fragte sie durch zusammengebissene Zähne, während ihre Übelkeit langsam wieder abflaute. „Was habe ich denn gemacht?“

„Einen Gemischtwarenladen überfallen, zum Beispiel.“

„Ich ... das war ich nicht.“ Da es so wenig überzeugend klang, war es kein Wunder, dass er sich nicht beeindruckt zeigte.

„Betsy lügt nicht. Und ihre Überwachungskamera auch nicht.“

Das legte den Schluss nahe, dass sie diejenige war, die log, und es schien ihn nicht zu überraschen. Sie runzelte die Stirn, während sie darüber nachdachte. Ihr Gehirn fühlte sich an, als ob es zu groß für ihren Schädel wäre und in dem Versuch, sich Raum zu schaffen, gegen den Knochen über ihren Augen stieße. Sie streckte die Hand aus und betastete vorsichtig die Beule auf ihrer Stirn.

Er griff nach ihrer Hand und zog sie von ihrem Kopf weg, dann beugte er sich vor, um sich ihre Kopfverletzung genauer anzuschauen. Nachdem er offenbar entschieden hatte, dass sie warten konnte, legte er ihre Hand seitlich von ihrem Körper ab und begann zwei Verbandspäckchen aufzureißen. Sie beobachtete durch gesenkte Wimpern hindurch, wie er mit lässiger Kompetenz die Gegenstände, die er aus dem Erste-Hilfe-Koffer genommen hatte, auf dem einzigen Fleckchen anordnete, das weder nass und schmutzig noch voller Blut war – ihrem Bauch. Es sah ganz danach aus, als ob das nicht die erste Schussverletzung wäre, die er in seinem Leben versorgte. Tory fragte sich in einer Anwandlung von Zynismus, ob er die anderen ebenfalls verursacht hatte.

Diesem Gedanken hing sie immer noch nach, als er nach einer Schere griff und anfing, das Oberteil ihres Jogginganzugs um die Wunde herum aufzuschneiden, bis sie an ihrer Schulter die kühle Nachtluft spürte. Sie öffnete den Mund und schnappte ein paar Mal hintereinander nach Luft, bevor sie schließlich die Kraft fand, Worte zu formen. „Nicht", brachte sie mühsam heraus. „Fassen Sie nicht ..."

Er warf ihr einen verärgerten Blick zu. „Keine Angst, ich habe nicht die Absicht, Ihnen die Schere in die Schulter zu rammen."

„Das wollte ich damit nicht ..."

„Wirklich nicht?"

Er scheint eine Menge mehr mitzubekommen, als man auf den ersten Blick denkt, sinnierte sie, während sie sein verschlossenes Gesicht musterte. Seine Augen mit den langen dunklen Wimpern wirkten zweifellos intelligent.

Er legte eine Kompresse auf die Wunde, dann beugte er sich wieder über sie und drückte mit aller Kraft zu, um den Blutfluss zu stoppen. Tory zuckte zusammen und unterdrückte nur mit Mühe ein Aufstöhnen. Gleich darauf merkte sie, dass sich ihre Fingernägel in seine Schulter gruben.

„Hören Sie auf, gegen mich anzukämpfen", sagte er mit erzwungener Geduld, ohne ihrer Hand auf seiner Schulter auch nur einen halben Blick zu gönnen. „Sonst verbluten Sie. Etwas anderes kann ich nicht machen, bis der Krankenwagen da ist und man ihnen einen richtigen Druckverband anlegt."

„Tut ... weh ...", brachte sie mühsam heraus.

„Lässt sich nicht verhindern. Ich muss sichergehen."

Auch wenn das so sein mochte, machte es die Sache für sie doch nicht einfacher. Er war so nah, viel zu nah. Sie konnte die Wärme, die sein Körper abstrahlte, spüren, und die Gerüche nach sauberer Uniform, Seife, Leder und warmem Mann, vermischt mit denen nach Schlamm und Blut, stiegen ihr in die Nase. Sein Griff war hart und fest, unentrinnbar, aber ohne jede Spur von Aggression. An seinem kantigen Kiefer zuckte ein Muskel, und die Haut um seine Mundpartie herum war fahl, was vielleicht ein Zeichen dafür war, dass ihn die Situation doch nicht ganz so kalt ließ, wie er vorgab. Offenbar machte ihm das, was er tun musste, keinen Spaß, zumindest wirkte es nicht so. Das war immerhin ein Trost.

Sie war nicht gerade in Topform. Als die Dunkelheit sie erneut zu verschlingen drohte, schloss sie wieder die Augen.

„Cousine Betsy wird wollen, dass Sie für das, was Sie getan haben, vor Gericht gestellt werden. Das ist jetzt schon das zweite Mal, seit sie den Laden hat."

Er spricht mit mir, um zu verhindern, dass ich wieder bewusstlos werde, erkannte Tory vage dankbar. Sie wollte ihm widersprechen, aber sie bekam nicht genug Luft, um auch nur ein einziges Wort herauszubringen. Dafür schossen ihr alle möglichen Bilder durch den Kopf. Es fühlte sich an, als ob er ein heißes Bügeleisen gegen ihre Schulter presste. Es war fast, als ob sie von dem harten Griff des Sheriffs gezeichnet, als Verbrecherin gebrandmarkt würde. Die Tränen, die unter ihren

Wimpern hervorquollen, schienen sie zu verbrühen, so heiß waren sie.

„Beim ersten Mal waren es zwei junge Burschen aus dem Ort, die sich auf leichte Art ein bisschen Geld beschaffen wollten“, fuhr er fort. „Sie sind mit einer Bewährungsstrafe davongekommen, weil sie noch minderjährig waren. Das Geld war futsch, weil der Vater von dem einen Jungen es auf einem der Kasinodampfer durchgebracht hat und bei den Familien nichts zu holen war. Deshalb wird Betsy nicht lockerlassen. Sie werden Ihre Strafe absitzen.“

Der heftige Schmerz in ihrer Schulter schien mit der Unerbittlichkeit, die in der Stimme des Polizisten mitschwang, zu verschmelzen. In Tory stieg weißglühender Zorn auf. Sie klammerte sich daran, da es ihr half, einen einigermaßen klaren Kopf zu behalten. Mit heiserer Stimme sagte sie: „Das werde ich nicht. Niemals.“

„Glauben Sie, dass das Gesetz für Sie nicht gilt, nur weil Sie eine Frau sind, oder was?“ Er presste den Verbandmull noch fester auf die Wunde, fast als ob er dadurch seine Befähigung, sie einer gerechten Bestrafung zuzuführen, unterstreichen wollte.

„Nein, nicht ... nur unschuldig.“ Es war erstaunlich, wie schwer es ihr fiel, die Worte zu formen. Ihre Augen liefen wieder über. Tränen verschleierten ihren Blick, so dass der Mann, der neben ihr kniete, in allen Regenbogenfarben schillerte.

„Das halte ich für äußerst unwahrscheinlich, Honey. Bewaffneter Raubüberfall, Widerstand gegen die Staatsgewalt, Androhung von Schusswaffengebrauch gegenüber einem Polizeibeamten und so weiter und so fort. Es gibt eine lange Liste von Fragen, die Sie mir beantworten müssen.“

Während er sprach, wischte er wie nebenbei mit seiner freien Hand die Tränenspur auf ihren Wangen fort. Tory wandte den Kopf, um seinen warmen Fingern zu entkommen, die mit dem beunruhigenden Gefühl einer Liebkosung einen Moment länger als erforderlich zu verweilen schienen. Sie wollte nicht, dass er sie weinen sah, und sie hasste es, sich so schwach zu fühlen, während er so stark war. Dieses Gefühl verlieh ihr neue Kraft. „Nennen Sie mich nicht ständig Honey, verdammt. Ich habe nicht ... ich habe niemanden ausgeraubt. Und bevor ich auch nur eine einzige Nacht in Ihrem blöden Gefängnis verbringe, schmoren Sie in der Hölle."

„Wenn Sie jetzt nicht auf der Stelle den Mund halten, werden Sie noch heute Nacht genau dort landen."

„Wahrscheinlich wollen Sie mich in einer Einzelzelle schmoren lassen." Ihr Atem kam in kurzen Stößen, und ihr war klar, dass sie ihre Kräfte besser schonen sollte, aber sie war einfach zu frustriert, zu verzweifelt, um zu schweigen. Sie hatte drei schreckliche Tage mit Zits und Big Ears hinter sich, und dass es jetzt auch noch so kommen musste, war einfach zu viel.

„Oh, wir werden schon Gesellschaft für Sie finden. Die Ganoven, die Sie sitzen gelassen haben, Ihre vermeintlichen Freunde, sind bestimmt nette Zellengenossen."

„Wenn Sie sie schnappen."

In dem Moment, in dem ihr die gereizte Bemerkung entschlüpft war, wusste Tory, dass sie einen Fehler gemacht hatte.

„Vielen Dank, dass Sie mich erinnern", sagte er schroff, während er sich abwandte, um wieder in das Mikrofon zu sprechen, das an seinem Hemdsärmel befestigt war. „Sherry, gibts was Neues?"

„Die Verdächtigen konnten noch nicht lokalisiert werden, Sheriff Benedict." Im Anschluss rasselte die Frau in der Zentrale die jeweiligen Standorte eines halben Dutzends Streifenwagen herunter und schloss mit den Worten: „Einheit 120 übernimmt den östlichen Teil.“

„Das ist heute Nacht Cal, richtig?“

„Positiv.“

„Dann sagen Sie ihm, dass er die Fire Tower Road überwachen soll.“

„Verstanden.“

Während Tory zuhörte, verspürte sie ein flaues Gefühl im Magen. Sie musste ihren ersten Eindruck revidieren. Dass der Mann neben ihr ein tumber Provinzsheriff war, konnte man nun wahrlich nicht behaupten. Seine schnellen Reaktionen und seine sich auf dem neuesten technischen Stand befindliche Ausrüstung, ganz zu schweigen von seinem klaren, entschlossenen Blick, legten eine andere Vermutung nahe. Er hatte Zits und Big Ears entkommen lassen, das war richtig, aber nur ihretwegen. Er hätte sie einfach hier auf der Straße liegen lassen, einen Krankenwagen anrufen und die beiden verfolgen können. Dass er es nicht getan hatte, sprach für ihn.

Normalerweise war es nicht ihre Art, die Leute in Schubladen zu stecken oder falsch einzuschätzen. Oder doch? Harrell hatte sie mit seinem schnellen Grinsen und seinem scheinbar offenen Wesen mit Sicherheit getäuscht. Und zwar so umfassend getäuscht, dass sie sich sogar mit ihm verlobt hatte. Aber daran wollte sie jetzt lieber nicht denken. Und später auch nicht. Mit den Gedanken an ihren Exverlobten wollte sie nie wieder ihre Zeit verschwenden.

„Dann sind sie Ihnen also entwischt“, sagte sie so ausdruckslos, wie sie konnte.

Der Sheriff hob eine Schulter, eine Bewegung, bei der man das Spiel seiner Muskeln unter dem Hemd sehen konnte. „Kann sein. Die Gegend um den Horseshoe Lake herum ist ein

Dschungel aus alten Holzfäller- und Anglerhütten und Ölbohrcamps. Wenn die beiden Verstand genug haben, ihre Scheinwerfer auszuschalten, und sich ein bisschen abseits der Wege im Dickicht verstecken, kann es gut sein, dass wir sie nicht finden."

„Das scheint Sie aber nicht besonders zu beunruhigen."

„Ach, wissen Sie, Turn-Coupe ist eine verschworene Gemeinschaft. Wir passen gegenseitig auf uns auf. Hier kennt jeder jeden. Fremde fallen sofort auf." Um seine Mundwinkel zuckte ein angespanntes Lächeln. „Irgendwer wird sie bestimmt entdecken und mich anrufen. Das machen sie immer."

Das glaubte sie ihm aufs Wort. Der Sheriff war ein Mann, dem man vertrauen konnte; das konnte sogar sie sehen. Sie hatte sich von der Autorität, die in seiner Stimme mitschwang, und seiner befehlsgewohnten, vertrauenerweckenden Art auf Anhieb angezogen gefühlt. Obwohl das in ihrem Fall natürlich ein Fehler war. Jetzt musste sie sehen, wie sie da wieder rauskam.

„Hier, halten Sie das fest." Während er sprach, griff er nach ihrem unverletzten Arm und presste ihre Hand auf den Druckverband. Tory zuckte zusammen, als er ihr Handgelenk streifte, das von dem Klebeband, mit dem sie drei Tage lang gefesselt gewesen war, ganz wund war. Er stutzte, dann ging er mit seinem Oberkörper ein Stück beiseite, damit das Scheinwerferlicht über ihren Arm fallen konnte, und zog dann nachdenklich die Augenbrauen zusammen. „Was ist denn das?"

Tory schaute erst auf die abgeschürfte Haut an ihrem Handgelenk und dann in seine misstrauisch zusammengekniffenen Augen. „Was glauben Sie, wonach sieht es aus?"

„Als ob Sie gefesselt gewesen wären."

„Gebt dem Mann einen Preis." Eigentlich müssten ihre Handgelenke brennen, aber der rasende Schmerz in ihrer

Schulter und das Hämmern in ihren Schläfen ließen die Abschürfungen nebensächlich erscheinen.

Der Sheriff studierte ihre aristokratisch schlanken Finger mit den perfekt manikürten Fingernägeln und der glatten Haut, die nur äußerst selten ein Spülbecken benutzt oder irgendeine andere Hausarbeit verrichtet hatten. Dann musterte er eingehend ihren Jogginganzug aus teurer weißer Seide, bevor er ihrem Blick wieder begegnete. „So ist das also", während in seinen Augen grimmiges Verstehen aufblitzte. „Dann haben Sie sich also ein kleines Fesselspielchen gegönnt, was?"

Sie schnappte so heftig nach Luft, dass es in der Kehle wehtat. „Sehe ich aus wie jemand ... wie jemand, der an so etwas Gefallen finden könnte?"

„Sie sehen aus wie ..."

Er unterbrach sich abrupt. Tory sah überrascht, dass sich sein Gesicht verfärbte, eine Veränderung, die trotz der schlechten Lichtverhältnisse unübersehbar war. Einen kurzen Moment spürte sie deutlicher, als ihr lieb war, dass seine Finger ihre Brust streiften, und ihr wurde bewusst, wie breit seine Schultern waren, die sich über sie beugten. Als sich ihr Magen zusammenkrampfte, holte sie tief Luft und erklärte unumwunden: „Ich wurde entführt."

„Ganz bestimmt."

Dass er ihr nicht glaubte, tat weh, was seltsam war. Warum sollte sie erwarten, dass ihr dieser Ordnungshüter aus Louisiana glaubte? Sie war sich ja nicht einmal sicher, ob ihr Stiefvater ihr ihre Geschichte abnehmen würde, dabei war er wahrscheinlich der einzige Mensch auf der Welt, dem es vielleicht nicht ganz egal war, ob sie lebte oder tot war. Während ihr diese Erkenntnis dämmerte, spürte sie, wie sich ihre Wut verflüchtigte und nur Traurigkeit und eine unendliche Müdigkeit hinterließ.

„Halten Sie es so", befahl der Sheriff wieder, während er ihre Hand mit der Handfläche vorsichtig, aber fest nach unten auf den Verband drückte. Er verharrte eine Sekunde reglos, dann nahm er die Hand weg und langte wieder nach der Schere. Er zerschnitt das Oberteil ihres Jogginganzugs vom Halsausschnitt bis zur Schulter und trennte den Ärmel heraus, dann legte er den winzigen Spitzen-BH darunter frei, indem er den blutdurchtränkten Stoff wegzog. Anschließend machte er wieder eine Pause.

Tory biss die Zähne zusammen, einerseits, um ihren Protest hinunterzuschlucken und andererseits, um sich gegen die Welle des Schmerzes zu stemmen, die sein Tun hervorgerufen hatte. Er schaute ihr forschend ins Gesicht, sagte jedoch nichts, wofür sie ihm dankbar war.

Mit gnadenloser Effizienz riss er weitere Verbandspäckchen auf, nahm den Mull heraus und klebte ihr den ganzen Packen mit einem breiten Pflasterstreifen über die immer noch stark blutende Wunde. Sie spürte, dass sie wieder kurz davor war, das Bewusstsein zu verlieren. In ihren Ohren war ein Rauschen, das an- und abschwoll wie die Brandung am Strand von Sanibel, ihrem liebsten Ort auf der Welt. Manchmal, wenn sie sich mit dem Meer am meisten im Einklang fühlte, legte sie sich mit den Füßen in die Brandung und wartete auf die Flut. Nach und nach schwappte das Wasser immer höher, bis es schließlich über ihrem Kopf zusammenschlug und sie unter sich begrub. Und auch jetzt war ihr, als ob eine dunkle Welle auf sie zurollte. Wenn sie sich nicht mit aller Kraft dagegenstemmte, könnte es sein, dass sie fortgerissen wurde.

Die Augen fielen ihr zu und blieben geschlossen. Undeutlich spürte sie, wie ihr der Sheriff Blut von der Haut abwischte, wobei er aufpasste, dass er nicht an die Wunde kam. Der durchdringende Geruch von medizinischem Alkohol hing in der Luft, dann verflüchtigte er sich wieder.

„Sherry? Wo bleibt der Krankenwagen?“ In der Stimme des Mannes, der sich über sie beugte, schwang eine neue Schärfe mit.

„Tut mir Leid, Sheriff“, gab die Frau in der Zentrale so prompt zurück, als ob sie die Veränderung ebenfalls bemerkt hätte. „Ich sage Bescheid, dass sich der Fahrer bei Ihnen meldet.“

Stille senkte sich herab, die nur von dem leisen Summen der Insekten und dem Rascheln von Papier und Plastik angereichert wurde, das der Sheriff beim Einsammeln des Verpackungsmülls verursachte. Dann meldete sich der Fahrer des Krankenwagens über Funk und sagte, dass es noch etwa fünf Minuten dauern werde.

Tory hörte, wie der Sheriff aufstand. Unter seinen Schuhen knirschte der Kies, als er zu dem Streifenwagen ging. Die blauweißen Stroboskoplichter zerschnitten sogar hinter ihren geschlossenen Lidern mit blindmachender Intensität die Nacht. Jetzt betätigte der Sheriff auch noch die Lichthupe, um den Fahrer des Krankenwagens schneller auf sie aufmerksam zu machen.

Er kam nicht zurück. Tory fühlte sich von Minute zu Minute verlassener. Sie versuchte das Gefühl zu ignorieren, indem sie sich sagte, dass sie nach allem, was passiert war, durcheinander war und dass der Mann alles andere als ihr Rettungsanker oder ihr Schutzengel war. Er hatte ihr gegenüber seine Pflicht erfüllt, und mehr war von ihm nicht zu erwarten. Sie kannte ihn nicht und brauchte ihn nicht, und ganz gewiss machte es ihr nichts aus, wenn er wegging und sie allein ließ.

Es half nichts.

Allein, du bist immer allein, dachte sie erschauernd. Sie hatte keine echten Freunde und auch keine Familie, da war niemand, der sie verstand oder den es interessierte, wer sie wirklich war. Aber das war noch nie anders gewesen, deshalb müsste sie inzwischen eigentlich längst daran gewöhnt sein. Sie hatte es gelernt, ihre Ängste zu verstecken und sich abgebrühter und weltgewandter zu geben, als sie in Wirklichkeit war; sie konnte in die verschiedensten Rollen schlüpfen, mal war sie das Playgirl, dann wieder die Prominente oder die Prinzessin, je nach Bedarf. Aber sie wusste, dass es lauter Masken waren, hinter denen sie ihre Unsicherheit verbarg. Mit der Zeit hatte sie solch ein Geschick darin entwickelt, dass sie sich manchmal selbst fragte, wie eigentlich die echte Victoria Molina-Vandergraff war.

Schließlich kam der Sheriff doch noch zurück, sie konnte seine Schritte hören. Eilig wischte sie ihre Tränen ab, dann legte sie ihre zitternde Hand an ihre Seite. Der Sheriff von Turn-Coupe schien Dinge zu registrieren, die andere nicht sahen, wurde ihr erschauernd klar.

„Ist Ihnen kalt?“

Er ging wieder neben ihr in die Hocke und strich mit den Fingerspitzen über die Gänsehaut, die ihren Unterarm bedeckte. Diese Berührung rief ein erneutes Erschauern hervor, das kein Ende nehmen wollte.

„Nein“, flüsterte sie. „Ja ... ich weiß nicht. Die Luft ist warm, aber mir ist ... innerlich so kalt.“

„Das ist der Schock“, sagte er leise, fast wie zu sich selbst. Er drehte sich um und schaute mit leicht zur Seite geneigtem Kopf die Straße hinunter, als ob er lauschte. Als die Sekunden verstrichen und es weiterhin still blieb, murmelte er einen leisen Fluch in sich hinein und wandte sich ihr wieder zu.

Nach einem Augenblick des Überlegens legte er sich neben sie auf den Boden und streckte sich an ihrer verletzten Seite lang aus. Dann schob er ihr sanft einen Arm unter den Kopf, umschlang mit dem anderen ihre Taille und zog sie ganz nah an sich heran.

„Was machen Sie denn da?" flüsterte sie.

Sein warmer Atem streifte ihre Wange, als er antwortete: „Entschuldigen Sie. Aber das ist das Einzige, was ich tun kann, bis die Sanitäter mit einer Decke hier sind."

Tory war klar, dass sie gut daran täte, die Intimität zurückzuweisen, doch das war unmöglich. Die Wärme, die sein Körper spendete, war so willkommen, sie schien so nötig zu sein, so richtig. Gleichwohl hatte sie zur Folge, dass sie wieder erschauerte. Ihre Schulter schmerzte mit neuer Intensität. Sie schmiegte sich noch enger an ihn und nahm seine Wärme in sich auf, als wäre sie das Leben selbst.

Er war behutsam und bewegte sich nur, um seinen langen Körper noch enger in Kontakt mit ihrem zu bringen. Er war so nah, dass sie jeden Knopf an seinem Hemd spüren konnte, den Sheriffstern an seiner Brust und sogar das regelmäßige Schlagen seines Herzens.

Tory konzentrierte sich auf diese Dinge in dem Versuch, ihre Schmerzen auszublenden. Ihre Atemzüge wurden tiefer und verlangsamten sich, um sich dem Heben und Senken seines Brustkorbs anzupassen. Jedes bewusste Ein- und Ausatmen schien sie tiefer in die Schutzzone hineinzuziehen, die er darstellte. Ihr Dauerfrösteln reduzierte sich auf ein gelegentliches heftiges Erschauern.

Nach und nach trat eine einzige Wahrnehmung an die Stelle ihrer Schmerzen, die vage Andeutung eines Zustands, den sie fast nicht wiedererkannte, den sie nahezu vergessen hatte. Sie öffnete die Augen und starrte blind auf das schwarze Band der unbefestigten Schotterstraße, das sich vor ihr erstreckte, während sie das seltsame Gefühl näher zu bestimmen versuchte.

Sie fühlte sich geborgen.

Es war fast unglaublich. Es war unwahrscheinlich, unmöglich, unvorstellbar, und doch war es wahr.

Geborgen. Und in Sicherheit. Endlich.

Niemand wusste, wo sie sich aufhielt, zumindest niemand, bei dem es eine Rolle spielte. Niemand wusste, wer sie war oder wo sie herkam. Niemand wollte oder erwartete irgendetwas von ihr. Sie hatte nichts und niemanden zu fürchten. Zumindest für ein Weilchen, für ein paar kurze lebensrettende Momente war sie in Sicherheit.

Und damit gab sie ihren letzten inneren Widerstand gegen die Hilfe des Sheriffs auf. Sie konnte endlich aufhören, gegen ihn anzukämpfen. Mit einem erleichterten Aufseufzen ergab sie sich diesem Gedanken und der Umarmung des Sheriffs von Turn-Coupe.

Die aus weiter Ferne ertönende Sirene des Krankenwagens drängte sich aufdringlich und lästig wie das Summen eines Moskitos in ihre Gedanken. Man konnte das Heulen lange Zeit hören, bevor die Ambulanz in Sicht kam. Gleich darauf verschmolz das rotierende Rotlicht mit den blauweißen Stroboskopblitzen des Streifenwagens zu einer Einheit, so dass es aussah, als ob der Wald in Flammen stünde. Obwohl Tory schon halb damit gerechnet hatte, ließ der Sheriff sie nicht los, sondern blieb auch noch eng an sie geschmiegt neben ihr liegen, als ein Sanitäter aus dem Auto ausstieg und auf sie zukam.

„Schön, dass Sie endlich da sind, James“, sagte er dann, wobei in seiner Stimme eine nicht zu überhörende Ungehaltenheit mitschwang. „Sie braucht dringend eine Decke.“

„Ja, klar." Der Sanitäter drehte sich um und sagte mit leiser Stimme irgendetwas. Sekunden später wurde eine silberne Thermodecke über Tory gebreitet. Von irgendwo über ihrem Kopf hörte sie den Sanitäter wieder mit ruhiger Bestimmtheit sagen: „Wir übernehmen jetzt, Roan. Wir kümmern uns um sie."

Roan. Es war ein seltsamer altmodisch klingender Name. Und die Frau in der Zentrale hatte ihn Sheriff Benedict genannt, oder? Dann hieß er also Roan Benedict. Es ist ein Name, an den du dich erinnern wirst, dachte sie, während sie spürte, wie der Sheriff behutsam von ihr wegrutschte und aufstand, um sie der unpersönlichen Fürsorge der Sanitäter zu überlassen.

Der Rest waren undeutliche, verschwommene Eindrücke, Stimmen, wieder Frieren und wieder Schmerzen, als man sie mit forscher Kompetenz untersuchte und dann in den Krankenwagen trug. Sie hatte das Gefühl, als ob sie irgendetwas Wichtiges zurückgelassen hätte, aber sie wusste nicht, was. Dann hörte sie das leise Murmeln von Sheriff Roan Benedicts Stimme in der Nähe. Sie versuchte ihre Hand unter der Decke hervorzuziehen, aber man hatte sie zu gut angeschnallt. Die Türen des Krankenwagens wurden zugeknallt, und sofort setzte sich das Fahrzeug in Bewegung.

Sie war wieder allein.

2. KAPITEL

Der Streifenwagen fuhr mit eingeschalteter Sirene vor dem Krankenwagen her, in Richtung Turn-Coupe. Roans Blick war auf die Straße gerichtet, die Hände lagen fest auf dem Lenkrad, und seine Gedanken waren bei dem, was er gerade machte. Er wollte nicht an die Frau denken, die in dem durch die Nacht rasenden Krankenwagen hinter ihm angeschnallt auf einer Trage lag. Und er hatte keine Zeit für das unnütze Bedauern, das ihm wie Blei im Magen lag.

Er hatte vorher noch nie auf eine Frau geschossen, es war definitiv das erste Mal. Er hoffte, dass es auch das letzte Mal war.

Hinter der nächsten Biegung tauchten die Lichter von Turn-Coupe auf. Sekunden später fuhr er mit überhöhter Geschwindigkeit über den Gerichtsplatz, an dem alten, in griechischem Stil erbauten Gerichtsgebäude mit seinen dicken Säulen und dem breiten Vorderaufgang sowie an dem verwitterten Bronzedenkmal vorbei, das an den Bürgerkrieg gemahnte und von den herunterhängenden Zweigen einer großen alten Eiche halb verdeckt wurde. Der sich im Dienst befindliche Teil seines Gehirns registrierte die bescheidenen Geschäfte, die eine Seite des Platzes säumten. Trotz der späten Stunde brannte in Millies Schönheitssalon immer noch Licht. Seit bei ihrem Mann Krebs festgestellt worden war, machte sie Überstunden, vermutlich weil sie das zusätzliche Geld brauchte. Roan nahm sich vor, gleich nach seiner Ankunft im Krankenhaus einen Hilfssheriff bei ihr vorbeizuschicken, damit er sich davon überzeugte, dass alles in Ordnung war, und falls sie schon zum Gehen bereit war, konnte er sie dann ja auch gleich noch nach Hause fahren.

Das Krankenhaus lag ungefähr eine Meile außerhalb der

Stadt, auf einem Stück Land, das der Bürgermeister der Stadt vor zwanzig Jahren gestiftet hatte. Der Mann hatte seinerzeit geglaubt, dass sich die Stadt noch weiter ausdehnen würde und dass das Krankenhaus Teil eines florierenden Geschäftsbezirks werden könnte. Die Geschäfte hatten sich dann aber als Gebrauchtwagenmärkte und Autowerkstätten und kleine Handwerksbetriebe entpuppt, mit hie und da einem Holzplatz, einem Imbiss oder einem billigen Flohmarkt dazwischen. Der Stadtrat hatte alles daran gesetzt, Schwerindustrie in die Stadt zu locken, aber Turn-Coupe war immer wieder übergangen worden. Die Stadt schien dazu verdammt, auf ewig ein kleines verschlafenes Nest zu sein, ausgehalten von zwei mittelgroßen Sägewerken und den Anglern und Jägern, die an den See kamen und in Betsys Motel wohnten oder in ihrem Gemischtwarenladen Bier, Köder und Sandwiches kauften. Es war nicht einfach für Leute wie Betsy oder Millie, die sich in der Stadt ihren Lebensunterhalt verdienen mussten, genauso wenig wie für all die Jungs, die nach Beendigung der High School oder dem College Arbeit suchten.

Roan störte es nicht. Klein war gut. Klein bedeutete saubere Straßen, ruhige Nächte und wenig Kriminalität. Zumindest war es bis heute Nacht so gewesen.

Er fuhr vor dem Eingang zur Notaufnahme vor und hielt an, während der Krankenwagen hinter ihm einbog, dann stieg er aus und ging im Laufschritt auf die Glastüren unter dem Säulengang aus Stahl und Beton zu. Von dort aus beobachtete er, wie die Sanitäter und Krankenschwestern seine Gefangene ausluden. Sie wirkte so schmächtig und blass unter dem weißen Laken auf der Tragbahre mit den Schläuchen und Plastikbeuteln. Mit brennenden Augen schaute er zu, wie man sie in das hell erleuchtete Foyer des Krankenhauses schob. Erst nachdem sich die Türen hinter ihr geschlossen hatten, merkte er, dass er den Atem angehalten hatte.

Dann fuhr der Streifenwagen vor, den er angefordert hatte. Roan wies Officer Allen Bates an, in der Nähe der Frau zu bleiben, bis man sie aus dem OP sicher in ihr Krankenzimmer gebracht hatte, und dann vor der Tür Posten zu beziehen. Doch auch als der Hilfssheriff längst im Krankenhaus verschwunden war, rührte sich Roan immer noch nicht vom Fleck.

Er war schon bei hunderten von Krankenwagen vorausgefahren. Oft wurden Leute transportiert, die er kannte, Freunde und manchmal sogar jemand aus seiner eigenen weit verzweigten Familie. Normalerweise konzentrierte er sich sowohl auf die Sicherheit der transportierten Person wie auch auf die der anderen Verkehrsteilnehmer und Fußgänger, die ihren Weg kreuzten. Heute Nacht aber war es anders gewesen. Heute Nacht hatte er kaum gewusst, was er tat.

Er hatte einfach die Erinnerung an die Frau nicht aus seinem Kopf bekommen, die da so still in ihrem Blut gelegen hatte, mit seiner Kugel in der Schulter. Diese Ewigkeit, bis endlich der Krankenwagen gekommen war, war ihm wie ein Albtraum erschienen, in dem er sich wie ein Roboter bewegt und gehandelt hatte. Irgendwie vermischten sich seine Erinnerungen mit den Erinnerungen an jene andere Nacht, die Nacht, in der er Carolyn auf dem Boden liegend in ihrem gemeinsamen Schlafzimmer gefunden hatte, neben dem Bett, das sie seit drei Jahren geteilt hatten. Blut, da war überall so viel Blut gewesen, sogar auf seiner Ersatzpistole, die sie gegen sich selbst gerichtet hatte, und auf dem Abschiedsbrief, den sie ihm hinterlassen hatte.

Er hatte sich damals um seine Frau genauso gekümmert wie um die Verdächtige heute Nacht, er hatte sie während der kurzen Fahrt ins Krankenhaus in seinen Armen gehalten und ihr verzweifelt zugeredet durchzuhalten. Sie hatte es glücklicherweise geschafft, obwohl ihre Ehe in jener Nacht gestorben war. Da sie anscheinend lieber hatte sterben wollen, als weiter mit ihm zu leben, hatte er in die Scheidung eingewilligt, um die sie ihn gebeten hatte.

Roan schüttelte den Kopf, um ihn wieder klarzubekommen. Diese Frau von heute Nacht war nicht Carolyn, sie hatte keinerlei Ähnlichkeit mit der todessüchtigen, übersensiblen Kindfrau, die seine Ehefrau gewesen war. Das Leben war fast zu viel für Carolyn, aber das schien bei der Frau, auf die er geschossen hatte, ganz und gar nicht der Fall zu sein. Sie war aus dem Dunkel auf ihn zugekommen, eine elegante Erscheinung in schimmerndem Weiß, die mit federndem Schritt und tödlicher Entschlossenheit im Blick auf ihn zugetänzelt war. Er war gegen viele Dinge gewappnet, aber sie gehörte nicht dazu.

Er hatte so instinktiv auf sie geschossen, dass er sich nicht einmal erinnern konnte, abgedrückt zu haben.

Er hatte auf sie geschossen.

Gott.

Dabei war er dazu erzogen worden, Frauen Hochachtung entgegenzubringen. Sie verkörperten alles, was weich und zart und hell und gut war. Sie trugen das Versprechen auf Leben in sich, und dieses Versprechen zu beschützen war ihm Ehre und Privileg zugleich. Die Frauen, mit denen er beruflich zu tun hatte, passten zwar nicht immer in dieses Bild, aber er wurde das Gefühl nie ganz los, dass sie es sollten und auch täten, wenn die Umstände andere wären.

Und dieses Gefühl hatte er jetzt bei dieser Gefangenen auch. Was verrückt war, weil er sie ja überhaupt nicht kannte.

Und dennoch, er hatte sie gesehen, er hatte mit ihr gesprochen, und sie rührte ihn irgendwie. Sie hatte nichts von der

Kaltschnäuzigkeit oder der ungepflegten Nachlässigkeit jener Art Frauen, die außerhalb des Gesetzes operierten. Obwohl er von Mode nicht viel verstand, war ihm doch aufgefallen, dass ihre Kleidung geschmackvoll und offensichtlich teuer gewesen war, ihre Fingernägel waren sorgfältig manikürt. Ihr Haar hatte geglänzt und den Duft eines teuren Shampoos ausgeströmt. Ihre braunen Augen hatten im Halbdunkel geheimnisvoll gewirkt, und sie hatte ihn unbewusst hochmütig angeschaut. Sie sprach praktisch akzentfrei, wie eine Schauspielerin vielleicht oder jemand, der eine vornehme Schule besucht hat. Als er sie hielt, hatte er gespürt, dass ihr Körper geschmeidig und zartknochig war. Sein vorherrschender Eindruck war, dass sie eher aus einer Limousine hätte aussteigen müssen, als aus einem verrosteten Van zu purzeln.

Sie hatte behauptet, entführt worden zu sein, das war die einzige Information, die sie ihm gegeben hatte. Auf den ersten Blick erschien es glaubhaft. Aber wenn es so war, warum hatte sie dann mit den beiden Ganoven gemeinsame Sache gemacht, wie Betsys Überwachungskamera bewies? Warum hatte sie bei dem Überfall mit einer Pistole herumgefuchtelt? Und warum hatte sie nicht sofort um Hilfe gerufen, sobald sie aus dem Van raus war?

Das ganze Ding ging irgendwie nicht auf. Es lag ihm schwer im Magen. Es brachte Unordnung in seine wohl geordnete Welt. Es war ein Geheimnis, und er mochte keine Geheimnisse.

Am besten war es zu versuchen, so bald wie möglich konkrete Antworten zu bekommen. Seine erste Reaktion war es, im Krankenhaus zu bleiben, zum einen, um gleich vor Ort zu sein, wenn die Ärzte ihm für eine Vernehmung grünes Licht gaben, zum anderen aber auch, um sichergehen zu können, dass alles mit ihr in Ordnung war. Dennoch würde man niemand zu ihr lassen, bevor sich nicht ihr Zustand stabilisiert hatte, nicht einmal ihn. Deshalb nutzte er seine Zeit wahrscheinlich besser, wenn er die Suche nach den anderen Verdächtigen koordinierte, die sich immer noch auf freiem Fuß befanden. Sherry hatte berichtet, dass Betsy das Videoband vorbeigebracht hatte. Sobald er eine klare Personenbeschreibung von den beiden Männern hatte, konnte er umgehend die Fahndung einleiten.

Und wenn er sich das Video anschaute, konnte er sich auch von der Frau ein besseres Bild machen. Aus rein beruflichen Gründen natürlich. Was sonst?

Wenig später saß Roan wieder in seinem Streifenwagen und fuhr in die Stadt zurück.

In seinem Büro hielt er es ungefähr zwei Stunden aus. Dann beschloss er, kurz zu Hause vorbeizufahren, um seine blutbefleckte Uniform zu wechseln und sich davon zu überzeugen, dass Jake, der im Kino gewesen war, zu Hause war, und dann ins Krankenhaus zu fahren. Er vertraute seinem Sohn, aber eine Bande von Halbwüchsigen konnte auch ohne eigenes Zutun in Schwierigkeiten geraten.

Sobald Roan das Krankenhaus betrat, kam ihm Allen Bates, der im Warteraum gewesen war, entgegen. In den Augen des Hilfssheriffs lag eine Frage, obwohl ein Lächeln sein schokoladenbraunes Gesicht erhellte.

„Dachte, ich schaue mal, wie es so läuft", sagte Roan als Antwort auf diesen fragenden Blick. „Irgendwas Neues?"

„Nein. Aber die Stationsschwester aus der Chirurgie lässt ausrichten, dass Sie kurz bei ihr reinschauen sollen, wenn Sie vorbeikommen."

„Alles klar." Die Schwester war wahrscheinlich Johnnie Hopewell, eine unschätzbare Informationsquelle für alles, was sich in Turn-Coupe sozusagen unter der Bettdecke abspielte, da sich die meisten Folgen davon im Krankenhaus zeigten. Sie war vor ihrer Heirat eine Benedict gewesen und war seine Cousine. Die dunkelhaarige, erfreulich mollige und quirlige Frau war bei ihren Patienten beliebt, und Roan mochte sie ebenfalls. Mit dem Kopf auf die Tür des Operationssaals deutend, fuhr er fort: „Ich nehme an, die Verdächtige ist noch im OP?"

„Es sei denn, jemand hat sie durch die Hintertür rausgekarrt. Vor einer Weile war ein Pfleger hier und hat gesagt, dass es ungefähr noch eine halbe Stunde dauert."

„Ist es so schlimm?"

„Besonders gut anscheinend nicht, aber Sie wissen ja, wie es ist. Die Vorbereitungen dauern immer länger als die Operation selbst."

Roan nickte. „Halten Sie hier die Stellung, bis ich von Johnnie zurückkomme, dann löse ich Sie ab, okay?"

„Ich dachte, Sie fahren nach Hause. Cal kann doch die Friedhofsschicht übernehmen."

„Er ist immer noch auf Verbrecherjagd. Davon abgesehen interessiert es mich, was sie hier für Fortschritte machen."

„Ja", sagte Allen gedehnt. „Kann ich mir vorstellen."

Roan wusste das Verständnis, das in der Stimme des Hilfssheriffs mitschwang, zu schätzen, aber es trug nicht unbedingt zu seiner Beruhigung bei. Er tippte mit dem Finger an seine Hutkrempe und ging den Flur hinunter.

Johnnie schaute auf, als sie ihn herankommen hörte, dann legte sie ihren Stift hin und kam ihm entgegen. „Wird auch höchste Zeit, dass du dich sehen lässt", beschwerte sie sich. „Wie zum Teufel kommst du dazu, mir noch mehr Arbeit aufzuhalsen?"

„Tut mir Leid." Er erwiderte ihre freundschaftliche Umarmung, ohne dass er es besonders eilig gehabt hätte, sie zu beenden.

„Kann ich mir vorstellen." Ihr Lächeln verblasste, als sie sich zurücklehnte, um ihm forschend ins Gesicht zu schauen.

O je, noch mehr Mitleid, dachte er. Bemüht, es zu umgehen, sagte er: „Ach, du liebst doch Aufregungen, und das weißt du auch."

„Auf bestimmte Aufregungen kann ich gut verzichten. Obwohl ich zum Beispiel gegen eine tolle Party nichts einzuwenden hätte." In ihre Stimme hatte sich ein sehnsüchtiger Unterton eingeschlichen.

„Dafür ist Luke zuständig."

Sie warf ihm einen schiefen Blick zu. „Seit er verheiratet ist, nicht mehr."

„Ja, mir ist auch schon aufgefallen, dass das mit den wilden Partys bei ihm schwer nachgelassen hat."

„Glaubst du, er hat Angst, dass ihm irgendein böser Benedict seine April wegnehmen könnte?"

Roan grinste. „Ich glaube, er ist einfach nur zu ... na ja ..."

„Beschäftigt, meinst du wohl?" Johnnie lachte ein tiefes, volltönendes Lachen. „Schätze, man nennt – nannte – ihn nicht umsonst den Mitternachtsmann." Sie taxierte Roan mit einem schnellen Blick vom Kopf bis zu den Zehenspitzen und lächelte. „Obwohl, in der High School waren wir ja alle ganz schön wild, oder? Sogar du, bevor du angefangen hast, im Sheriffbüro rumzuhängen."

Roan trat aufseufzend einen Schritt zurück. „Damals war damals, und heute ist heute. Was sagt man über meine Gefangene?"

Johnnie warf ihm einen forschenden Blick zu, bevor sie zurückgab: „Sie wird durchkommen, aber nicht dank dir. Trotz des hohen Blutverlusts ist ihr Zustand stabil, wenn nicht noch irgendetwas Unvorhergesehenes dazwischenkommt. Sie holen die Kugel raus und reparieren den Schaden. Aber bis sie gesund ist, wird es noch eine Weile dauern, deshalb hoffe ich, dass du nicht vorhast, sie schon allzu bald einzusperren."

Er schüttelte den Kopf, wobei er erleichtert feststellte, dass seine Anspannung langsam von ihm abfiel. Er hatte schon befürchtet, Johnnie könnte womöglich schlechte Neuigkeiten haben.

Sie musterte ihn eine Sekunde, offenbar nicht ganz zufrieden gestellt von seiner Antwort. Aber dann sagte sie doch nichts, sondern langte nach einem Umschlag, der auf dem Tresen lag, und reichte ihn ihm. „Sie wurde immer wieder ohnmächtig. Ich habe versucht, ihren Namen in Erfahrung zu bringen, aber es ist mir nicht gelungen. Bevor sie in den OP gebracht wurde, haben wir ihr wie üblich ihre persönlichen Sachen abgenommen. Das Kettchen in dem Umschlag trug sie ums Fußgelenk, und ich dachte, es interessiert dich vielleicht."

Roan drehte den Umschlag in seinen großen Händen. Mit einem schwarzen Filzstift waren die Buchstaben *N.N.* darauf geschrieben. Er hatte den seltsamen Wunsch, ihn lieber nicht zu öffnen, es nicht weiterzutreiben, davon abzulassen, die Frau laufen zu lassen, ehe er etwas herausfand, was er gar nicht wissen wollte.

Es war nicht möglich. Sie war erwiesenermaßen an einem Raubüberfall beteiligt gewesen, und vielleicht war es ja nicht der einzige. Sein Job war es herauszufinden, wer sie war, um sie dann den Justizbehörden zu übergeben. Als Sheriff des Landkreises verfügte er über einen beträchtlichen Einfluss sowie einen gewissen Handlungsspielraum zu entscheiden, ob eine strafbare Handlung zu geringfügig war, um sie gerichtlich zu ahnden. Aber das war eine große Verantwortung, die zu missbrauchen ihm sowohl sein Pflichtbewusstsein als auch sein Charakter verboten. Er hatte geschworen, Recht und Gesetz aufrechtzuerhalten, und dabei würde er bleiben, egal wie schwer es ihm auch fallen mochte.

Mit einer abrupten Geste öffnete Roan den Umschlag und holte das Fußkettchen heraus. Es war aus Gold, wunderschön gearbeitet und überraschend schwer. In die einzelnen Kettenglieder waren mit winzigen Brillanten besetzte Buchstaben eingearbeitet. Als er die Kette auf seiner Handfläche mit einer Fingerspitze glatt strich, erschien es ihm fast, als ob sie immer noch warm wäre von dem Körper der Frau, die sie getragen hatte. Dann sah er, dass es sich bei den Buchstaben um einen Namen handelte.

Donna.

Roan hielt nicht viel von diesem ganzen gefühlsduseligen New-Age-Kram oder auch nur von Intuition. Er glaubte einfach nicht daran. Dennoch spürte er, dass ihm der Schauer einer Vorahnung über den Rücken rieselte, während er das Fußkettchen ans Licht hielt.

Donna.

Er runzelte die Stirn.

Johnnie, die ihn beobachtete, stemmte eine Hand in die Hüfte und fragte: „Was ist?“

„Nichts.“

Aber das war eine ausweichende Antwort, wenn nicht gar eine Lüge. Der Name Donna passte einfach nicht zu seiner Gefangenen – noch etwas, das sich ganz und gar falsch anfühlte.

Roan gefiel es nicht. Es gefiel ihm kein bisschen.

„Und dann gibt es da noch ein Problem“, sagte Johnnie.

Er schaute auf, alarmiert von dem Unterton in ihrer Stimme. „Was denn?“

„Sie braucht noch mehr Blut. 0 positiv. Das Krankenhaus hat nur die Hälfte vorrätig, und es kann Stunden dauern, bis wir die restlichen Konserven bekommen.“

Roan hatte die Blutgruppe 0 positiv. Er zögerte keine Sekunde. „Warum zum Teufel sagst du das nicht gleich?“ beschwerte er sich, während er schon in Richtung Labor ging. „Packen wir's an.“

„Donna? Donna, wachen Sie auf.“

Die Stimme war tief, ruhig und männlich, mit einem drängenden Unterton. Obwohl es nicht ihr Name war, hatte Tory doch das Gefühl reagieren zu müssen. Sie öffnete die Augen einen winzigen Spalt, aber das Licht war so grell, dass ihr ein stechender Schmerz durch den Kopf schoss, deshalb schloss sie sie gleich wieder.

„Donna?“

Das Licht wurde ausgeschaltet. Jemand nahm ihre Hand und hielt sie. Die warme Berührung schien ihr Kraft zu geben. Wieder hob sie langsam die Lider.

Ihr Blick fiel auf einen Mann, der sich über sie beugte. Sein Gesicht wirkte angestrengt und ernst in dem gedämpften Licht, das durch die halb geöffneten Lamellen der Jalousien fiel. Seine Uniform kam ihr bekannt vor, ebenso der glänzende Stern auf seiner Brust.

Der Sheriff. Sie versteifte sich und versuchte ihm ihre Hand zu entziehen.

„Vorsicht. Sie wollen doch bestimmt nicht ihre Schläuche rausziehen.“

Es dauerte eine Sekunde, bis sich die Worte durch den Medikamentennebel in ihrem Kopf einen Weg gebahnt hatten. Dann sah sie den Plastikschlauch, der sich von ihrem Handrücken über ihren Arm und das Laken schlängelte und dann irgendwo über ihr verschwand. Weiße Laken, blassgrüne Wände, auf einer Vorrichtung an der Wand ein Fernseher, ein verwaschenes Baumwollnachthemd, das nach Bleichmittel roch. Sie war in einem Krankenhaus.

Sie schaute wieder auf den Mann, der neben ihrem Bett stand und mit seinem Körper teilweise das Licht wegnahm, das durch die Jalousien hereinfiel. Sie fuhr sich mit der Zungenspitze über ihre ausgedörrten Lippen und begann: „Sie. Sie sind ...“

„Sheriff Roan Benedict.“ Er neigte kurz, fast höflich den Kopf. Gleichzeitig ließ er ihre Hand los und trat einen Schritt zurück, als ob er befürchtete, er könnte ihr zu nah kommen.

Tory war froh über den Rückzug, weil seine über ihr aufragende hoch gewachsene Gestalt sie irgendwie beunruhigt hatte. Sie atmete langsam tief durch, vorsichtig, weil sich ihre Atmungsorgane roh und ihre Brust schwer anfühlten, wobei sie ihn im Tageslicht anschaute und das, was sie sah, mit ihren Eindrücken aus der zurückliegenden Nacht verglich.

Als umwerfend gut aussehend konnte man ihn nicht unbedingt bezeichnen; sein Gesicht war kantig und sonnenverbrannt, sein Mund ein bisschen zu entschlossen, und eine sichelförmige Narbe am Ende seiner rechten Augenbraue verlieh ihm einen permanent spöttischen Ausdruck. Gleichzeitig strahlte sein Gesicht in seiner Gesamtheit Stärke und Anziehungskraft aus. Mit seiner Körpergröße, dem markanten Kinn und den durchdringenden stahlgrauen Augen mit dem Geflecht aus feinen Fältchen in den Augenwinkeln wirkte er wie ein Westerndarsteller, ein Mann, dem man leicht vertraute, dem sich in den Weg zu stellen jedoch gefährlich war.

Ihr Blick glitt über seine breiten Schultern, streifte kurz den silbernen Stern, der an seiner Hemdtasche befestigt war, und blieb dann an seinem breiten Ledergürtel mit dem Holster hängen, in dem seine Waffe steckte.

„Sie sind der, der auf mich geschossen hat“, sagte sie unverhohlen anklagend.

An seinen Mundwinkeln zerrte ein grimmiges Lächeln. „Das kommt mir irgendwie bekannt vor.“

Er hatte Recht; so etwas Ähnliches hatte sie schon einmal gesagt. Für eine Sekunde blitzte die Erinnerung an die Ereignisse der vergangenen Nacht auf, wie ein Traum, an den man sich kurz nach dem Erwachen erinnert. Der Van. Zits. Der Schuss. Sie war wütend und durcheinander gewesen. Da war Schmerz, gefolgt von einer entschlossenen Stimme, die ihr Trost, und starken Armen, die ihr lebenswichtige Wärme spendeten.

Nein, bei Letzterem musste es sich um ein Produkt ihrer Fantasie handeln; es konnte nicht passiert sein.

Hier im hellen Tageslicht konnte sie sich nicht vorstellen, dass sich dieser so steif dastehende Mann mit dem kantigen Kinn und dem blinkenden Zeichen seiner Machtbefugnis auf der Brust je weit genug zu ihr heruntergebeugt hatte, um sie in seine Arme zu nehmen.

Sie begegnete seinem Blick mit einem besorgten Stirnrunzeln. Er beobachtete sie mit verschlossener Miene, obwohl in den Tiefen seiner grauen Augen irgendeine dunkle, nicht ganz dienstliche Bewusstheit lauerte. Sie war so überrascht davon, dass sie bewegungslos dalag und kaum atmete, während sie von einer langsam heranrollenden Welle fiebriger Hitze überschwemmt wurde.

In diesem Augenblick ging die Tür auf. Eine dunkelhaarige Krankenschwester kam geschäftig auf sie zu und sagte: „Oh, Sie sind ja wach! Wie fühlen Sie sich?“

„Ihr geht es gut, uns geht es gut“, erwiderte der Sheriff glatt, noch ehe Tory es schaffte, ihre Gedanken so weit zu ordnen, dass sie antworten konnte.

„Dann sollten wir dafür sorgen, dass es auch so bleibt, okay?“ Trotz ihres munteren Tonfalls schien der Blick, den sie dem Sheriff zuwarf, eine Warnung zu enthalten. Sie griff nach Torys Handgelenk. „Ich muss nur kurz Ihren Puls messen.“

Es war eine kurze Übung ohne Unterhaltungswert, aber der Sheriff schien sie interessant zu finden. Er schaute der Krankenschwester über die Schulter, während sie auf dem Krankenblatt Eintragungen machte. Als sie sich anschickte, das Zimmer zu verlassen, hielt er ihr die Tür auf und ging ihr dann nach auf den Flur. Hinter ihm fiel die Tür mit einem entschiedenen Klicken ins Schloss.

Tory konnte das Murmeln ihrer Stimmen auf dem Flur hören. Da es mit ziemlicher Gewissheit um sie ging, lauschte sie angestrengt, aber sie konnte nichts verstehen. Seufzend entspannte sie sich wieder in den Kissen.

Eben war sie zum zweiten Mal aufgewacht. Sie konnte sich erinnern, wie man sie in den Aufwachraum gebracht hatte, und später hatte sie bruchstückhaft mitbekommen, wie man sie über lange Flure in dieses Zimmer hier gekarrt hatte. Sie schaute sich um und machte stirnrunzelnd Bestandsaufnahme, halb in der Befürchtung, die Unterhaltung auf dem Flur könne bedeuten, dass ihre Verletzungen doch ernster waren, als sie glaubte.

Ihre Handgelenke waren beide verbunden, wahrscheinlich wegen der Abschürfungen durch das Klebeband. Auf ihr waren überall Plastikschläuche drapiert wie Weihnachtsgirlanden, einschließlich eines Schlauchs, der ihr aus einem Behälter automatisch in gewissen Dosen ein starkes Schmerzmittel zuführte. Über ihrer Schulter und dem oberen Teil ihrer Brust war ein dicker Verband, aber darunter spürte sie nur den ganz normalen Wundschmerz, wie man ihn nach jedem größeren Eingriff spürt. Sie konnte ihre Finger krümmen und strecken und ihren Arm bewegen, eine entschiedene Verbesserung zur vergangenen Nacht.

Sie war so weit okay, sie würde überleben. Was ein kleines Wunder war, das sie in erster Linie der ersten Hilfe verdankte, die man ihr auf einer dunklen Schotterstraße geleistet hatte.

Aber ihr das Leben zu retten war das doch Mindeste, was Sheriff Roan Benedict tun konnte, nachdem er auf sie geschossen hatte, oder? Hier war kein besonderer Dank nötig. Im Übrigen hätte er dasselbe auch für einen einsneunzig großen, dreihundert Pfund schweren Mann getan, der schuldig wie die Sünde war.

Sie war unschuldig. Und das hatte sie dem Sheriff auch gesagt, aber er hatte ihr nicht geglaubt. Das machte sie wütend. Tatsächlich machte es sie noch wütender als die Tatsache, dass er auf sie geschossen hatte. Der steife Ordnungshüter da draußen war so felsenfest davon überzeugt, dass sie eine Kriminelle war, dass er sie bewachte. So musste es sein. Einen anderen Grund für seine Anwesenheit gab es nicht.

Irgendwie musste sie ihn überzeugen. Bestimmt gab es doch irgendetwas, mit dem sie beweisen konnte, dass sie die Wahrheit sagte? Sie ließ die ganze Geschichte von Anfang an in ihrer Erinnerung Revue passieren, in der Hoffnung, es zu finden.

Sie hatte das Haus auf Sanibel Island wie jeden Abend verlassen, um am Strand zu joggen. Der Sonnenuntergang war herrlich gewesen, mit einem Himmel, der in Violett und Blutrot und Gold getaucht war. Sie war über den Privatstrand der Vandergraff-Villa gelaufen, an einem Hotel vorbei, wo die Touristen sich den Sonnenuntergang angeschaut, Schnappschüsse gemacht und endlose Meilen Videoband abgespult hatten. Der Wind hatte den Geruch frittierter Muscheln zu ihr herübergetragen, der von einem Restaurant in der Nähe kam. Sie war gelaufen und gelaufen, bis das Rascheln des Windes in den Blättern der Palmen am Strand und die langsam hereinbrechende Dämmerung ihre strapazierten Nerven allmählich beruhigt hatte. Schließlich hatte sie einen einsamen Strandabschnitt mit Häusern erreicht, deren Besitzer sich jetzt im Hochsommer in kühlere Regionen zurückgezogen hatten.

Sie war gelaufen, ohne auf ihre Umgebung zu achten, fast wie in Trance, wobei sie in Gedanken immer noch bei ihrem Krach mit Harrell gewesen war. Sie hatte ihm am Wochenende zuvor seinen Verlobungsring zurückgegeben, und dann war er an diesem Abend, kurz bevor sie das Haus verließ, noch einmal vorbeigekommen. Er war sich so sicher gewesen, dass er sie überreden konnte, ihn in Gnaden wieder aufzunehmen. Deshalb hatte er ihre Weigerung, sein Spiel mitzuspielen, auch nicht besonders gut aufgenommen. Der scharfe Wortwechsel hatte sie verunsichert und aus der Fassung gebracht zurückgelassen.

Und das war noch nicht alles. Ihr Stiefvater hatte sie ebenfalls unter Druck gesetzt. Er schien sie für verantwortungslos zu halten und war offenbar der Meinung, dass sie einen Ehemann brauchte, der ihr sagte, wo es langging. Oder vielleicht wollte er ja auch nur endlich die Verantwortung für sie loswerden.

Paul Vandergraff kannte Harrell aus dem Yachtclub und spielte hin und wieder mit ihm Golf. Der Billigmöbelkönig von Florida hatte in Pauls Augen eine große Zukunft vor sich und war, wie Paul sich ausdrückte, „in hohem Maß geeignet", was immer das auch heißen mochte. Und dass Harrell ein neuer Geschäftspartner werden könnte, war in seinen Augen nur noch ein zusätzlicher Pluspunkt gewesen.

Wahrscheinlich habe ich es nicht geschafft, Paul zu überzeugen, weil meine Begründung, die Verlobung zu lösen, so vage gewesen ist, überlegte Tory jetzt. Aber mehr hatte sie einfach nicht dazu sagen wollen. Sie war nach ihrer Entdeckung, dass Harrell ihr Vertrauen missbraucht und sie kalt lächelnd ausgenommen hatte, derart deprimiert gewesen, dass sie darüber nicht hatte reden wollen. Sie wollte nicht daran denken, geschweige denn es zugeben, dass Paul vielleicht doch Recht hatte, wenn er behauptete, sie wisse nicht, was sie wolle, und ihr fehle eben einfach der Überblick.

Dieser Mangel an Entschlossenheit war eine schlimme Erinnerung an etwas, das im Leben ihrer Mutter ein ständig wiederkehrendes Muster gewesen war. Evelyn Molina, Erbin des Bridgeman Department Store Vermögens, war so oft nur ihres Geldes wegen geheiratet worden, dass sie es irgendwann aufgegeben hatte, bei jeder Heirat ihren Namen zu ändern. Sie fügte nur mit einem Bindestrich dem Namen ihres ersten Mannes den ihres derzeitigen Ehemanns hinzu und hatte darauf bestanden, dass Tory es genauso machte, nachdem Paul Vandergraff sie adoptiert hatte. Ihr Stiefvater schien sich sicher zu sein, dass Tory genauso labil war, und hatte immer wieder angedeutet, dass sie eines Tages ebenso enden könnte wie ihre Mutter, die in einem exklusiven Pflegeheim unter Medikamenteneinfluss jahrelang vor sich hingedämmert und schließlich gestorben war. Die geplatzte Verlobung gab ihm nur einmal mehr Recht und untermauerte seinen Verdacht, dass sie mit ihrem Leben nicht zurechtkam.

Die Männer waren aus dem Schatten einer Baumgruppe gekommen. Zuerst ignorierte sie sie, weil sie sie für Touristen hielt. Und als sie die Gefahr dann erkannte, waren sie schon viel zu nah.

Der eine, dem sie später den Namen Big Ears gegeben hatte, stürzte sich auf sie und riss sie zu Boden. Zits verpasste ihr eine Ohrfeige, bei der ihr ganz schwindlig wurde. Bevor sie sich erholen konnte, wurde sie herumgerissen, so dass sie auf dem Bauch, mit dem Gesicht im Sand, lag, während man ihr die Handgelenke auf dem Rücken mit Klebeband fesselte. Als sie ihr einen Knebel verpassten, war ihr ganzer Mund immer noch voller Sand. Dann rissen sie sie hoch und zwangen sie mit vorgehaltener Waffe, zu dem gestohlenen Van zu gehen. Dieser kurze Weg mit einer Pistole an ihrem Kopf war der längste Marsch ihres Lebens gewesen.

Ein Geräusch an der Tür brachte Tory in die Gegenwart zurück. Als sie den Kopf wandte, sah sie, dass Roan wieder ins Zimmer trat. Hinter ihm kam ein älterer Mann in einem weißen Kittel herein, der als erste Amtshandlung an den Medikamententropf trat und die Dosierung regulierte.

„Nun, Donna“, sagte er dann lächelnd, während er sie durch die obere Hälfte seiner Zweistärkenbrille musterte. „Wie geht es Ihnen? Sind die Schmerzen erträglich?“

Sie nickte, hob aber gleichzeitig fragend eine Augenbraue. Nachdem sie sich mit der Zungenspitze die plötzlich trocken gewordenen Lippen befeuchtet hatte, fragte sie: „Donna?“

„Das ist doch Ihr Name, oder? Zumindest steht es so auf Ihrem Fußkettchen.“ Der Arzt wechselte einen kurzen Blick mit Roan, bevor er zum Nachttisch ging, Wasser einschenkte und Tory das Glas reichte.

Deswegen also, dachte sie und schaute auf ihre Bettdecke, während sie einen Schluck trank. Das Fußkettchen war ein Geschenk ihrer Mutter, das sie wie einen Schatz hütete, eins der wenigen Dinge, die ihr etwas bedeuteten. Auf dem wertvollen Schmuckstück stand der Kosename, den ihre Eltern ihr gegeben hatten, als sie noch ganz klein gewesen war. Er war eine Abkürzung für „Kleine Madonna“, den Kosenamen, den die altmodischen Bediensteten ihrer italienischen Großeltern gebraucht hatten. Ihr Großvater war ein Prinz gewesen, ebenso wie ihr bei einem Flugzeugabsturz ums Leben gekommener Vater, was sie der großzügigen Auslegung der europäischen Adelsgesellschaft zufolge zur Prinzessin gemacht hatte. Im demokratischen Italien hatte der Titel nur noch gesellschaftliche Bedeutung, aber Harrell hatte es dennoch genossen, sie so vorzustellen, was sie immer in tödliche Verlegenheit gebracht hatte. Als ob es darauf ankäme.

„Nun, Liebes?“

Obwohl der Mann hinter seinen Brillengläsern blinzelte, wirkten seine blauen Augen doch scharf und klug. Tory war sich bewusst, dass nicht nur der Arzt, sondern auch der Sheriff gespannt auf ihre Antwort wartete. Trotz der Tatsache, dass sie sich noch immer leicht benommen fühlte, schwirrte in ihrem vernebelten Kopf eine Idee herum wie eine Fliege auf der Suche nach einem Landepunkt.

Um Zeit zu schinden, schaute sie den älteren Mann mit gerunzelter Stirn an und fragte: „Ich bin mir sicher, Sie wissen, dass es politisch nicht korrekt ist, Patienten Honey oder Liebes zu nennen, oder?“

„O je, jetzt haben Sie mich aber erwischt. Man hat mich schon tausendmal ermahnt, mit Frauen nicht zu vertraut umzugehen, aber verdammt – entschuldigen Sie die Wortwahl –, ich mag sie eben, und die Angewohnheit, das auch zu zeigen, ist schwer aufzugeben. Und da ich schon halb in Rente bin, komme ich meistens durch damit.“ Er grinste sie unbußfertig an.

„Über mein Honey war sie auch nicht besonders glücklich“, mischte sich Roan ein, der an der Wand lehnte.

Tory wurde rot, aber sie ignorierte es ebenso wie den Mann, der ihre Verlegenheitsreaktion hervorgerufen hatte. „Halb in Rente“, wiederholte sie mit einem kurzen Blick auf den Tropf. „Wenn mich nicht alles täuscht, hat sich letzte Nacht ein anderer Arzt um mich gekümmert.“

„Das muss Simon Hargrove gewesen sein, ein guter Chirurg“, gab er zurück. „Ich bin Doc Watkins, aber keine Sorge. Ich helfe nur ab und zu hier aus und würde Ihrem hübschen Kopf kein Härchen krümmen. Roan sagt, dass er mit Ihnen reden muss, deshalb muss es wohl wichtig sein. Ich sorge nur dafür, dass er das, was er will, auch bekommt.“

Er hatte die Zufuhr an ihrem Medikamententropf unterbrochen; das konnte sie ihm ansehen, auch wenn er es nicht sagte. Die Wirkung der letzten Dosis würde bald abgeklungen sein, und dann würden die Schmerzen in ihrer Brust und ihrer Schulter noch unerträglicher werden. Tory wusste, wem sie das zu verdanken hatte.

Sie wandte den Kopf und suchte den ruhigen Blick des Sheriffs. So kühl wie möglich fragte sie: „Folter, Sheriff?“

„Ich bin an Informationen interessiert. Folter wäre das letzte Mittel, zu dem ich greifen würde.“

„Und wenn ich Ihnen nichts zu erzählen habe?“

„Ich bin mir sicher, dass der Doc und ich einen angemessenen Weg finden, um Sie zu ermuntern.“

Doc Watkins drehte sich um. „Nun, Roan ...“

„Oder vielleicht warte ich auch, bis er weg ist.“

Der Sheriff ließ sich davon, dass sie die eingekerkerte Prinzessin spielte, nicht beeindrucken. Das hätte sie sich denken können. Sie fragte sich, wie weit er sie durchschaute.

Zeit, das war es, was sie brauchte, Zeit zum Nachdenken, Zeit, sich zu überlegen, was sie machen sollte. Wenn ihr schon Sheriff Benedict nicht glaubte, dass sie entführt worden war, war davon auszugehen, dass Paul Vandergraff ebenfalls seine Zweifel hatte. Noch weniger aber würde ihr Stiefvater ihr glauben, dass Harrell Melanka hinter ihrer Entführung steckte. Und wenn er schon nichts auf ihr Wort gab, wer dann?

Was für eine Beschuldigung auch immer der Sheriff gegen sie erheben würde, sicher war, dass Paul nichts dagegen unternehmen würde. Ihre Hauptsorge war jedoch, was anschließend mit ihr passierte. Es konnte gut sein, dass ihr Stiefvater Harrell herschickte, um sie abholen zu lassen, weil er es missbilligte, dass sie die Verlobung gelöst hatte. Es würde Harrell nicht schwer fallen, sie auf der langen Fahrt irgendwo loszuwerden. Und diesmal könnte er Erfolg haben.

Paul Vandergraff wusste mit ziemlicher Sicherheit nicht, dass sie entführt worden war oder wo sie sich derzeit aufhielt. Obwohl sie auf Sanibel Island im selben Haus wohnten, begegneten sie sich nur selten. Falls er sie überhaupt schon vermisst hatte, nahm er bestimmt an, dass sie, wie so oft, für ein paar Tage verreist war, dass sie vielleicht Freunde besuchte, die mit ihrer Yacht eine Kreuzfahrt durch die Karibik machten, oder einen Kurztrip nach Antibes oder an die Costa del Sol unternommen hatte. Wahrscheinlich würde er erst einmal darauf warten, dass sie sich meldete, deshalb war es unwahrscheinlich, dass er in den nächsten ein oder zwei Wochen Alarm schlagen würde.

Das bedeutete, dass sie im Augenblick eine kurze Atempause hatte. Es lag an ihr, das Beste daraus zu machen. Der Plan, der in ihrem Kopf Gestalt angenommen hatte, war ganz einfach, und die Zeit, bis sie gesundheitlich wieder hergestellt war, konnte entscheidend sein.

Sie senkte den Blick und begann mit ihrer freien Hand das Laken, mit dem sie bis zur Taille zugedeckt war, zu glätten. Sie wünschte Tränen herbei, die erstaunlich leicht kamen. „Was ist", begann sie vorsichtig, „wenn mir dieser Name, mit dem Sie mich anreden, nichts sagt? Was ist, wenn ich Ihnen sage, dass ich nicht weiß, wer ich bin?"

Ein paar Sekunden herrschte Schweigen, bevor der Sheriff fragte: „Wollen Sie *das* damit sagen?"

„Ich erinnere mich, dass ich angeschossen wurde", gab sie zurück, wobei sie immer noch auf das Laken schaute. „An alles, was vorher war, kaum ... nur an den Unfall und daran, dass ich hoffte, dadurch diesen Dreckskerlen, die mich festhielten, zu entkommen. Und ich erinnere mich dunkel, dass Sie mich in den Arm genommen haben." Sie versuchte, die Wirkung durch ein hilfloses Schulterzucken zu unterstreichen, was sie allerdings sofort bereute.

Sie zog vor Schreck scharf den Atem ein, als Doc Watson bellte: „Allmächtiger, Roan, was hatten Sie mit diesem Mädchen vor?"

„Nichts", gab der Sheriff mit einem gepeinigten Blick auf den Arzt zurück. „Jedenfalls nichts, was nicht absolut notwendig und vollkommen unschuldig gewesen wäre."

Der verletzte kleine Vogel: Es schien die sicherste Rolle zu sein. Sie kannte sie in- und auswendig. Sie murmelte traurig: „Das sagen sie alle."

„Und es ist das, was Sie selbst auch gesagt haben, wenn ich mich richtig erinnere", bemerkte Roan mit grimmigem Nachdruck, während er an das Fußende ihres Betts trat und sich mit seinen großen Händen auf der Matratze aufstützte. „Ich habe Ihnen gestern genauso wenig geglaubt, wie ich Ihnen heute glaube. Mir ist zwar noch nicht klar, was für eine Nummer Sie hier abziehen, aber ich kann Ihnen jetzt schon sagen, dass es nicht funktionieren wird."

„Versuchen Sie nicht, meine Patientin einzuschüchtern", befahl Doc Watkins. „Das kann sie jetzt nicht gebrauchen."

Roan bedachte ihn mit einem gereizten Blick. „Weder schüchtere ich sie ein, noch tue ihr sonst etwas an. Noch nicht. Aber wenn Sie glauben, dass Sie es besser können, nur zu."

„Schlimmer kann es auf keinen Fall werden", schnaubte der ältere Mann missbilligend, dann trat er näher an das Bett heran und griff nach Torys Hand. Er tätschelte sie ein bisschen und sagte: „Schauen Sie, Liebes, so ist das eben. Roan muss seinen Job machen, und er nimmt seine Aufgabe sehr ernst. Er braucht ein bisschen Kooperation von Ihnen. Das sind Sie ihm schuldig, glauben Sie nicht? Ich meine, er ist schließlich bei Ihnen geblieben, obwohl er die Jagd nach den Verbrechern hätte aufnehmen können. Dazu kommt noch, dass ein hübscher Anteil des Bluts, das heute durch Ihre Adern fließt, gestern noch ihm gehört hat. Was meinen Sie dazu?"

„Er hat mir Blut gespendet?" Tory schaffte es nicht, ihre Überraschung zu verbergen.

„Sie sind beide Universalspender, Blutgruppe 0 positiv. Sie können jedem anderen Blut spenden, aber Sie selbst können nur 0 bekommen. Das Krankenhaus hatte zu wenig Konserven und Roan war willig."

„Und vielleicht auch ein bisschen schuldbewusst?" vermutete sie, wobei sie dem Gesetzeshüter durch halbgesenkte Wimpern einen Blick zuwarf. Sie sah, dass sich seine Ohrläppchen rot verfärbten. Ob es vor Verlegenheit war, weil er bei einer guten Tat ertappt worden war, oder vor Verärgerung, weil sie den wahren Grund erraten hatte, ließ sich unmöglich sagen.

Es war Doc Watkins, der antwortete. „Na, kann sein, dass

er sich eine Spur verantwortlich gefühlt hat, aber das ist auch schon alles. Roan spendet regelmäßig Blut. Ich erwähne es nur, weil ich dachte, es könnte dazu beitragen, dass Sie die Dinge ein bisschen anders sehen. Wenn Sie uns irgendeinen Tipp geben könnten, wo wir die beiden Ganoven finden, die bei Ihnen waren, wäre uns das schon eine große Hilfe. Die Probleme, in denen Sie selbst stecken, lassen sich ganz bestimmt irgendwie lösen, das verspreche ich Ihnen, wenn Sie uns nur eine kleine Chance geben. Aber wenn Sie uns nicht vertrauen, können wir Ihnen nicht helfen."

Das Angebot war ausgesprochen verführerisch. Und dass es zweifellos ehrlich gemeint war, machte es noch schwerer, es auszuschlagen. Doch Vertrauen fiel Tory nicht leicht, vor allem jetzt nicht.

Sobald Harrells Handlanger ihm berichteten, dass sie ihnen abhanden gekommen war, würde er nach ihr suchen. Ihr liebender Verlobter hatte zwei Gangster beauftragt, sie zu entführen, vielleicht sogar zu töten, weil sie entdeckt hatte, dass er auf mehreren Dokumenten ihre Unterschrift gefälscht hatte. Er hatte geglaubt, dass es ihr nichts ausmache, das hatte er gesagt, nachdem sie ihn zur Rede gestellt hatte; immerhin seien sie doch bereits so gut wie verheiratet. Es sei ein Bombengeschäft, an dem er da dran sei, hatte er weiter gesagt. Die Chance ihres Lebens. Aber bis jetzt müsse er es noch geheim halten, weil die Männer, mit denen er verhandelte, Schwergewichte seien. Sie hielten nach neuem Kapital Ausschau und seien bereit, ihn an ihren Geschäften zu beteiligen, aber erst wollten sie Geld sehen, richtiges Geld, wie zum Beispiel ihre Erbschaft. Es sei nur eine Sicherheit, dieses Papier, das er für sie unterschrieben hatte, es verpflichte sie zu rein gar nichts. Dafür aber würde die Teilhaberschaft sie dann beide steinreich machen.

Sie hatte sich geweigert, ihm zu verzeihen, und ihm gedroht, ihrem Stiefvater alles zu erzählen. Dann hatte sie ihm seinen Verlobungsring zurückgegeben, woraufhin er völlig ausgerastet war. Kurz danach war sie entführt worden. Man musste nicht studiert haben, um zu wissen, warum. Eine Leiche konnte nicht gegen eine gefälschte Unterschrift protestieren.

Sie solle ihnen vertrauen, hatte Doc Watkins gesagt. Als sie da auf der schmutzigen Straße in den Armen des Sheriffs lag, hatte sie ihm ein paar kurze Minuten lang vertraut, aber das war vorbei. Jetzt gab es niemanden mehr, dem sie vertrauen konnte.

„Donna, Honey?“

Sie zwang sich, dem Blick des Arztes zu begegnen. Es war schwer, ihm in das freundlich besorgte Gesicht zu lügen, schwerer, als sie sich je hätte vorstellen können. Schließlich sagte sie: „Nun, wenn Sie meinen, bin ich wahrscheinlich Donna, aber ich erinnere mich trotzdem an nichts bis auf das, was ich Ihnen erzählt habe. Bitte glauben Sie mir, ich erinnere mich wirklich nicht.“

Er seufzte, nickte und tätschelte wieder ihre Hand. „Ist schon Ordnung, machen Sie sich darüber jetzt keine Sorgen. Mit der Schussverletzung und dem Knoten in Ihrem Kopf ist es ein Wunder, dass Sie überhaupt einen klaren Gedanken fassen können. Das wird schon wieder, glauben Sie mir.“

„Ich ... hoffe es.“ Ihre Kehle war plötzlich so zugeschnürt, dass ihr die Stimme wegblieb. Sie war an Mitgefühl nicht gewöhnt, ganz zu schweigen von der Art Akzeptanz, die sie in seiner Stimme mitschwingen hörte.

„Doc“, sagte Roan Benedict warnend.

Der Arzt und der Sheriff wechselten einen Blick, bevor Doc Watkins sich ihr wieder zuwandte. „Gut. Ich glaube, Roan hat jetzt noch ein paar Fragen. Ich weiß, dass Ihnen wahrscheinlich nicht danach ist, Fragen zu beantworten, aber ... na ja, er ist hier, seit man Sie letzte Nacht hergebracht hat, deshalb verdient er es, wenigstens angehört zu werden."

Wie konnte sie sich weigern, ohne undankbar zu erscheinen oder den Verdacht zu erwecken, dass sie etwas zu verbergen hatte? Was sie natürlich hatte. Also nickte sie zustimmend.

„Braves Mädchen." Der ältere Mann wandte sich zum Gehen. „Dann lasse ich euch beide jetzt allein."

„Sie gehen?" Die Aussicht, mit dem Sheriff allein zu sein, bewirkte, dass sich ihr Magen zusammenkrampfte.

„Keine Sorge. Roan bellt nur, aber er beißt nicht. Er wird Ihnen nicht allzu sehr zusetzen."

Doc Watson bedachte den Sheriff mit einem strengen Blick. Falls der Gesetzeshüter sich getroffen fühlte, zeigte er es jedenfalls nicht. Er wartete, bis sich die Tür hinter der weiß gekleideten Gestalt geschlossen hatte, dann griff er nach einem schwarzen Plastikkoffer, der auf dem Boden stand. Er stellte ihn am Fußende des Betts ab und sagte: „Zuallererst hätte ich gern ein paar Informationen über Ihre Freunde."

„Meine Freunde?" Sie hob spöttisch eine Augenbraue.

„Die beiden Kerle, die mit Ihnen in dem Van waren."

„Zits und Big Ears."

„Was?" Auf seinem Gesicht spiegelte sich Verständnislosigkeit.

„Meine Namen für sie, weil sie sich nicht vorgestellt haben."

Er stieß einen tiefen Seufzer aus und fixierte die Wand über ihrem Kopf. „Dann sind wir jetzt also wieder am Anfang, ja?"

„Immer. Bis Sie mir glauben." Sie lächelte freudlos.

„Sie haben vergessen, wie Sie heißen, aber Sie erinnern sich daran, dass Sie entführt wurden?"

Sie hob ihre unverletzte rechte Schulter, um anzudeuten, dass die Vorgänge im Gehirn unbegreiflich und geheimnisvoll waren.

„Es würde viel besser für Sie laufen", sagte er wohl abgewogen, „wenn Sie bereit wären zu kooperieren. Und für Zits und Big Ears auch."

Sie begegnete zum ersten Mal seinem Blick. „Heißt das, dass Sie eine Spur von ihnen haben?"

„Wir haben den Van gefunden, er wurde in Miami als gestohlen gemeldet, obwohl mir völlig schleierhaft ist, warum jemand so eine Schrottkiste ... aber egal. Ihr Zits und Big Ears haben ihn auf einem Parkplatz vor der Stadt abgestellt. Ein Holzfäller, der einen Tag auf dem Kasinodampfer bei Natchez verbracht hatte und mit dem Bus zurückkam, fand den Van an der Stelle, an der er am Vortag seinen nagelneuen roten Ford Pick-up abgestellt hatte."

„Pech." Das Wort entschlüpfte ihr, während sie sein Gesicht studierte. Sie konnte nicht einschätzen, ob es irgendeine Bedeutung hatte, dass er ihr so genau erklärt hatte, wo der Van aufgefunden worden war.

„Wenn der Besitzer des Pick-ups die beiden vor uns findet, haben sie wirklich Pech. Aber dann müssen wir uns um Ihre Komplizen nicht mehr kümmern."

„Männlichkeitswahn in Reinkultur", bemerkte sie trocken.

„Wir nennen es Selbsthilfe", klärte er sie auf.

„Und so etwas billigen Sie? Kommt mir ziemlich seltsam vor für jemand, der geschworen hat, Recht und Gesetz aufrechtzuerhalten."

Sein Lächeln war grimmig. „Ich habe nicht gesagt, dass ich es billige. Ich verstehe es nur."

Sie erschauerte in einer unwillkürlichen Reaktion auf etwas, das sie in seinem Gesicht gesehen hatte. Sie schaute schnell weg und sagte: „Von mir aus, aber ich weiß trotzdem nicht, was das alles mit mir zu tun hat."

Er starrte sie einen langen Moment an, dann straffte er die Schultern und fuhr sich mit den Fingern durch sein volles Haar. Schließlich nickte er langsam. „Na schön. Nehmen wir also um des lieben Friedens willen an, dass Sie entführt wurden ..."

„Heißt das, dass Sie mir glauben?" Sie fuhr herum und begegnete seinem Blick.

„Ich sagte um des lieben Friedens willen. Dann haben wir also einen Van, der aus Florida kam. Leben Sie dort?"

Das konnte sie nicht zugeben. Falls ihr Stiefvater in ein paar Tagen beschloss, eine Vermisstenanzeige aufzugeben, würde der Sheriff sie bestimmt sehen. „Ich weiß nicht."

„Wann wurden Sie entführt?"

„Ich bin nicht sicher. Vielleicht vor drei oder vier Tagen?"

„Das ist eine lange Zeit. Wo wurden Sie gefangen gehalten?"

„An keinem bestimmten Ort. Zumindest erinnere ich mich nur an den Van."

Er senkte den Blick und schaute auf die Matratze, dann presste er die Lippen zusammen. „Die ärztliche Untersuchung hat ergeben, dass es kein Anzeichen auf ein sexuelles Trauma gibt und auch keinen Hinweis auf einen intimen Kontakt jedweder Art."

„So viel zu Ihrer Fesseltheorie", sagte sie spitz und hob zur Erinnerung ein verbundenes Handgelenk, obwohl ihr dabei die Verlegenheitsröte ins Gesicht schoss.

„Das war nicht der Grund, weswegen ich nachgefragt habe."

„Ach nein? Dann waren Sie also nur neugierig, was?"

„Es ist mein Job“, sagte er mit Nachdruck. „Die Tatsache, dass Sie nicht sexuell belästigt wurden, kann wichtig sein, vor allem jetzt, mit Ihren Erinnerungslücken.“

„Wie das?“ fuhr sie auf, getroffen sowohl von seinem unpersönlichen Ton wie auch von der Anspielung, die in seinen Worten mitschwang.

„So etwas bleibt nur wenigen Entführungsopfern erspart, besonders, wenn sie so aussehen wie Sie. Es bedeutet entweder, dass Sie unangetastet wertvoller sind oder dass Sie mit den beiden anderen gemeinsame Sache gemacht haben, um denjenigen, der den Daumen auf dem Geld hat, zu erpressen.“

„Ich habe es nicht nötig, irgendwen zu erpressen, vielen Dank!“ Der Blick, den sie ihm zuwarf, hätte die Rüstung aus Stahl, die er angelegt hatte, eigentlich auf der Stelle zum Schmelzen bringen müssen.

Als er spöttisch seine rechte Augenbraue hochzog, trat die Narbe, die er dort hatte, noch deutlicher hervor. „Ach, daran erinnern Sie sich also?“

Sie zuckte gereizt die Schultern und gab zurück: „Ich weiß nicht, es war eben plötzlich da.“

„Fein.“ Er taxierte sie einen langen Moment, dann hob sich seine Brust unter einem tiefen Atemzug, wobei sich der Stoff seines Hemds über dem muskulösen Brustkorb spannte. Als er wieder sprach, versuchte er es anders: „Und wie viel Lösegeld verlangen sie?“

„Ich habe keine Ahnung.“

„Aber sie haben eine Forderung gestellt?“

Gestern Nacht hatten die beiden mehrere Anrufe getätigt, von einer Telefonzelle vor einem Gemischtwarenladen irgendwo auf dem Land aus und von irgendeinem Parkplatz vor einem Supermarkt außerhalb. Trotzdem war Tory sich fast sicher, dass Lösegeld nicht zu dem Plan gehörte. Nicht dass sie das dem Sheriff sagen konnte. Mit einer hilflosen Geste antwortete sie: „Ich weiß nicht. Es ist alles so ... verschwommen."

„Mit wem würden sie in Kontakt treten? Wer kann so viel Geld aufbringen, dass es sich lohnt, Sie zu entführen?"

In seinen Worten schwang Missbilligung mit. Zweifellos gehörte er zu jener Art von Leuten, die nur wenig Verständnis für extremen Reichtum aufbrachten. Er sah aus wie ein Mann, der sich jeden Cent eigenhändig verdient hatte und verdammt stolz darauf war. Das nötigte ihr Respekt ab. Es war wesentlich sympathischer als Harrells Ehrgeiz, in altes Geld einzuheiraten, um es als Ausgangsbasis für die Anhäufung obszönen Reichtums zu benutzen.

Als sie schwieg, spiegelte sich auf dem Gesicht des Sheriffs Verärgerung. „Richtig. Lassen Sie mich raten. Sie wissen es nicht. Sie haben keine Ahnung, wem Sie genug bedeuten könnten, um ein paar hundert Riesen oder vielleicht mehr lockerzumachen."

„Es tut mir Leid ..." Ihre Stimme brach wirklich. Es war gut möglich, dass sie tatsächlich niemandem so viel bedeutete.

„Ja, gewiss", gab der Sheriff zurück.

Die müde Niedergeschlagenheit in seiner Stimme berührte sie so, wie nichts bis zu diesem Moment sie berührt hatte. Sie musterte ihn eingehend und sah die Erschöpfung, die sich in seinem hageren, gebräunten Gesicht gegraben hatte, und seine zerknitterte Uniform, die wirkte, als ob er in ihr geschlafen hätte. Doc Watkins hatte gesagt, dass er die Nacht im Krankenhaus verbracht hatte, und inzwischen war es fast Mittag. War er die ganze Zeit in ihrer Nähe gewesen, während sie geschlafen hatte? Und war ein Teil des warmen Bluts, das durch ihre Adern floss, wirklich sein Blut? Es war eine komische Vorstellung, und doch gab es da jetzt zwischen ihnen eine zarte Verbindung, irgendetwas Intimes.

Um überflüssiges Mitgefühl abzuwehren, sagte sie: „Ich wäre Ihnen eine größere Hilfe, wenn Sie mich nicht angeschossen hätten."

Er atmete laut aus. In dem Blick, den er ihr zuwarf, spiegelte sich Verärgerung und noch etwas anderes, das sie nicht einordnen konnte. Lange Sekunden verstrichen.

Unvermittelt hob er in einer hilflosen Geste die Hände. „In Ordnung", sagte er heiser. „Es tut mir Leid, okay? Ich konnte in der Dunkelheit nicht erkennen, dass Sie eine Frau sind. Ich wusste nicht, ob Sie die Waffe in Ihrer Hand benutzen würden. Ich wusste gar nichts, bis ich Sie zerkratzt und zerschunden, als hätte man Sie durch ein Dornengestrüpp geschleift, mit meiner Kugel in der Schulter daliegen sah. Und selbst dann waren Sie noch so ..."

Sie starrte ihn an, als er mitten im Satz innehielt und sich abwandte. Eine Entschuldigung war das Letzte, was sie erwartet hatte. „So was?" fragte sie heiser.

Er straffte die Schultern, drehte sich jedoch nicht um. „Nichts."

Sie hob die Hand und berührte erst die Kratzer an ihrer Wange, dann den Bluterguss an ihrem Kinn. Diese Verletzungen, zusammen mit der Beule auf ihrer Stirn, dem Blutverlust und den langen Tagen im Van ohne ein Bad oder eine Haarbürste hatten sie wahrscheinlich wie eine Halbtote aussehen lassen. Aber die simple Wahrheit war, dass es noch schlimmer hätte kommen können. Viel schlimmer.

„Ihre Sünden sind Ihnen verziehen. Denke ich jedenfalls", sagte sie mit brüchiger Ironie.

Diesmal hatte sie ihn überrascht, zumindest schien es so.

Der Blick, den er ihr zuwarf, war abschätzend, als ob er versuche, seine Gedanken zu ordnen. Schließlich sagte er: „Unter normalen Umständen schieße ich nicht auf Frauen, aber es ging alles so schnell, dass ich Sie nicht richtig erkennen konnte, außerdem hielten Sie Ihre Waffe so, als ob Sie sehr genau wüssten, wie man damit umgeht."

„Kann sein", sagte sie, „aber das stempelt mich noch lange nicht zur Verbrecherin. Ich bezweifle, dass ich klar denken konnte, sonst hätte ich nicht auf Sie gezielt. Ich wollte einfach nur weg."

„Sie hatten trotzdem sehr viel Glück. Ich hätte Sie töten können."

„Ja, ich weiß."

„Ich bin froh, dass ich es nicht getan habe."

Sie studierte die straffen Konturen seines Gesichts und seine entschlossen zusammengepressten Lippen, während sie überlegte, dass sie wahrscheinlich auch ein bisschen umdenken musste. Sich zu entschuldigen und die Verantwortung für das, was er getan hatte, zu übernehmen, war von seiner Seite ein großes Zugeständnis. War es sein persönlicher Ehrenkodex? Oder hatte es etwas mit einer wie auch immer gearteten Südstaatengentleman-Mentalität aus dem vorvergangenen Jahrhundert zu tun, die in diesem entlegenen Teil Louisianas noch lebendig war?

Trotzdem musste sie versuchen, aus seinem kurzen Anfall von Reue einen Vorteil zu ziehen. Sie konnte es sich einfach nicht leisten, darauf zu verzichten.

Ihren inneren Widerstand überwindend, hob sie die Hand, um sich eine Träne aus dem Augenwinkel zu wischen, eine Geste, die ihm mit Sicherheit nicht entgehen würde. „Ich war einfach nur froh, endlich von diesen Dreckskerlen weg zu sein“, sagte sie, wobei sie ihrer Stimme erlaubte, heiser zu werden. „Ich dachte, ich wäre frei. Und dann angeschossen zu werden war ... na ja, es war ein Schock.“

„Das kann ich mir vorstellen.“

„Aber es war eben, wie Sie bereits sagten, so dunkel. Ich mache Ihnen wirklich keinen Vorwurf daraus, dass Sie mich für einen dieser Verbrecher hielten.“

Er kniff leicht die Augen zusammen. „Freut mich zu hören. Vor allem, weil ich Sie um etwas bitten möchte.“

„Ach ja?“ Möglicherweise hatte sie doch ein bisschen zu dick aufgetragen.

„Nichts Schlimmes. Genau gesagt dürfte es Ihnen eigentlich nicht allzu viel ausmachen.“ Er tippte auf den Plastikkoffer am Fußende des Betts.

Sie schaute auf das unscheinbare Behältnis, dann wieder zu ihm. „Ich verstehe nicht.“

Seine Lippen verzogen sich zu einem langsamen Lächeln, das den Ernst aus seinem sonnengebräunten Gesicht verbannte und in seinen Augen silbrige Fünkchen tanzen ließ. „Entschuldigen Sie. Ich dachte, Sie kennen sich aus. Erkennungsdienstliche Behandlung? Sie wissen schon, Fingerabdrücke ...“

„Ich bin nicht kriminell." In einer Geste unbewusster Abwehr ballte Tory die Hände zu Fäusten.

„Man nimmt den Leuten aus vielerlei Gründen die Fingerabdrücke ab, die nichts mit Verbrechen zu tun haben", erklärte Roan, während er anfing, die benötigten Sachen aus dem Köfferchen zu nehmen. „Bei Jobs mit einem hohen Sicherheitsrisiko gehört es zur Routine, der Staat Louisiana verlangt es außerdem bei Alkohollizenzen und bei Leuten, die etwas mit Glücksspiel zu tun haben. Viele Männer und Frauen werden aus Sicherheitsgründen erkennungsdienstlich behandelt, und wir gehen jedes Jahr in die Schulen, um Kindern und Jugendlichen aus denselben Gründen die Fingerabdrücke zu nehmen."

„Nichts davon trifft auf mich zu."

„Sind Sie sicher?"

Sie schaute weg. „Ich denke. Aber wer weiß?"

„Eben. Wenn wir Ihre Fingerabdrücke mit den im Computer gespeicherten abgleichen und etwas finden, müssen wir uns nicht mehr den Kopf zerbrechen. Das ist einen Versuch wert."

Er klang so vernünftig und schien so Recht zu haben. Das passte ihr gar nicht. „Es geht ums Prinzip", sagte sie hölzern. „Davon abgesehen machen Computer auch Fehler."

„Wenn Sie sich nichts haben zuschulden kommen lassen, haben Sie nichts zu befürchten."

„Richtig", sagte sie gedehnt, seinen trockenen Tonfall nachäffend. Sie wurde manipuliert, und sie wusste es. Und möglicherweise gab es einen Grund dafür. „Bin ich verhaftet?" fragte sie. „Ist es deshalb?"

„Das würde ich so nicht sagen."

„Und vermutlich sind Sie auch nicht die ganze Nacht hier geblieben, um zu verhindern, dass ich fliehe, oder?“

„Die Chance war nicht sehr groß.“ Über sein hageres Gesicht huschte ein Lächeln.

Er hatte es nicht abgestritten. Aber er hatte nur seine Pflicht getan. Sie empfand einen kleinen Stich. „Das ist keine Antwort“, sagte sie scharf.

Sein Lächeln verblasste. „Sie werden derzeit als Donna X geführt und befinden sich in meinem Gewahrsam. Ob man Ihnen etwas zur Last legt oder nicht, hängt davon ab, was die Untersuchung über Ihre angebliche Entführung ergibt.“

Angebliche. Nichts, was sie bis jetzt gesagt hatte, hatte auf den Mann an ihrem Bett den geringsten Eindruck gemacht. Wenn sie nicht noch mehr Schwierigkeiten bekommen wollte, blieb ihr nur, so weitgehend wie möglich mit ihm zu kooperieren. Aber konnte sie das?

Einen Moment lang erwog sie, Roan Benedict alles zu erzählen, nur weil sie zu gern sein Gesicht gesehen hätte, wenn die Phalanx ihrer in Designeranzügen steckenden Anwälte mit einer ganzen Flut von Anträgen in diesem Ein-Pferd-Kaff aufkreuzte und sie kurz darauf in einem Privatjet entschwand. Aber dann würde unweigerlich auch ihr Exverlobter auf der Bildfläche erscheinen, mit einem riesigen Blumenstrauß in der Hand und Mordplänen im Kopf. Man würde um sie herumscharwenzeln und ihr jeden Wunsch von den Augen ablesen, aber wenn sie wieder in Florida war, würde sie Angst haben müssen einzuschlafen, weil Harrell irgendwie dafür sorgen würde, dass sie nie wieder aufwachte.

Nein, das konnte sie nicht riskieren. Noch nicht.

Es gab allerdings noch eine andere Möglichkeit. Sie konnte ihm alles erklären und sich auf Gedeih und Verderb Roan Benedicts Gnade ausliefern. Aber was war, wenn er keine Gnade mit ihr hatte?

Nein, sie wollte an ihrem Plan festhalten. Sie brauchte Zeit, um hier in Turn-Coupe unter dem Schutz des Sheriffs wieder auf die Beine zu kommen. Und wenn sie sich in einer Woche oder so wieder ein bisschen aufgerappelt hatte, würde sie nach und nach anfangen, sich zu erinnern. Bestimmt konnte sie ihn doch so lange hinhalten, oder?

„Also was ist jetzt?" fragte er mit erzwungener Geduld. „Machen wir es so, wie ich sage, oder ist Ihnen die harte Tour lieber?"

Wenn er vorhatte, ihr ihre Fingerabdrücke gewaltsam abzunehmen, nahm er es in Kauf, dass ihre Wundnaht aufplatzte, und das konnte sie sich nicht vorstellen. Aber ganz sicher war sie sich nicht. Auf jeden Fall hatte man ihr noch nie die Fingerabdrücke abgenommen, was bedeutete, dass er in seinem Computer nichts finden würde. Ihr Widerstreben war eher instinktiv als rational begründet, doch wirklich schaden konnte es nicht, wenn sie tat, was er von ihr verlangte.

Sie hob das Kinn und sagte: „Na schön, bringen wir es hinter uns."

Er nickte und zog seine Ausrüstung näher zu sich heran. Immerhin war er taktvoll genug, sich seine Genugtuung nicht anmerken zu lassen.

Als er nach ihrem gesunden Arm griff, überraschte sie die Wärme seiner Berührung. Sie sträubte sich einen Moment lang, dann ergab sie sich, während er seine Hand auf ihre legte und nach ihrem Zeigefinger griff.

„Das ist alles", sagte er ruhig. „Sie brauchen nichts zu machen, lassen Sie es einfach geschehen."

Es schien ein guter Plan zu sein. Sein Griff war sicher, aber sanft, und er achtete darauf, dass er die Plastikschläuche nicht berührte. Sie spürte seine Handfläche, die sich auf ihren Handrücken presste, so deutlich. Dort, wo ihre Handgelenke sich berührten, glaubte sie das gleichmäßige Pochen seines Pulses zu spüren und fragte sich, ob er ihren ebenfalls fühlte.

Als er versuchte, den richtigen Winkel zu finden, um ihren Finger auf das Tintenkissen zu drücken, war er so nah, dass sein Ellbogen ihre Brust unter dem Krankenhausnachthemd streifte. Sie heftete ihren Blick auf seinen muskulösen Unterarm, ließ ihn dann über das Hemd wandern, das sich straff über seinem Rücken spannte, und weiter nach oben zu seinen von der Sonne gebleichten, leicht gewellten Haaren, die seinen Hinterkopf betonten und sich über seinem Hemdkragen kringelten.

Ihr wurde ganz plötzlich heiß, als ob ihr das Blut in den Kopf schösse. Sie rutschte ein bisschen auf der Matratze herum, dann riss sie ihren Blick von seinem Hinterkopf los und schaute wieder nach unten, wo er ihre Fingerspitze über die bereitgelegte Karte rollte.

Er wandte den Kopf und warf ihr einen kurzen Blick zu. „Alles in Ordnung?"

„Ich ... ja. Ich bekomme nur wieder Kopfschmerzen."

„Ich bin gleich fertig."

Sie erwiderte nichts und schaute zu, wie er den nächsten Finger nahm und die Kuppe ebenfalls auf das Tintenkissen presste.

„Interessant, dass Sie sich an die Namen erinnern, die Sie den beiden gegeben haben, obwohl Sie sich nicht mal an Ihren eigenen erinnern können", sagte er wie nebenbei.

„Das Gehirn funktioniert vermutlich so seltsam, nehme ich an."

„Einen von ihnen haben Sie Zits genannt, richtig? Ich nehme an, aus gutem Grund?"

Sie stimmte zu. „Der andere hatte riesige Ohren. Er ist gefahren, deshalb habe ich meistens nur seinen Hinterkopf gesehen.“

Es war eine Selbstschutzmaßnahme gewesen, wie ihr jetzt klar wurde, ein Weg zu erreichen, dass sie ihr weniger Angst einflößend erschienen. Sie hatten sich darüber unterhalten, was sie mit ihr tun sollten, so als wäre sie kein Mensch, sondern ein Gegenstand. Big Ears hatte dafür plädiert, eine Kettensäge zu kaufen und sie zu zersägen, so wie er es in irgendeinem Horrorfilm gesehen hatte. Zits, der Intelligentere von beiden, der den Ton angab, hatte offenbar andere Pläne mit ihr gehabt. Oder andere Anweisungen.

„Sie haben sich gegenseitig nie mit Namen angeredet?“ fragte Roan Benedict über die Schulter.

Tory zögerte. Die Idee, dass die beiden ungeschoren davonkommen könnten, gefiel ihr ganz und gar nicht, auch wenn es im Moment besser für sie war. „Ich erinnere mich dunkel, dass Big Ears Zits einmal Chris nannte, aber es ist alles ziemlich ...“

„Verschwommen, ich weiß“, steuerte er mit vor Ironie triefender Stimme bei. „Dann ist also Zits der Muskelprotz und Big Ears der baumlange Kerl, stimmts?“

Sie warf ihm einen erstaunten Blick zu, wobei sie sich fragte, ob es eine Suggestivfrage war, dann fiel es ihr wieder ein. „Die Überwachungskamera, nehme ich an?“

„Beide Männer waren auf dem Band. Ihr Zits sieht aus, als ob er Steroide nimmt. Die Akne könnte auch ein Hinweis darauf sein.“

„Ein Punkt für Sie.“

„Ich kann es von der Polizei in Miami überprüfen lassen, vielleicht haben sie ja irgendwelche Fotos von Leuten aus dem Bodybuildermilieu.“

„Gute Idee." Ihre Stimme klang hohl.

„Aber es kommt mir trotzdem irgendwie seltsam vor, dass sie Sie haben entkommen lassen – vorausgesetzt, dass sie Sie wirklich entführt haben. Sie waren ihre Essensmarke, ihre Versicherung. Sie zu verlieren kann das Letzte sein, was sie wollten."

Sie warf ihm einen gereizten Blick zu. „Sie haben mich nicht verloren. Ich habe es geschafft, mir die Pistole zu schnappen, und bin damit aus dem Auto gesprungen. Aber ich glaube, Zits hatte vor, mich als Schutzschild zu benutzen. Deshalb hat er mir das Klebeband abgerissen."

„Und an das alles erinnern Sie sich?" fragte Roan sanft und drehte sich um, um sie mit seinem kühlen Blick in die Kissen zu nageln.

Sie schaute angelegentlich auf ihre tintenblauen Fingerspitzen. „Ich habe Ihnen schon gesagt, dass ich mich an die paar Minuten, bevor ich aus dem Auto gesprungen bin, sehr genau erinnere. Ich glaube ... ich bin mir fast sicher, dass es etwas mit dem Kinnhaken zu tun hat, den Zits mir verpasste. Ich dachte, mir fliegt der Kopf weg, und seitdem habe ich diesen Knoten im Gehirn."

Das Schnauben des Sheriffs deutete darauf hin, dass er nicht überzeugt war. Er wandte sich wieder seiner Aufgabe zu und drückte ihre restlichen Fingerspitzen auch noch auf die Karte, dann reinigte er sie mit einem alkoholgetränkten Tuch und wandte sich gleich darauf ihrer zweiten Hand zu. Er rollte gerade behutsam ihren Ringfinger über die Karte, als er wieder das Wort ergriff: „Haben Sie irgendeine Idee, welches Ziel Zits und Big Ears gehabt haben könnten?"

„Nicht wirklich. Auf jeden Fall von Florida weg, nehme ich an."

„Sie glauben nicht, dass sie absichtlich nach Turn-Coupe gefahren sind?"

„Ich wüsste nicht, warum."

„Die Straße durch die Stadt ist nicht gerade eine Interstate oder auch nur eine Hauptverkehrsstraße. Es könnte einen Grund dafür gegeben haben, dass sie ausgerechnet hier gelandet sind."

„Aber das würde heißen ..."

„Richtig. Gut möglich, dass sie sich immer noch irgendwo in der Gegend herumtreiben. Vielleicht haben ja auch ganz andere Geschäfte sie hierher geführt."

„Zum Beispiel?"

„Die Leute hier stehen gerade vor der Entscheidung, ob sie einem Kasinodampfer auf dem Horseshoe Lake zustimmen sollen oder nicht. Obwohl es natürlich noch ein bisschen zu früh ist, dass sich zwei kleine Ganoven wie diese beiden davon angezogen fühlen könnten."

„Ich verstehe", sagte sie. Und sie verstand auch, dass sie den Sheriff von Turn-Coupe unterschätzt hatte.

Er schaute ihr ins Gesicht, sagte jedoch nichts mehr. Nachdem er ihre linke Hand losgelassen hatte, griff er wieder nach ihrer rechten, während er sie anwies: „So, und jetzt beide Daumen auf einmal."

Das ließ sich, solange sie flach auf dem Rücken lag, nicht so einfach bewerkstelligen, zumindest nicht ohne Schmerzen. Als er ihr Problem erkannte, legte er ihr einen Arm um die Schultern und half ihr beim Aufsetzen, um ihr sodann beide Daumen auf das Stempelkissen zu pressen.

Die halbe Umarmung war unpersönlich und doch unerträglich intim. Sein starker Arm stützte sie, umfing sie. Sein Atem streifte ihre Stirn. Seine Körperwärme war eine deutliche Erinnerung an die vergangene Nacht. Sie spürte, wie sie anfing zu zittern, und sie wusste, dass es nicht allein von ihrer körperlichen Schwäche kam. Um zu verhindern, dass er es merkte, fragte sie: „Leben Sie schon immer hier?"

„Ja." Er verzog den Mund zu einem angedeuteten Lächeln. „Schon seit vielen Generationen."

„Dann haben Sie Familie hier."

„Könnte man so sagen", gab er gedehnt zurück.

„Aber keine Frau?"

Es dauerte einen Moment, bis er sagte: „Wie kommen Sie darauf?"

Etwas in seinem Gesicht beunruhigte sie, aber sie ignorierte es und gab spöttisch zurück: „Kein Ehering. Davon abgesehen scheinen Sie mit Ihrem Job verheiratet zu sein."

„Nicht ganz. Neben meinem Job habe ich auch noch ein Familienleben oder zumindest so etwas Ähnliches."

„Bleiben Sie deshalb hier, wegen Ihrer Familie?" Sie schaffte es nicht ganz, ihre Überraschung zu verbergen. Falls sie sich richtig erinnerte, hatte er nicht wie ein verheirateter Mann gewirkt, als er sie in seinen Armen gehalten hatte.

Er ließ sie wieder in die Kissen gleiten, dann reinigte er ihre Daumen. „Einmal Kleinstädter, immer Kleinstädter. Es lebt sich angenehm in der Kleinstadt, so ganz ohne jede Hektik. Obwohl die Vergnügungen schlicht sind, sind sie doch reell ... ausgedehnte Spaziergänge unter Schatten spendenden Bäumen auf ruhigen Straßen, Sommerabende, an denen man nur das Zirpen der Grillen und das Gurren der Tauben hört, während man in seinem Schaukelstuhl auf der Veranda sitzt, ab und zu einen Schluck von seinem Drink nimmt und zuschaut, wie der Mond aufgeht."

Das Leben, das er beschrieb, hatte erstaunlich viel Ähnlichkeit mit dem Leben, das sie aus den Sommern ihrer Kindheit kannte, in denen sie ihre Großeltern in ihrem kleinen italienischen Dorf besucht hatte. Sie erinnerte sich an lange friedliche Tage, an denen sie mit den ersten Sonnenstrahlen aufgestanden war und die brütend heißen Nachmittage verschlafen hatte, erinnerte sich, dass sie in dem Garten hinter dem Palazzo, von dem der Putz abblätterte, gespielt und dabei sonnenwarme Weintrauben genascht hatte, dass sie staubige Straßen hinuntergetrottet war, um Freunde zu besuchen, und den leisen Stimmen ihrer Großeltern in der Abenddämmerung gelauscht hatte. Es waren Erinnerungen, von denen sie während der langen kalten Wintermonate in Neuengland gezehrt hatte und die, selbst nachdem sie in die Wärme von Sanibel umgezogen waren, nie verblassten.

Es waren Erinnerungen aus einem anderen Leben.

Tory wäre damals am liebsten für immer in dem kleinen italienischen Städtchen geblieben, aber alle leidenschaftlichen Gebete vor dem Altar der alten Stadtkirche hatten nichts gefruchtet. Am Ende war ihre Mutter doch immer wiedergekommen, um sie mit nach Hause zu nehmen, wo sie der Fürsorge von Kindermädchen und Haushälterinnen überlassen wurde, während ihre Mutter mit Männern ausging, die Tory aus tiefstem Herzen verabscheute.

Und als ihre Mutter dann den Mann erhörte, den Tory von ihren vier Ehemännern am allerwenigsten mochte, war es mit den Sommern in Italien aus und vorbei. Als sie jetzt daran dachte, verspürte sie eine Sehnsucht, die so stark war, dass sie fast schmerzte.

Der Sheriff musterte sie einen Moment, dann ging er zur Tür und sagte irgendetwas. Einen Augenblick später erschien Doc Watson wieder auf der Bildfläche, um die Dosierung des

Medikamententropfs neu zu justieren. Nachdem er Tory eingeschärft hatte, dass sie ihm Bescheid sagen solle, falls sie irgendetwas brauche, was Dr. Hargrove ihr nicht geben konnte, ließ er sie wieder mit Roan Benedict allein.

Der Sheriff packte seine Ausrüstung ein und klemmte sich das Köfferchen unter den Arm, dann langte er nach seinem Stetson, der auf dem Nachttisch lag, und sagte: „Ich muss jetzt weg, aber ich schaue später nochmal rein. Bis dahin habe ich vor Ihrer Tür einen Mann postiert."

„Ich betrachte mich als gewarnt", gab sie kühl zurück.

Sein Gesicht blieb ausdruckslos. „Er ist zu Ihrem Schutz da und soll gleichzeitig dafür sorgen, dass Sie bleiben, wo Sie sind. Der Zutritt hier ist niemandem gestattet, außer den Leuten, die meine ausdrückliche Erlaubnis haben, und Ihrem Arzt sowie der Stationsschwester."

„Ich bin im Bilde." Obwohl die Vorstellung nicht angenehm war, weiterhin flach und mit Schläuchen ans Bett gefesselt auf dem Rücken dazuliegen.

Sein Blick hielt ihren ein paar Sekunden lang fest. Es sah aus, als ob Roan Benedict noch mehr sagen wollte, doch dann nickte er und sagte nur: „Gut. Bis später."

Sie schaute ihm nach. Schließlich starrte sie auf die Tür, die sich hinter ihm geschlossen hatte. Am liebsten hätte sie ihn zurückgerufen, um noch einmal von vorn anzufangen. Was sie eben getan hatte – eine Amnesie vorzutäuschen –, war so extrem und konnte sich in vielerlei Hinsicht als falsch herausstellen. Sie war nicht erfahren darin, sich der Obrigkeit zu widersetzen, genauso wenig wie sie es gewöhnt war, sich mit Männern wie dem Sheriff auseinander zu setzen.

Oh, natürlich kannte sie eine Menge Männer von Rang und Einfluss. Aber nur wenige waren sich dessen, was sie waren und wofür sie standen, so bewusst. Roan Benedict wirkte kompromisslos. Entweder lief alles so, wie er es sich vorstellte, oder er sorgte auf die harte Tour dafür, dass es so lief. Und das beunruhigte sie. Richtiger gesagt jagte es ihr sogar Angst ein.

Es war eine Ironie des Schicksals, dass er als Erstes ihre Fingerabdrücke gewollt hatte. Harrells Fälschung hatte sie nur entdeckt, weil ihre Bank sie routinemäßig informiert hatte, dass auf den Unterlagen, die er für seine geschäftliche Transaktion eingereicht hatte, ihr Fingerabdruck fehlte. Daraufhin hatte sie nachgefragt, und man hatte ihr genau erklärt, was für Investitionen sie getätigt hatte. Erst dann hatte sie Harrell zur Rede gestellt. Doch jetzt wurde ihr klar, dass sie besser daran getan hätte, sich umgehend an ihren Anwalt zu wenden. Dann wäre alles anders gekommen, dachte sie, die Augen schließend. Ganz anders.

Roan griff nach dem ersten Läuten des Telefons zum Hörer. Dabei warf er einen Blick auf das beleuchtete Display seines Weckers. Zwei Uhr morgens. Ein Anruf um diese Zeit bedeutete nie etwas Gutes.

„Cal hier, Sheriff."

„Was gibts?"

„Nächtlicher Zwischenfall im Krankenhaus", antwortete der Dienst tuende Beamte in der knappen, aber gestelzten Redeweise, die man ihm auf der Polizeischule beigebracht hatte und derer er sich immer noch befleißigte, als ob er ein Darsteller in einem Polizeifilm wäre. „Zwei Männer sind in das Gebäude eingedrungen. Mutmaßlich dieselben Täter, die Betsys Laden ausgeraubt haben."

Roan wurde die Brust zu eng zum Atmen. Er rollte sich umgehend aus dem Bett und schnappte sich seine Hose. „Wann?"

„Vor zwanzig Minuten, Sir. Sie haben die Gefangene geknebelt und versucht, sie aus dem Bett zu zerren. Die Frau hat es jedoch in letzter Sekunde geschafft, auf den Alarmknopf zu drücken."

„Irgendjemand verletzt?"

„Allen hat bei einem Handgemenge mit einem der Männer ein paar Kratzer abbekommen. Es wurden Schüsse abgeben, aber er wurde nicht getroffen."

Das war es nicht, was Roan wissen wollte. „Und die Verdächtige?" fragte er mit einem stählernen Unterton in der Stimme.

„In Gewahrsam."

„Verdammt, Cal, wurde sie wieder verletzt?"

„Negativ. Außer vielleicht noch einer weiteren Beule auf der Stirn."

Roan war so erleichtert, dass ihm für eine Sekunde fast schwindlig wurde. Wenn Donna oder irgendjemand anders verletzt worden wäre, wäre es seine Schuld gewesen. Er hätte mehr Leute im Krankenhaus postieren sollen.

„Wo wurden die Schüsse abgegeben?" fragte er schroff.

„Vor dem Krankenhaus. Die Verbrecher schossen wild um sich, während sie zu ihrem Fahrzeug rannten. Aber bis auf ein paar zerschossene Scheiben ist kein Schaden entstanden. Bei dem Fluchtfahrzeug handelt es sich um den Wagen, der auf einem hiesigen Parkplatz gestohlen wurde."

„Wurde die Verfolgung aufgenommen?"

„Allen hat seinen Wachposten nicht verlassen, falls Ihre Frage darauf abzielt. Ich habe die Fahndung eingeleitet, aber bis jetzt haben wir noch nichts gehört."

Roan runzelte die Stirn. Er hielt den Hörer zwischen Kinn und Schulter eingeklemmt, während er den Reißverschluss an seiner Hose hochzog und sich sein Hemd schnappte. Es war ausgesprochen dämlich, in einer Kleinstadt ein Auto zu klauen und dann genau in eben jener Kleinstadt damit durch die Gegend zu fahren. Besonders helle waren die Ganoven, mit denen sie es hier zu tun hatten, offenbar nicht. Andererseits hatten sie es zumindest fürs Erste geschafft zu entkommen. Und das gefiel ihm gar nicht. „Ich bin in fünfzehn Minuten da", sagte er in den Hörer.

„Nicht nötig, Sir. Wir haben alles unter Kontrolle. Jetzt muss nur noch der Bericht geschrieben werden. Ich wollte Sie lediglich kurz informieren."

„Ich weiß es zu schätzen, dass Sie sich um meinen Schönheitsschlaf sorgen, Cal", gab Roan zurück. „Aber ich will dicht dranbleiben an dem Fall. Riegeln Sie alle Zufahrtsstraßen ab, und sorgen Sie dafür, dass möglichst nichts an die Öffentlichkeit dringt", sagte er in befehlsgewohntem Ton. „Auch wenn ich morgen wahrscheinlich von sämtlichen Angehörigen der Patienten etwas zu hören bekomme, will ich den Vorfall doch nicht in den Frühnachrichten sehen."

„Verstanden."

„Haben Sie noch einen zusätzlichen Wachposten aufgestellt?"

„War in meinen Augen für die Sicherheit unserer Gefangenen nicht unabdingbar erforderlich, Sir. Davon abgesehen ist außer mir und Allen niemand hier."

„Aber in meinen Augen ist es unabdingbar erforderlich, Cal", gab Roan in seidenweichem Tonfall zurück, der jedoch keinen Zweifel daran aufkommen ließ, dass es sich hier um einen Befehl handelte. „Ich schlage vor, dass Sie Verstärkung anfordern und neben Al Posten beziehen, bis sie eintrifft."

„Aber ich bin hier der Einsatzleiter."

„Ich weiß", gab Roan zurück und legte kurzerhand auf. Cal Riggs mit seinem gestelzten Polizeijargon, seiner unbeugsamen Entschlossenheit, sich jederzeit bis aufs i-Tüpfelchen an die Dienstvorschriften zu halten, und seiner Sorge, dass nur ja seine Position als Stellvertreter nicht angekratzt wurde, konnte einem gelegentlich wirklich auf die Nerven gehen. Meistens trug Roan es mit Fassung, heute jedoch nicht.

Er warf das Telefon aufs Bett, dann zog er sich mit der Geschwindigkeit, die lange Übung mit sich bringt, fertig an. Armbanduhr und Dienstabzeichen lagen auf der Kommode bereit. Er legte die Uhr um und heftete sich den Sheriffstern an die Hemdbrust. Dieses Zeichen seines Amts trug er schon fast sein ganzes Erwachsenenleben. Er hatte eine große Verantwortung, oft musste er schnell handeln, und manchmal ging es sogar um Leben und Tod. Trotzdem passierte es selten, dass er seine Entscheidungen so hartnäckig hinterfragte, wie er es jetzt bei Donna X tat.

Er spürte, dass sie ein Geheimnis hatte, und das nagte an ihm. Er wünschte sich, sie unter ein Mikroskop legen zu können, um zu sehen, aus was für einem Stoff sie gemacht war. Und wenn er das herausgefunden hatte, gab es noch ein paar andere Dinge, die ihn an ihr interessierten und die Zeit erforderten, eine private Atmosphäre und vielleicht eine gute Flasche Wein, um die Stimmung ein bisschen aufzulockern.

Du lieber Himmel. Wo war das denn jetzt hergekommen?

Sich mit einer Tatverdächtigen auf eine private Ebene zu begeben, war das wirklich Allerletzte. Es verstieß nicht nur gegen alles, was er gelernt hatte, um Sicherheit und Ordnung in seiner Stadt aufrechtzuerhalten, sondern auch gegen seinen persönlichen Ehrenkodex. Davon abgesehen hatte er im Moment für so etwas ohnehin keine Zeit und würde wahrscheinlich auch nie welche haben. Ganz zu schweigen davon, dass seine Gefangene wahrscheinlich gar nicht dazu bereit wäre.

Seine Gefangene. Seine, nicht Cals. „Unsere" Gefangene gab es nicht. Bei der Vorstellung, dass Cal ein persönliches Interesse an Donna haben könnte, sträubten sich ihm die Nackenhaare.

Er atmete tief durch und schob den Gedanken dorthin zurück, wohin er gehörte. Trotzdem konnte er nicht aufhören, an Donna zu denken. Was war sie, wer war sie? Ein armes kleines reiches Mädchen, das in ein Entführungskomplott geschliddert war, oder ein gut situiertes Callgirl, das etwas wusste, das es nicht wissen sollte? Eine verwöhnte Tochter aus reichem Haus, die versuchte, aus ihrem Daddy noch mehr Geld herauszupressen, oder eine reiche Schnepfe, die ab und zu einen Kick brauchte? Sie hatte sich ihm von den verschiedensten Seiten präsentiert, mal Engel, mal Hexe. Er musste irgendwie herausfinden, wer sie war, bevor es zu spät war. Sobald sie sich wieder erinnern konnte, wer sie war –, oder in der Minute, in der sie begriff, dass das Spiel aus war – würde sie weg sein. Sie würde nach einem Anwalt verlangen, und der würde erreichen, dass man sie gegen Kaution freiließ, und das war es dann.

Aber vielleicht auch nicht, wenn er entschied, dass es wichtig war, sie festzuhalten. Der Fall würde vor Gericht kommen. Richter „Pug" Miller war ein Cousin seiner Mutter. Rechtsfragen mit ihm zu besprechen – oft beim Angeln auf dem See –, gehörte zu Roans Leben.

Bis jetzt erinnerte die Sache beunruhigend an den Fall Hearst aus den siebziger Jahren. Patty Hearst war unter Einsatz von Waffengewalt entführt worden. Später hatte sie dann behauptet, man hätte sie vergewaltigt und gezwungen, mit den Terroristen, die sie entführt hatten, gemeinsame Sache zu machen, aber die Jury hatte ihr nicht geglaubt. Zum einen, weil Hearst politische Hetzpropaganda unters Volk gebracht hatte, aber auch, weil sie auf einem Video mit einer Schusswaffe in der Hand zu sehen gewesen war. Erschwerend hinzu kam noch, dass sie keine glaubhafte Erklärung dafür hatte, warum sie so getan hatte, als ob sie mit den politischen Zielen ihrer Entführer übereinstimmte. Doch falls ihn seine Erinnerung nicht trog, hatte bei der Urteilsfindung auch noch ganz etwas anderes eine entscheidende Rolle gespielt. Allem Anschein nach war es ihr größtes Verbrechen gewesen, in eine Oberschichtfamilie hineingeboren worden zu sein, die entschlossen war, ihren Reichtum zu benutzen, um sie vor dem Gefängnis zu bewahren. Patty Hearst hatte sich vom Rechtsstaat zu viel erwartet, und er hatte sich gegen sie gewandt. Sie hatte eine große Ähnlichkeit mit seiner Donna X gehabt, wie es Roan schien.

Er schnaubte, von sich selbst angewidert. Jetzt machte er es schon wieder, er klammerte sich an jeden Strohhalm, der Donnas Entführungsgeschichte untermauern könnte. Er wollte ihr glauben. Das war das Problem.

Er hatte ihre Fingerabdrücke durch den Computer gejagt. Nichts. Er hatte die Bilder von dem Überwachungsvideo mit der Verbrecherkartei abgeglichen. Fehlanzeige. Er hatte sich mit der Florida Highway Patrol und dem Sheriffbüro von Dade Country in Verbindung gesetzt, um in Erfahrung zu bringen, wo der alte Van gestohlen worden war. Null. Er hatte sich sogar an das FBI gewandt, um Auskunft über gemeldete Entführungen zu bekommen, aber sie hatten niemanden, auf den ihre Personenbeschreibung passte, in ihrer Kartei gehabt. Nicht dass er darüber traurig gewesen wäre. Das Letzte, was er brauchte, war ein Schwarm hölzerner Regierungsangestellter in Hemden mit Button-Down-Kragen, der auf seinem Territorium herumkroch.

Und dennoch, irgendetwas verheimlichte Donna – falls das ihr richtiger Name war – vor ihm; dessen war er sich sicher. Die Informationen, mit denen sie rübergekommen war, hatten gerade ausgereicht, um ihn zu vagen Vermutungen zu veranlassen, aber es war nichts Konkretes dabei gewesen, was ihm helfen könnte, die beiden Männer dingfest zu machen. Tat sie das, weil sie mit ihren angeblichen Entführern unter einer Decke steckte, oder hatte sie Angst? Wie auch immer, Roan wollte Antworten, ihn interessierte zum Beispiel brennend, warum die beiden Ganoven so entschlossen gewesen waren, sie wieder in ihre Gewalt zu bekommen, dass sie sich nicht einmal gescheut hatten, in ein Krankenhaus einzudringen, obwohl sie damit ein hohes Risiko eingegangen waren. Das war die erste Frage auf seiner Agenda, sobald er Miss Donna X wiedersah.

Bevor er das Haus verließ, schaute er kurz bei Jake rein. Sein Sohn, den das Klingeln des Telefons offenbar nicht geweckt hatte, schlief den tiefen Schlaf eines Jugendlichen, und Roan ließ ihn weiterschlafen. Für den Fall, dass er bis morgen früh nicht zurück sein sollte, hinterließ er eine Nachricht auf dem Küchentisch, dann verließ er das Haus durch die Hintertür. Der alte Beauregard, der auf dem obersten Absatz der Außentreppe lag, blinzelte verschlafen und setzte sein betrübtestes Bluthundgesicht auf, als ob er um Auskunft über den Grund des frühzeitigen Aufbruchs bitten wolle. Roan kraulte ihm kurz die Ohren, dann lief er mit elastischen Schritten die Außentreppe hinunter.

Mit einem Fuß schon in seinem Streifenwagen, hielt er noch einmal inne und klopfte auf seine Brusttasche, um sich davon zu überzeugen, dass er sein Handy dabeihatte. Gleichzeitig schaute er zurück zum Haus, das in gespenstisch silbergraue Schatten eingehüllt dalag. Dog Trot, wie das um 1850 erbaute

Haus wegen der Durchfahrt genannt wurde, die das Erdgeschoss in zwei Hälften trennte, war in einer Mischung aus georgianischem und französisch westindischem Stil erbaut. Das solide anderthalb Stockwerke hohe Anwesen mit seinen breiten geschützten Veranden hatte all die Jahre hindurch der sengenden Sommersonne, den kalten Winterregen, den heftigen Stürmen, die gelegentlich durch das Herz Louisianas rasten, und Horden von Kindern, die wie Heuschreckenschwärme einfielen, getrotzt. Es hatte seit dem Tag, an dem der letzte Holzpfosten in das letzte Loch gerammt worden war, Mitgliedern der Familie Benedict Schutz geboten, und jetzt beschützte es Roans Sohn, der da oben in seinem Zimmer so friedlich schlief.

Einige aus seiner Verwandtschaft, hauptsächlich Frauen, machten ziemlich viel Aufhebens darum, dass Roan, wenn er Dienst hatte, einen vierzehnjährigen Jungen nachts allein zu Hause ließ. Es behagte ihm selbst nicht besonders, aber was blieb ihm anderes übrig, nachdem sein Vater, der bis vor kurzem bei ihnen gelebt hatte, zu seiner großen Abenteuerfahrt mit dem Wohnmobil aufgebrochen war? Jake hatte keine Lust, mehrmals pro Woche bei anderen Leuten zu schlafen, und es machte ihm nichts aus, allein zu bleiben. Davon abgesehen war Dog Trot wahrscheinlich der sicherste Ort im ganzen Landkreis, weitaus sicherer sogar als das Krankenhaus mit seinen bewaffneten Wachposten, weil es wahrscheinlich nur wenige riskieren würden, ausgerechnet auf den privaten Grund und Boden eines Sheriffs einzudringen. Hinzu kam noch, dass es sich die Benedicts zur Angewohnheit gemacht hatten, ihr Eigentum zu schützen. Dies war ihr Land, ihr Zuhause, ihre Burg. Als Jake noch für Ritter und Drachen geschwärmt hatte, hatte er einmal gesagt: Hier sind wir König. Und Roan wollte verdammt sein, wenn sein Sohn nicht Recht behalten sollte.

Er grinste und schüttelte kurz den Kopf, dann setzte er sich hinters Steuer und ließ den Motor an.

Als Erstes sah Roan das, was von der zersplitterten automatischen Glastür, die in die Notaufnahme führte, übrig geblieben war. Drin lag über den blank polierten Fußboden ein dicker Teppich aus Glassplittern verstreut und glitzerte in dem kalten Neonlicht. In der Nähe standen zwei Sanitäter und unterhielten sich leise. Als Roan herankam, schauten sie auf und begrüßten ihn mit einem Nicken, wobei ihre neugierigen Mienen keinen Zweifel daran aufkommen ließen, dass sie liebend gern seine Lageeinschätzung gehört hätten. Aber er hob nur grüßend die Hand, als er an ihnen vorbei auf den Hauptflügel des Krankenhauses zuging, wobei die Glasscherben unter seinen Sohlen knirschten.

Er traf Cal an der Rezeption an, die sich neben Donnas Zimmer befand. Eine junge, in Limonengrün und Rosé gewandete Krankenschwester mit einem an ihrer Hüfte baumelnden Walkman und schwarzen Kopfhörern, die fast ganz in ihrer schwarz gelockten Haarpracht verschwanden, blätterte gerade einen Stapel Krankenblätter durch. Nach einem kurzen Blick in Roans Gesicht murmelte sie etwas davon, einen Rundgang zu machen, und verdrückte sich. Roan ließ sie gehen. Nachdem sie in dem gegenüberliegenden Krankenzimmer verschwunden war, rief er Allen, der vor Donnas Zimmer stand, ebenfalls herbei. Dann postierte er sich so, dass er den Flur übersehen konnte, und hörte sich Cals und Allens Bericht an.

Nachdem die beiden fertig waren, fragte er: „Was könnte Ihrer Meinung nach das Motiv sein?"

„Wer weiß?" antwortete Cal mit einem Schulterzucken. „Die Verdächtige konnte mir nur sagen, dass es zu dunkel war, um irgendwen erkennen zu können."

Allen stemmte die Hände in seine breiten Hüften. „Also, wenn Sie mich fragen, haben ihre Kumpels bestimmt versucht, sie hier rauszuholen."

„Und warum dann der Knebel?"

„Alles bloß Show. Damit es aussieht wie eine Entführung, wenn sie aufgehalten werden. Würde mich nicht wundern zu hören, dass es ihre Idee war."

„Sie sagten, dass bei einem offensichtlichen Kampf ihre IV-Kanülen sehr unsanft rausgezerrt wurden. Ich nehme an, das hat sie aus demselben Grund gemacht?" Roan hörte mit einiger Überraschung die Verärgerung in seiner Stimme mitschwingen, aber er machte sich nicht die Mühe, sie zu unterdrücken.

„Ein Versehen vielleicht, weil sie es eilig hatten und nicht wussten, wie sie die verdammten Dinger rauskriegen sollten. Ich gehe davon aus, dass sie, weil sie kein Blut sehen kann, ohnmächtig wurde und gestürzt ist."

Davon hatte Roan in der Nacht, in der er Donna angeschossen hatte, nichts gemerkt. „Und warum hat sie dann den Alarmknopf gedrückt? Noch ein Versehen?"

„Kann sein." Die Worte klangen defensiv. „So wie es aussieht, haben wir es hier mit blutigen Amateuren zu tun, sonst hätten sie es ein bisschen geschickter angestellt."

„Sie hätten trotzdem fast Erfolg gehabt, wenn nicht die Nachtschwester über die Gegensprechanlage verdächtige Geräusche gehört hätte. Apropos ..."

Allen versuchte gar nicht erst den Anschein zu erwecken, Roan nicht zu verstehen. „Ich schwöre, dass ich nur eine Sekunde weg war. Ich brauchte dringend einen Kaffee, sonst wäre ich eingeschlafen."

„Mit anderen Worten: Sie haben nicht geglaubt, dass es irgendeine Gefahr gibt." Roan wusste, dass Allen gern plauderte, wahrscheinlich hatte er wie üblich in solchen Fällen wieder einmal mit irgendeiner Nachtschwester geschäkert. Was normalerweise kein Grund zur Aufregung war. Wenn Gefängnisinsassen so krank waren, dass sie ins Krankenhaus mussten, gab es nicht sonderlich viel aufzupassen.

„Wer hätte denn gedacht, dass die beiden Ganoven zurückkommen", sagte der Hilfssheriff und fuhr sich in müder Verblüffung übers Gesicht. „Oder dass sie schlau genug sind, sich so lange am Seiteneingang herumzudrücken, bis ihnen ein später Besucher die Tür aufmacht."

Roan wusste, dass Allen trotz allem ein guter Polizist war. „Merken Sie sich das. Fürs nächste Mal", warnte er grimmig.

„In Ordnung."

Roan war zufrieden. Es war Zeit, sich anderen Dingen zuzuwenden. „Schläft die Gefangene jetzt?"

Es war Cal, der antwortete: „Vorhin noch nicht, aber wenn Sie wollen, kann ich nachschauen."

„Nicht nötig. Ich kümmere mich selbst darum. Haben Sie schon jemanden gefunden, der Allen ablösen kann?"

„Nein, Sir. Mit Allen ist alles okay, er kann seine Schicht zu Ende machen." Er warf seinem Kollegen einen Blick zu, der pflichtschuldigst nickte.

Roan seufzte. „Sie wissen, wie ich darüber denke, Cal, und Sie kennen die Vorschriften – jeder Polizist, auf den geschossen wurde, muss abgelöst werden. Sie sind der Chef vom Dienst. Es ist Ihre Aufgabe, für Ersatz zu sorgen. Wenn Sie es nicht tun, werden Sie die Schicht schon selbst übernehmen müssen."

„Jawohl, Sir. Ich mache die Runde, während Sie noch hier sind." Der Hilfssheriff salutierte gänzlich überflüssigerweise steif, bevor er sich abwandte und wegging.

Eine Schande, dass Cal bei jeder Gelegenheit glaubt, bocken

zu müssen, dachte Roan, während er ihm nachschaute. Er war jung und mit Feuereifer bei der Sache, aber das waren die meisten Polizisten in den ersten paar Jahren. Alles haargenau nach den Dienstvorschriften, den neuesten, versteht sich. Es gab Gerüchte, dass er sich bei den nächsten Wahlen um den Posten des Sheriffs bewerben wollte. Er war beliebt, weil er es verstand, sich bei den Leuten lieb Kind zu machen, deshalb könnte er durchaus eine Chance haben. Doch falls er wirklich kandidieren sollte, würde er sich auf einen Wettkampf gefasst machen müssen. Roan hatte Tunica Parish viele Jahre treu gedient, er hatte viele Überstunden gemacht und war mit ganzem Herzen bei der Sache gewesen. Wenn die Wähler ihn für eine weitere Amtsperiode wollten, würde er nicht Nein sagen.

Obwohl er sich kürzlich mit dem Stadtrat wegen dieses Kasinoschiffs angelegt hatte. Solche Dinge konnten durchaus eine Rolle spielen. Andererseits war er mit dem halben Landkreis verwandt oder verschwägert, und der Benedict-Clan war nicht nur weit verzweigt, sondern stimmte überdies zum Schutz seiner Interessen auch noch geschlossen. Nein, das wirkliche Problem waren die ungeschriebenen Gesetze für die Wahlen in Tunica Parish, die sich seit der Herrschaft Frankreichs über Louisiana wenig verändert hatten. Es wurde als kein guter Stil betrachtet, wenn der Verlierer weiterhin in den Diensten des Gewinners blieb. Falls Cal tatsächlich gegen ihn kandidierte und er, Roan, gewann, würde Cal wahrscheinlich gehen. Und auf Cals frische Herangehensweise und sein Interesse an den neuesten Technologien verzichten zu müssen, wäre ein echter Verlust.

Roan entließ Allen, dann drehte er sich um und ging auf Donnas Zimmer zu. Er hatte kaum zwei Schritte gemacht, als er hörte, wie vom anderen Ende der Halle her jemand seinen

Namen rief. Als er sich umdrehte, sah er, dass ihm Hilton Darkwater, der Krankenhausdirektor, zuwinkte.

Ihm war sofort klar, dass damit das nächste Problem auf ihn zukam. Er wartete ungeduldig, bis ihn der schmallippige, bebrillte Mann eingeholt hatte.

„Gut, Sie zu treffen, Sheriff", sagte Darkwater mit einem bemühten Lächeln. „Wir müssen uns unterhalten."

„Hat das nicht noch einen Augenblick Zeit?" Der Drang, bei seiner Gefangenen vorbeizuschauen, hatte ihm keine Ruhe gelassen, seit er von zu Hause weggefahren war. Jetzt war er so stark, dass Roan schon fast geneigt war, dem Direktor zu sagen, dass er ihn später in seinem Büro aufsuchen würde.

„Ich glaube nicht. Sie müssen diese Frau hier rausschaffen." Er deutete mit dem gereckten Daumen auf Donnas Tür.

Roan hakte seine Daumen in seine Gürtelschlaufen. „Ihr Gesundheitszustand dürfte eine Entlassung wohl kaum rechtfertigen."

„Das weiß ich, aber ich wäre Ihnen wirklich sehr dankbar, wenn Sie sie nach Baton Rouge oder New Orleans brächten. Das hier ist ein kleines Gemeindekrankenhaus. Wir sind für diese Art Fälle nicht ausgestattet."

Damit wollte der Klinikdirektor sagen, dass sie hier keine eigene Abteilung mit Gittern und Schlössern hatten. „Mir ist klar, dass es Beschwerden geben wird, aber ..."

„Sie haben ja keine Ahnung! Man hat mich aus dem Bett geholt, damit ich sie beantworte. Ich habe so viele Anrufe bekommen, dass ich mein Telefon abgestellt habe." Der Mann zog vor Aufregung hörbar durch die Nase den Atem ein. „Das Krankenhaus bewegt sich immer noch dicht am Rand der roten Zahlen. Wenn wir wegen dieser Sache Patienten verlieren, weil sie Angst haben, dass sie in ihren teuren verstellbaren Betten überfallen werden könnten, werden wir schneller pleite sein, als wir schauen können. Und dann können wir dichtmachen."

Roan konnte nicht viel Mitgefühl aufbringen, vor allem deshalb, weil sein eigenes Telefon auch unter normalen Umständen ständig klingelte. Davon abgesehen, verfolgte der Klinikdirektor eigennützige Ziele. Er hatte den Posten seit kaum einem Jahr inne, hatte es jedoch bereits geschafft, das Krankenhaus aus den roten Zahlen herauszubringen und die Belegungsrate drastisch zu erhöhen. Man erzählte sich, dass er entschlossen war, in Turn-Coupe Wunder zu bewirken, allerdings nicht, weil er sich um die Gemeinde sorgte und sicherstellen wollte, dass ihr das Krankenhaus erhalten blieb, sondern nur, um sich zu profilieren, damit er sich anschließend irgendwo anders einen lukrativeren Job unter den Nagel reißen konnte.

Roan hatte Mühe, höflich zu bleiben, als er jetzt sagte: „Ich kann sie nicht ohne Grund in ein anderes Krankenhaus verlegen, das wissen Sie. Wenn jemand vom Personal oder ein anderer Patient verletzt oder bedroht worden wäre, wäre das etwas anderes, aber das ist nicht der Fall. Wir haben alle nur einen kleinen Schreck bekommen."

Der andere hielt seinem Blick für einen langen Moment herausfordernd stand. Aber dann schien ihm irgendetwas zu sagen, dass er mit seinem Ansinnen auf Granit beißen würde. Seine Lippen wurden wieder schmal. „Können Sie nicht wenigstens am Eingang noch einen Mann postieren?"

Roan neigte zustimmend den Kopf. „Das werde ich, obwohl ich nicht glaube, dass es heute Nacht noch weitere Probleme geben wird."

„Hoffen wir das Beste", gab der Klinikchef zurück, wobei er sichtbar erschauerte. Als Roan sich abwenden wollte, ergriff der Mann seinen Arm. „Da ist noch der Glasschaden am Eingang zur Notaufnahme. Ich kann beim besten Willen nicht einsehen, warum das Krankenhaus dafür aufkommen sollte."

„Schicken Sie mir die Rechnung."

Roan schüttelte die Hand des Mannes ab, dann wandte er sich zum Gehen. Obwohl er sich sicher war, dass die Versicherung für den Schaden aufkommen würde, lohnte es in seinen Augen den Aufwand nicht. Er würde in seinem Budget schon irgendeinen Posten dafür finden. Falls nicht, würde er es eben aus seiner eigenen Tasche bezahlen.

Er klopfte kurz an die Tür zu Donnas Zimmer, dann trat er ein. Als er sie bleich und still mit geschlossenen Augen, das Haar wie einen Fächer ausgebreitet, in den Kissen liegen sah, blieb er abrupt stehen. Die Tür fiel mit einem leisen Klicken hinter ihm ins Schloss.

Als Tory das Geräusch hörte, schrak sie zusammen und wandte langsam den Kopf. Sie schaute einen Moment auf den Stern an seiner Brust, dann wanderte ihr Blick, der sich wie ein Laserstrahl durch seine Kleidung zu brennen schien, nach oben zu seinem Gesicht. Und heftete sich gleich darauf an den Stetson, den er beim Eintreten nicht abgenommen hatte. Um ihren weichen Mund zuckte ein schlaftrunkenes Lächeln, das einen Moment später einem fragenden Ausdruck wich.

„Wo sind Sie gewesen, Cowboy? Sie haben mich allein gelassen, und jetzt schauen Sie, was passiert ist."

Er war ein Narr. Er musste ein Narr sein, weil er sich plötzlich so fühlte, als säße er hoch zu Pferd im Sattel, bereit, es mit der ganzen Welt aufzunehmen.

Und noch während Roan die Frau anschaute, der die Augen schon wieder zugefallen waren, wusste er, was er mit Donna X tun würde.

4. KAPITEL

„Lieber gehe ich ins Gefängnis!“

Die trotzigen Worte hingen in der Luft. Tory versuchte in dem verschlossenen Gesicht des Sheriffs zu lesen, aber er ließ durch nichts erkennen, dass ihre Worte auch nur den geringsten Eindruck auf ihn gemacht hatten. Tatsächlich schaute er nicht einmal auf, als er antwortete.

„Diese Wahl haben Sie nicht.“

„Sie können mich nicht einfach mit zu sich nach Hause nehmen“, protestierte sie impulsiv. Sie hatte Sheriff Roan Benedict seit dem Entführungsversuch vor zwei Nächten nicht mehr gesehen. Seine Ankündigung, dass sie aus dem Krankenhaus verlegt und unter Hausarrest gestellt werden sollte – in seinem Haus –, hatte sie atemlos und verwirrt zurückgelassen.

„Ich kann. Hier entscheide ich.“

„Das ist barbarisch!“

„Finden Sie?“ fragte er mit einem spöttischen Lächeln.

„Das kann nicht legal sein. Ich meine, Sie können es Hausarrest nennen, wenn Sie wollen, aber ...“

„Genau das wird es sein, nicht mehr und nicht weniger“, gab er zurück. „Wenn Sie bezweifeln, dass es vom Gesetz her gedeckt ist, rufen Sie einen Anwalt an. Aber sorgen Sie dafür, dass Sie ihm einen vollen rechtsgültigen Namen nennen und erklären können, wie Sie die Rechnung bezahlen wollen.“

Darauf hatte sie keine Antwort, zumindest nicht, solange sie bei ihrer derzeitigen Strategie blieb. Einen Moment lang fragte sich Tory, ob der Sheriff womöglich wusste, dass sie ihm etwas vormachte, und ob er sie mit seinem Vorhaben zwingen wollte, ihr Versteckspiel aufzugeben. Aber warum sollte das so sein? Soweit sie es wusste, hatte sie ihm keinen Anlass gegeben, dass er denken könnte, ihre Amnesie wäre nur vorgetäuscht.

Vom vielen Nachdenken bekam sie wieder Kopfschmerzen. Nach dem Besuch von Zits und Big Ears hatte sie das starke Schmerzmittel, das man ihr intravenös zuführte, abgelehnt und sich stattdessen für eine gelegentliche Tablette entschieden. Und das war gut gewesen. Bis jetzt.

„Ich glaube nicht, dass es mir schon gut genug gut geht, um das Krankenhaus verlassen zu können", sagte sie in einem gequälten Tonfall, der nicht ganz gespielt war.

„Doc Watkins sagt etwas anderes. Ihm zufolge ist Ihre Wunde gut verheilt, und Sie können bereits aufstehen und herumlaufen. Davon abgesehen, drängt die Klinikleitung darauf, dass Sie das Krankenhaus schnellstmöglich verlassen. Ich konnte gerade noch erreichen, dass Sie so lange bleiben können."

Dasselbe hatte sie bereits von Stationsschwester Johnnie gehört. „Ich nehme an, Sie nehmen alle Ihre verletzten Gefangenen als Pensionsgäste bei sich auf?" fragte sie spöttisch.

„Niemals. Aber bestimmt werden Sie die Unterbringung in Dog Trot wesentlich komfortabler finden."

„Dog Trot?"

„Mein Haus."

Es klang ganz nach einem baufälligen Schuppen im tiefsten Wald. Ihr schoss das Bild von einer Blockhütte mit bellenden Jagdhunden und Außenklo wie aus irgendeinem Hillbilly-Film durch den Kopf. Mit vor Ironie triefender Stimme sagte sie: „Ich bin mir sicher, dass es ... hübsch ist."

„Auch wenn es nicht das Ritz ist, ist es doch immer noch wesentlich besser als Knast. Das Stadtgefängnis liegt im obersten Stockwerk des Gerichts und wurde Ende des neunzehnten

Jahrhunderts erbaut, also vor der Erfindung solcher Annehmlichkeiten wie Heizung und Klimaanlage. Wir haben zwei Zellen mit je vier Betten. Derzeit sind fünf Leute in Haft, ausschließlich Männer. Ich könnte sie zwar alle fünf zusammenlegen, aber die Zellen liegen nebeneinander und sind nur durch Gitterstäbe getrennt. Und die Hygieneeinrichtungen sind aus Sicherheitsgründen einsehbar."

„Sie meinen, da kann man sehen, wie ..."

„Alles. Immer. Genau."

„Du lieber Gott!"

„Und sie würden sie vierundzwanzig Stunden am Tag voll labern. Es dürfte ein Schnellkurs über die niederen Instinkte der Bestie Mann werden."

Diese Aussicht kostete sie einen Moment schweigend aus. Dann warf sie ihm einen Blick von der Seite zu und fragte mit einem heiseren zweideutigen Timbre in der Stimme: „Und was ist mit Ihren Instinkten? Wie wollen Sie sie zügeln, wenn wir in diesem Haus ohne Gitterstäbe und Zeugen allein sind?"

Roan zog eine Augenbraue hoch. „Lassen Sie mich raten. Diesmal Mae West, ganz und gar weltverdrossen und schwül?"

„Lauren Bacall", sagte sie, verärgert darüber, dass er ihr Spiel durchschaut hatte. „Nicht dass es von Bedeutung wäre."

„Richtig. Was halten Sie von der Idee, dass ich pfeife, wenn ich Sie brauche? Es ist ein Gedanke, aber nichts, was Ihnen schlaflose Nächte bereiten dürfte. Erstens wäre es kein gutes Vorbild für meinen Sohn Jake. Und zweitens funktioniere ich nicht so. Niemand auf Dog Trot wird Sie in irgendeiner Weise belästigen. Und ich schon gar nicht.

„Und das soll ich Ihnen glauben." Die Verärgerung in ihrer Stimme wurde von Neugier überlagert.

„Sie haben mein Wort."

Und das meint er auch genau so, dachte sie. Das Versprechen schwang in seiner tiefen Stimme mit und zeigte sich in der unerschütterlichen Eindringlichkeit seines Blicks. Das Seltsame war, dass sie ihm tatsächlich glaubte. Obwohl sie sorgfältig darauf achtete, es sich nicht anmerken zu lassen.

Bei näherem Hinsehen hatte die Vorstellung, irgendwo in der tiefsten Provinz zu sitzen, durchaus einen gewissen Reiz. Roan Benedict würde ein sicherer und extrem praktischer Schutzschild gegen Zits und Big Ears sein oder sogar gegen Harrell. In einer weniger reglementierten Umgebung wie einem Privathaushalt würde sie wesentlich mehr Bewegungsfreiheit haben, mehr Gelegenheit, bestimmte Vorkehrungen zu treffen, um zu verschwinden, wenn es an der Zeit war. Doch fürs Erste war es wohl am besten, den Sheriff nicht merken zu lassen, dass sie durchaus geneigt war, sich mit der Situation anzufreunden, weil er sonst wahrscheinlich gleich misstrauisch werden würde.

„Die Sache schmeckt mir trotzdem nicht", wandte sie schließlich ein.

Roan Benedict schaute sie ruhig an. „Sie befinden sich im Gewahrsam der Polizei von Tunica Parish. Was Ihnen schmeckt oder nicht, spielt keine Rolle."

„Und wenn ich mich beschwere?"

Sein leises Auflachen klang aufrichtig belustigt. „Nur zu, vorausgesetzt, Sie finden heraus, an wen Sie Ihre Beschwerde richten können."

„Sie haben sich alles genau überlegt, stimmt's?" Sie starrte ihn mit gespielter Frustration an.

„Kann sein", stimmte er lakonisch zu. „Packen Sie Ihre Sachen zusammen. In einer Stunde fahren wir."

Er wartete ihre Antwort nicht ab, sondern wandte sich um

und verließ mit weit ausholenden Schritten, in denen die geschmeidige Grazie des Sportlers lag, das Zimmer. Er drehte sich nicht um.

Tory starrte auf seine breiten Schultern und die schmalen Hüften, bis sich die Tür hinter ihm schloss. Es würde dem Mann nie in den Sinn kommen, dass sie irgendetwas anderes tun könnte als genau das, was er befahl. Und er hatte Recht. Im Augenblick jedenfalls.

Sie schob sich im Bett hoch und stützte sich auf ihren nicht verletzten Ellbogen, während sie auf den Klingelknopf drückte. Einen Moment später öffnete sich die Tür, und der Hilfssheriff Cal Riggs steckte den Kopf durch den Spalt. „Falls Sie Johnnie brauchen, wird es einen Moment dauern. Sie ist mit den anderen Schwestern unterwegs, um bei einem Notfall zu helfen. Sobald sie zurückkommt, sage ich ihr Bescheid."

Sie bedankte sich mit einem Lächeln. Zuerst hatten sie die Männer, die vor ihrer Tür postiert waren, genervt. Aber seit dem Entführungsversuch war sie in gewisser Weise sogar dankbar für ihre Anwesenheit. Cal und Allen, die beiden, die am häufigsten bei ihr reinschauten, waren seitdem sogar ziemlich freundlich. Sie riefen eine Schwester, wenn sie eine brauchte, versorgten sie mit Kaffee, Saft oder Limonade und borgten ihr sogar ihre Zeitungen. Wahrscheinlich rührte ihre Hilfsbereitschaft zum Teil daher, weil sie sich tödlich langweilten, aber der Rest war vielleicht Kleinstadtfreundlichkeit. Auf jeden Fall konnte sie sich so ein Umgehen der Bestimmungen in einer Großstadt nicht vorstellen.

„Kann ich Ihnen irgendwie helfen?" erkundigte sich Cal, als er ein bisschen später ins Zimmer kam.

„Eigentlich nicht. Ich habe ja so gut wie nichts zu packen." Tory machte eine vage Handbewegung in Richtung der paar

Toilettenartikel, die ihr das Krankenhaus zur Verfügung gestellt hatte, und der Hausschuhe, die ihr der Sheriff im örtlichen Discountladen besorgt hatte. „Aber Sie können mir sagen, ob Sheriff Benedict das Recht hat, mich woanders als im Gefängnis festzuhalten."

Der Hilfssheriff stutzte einen Moment und zog seine dichten Augenbrauen zusammen. „Wo denn zum Beispiel?"

„In Dog Trot hat er glaube ich gesagt."

Der Hilfssheriff stieß einen leisen Pfiff aus. „So was ist bis jetzt noch nicht vorgekommen."

„Aber es ist legal?"

„Dem Gesetz nach nicht direkt", gab er gedehnt zurück. „Aber darauf nimmt Roan nicht unbedingt Rücksicht. Er *ist* in Tunica Parish das Gesetz."

In Cals Stimme schwang eine Spur Neid mit oder auch Groll. Die Bemerkung war zudem ziemlich indiskret. Er war während der letzten Tage immer mehr aufgetaut. Und das war auch gut so, weil ihr sein anfangs schrecklich hölzernes Benehmen ziemlich auf die Nerven gegangen war.

Sie fragte mit leicht schräg gelegtem Kopf: „Und wie lange kann er mich dort festhalten, was glauben Sie? Ich meine, muss ich nicht vor Gericht erscheinen oder so was?"

„Der Bezirksrichter kommt jeden Dienstag vorbei, aber das Gericht tagt in den nächsten zwei Wochen nicht, weil Ferienzeit ist." Cal zuckte die Schultern. „Roan kann es also durchaus einrichten, dass es eine Weile dauert, wenn er es will."

„Der Bezirksrichter?" Das ist ja fast noch wie im Wilden Westen, dachte Tory. Wo ein einzelner Richter für eine ganze Gegend zuständig gewesen war und die, denen die Todesstrafe drohte, warten mussten, bis er wieder einmal in der Stadt war. Nicht dass sie die Absicht gehabt hätte, sich zu beklagen.

„Wir haben hier im Landkreis nicht so viel Kriminalität", sagte Cal fast entschuldigend. „Die Hälfte der Leute hier ist mehr oder weniger entfernt miteinander verwandt, und die Benedicts draußen am See tragen ihre Streitereien allein aus. Manchmal fährt Roan raus, um zu schlichten, aber mitbringen tut er normalerweise niemand. Ich denke manchmal, dass sie ihn deshalb alle gewählt haben."

„Ist er bereits lange Sheriff?" Wenn Cal heute Morgen schon so auskunftsfreudig war, sollte sie es ausnützen und ein paar Sachen in Erfahrung bringen.

„Ungefähr acht Jahre, obwohl er schon seit einer halben Ewigkeit im Sheriffbüro arbeitet."

Wie Cal das sagte, klang es, als wäre Roan schon so alt wie Methusalem. Das hatte etwas Komisches, weil der Sheriff wahrscheinlich erst Mitte dreißig war und überdurchschnittlich fit wirkte. Es war gut möglich, dass Cal, der ungefähr zehn Jahre jünger war, gar nicht merkte, wie jung und unerfahren er im Vergleich zu Roan Benedict wirkte.

„Da muss er ja noch ein halbes Kind gewesen sein", wandte sie ein.

„Er hat gleich nach der High School dort angefangen, und ungefähr um dieselbe Zeit herum hat er auch geheiratet. Sein Vorgänger Sheriff Johnson hat ihm den Job von der Pike auf beigebracht. Nachdem Johnson dann irgendwann einen Herzinfarkt hatte, hat Roan das Sheriffbüro fast zwei Jahre lang geleitet, bis Johnson in Rente gehen konnte. Bei den nächsten Wahlen konnte Roan dann einen riesigen Sieg für sich verbuchen. Seitdem hat es nie wieder jemand gewagt, gegen ihn anzutreten."

Es klang genau so, wie sie erwartet hatte. Fest verwurzelt in seinem Amt, fühlte sich Roan allein seinen Wählern verpflichtet. Über diese Art Gesetzeshüter gab es unzählige bessere und schlechtere Filme, Männer in kleinen Gemeinden, die sich, falls nötig, ihre eigenen Gesetze machten.

„Er macht, was er will", murmelte sie faszinierter, als ihr lieb war.

„Kann sein, dass er diesmal ein bisschen überzieht." Cal straffte beim Sprechen die schmächtigen Schultern.

„Sie meinen, indem er mich mit zu sich nach Hause nimmt?"

„Und was immer er dann macht, wenn Sie erst mal dort sind."

„Was meinen Sie denn damit?" fragte sie, hellhörig geworden.

„Die Leute behalten ihre gewählten Vertreter gut im Auge. Sie erwarten, dass sie aufrechte und gottesfürchtige Bürger sind, die es auch privat nicht allzu wüst treiben."

„Danke", gab sie kühl zurück, „aber ich möchte doch darauf hinweisen, dass immer zwei dazu gehören, um es ‚wüst zu treiben', wie Sie es ausdrücken. Wenn Sie glauben, dass ich mich auf irgendwelche zwielichtigen Sachen einlassen könnte, irren Sie sich gewaltig."

„Ja, klar, tut mir Leid", sagte der Hilfssheriff eilig, während er bis unter die Haarwurzeln errötete. „Vergessen Sie's, okay? He, ich glaube, ich höre Johnnie da draußen auf dem Flur ..."

Es war eine offensichtliche Ausrede, um wegzukommen. Zweifellos befürchtete Cal, zu viel gesagt zu haben. Aber Tory hatte das deutliche Gefühl, dass er nicht allzu traurig über die Aussicht war, dass Roan sich ein Problem aufhalsen könnte.

Sie lag da und starrte auf die Tür, die sich hinter Cal geschlossen hatte. Der Gedanke, dass sie Roan Schwierigkeiten machen könnte, beunruhigte sie irgendwie. Es war so leicht gewesen, sich einfach treiben zu lassen, während er sich um sie und ihre Angelegenheiten kümmerte. Das war etwas, das sie gut konnte, denn schließlich ging sie schon seit Jahren den Weg des geringsten Widerstands.

Pflichtbewusste Stieftochter und Gastgeberin, oberflächliches Partygirl, kosmopolitisches Töchterchen aus reichem Hause; sie konnte sich in drei Sprachen fließend unterhalten und mit den angesehensten ihrer Gäste alberne Luftküsse austauschen. Sie täuschte alle einschließlich sich selbst, indem sie sich und den anderen einzureden versuchte, dass die Masken, die sie trug, ihre wirkliche Persönlichkeit waren. Obwohl sie immer eine gewisse innere Leere verspürt hatte, eine, von der sie gehofft hatte, dass sie sie mit einem Ehemann und Kindern füllen konnte.

Harrell hatte genau den richtigen Zeitpunkt gewählt, um in ihr Leben zu treten. Wenn er es darauf anlegte, konnte er sehr charmant sein. Außerdem war er Geschäftsmann genug, um die Fantasie seiner Gesprächspartner anzuregen und das jeweilige Produkt, das er an den Mann oder die Frau bringen wollte, dazu passend erscheinen zu lassen. Bei ihr war es das Produkt „potenzieller Ehemann“ gewesen.

Es hatte eine Weile gedauert, bis sie dahinter gekommen war, dass ihm bei Geschmacksfragen in Wirklichkeit die vornehme Zurückhaltung des alten Geldadels ganz und gar fehlte und er stattdessen feuerrote Ferraris, aufdringlich wirkenden Goldschmuck und Neongeglitzer bevorzugte. Wenn sie sich nicht so viel Mühe gegeben hätte, kein Snob zu sein, hätte sie ihn vielleicht damals schon fallen lassen. Aber so hatte sie immer noch gehofft, ihn ändern zu können. Sie hätte es besser wissen müssen und hätte es wahrscheinlich auch besser gewusst, wenn sie sich nur die Werbespots angesehen hätte, mit denen er für sein Unternehmen warb. Dort sah man den Billigmöbelkönig von Südflorida, wie er sich selbst nannte, mit einer juwelengeschmückten Krone auf dem Kopf und einer kurvenreichen Königin auf dem Schoß, von einem der Sessel aus, die er in seinem Programm hatte, sein Imperium regieren. Typisch.

Wo mochte Harrell jetzt sein? Wahrscheinlich mit ihrem Stiefvater auf dem The Sanctuary beim Golfspielen und anschließend bei The Dunes beim Bierspielen, wo der Gewinner die nächste Runde Importbier bezahlen musste. Er würde die Fragen ihres Stiefvaters bezüglich ihrer Abwesenheit mit einer lässig hingeworfenen Bemerkung abtun. Lampenfieber wegen der Hochzeit, würde er wahrscheinlich mit einem Schulterzucken sagen. Dass die bevorstehende Hochzeit für sie zu viel sei, so dass sie überstürzt weggefahren sei, um eine ihrer Freundinnen zu besuchen. Und dass sie in ein oder zwei Wochen, wenn sie sich etwas beruhigt hätte, schon wiederkommen würde.

Paul Vandergraff würde vollkommen verstehen. Die Angewohnheit wegzulaufen hatte Tory angenommen, kurz nachdem er ihr Stiefvater geworden war. Sie hatte beobachtet, wie er ihre Mutter mit kalter Missbilligung und leichtem Zugang zu verschreibungspflichtigen Beruhigungsmitteln manipuliert hatte, bis der einzige Ausweg ein teures Pflegeheim gewesen war. Anschließend hatte er Tory eingeredet, dass ihre für einen Teenager normalen Stimmungsschwankungen leicht als Anzeichen für psychische Labilität gedeutet werden könnten. Flucht war stets einfacher gewesen, als einer Konfrontation standzuhalten. Kein Wunder, dass sie Harrell gegenüber dasselbe Verhaltensmuster an den Tag legte.

Obwohl Harrell wahrscheinlich nicht so ruhig war, falls Zits und Big Ears bereits den Mut aufgebracht hatten, ihm zu berichten, was passiert war. Vielleicht fragte er sich schon, warum ihm die Polizei von Florida bis jetzt noch keinen Besuch abgestattet hatte. Wie lange mochte es dauern, bis er entdeckte, dass sie nicht geredet hatte, und was würde er dann wohl tun?

Einen kurzen Moment war Tory stark in Versuchung, Roan reinen Wein einzuschenken, damit er wusste, worauf er sich einließ. Es war weder fair noch klug, ihn im Unklaren zu lassen. Aber nein, dieses Risiko konnte sie nicht eingehen. Sobald er erfuhr, wer sie war, würde er versuchen, sie loszuwerden. Und das war das Letzte, was sie wollte.

„Gott, Honey, Sie sehen ja aus, als würde man Sie zur Hinrichtung bringen statt raus nach Dog Trot."

Tory zwang sich zu einem Lächeln. Im selben Moment fiel ihr ein, dass die Krankenschwester Roans Cousine war, also nicht die geeignete Person, um ihr in Bezug auf Roan Vertrauen entgegenzubringen. „Ich vermute, Cal hat Ihnen Bescheid gesagt."

„Nein, Roan. Cal hat nur gesagt, er hoffe, dass Roan weiß, was er tut. Womit er in Wirklichkeit sagen will, er hofft, dass Roan die Fetzen um die Ohren fliegen." Johnnie lachte fröhlich. „Dieser Junge ist ein trauriger Fall – hohe Ambitionen auf einen Job, für den es keine Leiter gibt."

„Außer der einen mit Roans Stern obendrauf?" Roan bei seinem Vornamen zu nennen, kam ihr bei der Unterhaltung mit Johnnie ganz normal vor.

Johnnie warf ihr einen seltsamen Blick zu, während sie nach der Blutdruckmanschette griff. „Cal ist nicht geeignet, Roans Job zu übernehmen."

„Weil Roan zu fest im Sattel sitzt?"

„Weil er einfach zu gut ist." Johnnie befestigte die Manschette an Torys Oberarm und pumpte sie auf. „Obwohl man Cal schlecht einen Vorwurf machen kann. Als Sheriff verdient man gut, und es gibt hier sonst nicht viel, was er tun könnte."

„Ach ja?“

„Die meisten jungen Leute gehen von hier weg aufs College, und anschließend finden sie in irgendeiner größeren Stadt Arbeit. Früher haben die Männer hier als Holzfäller gearbeitet oder wie mein Mann an der Küste nach Öl gebohrt ... aber dann hat er seinen Job wie so viele andere auch verloren, und jetzt repariert er Klimaanlagen. Man darf bloß nie die Nerven verlieren, egal was auch passiert.“

„Cal hat erzählt, dass hier in der Gegend immer noch viele Benedicts leben“, sagte Tory.

„Mich eingeschlossen.“ Die Krankenschwester lachte. „Na ja, sie gehörten noch vor dem Bürgerkrieg zu den ersten Siedlern in der Gegend und haben es geschafft, ihr Land festzuhalten. Sie haben tiefe Wurzeln hier, ganz abgesehen von den Holz- und Ölrechten, mit denen sie sich in stürmischen Zeiten über Wasser halten konnten.“

Grund und Boden, alte Traditionen – ihre Mutter hatte ebenso wie ihre italienischen Großeltern viel von solchen Dingen gehalten. „Dann stammt Roan also aus einer alten Südstaatenfamilie?“ fragte Tory mit trockener Wertschätzung.

„So könnte man es ausdrücken, obwohl er sich schief lachen würde, wenn ihm jemand sagen würde, dass er aus der Schicht der Großgrundbesitzer oder so was abstammt.“ Johnnie hielt lange genug mit Reden inne, um Tory ein Fieberthermometer in den Mund zu schieben. „Derzeit leben Familienzweige der Benedicts hier, die von den vier Brüdern abstammen, die England Ende des siebzehnten Jahrhunderts verlassen haben. Man erzählt sich, dass die Jungs untertauchen mussten, weil gemunkelt wurde, dass sie irgendwas mit dem Tod des hundsgemeinen Mannes ihrer Schwester zu tun hatten. Ich vermute, dass sich die Benedicts auch damals schon um die ihren gekümmert haben.“

Da sie nicht sprechen konnte, hob Tory fragend eine Augenbraue. Jeder Einblick in das Leben des Mannes, in dessen Haus sie in den nächsten Tagen leben würde, konnte von Nutzen sein.

„Die Brüder segelten eine Weile als Freibeuter durch die Karibik, aber Piraten waren sie keine. Irgendwann landeten sie in New Orleans, fuhren dann den Mississippi rauf und ließen sich schließlich am Horseshoe Lake nieder. Sie heirateten alle, obwohl sie sich Zeit ließen. Der älteste Bruder heiratete eine Schottin mit roten Haaren und einem aufbrausenden Temperament. Das ist der Zweig, von dem mein Cousin Kane abstammt. Er ist Anwalt in der Stadt und hat vor einem Jahr eine rothaarige Frau geheiratet, aber sie ist total süß, genau wie er."

Das Fieberthermometer wurde ihr aus dem Mund genommen. Tory fragte: „Und die anderen?"

„Einer hat die Indianerin geheiratet, die sie an den See geführt hat. Das ist der Zweig, von dem Cousin Luke abstammt." Johnnie verdrehte die Augen. „Wenn ich mir je gewünscht habe, mit einem meiner Cousins nicht verwandt zu sein, dann war es Luke. Er ist unheimlich groß, dunkel und sieht absolut traumhaft aus. Wir nannten ihn immer *Luke-de-la-Nuit*, den Mitternachtsmann, obwohl ich stark annehme, dass das jetzt aus und vorbei ist, seitdem er April geheiratet hat. Das ist April Halstead, wissen Sie. Sie schreibt Liebesromane. Haben Sie schon mal was von ihr gelesen?"

Der Name kam ihr bekannt vor; Tory war sich ziemlich sicher, dass sie sich irgendwann einmal ein Buch von ihr an einem Flughafenkiosk gekauft hatte. Sie nickte und fragte: „Sie lebt hier?"

„Sie liebt die Ruhe und die Abgeschiedenheit. Das tun manche Leute."

„Und Sie?“ forschte Tory weiter. „Wie sind Sie mit Roan verwandt?“

„Ich bin eine geborene Benedict. Roan und ich stammen vom selben Familienzweig ab. Unser Ur-Ur- was weiß ich wie viele Ur-Großvater hatte noch ein bisschen Piratenblut in den Adern. Vermutlich hat er wohl deshalb die Spanierin, in die er sich verliebt hatte, entführt und in Texas über die Grenze gebracht. Man erzählt sich, dass sie mit einem Mann verheiratet werden sollte, der doppelt so alt war wie sie, deshalb war es wahrscheinlich nur vernünftig, sie einfach zu entführen, um einem Familienstreit aus dem Weg zu gehen.“ Über ihr rundes Gesicht huschte ein wissender Ausdruck. „Nicht dass ich damit sagen will, dass Ihnen was Ähnliches passiert ist.“

„Nein, natürlich nicht.“ Tory lächelte matt.

„Aber trotzdem sind Sie hier und fahren jetzt mit Roan nach Hause, weil man Sie entführen wollte. Also wenn das nicht irgendwie ...“

„Bitte!“ Die Krankenschwester war offenbar eine unverbesserliche Romantikerin.

Johnnie seufzte. „Entschuldigung. Ich schätze, so was passiert nur in Aprils Büchern.“

Es war wohl am klügsten, das Thema so schnell wie möglich fallen zu lassen. „Haben Sie nicht noch einen vierten Bruder erwähnt?“

„Das war ein Schurke reinsten Wassers. Er hat beim Umherwandern in den Wäldern eine Französin gefunden. Er hat nie erfahren, wie sie dort hinkam oder woher sie stammte, und es war ihm auch egal. Er nahm sie mit zu sich nach Hause und hat sie die nächsten fünfzig Jahre dort festgehalten. Das ist der Zweig, von dem Cousin Clay abstammt. Er und Roan sind dicke Freunde.“

„Faszinierend“, bemerkte Tory, da es offenbar von ihr erwartet wurde.

„Früher waren wir ein verschworener Haufen, Kane, Luke, Roan, sogar Clay und seine Brüder zeitweise. Wir waren ziemlich wild, aber wir haben immer zusammengehalten und aufgepasst, dass wir uns mit unseren dummen Späßen nicht das Genick brechen. War wirklich eine tolle Zeit damals.“

„Aber nicht alle von Ihnen sind so eng miteinander verwandt, richtig?“

„Fünf oder sechs sind Cousins, obwohl manche auch noch mit anderen Zweigen der Familie zusammenhängen. Ich meine, Turn-Coupe war viele Jahre lang völlig isoliert. Ehen unter Blutsverwandten waren normal, weil es keine große Auswahl gab.“ Sie ging zum Fußende des Bettes und schrieb etwas auf die Patientenkarte, die dort hing. „Heutzutage gibts so was natürlich nicht mehr. Ich weiß noch gut, wie es war, als ich in der Mittelschule eine Weile mit Todd Carlson ging. Meine Großmutter war total aus dem Häuschen, weil Todd mein Cousin dritten oder vierten Grades oder so war. Sie hat so einen Wirbel gemacht, dass ich für eine ganze Weile überhaupt keine Lust mehr hatte, mit irgendwem auszugehen.“

Tory legte den Kopf auf die Seite. „Dann ist also der Mangel an Gelegenheit der Grund dafür, dass Roan nicht wieder geheiratet hat?“

Johnnie grinste. „Das kann man nicht gerade sagen. Ich denke, er ist nur zu beschäftigt, ganz zu schweigen davon, dass er zu bescheiden ist, um die Frauen, die auf ihn abfahren, auch nur wahrzunehmen. Aber er ist ein toller Bursche, finden Sie nicht auch? Kein Muskelprotz, aber ein hübsches Päckchen. Und so ein knackiger Hintern!“

Die Zwickbewegung, mit der die mollige mütterliche Frau

ihre Worte begleitete, kam so unerwartet, dass Tory laut auflachte. Sofort hielt sie die Luft an und umklammerte mit einer Hand ihre Schulter. „Oh, machen Sie das nicht, das tut weh", bat sie mit einem lauten Aufstöhnen.

„Entschuldigung. Auf jeden Fall ist das die Saga der Benedicts. Die Brüder haben große Landstriche urbar gemacht, sie haben gejagt und gefischt und am See Fallen gestellt, züchteten Rinder und bauten Baumwolle an und bekamen wie die meisten Leute damals einen Haufen Kinder." Sie machte eine weit umfassende Geste. „Und von da kommen wir alle her."

Tory musste unwillkürlich über den Stolz und die Zuneigung lächeln, die in Johnnies Stimme mitschwangen. „Es muss schön sein, zu so einer großen Familie zu gehören."

Über Johnnies Gesicht huschte ein müder Ausdruck. „Manchmal wünsche ich mir, das einzige Kind eines Einzelkinds zu sein und in einer Stadt zu leben, in der mich kein Mensch kennt. Du kannst dir hier nicht mal eine Tüte Milch holen, ohne über ein Dutzend Leute zu stolpern, die du kennst. Und wenn du in deinen Arbeitsklamotten oder ohne Make-up losgehst, sagen sie gleich alle, ‚Ja, sag mal, was ist denn mit Johnnie los? Sie sieht so schlecht aus. Glaubst du, sie hat irgendwelche Probleme?' Also wirklich!"

„Immerhin zeigt das, dass sie sich Gedanken machen", sagte Tory leise. Sie war das einzige Kind eines Einzelkinds. Keiner der vielen Versuche ihrer Mutter, eine dauerhafte Ehe einzugehen, hatte nach ihrer Heirat mit Torys Vater, dem italienischen Prinzen, zu weiterem Kindersegen geführt. Vielleicht, weil ihre Mutter nie wirklich mütterlich gewesen war. Nur bei ihren Großeltern, in dem kleinen Städtchen in den sanften Hügeln der Toskana, hatte Tory sich als Teil einer Familie gefühlt. Das Leben dort war dem in Turn-Coupe sehr ähnlich gewesen, mit diesem starken Interesse am Wohlergehen der anderen und den engen Verwandtschaftsbindungen, die direkt einer Seifenoper entsprungen zu sein schienen.

In gewisser Hinsicht hatten ihr ihre Großeltern die größte Sicherheit geboten, die sie als Kind je kennen gelernt hatte. Ein paar kostbare Sommer lang, im Alter von sechs bis vierzehn, hatte man sie zu Mama Sophia auf das Anwesen der Trentalaras geschickt. Dort war sie zusammen mit zwei älteren Cousinen aus Rom in die Sitten und Gebräuche der vornehmen Gesellschaft eingeführt worden, so dass sie in der Lage war, jeder hochgestellten Persönlichkeit zu begegnen. Die drei Mädchen waren mit Mama Sophia und Papa 'Vanni durch Italien gereist, wo sie viel über die Kunst und das Leben gelernt hatten. Das war eine schöne Zeit gewesen. Anschließend war ihr Leben nur noch von einer langen Reihe Kindermädchen, Internatsleitern und Collegedekanen geprägt worden.

Tory schaute gedankenverloren zum Fenster, durch das die Sonne hereinschien, und sagte leise: „Ich erinnere mich ..."

Johnnie hob ruckartig den Kopf und fragte sichtlich gespannt: „Ja?"

Tory biss sich auf die Unterlippe. Sie spürte, wie ihr die Röte ins Gesicht schoss, während ihr klar wurde, dass sie um ein Haar einen großen Fehler gemacht hätte. Ihr war vorhin schon einmal ein Ausrutscher passiert, als sie versehentlich angedeutet hatte, dass sie keine nahen Verwandten hatte. Hatte Johnnie es bemerkt? Würde sie es Roan erzählen? Du lieber Himmel, sie musste wirklich besser aufpassen.

Sie setzte ein verwirrtes Gesicht auf und seufzte. „Oh, fast hätte ich ... aber nein, es ist wieder weg."

„Wirklich schade. Na, vielleicht nächstes Mal." Johnnie ging zum Nachttisch und begann, die Toilettenartikel einzusammeln.

„Aber jetzt sollten wir uns besser ein bisschen beeilen. Roan kann jede Minute hier sein. Er ist zwar vieles, aber geduldig ist er nicht."

Das bezweifelte Tory nicht. Und sie fragte sich, wie weit man gehen musste, bis ihm die Geduld riss.

5. KAPITEL

„*Das* ist Dog Trot?“

In Torys Stimme klang absolute Ungläubigkeit mit, während sie vom Beifahrersitz des Streifenwagens aus auf Roans Haus starrte. Es war ein Herrensitz aus der Zeit vor dem Bürgerkrieg, mit mächtigen, unten weit ausladenden Säulen, die die breite Vorderfront säumten, und kunstvoll geschwungenen schmiedeeisernen Brüstungen, die sich zwischen den Stützpfeilern der Veranda im ersten Stock spannten. Der breite Vorderaufgang mit dem ebenfalls schmiedeeisernen Geländer führte zum Eingangsportal im ersten Stock hinauf, wodurch das Erdgeschoss wie ein erhöht liegendes Tiefgeschoss wirkte. Die unteren, mit wildem Wein bewachsenen Backsteinmauern waren fast achtzehn Zoll dick und zu einem weichen Rosarot verblasst. Das auffallendste an dem Gebäude war jedoch der tunnelähnliche Gang, der das Erdgeschoss in zwei Hälften unterteilte. Das Sonnenlicht warf interessante dreieckige Schatten über die Mauern der Durchfahrt, während durch eine große Öffnung das üppige Grün eines rückwärtigen Gartens zu sehen war. Das ganze Anwesen machte einen gepflegten Eindruck und strahlte eine undefinierbare Aura ruhiger Würde und soliden Komforts aus.

„Es ist ein Zuhause“, sagte Roan.

„Aber es ist ja riesig!“

„Nicht wirklich“, sagte er, während er ausstieg und um den Wagen herumging, um ihr die Tür zu öffnen. „Erst wenn es wieder mal an der Zeit ist, es anzustreichen. Dann verwandelt es sich in ein Monster.“

Tory hatte schon größere Häuser gesehen, zum Beispiel das supermoderne und weitgehend charakterlose Winterquartier der Vandergraffs auf Sanibel Island. Das Haus ihres Vaters in Italien war ebenfalls größer gewesen, eine wunderschöne alte Villa aus gelbem Sandstein, mit einem Löwenkopf-Türklopfer aus Messing an der uralten, mit kunstvollen Holzschnitzereien verzierten Eingangstür. Dennoch strahlte dieses Haus, das sie jetzt vor sich sah, etwas aus. Dog Trots trutzige Mauern und massive Türen versprachen Frieden und Sicherheit. Es wirkte wie eine Zuflucht.

Sie rutschte vom Sitz und stieg aus. Roan war ihr behilflich, indem er ihr schnell eine Hand unter den Ellbogen schob. In diesem Augenblick kam ein großer lehmroter Hund aus dem Schatten des Kutschenwegs, der das Erdgeschoss des Hauses in zwei Hälften unterteilte, herausgetrottet. Nachdem er das Sonnenlicht erreicht hatte, blieb er stehen und streckte ausgiebig die Hinterläufe. Dann warf er den Kopf in den Nacken und stieß ein rumpelndes Bellen aus, das sich wie ein Donnergrollen anhörte.

„Du lieber Himmel“, entfuhr es Tory. „Was ist denn das?“

Roans einer Mundwinkel hob sich zu einem Lächeln. „Keine Angst, das ist nur Beauregard – Beau für seine Freunde –, der seine Pflicht als Wachhund tut.“

„Er ist kein ... kein Bluthund?“ Sie schaffte es gerade noch, ein Erschauern zu unterdrücken, das wahrscheinlich eine direkte Auswirkung der Tatsache war, dass sie zu viele Filme gesehen hatte, in denen solche Hunde vorkamen.

„Doch, reinrassig, mit Stammbaum, obwohl er viel zu faul ist, um mehr als ein Karnickel zu jagen.“

In der Stimme des Sheriffs schwang ein liebevoll neckender Unterton mit, der die Vermutung nahe legte, dass das genaue Gegenteil der Fall war. Ohne Zweifel war der Hund darauf dressiert, Menschen zu jagen. Obwohl er ganz und gar nicht bissig oder sonst irgendwie gefährlich wirkte, als er jetzt angetrottet kam, um sich den Kopf tätscheln zu lassen, und sich hocherfreut an Roans Hosenbein rieb. Zuzuschauen, wie Roans Hand in rauer Zärtlichkeit über das glatte Fell und die Schlappohren des Hundes strich, bewirkte, dass Tory in ihrer unteren Körperregion ein höchst seltsames Kribbeln verspürte.

„Beißt er?“ fragte sie schärfer als beabsichtigt.

Roan warf ihr einen kurzen Blick von der Seite zu. „Nur wenn ich es ihm befehle.“

„Sehr tröstlich.“

„Mögen Sie keine Hunde?“ fragte Roan, während er sich wieder aufrichtete.

„Kleine schon.“ Sie hatte als Kind einen Pudel gehabt, den sie heiß geliebt hatte, aber Pierre war während eines Fluges von New York nach Fort Myers aus seinem Transportkorb verschwunden. Danach hatte sie ihr Herz nie wieder an ein Tier hängen wollen.

„Aber große nicht? Dann könnten Sie Probleme bekommen.“ Er deutete mit dem Kopf in Richtung einer Scheune jenseits des Hauses.

Er hatte Recht. Von dort kam jetzt eine ganze Hundemeute angerast. Manche der Hunde waren schwarz und manche braun, aber alle hatten sie das grobknochige und doch rassige Aussehen von Jagdhunden, wie man sie oft auf alten englischen Stichen sah.

„Warten Sie“, sagte sie gedehnt. „Lassen Sie mich raten. Sie sind ein Jäger.“

„Und das mögen Sie auch nicht, wie ich annehme.“

Sie hob wegwerfend ihre unverletzte Schulter, während sie nervös die Hunde im Auge behielt, die um sie herumsprangen und an ihren Beinen schnupperten, als wären sie auf der Suche nach einem Mittagessen. „Wenn es Ihnen Spaß macht, wehrlose Tiere zu töten.“

„Was mir wirklich Spaß macht, ist Hunde zu züchten und auszubilden wie vor mir schon mein Vater, mein Großvater und mein Urgroßvater. Hunde aus Dog Trot bekommen bereits seit vielen Generationen das Blaue Band. Es sind die besten im Land.“

„Ach, von daher also der Name Ihres Hauses“, sagte sie in ihrem gelangweiltesten Mädchenpensionatsakzent. „Wie reizend.“

Er lachte und kraulte Beauregard den großen Kopf, während der Bluthund die anderen Hunde beiseite drängte, an ihm hochsprang und ihm die untertassengroßen Vorderpfoten auf die Brust pflanzte. „Hast du das gehört, alter Junge? Sie lässt sich nicht von uns beeindrucken. Dann erzählen wir auch nicht, dass der Kutschweg unser Hundevorführplatz ist.“

Tory, die sich vor lauter Unbehagen gegen die Beifahrertür drückte, konnte der Situation beim besten Willen nichts Komisches abgewinnen. Das einzig Gute an der Sache war, dass Zits Angst vor Hunden hatte.

Roan befahl dem Hund, von ihm abzulassen, dann streckte er die Hand aus, um die Autotür zuzumachen. Als Tory einen schnellen Schritt zur Seite machte, knickte sie um und stolperte.

„Immer langsam.“ Roans starker Arm schoss vor und legte sich um ihre Taille. Der Körperkontakt kam so überraschend, dass sie für einen Moment vollends das Gleichgewicht verlor. Sofort schlang sich sein Arm fester um sie und zog sie noch näher an sich.

Jetzt wurde sie von der Brust bis zu den Knien an seinen hoch gewachsenen schlanken Körper gepresst, während sie der

Geruch nach gestärkter Uniform, frischem Aftershave und heißer männlicher Haut einhüllte. Er hielt sie unverrückbar fest, die Muskeln unter ihren Fingern, die sich in seinen Unterarm krallten, waren hart und unnachgiebig. Die Kraft, die er ausstrahlte, schien sie einzuschließen. Sie konnte spüren, wie sich seine Brust schnell hob und senkte, und fühlte sein Herz schlagen. Seine grauen Augen glitzerten abschätzend. Und da war noch etwas anderes, das sie nicht einordnen konnte.

„Entschuldigung", sagte er gepresst. „Ich hätte merken müssen, dass Sie noch ein bisschen schwach auf den Beinen sind."

„Mir geht es gut", erwiderte sie so kühl und distanziert wie nur möglich, während sie sich von ihm freizumachen versuchte. „Darf ich?"

Roan presste die Lippen zusammen, ließ sie los und trat einen Schritt zurück. Er berührte sie nicht mehr, während sie langsam auf den breiten Treppenaufgang, der zu der schweren Eingangstür auf der Hauptebene führte, zuging. Aber er blieb an ihrer Seite, so wachsam, dass sie sich wünschte, er hätte ihr etwas anderes zum Anziehen mitgebracht als den leichten Morgenrock, den sie trug.

Tory ging, die Hand fest auf dem schmiedeeisernen Geländer, mit zusammengebissenen Zähnen langsam die Treppe hinauf, entschlossen, nicht noch einmal ins Straucheln zu kommen. Auch wenn sie Roan Benedicts dubiose Gastfreundschaft annehmen musste, musste sie doch nichts anderes hinnehmen. Sie konzentrierte sich so sehr darauf, den obersten Treppenabsatz zu erreichen, dass sie zusammenfuhr, als er wieder das Wort ergriff.

„In Beaus Nähe sollten Sie besser vorsichtig sein."

„Kein Witz." Die Worte klangen mehr als nur ein bisschen

atemlos. Entweder war sie schwächer als erwartet, oder die Treppe war steiler, als sie von unten wirkte.

„Er nimmt seine Pflichten ernst. Wenn er das Gefühl hat, Sie könnten irgendwohin gehen, wo Sie nicht hingehen sollten, könnte er versuchen, Sie aufzuhalten."

„Indem er mir ein Bein stellt, nehme ich an?"

„Er würde Sie nicht unbedingt anfallen, aber er könnte es Ihnen schwer machen, an ihm vorbeizukommen."

„Wie praktisch für Sie. Auf diese Weise können Sie schon einen Hilfssheriff abziehen."

„Keine Sorge. Cal und Allen werden tagsüber trotzdem weiterhin nach Ihrer Pfeife tanzen."

Dann wusste er also, dass sich seine Leute ab und zu ein bisschen nützlich gemacht hatten. Es klang fast so, als ob es ihm nicht passte, obwohl sie nicht verstand, warum. „Gut", gab sie schroff zurück. „Ich habe mich nämlich schon gefragt, was wohl passiert, wenn die Entführer herausfinden, dass ich hierher verlegt wurde."

Er lachte trocken auf. „Sie denken, ich hätte es geheim halten sollen?"

„Klingt in meinen Ohren nur vernünftig."

„Keine Chance. Spätestens mit Einbruch der Dunkelheit wird es jeder in Turn-Coupe wissen."

Es war gut möglich, dass er Recht hatte. Ihr war nicht entgangen, dass im Krankenhaus der Klatsch blühte. Auch das hatte sie an das Dorf ihrer Großeltern erinnert, wo niemand vor dem Frühstück niesen konnte, ohne dass sich spätestens bis Mittag alle nach seiner Gesundheit erkundigt hatten.

Ihr war so heiß. Und das Geländer war auch heiß. Außerdem war es glitschig; ihre Finger rutschten über das glatte Metall, das über die Jahrhunderte hinweg von zahllosen Händen poliert worden war. Sie spürte, dass ihr trotz des Schattens, den die großen alten Eichen warfen, der Schweiß auf der Stirn stand und sich zwischen ihren Brüsten sammelte. Die Haut unter ihrem Verband juckte, während die Wunde selbst brannte, als ob jemand mit einem weiß glühenden Schürhaken darin herumstocherte.

„Alles in Ordnung mit Ihnen?“ fragte Roan. „Sollen wir eine kleine Pause einlegen?“

Seine Stimme schien aus einiger Entfernung zu kommen. Tory weigerte sich, ihn oder die Hand anzuschauen, die er ihr entgegenstreckte. „Nein, danke“, antwortete sie mit trockenen Lippen.

„Weil der Vorschlag von mir kommt, meinen Sie?“

„Was Sie nicht sagen.“

„Ich sage, dass Sie Glück haben, wenn Sie nicht kopfüber diese Treppe runterfallen.“

Sie schaute über die Schulter nach dem Hund namens Beau, der ihnen dicht auf den Fersen folgte. „Halten Sie mir diesen Hund vom Leib ... dann geht es mir gut.“

„Sie sehen aber gar nicht gut aus.“

Sie hob das Kinn. „Danke, sehr charmant von Ihnen.“

„Schön“, bemerkte er mit einer Spur Verärgerung in der Stimme. „Und wen geben Sie jetzt, die Aristokratin auf dem Gang zur Guillotine? Oder vielleicht die Prinzessin auf dem Weg zu einem wichtigen Termin mit dem großen Heerführer?“

Er hatte so ins Schwarze getroffen mit seiner Vermutung, dass sie vor Verblüffung den Kopf herumriss. Die abrupte Bewegung war ein Fehler, weil dabei ihre Hand vom Geländer abrutschte. Sie stieß einen leisen Schrei aus, während ihr auch schon klar wurde, dass sie ihren Sturz nicht mehr verhindern konnte.

Aber sie stürzte nicht. Roan fing sie geistesgegenwärtig auf, und einen Moment später merkte sie, wie sie hochgehoben und die letzten paar Stufen hinaufgetragen wurde.

Als er mit ihr das Haus betrat, schlug ihr gepriesene Kühle entgegen und hüllte sie zusammen mit dem schwachen Duft von Zitronenölpolitur ein. Und da war auch noch ein feiner würziger Duft, wie aus irgendeiner vergessenen Duftschale. Diese Düfte erinnerten Tory so stark an jene, die in der Villa ihrer Großeltern in der Luft gehangen hatten, dass sie ein seltsames Déjà-vu-Gefühl verspürte.

Bevor Roan die Treppe ansteuerte, erhaschte sie einen kurzen Blick auf einen langen, äußerst nüchternen, mit nur wenigen antiken Möbelstücken ausgestatteten Flur. Die Reise nach oben schien endlos zu dauern. Schließlich schob er mit der Schulter eine Tür auf, betrat ein Schlafzimmer und trug sie zu einem Baldachinbett hinüber, wo er sie behutsam ablegte. Sie versank in den herrlich weichen Kissen, aber als er seinen Arm unter ihr wegzog, verspürte sie einen kurzen scharfen Schmerz in der Schulter, so dass sie mit einem leisen Zischen den Atem einzog.

„Tut mir Leid", sagte er, dann streckte er die Hand aus und schob ihren Morgenrock, der sich an den Beinen ein bisschen geöffnet hatte, sorgfältig zusammen. Nachdem er sich wieder aufgerichtet hatte, blickte er sie mit nachdenklich gefurchter Stirn an.

Sie wich seinem Blick aus und schaute sich in dem Zimmer um. Der obere Teil der Wände zeigte ein so helles Gelb, dass er wahrscheinlich einst weiß gewesen war, bis ihm das Alter und der Rauch von unzähligen Feuern in dem Marmorkamin seine Patina verliehen hatten. In der Hälfte unter der weißen Querleiste befand sich eine weiß-, gelb- und goldgestreifte Tapete, die das durch die Spitzenvorhänge sickernde Sonnenlicht einzufangen schien. Das Bett, auf dem sie lag, war aus Rosenholz, mit einem großen Baldachin, der auf gedrechselten Holzpfeilern ruhte. Der goldfarbene Seidenstoff über ihrem Kopf wurde in der Mitte von einem kunstvoll geschnitzten Amor gehalten. Das glänzende pausbäckige Gesicht der Figur hatte Alterssprünge, und ihre Farben waren zu hübschen Pastelltönen verblasst.

Ohne Roans Blick zu begegnen, sagte sie: „Ich sollte mich bei Ihnen bedanken, dass Sie mich in letzter Sekunde aufgefangen haben."

„Machen Sie sich keine Mühe."

Die Worte hatten einen harten, müden Klang. Tory spürte, wie ihr die Röte ins Gesicht stieg, einerseits, weil sie sich ziemlich undankbar vorkam, und andererseits, weil er sie so eingehend musterte. Er war viel zu intelligent und viel zu erfahren im Umgang mit Menschen, um sich täuschen zu lassen. Er sah zu viel, seine Blicke durchdrangen die Maske, hinter der sie sich versteckte. Sie schloss die Augen, während sie sich eine Hand an die Schulter legte und die Handfläche gegen den Verband presste. „Ich meine es ernst, wirklich. Ich glaube nicht, dass es mir gut bekommen wäre, wenn ich die Treppe runtergefallen wäre."

„Tut es wieder weh?" fragte er mit veränderter Stimme. „Doc Watkins hat mir Schmerztabletten mitgeben, die eigentlich reichen müssten, bis ich dazu komme, das Rezept einzulösen." Er fischte ein Arzneimittelfläschchen aus seiner Hosentasche. „Gedulden Sie sich noch einen Moment. Ich hole Ihnen nur ein Glas Wasser."

Dass er so umgehend auf ihre Bedürfnisse reagierte, bewirkte nur, dass sie sich noch undankbarer und schuldiger fühlte. Sie machte die Augen wieder auf und schaute ihm nach, während er in einem Raum verschwand, bei dem es sich wahrscheinlich um ein angrenzendes Bad handelte. Er konnte einen wirklich beunruhigen.

Jetzt hörte sie aus dem Nebenraum ein leises Piepsen, das sie als das diskrete Signal seines Pagers identifizierte. Bestimmt meldete man ihm irgendeinen Zwischenfall: eine Kuh, die durch einen Weidezaun entwichen war, ein durch das Städtchen kommender Penner, der versucht hatte, das örtliche Café um ein Mittagessen zu prellen, oder vielleicht eine alte Dame, die mit fünfunddreißig Meilen pro Stunde durch eine Fünfundzwanzig-Meilen-Zone gerast war. Roan würde zweifellos zurückrufen.

Bei den Gesprächen mit Johnnie und Cal hatte sie in Erfahrung gebracht, dass der Sheriff ein persönliches Interesse am Wohlergehen der Bürger von Turn-Coupe zu haben schien, dass er sich offenbar voller Hingabe um sie und ihre Probleme kümmerte. Die Bürger wiederum schienen seine Hilfe und seinen Rat täglich zu benötigen. Roan war immer für sie da, selbst an seinem freien Tag, das sagten alle. Allem Anschein nach war es für ihn nicht einfach nur ein Job, sondern er schien echte Befriedigung daraus zu ziehen, anderen Menschen helfen zu können.

Sie hatte von Männern mit derart ritterlichen Anwandlungen schon früher gehört. Und sie wusste auch, dass das Bedürfnis, gebraucht zu werden, Teil des mentalen Gepäcks war, das viele Männer mit sich herumschleppten. Wenn sie die abhängige Invalide vortäuschte, konnte sie Sheriff Roan Benedict ja vielleicht eher dazu bringen, ihren Beschützer statt ihren Gefängnisaufseher zu spielen.

Obwohl sie irgendwo ganz tief in ihrem Innern wusste, dass

ihr Verhalten von Eigennutz geprägt und mehr als nur ein bisschen herablassend war, konnte sie nichts dagegen machen. Wenn Roan die Wahrheit nicht sehen wollte, musste sie eben zu anderen Mitteln greifen.

Sie hörte im Bad Wasser laufen. Einen Moment später kam der Sheriff zurück. Das Glas wirkte in seiner großen sonnengebräunten Hand zerbrechlich. Ein anderer Mann wäre sich vielleicht ein bisschen lächerlich vorgekommen, aber er wirkte erstaunlich kompetent und entspannt. Sie fragte sich flüchtig, ob er vielleicht Erfahrung darin hatte, fremde Frauen in seinem Schlafzimmer zu bedienen. Dann schob sie den Gedanken beiseite, er spielte keine Rolle und lenkte nur ab.

Sie ließ es zu, dass er ihr beim Aufsetzen half, und schluckte anschließend die Kapsel, die er ihr hinhielt. Als sie ihm das Glas zurückgab, nahm er es nicht sofort. Sie entdeckte, dass er auf ihren Hals schaute, als ob er beobachtet hätte, wie sie schluckte. Als er aufschaute und ihrem Blick begegnete, spürte sie, wie sie rot wurde.

Tory hielt diesem klaren Blick einen endlosen Moment lang stand und versuchte, hinter diese kantigen Züge zu schauen, hinter diesen Nimbus von Befehlsgewohntheit, hinter seinen Sheriffstern. Sie wollte wissen, wie er dachte und fühlte, sie wollte seine Schutzmauern niederreißen, um zu sehen, wie dieser Mann ohne Maske aussah.

Es war unmöglich.

Beschämt darüber, dass sie es überhaupt versucht hatte, und ein bisschen niedergeschlagen und verwirrt schaute sie weg. Als ihr Blick auf die Pistole in dem Holster fiel, das an seinem Gürtel befestigt war, erschauerte sie unwillkürlich.

„Sie ist zu Ihrem Schutz da."

„Richtig. Ich werde versuchen, mich daran zu erinnern,

wenn in ein paar Tagen meine Fäden entfernt werden." Angriff war gegen ein unwillkommenes Gefühl immer noch die beste Verteidigung.

„Ich habe dieses Karussell, in dem Sie sich befinden, nicht in Gang gesetzt", antwortete er in demselben ruhigen Tonfall, „aber ich beabsichtige, es auf die eine oder andere Weise anzuhalten."

„Ein Wundertäter, sind Sie das?" Die Worte klangen heiser und nicht ganz fest.

„Wenn es einen dafür braucht."

Tory wünschte, sie könnte ihm glauben, sie wünschte, sie könnte ihm alles erzählen und es anschließend ihm überlassen, die Dinge wieder ins Lot zu bringen. Aber dazu müsste sie alle Ereignisse aufdröseln, die sie schließlich nach Dog Trot geführt hatten, und damit würde sie den Menschen enthüllen, der sich hinter all den Masken versteckte, die sie im Lauf der Jahre perfektioniert hatte. Und wie konnte sie das, wenn sie sich nicht einmal sicher war, wer diese Frau überhaupt war?

„Dad?"

Die Stimme, die von der offenen Tür kam, hatte den leicht unsicheren Klang der Pubertät. Dort stand ein Junge, ganz unzweifelhaft Roans Sohn, da er fast genauso groß war wie Roan und eine geradezu verblüffende Ähnlichkeit mit ihm hatte.

„Gerade kommt ein Truck die Auffahrt rauf, vielleicht Kane. Dachte, es interessiert dich."

Roan nickte, dann winkte er den Jungen ins Zimmer. „Wenn du schon mal da bist, komm rein, damit ich dir Donna vorstellen kann."

Der Junge kam mit der tapsigen Unbeholfenheit eines Hengstfohlens ins Zimmer. Sein sandfarbenes Haar war kinnlang, und seine Augen waren eher braun als grau. Als sein Vater ihm die Rechte auf die Schulter legte, schaute er ihn an und machte keinen Versuch auszuweichen.

„Mein Sohn Jake, Donna."

„Hallo", sagte Tory, ihre Hand ausstreckend. Der Junge musterte Tory kurz, während er ihre Hand nahm, sagte jedoch nichts. Er hielt ihre Finger kaum eine Sekunde, ließ sie dann sofort wieder los und schob die Hände in seine Hosentaschen.

Sie versuchte es mit einem Lächeln. „Tut mir Leid, wenn ich durch meine Anwesenheit hier störe. Ich werde versuchen, mich so ruhig wie möglich zu verhalten."

Sein Blick schweifte wieder ab, ob aus Schüchternheit oder aus Unbehagen darüber, dass sie über dem Krankenhausnachthemd nur einen dünnen Morgenrock trug, wusste sie nicht. Schließlich sagte er: „Ist schon okay. Es war schließlich Dads Idee."

„Trotzdem."

Jake nickte, dann schaute er seinen Dad an. „Was ist jetzt mit Kane? Kommst du runter, oder soll ich ihm sagen, dass er raufkommen soll?"

„Ich komme." Roan schaute auf seine Uhr. „Ich muss sowieso im Büro vorbeischauen, und Donna muss sich ausruhen."

Damit verschwanden sie. Tory lag da und schaute auf das Licht hinter den Spitzenvorhängen, wobei sie beobachtete, wie sich der leichte Stoff im Luftzug der Klimaanlage bauschte, und dem schwachen Pfeifen lauschte, mit dem die Luft aus den Bodenventilen entwich. Es war im Vergleich zum Krankenhaus so still, so friedlich und so komfortabel. Sie konnte fast spüren, wie ihre Nerven sich beruhigten und wie sie in eine durch Medikamente ausgelöste Zufriedenheit trieb, die so allumfassend war, dass sie das Gefühl hatte, sie könnte für immer schlafen. Sie fühlte sich in absoluter Sicherheit. Wie kam es, dass allein Roan ihr dieses Gefühl gab? Warum?

Kane wartete am Fuß der Außentreppe auf Roan. Er lehnte an dem letzten Pfosten des schmiedeeisernen Geländers im Schatten der großen alten Eiche, die bereits in ihrer Kindheit da gewesen war, als sie noch Räuber und Gendarm gespielt hatten. Es war eine gute Art gewesen, sich an langen Sommertagen die Zeit zu vertreiben.

Beau, der Kane schwanzwedelnd um die Beine strich, ließ ihn ohne sichtbare Verlegenheit stehen, sobald Roan am Fuß der Treppe angelangt war. Er tätschelte den Bluthund kurz, bevor er die ausgestreckte Hand seines Cousins nahm. Sie begrüßten sich und versuchten gleichzeitig die Lage einzuschätzen, und das alles in einer Zeitspanne weniger Sekunden.

„Und wie geht's?" machte Roan schließlich in seiner Eigenschaft als Gastgeber den Anfang.

„Gut, gut."

„Und Regina?"

„Noch besser." Kane grinste, seine blauen Augen leuchten. „Sie wird mit jedem Tag runder und ungeduldiger. Und schiebt mir die ganze Schuld an der Sache in die Schuhe."

Kane hat sich verändert, dachte Roan. Seine Schultern wirkten so entspannt, wie sie vor der Heirat mit Regina nie gewirkt hatten, und sein Lächeln blitzte schneller und häufiger auf. Er wirkte fast so sorglos wie in ihren Jugendtagen, als die ganze Benedict-Gang noch Bootsrennen veranstaltet, Baseball gespielt, an Autos herumgebastelt und um ein lichterloh brennendes Lagerfeuer am See gesessen hatte, wo sie sich alle Geheimnisse erzählt und halbrohen Fisch geteilt hatten. Roan hatte keinen Zweifel daran, was die Veränderung bewirkt hatte. Kane war ein glücklicher Mann, und seine Regina erwartete ihr erstes Kind.

„Und du versuchst nicht, deine Schuld zu leugnen?“ fragte Roan mit gespieltem Ernst.

„Gott, nein“, erwiderte Kane nachdrücklich. „Es ist alles meine Schuld, auch wenn ich Hilfe hatte.“

„Solange du das nicht vergisst, wird es dir gut gehen.“

„Das hat man mir schon gesagt.“

„Wer? Tante Vivian und Miss Elise?“ Roans Erfahrung nach waren es immer die älteren Frauen, die die besten Ratschläge gaben.

„Und Granny Mae. Ja, und sogar April, ob du es glaubst oder nicht, obwohl sie alles, was mit Schwangerschaft zu tun hat, höchstens von Katzen kennt.“

Roan hob fragend eine Augenbraue. „Glaubst du, Luke und sie versuchen es?“

„Ich habe nicht gefragt und werde es auch ganz bestimmt nicht tun, weil ich nämlich die Geburt meines Kindes noch miterleben will“, erklärte Kane mit einem Grinsen. „Aber schließlich werden wir alle nicht jünger.“

Roan antwortete mit dem Brummen, das ein derartiger Scherz verdiente. Es wurde für einen Moment still, dann lud Roan seinen Cousin zu einer Tasse Kaffee ein. Kane lehnte mit der Begründung ab, dass Regina Mittagessen mache und er sich etwas anhören müsse, wenn er nicht rechtzeitig nach Hause käme. Roan akzeptierte die Entschuldigung mit einem Blick männlich ironischen Mitgefühls. Gleichzeitig verspürte er einen Stich von Neid. Für ihn kochte niemand Mittagessen.

Er ging hinüber zu Kanes Truck und lehnte sich gegen den Kotflügel. Roan war sich sicher, dass es sich bei dem Besuch nicht um einen reinen Freundschaftsbesuch handelte, dafür war es noch zu früh am Tag. Sie hatten nur erst das Höflichkeitsritual hinter sich bringen müssen, bevor sie zur Sache kommen konnten. Jetzt war es an seinem Besucher, ihm sein Anliegen zu unterbreiten.

Kane war Anwalt, von daher war er daran gewöhnt, seine Worte sorgfältig zu wählen. Er war geschäftsmäßig gekleidet, mit Bügelfaltenhose und einem tadellos gebügelten Hemd. Dennoch stellte er einen Fuß, der in einem teuren Lederschuh steckte, auf einen der großen schwarzen Reifen des Trucks und studierte ihn eingehend, während er sagte: „Regina hat mich in der Kanzlei angerufen. Sie erzählte, dass Betsy sie wegen einer Geschichte angerufen hat, die diese wiederum von Johnnie hat. Dass du mit einem Ehrengast auf dem Weg nach Dog Trot bist. Das ist doch Unsinn, oder?“

Roan seufzte. In Turn-Coupe machten Gerüchte in Windeseile die Runde, aber das war noch gar nichts gegen die Buschtrommel des Benedict-Clans. Obwohl Kane vermutlich ein Recht hatte, besorgt zu sein; immerhin wohnten er und Regina ganz in der Nähe.

„Falls du dir Sorgen um deine Frau machst ...“

„Du solltest eigentlich wissen, dass du es bist, um den ich mir Sorgen mache, um deine Sicherheit nämlich. Schön, und vielleicht auch um deine Zurechnungsfähigkeit.“

„Weder das eine noch das andere ist in Gefahr. Ich würde dich ja ins Haus bitten und dich vorstellen, damit du dir selbst ein Bild machen kannst, aber die Fahrt vom Krankenhaus hierher war ein bisschen anstrengend, so dass sich meine Gefangene jetzt ausruht.“

Kane bedachte ihn mit einem grimmigen Blick. „Du beherbergst hier in deinem Haus ohne irgendwelche Sicherheitsvorkehrungen eine weibliche Gefangene, eine mutmaßliche Kriminelle?“

„Du vergisst Beau.“ Der Hund, der das Interesse an ihrer Unterhaltung verloren hatte, hatte sich auf dem Weg ausgestreckt und den Kopf auf seine Pfoten gebettet. Als er seinen Namen hörte, klopfte er mit dem Schwanz verschlafen auf den Boden.

„Ja, richtig. Wie unverzeihlich von mir. Es sei denn, sie trifft Vorkehrungen, dich in deinem Bett zu ermorden, während Beau draußen den Mond anheult.“

„Sie trifft gar nichts. Sie wurde angeschossen, verdammt.“

„Von dir, richtig?“

Roan nickte.

„Ich habe es gehört, aber ich konnte es nicht glauben. Nicht besonders lustig, kann ich mir vorstellen, für keinen von euch beiden.“

Kane schwieg und schaute seinem Cousin fest in die Augen.

„Nein“, antwortete Kane sich selbst, nachdem Roan es vorzog, nichts zu sagen, und fügte dann hinzu: „Ich hoffe nur, du weißt, was du tust.“

„Ich halte hier eine Gefangene bis zu ihrer Vorführung beim Haftrichter unter Hausarrest, das ist alles.“

„Außer dass so etwas noch nie vorgekommen ist. Bist du dir sicher, dass es nicht dein schlechtes Gewissen ist, das dich treibt?“

„Und wenn schon? Sie braucht immer noch Hilfe.“

„Und ich nehme an, es hat nichts mit Carolyn zu tun?“

Roan zuckte die Schultern. Seine Schuldgefühle fraßen unausgesetzt an ihm, am schlimmsten aber war es an Jakes Geburtstag, wenn er daran erinnert wurde, dass der Junge praktisch ohne Mutter aufwachsen musste. Himmel, er würde gar nicht wissen, was er ohne die Bürde auf seinen Schultern machen sollte.

„Du warst nicht verantwortlich für das, was deine Exfrau zu tun versucht hat. Viele Leuten denken sogar, dass du der Grund dafür bist, dass es nicht schon früher passierte. Davon abgesehen hast du ihr das Leben gerettet." Als Kane den Kopf leicht neigte und die Augen zum Schutz vor der Sonne zusammenkniff, brachen sich die Sonnenstrahlen in seinen dunklen, glänzenden Haaren. „Aber diese Frau da drin ist nicht Carolyn. Soweit ich gehört habe, hat sie eine Waffe gegen dich gerichtet. Was du getan hast, war Notwehr."

„Ich verwechsle die beiden nicht, falls du das denkst", gab Roan freimütig zurück. „Davon abgesehen hat Donna nicht geschossen."

„Aber du konntest nicht wissen, ob sie es tut, wenn du ihr Gelegenheit dazu gegeben hättest."

„Vielleicht, vielleicht auch nicht. Auf jeden Fall habe ich die Nerven verloren, und die Verdächtige wurde verletzt. Jetzt kümmere ich mich so gut ich kann um sie. Das ist alles."

Kane nickte langsam und wandte den Kopf, als ein Eichelhäher in der Eiche am anderen Ende des Hauses alle Ankommenden warnte, sich ja nicht auf sein Territorium zu wagen. Roan, der Kanes Blick folgte, fragte sich, ob er vielleicht auf seine Art dasselbe tat.

Als Kane das Wort wieder ergriff, schlug er den geschmeidigen Tonfall an, den er vor Gericht benutzte. „Wie verhält es sich mit den juristischen Aspekten? Zum Beispiel, ist diese Frau vorher schon mal straffällig geworden? Der Bezirksstaatsanwalt wird erwarten, dass ihm die Beschuldigungen baldmöglichst auf den Tisch kommen. Du weißt ja, was für ein Pedant er ist, er ist doch fast so schlimm wie du."

Roan weigerte sich, dem bohrenden Blick seines Cousins zu begegnen. „Es ist nicht leicht, Beschuldigungen gegen sie zu erheben, weil sie sich nicht genug erinnern kann, um Fragen zu beantworten. Doc Watkins zufolge kann sich ihre Amnesie bessern, wenn sich ihr Zustand insgesamt bessert, aber das kann noch Tage, wenn nicht Wochen dauern."

„Du bist der Sheriff", sagte Kane in trockenem Ton. „Aber ich werde mich trotzdem schlau machen, was die angemessenen Unterbringungsmöglichkeiten für eine Verdächtige mit Amnesie betrifft. Du könntest die Information brauchen, vor allem, wenn sie flieht, oder wenn ihre Komplizen sie womöglich aus deinem Haus rausholen." Er zögerte einen Moment, als warte er auf eine Erwiderung, doch als keine kam, fuhr er fort: „Was ist mit Jake?"

Roan stieß sich vom Jeep ab. „Glaubst du wirklich, ich würde ihn in Gefahr bringen?"

„Nicht absichtlich, aber du musst zugeben ..."

„Ich gebe gar nichts zu. Die Frau da oben ist nicht gefährlich. Dafür bin ich bereit, meinen guten Ruf aufs Spiel zu setzen. Ich bin mir völlig im Klaren darüber, dass die Männer, mit denen sie zusammen war, eine mögliche Bedrohung darstellen, aber ich kann und werde sie aufhalten. Das ist mein Job, falls du dich erinnerst." Roan wusste, dass Kane nur die Besorgnis der Familie artikulierte, und auf seine Weise hatte er ja Recht. Trotzdem ärgerte es ihn, dass seine Cousins auch nur in Erwägung ziehen konnten, er könnte die Situation nicht im Griff haben.

„Wirst du noch weitere Männer postieren?"

„Cal wird die Bewachung übernehmen. Anfangs war er zwar nicht begeistert, aber mittlerweile scheint er sich mit dem Gedanken angefreundet zu haben. Morgen kommt er wahrscheinlich in Tarnklamotten und mit rußgeschwärztem Gesicht wie von einem Sonderkommando. Alles nur, um Donna zu imponieren."

„Donna?"

„Meine Gefangene."

Kane starrte ihn an. Dann zuckte ein Grinsen um seine Mundwinkel. „Also ehrlich, das klingt ja fast ..."

„Wie?" Roan konnte es nicht verhindern, dass seine Stimme scharf klang.

„Besitzergreifend."

Roans Antwort war alles andere als druckreif.

„Oder vielleicht versuchst du ja den Helden zu spielen. April behauptet schließlich schon immer, dass du eine Schwäche für Frauen in Schwierigkeiten hast."

„Liegt in der Familie, würde ich sagen." Es war eine deutliche Anspielung darauf, wie Kane seine Regina kennen gelernt hatte. Regina, eine allein erziehende Mutter, war nach Turn-Coupe geschickt worden, um Kanes Familie auszuspionieren, während man, um sich ihre Bereitschaft zu sichern, ihren Sohn als Geisel festgehalten hatte. Obwohl Kane ihr gegenüber misstrauisch gewesen war, hatte er sich in sie verliebt. Während er zu ihrer Rettung geeilt war, hatte er sich einiger Gesetzesübertretungen schuldig gemacht und sich bei der verzweifelten Rettungsaktion von Reginas Sohn, der von einem betrügerischen Cousin festgehalten worden war, selbst eine Kugel eingehandelt. Es hatte in einer chaotischen Schlacht vor Gericht geendet, in der Kane als Kläger aufgetreten war. Und Lukes Romanze mit April Halstead war auch nicht gerade ein Sonntagsspaziergang gewesen.

„Schön, zugegeben", sagte Kane, spöttisch die Lippen verziehend. „Aber das heißt noch lange nicht, dass es eine intelligente Entscheidung ist, eine mutmaßliche Kriminelle in deinem Haus festzuhalten, selbst wenn sie noch so atemberaubend aussieht."

„Wieder Originalton Johnnie?" fragte Roan resigniert.

„Betsy. Sie hatte sie bei dem Einbruch gesehen, falls du dich erinnerst."

„Ich schätze, es hat nicht viel Sinn zu sagen, dass es für mich keine Rolle spielt, wie meine Gefangene aussieht, richtig?"

„Nicht viel."

Roan seufzte. Er nahm seinen Hut ab und fuhr sich mit den Fingern durch die Haare, dann setzte er den Stetson wieder auf. „Es ist nur, weil sie so verdammt allein ist. Einerseits macht sie mich verrückt mit ihren Spielchen und ihrem arroganten Gerede und ihrem provozierenden Verhalten, aber andererseits muss ich mich auch schwer bremsen, um sie nicht wie ein Kind in den Arm zu nehmen und zu trösten. Irgendetwas ist los mit ihr, irgendwas, das sie nicht erzählt, und bis ich es herausgefunden habe, lasse ich sie nicht aus den Augen, weil ich mich für sie verantwortlich fühle. Alles andere ist nebensächlich."

„Oh, Himmel", sagte Kane mit einem langsamen Kopfschütteln. „So siehts also aus. Dich hat's erwischt. Dich hat's total erwischt."

„Wovon redest du?"

„Wenn du es nicht weißt, werde ich den Teufel tun, es dir zu erklären. Mir wäre trotzdem wohler, du würdest sie ins Krankenhausgefängnis von Baton Rouge bringen. Aber ich sehe, dass das für dich nicht in Frage kommt."

Roan schüttelte den Kopf. „Das schaffe ich nicht, Kane. Ich muss tun, was ich für richtig halte, egal, was diese Stadt oder die Familie darüber denken."

„In Ordnung", sagte Kane und schlug ihm auf die Schulter.

„Aber du weißt, dass du uns jederzeit anrufen kannst, wenn du uns brauchst. Du musst das nicht im Alleingang machen."

„Ich weiß." Im selben Moment wurde Roan klar, wie wenig wahrscheinlich es war, dass er seine Cousins um Hilfe bitten würde. Er war zu lange allein gewesen, um an der Vorstellung Geschmack zu finden, dass sich die Familie in sein Leben oder seine Entscheidungen einmischen könnte.

Kane ging um den Wagen herum auf die Fahrerseite. Mit einem Fuß schon im Auto, schaute er sich noch einmal um. „Hast du in letzter Zeit mal was von deinem Dad gehört? Weißt du, wo er ist?"

Kanes Ton war so beiläufig, dass Roan fast die versteckte Absicht hinter der Frage überhört hätte. Doch selbst dann konnte er sich nicht ganz erklären, worauf Kane hinauswollte. „Dad? Soweit ich weiß immer noch in Vegas, zumindest, als ich das letzte Mal von ihm gehört habe. Du weißt ja, wie er ist, er ruft nur alle Jubeljahre mal an und schreibt auch nie, sondern taucht immer dann auf, wenn man am wenigsten mit ihm rechnet."

„Er hat da draußen nicht zufällig ein neues Hobby entdeckt, oder? Sie haben gestern im Fernsehen einen Bericht über spielsüchtige Senioren gebracht. Scheint so, dass sie mit Bingo anfangen, einfach so zum Zeitvertreib. Bis du plötzlich draufkommst, dass die ganze Erbschaft den Bach runter ist."

„Dad ist nicht so naiv."

„Freut mich zu hören."

„Ist es wegen dem Kasinodampfer?" fragte Roan, um die Sache etwas zu beschleunigen.

„Ich habe gehört, dass der Bürgermeister ein bisschen Dampf machen will, bevor die Opposition aufwacht."

„Scheint so."

„Ich habe nicht viel übrig für die Idee."

„Dito", stimmte Roan zu. Er missbilligte den Plan nicht aus moralischen Gründen, weil er der festen Überzeugung war, dass jeder Mensch mit seinem Geld tun konnte, was er wollte, und wenn jemand glaubte, es zum Fenster rausschmeißen zu müssen, so war das seine eigene Sache. Er hatte nur etwas dagegen, wenn Leute versuchten, sich einen unerlaubten Vorteil zu verschaffen. Außerdem fragte er sich besorgt, wer wohl hinter dem geplanten Geschäft stecken mochte, weil es einen negativen Einfluss auf die kriminellen Aktivitäten haben könnte, die mit dem legalen Glücksspiel einhergingen. Turn-Coupe war eine anständige Gemeinde, in der es immer noch möglich war, Kinder in gesunder und angemessener Weise großzuziehen, mit weniger als den durchschnittlichen Problemen, die von Alkohol- und Drogenmissbrauch und Bandenkriegen herrührten. Und er wollte, dass das auch in Zukunft so blieb.

Kane nickte. „Ich war gestern mit dem Staatsanwalt von Natchez essen. Die Kriminalitätsrate dort ist sprunghaft angestiegen, seit Kasinos erlaubt sind, und die meisten Delikte sind Raubüberfälle."

„Der Stadtrat hat das Thema in ein paar Tagen auf der Tagesordnung. Ich könnte gut ein bisschen Unterstützung von den Rechtsvertretern der Stadt brauchen."

„Melville und ich stehen hinter dir. Ich will sehen, was ich bei dem Rest erreichen kann."

Melville war Kanes Teilhaber in der Kanzlei, und sein Cousin hatte in Juristenkreisen großen Einfluss. „Um mehr kann ich nicht bitten."

„Das brauchst du auch nicht." Kane setzte sich hinters Steuer, dann schlug er die Tür zu und lehnte sich aus dem offenen Fenster. Sein Blick hielt Roans für einen langen Moment fest. Schließlich grinste er. „Sie sieht wirklich atemberaubend aus, stimmts?"

„Unglaublich."

Sein Cousin lachte und schaute ein paar Sekunden lang an Roan vorbei, bevor sein Blick wieder zu ihm zurückkehrte. „Ich habe zufällig gehört, wie Regina heute früh mit April telefoniert hat. Sie haben einen Plan ausgeheckt, wie sie möglichst unauffällig zu dir rüberkommen können, um hier nach dem Rechten zu schauen. Sie haben irgendwas von einer Hühnersuppe oder einem Wurstgumbo erzählt und sich Gedanken darüber gemacht, ob sie sich im Fall deines Gastes mit den Gewürzen nicht besser ein bisschen zurückhalten sollten."

Aha. Immerhin wusste Kane genau, wann er die Seite wechseln musste. „Halt sie mir noch ein bisschen vom Leib, okay?" bat Roan. „Donna ist noch nicht gut genug in Form, um Besuch wirklich genießen zu können. Vielleicht nächste Woche."

„Bei April und Luke wird bald die Party zur Überreichung der Babygeschenke steigen. Da kommen alle."

Roan tippte an seinen Hut. „Klar. Würde sich gut machen, wenn ich mit einer Frau in Handschellen dort auftauche, oder was meinst du? Ich glaube nicht."

„Angesichts der Gepflogenheit unserer Familie, die Frauen zu entführen – nur zu ihrem eigenen Besten, versteht sich –, könnte es ganz normal sein. Deine Donna müsste eigentlich genau reinpassen."

„Sie ist nicht meine Donna", gab Roan mit grimmiger Betonung zurück.

„Ganz wie du willst." Kane drehte den Zündschlüssel, dann legte er den ersten Gang ein. Aber als er losfuhr, grinste er immer noch.

6. KAPITEL

Roan fuhr nicht in die Stadt zurück. Er hatte bis jetzt für Donnas Bewachung noch keinen Dienstplan aufgestellt, deshalb übernahm er es selbst, um nicht einen Hilfssheriff mitten aus seiner Schicht herausreißen zu müssen. Davon abgesehen, musste er sowieso endlich mal seinen Papierkram aufarbeiten, und das schien eine gute Gelegenheit zu sein.

Er startete auch tatsächlich einen heldenhaften Versuch, indem er den Papierberg von einer Seite seines Schreibtischs auf die andere schaufelte. Aber jedes Mal, wenn er es endlich geschafft hatte, sich zu konzentrieren, wurde er durch das Brummen des Polizeiscanners oder das Klingeln des Telefons wieder gestört. Mehrmals war es Sherry, die ihn in ihrem üblichen schroffen Ton über kleinere Vorkommnisse informierte, um die sich seine Hilfssheriffs bereits gekümmert hatten. Einmal war es der Dienst tuende Hilfssheriff mit einer Frage. Dass sie alle so abhängig von ihm waren, war seine eigene Schuld, das war Roan klar; vermutlich hatte er seine Leute einfach zu fest an der Kandare. Heute erschien es ihm eine tolle Idee, ein bisschen Autorität zu delegieren, damit er nicht ganz so im Morast kleinster Einzelheiten versank.

Den Mittelpunkt des Hauptschlafzimmers von Dog Trot bildete ein Gemälde aus der Zeit des Bürgerkriegs, das Roans Vorfahren darstellte. Roan ließ seinen Blick auf dem Paar verweilen, er studierte zuerst die Frau, die auf einem Brokatsessel saß, während zu ihren Füßen neben den wogenden Falten ihres Rocks ein Hund döste, und dann den Ehemann, der in steifer Beschützerhaltung danebenstand. Die beiden sahen so förmlich und korrekt aus, dass es nahezu unmöglich war, sie sich bei jener Aktivität vorzustellen, die die Nachkommenschaft sicherte.

Und doch konnte es keinen Zweifel daran geben, dass sie es getan hatten, denn immerhin hatten neun ihrer elf Kinder das Säuglingsalter überlebt. Alles nur Show, dachte Roan und überlegte, wie schwierig es war, hinter die Fassaden zu schauen, die die Menschen der Welt präsentierten.

Wie Donna, zum Beispiel.

Er konnte sie sich ohne Schwierigkeiten in den wogenden Röcken und dem engen Oberteil eines viktorianischen Ballkleides vorstellen, das schwere walnussbraune Haar zu einem eleganten Knoten frisiert. Aber genauso gut würde sie auf den Flusspiratenball passen, der jedes Jahr im Sommer veranstaltet wurde. Wirklich schade, dass er gerade erst stattgefunden hatte, weil nicht die geringste Chance bestand, dass Donna nächstes Jahr noch hier sein würde. Sie würde in jedem tief ausgeschnittenen Kleid absolut atemberaubend aussehen, das konnte er ihr ohne Probleme attestieren, nachdem er ihr in jener Nacht das Oberteil aufgeschnitten hatte. Damals hatte er die symmetrischen süßen Wölbungen ihrer Brüste kaum registriert, aber die Erinnerung daran hatte ihn seitdem bis in seine Träume hinein verfolgt.

Als Roan merkte, was die Bilder in seinem Kopf mit seinem Körper anstellten, fluchte er und setzte sich aufrechter hin. Es war schon eine Weile her, seit so eine unwillkürliche Reaktion ein echtes Problem für ihn gewesen war; er hatte es gelernt, seine körperlichen Bedürfnisse unter Tonnen von Arbeit zu begraben. Er ging jeden Tag in sein Büro im Gerichtsgebäude, fuhr Streife, kam nach Hause, um nach Jake zu schauen, schlief und fuhr dann wieder ins Büro. Er hatte sich angewöhnt, sich als zu steif zu betrachten, um viel vom Leben zu haben, geschweige denn unpassende sexuelle Begierden. Er hatte sich geirrt. Das hatte seine Gefangene, ohne dass sie sich dessen bewusst war, bewiesen.

Plötzlich verärgert, warf Roan seinen Stift hin und rutschte mit dem Stuhl zurück. Was er jetzt dringend brauchte, war ein Kaffee.

Auf dem Weg in die Küche schaute er kurz bei Donna rein. Sie schlief immer noch, wobei sie so anmutig dalag, dass ihm allein von ihrem Anblick die Brust schon eng wurde. Im Krankenhaus gab es ständig irgendwelche Störungen, deshalb war sie wahrscheinlich erschöpft. Hier auf Dog Trot konnte sie sich endlich ausruhen. Es war ein angenehmer Gedanke, auch wenn ihre Bequemlichkeit weiß Gott nicht seine Sorge war.

Die Originalküche von Dog Trot war in einem separaten kleinen Gebäude hinter dem Haus untergebracht gewesen, ein typisches Arrangement jener Zeit, als die Brandgefahr, die von einer offenen Feuerstelle ausging, noch eine ständige Bedrohung gewesen war. Roans Ururgroßvater hatte 1890, als Holzkohleherde auf den Markt gekommen und erschwinglich geworden waren, einen Teil des Erdgeschosses zur Küche umgebaut. Heutzutage gab es nur noch Elektrogeräte, aber die Küche befand sich immer noch am selben Platz wie damals.

Als Roan den Raum betrat, stand Jake am Küchentisch. Er belegte sich gerade ein riesiges Sandwich mit dicken Schinkenscheiben, die er von dem Trumm abgesäbelt hatte, das Roan am Vortag aus dem Grillrestaurant in der Stadt mitgebracht hatte. Er schaute auf, hob eine Augenbraue und wackelte kurz mit dem Messer, das er in der Hand hielt, um anzubieten, dass er bereit war, ein weiteres Sandwich zu belegen. Roan schüttelte lächelnd den Kopf.

„Ist sie immer noch außer Gefecht gesetzt?“ Jake deutete mit dem Kopf in Richtung des Flurs oben.

Roan nickte, während er nach der Kaffeekanne griff. „Sie hat wohl ein bisschen was nachzuholen.“

„Zu dumm. Falls du mit ihr reden wolltest, meine ich."

Roan schenkte sich seinen Lieblingskaffeebecher voll, den Jake ihm mit sechs zu Weihnachten geschenkt hatte. Der Henkel war abgebrochen, und der Slogan *World's Best Dad* war fast bis zur Unleserlichkeit verblasst, aber Roan hing an dem Becher und wollte nicht von ihm lassen. „Wir haben schon ein bisschen geredet", sagte er über die Schulter.

„Und? Erinnert sie sich an irgendwas?"

„Zugegeben hat sie es jedenfalls nicht." Statt wieder nach oben zu gehen, setzte sich Roan seinem Sohn an dem riesigen alten Tisch gegenüber, der von den Mahlzeiten unzähliger Benedict-Generationen zahlreiche Narben davongetragen hatte. Jake wollte offensichtlich auf irgendetwas hinaus, aber bis jetzt redete er nur um den heißen Brei herum.

„Sie sieht echt cool aus."

„Findest du?"

„Klar, ist dir das noch nicht aufgefallen?"

Roan schaute gerade rechtzeitig auf, um den Jungen bei einem Grinsen zu ertappen, das er sofort hinter seinem Sandwich versteckte. „Um ehrlich zu sein", sagte er bedächtig, „fällt mir bei ihr ein bisschen mehr auf, als nur, dass sie cool aussieht."

„Alles klar."

„Was soll das heißen?"

„Dass sie genau dein Typ ist ... Klassefrau, eigenständig, aber mit Problemen."

Roan schaute überrascht auf. „Ich wusste nicht, dass ich so leicht zu durchschauen bin."

„Bist du nicht", sagte Jake lässig, während er sich mit einer routinierten Bewegung das Haar aus dem Gesicht schob. „Außer für mich vielleicht."

Das war typisch Jake. Er war wirklich ein toller Bursche,

obwohl Roan immer noch schleierhaft war, wie er sich so hatte entwickeln können. Ohne sich in Erziehungsfragen auch nur andeutungsweise auszukennen, hatte er nach Carolyns Weggang sein Bestes getan, wobei er die älteren Frauen des Clans oft um Rat gefragt hatte und natürlich seine damals noch auf Dog Trot lebenden Eltern. Ansonsten hatte er sich an die alte Benedict-Faustregel gehalten, die als Richtschnur dafür galt, was aus Kindern anständige Erwachsene machte: feste Verantwortlichkeiten, wenn nötig Disziplin, so viel Aufenthalt im Freien wie möglich und viel, viel Liebe.

Um sich selbst aus der Schusslinie zu bringen, fragte er: „Und wer ist dein Typ? Cyndi Frazier?“ Cyndi war die Tochter des örtlichen Pferdezüchters, und Roan war aufgefallen, dass Jake üblicherweise eine Ausrede fand, um Samstagabends zur Viehversteigerung in die Stadt zu fahren. Es deutete alles darauf hin, dass er das Talent der Benedicts geerbt hatte, sich die bestaussehende Frau in der Menge auszusuchen.

„Ach, Dad“, sagte Jake genervt.

„Du weißt, dass Blicke nicht weniger zählen als Taten?“

„Ja, klar. Aber Cyndi ist halt hübsch und mag Tiere genauso wie ich.“

Roan beließ es dabei. Immerhin hatte Jake Erfahrungen aus erster Hand. Seine Mutter war mehr als nur hübsch gewesen, eine zerbrechlich wirkendende junge Frau, die ausgesehen hatte, als ob das Leben mit seinen Problemen zu viel für sie wäre. Was es auch gewesen war, zumindest fast. Allerdings rechnete Roan es Carolyn hoch an, dass sie ihren Sohn nicht mitgenommen hatte. Zur Begründung hatte sie gesagt, dass Jake, da er ein Benedict war, es verdiente, auch als ein solcher aufzuwachsen. Das betrachtete Roan als Geschenk und war ihr trotz allem dankbar.

Hin und wieder aber fragte er sich, ob es richtig gewesen war, dem Jungen einen Muttterersatz vorzuenthalten. Obwohl es Jake an nichts zu fehlen schien, war er manchmal doch auffallend still, nachdem er mit seiner Mutter telefoniert hatte oder von einem Besuch bei ihr zurückkam. Sein Hobby waren Tiere, um die er sich seit seinem siebten oder achten Lebensjahr intensiv kümmerte, früher unter der Anleitung seines Großvaters und seitdem dieser auf Reisen war in eigener Verantwortung. Im Augenblick hatte er einen Zoo, der sich aus sieben Rindern, einem Pferd, einer Schar Legehennen, zwei Ziegen, einem Hausschwein und den Hunden, die sie auf Dog Trot züchteten, zusammensetzte. Der Reinerlös, den die Hundezucht abwarf, wanderte in seinen Ausbildungsfonds. Jake wollte Tierarzt werden wie Cousin Clay, obwohl Clay sich seit zwei Jahren der Landschaftsfotografie zugewandt hatte. Wenn sich der örtliche Tierarzt irgendwann zur Ruhe setzte, könnte Jake dessen Praxis übernehmen und so die lange Reihe jener Benedicts, die auf Dog Trot lebten, fortsetzen.

Nachdem Jake seinen Bissen mit einem Schluck Milch hinuntergespült hatte, schaute er nachdenklich auf sein Sandwich und fragte: „Und wie lange bleibt diese Donna Sowieso hier?“

„Ich weiß noch nicht ... so lange wie nötig.“

„Wie eine Kriminelle sieht sie aber eigentlich nicht aus. Willst du wirklich, dass sie vor Gericht gestellt wird?“

Roan hatte Jake die Sachlage haarklein auseinander gesetzt, weil der Junge mit der Situation zurechtkommen musste. Jetzt schaute er ihn über den Rand seiner Tasse hinweg offen an, bevor er sagte: „Diese Entscheidung liegt nicht bei mir.“

„Aber du hast sie verhaftet.“

„Sie war offensichtlich in ein Verbrechen verwickelt. Dafür gibt es Beweise.“

„Richtig. Es war deine Pflicht." Dem Tonfall von Jake war zu entnehmen, dass er damit lediglich schon oft Gehörtes wiederholte.

„Du sagst es."

„Und was ist, wenn dir dein Bauch sagt, dass sie nichts damit zu tun hat?" bohrte er.

„Mein Bauch hat nichts damit zu tun."

„Ja, richtig."

„Das ist mein Ernst", beharrte Roan. „Mein Job ist es, dafür zu sorgen, dass die Gesetze eingehalten werden, und nicht, sie so lange zu verdrehen, bis sie mit meiner Sicht der Dinge übereinstimmen. Wenn man damit erst einmal anfängt, gibt es irgendwann kein Halten mehr."

„Und angenommen, sie ist wirklich so unschuldig, wie sie behauptet? Angenommen, ihr ist das alles wirklich passiert, und jetzt machst du es noch schlimmer, indem du dafür sorgst, dass sie hinter Gitter kommt? Was glaubst du wohl, wie du dich fühlst, wenn du herausfindest, dass du ihr Unrecht getan hast?"

„Es spielt keine Rolle, wie ich mich fühle. Das Gesetz ist dazu da, die Mehrheit der Leute, die anständige Bürger sind, vor einer kriminellen Minderheit zu beschützen. Unser System ist zwar nicht perfekt, aber meistens funktioniert es. Es ist durchaus möglich, dass der Staatsanwalt am Ende gar keine Anklage erhebt, weil er die Beweise für nicht ausreichend hält, aber diese Prozedur wird sie schon durchlaufen müssen."

Sein Sohn musterte ihn einen langen Moment eingehend. Dann schüttelte er sich die Haare ins Gesicht und sagte: „Ganz schön hart für dich."

„Ja", stimmte Roan unumwunden zu. „Es gibt bei diesem Job Sachen, die mir wirklich nicht viel Spaß machen."

„Im Gegensatz zu anderen? Wie zum Beispiel, dich um diese Donna Unbekannt zu kümmern?“

Womit sie endlich beim Thema waren. Jake wollte wissen, warum Roan die Gefangene mit nach Hause gebracht hatte. Roan wählte seine Worte sorgfältig, bevor er antwortete: „Es könnte Vorteile haben.“

„Soll ich jetzt vielleicht denken, du könntest ihre Situation ausnutzen?“ Sein Sohn schnaubte verächtlich. „Auf jeden Fall wirkt sie ziemlich hilflos. Du wirst Krankenschwester spielen und ihr womöglich sogar beim Baden oder beim Anziehen helfen müssen.“

Der Schauer, der Roan bei dieser Vorstellung überlief, war unangenehm und kam gänzlich unerwartet. Die Situation geriet etwas außer Kontrolle. „Hauptsache, sie ist in Sicherheit und hat es bequem. Obwohl ich dir zustimme, dass es uns zusätzliche Arbeit machen wird.“

„Uns?“ Jake schien seinen Vater gut zu kennen; sein Blick wurde plötzlich wachsam.

Roan neigte den Kopf. „Ab morgen wird Cal hier sein, wenn ich in der Stadt bin; allerdings erwarte ich nicht von ihm, dass er Krankenschwester spielt. Was sollen wir machen, was meinst du?“

„Tante Vivian anrufen?“ Es klang hoffnungsvoll.

Roan schüttelte langsam, aber entschieden den Kopf und grinste.

„Ach, Dad.“

„Stell dir einfach vor, sie wäre ein verletztes Tier. Sorg dafür, dass sie zu essen und zu trinken hat, kümmere dich darum, dass sie ihre Medikamente regelmäßig einnimmt, und leiste ihr ein bisschen Gesellschaft, wenn sie es braucht.“

„Ich registriere, dass du nichts von Baden gesagt hast.“

„Du registrierst zu viel“, gab Roan streng zurück. „Vor allem für dein Alter.“

Sein Sohn grinste, dann funkelten seine Augen listig. „Aber wenn sie wirklich eins von meinen Tieren wäre, würde ich Clay anrufen.“

„Das glaube ich nicht“, sagte Roan. Clay war Junggeselle, sah ziemlich gut aus und hatte überdies eine wilde, ungebändigte Ausstrahlung, von der die Frauen sich angezogen fühlten wie die Fliegen vom Honig. Er hatte erst kürzlich mit seinem ersten Fotoband, einem dicken Wälzer über den Horseshoe Lake und seine Umgebung, Furore gemacht. Davon abgesehen war er ein schrecklich netter Kerl. Zu nett, genau gesagt.

„Ach, komm, es würde ihm bestimmt einen Heidenspaß machen.“

„Daran zweifle ich keine Sekunde“, gab Roan gedehnt zurück, „aber diese kleine Aufgabe werden wir schon im engsten Familienkreis bewältigen müssen. Sie ist doch nur eine Frau. Das schaffen wir mit links.“

Jake stieß einen tiefen Seufzer aus. „Na ja, ich schätze schon.“

Daraufhin wurde es still. Als sich das Schweigen zu dehnen begann, spürte Roan eine leise Unruhe in sich aufsteigen. Es war ein Gefühl, auf das er zu achten gelernt hatte. Die Quelle, aus der es sich speiste, war nicht schwer zu orten. Er stellte seine Tasse auf dem Tisch ab und sagte: „Spaß beiseite, Sohn, das ist eine ernste Sache. Diese Burschen, mit denen Donna zusammen war, könnten sich hier anschleichen, wenn sie herausfinden, dass sie sich hier aufhält.“

„Ich werde meine Augen offen und die Türen geschlossen halten.“

„Schön. Aber es könnte nicht ausreichen.“ Obwohl Jake für

sein Alter stark war, würde er sich doch gegen zwei erwachsene Männer mit Erfahrung und finsteren Absichten nicht behaupten können.

„Tagsüber hält Cal Wache, und nachts bist du da", wandte Jake ein. „Ich kann nicht sehen, wo das Problem ist."

„Ich gehe auch nicht wirklich davon aus, dass es eins gibt", sagte Roan offen. „Dieses Risiko würde ich nicht eingehen. Ich kann mir vorstellen, dass diese Burschen im Krankenhaus einen ganz schönen Schreck bekommen haben, deshalb halte ich es für ziemlich unwahrscheinlich, dass sie einen zweiten Versuch starten, außer, ihr Auftraggeber befiehlt es ihnen. Aber ich will, dass du dir über die Gefahren im Klaren bist."

Der Junge spülte den letzten Bissen seines Sandwichs mit dem Rest Milch hinunter, während er aus dem Fenster schaute. Dann wischte er sich den Mund mit der Serviette ab und fragte: „Aber ich muss doch jetzt nicht die ganze Zeit hier im Haus herumhocken, oder?"

In den Ferien war Jake, sofern er sich nicht um seine Tiere kümmerte, viel unterwegs und durchstreifte mit seinen Freunden die Umgebung. Roan schüttelte den Kopf. „Wenn du vorsichtig bist, nicht. Aber sag Bescheid, wohin du gehst und wann du wiederkommst."

„Alles klar."

Roan war zufrieden. Er glaubte, seinem Sohn den Ernst der Situation hinreichend klargemacht zu haben. Jetzt musste er nur noch Donna überzeugen.

In dem Moment, in dem Tory den Sheriff mit ihrem Abendessen ins Zimmer treten sah, wusste sie, dass er irgendetwas im Schilde führte. Hinter so viel Höflichkeit und Fürsorge konnte nur eine finstere Absicht stecken. Sie nahm das Tablett, auf dem sich gegrillte Hähnchenbrust, ein Teller mit grünem Salat und Eistee befanden, entgegen, aber die angebotene Schmerztablette lehnte sie ab. Weil sie davon ausging, dass sie einen klaren Kopf brauchen würde.

Während sie aß, stand er gegen den Bettpfosten gelehnt da und plauderte beiläufig über dies und das. Da sie es faszinierend fand, seinem schleppenden Südstaatenakzent zu lauschen, ermunterte sie ihn so gut sie konnte, ohne dass es allzu auffällig wirkte. Es war ein richtig guter Zeitvertreib, ihm zuzuhören. Nach und nach entspannte sie sich, bis sie fast schon zu fragen begann, ob sie ihm vielleicht unrecht getan hatte, indem sie ihm finstere Absichten unterstellt hatte. Dann warf er seine Frage in den Raum.

Sie verschluckte sich an ihrem Tee und bekam einen Hustenanfall. Als sie wieder sprechen konnte, fragte sie: „Ob ich was?"

„Sie haben mich verstanden. Ich habe Ihnen angeboten, Ihnen nachher zu helfen, wenn Sie sich waschen."

Beim Waschen zu helfen. Hilflos auf dem Rücken zu liegen, während ihr der Sheriff in diesem intimsten aller Rituale mit einem warmen nassen Waschlappen über den nackten Körper fuhr. Das hatte sie nicht einmal den Schwestern im Krankenhaus gestattet.

„Das glaube ich nicht."

„Es ist ein absolut vernünftiger Vorschlag", sagte er mit einem leicht defensiven Unterton in der Stimme. „Ich könnte mir vorstellen, dass Sie allein nicht zurechtkommen, und außer mir ist niemand da, der Ihnen helfen könnte. Es sei denn, Sie möchten, dass Jake es tut."

„Vielen Dank, aber ich möchte es gern allein zu tun", sagte sie unmissverständlich. „Obwohl ich viel lieber schön heiß duschen würde."

Er schüttelte den Kopf. „Doc Watkins lyncht mich, wenn ich es zulasse, dass Ihr Verband nass wird."

„Ich wüsste nicht, was ihn meine Körperpflege angeht."

„Sie kennen Doc eben nicht. Er ist altmodisch und der Meinung, dass die Patienten eine halbe Ewigkeit im Bett bleiben und von vorn bis hinten bedient werden sollten und dass die Krankenhäuser die Leute heutzutage viel zu früh rauswerfen. Er hat für die nächsten Tage Sitzbäder angeordnet."

„Aha, und Sie sollen dafür sorgen, dass ich mich an seine Anordnungen halte."

„Nicht direkt. Aber Ihnen zu helfen ist das Mindeste, was ich für Sie tun kann, nachdem ich Sie hierher gebracht habe."

Sie glaubte, in seiner Stimme einen leicht spöttischen Unterton mitschwingen zu hören. „Ich will aber trotzdem duschen."

„Dann werde ich wohl mitkommen müssen."

„Niemals!" Sie fuhr wieder zu ihm herum.

„Ich kann es aber nicht zulassen, dass Ihnen erneut schwindlig wird und Sie womöglich hinfallen. Sie könnten sich ernsthaft verletzen."

Er zog sie auf und genoss es. Sie legte den Kopf auf die Seite. „Es wird nur ein paar Minuten dauern, und ich werde vorsichtig sein."

„Und was ist mit Ihrer Schulter?" wandte er ein. „Sie können sich nicht allein die Haare waschen."

„Eine brauchbare Hand habe ich noch, wissen Sie." Um es zu unterstreichen, hob sie ihren unverletzten Arm und winkte ihm zu.

Roans Blick blieb einen Moment auf den Abschürfungen liegen, die die Fesseln auf ihren Handgelenken hinterlassen hatten. Dann verschränkte er seine schlanken Finger und drückte die Hände durch, bis seine Gelenke knackten. „Ich habe zwei gute Hände. Bedeutet das nicht, dass ich es zweimal so gut kann?“

„Das kommt ganz darauf an“, sagte sie.

„Ach ja? Worauf denn?“

„Auf Ihre Erfahrung?“ Erschrocken lauschte sie den Worten nach, die ihr unversehens entschlüpft waren. Das Letzte, was sie interessierte, waren seine Erfahrungen mit anderen Frauen.

In seinen grauen Augen tanzten diabolische Fünkchen. „Auch wenn meine Erfahrungen vielleicht begrenzt sein mögen, bin ich überzeugt davon, dass ich es schaffe. Soll ich Ihnen sagen, wie ich es machen würde? Ich glaube, ich würde mit Ihrem Gesicht anfangen, ganz behutsam, damit ich Ihnen nicht wehtue.“ Sein Blick verweilte einen Moment auf ihren aufgeschürften Wangenknochen, dann wanderte er langsam abwärts. „Und dann würde ich mit meinem wunderbar warmen Waschlappen über Ihren Nacken und Ihre Kehle fahren und anschließend nach unten zu Ihren ...“

„Schon gut“, sagte sie hastig. „Ich bin mir sicher, dass beim Waschen ein Körper wie der andere ist.“

„Falsch.“ In seinem trockenen Auflachen schwang echte Belustigung mit. „Ihrer ist anders als meiner.“

Damit hatte er Recht. „Zugegeben. Aber trotzdem.“

„Sie zweifeln an meinen Fähigkeiten?“

„Es ist nur so, dass ... ach, ich weiß nicht!“ Sein plötzlicher Stimmungsumschwung verunsicherte sie dermaßen, dass sie kaum wusste, was sie sagte.

„Nein? Also gut, wo war ich stehen geblieben?“ Er löste sich vom Bettpfosten und ließ sich auf der Bettkante nieder. Dann streckte er die Hand aus und schob ihr eine Haarsträhne hinters Ohr, um gleich darauf seine Finger über ihren Hals und an ihrem heilen Arm abwärts wandern zu lassen. Als er bei ihrer Hand angelangt war, nahm er sie und fuhr fort: „Was kommt nach Ihrem Gesicht und Ihrem Hals als Nächstes dran? Es wäre schade, auch nur eine einzige Stelle auszulassen. Ich sollte jeden Quadratzentimeter Haut waschen, Ihre Finger, Ihre Handflächen, Ihre Handgelenke, Ihre Arme ..."

Tory spürte, wie sich ihr Herzschlag beschleunigte, sie merkte, wie sich Hitze in ihr sammelte und in ihren Schoß strömte. Sie beobachtete durch ihre gesenkten Wimpern hindurch, wie er dem Weg, den er beschrieb, folgte, erst jede einzelne Fingerspitze berührte, dann über ihre Handfläche strich und über die Stelle an ihrem Handgelenk, wo ihr Puls pochte. Ohne die Abschürfungen dort zu berühren, wanderte seine Hand langsam über ihre empfindsame Ellbogenbeuge zu ihrem Oberarm, wo sie an der Stelle innehielt, neben der sich ihre Brust wölbte.

Abrupt kam sie wieder zu Verstand. Sie packte ihn am Handgelenk und befahl: „Stopp. Wenn Sie so weitermachen, machen Sie sich noch Ihre Uniform nass."

Noch während er sie musterte, verschwand die Belustigung aus seinem Gesicht. Schließlich sagte er: „Die kann ich wechseln."

„Aber nicht den Mann, der drinsteckt."

Er stand unvermittelt auf. „Ich lasse Ihnen jetzt Wasser ein."

Es war eine Art Sieg, obwohl es sich nicht wie einer anfühlte. Sie wartete, bis sie das Wasser laufen hörte, dann schob sie sich im Bett hoch und zog ihr Nachthemd zurecht. Als er wenig später aus dem Badezimmer kam, saß sie geduldig wartend auf der Bettkante.

Noch ehe sie etwas sagen konnte, kam er ihr zuvor: „Ich warte draußen. Nur für alle Fälle."

Sie war so erleichtert über sein Angebot, dass ihr fast ein bisschen schwindlig wurde. Das war vielleicht der Grund dafür, dass sie beim Aufstehen leicht schwankte.

„Können Sie laufen?" fragte er und war mit einem langen Satz auch schon bei ihr, um ihren Arm zu nehmen.

„Ich gehe schon seit Tagen allein ins Bad", erwiderte sie scharf.

Er sagte nichts darauf, ließ sie jedoch auch nicht los. Erst nachdem sie sich in dem großen altmodischen Bad mit der Löwenklauenwanne auf dem Korbstuhl niedergelassen hatte, ließ er ihren Arm los.

„Bis auf Shampoo liegt alles in Reichweite", sagte er. „Weil ich mir beim besten Willen nicht vorstellen kann, wie Sie es schaffen sollten, sich die Haare zu waschen."

Tory beschloss, es lieber nicht zu weit zu treiben. „Das ist nett, danke."

Er nickte, dann zog er sich ins Schlafzimmer zurück, allerdings ohne die dicke Eichenholztür ganz hinter sich zu schließen. Sie hörte, wie er sich in den Ohrensessel in einer Ecke setzte.

Das Wasser war heiß und himmlisch. Der schräg abfallende hintere Teil der alten Wanne, die weit ergonomischer gestaltet war als die meisten modernen Badewannen, lud zum Zurücklehnen ein. Tory schloss die Augen, während ihr das Wasser über die Taille schwappte und die Anspannung von ihr abfiel wie eine Eisschicht, die unter einer tropischen Sonne schmolz. Erst jetzt merkte sie, wie nötig sie das gebraucht hatte. Nur in einem Whirlpool hätte es noch besser sein können. Wenn nicht zu befürchten gewesen wäre, dass Roan den Kopf zur Tür hereinstecken würde, wenn sie nicht bald ein bisschen herumplanschte, hätte sie die ganze Nacht so verbringen können.

Die vorhandene Seife war zwar nicht luxuriös, aber sie erfüllte ihren Zweck. Dem Drang, sich als Erstes den Kopf damit einzuseifen, widerstand sie. Johnnie hatte ihr erst vor zwei Tagen im Krankenhaus die Haare gewaschen, das würde noch ein bisschen reichen müssen.

Es war schon ziemlich lange her, seit sie sich nach dem Waschen richtig sauber gefühlt hatte, deshalb seifte Tory sich gleich noch einmal ein. Als sie sich mit dem nassen Waschlappen über Hals und Schultern fuhr, musste sie unwillkürlich daran denken, wie sanft und doch elektrisierend sich Roans Hand auf ihrer Haut angefühlt hatte. Offenbar hatte der Sheriff auch eine sinnliche Seite, was gelinde gesagt verblüffend war. Sie fragte sich, was er wohl sonst noch hinter seiner Dienstmarke und seinen strengen Vorstellungen von Pflichterfüllung und Ehre verbergen mochte.

Obwohl es natürlich keine Rolle spielte. Sie war an Roan Benedict als Mann nicht interessiert, genauso wenig wie er an ihr interessiert war, abgesehen von der Tatsache, dass es ihr als seiner Gefangenen an nichts mangeln sollte. Sie war nur eine weitere seiner vielen Pflichten, die er ebenso gewissenhaft erfüllte wie jede andere auch.

Dieser Gedanke könnte sie deprimieren, wenn sie ihn zulassen würde.

Sie setzte sich so abrupt auf, dass das Wasser in alle Himmelsrichtungen spritzte, dann versuchte sie aufzustehen. Dabei stützte sie sich versehentlich mit so viel Gewicht auf ihren gehandikapten Arm auf, dass ihr ein glühender Schmerz durch die Schulter schoss. Ihr Ellbogen knickte ein, und sie kippte auf die Seite, gleich darauf rutschte ihr auf dem glitschigen Boden der Badewanne das Knie weg. Als sie mit einem lauten Platscher zurückfiel, spritzte eine Fontäne hoch auf und durchnässte ihren Verband. Leise in sich hineinfluchend rappelte sie sich mühsam auf, streckte eilig die Hand nach dem auf dem Korbstuhl liegenden Badetuch aus und zog es zu sich heran.

In diesem Moment flog die Tür auf. Roan kam hereingestürmt und blieb dann abrupt stehen. „Was ist passiert?“ fragte er, während sein braun gebranntes Gesicht noch um einen oder zwei Töne dunkler wurde.

Tory spürte, dass ihr ebenfalls die Verlegenheitsröte ins Gesicht schoss. Für lange Sekunden bewegte sich keiner von beiden. Dann zog sie das Badetuch fester um sich, so dass es sie vom Hals bis zu den Knien einhüllte. „Gar nichts ist passiert. Ich hatte nur ein kleines Problem beim Aufstehen.“

„Sie sind hingefallen.“

Sie warf ihm einen bösen Blick zu. „Wenn Sie jetzt sagen, dass Sie es mir ja gleich gesagt haben, schwöre ich Ihnen ...“

„Dafür ist es ein bisschen spät.“ Seine Stimme war ebenso grimmig wie seine Miene, als er jetzt einen Schritt auf sie zu machte, ihr kurzerhand einen Arm in die Kniekehlen und den anderen hinter den Rücken legte und sie aus der Badewanne hob. Dann trug er sie ins Schlafzimmer und legte sie aufs Bett. Er trocknete sie so schnell ab, dass sie es kaum registrierte, und deckte sie anschließend eilig mit dem Laken zu, das sich im Luftzug bauschte, bevor es über ihren Körper fiel. In dem Moment, in dem es sie berührte, zog er das nasse Handtuch weg, das sie immer noch umklammerte. Und da lag sie nun splitternackt unter dem Laken.

Sie hatte von Anfang an gewusst, dass er effizient war.

Sein Uniformhemd, das ebenfalls in Mitleidenschaft gezogen worden war, klebte ihm nass und dunkel an der muskulösen Brust. Sie hatte versucht, ihn zu warnen.

„Ich hätte mir denken können, dass Sie beim Aussteigen

Hilfe brauchen", sagte er, immer noch über sie gebeugt dastehend. „Die Wanne ist einfach zu tief."

„Ich habe Sie nicht um Hilfe gebeten." Eine bessere Antwort fiel ihr im Moment nicht ein.

„Ich hätte trotzdem da sein sollen."

Sie runzelte die Stirn, verunsichert über das, was sie da in seinen Augen entdeckte. Es sah fast aus wie Schmerz. Jeder, der behauptete, dass er seine Arbeit sehr ernst nahm, wusste offenbar, wovon er redete. „Es war nicht Ihr Fehler, okay?" Sie stützte sich beim Aufsetzen auf ihrem unverletzten Ellbogen auf. „Sie haben mich gewarnt. Ich habe nicht auf Sie gehört. Das ist alles. Bis auf die Tatsache, dass mein Verband klatschnass ist. Ich nehme an, Sie rufen jetzt besser Doc Watkins an, damit er uns beide lynchen kann."

Er starrte sie noch einen Moment länger an, dann zerrte ein langsames Lächeln an einem Mundwinkel. „Niemals. Ich kann den Verband wechseln. Wenn Sie nichts sagen, sage ich auch nichts."

„Abgemacht." Sie streckte ihm die Hand hin und wartete, dass er sie nahm. Er tat es, aber nur ganz kurz. Dann drehte er sich auf dem Absatz um und verließ das Zimmer.

Wenige Sekunden später kehrte er mit einem Erste-Hilfe-Koffer zurück, den er auf dem Nachttisch abstellte. Tory schwang die Beine über die Bettkante und setzte sich, das Laken vor sich haltend, auf.

„Vorsichtig", mahnte er. „Wir wollen es nicht noch schlimmer machen, als es ohnehin schon ist."

Natürlich wollen wir das nicht, dachte Tory grimmig. Sein Ziel war es, sie so schnell wie möglich wieder fit zu machen, damit er sie ins Gefängnis stecken konnte. Ihres war es, gesund zu werden, damit sie endlich aus diesem antiquierten Haus in diesem Ein-Pferd-Kaff verschwinden konnte. Und bis es so weit war, brauchte sie Roan Benedict; anschließend kam sie wieder ohne einen Mann in ihrem Leben klar. Sie brauchte keinen sturen Sheriff mit einem Herzen aus Stein und sanften Händen.

„Das könnte wehtun“, sagte er, als er begann, das Pflaster von ihrer Haut abzuziehen.

„Das hatten wir schon mal, falls Sie sich erinnern“, sagte sie mit einem leicht spöttischen Unterton und fügte dann hinzu: „Sie haben doch bestimmt eine Erste-Hilfe-Ausbildung, oder?“

Er warf ihr einen abschätzenden Blick zu, während er den Pflasterstreifen ganz abzog und sich dann an den nächsten machte. „Warum?“

„Weil man den Eindruck hat, als ob Sie so was fast jeden Tag machen.“ In Wirklichkeit meinte sie damit, dass sein Verhalten jetzt, wo sie nur noch ein halber Notfall war, wesentlich unpersönlicher war als vorhin bei dem Badewannenzwischenfall.

„Die Gemeinde hat ein Rettungsteam, das aus Polizei, Feuerwehr und Freiwilligen zusammengesetzt ist. Ich gehöre normalerweise zu den Ersten, die am Unglücksort sind.“

Daran zweifelte sie nicht. „Und wie viele Menschenleben haben Sie schon gerettet? Außer meinem, natürlich.“

„Oh, Dutzende.“

Die Antwort war als ironische Übertreibung gedacht, aber Tory ließ sich nicht täuschen. Die Ohrläppchen des Sheriffs waren rot geworden, ein Hinweis darauf, dass sie ihn wieder einmal in Verlegenheit gebracht hatte. Sie kostete das Gefühl der Macht, das ihr das gab, aus, vielleicht, weil sie ansonsten in dieser Situation so hilflos war. „Erzählen Sie mir mehr davon“, forderte sie ihn auf.

Er schüttelte den Kopf. „Zu langweilig."

„Die Beurteilung können Sie ruhig mir überlassen."

Obwohl sein Gesichtsausdruck immer noch wachsam war, kam er ihrer Bitte nach, vielleicht, weil es ihm besser erschien als lastendes Schweigen. Während er erzählte, nahm er den durchnässten Verband ab und legte einen neuen an, der sich wesentlich angenehmer anfühlte als der alte.

Er hatte das Laken, das sie sich vor die Brust hielt, ein bisschen nach unten geschoben, damit er den Verbandsmull mit Pflasterstreifen befestigen konnte. Die Wölbung ihrer Brust war bis knapp über dem rosa Vorhof ihrer Brustspitze freigelegt. Tory fühlte sich unangenehm entblößt, bemühte sich jedoch, es zu ignorieren. Wenn er daran gewöhnt war, erste Hilfe zu leisten, war der Anblick eines nackten Körpers für ihn zweifellos nichts Neues. Vorhin im Bad hatte er es jedenfalls spielend leicht geschafft, über ihren hinwegzusehen.

Sie schwiegen beide. Als sie den Blick hob, sah sie, dass er aufmerksam auf eine Stelle an ihrer Seite zwischen Brust und Achselhöhle schaute.

„Das sieht nach einer alten Narbe aus", sagte er, während er mit einem Ausdruck der Bestürzung ihrem Blick begegnete und gleichzeitig auf die kaum sichtbare Linie deutete.

Was er entdeckt hatte, war etwas, über das die meisten Männer aus ihren Kreisen kein Wort verloren hätten. Sie hätte eigentlich erwartet, dass Roan mit seiner Südstaatenmentalität zu höflich war, um seine Neugier zu zeigen, geschweige denn, das, was er gesehen hatte, zu kommentieren, aber das war offensichtlich nicht der Fall.

„Es ist eine Narbe."

„Man sieht sie kaum", fuhr er fort. „Der Chirurg hat gute Arbeit geleistet."

Er fuhr mit der Fingerspitze über die blasse Linie. Das Kribbeln, das Tory dabei verspürte, löste eine Gänsehaut aus, die zur Folge hatte, dass sich ihre Knospen so verhärteten, dass sie sich unübersehbar nur wenige Zentimeter von seinen forschenden Fingerspitzen entfernt unter dem Laken abzeichneten. Sie schob seine Hand weg und zog das Laken höher.

Er leistete keinen Widerstand, aber als sie seinem Blick begegnete, sah sie, dass seine Neugier etwas Persönlicherem und Vitalerem gewichen war, das seine Augen verdunkelte.

Begehren. Er wollte sie. Der Impuls wurde rigoros in Zaum gehalten, aber er war in seinen erweiterten Pupillen und seinen angespannten Gesichtszügen deutlich sichtbar.

Ihr stockte der Atem. Ihre Finger wurden plötzlich so taub, dass sie ungeschickt an dem Laken herumfummelte, als sie versuchte, es sich über der Brust festzustecken.

„Das war ein Schönheitschirurg, richtig?“ fragte er in sorgfältig neutral gehaltenem Tonfall.

Er hatte nicht vor aufzugeben. Sie schluckte, während sie überlegte, ob sie sich einfach dumm stellen sollte, immerhin gab sie ja vor, sich an nichts erinnern zu können. Aber sie hatte ihr Glück bei diesem Mann schon oft genug aufs Spiel gesetzt. Es war das Risiko nicht wert, deshalb antwortete sie mit einem Anflug von Herausforderung: „Brustvergrößerung, schätzungsweise.“

„Ein Tittenjob?“

„Wie ungehobelt, Sheriff. Das machen heutzutage viele Frauen, und die meisten Männer scheinen es zu begrüßen.“

„Sie haben sich selbst verstümmelt, nur um irgendeinem Mann zu gefallen?“

Sie hob eine Schulter. „Wer weiß? Obwohl ... ist größer in den Augen der Männer nicht immer besser?“

„In meinen nicht“, gab er mit Entschiedenheit zurück.

„Na so was“, spöttelte sie.

„Mein Dad sagt immer, mehr als eine Hand voll von was auch immer ist ziemlich überflüssig. Ich nehme an, dass er Recht hat.“

„Auch eine Überlegung“, sagte sie gedehnt, obwohl ihr Gesicht ganz heiß war. Es war nicht nur eine Überlegung, sondern eine Offenbarung, aber das würde sie ihm ganz bestimmt nicht sagen.

Er musterte sie noch einen Moment, bevor er feststellte: „Sie müssen damals noch sehr jung gewesen sein, sonst wäre die Narbe nicht so verblasst.“

„Vielleicht war es ja noch auf der High School“, antwortete sie vage, obwohl es die Wahrheit war.

„Du lieber Himmel“, murmelte er in sich hinein.

Sie neigte dazu, ihm beizupflichten. Die Operation war damals unter ihren Klassenkameradinnen groß in Mode gewesen, ein Weg, ihren Mütter nachzueifern und in die Welt der Kultivierten und Schönen einzutreten. Sie war stets bereit gewesen, jede Modetorheit mitzumachen, um nur ja mit ihren Freundinnen Schritt zu halten. Weil sie alles gewesen waren, was sie in diesen langen Internatsjahren gehabt hatte.

„Ich nehme an, ich habe es gemacht, um mich mit mir selbst besser zu fühlen“, sagte sie nach einer Weile. „Wie die meisten Frauen.“

„Attraktiver?“

„Ist irgendwas falsch daran?“

Er stand auf und zögerte. „Sie sind eine schöne Frau und müssen ein hübsches Mädchen gewesen sein. Ich kann und möchte es nicht glauben, dass Sie so etwas jemals nötig hatten.“ Seine Stimme wurde tiefer und bekam einen samtigen Klang.

„Sie müssen nicht perfekt sein. Der Rest der Welt ist es mit Sicherheit nicht."

Das war eine überraschende Einsicht für einen Provinzsheriff. Wenn auch nicht ganz up to date. Voltaire war der Meinung gewesen, dass man Perfektion nur nach und nach im Lauf der Jahre erreichte, aber das war lange her. Heutzutage glaubten die meisten Menschen, dass Jugend und Schönheit Perfektion waren und dass die Zeit sie zerstörte. Sie konnte zu ihrer Verteidigung ihre Unreife anführen, aber das war nicht alles gewesen.

Sie hatte Aufmerksamkeit gewollt. Es war ihr egal gewesen, ob sie von ihrem Stiefvater, ihren Freundinnen oder von den Jungs kam, die angefangen hatten, vor dem Internatstor herumzulungern. Sie hatte sich danach gesehnt und hätte alles getan, um sie zu bekommen. Heute glaubte sie, darüber hinaus zu sein, aber ganz sicher sein konnte sie sich nicht.

Roan beobachtete sie nachdenklich aus zusammengekniffenen Augen, sein Blick war abschätzend. Kritisch. Doch was scherte es sie, was er dachte? Er war keine Frau. Er war nie mit den Wahlmöglichkeiten konfrontiert gewesen, mit denen sie konfrontiert war, oder mit den Erwartungen.

„Was starren Sie mich so an?" fragte sie in eisigem Ton. „Überlegen Sie, ob ich mir auch das Gesicht habe liften lassen? Nun, das habe ich nicht. Zumindest sieht man keine Narben."

Er schüttelte langsam den Kopf. „Ich habe nur überlegt, ob es wohl möglich ist, unter all den Masken Ihr wahres Ich zu finden."

Sie hoffte aufrichtig, dass es nicht möglich war. Die wirkliche Frau war ein verwirrtes Nervenbündel, unsicher, was sie mit den nächsten Tagen ihres Lebens anfangen sollte, geschweige denn mit den vielen Jahren, die noch vor ihr lagen. Nicht dass sie Verständnis von ihm erwartete, natürlich. Er wusste nichts von ihrer Angst, dass sie wie ihre Mutter enden könnte, weggesperrt unter Einfluss von Beruhigungsmitteln vor sich hindämmernd, bis sie vor Verzweiflung starb, weil niemand den Menschen liebte, der sie wirklich war, sondern allein ihr Geld und ihr Aussehen zählten.

Tory holte tief Luft, dann atmete sie langsam aus und sagte: „Wohl kaum."

Roan griff nach seinem Erste-Hilfe-Koffer, dann drehte er sich um und ging zur Tür. Mit der Hand auf der Klinke sagte er leise, fast wie zu sich selbst: „Das ist schade. Wirklich jammerschade."

7. KAPITEL

Das Klicken des Lichtschalters und plötzliche Helligkeit rissen Tory aus tiefem Schlaf. Als sie vorsichtig ein Auge öffnete, sah sie Roan frisch rasiert und verboten hellwach mitten im Zimmer stehen. Sie stöhnte laut auf, streckte die Hand aus und zog sich das Laken über den Kopf.

„Zeit fürs Frühstück", verkündete er in abscheulich munterem Ton, während er herankam und neben ihrem Bett stehen blieb.

„Das ist der Folterteil, richtig?" fragte sie unter ihrer Deckung. „Sie glauben, wenn Sie mich jede halbe Stunde wecken, breche ich zusammen und packe aus."

„Es war nur zweimal während der Nacht."

Sie zog sich das Laken vom Gesicht und schaute zu ihm auf. „Jetzt hören Sie aber auf. Sie sind mindestens einmal pro Stunde reingekommen."

„Es ist meine Pflicht, dafür zu sorgen, dass Sie regelmäßig Ihre Antibiotika einnehmen", gab er in übertrieben vernünftigem Tonfall zurück. „Davon abgesehen musste ich nach Ihnen schauen."

„Vermutlich weil Sie sich davon überzeugen wollten, dass ich noch da bin." Als ob sie in nächster Zeit irgendwohin gehen könnte.

„Und um sicherzugehen, dass Ihre Wunde nicht blutet, dass Sie kein Fieber haben ... oder dass Sie im Bad nicht wieder hingefallen sind."

Diese Erinnerung war nicht gerade angetan, ihre Laune zu heben. „Vielen Dank", sagte sie verschnupft, während sie sich umdrehte und das Gesicht im Kissen vergrub. „Mir geht es gut. Und jetzt gehen Sie."

„Genau das hatte ich auch vor.“

Tory spürte eine seltsame Panik in sich aufsteigen. Sie schwieg lange Sekunden und versuchte dagegen anzukämpfen. Dann machte sie die Augen wieder auf. „Sie gehen?“

„Ich habe einen Job. Aber keine Sorge, Jake wird hier sein und Cal auch. Sie brauchen nur zu rufen, wenn Sie etwas benötigen.“

„Ich mache mir keine Sorgen“, gab sie zurück. Es war eine Lüge. Sie fühlte sich verlassen. Und ihr behagte der Gedanke nicht, dass sie von diesem Mann schon abhängig war.

„Gut. Dann ist ja alles in Ordnung.“ Die Kaffeetasse in seiner Hand klirrte leise auf der Untertasse, als er sie auf dem Nachttisch abstellte.

Tory drehte sich wieder um, damit sie sein Gesicht sehen konnte. Es war verschlossen und gab nichts preis. Aber er kam ihr irgendwie anders vor heute Morgen, reservierter und offizieller. Es war eine entschiedene Veränderung zu dem Mann, der während der Nacht barfuß, verschlafen, mit verstrubbelten Haaren und nichts auf dem Leib außer einer tief auf den Hüften sitzenden Jeans in ihr Zimmer gekommen war. Dieser Mann war ihr weitaus sympathischer gewesen als der zugeknöpfte Gesetzeshüter mit dem blinkenden Sheriffstern auf der Brust und der Waffe an der Hüfte.

Nach einem Moment fragte sie: „Wann kommen Sie zurück?“

„Kann ich noch nicht sagen, kommt ganz darauf an, was es in der Stadt zu tun gibt. Aber ich werde mich ab und zu melden.“

Das würde er zweifellos tun. Obwohl das an ihren Gefühlen nicht viel änderte. „Sie müssen gehen, nehme ich an.“

Er schaute auf sie hinunter und musterte sie eingehend. „Das klingt ja fast, als würde ich Ihnen fehlen.“

In seiner Stimme schwang ein spöttisch ungläubiger Unterton mit. Sie schaute unter halbgesenkten Lidern zu ihm auf und erwiderte: „Das habe ich nicht gesagt."

„Nein?"

„Oh, bitte", sagte sie und fuhr sich aufseufzend durchs Haar. „Ich bin kein Morgenmensch wie Sie. Um diese Tageszeit bin ich beim besten Willen noch zu keinem verbalen Schlagabtausch imstande."

„Ich bin nur nach einem großen Becher Kaffee ein Morgenmensch", gab er zurück. „Apropos Kaffee, Sie sollten Ihren trinken, bevor er kalt wird."

Sie schob sich in eine sitzende Position hoch, und Roan war ihr behilflich, indem er ein zusätzliches Kissen hinter ihrem Rücken platzierte. Seine unangestrengte Hilfsbereitschaft hatte zur Folge, dass sie sich undankbar vorkam. Sie murmelte ein höfliches Dankeschön, und als er ihr die Kaffeetasse hinhielt, fügte sie hinzu: „Ich weiß es zu schätzen und das, was Sie heute Nacht für mich getan haben, ebenfalls, auch wenn ich ein bisschen grantig bin."

„Kein Grund zur Aufregung. Davon abgesehen, wird das heute Jakes Problem sein."

Richtig, dachte sie, während sie einen Schluck von ihrem Kaffee nahm. Obwohl es nicht annähernd so interessant zu werden versprach, die eingesperrte tapfere Heldin nur vor einem jugendlichen Publikum zu spielen. Andererseits hatte die Rolle des verletzten und hilflosen Weibchens ebenfalls deutlich an Attraktivität eingebüßt. Durch den Badewannenzwischenfall waren unerwartete Gefahren zu Tage getreten.

„Ich denke, ich sollte Sie warnen, allzu freundlich zu Cal zu sein."

Die höfliche ruhige Art, in der er es sagte, ließ es fast normal erscheinen, aber seine zusammengepressten Lippen und der entschlossene Blick, mit dem er irgendetwas zehn Zentimeter über ihrem Kopf fixierte, verrieten ihn. „Ach, tatsächlich? Was befürchten Sie denn ... dass ich ihn verführen könnte?"

Roan wischte ihre Frage mit einer ungeduldigen Handbewegung beiseite. „Ich wollte damit nur ausdrücken, dass Cal empfänglich sein könnte. Gewiss möchten Sie solche Komplikationen nicht."

„Und deshalb sagen Sie mir, dass ich vor ihm auf der Hut sein sollte."

„Ich sage Ihnen, dass Sie bei ihm besser keine Tricks versuchen sollten. Bei mir ist das etwas anderes, aber bei Cal könnte es unerwünschte Folgen für Sie nach sich ziehen."

Ihr lag auf der Zunge, ihn zu fragen, ob er nicht empfänglich sei, nicht einmal ein bisschen. Aber sie wagte es nicht, weil sie befürchtete, die Antwort könnte sich möglicherweise niederschmetternd auf ihr Ego auswirken. Gleichzeitig verspürte sie den fast unbezähmbaren Drang, ihm die penibel gekämmten Haare zu verwuscheln oder ihm das Hemd, das er sich so sorgfältig in die Hose gesteckt hatte, aus dem Bund zu ziehen, irgendetwas, ganz egal was, wenn es nur diesen Roboter dem Mann ähnlicher machte, auf den sie ab und zu einen Blick erhascht hatte. Es war fast, als ob er zwei Persönlichkeiten hätte, was darauf hindeutete, dass sie hier offenbar nicht die Einzige war, die geübt darin war, immer wieder in andere Rollen zu schlüpfen.

Als sie weiter in sich hineinschwieg, fuhr Roan fort: „Cal wird sich außerhalb des Hauses aufhalten. Sie sollten ihn unter normalen Umständen also gar nicht zu Gesicht bekommen. Jake wird Ihnen Ihr Essen und Ihre Medikamente bringen ... keine Sorge, es wird klappen. Er ist für sein Alter durchaus zuverlässig."

„Gut für Jake."

Sein Blick blieb für eine Sekunde auf ihren aufeinander gepressten Lippen liegen. „Und wie steht's, hatten Sie während der Nacht irgendwelche Offenbarungen?"

„Offenbarungen? Ach so, Sie meinen, ob mir eingefallen ist, wer ich bin."

„Wer Sie sind, Name, Alter, Telefonnummer, Mutter, Vater, Brüder und Schwestern, alles und jedes, was erkenntnisförderlich sein könnte."

Sie tat so, als ob sie angestrengt überlegte, bevor sie langsam den Kopf schüttelte. „Nichts und niemand."

„Nicht einmal der Schatten einer Erinnerung von der Art, wie sie sie bei Johnnie hatten?"

Sie hatte sich schon gefragt, wann dieser Ausrutscher wohl zur Sprache kommen würde. Aber jetzt erschien es ihr besser, einfach darüber hinwegzugehen. „Nichts."

„Zu schade. Falls Ihnen etwas einfällt oder falls sich im Lauf des Tages irgendwelche Probleme ergeben sollten, lassen Sie es mich umgehend wissen."

Er zog eine weiße Visitenkarte aus seiner Tasche und legte sie neben ihrer Hand auf das Laken. Tory schaute auf die dunkelblaue Beschriftung und überlegte, dass die Karte genauso war wie der Mann, der sie bei sich trug: sauber gestaltet, geradeaus und ohne jede Spur von Prahlerei.

„Erwarten Sie irgendwelche Probleme?" erkundigte sie sich fast beiläufig.

„Ich sage nur, dass Sie vorsichtig sein sollen, nicht mehr und nicht weniger. Cal ist ein guter Mann, sonst wäre er nicht in meinem Team. Er darf jedoch nicht abgelenkt werden. Er ist da, um Ihre Sicherheit zu gewährleisten, ebenso wie die von Jake."

In dem grimmigen Tonfall des Sheriffs schwang eine deutliche Warnung mit. Er hatte alles so arrangiert, dass sein Sohn durch ihre Anwesenheit in seinem Haus nicht gefährdet wurde, und falls sie vorhatte, an dieser Situation etwas zu ändern, würde sie die Konsequenzen zu spüren bekommen. Sie wollte sich lieber nicht ausmalen, was Zits und Big Ears tun könnten, wenn sie herausfanden, dass sie auf Dog Trot allein war, nur mit einem Jungen im Haus und einem einzigen Hilfssheriff als Bewacher.

Es war ein merkwürdiges Gefühl, an das Wohlergehen anderer zu denken. Sie war nicht daran gewöhnt, weil nie eine Notwendigkeit dafür bestanden hatte; sie hatte nie jemanden gehabt, um den sie sich hätte sorgen oder den sie hätte beschützen müssen. Davon abgesehen dachte natürlich die Mehrzahl der Leute, die sie kannte, zuerst an das eigene Wohlergehen. Jede altruistische Regung wurde in bare Münze umgewandelt; und keiner von ihnen käme je auf die Idee, für einen anderen Menschen seine eigene Bequemlichkeit zu opfern.

„Vielleicht wäre es ja am besten", sagte sie, wobei sie nachdenklich in ihre Tasse schaute, „wenn ich mit Ihnen mitfahre, in Ihr Gefängnis. Nach allem, was passiert ist."

Er hüllte sich so lange in Schweigen, dass sie einen Blick auf ihn riskierte. Zwischen seinen Augenbrauen stand eine steile Falte. Als er ihrem Blick begegnete, sagte er: „Ich glaube nicht. Davon abgesehen, bin ich ohnehin heute Nachmittag oder vielleicht sogar schon früher wieder zurück."

Nach diesen Worten drehte er sich um und ging zur Tür. Nachdem er das Zimmer zur Hälfte durchquert hatte, sagte sie: „Roan?"

Er blieb stehen und drehte sich langsam wieder zu ihr um.

„Warum tun Sie das? Ich meine, warum nehmen Sie mich in Ihr Haus auf und kümmern sich um mich?"

„Ich dachte, dieses Thema wäre erledigt."

„Ach ja? Ich erinnere mich, dass Sie etwas von ungeeigneten Unterbringungsmöglichkeiten im Gefängnis gesagt haben und von einem aufgebrachten Krankenhausdirektor, aber das erklärt es nicht wirklich. So etwas würden nicht viele Leute tun."

„Es ist nicht der Rede wert."

„Dann nehmen Sie also alle Leute auf, die Sie anschießen, ist es das?"

Er presste die Lippen aufeinander. „So viele waren das nicht."

„Aber ich bin nicht die Erste. Warum also tun Sie das?"

„Vielleicht, weil ich mich verantwortlich fühle. Vielleicht, weil ich mir keine Vorwürfe machen will, falls sich herausstellen sollte, dass Sie die Wahrheit sagen. Vielleicht ..."

„Was?" Sie umklammerte ihre Kaffeetasse so fest, dass ihre Fingerspitzen taub wurden, aber sie konnte sich nicht dazu bringen loszulassen.

„Vielleicht lasse ich mich ja von einer Jammergeschichte und einem hübschen Gesicht zum Narren halten."

Sie musste unwillkürlich lachen. Die Vorstellung, dass er in irgendeiner Weise weich sein könnte, war schlicht absurd. „Ziemlich unwahrscheinlich."

„Schön, und was denken Sie?" fragte er, wobei sich seine grauen Augen verengten. „Es gefällt mir eben, Sie in meinem Haus als Gefangene zu halten. Ich warte nur darauf, dass es Ihnen wieder gut geht, bevor ich Ihnen genau sage, was ich mit Ihnen zu tun gedenke."

Irgendetwas in seiner Stimme ließ sie erschauern. Was hatte Cal gesagt? *Roan ist das Gesetz in Tunica Parish* – ja, das war es. Aber das hatte er doch nicht etwa in übertragenem Sinn gemeint, oder?

„Ganz bestimmt“, sagte sie spöttisch. „Höchstwahrscheinlich bekommen Sie so mehr.“

Sein Lächeln war humorlos. „Warten Sie es ab, dann sehen Sie es, okay?“

Nach diesen Worten drehte er sich wieder um und ging hinaus. Die Tür fiel fast lautlos hinter ihm ins Schloss.

Torys Verwirrung hielt an, während sie über die Unterhaltung von eben und die Ereignisse der letzten Nacht nachdachte. Irgendetwas war da, irgendein Schnipsel Wahrheit, aber sie bekam ihn nicht zu fassen.

Sie konnte nicht glauben, dass sich Roan Benedict wirklich von ihr angezogen fühlte, von einer Frau, die offensichtlich alles war, was er verabscheute. Sollte er je wieder heiraten, würde es irgendein rosiges Landmädel sein, das in der Sonntagsschule unterrichtete und zehn verschiedene Rezepte für Hackbraten kannte. Er würde keine Verwendung haben für ein verwirrtes armes reiches Mädchen, das sich nicht entscheiden konnte, wer es war und was es wollte, auch wenn es keinen Gedächtnisverlust vortäuschte, und das studiert hatte, wie man auf ausgefallenste Weise Cordon Bleu zubereitete, um sich mit dem Küchenchef seines Stiefvaters unterhalten zu können.

Nein, Roans einziges Ziel war es, sie so gut wie nur möglich im Auge zu behalten. Es würde bei seinen Wählern nicht gut ankommen, wenn ihm eine Gefangene abhanden kam, vor allem wenn sie floh oder aus seinem eigenen Haus entführt wurde. Er traute ihr nicht über den Weg und glaubte ihr ihre Geschichte nicht. Doch solange sie unter seinem Dach lebte, würde er ihr gegenüber aufmerksam sein, allerdings nur, um sie davon abzuhalten, ihm Schwierigkeiten zu machen, indem sie zu fliehen versuchte.

Aber was spielten seine Gründe für eine Rolle? Im Endergebnis lief alles auf dasselbe hinaus – im Augenblick war sie sicher.

Um ihre Mundwinkel spielte ein trockenes Lächeln. Irgendwie war es schon komisch. Hier, eingesperrt in Roans Haus, fühlte sie sich sicherer als seit vielen Jahren, wo doch ihre größte Angst immer gewesen war, dass sie irgendwann wie ihre Mutter enden könnte, weggesperrt in einem exklusiven Pflegeheim für bekloppte Reiche. Einen kurzen Moment lang sann sie darüber nach, ob das vielleicht der Grund dafür war, dass sich ihre Mutter nicht gegen ihr Schicksal aufgelehnt hatte. Vielleicht hatte sie sich in dem Sanatorium ja sicherer gefühlt als draußen mit Ehemann, Tochter und Freunden, die allesamt ein Leben auf der Überholspur führten. Aber nein, das war unmöglich. Oder doch nicht?

Tory trank ihren Kaffee aus und drehte sich zur Seite, um die Tasse auf den Nachttisch zu stellen. Als ihr Blick auf Roans Visitenkarte fiel, griff sie danach und tippte sich gedankenverloren damit an die Unterlippe. Der Sheriff hatte einen schwerwiegenden Fehler gemacht, indem er sie hierher gebracht hatte; er hatte ihr die Tür zu seinem Privatleben geöffnet. Ihr ging es von Minute zu Minute besser, sie fühlte sich kräftiger, und ihr Kopf wurde klarer. Er konnte sich auf etwas gefasst machen, sie würde sich etwas einfallen lassen. Mit Sicherheit.

Wenig später brachte Jake ihr Frühstück. Nachdem er das Tablett auf ihrem Schoß deponiert hatte, forderte sie ihn auf, sich ans Fußende zu setzen. „Und was ist mit dir? Hast du nicht Lust, mir beim Frühstück Gesellschaft zu leisten?“

„Ich ... ich habe schon gefrühstückt“, sagte Jake, während er unauffällig die Handflächen an den Hosenbeinen abwischte und dreinschaute, als ob er Hals über Kopf davonrennen wollte.

„Dann bleib wenigstens ein bisschen hier und unterhalt dich mit mir. Ich habe es satt, mir die ganze Zeit nur diesen bescheuerten Engel da oben anzuschauen."

Die Miene des Jungen blieb wachsam, obwohl er mit einem kurzen Blick zum Baldachin hinaufschaute.

„Ich nehme mal an, er ist alt, der Amor, meine ich. Meine Ururgroßeltern haben das Bett noch vor dem Bürgerkrieg den ganzen Weg von New Orleans mit dem Schiff raufgebracht. Sie hatten damals eine Menge seltsames Zeugs, aber ich schätze mal, ihnen hat es gefallen."

„Sehr wahrscheinlich", sagte sie, beeindruckt von seiner selbstverständlichen Akzeptanz des Geschmacks seiner viktorianischen Vorfahren. „Ehrlich gesagt, finde ich ihn gar nicht bescheuert. Es ist ein wirklich hübscher Amor oder wäre es jedenfalls, wenn ich noch etwas anderes zu tun hätte, als ihn ständig anzustarren."

„Ich könnte Ihnen ein paar Zeitschriften bringen", bot er an, wobei er gleichzeitig hoffnungsvoll zur Tür schaute.

„Das wäre wundervoll. Was hast du denn für welche?"

„Na ja, das könnte ein Problem ..."

Tory verkniff sich ein Lächeln, während sie beobachtete, wie ihm die Röte in den Hals kroch. „Nichts für Mädels?" fragte sie.

„Gott, nein! Dad würde kein Wort mehr mit mir reden. Nur so Sachen, die Sie bestimmt nicht interessieren." Er sprach jetzt so leise, dass es fast nur ein Gemurmel war. „Zeitschriften über Viehzucht und Angeln ... oder Bogenschießen. So Zeugs halt."

„Männerzeugs."

Jake stimmte ihr zu, dann hellte sich sein Gesicht auf. „Aber oben auf dem Speicher sind noch alte Zeitschriften von meiner

Großmutter. So Spezialzeitschriften über Gartenblumen, Nähen, Kochen und so."

„Das klingt schon besser", versicherte Tory ihm.

Er war bereits aufgestanden und ging eilig zur Tür. „Bin gleich wieder da."

Sie schaute eine ganze Weile auf die Tür, durch die Roans Sohn verschwunden war. Dann verzog sie die Lippen zu einem Grinsen, schüttelte den Kopf und wandte ihre Aufmerksamkeit dem Tablett zu, das er ihr gebracht hatte.

Das Essen schmeckte überraschend gut, Scheiben eines wundervoll geräucherten Schinkens, mit herrlich lockeren Rühreiern, Weizentoast und Brombeermarmelade, die wie selbst gemacht schmeckte. Tory hätte zwar eine halbe Grapefruit und einen Muffin vorgezogen, aber sie war nicht in der Stimmung, wählerisch zu sein. Außerdem war es gut möglich, dass sie das Protein brauchte, um wieder zu Kräften zu kommen, obwohl sie sich, wenn sie gesund war, die zusätzlichen Pfunde bestimmt erst wieder mühsam wegtrainieren musste.

Was seinen Sohn anbelangte, hatte Roan zweifellos Recht: Jake war wirklich zuverlässig. Er brachte wie versprochen die Zeitschriften, die er auf dem Nachttisch stapelte, nachdem er sie zuvor mit seinem Hemdsärmel flüchtig abgestaubt hatte. Es waren praktisch Sammlerstücke, die so überholt waren, dass sie einen hohen Unterhaltungswert besaßen. Nachdem Jake unter Mitnahme des Tabletts das Zimmer verlassen hatte, blätterte Tory ein paar davon durch, wobei sie immer wieder schmunzeln musste. Dennoch konnte nichts ihr Interesse über längere Zeit fesseln, vielleicht, weil sie mit einem Ohr immer nach draußen lauschte, ob nicht ein Auto die Einfahrt heraufkäme. Nach einer Weile ließ sie die Zeitschrift, in der sie gerade blätterte, auf die Brust sinken und schloss die Augen.

Nachdem sie wieder aufgewacht war, dauerte es nicht lange, bis sie das Gefühl hatte, dass ihr langsam, aber sicher die Decke auf den Kopf fiel. Sie lag ein paar Minuten da und starrte auf den pausbäckigen Amor über ihrem Kopf, doch dann setzte sie sich auf und griff nach ihrem Morgenrock. Schließlich hatte Roan nichts davon gesagt, dass sie ihr Zimmer nicht verlassen durfte.

Im Haus war es still. Ab und zu ächzte eine Bodendiele arthritisch unter ihren Füßen. Es waren die einzigen Lebenszeichen, die sie vernahm. Nirgendwo waren Stimmen zu hören, auch nicht aus einem Radio oder Fernseher. Das Durcheinander des modernen Lebens aus Kopfhörern, Fernbedienungen, Tageszeitungen, Illustrierten und vollen Papierkörben, Schachteln mit Papiertüchern und Fotos war auffällig abwesend. Trotz der Klimaanlage, durch die kühle Luft ins Haus strömte, fühlte sich Tory fast wie in einem vergangenen Jahrhundert. Die alten Bilder an den Wänden und die Orientteppiche, die auf den blank polierten Holzdielen im Flur farbenprächtige Inseln bildeten, hätten genauso gut ins neunzehnte Jahrhundert gepasst. Das weiche Licht, das durch die großen Fenstertüren zu beiden Seiten hereinfiel, beleuchtete den Flur bestimmt schon seit vielen Generationen auf genau die gleiche Art und Weise. Die Atmosphäre von Dauerhaftigkeit hatte etwas Seltsames, aber auch Tröstliches an sich. Einen Moment lang wünschte sich Tory, sie festhalten zu können. Und sie fragte sich, ob es das war, was Roan und Jake empfanden, wenn sie daran dachten, wie lange Benedicts schon zwischen diesen Mauern, die ihr Zuhause waren, gelebt und geliebt hatten.

Sie warf einen Blick in den Empfangssalon rechts von der Eingangstür. Auf nackten Sohlen, die in dem weichen Teppich einsanken, stand sie da und schaute voller Bewunderung zu der mit herrlichen Stuckornamenten verzierten Decke und dem Kristalllüster auf. Die schweren Samtportieren vor den hohen Fenstern, viele Jahre lang der erbarmungslos heißen Sommersonne ausgesetzt, waren verblasst, aber die glänzenden Seidenstickereien darauf wirkten so farbenprächtig wie eh und je. Einer der Brokatsessel hatte abgescheuerte Ränder, als ob er ein Lieblingssessel wäre, und doch wirkte der Raum unbewohnt, so steif wie ein Museum. Die kleinen Dinge, die ihn einladender gemacht hätten, fehlten, Topfpflanzen, Tischdecken, allerlei Krimskrams und Andenken. Offenbar glaubte dieser Männerhaushalt, gut ohne sie auszukommen, aber Tory juckte es in den Fingerspitzen, ein bisschen Leben in das Zimmer zu bringen. Das war etwas, das sie gut konnte, denn immerhin hatte sie darin einige Übung.

Als sie wieder auf den Flur kam, schaute sie durch das Glasfenster der Eingangstür. In der Einfahrt im Schatten der großen alten Eiche parkte ein Streifenwagen. Ihr Herz begann schneller zu klopfen, doch dann wurde ihr klar, dass es sich um Cals Streifenwagen handeln musste. Einen kurzen Moment lang hatte sie geglaubt, der Sheriff wäre zurückgekommen.

Aber von Cal war nirgends etwas zu sehen. Wahrscheinlich ging er auf dem Grundstück Streife oder hatte auf dem kühlen Kutschenweg Posten bezogen. In Anbetracht der draußen herrschenden Hitze konnte sie ihm kaum einen Vorwurf daraus machen. Natürlich war es auch möglich, dass er unten ins Haus gegangen war, um sich abzukühlen.

Bei diesem Gedanken fuhr sie herum und suchte die Ecken des Flurs mit Blicken ab. Nichts bewegte sich. Kein Uniformierter trat aus dem Schatten, keine Geister ehemaliger Bewohner schwebten über dem Korridor. Einzig winzige Staubpartikel tanzten und glitzerten in der durch sie in Bewegung versetzten Luft. Sie lachte leise auf. Offenbar machte sie dieses Herumschleichen in einem fremden Haus nervös.

Auf der anderen Seite des Flurs lag ein Esszimmer, in das sie zwar einen Blick warf, jedoch wenig Interessantes sah. Aber neben der Tür hing ein antiker Spiegel, der ihre Aufmerksamkeit fesselte. Obwohl es nicht an dem schön gearbeiteten Goldrahmen lag, sondern an ihrem eigenen Spiegelbild. Erst hier, in dem hellen Licht, fiel ihr auf, wie schrecklich sie aussah, mit ungekämmten Haaren, dunklen Ringen unter den Augen, einer Abschürfung auf der Wange und einem gelblich verfärbten Bluterguss am Kiefer. Es war ein Wunder, dass die Bewohner von Dog Trot nicht laut schreiend vor ihr davongerannt waren. Allein, wenn man sich um sein Erscheinungsbild sorgte, war das doch ein Zeichen von Genesung, oder? Danach musste es ihr sprunghaft besser gehen.

Außer ihrem eigenen lagen noch drei weitere Schlafräume im ersten Stock. Dem Rockstarposter und den Hundefotos nach zu urteilen schien eins davon Jakes Zimmer zu sein. Das zweite sah aus, als ob es seinem Großvater gehörte. Das Hauptschlafzimmer war ebenso leicht zuzuordnen, es lag nach hinten raus, mit Blick auf den See. Es hatte beträchtliche Ausmaße, mit einem großen antiken Bett, dem dazu passenden Schrank und Kommode und dem Porträt der Urahnen auf dem marmornen Kaminsims. Der Polizeiscanner auf dem Schreibtisch in einer Ecke war ein ebenso untrügliches Indiz dafür, wer dieses Zimmer bewohnte. Es war ein schöner, traditionell und zweckmäßig eingerichteter Raum, so zeitgemäß wie nötig, aber kein Jota mehr. Tory machte sich nicht die Mühc einzutreten. Alles, was den Mann, der das Zimmer bewohnte, ausmachte, lag offen zutage.

Am Ende des Flurs war eine Treppe. Weil die meisten Geräusche, die sie gehört hatte, als sie im Bett lag, aus dieser Richtung gekommen waren, rechnete sie damit, unten im Erdgeschoss die Küche zu finden, und sie wurde nicht enttäuscht. Daneben gab es ein Wohnzimmer. Hier endlich machte sich all die männliche Behaglichkeit breit, die sie oben vermisst hatte: die Ledersessel, Couch, Teppich und der große Fernseher.

Jake schaute aus den Tiefen eines Clubsessels auf, wo er sich gleichzeitig mit einem Videospiel beschäftigte und ein Musikvideo im Fernsehen anschaute. Als er Tory sah, weiteten sich seine Augen überrascht. Er hievte sich hoch, während der große Bluthund, der auf dem Teppich gedöst hatte, ein tiefes Knurren von sich gab, das sie warnte, nur ja nicht näher zu kommen.

„Brauchen Sie was?" fragte der Junge.

„Ich ... Mittagessen vielleicht?" fragte sie mit einem Lächeln. Ihre Bitte war ihr spontan in den Kopf gekommen, weil es ihr nicht klug erschien zuzugeben, dass sie ein bisschen herumgeschnüffelt hatte.

„Ja, klar." Er legte das Videospiel beiseite, dann streckte er die Hand aus und tätschelte dem Hund beruhigend den Kopf. „Was wollen Sie denn?"

„Was hast du denn?" antwortete sie mit einer Gegenfrage.

„Keine Ahnung, aber wir können nachsehen. Ich habe auch Hunger."

In diesem Augenblick war sie froh über die Unersättlichkeit der Jugend; gewiss würde es die Dinge für sie einfacher machen.

Der Hund folgte ihnen in die Küche und ließ sich neben der Tür nieder. Während Jake zur Inspiration seinen Kopf in den Kühlschrank steckte, ließ sich Tory auf einen der ledergepolsterten Stühle sinken, die um den großen alten Holztisch in der Mitte der Küche standen. Es tat gut, ein bisschen auszuruhen;

sie hatte mehr ihrer knappen Kraftreserven verbraucht, als sie gemerkt hatte.

Die Böden in diesem Teil des Hauses waren mit roten Fliesen belegt, die vermutlich Handarbeit und offenbar vor nicht allzu langer Zeit mit einer neuen Schutzschicht überzogen worden waren. Die alten Fliesen fühlten sich unter ihren Füßen kühl und glatt an, obwohl die Oberfläche uneben war. Tory fuhr mit den Zehen über die Zwischenräume, während sie zuschaute, wie Jake Käse, Pfirsiche und etwas, das wie ein ganzer Schinken aussah, aus dem Kühlschrank herauskramte.

„Das machst du wirklich gut", sagte sie. „Bestimmt bist du es gewöhnt, dich um dich selbst zu kümmern, wenn dein Vater arbeitet." Sie versuchte, in beiläufigem Tonfall zu sprechen, damit der Junge dachte, sie frage nur aus Höflichkeit und nicht etwa, um irgendwelche Informationen aus ihm herauszulocken.

„Na ja, sie denken wohl, ich bin jetzt alt genug."

„Sie?"

„Dad und mein Großvater. Ich glaube, ich habe schon erzählt, dass Pop bis vor zwei Jahren bei uns gelebt hat."

„Ja, richtig, der Weltreisende", sagte Tory mit einem verschmitzten Lächeln.

„Na ja, nicht ganz, aber so ungefähr." Jake schüttelte sich die Haare aus dem Gesicht, während er aus einer Schublade ein Messer herausnahm und dann anfing, großzügig dicke Scheiben Schinken abzuschneiden. „Pop war ziemlich am Boden, als Grandma vor sechs Jahren starb. Seitdem hat er sich nur noch um mich gekümmert. Aber vor zwei Jahren hat er sich ein Wohnmobil gekauft, und jetzt gondelt er in der Welt rum ... oder zumindest in den Staaten."

„Klingt nach viel Spaß."

Er schaute sie grinsend an. „Im Westen findet er es am besten, Nevada, Utah, zum Beispiel. Er hat mir versprochen, dass er zurückkommt und mich mitnimmt, bevor die Schule wieder anfängt. Dann fahren wir zum Grand Canyon, und immer wenn wir Lust haben, halten wir unterwegs an und schauen uns an, was es anzuschauen gibt. Wollen Sie eine Gurke?“

Tory schüttelte den Kopf. Gleichzeitig verspürte sie einen Stich von Neid. Die Highways in Südflorida waren vor allem im Winter gerammelt voll mit Campingbussen und Wohnmobilen, wenn die Touristen kamen, die der Kälte im Norden entfliehen wollten. Seltsamerweise hatte sie immer nur an die Enge in so einem Campingbus gedacht und nie an die Freiheit. Das war noch ein Punkt, an dem sie umdenken musste.

Jake klatschte großzügig Mayonnaise aufs Brot, stapelte Schinken darüber, garnierte das Ganze dann mit Tomaten und Käse und legte schließlich eine zweite Scheibe Brot darüber. Er stellte den Teller mit einer schnellen Drehung des Handgelenks vor Tory hin, dann schleppte er ein riesiges Glas Milch an, das ebenfalls für sie bestimmt war.

„Auf jeden Fall schauen wir uns den Grand Canyon nicht bloß an, wenn wir dort sind“, fuhr er fort, während er anfing, sich selbst ein Sandwich zu machen. „Wir klettern auf der einen Seite runter und auf der anderen wieder rauf. Man muss ganz früh morgens losgehen und dann im Canyon übernachten, sonst ist es nicht zu schaffen.“

Der Anflug männlichen Wagemuts in seiner Stimme entlockte Tory ein Lächeln, ebenso wie seine offensichtlichen Bemühungen, sich nicht anmerken zu lassen, wie aufgeregt er jetzt schon war. „Das wird eine Abwechslung von Turn-Coupe sein, stimmt’s? Ich habe den Verdacht, dass hier den Sommer über nicht viel los ist.“

„Na, ich weiß ja nicht", gab er großspurig zurück. „Letztes Jahr ist beim Flusspiratenfestival ein Hausboot in die Luft geflogen. War echt cool."

Cool. Richtig. „Wurde jemand verletzt?"

„Nicht schlimm", sagte er, während er sich hinsetzte und seinen eigenen Teller vor sich hinstellte. „Dad und Cousin Luke sind in den Fluss gesprungen und haben eine Menge Leute rausgezogen. Und dann haben noch zwei Irre draußen am See eine Frau entführt, auch letztes Jahr. Sie ist jetzt Lukes Frau. Und manchmal müssen wir Schatzsucher von unserem Land verjagen, vor allem in der Zeit um das Festival herum, wenn die Leute anfangen, über das Piratengold nachzudenken."

„Tja, dann habe ich mich wohl geirrt", sagte sie ernst. „Offenbar gibt es hier eine Menge aufregender Dinge. Aber was hat es mit diesen Piraten auf sich?"

„Das waren Flusspiraten, nicht die vom Meer. Sie haben angeblich das Zeug vergraben, das sie den Seefahrern damals geraubt haben ... Gold und Silber und Schmuck und so. Aber wir erlauben es nicht, dass jemand herkommt, um es auszubuddeln. Sie graben überall Löcher, und uns reicht es schon, dass die Hunde dauernd irgendwo rumscharren."

Tory war von der Bereitschaft des Jungen zu plaudern fast ebenso fasziniert wie von seinen Geschichten über vergrabenes Gold und andere Abenteuer. Offenbar hatte er entschieden, dass sie eine ganz annehmbare Gesellschaft war, oder langweilte er sich nur allein? Hatte sie womöglich einen Bundesgenossen gefunden? Falls ja, war es wichtig, das Band enger zu knüpfen.

„Und hast du schon nach dem Schatz gesucht?" fragte sie. „Gibt es ihn wirklich?"

„Als wir noch Kinder waren, war ich mit meinen Freunden ständig am Buddeln."

Tory nahm einen Schluck von ihrer Milch und verkniff sich ein Lächeln. Jake redete, als wäre er so alt wie Methusalem. „Aber ihr habt nichts gefunden?"

„Nur ein paar alte Vierkantnägel und Hufeisen. Und dann haben wir entschieden, dass es einfach nicht genug Zucker für einen Dime ist."

„Was?" Sie schaute ihn verdutzt an.

Er begegnete überrascht ihrem Blick. „Das ist einer von Pops Lieblingssprüchen. Soll heißen, dass sich die Arbeit nicht auszahlt."

„Aha. Schön, aber warum sollte man sich die Arbeit nicht erleichtern? Es gibt heutzutage spitzenmäßige Metalldetektoren, damit wäre es vielleicht ein leichtes." Sie hatte damit die Leute ständig am Strand gesehen.

Jake zuckte leicht verlegen die Schultern. „Jetzt macht es eben einfach nicht mehr so viel Spaß. Man erzählt sich, dass Mike Fink seinen Schatz in den Indianerhügeln in der Nähe des Flusses vergraben hat. Dort haben wir früher immer gespielt, wir haben alles Mögliche gefunden wie zum Beispiel Pfeilspitzen und Tonscherben und Knochensplitter. Aber dann waren vor zwei Jahren ein paar Typen von der Uni in in Baton Rouge hier und haben erzählt, dass die Hügel eigentlich Gräber sind und dass sie für die Ureinwohner heilig sind. Und dass es für sie ungefähr so ist, als würden wir den Benedict-Familienfriedhof umgraben. Na ja, und seitdem sind wir dann halt nicht mehr hingegangen."

Das war ein liebenswertes Verhalten. Verwundert darüber, dass sie Roans Sohn so viel Wärme entgegenbringen konnte, sagte sie: „Ich habe irgendwo gelesen, dass Piraten ihr Gold neben Toten vergraben haben, damit die Geister es beschützen. Ich schätze, Mike Fink war ganz schön schlau."

„Dad sagt, dass er bloß zu faul war, es wieder auszubuddeln, falls er überhaupt was verbuddelt hat. Er kann sich vorstellen, dass das alte Wasserhuhn sein Geld ebenso schnell ausgegeben hat, wie er es eingenommen hat."

Das klang ganz nach Roan. „Was ist das denn für ein Festival, von dem du da eben gesprochen hast?"

Über das Gesicht des Jungen ging ein Leuchten. „Es ist echt toll. Luke ist einer der Piratenanführer. Sie kommen mit Booten den Fluss rauf und fallen in die Stadt ein, und dann schnappen sie sich Gefangene und halten sie fest, bis sie Lösegeld kriegen. Bloß zum Spaß natürlich, aber Luke hat gesagt, dass ich nächstes Jahr bei ihm mitfahren darf."

Tory neigte lächelnd den Kopf. „Und weißt du schon, wen du entführen wirst?"

„Wer, ich?" fragte er, die Augen ein bisschen zu weit aufgerissen.

„Hast du schon ein Kostüm? Du wirst etwas Flottes brauchen, mit einer großen Schärpe und einem Schwert." Etwas, um das Mädchen zu beeindrucken, das er offensichtlich entführen wollte.

„Oben auf dem Speicher liegt ein Haufen so Zeugs. Ich hab es früher an Halloween angezogen." Er warf ihr einen abschätzenden Blick zu. „Sie könnten wahrscheinlich die meisten Frauenkostüme tragen, lange Kleider und Hüte und so Sachen, obwohl sie ziemlich klein sind. Grandma hat sich jedes Jahr für den Festivalball mächtig aufgemotzt und meine Mom auch manchmal. Ich habe ein Foto von ihr, auf dem sie wie Aschenputtel auf dem Weg zum Ball aussieht oder so."

„Ein neueres?" Tory war neugierig, wie lange Roan schon

geschieden war, obwohl sie nicht wusste, warum es sie interessierte.

Jake warf ihr einen seltsamen Blick zu. „Neu bestimmt nicht. Sie ist weggegangen, als ich zwei war."

„Das ist lange her." Sie konnte sich nicht vorstellen, ein Kind in diesem Alter zu verlassen.

„Sie konnte nichts dafür. Sie hatte Depressionen. Der Psychiater, bei dem sie in Behandlung war, hat ihr gesagt, dass sie sich erstickt fühlt, dass Dad ein Teil von ihrem Problem ist und dass sie aus der Ehe raus muss. Darum ist sie weggegangen. Jetzt hat sie einen neuen Mann und lebt in Frankreich."

Tory wusste nicht, was sie überraschender fand, dass Roans Frau ihre Ehe so leichten Herzens aufgegeben hatte, oder die Selbstverständlichkeit, mit der Jake über dieses schwierige Thema redete. Aber er war natürlich viel jünger gewesen als sie selbst beim Tod ihrer Mutter, deshalb hatte er weniger Erinnerungen und trauerte weniger um das, was hätte sein können.

„Manchmal ist eine Scheidung wirklich besser", sagte sie behutsam.

„Ja", stimmte Jake zu. „Meine Mom hatte eine schwere Kindheit. Ihre Mutter war dauernd krank, und ihr Dad hatte nie länger als einen oder zwei Monate einen Job – er war zu jähzornig und zu stur. Außerdem hat er mit anderen Frauen rumgemacht. Eines Abends ging er weg und kam nie mehr zurück. Ihre Mutter hatte kaum Geld, deshalb sind sie dann irgendwann zu einem Bruder von ihr gezogen. Und weil sich meine Mom dort nicht wohl gefühlt hat, hat sie meinen Dad gefragt, ob er sie heiratet. Und dann war ich unterwegs, und ihre Mutter ist gestorben. Im gleichen Jahr fanden sie ihren Dad irgendwo im Wald, er war nur noch ein Haufen Knochen. Man hat nie rausgefunden, was mit ihm passiert ist. Auf jeden Fall wurde meine Mom dann krank, nachdem ich auf der Welt war. Sie nannten es post... post..."

„Postnatale Depression", steuerte Tory bei.

„Ja. Sie ist nie darüber hinweggekommen, noch nach Jahren nicht."

Tory schwieg, während sie die Schnipsel Familiengeschichte verdaute. Irgendwie war es seltsam, sich Roan mit einer Frau vorzustellen, die so große seelische Verwundungen hatte. Er war so stark und selbstsicher; eigentlich hätte man annehmen können, dass er sich eine Frau aussuchte, die ihm ähnlicher war. Natürlich konnte es sein, dass ihm nicht klar gewesen war, wie verstört Jakes Mutter war; eine Depression konnte viele Formen annehmen und unerkannt bleiben, bis es zu spät war.

„Niemand kann sich seine Eltern aussuchen oder das Leben, das man als Kind hat", sagte sie leise. „Deshalb kommt es auf das an, was man später macht. Darauf, dass man sich ein Leben aufbaut, das so ist, wie man es sich vorstellt." Das war eine Lektion, die sie auf die harte Tour gelernt hatte und immer noch lernte.

Jake nickte. „Das sagt mein Dad auch immer."

Es war schön zu wissen, dass der Sheriff und sie zumindest in einer Sache einer Meinung waren.

Sie beendeten ihre Mahlzeit, dann half Tory Jake, die Teller in die Spülmaschine einzuräumen. Sie stellte gerade die Mixed Pickles zurück, als er sagte: „Also, was ist jetzt mit den Klamotten auf dem Speicher? Wollen Sie sie sich anschauen? Vielleicht ist ja was dabei, was Sie hier anziehen können."

Sie hob eine Augenbraue, dann stellte sie sich mit dem Glas in der Hand in Positur. „Sag bloß, dir gefällt mein Outfit nicht. Es kommt direkt vom Laufsteg in Paris."

„Ja, so sieht es auch aus", gab er zurück. „Vor allem, weil es so schön am Körper rumschlabbert."

Sie drehte den Kopf und schaute über ihre Schulter. „Na ja, jetzt, wo du es sagst, fällt mir auch auf, dass ich da zweimal reinpasse."

„Mitsamt einer ganzen Elefantenherde", brummte er.

„Ich habe es vernommen", sagte sie. „Aber ich weiß nicht, ob ich schon wieder so fit bin, dass ich noch mehr Treppen steigen kann, als ich brauche, um ins Bett zu kommen."

„Selbst nachdem Sie sich ausgeruht und etwas gegessen haben?" Anstelle der freudigen Erwartung in seinen Augen, die den Augen seines Dads so ähnlich waren, trat Besorgnis.

„Ich weiß nicht. Ich bin heute zum ersten Mal seit langer Zeit auf, weißt du."

„Dann bleiben wir eben nur eine Minute oben."

Er sagte es so einschmeichelnd, dass sie es nicht schaffte, ihm seine Bitte abzuschlagen. Ganz abgesehen davon, dass es taktisch klug sein könnte, ihn bei Laune zu halten. Es ärgerte sie, dass sie so berechnend war, aber für sie stand eine Menge auf dem Spiel.

Die Kostüme waren wundervoll. Sorgfältig verwahrt in einem riesigen Schrank, der sich über eine ganze Wand des großen Speichers hinzog, repräsentierten sie die Mode von mehr als anderthalb Jahrhunderten. Da waren elegante Abendkleider, die mit Fischbein verstärkte Mieder hatten, und weite Röcke, die einer Krinoline bedurften, Tageskleider mit geraden Röcken, Männerfräcke mit langen Schößen und sogar ein Smoking mit Samtaufschlägen. Nichts war nachgemacht, der Satinstoff hatte den Glanz des Alters, die Spitze war handgeklöppelt, die Männerhemden hatten keinen Kragen, und der steife Stoff der Hosen hatte an den Bügelfalten verblasste Streifen.

Es war ein faszinierender Einblick in das Leben der Familie

Benedict. Tory konnte sich leicht vorstellen, wie sich Roan und seine Cousins an verregneten Tagen auf den Speicher geschlichen hatten, um die kostbaren Stoffe zu berühren und sich als Südstaatengentlemen vergangener Jahrhunderte zu verkleiden, oder wie eine Mutter während der schweren Zeit der großen Wirtschaftskrise zwischen den Abendkleidern nach etwas gesucht hatte, was sich leicht ein bisschen ändern ließ, damit es ihre Tochter beim Ball tragen konnte. Obwohl sie Jake bei mehreren Sachen fragte, wusste er nicht, wer sie bei welchem Anlass getragen hatte. Es machte sie traurig zu denken, dass seine Großmutter es vielleicht gewusst hätte, aber dass sie dieses Wissen mit ins Grab genommen hatte.

Jake verlor schon bald das Interesse. Er wandte sich von dem Schrank mit den Kleidern ab und ging zu einer Reihe von mit Leder verkleideten Truhen, die an der Wand in der Nähe der Treppe standen. Tory folgte ihm und schaute ihm über die Schulter, als er den Deckel einer Truhe öffnete. Sie war bis obenhin mit olivfarbenen Blechkannen und Dosen gefüllt.

„Rationen aus dem Zweiten Weltkrieg", erzählte er ihr.

„Du machst Witze." Sie beugte sich vor, um die kleinen weißen Buchstaben auf den Seiten der Dosen in dem schwachen Licht der nackten Glühbirnen über ihren Köpfen entziffern zu können. „Warum hebt ihr sie auf? Bestimmt kann man doch nichts mehr davon essen?"

„Dieses Zeug ist praktisch ewig haltbar." Er griff nach einer Dose, warf sie in die Luft und fing sie wieder auf. „Ich weiß nicht, ob ich das Büchsenfleisch essen würde, aber mein Freund Teddy und ich haben mal eine Dose mit Schokoladenkeksen aufgemacht und haben sie gegessen. Krank sind wir jedenfalls nicht geworden."

Tory schnitt eine Grimasse, allerdings eher, um ihm ein

Grinsen zu entlocken, als dass sie angeekelt gewesen wäre. Während sie an den Kisten entlangging, fragte sie: „Und was ist da sonst noch drin?"

„Papier, ein Haufen Papier", antwortete er, einen anderen Deckel lüftend. „Briefe, Kochrezepte, Buchhaltungsunterlagen von der Farm und Rechnungen von den Auktionen, auf denen die Pferde und Rinder verkauft wurden, oder von Geräten und Maschinen aus der Zeit, als Dog Trot noch eine Nutzfarm war. Es ist irgendwie interessant zu sehen, wie billig die Sachen vor siebzig oder achtzig Jahren waren."

„Oder vor längerer Zeit", murmelte Tory, als sie das Datum des obersten Briefes in einem Bündel von Briefen sah, das in der Truhe lag.

Auf einer alten Kommode neben der Truhe stand eine Sammlung gerahmter Fotos, die ihre Aufmerksamkeit fesselte. Sie ließ ihren Blick darüber hinwegwandern und sah Kinder in Schuluniformen oder mit Footballhelmen auf dem Kopf oder in Karate-*gis* posieren, junge Männer und Frauen beim Picknick oder irgendwo in den Ferien, alle mit ähnlichen Gesichtszügen und großen ausdrucksvollen Augen. Offensichtlich hatten die Benedicts starke Gene.

Eine Fotografie interessierte sie besonders. Sie nahm sie in die Hand und wischte den Staub von dem Glas, um sie besser sehen zu können. Das Foto zeigte drei junge Männer, die neben einem dunkelroten Rennwagen standen, der aussah wie ein Ehrfurcht gebietender klassischer Plymouth Super Bird. Der Mann in der Mitte war mit Sicherheit Roan, obwohl er schlaksiger und weniger verschlossen wirkte. Er konnte kaum zwanzig sein. Der Kumpan an seiner Seite hatte einen dunkleren Teint, und in den ausgeprägten Backenknochen zeigte sich ein leichter indianischer Einschlag. Sein Mund war zu einem gewinnenden Grinsen verzogen, obgleich sich in seinen dunklen Augen ein Ausdruck spiegelte, der etwas Beunruhigendes hatte. Der Mann zu Roans Linker hatte vornehmere Gesichtszüge und schaute den Fotografen mit einem Blick an, in dem sich Selbstvertrauen und Intelligenz so mischten, dass es schon fast an Überheblichkeit grenzte. Er trug einen feuerfesten Rennfahreranzug und hatte sich einen leuchtend gelben Helm unter den Arm geklemmt, während die beiden anderen mit Jeans und Jacken bekleidet waren.

Jake kam heran, schaute ihr über die Schulter und erklärte: „Das ist Dad mit Kane und Luke in dem Sommer, den sie auf der NASCAR-Rennstecke verbracht haben."

„Wer hätte das gedacht?" murmelte sie.

„Richtig", sagte Jake mit einem humorvollen Unterton in der Stimme. „Der alte Herr hat eine wilde Seite, die nur ab und zu durchbricht."

„Ich verstehe." Tory konnte sich angesichts des Bildes, das die drei jungen Männer abgaben, eines Lächelns nicht erwehren. Jung und voller Leben, wirkten sie bereit, wenn nicht begierig, sich der Herausforderung des Rennens, das offensichtlich gerade begann, zu stellen. Mit jedem Zoll ihrer Körper drückten sie Stolz, Selbstbewusstsein und die Überzeugung, dass sie gewinnen konnten, aus. Von ihnen ging eine Vitalität aus, in die sich ein Schuss rücksichtsloser Verwegenheit mischte. Sie wussten genau, wer sie waren, diese drei. Und sie wussten ebenso, was sie wollten, und würden sich durch nichts aufhalten lassen.

Wenn man sie sah, wünschte man sich, sie zu kennen. Zu schade, dass sie nicht lange genug hier sein würde, um herauszufinden, ob es sich wirklich lohnte. Mit einem leisen Seufzer stellte Tory das Foto wieder an seinen Platz zurück.

In diesem Moment hörte sie die Schritte hinter sich. Vom Aufgang der Treppe drang eine dröhnende Stimme herüber: „Was zum Teufel ist hier oben los?“

8. KAPITEL

„Deputy Riggs!"

Für einen kurzen Moment, in dem sie einen Blick auf die Uniform erhaschte, hatte Tory geglaubt, Roan stände an der Treppe. Ein Großteil des Schocks, der in ihrer Stimme mitschwang, hatte mit ihrer Enttäuschung zu tun, dass er es nicht war.

„Ich habe überall nach euch beiden gesucht", sagte Cal Riggs mit vorwurfsvoll gerunzelter Stirn. „Ich wollte gerade eine Vermisstenmeldung rausgeben. Darüber wäre der Sheriff garantiert nicht glücklich gewesen."

Der eine Anlass, bei dem sie Roan wütend gesehen hatte – in der Nacht, in der er sie angeschossen hatte –, hatte ihr gereicht. „Wir haben nur nach irgendetwas gesucht, was ich anziehen könnte", erklärte sie hastig.

„Sie scheinen sich ja entschieden besser zu fühlen. Bloß komisch, dass mir das niemand gesagt hat." Er wartete mit schräg gelegtem Kopf auf eine Antwort.

„Warum komisch?" fragte sie eine Spur verärgert.

„Ich bin für Ihre Sicherheit verantwortlich. Ich muss jederzeit wissen, wo Sie sich aufhalten."

„Ganz locker bleiben, Cal", mischte sich Jake ein, während er näher an Tory herantrat. „Sie haben uns doch gefunden, oder?"

Der Hilfssheriff drehte sich zu Roans Sohn um. „Das habe ich nicht dir zu verdanken, Junge. Das war doch nicht etwa deine Idee?"

Tory konnte es nicht zulassen, dass Jake Probleme bekam, nur weil er versucht hatte, freundlich zu ihr zu sein. „Es ist meine Schuld, wirklich. Ich habe mich im Bett gelangweilt und beschlossen, mir ein bisschen Anregung zu verschaffen."

Cal verengte die Augen. „Anregung?"

„Na ja, es ist ziemlich ruhig hier, das werden Sie zugeben müssen, ganz davon abgesehen, dass es finsterste Provinz ist."

„Ist irgendwas falsch daran?"

Er fühlte sich sichtlich beleidigt, und das war das Letzte, was sie wollte. Jake wirkte auch nicht gerade erfreut. Jetzt konnte sie nur noch versuchen, sich möglichst elegant aus der Affäre zu ziehen, und die erste Ausrede, die ihr in den Sinn kam, war zumindest nicht völlig aus der Luft gegriffen. „Oh, ich fühle mich wirklich nicht sehr gut. Mir ist furchtbar schwindlig. Ganz plötzlich. Ich muss ... ich muss mich hinlegen."

„Ich habe mir doch gleich gedacht, dass Sie es übertrieben haben", sagte Cal, während er auf sie zukam.

„Jake, bitte ..." Um die Absicht des Hilfssheriffs zu vereiteln, streckte sie hilfesuchend die Hand nach Roans Sohn aus. Jake spielte wunderbar mit, indem er ihre Hand nahm und sich ihren gesunden Arm auf seine Schultern legte. Dann schlang er seinen rechten Arm um ihre Taille, als wäre es für ihn das Normalste der Welt, eine Dame, die in Ohnmacht zu fallen drohte, zu retten. Er würde eines Tages ein echter Gentleman werden.

„Warte, lass mich", begann Cal.

„Danke, geht schon." Jake winkte mit seiner freien Hand ab, während er anfing, langsam mit Tory die Treppe nach unten zu gehen. „Gehen Sie vor und fangen Sie sie auf, falls sie runterfällt."

Es war ein guter Plan. Und er funktionierte. In ein paar Minuten war Tory unten und wieder sicher in ihrem Bett. Bevor sie ihren Morgenrock auszog und ihn Jake reichte, zerrte sie sich das kurze Krankenhausnachthemd nach unten. Jake nahm den Morgenrock entgegen und breitete, nachdem sie sich hingelegt hatte, das Laken über sie.

„Soll ich Doc Watkins anrufen?“ fragte Cal von der Türschwelle aus.

„Nein, das ist nicht nötig“, gab Tory hastig zurück. „Es geht schon wieder.“

„Vielleicht sollte ich Roan anrufen und ihn entscheiden lassen.“

„Nein, wirklich, es war nur die Hitze.“

„Kann sein, aber es ist mein Fell, das er ans Scheunentor nagelt, wenn ich es zulasse, dass Ihnen irgendwas passiert.“

„Bitte, ich kann selbst entscheiden, wann ich einen Arzt brauche“, beharrte sie.

Ihren Atem hätte sie sich genauso gut sparen können. Der Hilfssheriff drehte sich auf dem Absatz um, während er sagte: „Ich rufe vom Streifenwagen aus an.“

„Blödmann“, brummte Jake in sich hinein, als sie die Eingangstür ins Schloss fallen hörten.

„Lästiger Idiot“, sagte Tory im selben Atemzug.

Ihre Blicke trafen sich, und sie lachten. Es war ein seltener Moment vollster Übereinstimmung.

Jake wurde als Erster wieder ernst. „Er hält Sie für sonst was, wissen Sie.“

„Der Hilfssheriff?“

„Guter alter Cal. Ich habe gesehen, wie er Sie angeschaut hat.“

„Ach komm!“

„Ja, ehrlich.“ Er legte sich die Hand aufs Herz, aber seine Augen glitzerten. „Er wollte Sie in seinen starken Armen nach unten tragen. Nicht auszudenken, auf was für Ideen er noch gekommen wäre, wenn Sie nicht diesen scheußlichen Morgenrock angehabt hätten.“

„Na, dann hat das Ding wenigstens seinen Zweck erfüllt“, spöttelte sie.

Er inspizierte angelegentlich seine Schuhspitzen. „Na ja, ich habe darüber nachgedacht. Wir haben zwar nichts für Sie zum Anziehen gefunden, aber Shorts und T-Shirts tun es schließlich auch, oder? Wenn Sie wollen, kann ich Ihnen was leihen. Das heißt, wenn es Ihnen nichts ausmacht, dass ich die Sachen angehabt habe."

Das Angebot war eine Ehre, und sie wusste es. „Überhaupt nicht. Im Gegenteil, ich bin dir sogar dankbar, dass du daran gedacht hast."

„Kein Problem." Er grinste kurz. „Ich schaue gleich mal nach. Ich meine, Sie schlafen vielleicht besser in etwas weniger ... Luftigem."

Sie lächelte. „Du bist wirklich sehr aufmerksam."

„Ach was", sagte er, während er zur Tür ging. „Ich versuche nur zu helfen."

Tory schaute auf die Tür, die sich hinter ihm schloss. Sie mochte Roans Sohn. Sie mochte ihn sogar sehr.

Die schwarzen Shorts, die Jake wenig später anschleppte, passten ihr einigermaßen und das *Kickin' Country Y106*-T-Shirt war knallrot und ziemlich weit, aber auf diese Weise konnte sie es leichter über ihre bandagierte Schulter ziehen. Trotzdem war das Anziehen so anstrengend, dass ihre Wunde wieder anfing wehzutun und sie sich anschließend total erschöpft fühlte. Sie erwog, einen der starken Schmerzkiller einzunehmen, die Doc Watkins ihr mitgegeben hatte, aber dann entschied sich doch nur für ein Aspirin.

Als sie Roans Wagen in der Einfahrt hörte, war Tory gerade am Einschlafen. Sie wartete, aber Roan ließ sich nicht sehen. Bestimmt redete er mit Cal oder Jake oder auch mit beiden. Da er es offensichtlich nicht eilig hatte, nach ihr zu sehen, machte sie es sich mit einem leisen Aufseufzen wieder bequem.

Sie war fast eingeschlafen, als ein leises Quietschen verkündete, dass jemand die Tür öffnete. Die mittlerweile schon vertraute Aufladung der Atmosphäre sagte ihr, dass es Roan war.

Tory hatte keine Lust, sich wieder verteidigen zu müssen. Genauso wenig wie sie die Missbilligung auf seinem Gesicht sehen oder Vorschriften gemacht bekommen wollte, wohin sie im Haus gehen durfte und wohin nicht. Deshalb hielt sie ihre Augen geschlossen und atmete so tief und gleichmäßig wie möglich.

Der Stoff seiner Uniform raschelte, als er näher kam. Sie glaubte fast zu spüren, wie sein Blick über sie hinwegging und schließlich auf ihrem Gesicht liegen blieb. Ein kleiner Schauer sinnlicher Bewusstheit kündigte sich an, den sie allerdings streng im Zaum hielt. Wann hatte sie zum letzten Mal bei einem Mann etwas Derartiges gespürt? Sie konnte sich nicht erinnern und war sich nicht sicher, ob sie überhaupt schon jemals eine so starke Verbindung gefühlt hatte. Nicht dass das irgendeine Bedeutung hatte, natürlich. Es dürfte schwierig sein, sich eines Mannes nicht überdeutlich bewusst zu sein, von dem man so extrem abhängig war wie sie derzeit von Roan. Wenn sie erst wieder auf den Beinen war, würde sich dieses Gefühl bestimmt ganz schnell in Luft auflösen.

Sie war schon halb darauf gefasst, dass er etwas sagen oder die Hand ausstrecken würde, um sie zu wecken. Aber er tat es nicht, ging jedoch auch nicht wieder hinaus. Die Minuten verrannen zäh und zerrten an ihren Nerven. Ihr Herz begann schneller zu schlagen. Sie schaffte es gerade noch, ihre Lider vom Flattern abzuhalten.

Endlich hörte sie, wie er sich umdrehte; seine Schritte entfernten sich. Dann schloss sich die Tür hinter ihm.

Tory öffnete die Augen und starrte auf die gegenüberliegende Wand, während sie darauf wartete, dass sich ihr Herzschlag wieder normalisierte. Es dauerte lange, bis sie einschlief.

Es war Jake, der ihr das Abendessen brachte. Hinter ihm kam Beauregard ins Zimmer getrottet. Als Jake das Tablett auf ihrem Schoß abstellte, stellte der Hund seine riesigen Vorderpfoten aufs Bett und schaute auf ihren Teller, als ob er kurz davor wäre, zu verhungern.

„Runter, Junge“, befahl sie versuchsweise, während sie sich hinter ihrem Kissen verschanzte. „Braver Hund, geh runter.“

Der große Hund, die Zunge weit heraushängend, wedelte nur mit dem Schwanz.

„Jake?“ Sie schaute den Jungen nicht an, weil sie den Hund im Auge behalten musste, um sicher sein zu können, dass er nicht ganz aufs Bett sprang. „Befiehlst du ihm bitte, dass er runtergehen soll?“

„Platz, Beauregard“, sagte Jake beiläufig.

Der Hund schaute beschämt drein, dann nahm er die Vorderpfoten vom Bett und setzte sich. Tory warf Roans Sohn einen misstrauischen Blick zu. „Ich dachte, dieses Monster bleibt draußen.“

Jake zuckte die Schultern. „Bleibt er auch, meistens jedenfalls. Aber Dad hat ihn reingelassen und in ein Flohbad gesteckt, weil er dachte, Beau könnte Ihnen ein bisschen Gesellschaft leisten.“

„Ganz bestimmt.“ Da Roan wusste, dass ihr der Hund nicht geheuer war, war es weitaus wahrscheinlicher, dass der Hund helfen sollte, sie in ihrem Zimmer festzuhalten.

„Wollen Sie nichts essen?“

In der Stimme des Jungen schwang ein seltsamer Unterton mit, so als ob er kurz angebunden zu sein versuchte, es aber nicht ganz schaffte. Er schaute erwartungsvoll auf das Tablett, wobei seine Nasenflügel bebten, als ob er sich Mühe gäbe, nicht zu schnell zu atmen. Tory inspizierte den Teller, den er ihr gebracht hatte. Es sah nach deftiger Landkost aus: Kartoffelbrei mit Zwiebeln, Grünkohl, dunkles Brot und eine große Portion von etwas, das sie beim besten Willen nicht identifizieren konnte.

„Ich weiß nicht", sagte sie mit einer düsteren Vorahnung, worum es sich bei der geheimnisvollen Fleischbeilage handeln könnte. „Was ist denn das?"

„Gekröse." Sein Schulterzucken war wohl erwogen. „Hier in der finstersten Provinz essen wir das ständig."

„Gekröse", wiederholte sie, während ihre Gedanken wild durcheinander wirbelten.

„Richtig."

„Und was genau ist Gekröse?"

„Sie meinen, Sie haben noch nie welches gegessen?"

„Nicht dass ich wüsste."

„Na ja, nach dem Bürgerkrieg mussten sich die armen Leute hier unten im Süden irgendwie behelfen. Schweinefleisch war weit verbreitet, weil die Schweine in den Wäldern frei rumlaufen und Eicheln und so Sachen fressen konnten. Aber sie hatten nichts zu verschwenden, deshalb lernten sie es, alles vom Schwein zu essen. Wenn Sie verstehen, was ich meine."

„Schweinskopf in Aspik", sagte sie. Es war ein Gericht, das sie aus Frankreich und einem Spezialitätenrestaurant in New York kannte.

„Und Gekröse, das sind ..."

„Warte, lass mich raten", sagte sie, als sie die freudige Erwartung in seinem Gesicht sah. „Innereien?"

„Ich wollte eigentlich Eingeweide sagen", erwiderte er genüsslich. „Kommt aber aufs selbe raus."

Sie warf ihm ein gefährliches Lächeln zu. „Und wer hat diese Köstlichkeit zubereitet?"

„Dad natürlich. Er kocht meistens ... außer, wenn eine barmherzige Seele Mitleid mit uns armen Junggesellen hat und uns Hühnereintopf oder Kuchen bringt."

„Ich verstehe. Vielen Dank, Jake."

„Nichts zu danken", sagte er fröhlich, dann drehte er sich um und ging zur Tür. „*Bon appétit*!"

Bon appétit, in der Tat. Die beiden wollten ihr wohl eine Lektion erteilen. Sie aß den Grünkohl und den Kartoffelbrei, aber das Gekröse verfütterte sie an Beau, den Jake dagelassen hatte. Dem Bluthund schmeckte es offenbar prächtig, obwohl Tory sich schüttelte, als sie ihm beim Fressen zuschaute.

Sie dachte daran, aufzustehen und nach unten zu gehen, um nachzuschauen, was Roan und sein kleiner Klugscheißer von Sohn zum Abendessen hatten, weil sie bereit war, jede Wette einzugehen, dass es keine Innereien waren. Aber diesen Triumph wollte sie ihnen dann doch nicht gönnen.

Das Frühstück am nächsten Morgen bestand aus einem großen Teller Grütze.

„Na ja, also unsere Grütze wächst an diesen Sträuchern, die so ungefähr kniehoch sind, jedenfalls die beste Sorte", erklärte Jake, als sie ihn aufforderte, ihr Näheres über die Herkunft dieses Gerichts zu verraten. „Obwohl ich von Grützebäumen bei New Orleans gehört habe, die so hoch sind, dass sie bei der Ernte Leitern brauchen. Aber selbst hab ich sie noch nie gesehen, weil ich in meinem ganzen Leben noch nie weiter als neunzig Meilen über Turn-Coupe rausgekommen bin."

„Ja, richtig." Tory zwang sich zu einem Lächeln. „Und ich hätte geschworen, dass Grütze eine Art Getreide ist."

„Echt? Also unsere wächst jedenfalls an Sträuchern. Wir müssen uns hinknien und jedes Korn einzeln pflücken. Eine ganz schöne Knochenarbeit. Aber es lohnt sich, finden Sie nicht? Wir hier in der finstersten Provinz lieben unsere Grütze. Hoffentlich schmeckt sie Ihnen auch."

Tapetenkleister hätte besser geschmeckt. Tory hatte Grütze auf vornehmen Frühstücksbüfetts in Florida gesehen und war sich sicher, dass sie aus Mais gemacht wurde. Zu Maisgrütze gab es normalerweise Butter und oft auch Marmelade. Die Grütze, die man ihr zum Frühstück serviert hatte, war weder gesalzen, noch fand sich sonst irgendetwas darin, das ihr Geschmack verliehen hätte. Sie aß einen Löffel voll, dann stellte sie den Teller auf den Boden für Beau, der die Nacht in ihrem Zimmer verbracht hatte. Wenn das so weiterging, würde er dick und fett werden, während sie verhungerte.

Sie wartete, bis Roan weggefahren war, und wenig später hörte sie, wie Jake das Haus durch die Hintertür verließ. Sie ging zur Eingangstür und schaute durch das Glasfenster. Cal saß in eine Zeitung vertieft in seinem Streifenwagen, und es sah ganz danach aus, als wäre er noch eine Weile beschäftigt. Zufrieden machte sie sich auf den Weg in die Küche. Nachdem sie sich zwei Rühreier in eine Pfanne geschlagen und zwei Scheiben Toast geröstet hatte, setzte sie sich mit ihrem Teller und einem großen Glas Orangensaft an den Tisch. Beim Essen ließ sie das hintere Fenster nicht aus den Augen, von wo aus sie Jake schemenhaft durch die Bäume sehen konnte, der die Hunde im Zwinger fütterte. Irgendjemand war bei ihm, vielleicht ein Freund, da der Besucher etwa gleichaltrig zu sein schien.

Als sie das Geschirr von ihrem eiligen Frühstück in die Spülmaschine stellte, sah sie, dass in der Spüle benutzte Töpfe und Pfannen standen. Sie ließ Wasser ein und wusch das Geschirr ab, dann trocknete sie es ab und räumte es weg. Anschließend wischte sie die Schranktüren, den Kühlschrank sowie Herd und Arbeitsplatte mit einem feuchten Lappen ab. Mit einem Gefühl der Rechtschaffenheit und gleichzeitig über sich selbst belustigt wegen ihrer Dünkelhaftigkeit, schickte sie sich an, wieder nach oben in ihr Zimmer zu gehen.

Sie war erst bei der zweiten Treppenstufe angelangt, als sie die Motoren zweier Dirtbikes aufheulen hörte. Sie schaffte es gerade noch rechtzeitig ans Küchenfenster, um zu sehen, wie Jake mit seinem Freund den Weg am See entlangfuhr. Es tat gut zu wissen, dass sie ihn für eine Weile los sein würde, auch wenn das bedeutete, dass sie mit Cal allein blieb. Seltsamerweise hätte sie den Jungen dennoch am liebsten zurückgerufen.

Sie war so durcheinander und wusste nichts mit sich anzufangen, sie hatte nichts, wo sie hätte hingehen können, und nichts, womit sie ihre Gedanken beschäftigen konnte. Zu Hause hätte sie jetzt vielleicht ein bisschen gemalt oder irgendeine Handarbeit angefangen oder wäre mit dem Boot aufs Wasser hinausgefahren, aber hier gab es absolut nichts zu tun. Gleichzeitig war ihr Hunger immer noch nicht ganz gestillt. Sie aß oft, wenn sie sich langweilte oder wenn sie aufgeregt war. Nach einigem Herumkramen in Kühlschrank und Gefriertruhe entdeckte sie schließlich eine Packung Schokoladeneiscreme. Sie tat sich etwas davon in eine Schüssel, die sie mit nach draußen auf die mit Steinplatten belegte Terrasse direkt neben der Küche nahm, die im Schatten des Vorsprungs der Veranda im ersten Stock lag.

Nichts passierte, keine Sirene heulte, niemand schien sie zu bemerken, niemand kümmerte sich. Sie war aus dem Haus entkommen, zumindest für ein paar Minuten.

Tory setzte sich auf die Verandaschaukel, genoss es, im

Schatten zu sitzen, und stieß sich mit den Zehenspitzen vom Boden ab, bis sie leise hin- und herschaukelte. Es war heiß und still, das Einzige, was man hörte, war das Summen der Bienen in dem verwilderten Kräutergarten, der sich jenseits der Terrasse hinzog. Ein Stück weiter weg, auf der anderen Seite der Scheune, sah sie zwischen den Stämmen einiger Zypressen hindurch das blauschwarze Wasser des Horseshoe Lake glitzern. Es schien ihr zu winken, so wie ihr das Meer am Strand von Sanibel Island auch immer winkte.

Früher hatte die Aussicht, den Winter und das Frühjahr auf der Insel zu verbringen, sie stets mit wilder Freude erfüllt. Sie hatte das große, alte, lang gestreckte Anwesen, das die Großeltern ihrer Mutter in den zwanziger Jahren gebaut hatten, sehr geliebt. Aber dann hatte Paul Vandergraff das Haus abreißen und an seine Stelle eine hypermoderne sterile Villa hinstellen lassen. Es war eins von vielen Dingen, die sie ihm zum Vorwurf machte.

Jetzt, wo sie daran dachte, fiel ihr auf, dass Dog Trot sie an das ursprüngliche Haus auf Sanibel erinnerte. Es hatte die gleichen großen Veranden, strahlte die gleiche Anmut und Würde aus und wirkte solide genug, um alle Stürme zu überstehen.

Sie schaute auf den See, der hinter den Bäumen glitzerte, und fragte sich, wie tief er wohl sein und wie weit er sich erstrecken mochte, aber er war weiter entfernt, als sie im Moment laufen wollte. Davon abgesehen, waren dort unten die Jagdhunde, die wahrscheinlich bellen würden, wenn sich ein Fremder näherte. Das würde mit Sicherheit sofort Cal auf den Plan rufen, und er könnte sich verpflichtet fühlen, ihren Moment der Freiheit abrupt zu beenden.

Während sie so dasaß und ihr Eis löffelte, versuchte sie für einen Moment die Schale mit ihrer gehandikapten Hand zu halten, nur um zu sehen, wie sie zurechtkam. Das Zupacken löste einen leichten Schmerz aus, der jedoch erträglich war. Es ging ihr wirklich schon viel besser. Doc Watkins, der gestern Abend kurz reingeschaut hatte, war mit ihrem Zustand zufrieden gewesen. Sie wurde von Tag zu Tag kräftiger. Bald würde sie wieder ganz gesund sein, obwohl sie einer Antwort, wie sie sich Harrell gegenüber verhalten sollte, immer noch keinen Schritt näher gekommen war. Sobald sie versuchte, darüber nachzudenken, schien ihr Gehirn zu streiken.

Plötzlich hörte Tory hinter sich ein Keuchen. Sie erstarrte, und ihr Herz begann schneller zu klopfen.

Als sie sich umdrehte, sah sie, dass der große Bluthund über die Terrasse getrottet kam. Der gute alte Beau, mit dem Gesicht, das an einen bekümmerten alten Mann erinnerte, und der großen Schnauze, die nur an einer Socke zu schnüffeln brauchte, um die Person, die sie getragen hatte, unter einer Million anderer Personen herauszufinden.

„He, du hast mich fast zu Tode erschreckt, du großer dummer Köter", schalt sie.

Der Hund blieb stehen und hob witternd die Schnauze, beäugte nachdenklich sie und ihr Eisschälchen und kam dann noch weiter auf sie zu. Sie saß mit angehaltenem Atem da, weil sie befürchtete, dass bereits die kleinste Bewegung ihn veranlassen könnte, ein warnendes Knurren auszustoßen. Oder dass er sie in Stücke reißen könnte, wenn ihm gerade danach zu Mute war. Sie hatte heute Morgen mitbekommen, dass Roan ihm in nur halb spielerischen Tonfall befohlen hatte, auf sie und Jake aufzupassen.

Der Hund kam hechelnd näher. Als Tory gleich darauf seinen feuchten Atem auf ihren Händen spürte, wagte sie erst recht nicht mehr, sich zu bewegen. Dann senkte er den Kopf, beugte den mächtigen Nacken und schlürfte die geschmolzenen Eisreste aus der Schüssel in ihrer Hand.

Obwohl Tory inzwischen wusste, welche Wichtigkeit Beau seinen Mahlzeiten beimaß, musste sie doch lächeln, als sie beobachtete, wie er die Eisschüssel mit der riesigen rosa Zunge blitzblank putzte. Dann wandte er seine Aufmerksamkeit ihren Fingern zu, die er einzeln nacheinander sorgfältig ableckte, bis er beschloss, es gut sein zu lassen. Dann ließ er sich zu ihren Füßen nieder, bettete den großen Kopf auf die Vorderpfoten und schloss tief aufseufzend die Augen.

Tory verzog das Gesicht und wischte sich die Finger an ihren Shorts ab, dann folgte sie dem Beispiel des Hundes und seufzte ebenfalls tief auf, während es um sie herum still wurde und die feuchte Hitze des Vormittags in ihre Haut einsickerte. Friedlich, es war so friedlich hier. Sie konnte sich nicht erinnern, je so entspannt gewesen zu sein.

Nach einer Weile wurde die Hitze drückend. Tory fächelte sich Luft zu, aber es half nichts. In ihrem Nacken sammelte sich der Schweiß. Ihr T-Shirt wurde um den Verband herum feucht, und ihre Haut begann an einer Stelle zu jucken, die sie nicht erreichen konnte. Gleichzeitig fühlte sie sich seltsam verunsichert, und zwischen ihren Schulterblättern begann es zu kribbeln, als würde sie beobachtet.

Sie wandte den Kopf und schaute hinüber zum Wald. Dort konnte sich alles und jeder verstecken. Plötzlich fühlte sie sich wie auf dem Präsentierteller. Das Haus hinter ihr schien auf einmal eher eine Zuflucht als ein Gefängnis zu sein.

Tory beugte sich nach unten und ließ ihre Finger durch das kurze seidige Fell des großen Hundes gleiten. „Braver Hund, guter Beau, was hältst du davon, wenn wir ins Haus gehen?"

Sie flüsterte, obwohl sie nicht genau wusste, warum. Deshalb war es nicht weiter überraschend, dass der Bluthund sich nicht rührte, außer dass er ein schweres Lid hob, was dazu führte, dass seine Stirn Falten schlug.

„Wirklich, alter Freund, lass uns gehen. Ist es dir drin nicht auch lieber, wo es schön kühl ist? Und wenn du willst, darfst auch in meinem Zimmer weiterschlafen."

Der Hund rührte sich auch nicht vom Fleck, als sie ihn mit einem Fuß anstupste. Er nahm so viel Platz ein, dass sie Mühe gehabt hätte, über ihn hinwegzusteigen, vor allem, weil durch ihre steife Schulter ihr Gleichgewicht beeinträchtigt war.

„Ich verspreche es dir, Beau", schmeichelte sie und beugte sich zu ihm hinunter, um ihn hinter den Ohren zu kraulen. „Los jetzt, auf, Junge, beweg dich. Schlafen kannst du doch überall. Meinetwegen darfst du sogar in meinem Bett schlafen, wenn du jetzt bloß endlich aufstehst."

„Na, dieses Angebot würde ich mir an seiner Stelle aber nicht entgehen lassen."

Sie fuhr herum und sah Cal an der Hausecke stehen. Er lehnte mit einer Schulter an der Mauer und hatte die Daumen in die Gürtelschlaufen seiner Uniformhose gehakt. Wie lange er wohl schon da stand? Tory wünschte, sie wüsste es. Sie schaute wieder hinüber zum Wald, bevor sie sagte: „Beau glaubt offenbar, er sei im Dienst."

„Zweifellos. Soll ich ihn in Bewegung setzen?"

„Wenn Sie es schaffen."

Der Hilfssheriff schaute auf den Hund und stieß einen durchdringenden Pfiff aus. „Auf, Beauregard."

Der große Hund öffnete ein Auge und warf ihm einen unzweifelhaft angewiderten Blick zu, aber er hievte sich doch hoch und trottete ein paar Meter.

„Danke", sagte sie kühl, während sie aus der Schaukel aufstand. Obwohl sie aus irgendeinem Grund nicht besonders dankbar war.

„Es scheint Ihnen heute schon besser zu gehen", registrierte Cal, ohne den Blick von ihr zu nehmen.

„Ein bisschen." Sie wünschte sich plötzlich, dass man im Krankenhaus nicht ihre Unterwäsche zusammen mit ihren blutbesudelten Kleidern weggeworfen hätte. Ihre Brüste zeichneten sich unter dem weiten T-Shirt entschieden zu deutlich ab.

Er machte einen Schritt auf sie zu und deutete mit dem Kopf auf die Küchentür. „Ich wollte mir gerade was zu trinken holen. Sollen wir?"

Es war als höfliche Frage getarnt, aber sein Verhalten deutete darauf hin, dass er ihr nicht genug über den Weg traute, um sie allein draußen zu lassen. Obwohl er natürlich im Recht war, fühlte sich Tory, während sie vor ihm her ins Haus ging, mehr denn je wie eine Gefangene.

In der kühlen Küche sagte er: „Es wäre mächtig nett von Ihnen, wenn Sie mir ein bisschen Gesellschaft leisten."

Sie war drauf und dran, sich zu weigern, aber dann überlegte sie es sich doch anders. Es wäre töricht, sich von ihrer Verärgerung leiten zu lassen, statt zu versuchen, ihm vielleicht ein paar Informationen zu entlocken. Von ihm würde sie bestimmt leichter Antworten bekommen als von Roan.

Es war jedoch nicht ganz leicht, einen Anfang zu finden. Während sie sich aus einem Krug, der im Kühlschrank stand, Eistee einschenkten, klingelte dreimal das Telefon. Ein Anruf war für Jake, die beiden anderen für Roan. Der Sheriff war offensichtlich nicht im Büro und konnte auf dem Weg nach Hause sein oder auch nicht. Den einen Anrufer übernahm Cal, aber dem anderen musste sie versprechen, Roan auszurichten, dass er zurückrufen sollte, sobald er nach Hause kam.

„Er kommt einfach nicht zur Ruhe“, stellte sie fest, nachdem Cal nach dem letzten Anruf aufgelegt hatte.

„Stimmt, aber er will es auch nicht anders.“

„Das kann ich mir nicht vorstellen.“

Cal schüttelte den Kopf. „Die Leute wissen eben, dass er nur wenige familiäre Verpflichtungen hat. Sie sind daran gewöhnt, dass er jederzeit Gewehr bei Fuß steht und immer bereit ist, alles stehen und liegen zu lassen, um ihre Probleme zu lösen. Es ist ein Lebensstil geworden.“

„Aber man kann Dinge doch delegieren.“

„Das könnte er, wenn er es wollte. Aber er will es nicht, weil er weiß, dass die Leute immer erwarten, die Hauptperson zu sehen, und er will sie nicht enttäuschen. Das ist typisch Roan.“

„Das lässt ihm bestimmt nicht viel Zeit zum Leben.“

„Es ist sein Leben.“

Für Tory klang es nach einem öden Leben. Vielleicht erfüllt, aber öde. „Wenn er immer so weitermacht, ist es nicht wahrscheinlich, dass er Zeit für irgendetwas anderes findet.“

„Was ist los mit Ihnen?“ fragte der Deputy. „Erzählen Sie mir jetzt bloß nicht, dass Sie sich Gedanken um den Sheriff machen.“

„Wohl kaum“, sagte sie, obwohl sie spürte, dass ihre Wangen ganz heiß wurden. „Es ist nur so, dass ich im Moment nicht viel habe, worüber ich nachdenken könnte.“

„Mir ist bis jetzt nicht aufgefallen, dass Sie nach dem Rest von uns gefragt hätten. Nach Jake, zum Beispiel. Oder nach mir.“

„Es hat mich erleichtert zu sehen, dass Jake heute Vormittag noch etwas anderes zu tun hatte, als im Haus herumzulungern“, sagte sie mit Nachdruck.

Der Hilfssheriff ließ sich mit seiner Antwort reichlich Zeit, so als ob er sich zwingen müsste, sich auf das Thema zu konzentrieren, das er selbst angeschnitten hatte. Schließlich sagte er: „Um Jake brauchen Sie sich keine Gedanken zu machen. Ihm scheint es zu gefallen, dass Sie hier sind."

„Was soll das heißen?"

„Er hatte nie viel weibliche Gesellschaft, wissen Sie. Weil doch seine Mutter weg ist."

Es war angenehm zu wissen, dass Jake nichts gegen ihre Anwesenheit auf Dog Trot hatte, auch wenn es im Grunde unerheblich war. „Besucht er sie nicht oft?"

„Soweit ich weiß nicht. Der Junge hat für ihren Geschmack zu viel Ähnlichkeit mit seinem Vater und erinnert sie zu sehr an alte Fehler. Zumindest ist es das, was man hört."

„Das ist schrecklich für ein Kind." Sie hörte den Schmerz in ihrer Stimme mitschwingen, aber sie war machtlos dagegen. Es hatte Zeiten gegeben, in denen sie gespürt hatte, wie froh ihre Mutter gewesen war, sie endlich wieder los zu sein.

„Ich schätze mal, wir tun alle unser Bestes", sagte Cal.

Tory war überrascht über so viel Toleranz und Verständnis. „Sie haben sie gekannt?"

Er grinste trocken. „Sie war meine angeheiratete Cousine."

Tory runzelte nachdenklich die Stirn. „Aber Sie sind doch kein Benedict, oder?"

„Gott bewahre! Nicht so direkt jedenfalls, aber irgendwie sind wir hier alle verwandt oder verschwägert. Deshalb passen Sie lieber auf, was Sie sagen, sonst könnten Sie noch mehr Probleme bekommen."

Das war ein guter Rat, den sie anzunehmen beschloss. Sie wechselte das Thema und fragte ihn, ob sie bei der Suche nach Zits und Big Ears schon Fortschritte gemacht hätten. Er berichtete, dass sie die Fahndung ausgedehnt hätten, wenngleich bis jetzt ohne Erfolg. Und dass der Sheriff davon ausginge, dass sich die beiden aus irgendeinem Grund immer noch in der Nähe aufhielten, weshalb alle erdenklichen Vorsichtsmaßnahmen getroffen worden wären. Tory konnte sich zwar nicht vorstellen, was das hieß, aber es klang durchaus beeindruckend.

Da er ihre Aufmerksamkeit nun schon mal hatte, gab Cal ihr gleich auch noch einen kurzen Überblick über seine Talente und Hobbys, einschließlich ein paar unwahrscheinlich klingender Geschichten, mit denen er sie beeindrucken wollte. Ihm zuzuhören fiel ihr weniger schwer, als sie geglaubt hatte; er hatte eine unvermutet komische Ader, und unter seiner ein bisschen aufgesetzt wirkenden Selbstsicherheit lugte sogar eine gewisse Menschlichkeit hervor. Als er die Küche schließlich verließ, um seine Runde zu machen, hatte sie sich zumindest damit abgefunden, dass er in ihrer Nähe war.

Irgendwann am Nachmittag kam Roan endlich nach Hause zurück. Tory lag im Wohnzimmer auf der Couch und blätterte müßig in einer Zeitschrift, wobei sie alle Gedanken darüber zu verdrängen versuchte, was passieren würde, wenn sie gesundheitlich wiederhergestellt war. Das Erste, was sie von Roan hörte, war das tiefe Dröhnen seiner Stimme, als er mit Jake im Flur vor der Küche sprach.

Sie redeten ziemlich viel miteinander, diese beiden. Das würde sich möglicherweise ändern, wenn Jake älter wurde und sich zu einem rebellischen Jugendlichen entwickelte. Im Augenblick aber schienen sie sich unter der Oberfläche ihres Alltagstrotts aufrichtig zugetan zu sein. Es sagte etwas über den Sheriff aus, dass er es trotz seines täglichen Arbeitspensums immer noch schaffte, diese enge Beziehung aufrechtzuerhalten. Nicht dass sie an diesem Teil seines Lebens interessiert wäre, natürlich, oder auch nur im Mindesten geneigt, nach menschlichen Qualitäten des Sheriffs oder seines Hilfssheriffs Ausschau zu halten.

Kurze Zeit später hörte sie, wie die Küchentür geöffnet und wieder geschlossen wurde. Als sie aufschaute, stand Roan auf der Wohnzimmerschwelle. Er wirkte ebenso müde, wie sie sich fühlte. Die Fältchen um seine Augen hatten sich in den letzten Tagen vertieft, als ob seine Nachtwachen bei ihr ihren Tribut gefordert hätte.

„Wie fühlen Sie sich?“ erkundigte er sich höflich.

Sie lächelte zerknirscht. „Müde vom vielen Schlafen, aber nicht energiegeladen genug für etwas anderes.“

„Wie ich gehört habe, haben Sie sich heute Vormittag eine Kleinigkeit zu essen gemacht.“

Dann hatten sie es also herausgefunden. Sie hätte sich denken können, dass es Jake nicht entgehen würde. „Ja, nun, ich war hungrig.“

„Wir hatten nicht vor, Sie verhungern zu lassen, aber Ihr Teller kam gestern Abend wie auch heute Morgen leer zurück.“

„Haben Sie wirklich geglaubt, dass ich dieses Zeug esse? Mein Teller war nur leer, weil Beau sich nicht so leicht erschüttern lässt.“

Er schaute auf den großen Hund, der neben der Couch lag. „So erklärt sich also seine plötzliche Anhänglichkeit. Ich habe mich schon gewundert.“

„Aber es erklärt nicht, warum Sie mich nötigen, Innereien vom Schwein zu essen.“

„Gekröse wird in manchen Gegenden als Delikatesse betrachtet. Da wir in Ihren Augen offenbar finsterste Provinzler sind, haben wir uns nur bemüht, unserem Image gerecht zu werden.“

Sie schaute weg. „Tut mir Leid. Das war wohl ein ziemlich dummer Spruch."

„Großstädte sind nicht unbedingt ein Garant dafür, dass die Leute, die darin leben, intelligenter und kultivierter sind als andere", sagte er ruhig. „Schneller zu sprechen und zu denken ist kein Anzeichen erhöhter geistiger Aktivität, sondern bedeutet oft, nur die Oberfläche zu streifen und sich mit dem Offensichtlichen zu befassen, statt nach dem Ausschau zu halten, was sich darunter verbirgt. Es führt dazu, dass man sich nur von seinen eigenen Vorstellungen und Bedürfnissen leiten lässt, oft überstürzt handelt und denen, die einem etwas zu sagen haben, nicht wirklich zuhört."

„Lektion verstanden", sagte sie trocken.

„Kann sein, aber Sie zu belehren ist nicht meine Aufgabe. Ich hätte eigentlich darüber hinwegsehen müssen, da mich alles andere so ..."

„Arrogant macht, wie ich es war", beendete sie seinen Satz.

„So vorurteilsbeladen wollte ich sagen. Weil es nämlich voraussetzen würde, dass ich weiß, warum Sie so empfinden."

„Ich empfinde nicht so", verwahrte sie sich vehement. „Zumindest habe ich in letzter Zeit angefangen, die Dinge ein bisschen anders zu sehen."

Sie taxierten sich eine ganze Weile. Schließlich sagte er: „Freut mich, dass es Ihnen gut genug geht, um aufzustehen. Glauben Sie, Sie fühlen sich stark genug, um mit uns zu Abend zu essen?"

Sie legte den Kopf auf die Seite. „Kein Gekröse, keine Kutteln oder andere solcher Delikatessen?"

Um seine Mundwinkel spielte ein Grinsen. „Versprochen."

In diesem Moment sah er Jake so ähnlich, dass sie unwillkürlich zurückgrinste. Es würde Spaß machen, den beiden beim Kochen zu helfen und in ihr Lachen und ihre Frotzeleien eingeschlossen zu sein, deshalb antwortete sie schlicht: „Sehr gern."

„Gut. Ich ziehe mich nur schnell um, dann kann's losgehen." Damit drehte er sich auf dem Absatz um und ging weg. Sekunden später hörte sie ihn pfeifend die Treppe hinaufgehen.

Sie hätte ablehnen sollen. Die Einladung anzunehmen war gefährlich, weil es bedeutete, dass sie Roan und seinem Sohn näher kommen würde. Dabei bestand zum einen die Gefahr, dass sie sich irgendwann verplapperte, und zum anderen war es nicht ausgeschlossen, dass sie sich mehr an die beiden gewöhnte, als ihr recht sein konnte.

In Roans Stärke und seiner unbedingten Zuverlässigkeit lag eine große Anziehungskraft. Er strahlte eine Beständigkeit aus, die so solide und dauerhaft war wie das Haus, in dem er lebte. Hier bei ihm fand sie Trost, Frieden und einen sicheren Hafen, alles, wonach sie unbewusst schon ihr ganzes Leben lang suchte. Sie sehnte sich danach, sie sehnte sich so sehr danach, dass es schmerzte.

Das war nicht gut.

Es würde ihr schwer fallen, diese vorübergehende Zuflucht wieder zu verlassen, schwerer, als sie sich hätte träumen lassen. Es hatte keinen Sinn, alles noch schlimmer zu machen, indem sie sich auf Roan und seinen Sohn mehr als nötig einließ. Nach heute Abend musste sie einen klaren Kopf bewahren. Unbedingt!

Es war sehr gut möglich, dass sie besser dran war, wenn sie Dog Trot und seinen Besitzer so bald wie möglich hinter sich ließ. So oder so.

9. KAPITEL

Der Anruf kam, als Roan, die Zeitung auf dem Schoß ausgebreitet, mit lang ausgestreckten Beinen in seinem Lieblingssessel döste, während im Hintergrund Jakes Lieblingssendung lief. Jake nahm ab, dann brachte er das schnurlose Telefon zu Roan herüber. Der Bürgermeister war am Apparat. Er und seine tapferen Mannen, die die Geschicke der kleinen Stadt leiteten, hielten in Betsys Coffeeshop eine inoffizielle Sitzung ab und wollten seine Meinung hören. Sie würden ihn auch gar nicht lange aufhalten, sagte der Bürgermeister. Ob er wohl in einer halben Stunde da sein könnte?

Der Drang sich zu entziehen, war so stark, dass Roan ihn auf der Zunge schmecken konnte. Es würde nur eine weitere nutzlose Diskussionsrunde über den geplanten Kasinodampfer und die vermuteten Auswirkungen, die dieses Vorhaben auf die Stadt und den Landkreis haben würde, werden. Sie redeten schon seit Wochen über kaum etwas anderes. Er brauchte das nicht, wollte es nicht und war sich nicht sicher, ob er seine Ungehaltenheit zügeln konnte. Er war müde, und seine vornehmste Pflicht war es im Augenblick, sich um seinen Sohn und seine Gefangene zu kümmern. Er war nicht im Dienst, und er hatte private Verpflichtungen. Entweder wussten sie das nicht, oder sie hatten es vergessen.

Doch wenn es ihnen entfallen war, war es vielleicht besser, sie nicht daran zu erinnern. Weil er nicht wollte, dass man seine Kreise störte, nur weil irgendwer meinte, sich aufplustern zu müssen. Das war das entscheidende Argument für ihn, sich aus seinem Sessel zu hieven und in seine Stiefel zu steigen. Zits und Big Ears waren seit dem Umzug seiner Gefangenen nach Dog Trot nicht wieder aufgetaucht. Dass sie sich die nächste Stunde für eine Offensive aussuchen würden, war ungefähr so unwahrscheinlich wie die Aussicht, dass vor der Hintertür zwei Klapperschlangen auftauchen könnten.

„Schließ hinter mir ab und lass niemand rein, den du nicht kennst“, ermahnte er Jake, bevor er das Haus verließ.

„Alles klar“, gab sein Sohn zurück, ohne den Blick vom Fernseher zu nehmen.

„Ich meine es ernst“, sagte Roan eindringlich und blieb mit dem Hut in der Hand noch einmal stehen.

Endlich schenkte Jake ihm mit einem halben Grinsen die verlangte Aufmerksamkeit. „Ich weiß.“

Er weiß es wirklich, dachte Roan. Auf Jake war Verlass. Er hatte schon vor langer Zeit alle Verhaltensmaßregeln gelernt, die ein Junge, der oft allein zu Hause war, lernen musste, und er wurde mit jedem Tag, an dem er auf Donna aufpassen musste, aufs Neue daran erinnert. Trotzdem zögerte Roan immer noch. Donna war in der Badewanne. Das wusste er, weil er jedes Geräusch in dem alten Haus kannte, aber auch, weil er in Bezug auf sie einen inneren Radar entwickelt hatte. Obwohl er nicht wirklich glaubte, dass sie vorhatte zu fliehen, und falls doch, würde sie ohne fremde Hilfe sowieso nicht weit kommen. Mit einem bisschen Glück würde er wieder zurücksein, bevor sie überhaupt merkte, dass er weg war. Von daher müsste es eigentlich okay sein, aber es behagte ihm dennoch nicht.

Roan fluchte leise in sich hinein, wobei er den Bürgermeister und seine Freunde ebenso verwünschte wie seine Angewohnheit, sich jederzeit verfügbar zu halten. Dann stülpte er sich den Stetson auf den Kopf und verließ das Haus.

Im Coffeeshop des Motels roch es nach frisch aufgebrühtem Kaffee, Hamburgern, Senf, Zwiebeln und nach der köstlichen

Vanille der hausgemachten Pies. Die inoffizielle Stadtratssitzung fand in einer abgelegenen Nische statt. Nach einem ganz annehmbaren Beginn entwickelte sie sich genau so, wie Roan vorausgesehen hatte.

„Was haben Sie gegen das Glücksspiel?“

Diese Frage, in der ein Anflug von Streitlust mitschwang, kam von Tubby Michaels. Dem asthmatischen, dickbäuchigen alten Schurken, der, wie jeder wusste, ständig hinter seinen Buchhalterinnen her war, gehörte die Holzhandlung. Dass er während der Bauphase von dem geplanten Vorhaben profitieren würde, trübte seinen Blick beträchtlich.

„Nichts“, gab Roan mit einem unterdrückten Seufzer zurück. „Es ist keine Frage der Moral. Meinetwegen kann jeder so viel spielen, wie er lustig ist. Ganz davon abgesehen, weiß ich natürlich, dass es außerhalb unserer Gemeinde jede Menge Spielsalons gibt, wo sich jeder Süchtige ohne großen Aufwand seinen Kick holen kann ... und dass diese Leute ihr Geld genauso gut in unserer Stadt lassen könnten als anderswo. Meine Sorge ist rein praktisch. Ich frage mich, wen wir da eigentlich nach Turn-Coupe einladen und wie die Stadt anschließend aussehen wird.“

„Diese Burschen von dem Konsortium schwören, dass wir es kaum merken werden, dass da draußen auf dem See ein Kasinodampfer ist.“

„Außer der vierspurigen Straße, die wir durch den Ort bauen sollen“, gab Roan mit beißendem Spott zurück. „Oder der halben Meile Seeufer, die sie in einen Parkplatz verwandeln wollen.“

„Sie bitten uns nur, die Durchführbarkeit solcher Maßnahmen zu prüfen“, mischte sich der Bürgermeister übertrieben geduldig ein. Der hoch gewachsene Stutzer mit dem Lenkstangen-Schnauzer sang an den Wochenenden in einem Chor mit und betrachtete sich in punkto Weltgewandtheit den meisten Bürgern von Turn-Coupe haushoch überlegen, weil er einen Großteil seines Armeedienstes in Europa abgeleistet hatte.

„Immerhin ist es ihnen so wichtig, dass sie sogar bereit sind, extra herzukommen und mit uns darüber zu reden." Roan warf einen Blick auf seine Armbanduhr. Das dauerte alles schon viel zu lange. Er hätte Verstärkung nach Dog Trot rausschicken sollen, während er weg war. Dass er dringend nach Hause musste, trug jetzt zu seiner Verärgerung noch bei.

„Ja, aber dagegen ist doch nichts zu sagen", gab der Bürgermeister mit einem wohl überlegten Stirnrunzeln zurück.

„Ich kann sie mit Sicherheit nicht aufhalten, aber ich glaube auch nicht, dass wir uns von ihnen drängen lassen sollten, nur weil sie in ihren Privatjets hier einschweben."

„Ich finde, da hat er Recht", warf Jensen, der örtliche Bankdirektor, mit einem bedächtigen Nicken ein. Sein Motto hieß *Vorsicht*. Das war ein gutes konservatives Verhalten für einen Banker, das Roan in diesem Augenblick erfreut zur Kenntnis nahm.

„Auf jeden Fall", fuhr Jensen fort, während er seine Ellbogen auf den Plastiktisch aufstützte und seine Fingerspitzen zeltförmig aneinander legte, „bin ich bis jetzt davon ausgegangen, dass unsere Gründe, dieses Projekt überhaupt ins Auge zu fassen, in einem erhöhten Steueraufkommen und zusätzlichen Jobs liegen. Es macht keinen Sinn, wenn wir uns verpflichten, eine Menge Geld im Voraus zu investieren, das wir erst Jahre später wieder reinholen."

„Sie und der Sheriff leben einfach total hinterm Mond", sagte Michaels mit einer wegwerfenden Handbewegung. „Sie wollen doch bloß, dass draußen am See alles so bleibt, wie es immer war, und es kümmert Sie einen Dreck, was mit den Leuten wird, denen es nicht so gut geht wie Ihnen."

Das kam Roan bekannt vor, so etwas Ähnliches hatte Cal kürzlich auch gesagt. „Es kümmert mich durchaus", widersprach er entschieden, „und Tom Jensen kümmert es auch. Wir glauben nur einfach nicht, dass dieses Konsortium aus Florida die Antwort auf unsere Probleme hier in Turn-Coupe hat."

„Könnte für Sie ein paar zusätzliche Streifenwagen und eine bessere technische Ausstattung, wenn nicht sogar ein neues Gefängnis bedeuten", warf der Bürgermeister ein. „Sie sollten noch ein bisschen darüber nachdenken."

„Könnte sein, dass wir das alles und noch mehr brauchen, wenn dieses Projekt durchkommt. Wie die Statistiken zeigen, steigt die Kriminalitätsrate in den ersten drei Jahren nach Einrichtung eines neuen Spielkasinos dramatisch an, wenn hartgesottene Spieler bei ihrer Bank keinen Kredit mehr bekommen und versuchen, sich von woandersher Geld zu beschaffen."

„Wollen Sie damit sagen, dass Ihr Büro nicht modernisiert werden muss?"

„Bis jetzt reicht es immer noch", beharrte Roan, obwohl er sich ein bisschen eingekreist fühlte. Er hatte gehofft, dass Kane und Melville Brown, sein Partner in der Anwaltskanzlei, hier sein würden. Die beiden waren zu der inoffiziellen Sitzung nicht eingeladen worden, wahrscheinlich, weil der Bürgermeister wusste, dass sie in dieser Frage auf Roans Seite sein würden.

Michaels brummte: „Ach, wirklich? Mir ist zu Ohren gekommen, dass Sie eine Gefangene bei sich zu Hause untergebracht haben, weil Ihr großartiges Gefängnis keine Frauenabteilung hat."

„Das stimmt."

„Und was soll das, Sheriff? Warum sperren Sie die Frau nicht in Ihrem Gefängnis ein, wenn es so toll ist? Oder haben Sie andere Gründe dafür, Ihr eigenes Haus als Knast zu benutzen?"

Roan erhob sich langsam und beugte sich mit aufgestützten Händen drohend vor. Seine Stimme war ausdruckslos und sein Blick fest, als er fragte: „Und was wollen Sie mir damit unterstellen?"

„Na, nichts." Michaels schaute um Unterstützung heischend in die Runde. „Es ist nur eine ganz logische Frage, finden Sie nicht?"

„Diese Unbekannte ist ein besonderer Fall."

„Da bin ich mir sicher." Die Lippen des Mannes verzogen sich zu einem höhnischen Grinsen.

„Das Hauptproblem sind die Verletzungen, die sie bei ihrer Festnahme erlitten hat."

„An denen Sie nicht unschuldig sind, stimmt doch, oder? Ich weiß, dass sich die Zeiten geändert haben und dass es eine verrückte Situation war und alles. Aber ich finde es trotzdem immer noch hundserbärmlich, wenn eine Frau angeschossen wird. Darüber müssen wir uns nicht einigen. Ich frage mich nur, auf wen Sie und Ihre Hilfssheriffs wohl als Nächstes schießen werden. Könnte eins von unseren Kindern sein."

Michaels hatte keine Kinder, aber das machte die Bemerkung nicht weniger verletzend. „Ich werde versuchen, meine Schießwut unter Kontrolle zu halten", gab Roan mit beißendem Spott zurück.

„Und noch etwas. Sie schicken jeden Tag einen Hilfssheriff zu Ihrem Haus raus, für besondere Wachaufgaben. Und was ist mit uns hier in der Stadt? Ich meine, ist Ihr Revier für solche Scherze nicht ein bisschen zu unterbesetzt? Was ist, wenn die beiden, die Betsy überfallen haben, zurückkommen, um nachzuschauen, was wir anderen in der Kasse haben?"

„Machen Sie sich Sorgen um Ihre Holzhandlung?“ fragte Roan gefährlich sanft, während er den anderen Mann eingehend musterte. „Oder versuchen Sie hier bloß eine Schlammschlacht anzuzetteln, damit niemand die Argumente hört, die ich gegen dieses Spielkasinoprojekt vorbringe? Was auch immer, auf jeden Fall haben Sie nicht den geringsten Grund zur Klage. Bis jetzt ist die Polizei hier immer noch jederzeit in der Lage, die Bürger zu schützen.“

„Roan“, begann der Bürgermeister beschwichtigend.

Roan straffte die Schultern, sein Blick war hart, als er die offiziellen Vertreter der Stadt einen nach dem anderen anschaute. „Nur für den Fall, dass es irgendeinen Zweifel gibt, möchte ich meinen Standpunkt noch einmal in aller Deutlichkeit klarmachen. Mir gefällt dieses Projekt nicht, und selbst die Aussicht auf die modernste Polizeiausstattung der Welt wird mich nicht dazu bringen, von meiner Meinung auch nur einen einzigen Millimeter abzurücken. Wenn die Sache trotzdem in Angriff genommen wird, schön. Dann werde ich meinen Job weiterhin nach besten Kräften und Gewissen tun. Aber aus Ihrem Begrüßungskomitee für Ihre schmierigen Besucher können Sie mich rauslassen. Ich bin mir sicher, dass genug Leute da sein werden, so dass mich niemand vermisst.“

„In Ordnung“, sagte der Bürgermeister hölzern. „Hauptsache, wir können uns darauf verlassen, dass Sie Augen und Ohren offen halten, solange sie da sind.“

„Wie bereits gesagt, ich werde meine Pflicht tun.“

Als Roan seinen Wagen in der Auffahrt von Dog Trot abstellte, schäumte er immer noch. Auf dem Weg zur Hintertür hörte er die Hunde in ihrem Zwinger hinter der Scheune bellen, in den sie seit Donnas Ankunft verbannt worden waren. Er würde schnell nach Jake und Donna schauen und dann zum Zwinger runtergehen, um zu sehen, was sie aufgeschreckt hatte. Es konnte so was Simples wie ein Stinktier oder ein Gürteltier sein, das sich irgendwo in der Nähe in Dunkelheit herumtrieb; aber es war besser nachzuschauen.

Das Haus war leer. Das Licht brannte, der Fernseher lief, auf dem Küchentisch standen Sachen für einen späten Imbiss, aber Jake antwortete nicht, als Roan nach ihm rief. Donna war nicht in ihrem Zimmer, und Jakes Bett war unberührt. Auch Beau ließ sich nicht blicken, als Roan nach ihm pfiff. Und als er dann sah, dass der Gewehrschrank offen stand und die Jagdflinte, die sein Vater Jake zu Weihnachten geschenkt hatte, fehlte, wurde er von Panik erfasst.

Wo zum Teufel waren sie? Was konnte wichtig genug gewesen sein, um sie aus dem Haus zu locken? Er konnte sich nur einen Grund denken. Zits und Big Ears waren aufgetaucht, und Donna hatte Jake überredet, sie ins Haus zu lassen.

Sein Herz schlug so laut, dass er das Gefühl hatte, ihm würden gleich die Trommelfelle platzen. Kalter Schweiß rann ihm über den Nacken. Er blieb einen Moment bewegungslos stehen und lauschte angestrengt, voller Angst vor dem, was er hören könnte. Die Hunde in ihrem Zwinger bellten immer noch. Irgendwer war da draußen.

Das war zu viel. Auf seinem Grund und Boden hatte kein Fremder etwas zu suchen, niemand würde das berühren, was ihm gehörte. Nein, das würde er niemals zulassen. Er wirbelte auf dem Absatz herum und rannte zur Hintertür.

Nachdem er ein Stück vom Haus entfernt war, wurde ihm klar, dass das Bellen aus zwei unterschiedlichen Richtungen kam. Die Hunde kläfften hinter der Scheune, aber zu seiner Linken, im Wald, hatte er Beaus tiefes, unverwechselbares Bellen gehört. Die Dringlichkeit, die darin mitschwang, sagte ihm, dass Beau auf einer Spur war.

Roan stieß einen schrillen Pfiff durch die Zähne aus, den die Hunde sofort erkannten. Das Bellen des Bluthunds wurde noch lauter, als ob er damit ausdrücken wollte, dass die Jagd ernst geworden war. War Beau bei Jake, oder hieß das, dass der Hund dem Jungen und Donna und demjenigen, der zum Haus gekommen war, folgte? Eines jedoch stand fest: Er war hinter einer menschlichen Beute her. Beau war darauf abgerichtet, sich kleinere Spielchen zu verkneifen.

Der Impuls, Hals über Kopf in den Wald hineinzulaufen, war stark, aber Roan kämpfte dagegen an. Er schlich zwischen den Bäumen hindurch und pirschte sich näher an die Stelle, wo er Beau bellen hörte, heran. Er kannte die Umgebung wie sein eigenes Schlafzimmer, hier würde er sich selbst mit verbundenen Augen zurechtfinden. Wer immer da draußen auch sein mochte, er befand sich auf fremden Grund und Boden und musste sich durch die Dunkelheit tasten. Roan hatte einen Heimvorteil und war entschlossen, ihn auszunutzen.

Er schlich um eine Gruppe von Tupelobäumen herum, auf eine etwa dreißig Fuß entfernte Lichtung zu. Dann blieb er hellwach und angespannt stehen.

Er sah einen Schatten, der sich durch die Dunkelheit bewegte, und gleich darauf erkannte er, dass es zwei Gestalten waren. Sie schlichen, dicht nebeneinander hergehend, auf ihn zu. Roan war sich nicht ganz sicher, aber er glaubte zu sehen, dass einer der beiden ein Gewehr im Anschlag hielt. Geräuschlos öffnete er die Klappe an seinem Holster.

Die beiden blieben stehen. Einer drehte sich um, schaute zurück, bevor er wieder herumschwenkte und dorthin starrte, wo Roan stand. Für eine Sekunde befürchtete er, entdeckt worden zu sein. Dann hörte er ein Flüstern, verzweifelt und unverkennbar weiblich, das in der Stille laut klang.

„Bist du sicher, dass du weißt, wo wir sind?"

Donna. Donnas Stimme. Donnas Umrisse in der Dunkelheit. Sie war in Sicherheit. Sie war immer noch hier.

„Das war Dads Pfiff, ich bin mir ganz sicher. Ich würde ihn überall erkennen."

Jake.

Sie waren in Sicherheit.

Sie waren beide in Sicherheit.

Die Welle der Erleichterung, von der Roan überschwemmt wurde, war so gewaltig, dass ihm fast schwindlig davon wurde. Auf dem Fuß folgte ihr eine Welle adrenalinbefeuerter Wut, die so mächtig war, dass er die Augen schließen musste, während er versuchte, sie unter Kontrolle zu bringen. Erst dann trat er aus dem schwarzen Schatten einer Zeder heraus.

„Hier, Jake", rief er so leise, dass es die nächtliche Stille kaum störte. „Wenn du es schaffst, mich nicht zu erschießen."

Die beiden Schatten erstarrten. Jake stieß einen leisen Laut aus. Dann sicherte er die Schrotflinte und rannte auf Roan zu, während Donna langsamer folgte.

„Mann, sind wir froh, dass du da bist", sagte Jake inbrünstig.

„Dito", gab Roan zurück. „Aber was zum Teufel macht ihr hier draußen?"

„Beau hat so einen Lärm gemacht, dass ich nachschauen musste."

„Du hättest mich anrufen sollen." Beau bellte immer noch unablässig.

„Du warst beschäftigt."

Dagegen ließ sich nichts einwenden. „Bist du nicht auf die

Idee gekommen, dass ihr hier draußen direkt in eine Falle laufen könntet?“

Jakes einzige Antwort bestand in einem leichten Anheben der Schrotflinte, die auf seiner Schulter ruhte.

„Na prima“, sagte Roan. „Und was wäre aus Donna geworden, wenn sie dich weggeputzt hätten?“

„Sie wollte unbedingt mit“, protestierte sein Sohn.

„Das kann ich mir vorstellen.“

Tory kam näher, sie stand dicht vor ihm, als sie sagte: „Ich bin nicht mit rausgekommen, um zu fliehen, falls Sie das denken.“

„Sie hatten nur Lust auf einen Mondscheinspaziergang, nehme ich an.“

„Nein, ich ...“ Sie hielt mitten im Satz inne und schaute weg.

„Na, kommen Sie, das können Sie doch besser.“

In der Dunkelheit konnte er ihr Gesicht nicht sehen, aber er konnte ihren Groll spüren. „Weil ich nicht allein sein wollte, wenn Sie es unbedingt wissen wollen. Falls sie zurückkommen und ich im Haus in der Falle sitze.“

Mitleid mit ihr war das Letzte, was er jetzt brauchte. Roan unterdrückte die Empfindung und fragte einen Moment später: „Warum ist Beau nicht an der Leine, wenn ihr ihn auf eine Spur gesetzt habt?“

„Er ist uns abgehauen“, antwortete Jake schnell, fast als wollte Donna in Schutz nehmen. „Wir sind zum See runter, weil wir hofften, dass er vielleicht aus dem Wald kommt. Dann haben wir gehört, wie du ihm gepfiffen hast, und sind den Weg zurückgegangen.“

„Und ihr habt nichts gehört oder gesehen?“

„Das würden wir dir doch sagen“, protestierte sein Sohn verletzt.

Roan nickte kurz. „Okay, geht jetzt zum Haus zurück, beide. Wenn euch irgendetwas komisch vorkommt, setzt ihr euch in den Streifenwagen und wartet auf mich. Falls ich in einer Viertelstunde nicht zurücksein sollte, ruft über Funk Hilfe."

Jake rührte sich nicht. „Was ist, wenn Zits und Big Ears irgendwo da draußen sind? Was ist ..."

„Jetzt übernehme ich das Kommando", unterbrach Roan ihn in einem Ton, der keinen Widerspruch duldete.

Das war genug für Jake; er schwenkte in die Richtung, in der das Haus lag, herum. Donna wirkte, als ob sie noch etwas einwenden wollte, aber dann folgte sie dem Jungen, ohne etwas zu sagen.

Roan fand Beau in einem Ulmendickicht, wo sich seine Leine in einem umgestürzten Baum verheddert hatte. Der große Bluthund war überglücklich, ihn zu sehen. Sobald Roan ihn befreit hatte, rannte er schon wieder laut bellend davon, zum See hinunter.

Er hielt mit dem Hund so gut er konnte Schritt. Er sprang über Dornengestrüpp, duckte sich unter tief hängenden Ästen hindurch und wurde fast umgerissen, weil Beau so unbändig an seiner Leine zerrte. Wenig später ragte der Indianerhügel vor ihnen auf. Auf dem lang gestreckten Erdwall erhoben sich aus einem Unterholz, das aus Hartriegel, Immergrün, Palmetto und unendlich vielen Arten von Dornensträuchern bestand, jahrhundertealte Eichen. Jenseits dieser natürlichen Grenze lag der offene See.

Roan gab einen leisen Befehl, dann kletterte er mit Beau am südlichen Ende durch das Unterholz auf den Hügel. Als sie oben angelangt waren, hielt er Beau an der kurzen Leine und blieb stehen, wobei er das spanische Moos, das von den Zweigen einer großen Eiche wie ein Vorhang herunterhing, als Deckung benutzte. Während er so dastand, kehrten die Geräusche der Nacht zurück: Der schrille Chor der Zikaden setzte ebenso wieder ein wie das Quaken der Frösche, in einiger Entfernung ertönte der Ruf einer Schleiereule. Über seinem Kopf ächzte ein Ast im Wind.

Dann hörte er sie, einen leisen Fluch, gefolgt von einem dumpfen Scheppern. Als er in die Richtung, aus der das Geräusch gekommen war, herumwirbelte, sah er zwei schemenhafte Gestalten, die sich vor der hellen Oberfläche des Sees, auf der sich das Mondlicht spiegelte, abhoben. Einer war groß und dünn, der andere klein und untersetzt. Sie beugten sich über etwas, das wie ein leichtes Aluminiumboot aussah, das am Ufer lag.

Konnte sein, dass die beiden Camper waren. Schatzsucher vielleicht, die ihren Sommerurlaub dazu benutzten, sich hier einzuschleichen und nach Mike Finks verstecktem Gold zu buddeln. Oder sie waren hinter indianischen Artefakten her und waren wachsam, um zu verhindern, dass sie ertappt wurden, weil sie wussten, dass sie sich auf privatem Grund und Boden bewegten.

Und doch war Roan sich sicher, dass sie nichts von alldem waren. Er hatte sich in den letzten Tagen den Kopf darüber zerbrochen, warum es keine Spur von Zits und Big Ears gab und was sie als Nächstes vorhaben mochten. Jetzt brauchte er sich seinen Kopf nicht mehr zu zerbrechen.

Sich dem Haus per Boot zu nähern war nur logisch. Ein Boot war leise, hinterließ keine Spur und war aufgrund der Ähnlichkeit der Modelle schwer zu identifizieren. Hinzu kam, dass Besucher, die nach Dog Trot wollten, oft über den Wasserweg kamen. Clay wählte diesen Weg ständig. Aber die beiden Männer waren von Beau entdeckt worden, der wie ein Irrer gebellt hatte. Jetzt befanden sie sich auf dem eiligen Rückzug, sie hatten ihr leichtes Boot bereits losgemacht und wateten bereits ins Wasser, um an Bord zu klettern. Noch ein paar Sekunden, dann würden sie fort sein.

Roan ließ Beau von der Leine. „Los!“ befahl er. „Fass!“

Der große Bluthund schoss schnell davon und Roan setzte ihm sofort nach.

Das dichte Unterholz nahm ihm die Sicht, er konnte jedoch Beaus aufgeregtes Bellen und die panischen Schreie der beiden Männer hören. Wasser spritzte auf, und einer der Eindringlinge brüllte einen Fluch, dem ein dumpfer Aufprall folgte, als ob er kopfüber in das Boot gekracht wäre. Ein Außenbordmotor wurde angeworfen, stotterte und ging aus. Der Motor heulte wieder auf, eine Fehlzündung knatterte.

Als Roan einen Moment später aus dem Unterholz trat, sah er, dass sich das Boot in Schlangenlinien vom Ufer entfernte. Beau war im See und paddelte hinterher. Der Mann auf dem Vordersitz langte hinter sich und zog etwas aus seinem Hosenbund, in dem sich das schwache Funkeln der Sterne brach. Er riss es herum und richtete es auf Beau.

Roan blieb abrupt stehen, zog seine Waffe, zielte und schoss. Der Schuss krachte, und direkt vor dem Boot spritzte eine Fontäne auf. Die beiden Männer schrien auf und gingen eilig in Deckung. Das Motorboot fuhr einen Moment Zickzack, dann nahm es wieder Kurs auf und raste mit schäumendem Kielwasser davon.

Roan kniff die Augen zusammen und schaute dem Boot so lange wie möglich nach. Obwohl er die Männer in der Dunkelheit nur undeutlich sehen konnte, glaubte er doch dieselben zu erkennen, die die Überwachungskamera beim Überfall auf den Gemischtwarenladen aufgenommen hatte. Das Boot war wahrscheinlich am öffentlichen Anlegeplatz gemietet worden. Das würde er morgen früh gleich als Erstes überprüfen.

Roan nahm seine Waffe herunter. Es wäre keine Schwierigkeit gewesen, auf die beiden Männer zu schießen, statt dem Boot einen Schuss hinterherzuschicken. Es war keine Option. Zum einen war es möglich, dass er sich irrte, und das Letzte, was ihm noch fehlte, war es, sein Gewissen mit dem Tod irgendeines halbwüchsigen Straftäters zu belasten. Vor allem aber war es nicht seine Art.

Er pfiff Beau, wobei er dem Boot immer noch mit dumpfer Wut nachschaute. Er brannte darauf, die Männer in die Finger zu bekommen. Sie hatten alle Antworten auf die Fragen über seinen Logiergast, die er brauchte. Ihnen so nah gekommen zu sein und sie dann doch nicht zu schnappen, war dermaßen frustrierend, dass er sich am liebsten jedes Haar einzeln ausgerauft hätte.

Dabei hätte er eigentlich daran gewöhnt sein müssen, mit leeren Händen dazustehen; immerhin passierte das bei seiner Arbeit oft genug. Doch diesmal war es etwas anderes; es war noch viel persönlicher als normalerweise. Warum das so war, abgesehen von der Tatsache, dass die Männer auf seinen Grund und Boden eingedrungen waren, wusste er nicht, und er war auch nicht darauf vorbereitet, es herauszufinden. Es war einfach das, was er fühlte.

Beau kam aus dem See und schüttelte sich so heftig, dass das Wasser in alle Himmelsrichtungen spritzte. Roan ließ eine halb strenge, halb humorvolle Beschwerde vom Stapel, während er den Hund tätschelte und lobte. Dann machten sich die beiden auf den Rückweg nach Dog Trot.

Der Hund ging, mit der Nase immer dicht am Boden, voran. Kurz bevor sie aus dem Schutz der Bäume in den Garten hinter dem Haus traten, stieg aus seiner Kehle ein Knurren auf, und er blieb, die Vorderpfoten fest in den Boden gerammt, stehen.

„O je, Beau", kam Jakes Stimme durch die Dunkelheit. „Kennst du Donna immer noch nicht?"

Der Hund wedelte mit dem Schwanz, und Roan folgte ihm auf die Terrasse, wo Donna und Jake in dem Lichtschein standen, der von der Küche nach draußen fiel.

„Habe ich nicht gesagt, ihr sollt ins Haus gehen?" Roans Stimme klang sogar in seinen eigenen Ohren scharf, aber dieses zweite Nichtbefolgen seiner Anweisungen war noch weniger hinnehmbar als das erste.

Jake zog ganz kurz den Kopf ein, gab aber nicht klein bei. „Wir waren drin, bis wir den Schuss hörten, dann sind wir aus Angst, dass dir etwas passiert sein könnte, rausgelaufen. Was war denn los?"

„Ich habe einen Warnschuss abgegeben, weil sie auf Beau schießen wollten." Er hätte sich denken können, dass sie sich Sorgen machen würden. Und es dauerte eine Sekunde, bis ihm klar wurde, dass er in Gedanken Donna mit einbezogen hatte, vielleicht weil sie so blass und still war. Er hätte eine Menge darum gegeben, zu erfahren, was wirklich in ihr vorging. Aber er würde es herausfinden, sobald sich eine Gelegenheit dazu ergab.

„Sie sind verduftet, stimmts? Hast du gesehen, wer sie waren?" fragte Jake.

„Nicht genau."

„Ich gehe jede Wette ein, dass es keine Schatzsucher waren. Dafür waren sie zu nah am Haus." Der Junge runzelte die Stirn, während er Donna mit einem kurzen Blick streifte und dann seinen Vater wieder anschaute. „Glaubst du, dass sie zurückkommen?"

Roan umklammerte die Waffe, die er immer noch in der Hand hielt, fester und sagte nur: „Schwer zu sagen."

„Ich meine, vielleicht schleichen sie sich heute Nacht ja wieder an, weil sie denken, dass wir bestimmt nicht damit rechnen, dass sie es gleich noch mal versuchen könnten. Sie müssen schon ganz schön unverschämt sein, dass sie sich hierher trauen. Oder ganz schön verzweifelt."

Manchmal war Jake gescheiter, als gut für ihn war. Roan deutete mit dem Kopf auf den Zwinger und sagte: „Falls sie zurückkommen, dann bestimmt nicht so bald. Am besten bringst du Beau für heute Nacht zu den anderen Hunden in den Zwinger."

„Jetzt?" fragte Jake ungläubig.

„Jetzt gleich, als eine Art Frühwarnsystem." Roan hob die Stimme nicht, aber sein Ton ließ keinen Zweifel daran aufkommen, dass er keine Lust auf eine Auseinandersetzung hatte.

Jake schaute von ihm zu Donna, dann wieder zurück, als ob er den Verdacht hätte, dass hinter der Aufforderung noch etwas anderes steckte. Aber dann trollte er sich ohne Widerrede.

Roan schaute dem Jungen nach, teilweise aus Vorsicht, aber auch, um sicher zu sein, dass er außer Hörweite war. Doch noch bevor er sich wieder zu Donna umdrehte, sagte sie: „Das waren Big Ears und Zits, stimmt's?"

„Sieht ganz danach aus."

„Und es sieht auch danach aus, dass sie gewartet haben, bis Sie weg waren."

Ihre Stimme klang angespannt, aber fest. Wo war ihre Panik angesichts dieses zweiten Versuchs, sie zu entführen oder womöglich sogar zu töten? „Und das zeigt, dass sie das Haus beobachtet haben", sagte er.

Sie nickte. „Ich würde sagen, es bedeutet auch, dass Dog Trot nicht sicher ist."

Sie hatte Recht, aber das hieß nicht, dass ihm das gefallen musste. Wenigstens hatte sie ihm nicht direkt die Schuld gegeben. Allerdings brauchte sie das auch gar nicht, weil er das bestens allein erledigen konnte. Zu seiner eigenen Verteidigung sagte er: „Vielleicht wüsste ich besser, was zu tun ist, wenn ich wüsste, was hier eigentlich vorgeht. Und wenn ich mir keine Sorgen machen müsste, dass mein Sohn bei Ihnen den ritterlichen Helden spielt."

„Es tut mir Leid, wenn Sie denken, dass ich dafür hätte sorgen müssen, dass er im Haus bleibt. Er sagte, dass er mit einer Waffe umgehen kann, und er wirkte, als ob er wüsste, was er tut."

„Fühlen Sie sich jetzt schuldig?" fragte er. Es war interessant, dass das der Fall sein könnte. Er hatte nichts von ihr erwartet, obwohl sie seltsamerweise selbst etwas von sich erwartet zu haben schien.

„Ganz bestimmt nicht, Sheriff. Dass ich bei Ihnen einziehe, war schließlich nicht meine Idee."

„Dann muss ich mir also alles, was passiert, selbst zuschreiben? Obwohl man mich im Dunkeln tappen lässt?"

„Ich kann Ihnen versichern, dass ich ebenso im Dunkeln tappe wie Sie, aber ich bezweifle, dass Sie mir glauben."

Sie klang verschnupft und nicht besonders hoffnungsvoll. Und das war auch gut so, weil sie Recht hatte.

In dem Lichtschein konnte er sehen, wie sich die Spitzen ihrer Brüste unter dem roten T-Shirt, das sie trug, abzeichneten. Das Wissen, dass sie unter ihrer spärlichen Kleidung nackt war, wirkte plötzlich wie ein Aphrodisiakum auf ihn. Zusammen mit dem Adrenalin, das immer noch durch seinen Kreislauf gepumpt wurde, löste es vollkommen unangebrachte Impulse in ihm aus.

Er musste weg von ihr, musste warten, bis sein Zorn verraucht war, sonst sagte oder tat er womöglich etwas, das er hinterher bereute. Aber irgendetwas trieb ihn an, eine tief sitzende Wut, die sich gegen sie richtete, ja, aber auch gegen ihn selbst und die ganze unmögliche Situation, in der sie sich befanden. Er hasste, was sie war, aber es ließ sich nicht ändern. Und irgendwo unter all dem brodelte eine Anziehungskraft, die sich immer schwerer kontrollieren ließ.

Sie war in dem Moment ausgelöst worden, in dem er neben ihr gekniet und ihr ins Gesicht geschaut hatte – in das Gesicht der Frau, auf die er geschossen hatte. Und seitdem war sie von Tag zu Tag stärker geworden. Er hatte viele Stunden an ihrem Bett gestanden, während sie schlief, und sich jeden Quadratzentimeter ihres Gesichts eingeprägt, ihren Duft eingeatmet und sich ihren Körper unter dem Laken ausgemalt. Er fühlte sich auf eine primitive Art und Weise, die er selbst nicht verstand, für sie verantwortlich. Aber es war mehr als das. Er wünschte sich so brennend, mit ihr zusammen zu sein, wie er sich als Junge am Weihnachtsmorgen gewünscht hatte, an den Weihnachtsmann zu glauben, obwohl er gewusst hatte, dass es ihn nicht gab.

Die Kleider, die sie anhatte, waren dieselben, die er vor dem Abendessen in den Trockner geworfen hatte. Sie musste sie herausgeholt haben, nachdem er weggegangen war. Das zeigte, dass es ihr viel besser ging, als er gedacht hatte, besser, als zu erwarten gewesen war. An diesen Gedanken klammerte er sich wie an einen Rettungsanker.

„Heute Nachmittag waren Sie noch zu schwach, um sich aufzusetzen, und jetzt schaffen Sie es sogar, Beau nachzurennen. Eine wundersame Genesung, finden Sie nicht auch?“

„Ja, erstaunlich, was ein bisschen Ruhe bewirken kann.“

Die Worte waren ziemlich schnippisch, aber ihre Stimme klang angestrengt. Er deutete mit dem Kopf auf den schwarzen Wald. „Und Sie sind sich ganz sicher, dass es kein Mitternachtsrendezvous war?"

„Mit Jake, nur so zum Spaß? Was haben Sie bloß für eine Meinung von mir, Sheriff! Erst unterstellen Sie mir Fesselspiele und dann auch noch die Verführung von Minderjährigen, und das alles basierend auf einem Stückchen Videoband, das nicht das Geringste aussagt, weil ich gezwungen wurde."

„Wurden Sie das wirklich? Oder waren Sie mit von der Partie, weil Sie sich einen Kick verschaffen wollten? Wenn es das ist, müssen Sie doch nicht gleich auf so miese Figuren wie Big Ears und Zits verfallen."

Das Licht aus der Küche fiel schräg über ihr Gesicht. Sie wirkte plötzlich wachsam. „Soll heißen?"

„Das können Sie hier auch bekommen", sagte er mit wohl überlegter Herausforderung.

„Wenn Sie auch nur eine Minute denken, dass ich ..."

„Ich denke überhaupt nicht", antwortete er, dann wurde seine Stimme rau. „Und genau das ist das Problem."

Nach diesen Worten streckte er blitzschnell die Hände nach ihr aus und zog sie an sich, wobei er jedoch instinktiv auf ihre verletzte Schulter achtete. Ihre heiße Haut, ihr süßer unverkennbarer Duft, ihr schneller Atem und die Art, wie sich ihre Brüste gegen seinen Brustkorb pressten, vernebelten ihm die Sinne. Der plötzliche Anschlag bewirkte, dass sich in seinem Kopf alles drehte. Sie passte sich seinem Körper an, als ob sie ganz allein für ihn gemacht wäre. Nichts hatte sich je so richtig, so perfekt angefühlt.

Er wollte sie irgendwo hinbringen, wo sie ungestört waren, und sie eine Million Jahre lang küssen, um mit langsamer, köstlich süßer Sorgfalt den weichen Schwung ihrer Lippen nachzuzeichnen. Er wollte jeden Quadratzentimeter ihres Körpers erforschen, sie berühren, umfangen und halten, bis dieser tief sitzende Hunger nach Inbesitznahme gestillt war. Er wollte sie nie mehr loslassen.

Gott, er wurde verrückt.

Sie hob ihm das Gesicht entgegen. Das silberne Mondlicht liebkoste ihre Wangen, ließ ihren Gesichtsausdruck jedoch im Dunkeln. Sie wartete bewegungslos ab, was passierte, oder vielleicht wagte sie es ja auch vor Angst oder vor Schmerz nicht, sich zu bewegen. Er senkte den Kopf, um mit seinem heißen Mund ihre glatten, kühlen Lippen in Besitz zu nehmen.

Einen langen Augenblick rührte sie sich nicht in seinen Armen. Dann schlossen sich die Finger ihrer intakten Hand fest um seinen Bizeps. Tief aus ihrer Kehle stieg ein Murmeln auf, und sie bewegte sich gegen ihn, presste sich an ihn, als benötige sie den Körperkontakt dringend. Sie öffnete ganz kurz den Mund und berührte für einen Sekundenbruchteil seine Zungenspitze mit ihrer, erlaubte ihm, eine flüchtige Kostprobe ihres süßen Geschmacks zu nehmen.

Dann packte sie ihn am Ärmel und stieß ihn von sich weg. Er hatte keine andere Wahl, als sie loszulassen, weil er ihr sonst wehgetan hätte. Als er einen Schritt zurücktrat, fragte sie: „Was soll das denn?“

Es war eine gute Frage. Bevor er antworten konnte, hörte er, wie die Hunde, die Jake aus dem Zwinger gelassen hatte, hechelnd angerannt kamen. Plötzlich waren sie von einer Meute umringt, überall waren Hunde, die sich in ihrer Freude, in Freiheit zu sein, an sie drängten und an ihnen hochsprangen.

„Platz!“ befahl Roan, während er Donnas Arm ergriff. Die Hunde ließen umgehend von ihnen ab, zogen die Schwänze ein und gehorchten. Roan ging mit seiner Gefangenen auf das helle Rechteck der Küchentür zu. Im selben Moment kam Jake mit dem Gewehr über der Schulter aus der Dunkelheit geschlendert.

„Du lieber Gott“, sagte Tory in erschüttertem Ton, der dem Überfall der Hunde, vielleicht aber auch etwas ganz anderem geschuldet sein konnte. „Hunde, die sich auf einen stürzen, Gewehre, verrücktes Essen und nächtliche Besucher ... ist das hier immer so?“

„Nö“, gab Jake mit einem schiefen Grinsen zurück, als Roan nichts sagte. „Aber von Zeit zu Zeit geht's tierisch ab.“

„Ich hoffe nur, dass ich dann nicht mehr da bin.“

Ohne eine Antwort abzuwarten, drehte sie sich um und ging ins Haus. Roan schaute ihr aus zusammengekniffenen Augen nach.

Sie würde da sein, weil er dafür sorgen würde. Sie würde da sein, ob sie es wollte oder nicht, weil sie nicht sein Gast, sondern weil sie seine Gefangene war, und es wurde Zeit, dass sie das endlich begriff. Er hatte bereits eine Idee, obwohl sie allerdings ein bisschen Zeit brauchen würde. Wenn er sie in die Tat umgesetzt hatte, würde ihr schon klar werden, wie abhängig sie von ihm war.

Es wurde höchste Zeit. Sie würden ausschließlich nach seinen Regeln spielen müssen. Bevor es zu spät war.

10. KAPITEL

Die Spätnachmittage der folgenden Tage verbrachte Tory fast ausschließlich auf der mit einem Fliegengitter geschützten Veranda im ersten Stock des Hauses. Dort war es um diese Tageszeit angenehm schattig, und vom See wehte ein leichter Wind herauf. Durch die Bäume konnte sie auf die gekräuselte Oberfläche des Sees schauen, wobei sie ab und zu einen Blick auf einen blauen Reiher oder einen silbrig weißen Kranich erhaschte. Das Gitter, das Insekten abhielt, vermittelte die Illusion einer Zuflucht vor den Schrecken der Welt.

Sie hatte sich ein Buch über Rechtsprechung mit nach draußen genommen, das sie gefunden hatte und in dem sie ein bisschen herumschmökern wollte, während sie in dem Liegestuhl lag, der aus der Veranda zusammen mit dem schmiedeeisernen Tisch und den Stühlen ein Zimmer unter freiem Himmel machte. Aber es lag zugeklappt neben ihr, weil sie sich nicht konzentrieren konnte. Sie musste immer wieder an jene Nacht vor nahezu einer Woche denken. Wobei sie allerdings etwas ganz anderes beschäftigte als die Frage, warum Zits und Big Ears so entschlossen waren, sie in ihre Gewalt zu bekommen, dass sie sich sogar auf den Privatbesitz des Sheriffs gewagt hatten.

Der Sheriff hatte sie geküsst. Das war etwas, womit sie am allerwenigsten gerechnet hatte.

Oh, natürlich hatte sie gespürt, dass er sich rein körperlich von ihr angezogen fühlte. Trotzdem hatte er ihr ganz klar gesagt, dass sie nichts von ihm zu befürchten hätte, solange sie sich auf Dog Trot aufhielt. Und sie hatte ihm geglaubt, sie war wirklich davon ausgegangen, dass ihn schon allein seine berufliche Stellung daran hindern würde, sie anzufassen.

Machte es ihr etwas aus? Sie war sich nicht sicher.

Roan Benedict hatte sie geküsst. Er hatte seinen Mund auf ihren gelegt, und sie hatte gespürt, wie ihre Welt aus den Angeln gekippt war. Dieser brave Provinzsheriff mit seinen altmodischen Ansichten hatte mehr Power in einen einzigen Kuss gepackt als jeder Mann, dem sie je begegnet war, und gewiss mehr, als der arme Harrell je aufgebracht hatte.

Zum Teil hatte sie ihre Verlobung auch deshalb gelöst, weil es Harrell nie gelungen war, sie so weit zu bringen, dass sie Lust hatte, mit ihm ins Bett zu gehen. Obwohl sie zugegebenermaßen nicht viele Vergleichsmöglichkeiten hatte. Wahlloser Sex war heutzutage vom gesundheitlichen Standpunkt aus gesehen absolut idiotisch, aber Tatsache war auch, dass sie bisher in ihrem Leben noch nicht viele Männer kennen gelernt hatte, die sie gereizt hatten. Sie spürte, dass ihr, wenn es ihr schon egal war, wie sie küssten, alles andere an ihnen auch egal sein würde. Sie hatte versucht, sich mit Harrell zu begnügen, weil sie befürchtet hatte, dass sie vielleicht einfach nur zu wählerisch war.

Was bedeutete es, dass der Sheriff sie geküsst hatte? Und bedeutete es über den reinen Akt hinaus überhaupt irgendetwas? Er hatte irgendwann einmal angedeutet, dass er noch ein anderes Motiv haben könnte, sie hierher zu bringen. War es das?

Und falls ja, wollte sie etwas damit zu tun haben? Oder sollte sie ihn gar ermutigen, in der Hoffnung, dass er ihr dann vielleicht eher glaubte, dass man sie entführt hatte, und sie laufen ließ? Die körperliche Anziehungskraft, die zwischen ihnen bestand, auszunutzen, ging ihr gegen den Strich, aber es war der einzig mögliche Vorteil, den sie im Augenblick für sich verbuchen konnte.

Sie wälzte diese Fragen im Kopf herum, bis die Sonne hinter den Bäumen versank und den Himmel leuchtend orangerot färbte. Zusätzlich zu allem anderen machten die Fragen sie unsäglich müde. Tory schloss die Augen und versuchte sie wegzuschieben.

Etwas Warmes, das um ihren Knöchel strich, riss sie aus einem leichten Schlaf. Beauregard, dachte sie. Der große Hund hatte sich schnell zu einer Landplage entwickelt, obwohl sie auch zugeben musste, dass sie froh war, dass er ihr bei den Spaziergängen, die sie abends in der Nähe des Hauses unternahm, Gesellschaft leistete. Wie er hier auf die Veranda gekommen war, wusste sie nicht. Sie war sich sicher, dass sie die Tür hinter sich zugemacht hatte.

Der laue Wind, der vom See herüberwehte, fühlte sich angenehm an auf der Haut. Sie wollte nicht gestört werden. Nicht jetzt, jedenfalls. Sie legte den Arm über ihre Augen und sagte: „Geh weg. Sei ein braver Junge."

Der Druck auf ihr Fußgelenk verstärkte sich. Es war fast, als umschlösse etwas fest ihren Knöchel, es fühlte sich gar nicht wie Beaus Kopf, seine Schnauze oder seine Zunge an. Sie zuckte zusammen. Im selben Moment riss sie die Augen auf und richtete sich auf.

Vor ihr an ihrem Fußende saß Roan. Die Strahlen der Abendsonne, die durch das Fliegengitter fielen, ließen sein Haar golden aufleuchten. Seine grauen Augen schauten sie ruhig an, und sein Mund wirkte entschlossen. Er hatte einen Arm auf sein Knie aufgestützt, und an seinen Fingern baumelte ein dicker schwarzer Plastikring.

„Was machen Sie denn?" fragte sie mit plötzlich heiserer Stimme.

„Ein Überwachungsgerät installieren."

Sie schaute auf das Gerät in seiner Hand, das ein blinkendes Display zu haben schien. „Um was zu überwachen?"

„Sie. Ihr Kommen und Gehen."

Sie zog ihre Beine an und schlang ihren gesunden Arm um ihre Knie. „Das glaube ich nicht."

„Es tut nicht weh", sagte er mit ernstem Gesicht. „Ein ehemaliger Hilfssheriff von mir verkauft diese Dinger jetzt. Das ist sein neuestes Modell."

Es sah ein bisschen aus wie eine Taucheruhr, mit einem gelochten Plastikband, damit die Luft auf der Haut zirkulieren konnte. Sie sagte mit einem angestrengten Lächeln: „Und ich nehme an, Sie wollen es an mir testen?"

„So ähnlich." Er wartete, wobei er sie aufmerksam beobachtete.

„Es sieht aus wie eine technische Spielerei aus einem James-Bond-Film. Funktioniert es mit Laserstrahlen oder über Radiowellen wie ein Walkie-Talkie?"

„Weder noch." Er wog das Gerät in der Hand, während er sie aus halb geschlossenen Augen anschaute und sagte: „Es ist eher so etwas wie eine ... elektronische Fußfessel."

„So eine Art Weltraum-Sexspielzeug?" fragte sie trocken.

Langsam kroch Röte in sein Gesicht. Es war faszinierend zu beobachten, obwohl Tory nicht wusste, ob es Verlegenheits- oder Zornesröte war. Sogar seine Augen wirkten heiß, als er sagte: „Sie müssen es ja wissen."

„Nur weil ich Bilder gesehen habe", stellte sie richtig. „Ich habe Ihnen erzählt, was mit meinem Hand- und Fußgelenken passiert ist, aber Sie sind ja zu stur, die Wahrheit zu erkennen, selbst wenn man sie Ihnen unter die Nase hält."

Er hielt das Gerät hoch. „Wenn Sie glauben, dass Sie auf diese Weise darum herumkommen, das hier zu tragen, muss ich Ihnen leider sagen, dass Sie sich irren. Ich muss jederzeit wissen, wo Sie sich aufhalten, vor allem, wenn Sie abends spazieren gehen."

Tory schaute ihn eine ganze Weile schweigend an und überlegte, was er ihr damit sagen wollte. Dann kam ihr die Erleuchtung. Sie hatte schon vor geraumer Weile in irgendeiner Zeitschrift gelesen, dass man solche Geräte benutzte, um bei Gefangenen, die man nach Hause entlassen hatte, die Bewegungsfreiheit einzuschränken. Mit diesem Ding am Fußgelenk würde sie nicht aus Dog Trot weglaufen können, ohne dass es der brave Sheriff erfuhr, noch ehe sie außer Sichtweite war.

Sie schwang ihre Beine über die Liege und sprang auf. Bemüht, die Panik aus ihrer Stimme herauszuhalten, sagte sie: „Vielen Dank, aber Sie können Ihren Monitor behalten."

„Es ist nur zu Ihrem eigenen Besten."

„Ganz bestimmt. Sie treiben es wirklich zu weit. Nur weil Sie in Turn-Coupe Sheriff sind, heißt das noch lange nicht, dass Sie machen können, was Sie wollen."

Roan erhob sich langsam zu seiner vollen beeindruckenden Größe. „Was ich will, hat nichts damit zu tun."

„Ach, nein? Sie kontrollieren, wo ich schlafe, was ich esse, was ich tun und was ich nicht tun kann. Jetzt wollen Sie auch noch jeden Schritt, den ich mache, kontrollieren. Ich glaube, es macht Ihnen Spaß, dass ich Ihnen so hilflos ausgeliefert bin." Er hatte bereits gezeigt, dass sie ihn durch das, was sie sagte, treffen konnte. Da Worte ihre einzige Waffe waren, musste sie sie einsetzen, auch wenn es ihr noch so sehr widerstrebte.

Er wurde wieder rot, nur der zusammengepresste Mund war ein schmaler weißer Strich. „Sie sind ungefähr genauso hilflos wie ein Skorpion. Aber es ist mein Job aufzupassen, dass Sie sicher sind. Und das kann ich nicht, wenn ich nicht weiß, wo Sie sich aufhalten."

„Reicht es Ihnen nicht, dass Sie mich rund um die Uhr bewachen lassen? Ich kann ja kaum allein ins Bad gehen. Sie haben sogar Ihren Sohn dazu angestiftet, mich zu beobachten."

„Sie sind eine Gefangene", sagte er bedächtig, während er um die Liege herumging. „Was haben Sie anderes erwartet? Oder führen Sie irgendetwas im Schilde? Vielleicht haben Sie ja vor zu fliehen und regen sich deshalb so auf."

Sie wich hastig zurück. „Machen Sie sich nicht lächerlich. Wohin sollte ich denn gehen? Ich mag es nur einfach nicht, wenn jemand in meine Intimsphäre eindringt. Oder würde es Ihnen gefallen, wenn man jeden Ihrer Schritte überwacht?"

„Nein, aber ich raube ja auch keine Geschäfte aus."

„Ich auch nicht!" Er kam immer näher. Die Tür zum Flur war irgendwo hinter ihr. Sie warf einen kurzen Blick über die Schulter, um zu sehen, wo.

„Tun Sie das nicht", warnte er scharf. „Sonst muss ich Ihnen wehtun. Das ist ein Kampf, den Sie nicht gewinnen können, das verspreche ich Ihnen."

„Sie versprechen es?" So wie sie es sagte, klang es verletzend. „Sie haben mir auch geschworen, mich nicht anzufassen, solange ich hier bin. So viel zu Ihren Versprechungen."

„Bis jetzt ist Ihnen noch nichts passiert. Aber ich kann mich nicht dafür verbürgen, dass das so bleibt, wenn Sie mich zwingen, Sie während dieser kleinen Zeremonie festzuhalten."

Dass er das zugab, war so überraschend, dass sie den Fehler machte, seinem Blick zu begegnen. Seine Pupillen waren dunkel und so geweitet, dass von der grauen Iris fast nichts mehr zu sehen war. Die schmerzliche Selbsterkenntnis, die sich in seinen Augen spiegelte, war beunruhigender als seine Drohungen.

Und es bewirkte, dass ihr ihre Selbstsicherheit ebenso abhanden kam wie ihre Argumente. Tory wirbelte herum und rannte zur Tür.

Mit zwei langen Schritten war er bei ihr. Er packte sie an ihrem heilen Arm und zwang sie stehen zu bleiben, dann riss er sie so schnell herum, dass sie auf den Liegestuhl zustolperte. Er half noch ein bisschen nach, bis sie auf die gepolsterte Liegefläche fiel, und er fiel mit, wobei er den Aufprall mit seinem Ellbogen so abfederte, dass ihre Schulter nicht in Mitleidenschaft gezogen wurde. Trotzdem blieb ihr bei dem unerwarteten Fall für einen Moment die Luft weg. Während sie keuchend dalag, hielt er sie fest, indem er ein Bein über ihre Knie schob und ihren unverletzten Arm unter seiner Achselhöhle einklemmte.

„Nun", sagte er sanft. „Wo waren wir stehen geblieben?"

Auf seinem Gesicht spielte sich nicht einmal der leiseste Anflug von Triumph. Trotzdem züngelte Wut an ihren Nerven und nistete sich in einem Winkel ihres Kopfes ein. Niemand hatte es je gewagt, sie so zu behandeln. Dieser Provinzsheriff besaß doch tatsächlich die Frechheit, sie dazu zu bringen, dass sie sich danach sehnte, ganz schreckliche Sachen mit ihm zu machen.

„Lassen Sie mich sofort los", flüsterte sie heiser.

Er zog sich ein ganz kleines bisschen zurück. „Ist alles in Ordnung mit Ihnen?"

„Meinen Sie abgesehen davon, dass Sie mich erdrücken und dass Doc Watkins' ganze Mühe umsonst war?"

„Ich habe Sie gewarnt", gab er ruhig zurück. Gleichzeitig schaute er auf die Stelle, wo unter ihrem T-Shirt der Verband war, als ob er sehen wollte, ob er eventuell einen Schaden angerichtet hatte.

Da war nichts, und Tory wusste es. Obwohl ihr Fall nicht unbedingt dazu geführt hatte, dass sich ihre Schulter gut anfühlte, was ihre Wut noch weiter anfachte. „Behandeln Sie alle Ihre weiblichen Verdächtigen so oder nur mich?"

„Ein paar haben mir einen Wink gegeben, dass sie nichts dagegen hätten, mit Handschellen an mein Bett gefesselt zu werden. Bis jetzt war ich noch nie in Versuchung, aber es könnte sein, dass ich eine Ausnahme mache." Seine Stimme wurde tiefer, und er sprach noch schleppender als normalerweise, als er fortfuhr: „Wer weiß? Die Versuchung könnte noch wachsen."

„Sie schaffen es nicht, mir Angst einzujagen." Tory hob herausfordernd das Kinn, aber es war eine Lüge. Sein finster entschlossenes Gesicht wirkte wie in Stein gemeißelt. Sie streckte den Arm, den er festhielt, und stemmte sich gegen die Liege, in der Absicht, von ihm wegzurutschen. Ohne Erfolg. Er hielt sie fest und verlagerte sein Gewicht noch mehr auf ihren Unterkörper.

„Komisch, aber ich denke, dass ich Ihnen doch ein bisschen Angst einjage. Und das ist interessant."

„Ich bin ja so glücklich, dass Sie so denken", sagte sie bemüht spöttisch.

„Ich hätte eigentlich eine andere Reaktion erwartet."

Sie schwieg einen Moment, während sie in seinem Gesicht zu lesen versuchte, aber da war nichts Lüsternes in seinem Blick. Er wartete nur, bis ihr die Erkenntnis dämmerte. „Sie haben erwartet ... Sie haben wirklich gedacht, dass mir das Spaß machen könnte?"

„Es war eine Möglichkeit."

„Dann wollten Sie mich also nur auf die Probe stellen. Um zu sehen, wie ich reagiere, wenn man mich zu etwas zwingt, weil Sie geglaubt haben, dass es mir Spaß machen könnte." Sie war vorher schon fuchsteufelswütend gewesen, aber das war nichts gegen den Zorn, der jetzt in ihr aufloderte.

„Das würde ich nicht so sagen. Es war eher eine spontane Entscheidung."

„Weil ich gesagt habe, dass Ihr blödes Überwachungsinstrument aussieht wie ein Sexspielzeug?“

„So ungefähr.“

Sie schloss die Augen. Das Wort, das sie in sich hineinflüsterte, war kein Kompliment.

„Okay“, sagte er schroff. „Aber ich würde sagen, Sie haben den Test bestanden. Deshalb erzählen Sie mir jetzt noch einmal, wie Sie zu den Abschürfungen an Ihren Hand- und Fußgelenken gekommen sind.“

„Klebeband und so ein Plastikseil, mit dem man Boote festbindet. Und da war absolut nichts Erfreuliches dabei.“ Glaubte er ihr? Sie machte die Augen auf und begegnete seinem Blick einmal mehr in der Hoffnung, irgendeine winzige Gefühlsregung zu sehen. Aber alles, was sie sah, war ihr eigenes Spiegelbild in seinen glänzenden schwarzen Pupillen. Als er sich abwandte, war auch das weg.

„Nur zu Ihrer Information, ich verachte jeden Gesetzeshüter, der versucht, die Situation weiblicher Gefangener zu seinem Vorteil auszunutzen“, sagte er. „So etwas würde ich niemals tun. Unter gar keinen Umständen. Und das vor ein paar Stunden war ...“ Er unterbrach sich und holte so tief Atem, dass sie plötzlich dort, wo sich sein Brustkorb an sie presste, die Kanten seines Sheriffsterns und seinen Herzschlag spüren konnte. Als er wieder sprach, war seine Stimme barsch und gebieterisch. „Nennen wir es einen Fehler. Schön, und nachdem das geklärt ist, können wir uns dem nächsten Problem zuwenden. Haben Sie vor zu kooperieren, oder müssen wir dort weitermachen, wo wir angefangen haben?“

Was hatte er sagen wollen? Sie hätte eine Menge gegeben, um es zu erfahren. „An Ihren Überredungskünsten müssen Sie noch ein bisschen feilen. Und an Ihrer Technik Frauen gegenüber ebenfalls“, sagte sie in ihrem gelangweiltesten High-Society-Tonfall. „Außerdem könnten ein paar Benimm-Lektionen wahrscheinlich auch nicht schaden.“

„Benimm-Lektionen“, wiederholte er. „Sie meinen wie zum Beispiel *Ein Gentleman stützt sich immer mit dem ganzen Gewicht auf die Ellbogen auf*? Ich verstehe nicht ganz, worüber Sie sich eigentlich beklagen, weil ich das ja mache.“

„Ich meine, dass Sie jetzt, nachdem Sie gewonnen haben, eigentlich die Freundlichkeit haben müssten, von mir runterzugehen“, echauffierte sie sich, zum Teil deshalb, weil diesmal sie es war, die rot wurde. Sie hatte zwar nicht auf seine Manieren als Liebhaber angespielt, aber seine schlagfertige Antwort eröffnete ganz neue Perspektiven.

„Ja, nun, ich gehe davon aus, dass meine Mutter Ihnen da zustimmen würde.“

„Ihre Mutter.“ Die Worten klangen verblüfft.

„Ich habe meine Manieren natürlich auf ihrem Schoß gelernt, genau wie jeder andere anständige Südstaatenjunge auch. Jedenfalls die meisten. Was die Manieren ...“

„Ich weiß Bescheid“, sagte Tory ziemlich hastig, weil sie wirklich nicht noch mehr über seine Angewohnheiten im Bett hören wollte. „Also?“

„Was also?“ Es klang, als ob er einen Moment mit seinen Gedanken woanders gewesen wäre.

„Gehen Sie jetzt von mir runter oder nicht?“

„Wenn ich bereit bin.“

„Und wann, glauben Sie, wird das sein?“ fragte sie.

Er widmete ihr seine volle Aufmerksamkeit. Um seine Lippen spielte ein langsames Lächeln. Als er sprach, klang seine Stimme tief und samtig. „Vielleicht, wenn Sie bereit sind, genau das zu tun, worum ich Sie bitte?“

Ihre Augen weiteten sich. Das war keine männliche Prahlerei, sondern reine Willkür. Dennoch wurde es von irgendetwas abgemildert, das sie dazu brachte, die Komik ihrer Situation zu sehen und die Gefahren, die ihr innewohnten.

Das Problem war, dass sie es sah. Und auch spürte. Sie spürte die Veränderung, die in ihr vorging, sie spürte, wie aus der Last seines Körpers ein sinnlicher Körperkontakt wurde, wie sich ein Herrschaftsinstrument in ein Lustinstrument zum intimen und verführerischen Eindringen verwandelte.

Das konnte er ihr nicht antun. Es war nicht richtig oder fair, weil er sie ohnehin in der Hand hatte. Trotzdem war er für ihre Reize ebenfalls empfänglich, das hatte er immerhin zugegeben, oder? Wenn er sexuelle Anziehungskraft als Waffe benutzte, durfte er sich nicht beschweren, wenn sie es ihm mit gleicher Münze zurückzahlte. Wie riskant konnte es sein, nachdem er gerade erklärt hatte, warum er nie so weit gehen würde?

Sie schaute auf den Stern an seinem Hemd, der nur Zentimeter von ihrer Brust entfernt war. Sie hob ihren verletzten Arm und fuhr mit einem Finger über die Oberfläche, die warm war von seiner Körperwärme, dann zeichnete sie die Konturen des Sterns nach und sagte bedächtig: „Ich weiß nicht, warum es Ihnen so wichtig ist, dass ich diese blöde elektronische Fußfessel trage. Ich wüsste doch gar nicht, wo ich hinsollte, ganz davon abgesehen, dass ich ja gar nicht von Ihnen weg will."

Er schwieg so lange, dass sie schon dachte, er würde gar nicht mehr antworten. Als sie aufschaute, sah sie, dass er sie mit einem misstrauischen Ausdruck in den Augen beobachtete. Dann schüttelte er langsam den Kopf und verzog leicht spöttisch den Mund. „Ich scheine einen strategischen Fehler gemacht zu haben."

„Inwiefern denn?" fragte sie unschuldig, jedoch ohne es zu

übertreiben. Roan Benedict war ein intelligenter Mann, weitaus intelligenter als Harrell, der ihre kleinen Tricks nie durchschaut oder gemerkt hatte, wie gut sie ihn kannte. Aber selbst intelligente Männer waren bekannt dafür, dass sie die weibliche List unterschätzten.

„Vergessen Sie es. Die Fußfessel dient vor allem zu Ihrem Schutz."

„Warum sollte ich sie brauchen, wenn Sie in meiner Nähe sind?"

„Das bin ich nicht immer. Ich kann es nicht, und genau das ist das Problem."

Sie musterte seine dichten Augenbrauen, seinen breiten Kiefer und sein entschlossenes Kinn. Schutz, hatte er gesagt. Während sie hier halb neben, halb unter ihm lag, konnte sie fast spüren, wie er sie in einen Kokon der Sicherheit einhüllte. Es war ein Gefühl, an das sie sich gewöhnen könnte, wenn sie es zuließe, genauso wie sie sich daran gewöhnen könnte, die Hand nach ihm auszustrecken und ihn aus freien Stücken zu berühren.

Sie senkte die Lider und schaute auf seinen entschlossenen Mund, während sie kaum hörbar fragte: „Und wer beschützt mich vor der Gefahr, die drinnen lauert?"

„Das ist etwas", sagte er, wobei er den Kopf so weit senkte, dass sein Atem ihre Lippen streifte, „mit dem Sie allein fertig werden müssen. Aber wenn Sie es auf einen Versuch ankommen lassen wollen, habe ich nichts dagegen."

In Torys Kopf schrillte eine Alarmglocke, aber es war zu spät. Er streifte ganz leicht ihre Lippen mit seinem, küsste ihre Mundwinkel und kehrte dann zur Mitte zurück. Mit sanfter Liebenswürdigkeit verleitete er sie dazu, ihm ihren Mund zu öffnen. Es war unmöglich zu widerstehen. Ihre Lippen verschmolzen mit den festeren Konturen seines Mundes. Sein Kuss war goldenes Feuer, Verlangen und Überredung, endlose Überredung. Dass er nicht fordernder war, war eine Überraschung, doch auch die verflüchtigte sich schnell in der süßen Magie vereinter Münder.

Sie fuhr mit der Handfläche über seinen Stern und die harten Flächen seines Brustkorbs darunter, dann vertiefte sie den Kuss, indem sie Roan die Hand in den Nacken legte und ihn näher an sich heranzog. Das Gefühl, seine kräftigen Haare zwischen ihren Fingern zu spüren, jagte ihr einen lustvollen Schauer über den Rücken. Er spürte es und zog sie noch weiter an sich. Den beginnenden Schmerz in ihrer Schulter konnte sie ignorieren, aber seine harte, heiße Männlichkeit an ihrem Schenkel nicht. Dieser Beweis seines Begehrens war eine Aufstachelung, und sie presste sich noch enger an ihn, wobei aus ihrer Kehle ein leises Stöhnen aufstieg. Verloren, sie hatte sich in ihrer Faszination für einen Provinzsheriff verloren.

Ein Klingeln, das wie ein Glockenspiel klang, ließ Tory zusammenfahren. Roan beendete den Kuss unendlich langsam und widerstrebend, dann setzte er sich auf, zog sich den Pager, der an seinem Gürtel befestigt war, heran und drehte ihn so, dass er das Display erkennen konnte. Sein Brustkorb hob sich, als er einen tiefen Seufzer ausstieß, der Resignation, ebenso gut jedoch auch Erleichterung bedeuten konnte.

„Tut mir Leid, aber ich muss das zu Ende bringen."

Er meinte nicht ihre Umarmung, sondern seine Bemühungen, ihr die elektronische Fußfessel anzulegen. Sobald er die Worte ausgesprochen hatte, legte er eine Hand auf ihr Fußgelenk und machte sich daran, das schwarze Plastikband zu befestigen. Sie versuchte sich zu wehren, aber er packte fester zu und hielt sie mit finsterer Entschlossenheit nieder. Sie schaute in seine Augen, die glitzerten wie grauer Stahl, entdeckte jedoch keinen Hinweis darin, dass er sich durch irgendetwas, das sie sagte oder tat, erweichen lassen könnte. Sie schluckte schwer an den Tränen, die ihr plötzlich in die Augen schossen, und hörte auf, sich zu wehren.

Der Rest dauerte nur noch Sekunden. Während sie auf seinen breiten Rücken starrte, befestigte er die beiden Enden mit einem Spezialwerkzeug, das er aus seiner Tasche zog, überprüfte, ob es hielt und ob es nicht scheuerte, dann nickte er zufrieden. Er streckte die Hand aus und berührte ganz leicht die letzten Schorfreste, die an ihrem anderen Fußgelenk noch zu sehen waren. Dann richtete er sich zu seiner vollen Größe auf und schaute auf sie hinunter.

„Ich komme zurück", sagte er leise. „Bald."

War das eine Drohung oder ein Versprechen? Sie wusste es nicht. Und was spielte es auch für eine Rolle? Er tat wie immer genau das, was er tun wollte, und nichts und niemand konnte ihn aufhalten.

„Meinetwegen brauchst du dich nicht zu beeilen", gab sie zurück, wobei sie die Worte kaum herausbekam, weil sich ihre Kehle wie zugeschnürt anfühlte.

Er zögerte einen Moment und sagte dann: „Es tut mir wirklich Leid."

Sie wandte den Kopf und schaute übers Wasser, und auch als er weggegangen war und seine Schritte im Flur hallten, drehte sie sich nicht um. Wenig später hörte sie seinen Wagen die Einfahrt hinunterfahren.

Es tat ihm Leid.

In ihrem Hals bildete sich ein dicker Kloß, während sie seine Worte verdaute. Jeder andere Mann wäre über seine Eroberung stolz gewesen, aber nicht Roan, der allmächtige Sheriff von Tunica Parish. Ihm tat es Leid, dass er ihr seinen Willen aufgezwungen hatte. Ihm tat es Leid, dass er mit einer Gefangenen eine Grenze überschritten hatte, die er nicht hätte überschreiten dürfen, dass er etwas ganz und gar Unakzeptables getan hatte, das gegen all seine Begriffe von Ehre und Moral verstieß, und seien sie auch noch so altmodisch.

Roan Benedict eiferte höheren Idealen nach, als ein Mann es tun sollte. Er war ein Südstaatengentleman, mit all dem Stolz und der Stärke und dem ausprägten Sinn für Pflichtbewusstsein, die dieser Titel beinhaltete. Die Frage war nur, was war mit ihr?

Sie hatte nicht die Rolle der Lady gespielt. Sie hatte versucht, ihn zu überlisten, sie hatte versucht, körperliche Anziehungskraft als Mittel zum Zweck einzusetzen, und es hatte nicht funktioniert.

Sie versteckte sich jetzt schon eine ganze Weile hinter Roan Benedict, sie benutzte ihn in der Hoffnung, dass er sie beschützte, während sie ihn und seinen Sohn durch ihre Lügen in Gefahr brachte. Er hatte Besseres verdient.

Sie mochte sich im Augenblick nicht besonders, besonders jetzt nicht, wo sich ihre Haut abkühlte, nachdem das heiße Gewicht seines Körpers nicht mehr auf ihr lastete und die letzten rauschhaften Gefühle langsam abklangen. Seit wann war sie so skrupellos? Wann hatte sie aufgehört, sich über andere Menschen Gedanken zu machen? War sie schon immer so gewesen, oder war es der Einfluss von Harrell und ihrem Stiefvater? Glaubte sie wirklich, dass die Reichen anders waren? Glaubte sie wirklich in ihrem tiefsten Innern, dass sie mit allem durchkommen würde?

Falsch, falsch, falsch.

Und doch, was konnte sie tun? Wenn sie Roan die Wahrheit

erzählte und sich ihm auf Gedeih und Verderb auslieferte, würde das etwas ändern? Würde er ihr glauben oder denken, dass es wieder nur ein Trick war? Oder würde er sich erst recht aufgerufen fühlen, sie zu beschützen, wenn er wusste, wo sie herkam, und entdeckte, dass sie die Wahrheit sagte?

Das konnte sie nicht zulassen. Nein, ihr erster Plan war immer noch der beste. Sie musste bei der nächstbesten Gelegenheit von hier weg, sie musste zu Paul Vandergraff und herausfinden, was er bei dieser ganzen Sache für eine Rolle spielte. Und wenn sie ihr Leben in Ordnung gebracht hatte, dann vielleicht, nur ganz vielleicht ...

Vielleicht was? In Roans ruhigem, ehrbarem Leben war für jemand wie sie kein Platz. Gar keiner. Je eher sie sich an diesen Gedanken gewöhnte, desto besser für sie. Deshalb blieb ihr allem Anschein nach nichts anderes übrig, als so weiterzumachen wie bisher, und alles zu tun, um ihn in Sicherheit zu wiegen, damit er seine Wachsamkeit aufgab.

Sie starrte finster auf das schwarze Plastikband an ihrem Knöchel, dann hob sie den Fuß, um zu testen, wie schwer es war. Sie hasste das Ding, nicht nur wegen des Verlusts an Freiheit, den es darstellte, sondern auch wegen der Erinnerungen, die jetzt damit einhergingen.

Als sie den Fuß wieder auf den Boden stellte, streifte das Band ihr anderes Fußgelenk. Es kratzte unangenehmer auf der Haut, als sie erwartet hatte. Sie runzelte die Stirn, während sie sich nach unten beugte, um sich den Schaden zu betrachten.

Es war nicht die Fußfessel, an der sie sich gekratzt hatte. Es war ihr Fußkettchen, das Roan ihr umgelegt hatte, während sie zu abgelenkt war, um es zu bemerken. Es glänzte im Licht und trug den Namen, unter dem er sie kannte, einen Namen, der so falsch war wie sie selbst: *Donna*.

Sie hatte es vermisst. Aber was bedeutete es, dass Roan es ihr zurückgegeben hatte? Hatte er entschieden, dass es als Beweis wertlos war? War es vielleicht ein Hinweis darauf, dass er verstand, wie wichtig es für sie war, etwas zu haben, das ihr gehörte? Oder hatte er es ihr nur als Ausgleich dafür, dass sie den Monitor tragen musste, zurückgeben?

Während sie darauf starrte, überlegte Tory, wie Roan wohl reagieren würde, wenn er ihren richtigen Namen erführe. Würde er verstehen, warum sie ihm etwas vorgemacht hatte, oder würde er sie verachten, weil sie eine Lügnerin und ein Feigling war? Würde er je erfahren, was für ein Mensch sie wirklich war? Große Hoffnung bestand nicht.

Während der nächsten Tage schwankte Tory zwischen Niedergeschlagenheit und Unruhe. Sie blieb auf ihrem Zimmer, las, ging auf und ab, beobachtete Roans Kommen und Gehen; weigerte sich sogar, vor sich selbst zuzugeben, dass sie sich versteckte. Der Grund dafür, entschied sie schließlich, waren Scham und – ja, auch – verletzte Gefühle. Sie hatte fast vergessen, dass sie auf Dog Trot kein Gast war. Diese Erinnerung schmerzte.

Sie fragte sich, ob Allen und Cal und die anderen Hilfssheriffs in Roans Büro etwas von der elektronischen Fußfessel wussten. Der Gedanke behagte ihr nicht, was wahrscheinlich etwas mit ihrer Intimsphäre zu tun hatte, aber auch damit, dass es eine persönliche Sache zwischen ihr und Roan war. Genauso wenig war sie wild darauf, dass Jake es wusste, obwohl ihr klar war, dass er es wissen musste.

Der Junge brachte ihr wie in den ersten Tagen ihre Mahlzeiten aufs Zimmer, auch wenn er nur selten blieb, um sich mit ihr zu unterhalten. Obwohl sie froh war, sich nicht mit seinem unausgesprochenen Mitleid auseinander setzen zu müssen, war die Tatsache, dass er ihr offensichtlich aus dem Weg ging, wie ein Schlag ins Gesicht. Roan hielt sich weitestgehend von ihr fern. Er hatte dafür gesorgt, dass sie nicht entkommen konnte, hatte sich davon überzeugt, dass sie sich gesundheitlich erholt hatte, und war nun nicht länger daran interessiert, wie es ihr ging oder was sie brauchte. Selbst Beau ließ sie gelegentlich allein und trottete davon, um Jake bei seinen Hausarbeiten Gesellschaft zu leisten oder ihn bei seinen Ausflügen zu begleiten. Dass ihre Einzelhaft weitgehend ihre eigene Entscheidung war, machte keinen großen Unterschied; Tory empfand sich dennoch als unwillkommene Belastung für den Alltag auf Dog Trot.

Wenn Sheriff Roan Benedict glaubte, er könnte sie hier bis in alle Ewigkeit festhalten, hatte er sich getäuscht. Sie würde so bald wie möglich von hier fortgehen, sie musste nur noch herausfinden, wie sie es anstellen konnte, ohne die ganze Welt zu alarmieren.

Am nächsten Tag um die Mittagszeit nahm sie ihren Plan in Angriff. Es war ein schwüler Vormittag gewesen, mit fernem Donnergrollen, das ein Gewitter ankündigte, noch lange bevor sich der Himmel zugezogen hatte. Jake war ausnahmsweise zu Hause; sie hatte das Piepsen und Bimmeln und die ihre Ohren beleidigende Musik des Videospiels gehört, mit dem er sich vorhin die Zeit vetrieben hatte. Nachdem sie sich eine abgeschnittene Jeans von Jake und ein „Kickin' Country Y106"-T-Shirt angezogen hatte, machte sie sich auf die Suche nach dem Jungen. Daraus, dass das Überwachungsgerät keinen Alarm schlug, schloss sie, dass es offenbar immerhin in Ordnung zu sein schien, wenn sie das obere Stockwerk verließ. Nicht dass sie vorher daran gezweifelt hätte.

Jake war in der Küche, wo er mit gerunzelter Stirn in die Speisekammer schaute, während er die Tür von Hand zu Hand schwingen ließ. Als Tory hereinkam, schaute er unsicher lächelnd auf, aber er schien trotzdem ganz froh zu sein, dass da jemand war, der ihm bei der Entscheidung half, was es zum Mittagessen geben sollte. Sie entschieden sich für einen Gemüseeintopf, den Tante Vivian im letzten Sommer eingeweckt hatte. Dazu gab es Käsekräcker und eiskalte Milch. Es war ein schmackhaftes Essen, das es fast schaffte, ihnen ihre Befangenheit zu nehmen.

Sie unterhielten sich über dies und das, den Fisch, den er im See geangelt hatte, die bevorstehende Party zur Überreichung der Geschenke für das Baby, das Cousin Kanes Frau Regina in Kürze erwartete, die Aufregung über das Baby. Dabei überlegte Tory die ganze Zeit, wie sie dem Jungen am unauffälligsten ein paar Informationen entlocken könnte. Als die erste Gesprächspause eintrat, sagte sie: „Dieses komische Ding an meinem Knöchel fängt langsam an, mich zu nerven. Ich kann mir wirklich nicht vorstellen, es monatelang zu tragen."

Jake wirkte sichtlich erleichtert, offenbar, weil sie das Thema von sich aus angeschnitten hatte. Bis dahin hatte er überall hingeschaut, nur nicht auf ihr Bein. Es war fast so, als ob ihn die Manschette fast ebenso in Verlegenheit brächte wie sie.

„Ich verstehe nicht, warum Sie das Ding überhaupt tragen müssen", sagte er. „Schließlich ist es doch nicht so, dass Sie bloß darauf warten, dass diese Kerle, die Sie entführt haben, endlich wieder hier auftauchen."

„Ich glaube, dein Dad sorgt sich eher, dass ich mich aufmachen könnte, sie zu suchen", erklärte sie trocken. „Er traut mir nicht."

„Ich hab ja versucht, es ihm auszureden, aber manchmal

kann er wirklich unheimlich stur sein. Oh, Mann.“ Er schüttelte missbilligend den Kopf.

Dass er Partei für sie ergriff, war erfreulich, wenn auch ein bisschen beunruhigend. Sie schaute mit gemischten Gefühlen auf seine geröteten Wangen, während sie sich fragte, ob er womöglich mehr für sie entwickelt hatte als nur Sympathie. Er war in einem heiklen Alter, alt genug, um die ersten Stürme der Verliebtheit zu erleben, aber zu jung, um deren flüchtige Natur zu begreifen.

Sie bekam Gewissensbisse, unangenehm und unerwünscht, genauso wie an jenem Tag auf der Veranda. Die Vorstellung, dass sie diesen Jungen bezirzen und womöglich noch gegen seinen Vater aufhetzen könnte, bewirkte, dass sie sich schlecht fühlte. Aber was blieb ihr anderes übrig? Sie brauchte Hilfe, und außer ihm war niemand da.

„Man hat das Gefühl, als ob einen ständig jemand beobachtet“, sagte sie mit einem kleinen tapferen Lächeln. „Es ist so, als ob mir irgendein perverser Spanner auf Schritt und Tritt folgt.“

„Niemand kann Sie sehen“, versuchte Jake sie zu trösten. „Es ist keine Videokamera oder irgendein Satellitenüberwachungssystem. Soll ich Ihnen zeigen, wie es funktioniert?“

Einen größeren Gefallen hätte er ihr gar nicht tun können.

Das Kontrollzentrum war im Wohnzimmer, zentraler Ort des Hauses mit Telefonanschluss, eingerichtet. Wenn Jake sie nicht auf die einfache weiße Plastikbox hingewiesen hätte, die das Modul enthielt, hätte Tory sie übersehen. Sie stand am Ende des Couchtischs und erhielt auf einer extra dafür eingerichteten Frequenz ein Funksignal, das die elektronische Fußfessel übermittelte, dann schickte sie alle ihre Aktivitäten betreffenden Daten über die Telefonleitung an die Überwachungsstation in Baton Rouge. Jake zufolge wussten die Leute dort sofort, wenn derjenige, der die Fußfessel trug, sich aus dem erlaubten Umkreis herausbewegte, wenn an dem Sender manipuliert worden war, wenn die Batterie zu schwach oder die Telefonleitung aus irgendeinem Grund unterbrochen war. Der Aktionsradius war 150 Fuß. Wenn sie sich mit dem Monitor am Bein aus dieser Zone herausbewegte, würde das Kontrollzentrum umgehend das Überwachungszentrum informieren, woraufhin irgendein Computer die Telefonnummer des Hauses wählte. Ein Stimmerkennungsprogramm konnte entscheiden, ob derjenige, der sich meldete, der Träger der Manschette war. Wenn er es nicht war oder wenn der Träger nicht rechtzeitig ans Telefon kam, würde das Überwachungszentrum umgehend das Sheriffbüro informieren.

„Und dann kommt dein Dad angerast", sagte Tory und presste die Lippen zusammen.

„Genau."

„Obwohl ich nicht verstehe, wieso der Computer meine Stimme erkennt, wenn er sie nie gehört hat", sagte sie nach einem Moment.

„Na ja, Dad sagt, dass Sie ein Spezialfall sind, weil Sie nicht vorbestraft sind. Deshalb haben sie es so eingerichtet, dass er der Einzige ist, der das Überwachungszentrum informieren kann."

Roan hatte wirklich nichts dem Zufall überlassen. Dafür bewunderte sie ihn fast, auch wenn sie jetzt noch entschlossener war, ihn auszuschalten.

Sie warf Jake einen Blick zu und seufzte. „Ich weiß ja, dass dein Dad es nur gut meint, aber er kann sich nicht vorstellen, wie es ist, dieses Ding zu tragen. Ich meine, ich kriege wirklich Zustände, wenn ich mir vorstelle, dass ich bei jeder Bewegung ein Signal aussende, dass jeder Schritt, den ich mache, von irgendwelchen fremden Leuten überwacht wird. Es ist doch bestimmt nicht so, dass ich das Ding nicht ab und zu auch mal abmachen kann, zum Beispiel, wenn ich unter der Dusche bin oder so?“

„Auf keinen Fall“, versicherte ihr Jake. „Dafür brauchen Sie das richtige Werkzeug, sonst weiß man sofort, dass Sie dran rummanipuliert haben. Davon abgesehen macht Wasser dem Ding nichts aus.“

Das sagen sie mir jetzt, dachte Tory verärgert, nach den unbequemen Bädern, die sie in letzter Zeit mit einem Bein auf dem Wannenrand genommen hatte. Sie runzelte die Stirn. Das Werkzeug, von dem Jake sprach, war unzweifelhaft die kleine Spezialzange, mit der Roan die Manschette befestigt hatte. Schließlich sagte sie: „Und dieses Werkzeug hat dein Dad immer bei sich, nehme ich an.“

„Nicht direkt.“

Dann war die Zange also im Haus oder zumindest eine Ersatzzange. Jake wusste so viel über das Überwachungsgerät, dass sie nicht daran zweifelte, dass er auch wusste, wo Roan das Werkzeug aufbewahrte.

Sie versuchte es mit ihrem bestrickendsten Lächeln. „Kannst du mir nicht einen kleinen Tipp geben, Jake? Nur einen klitzekleinen, bitte. Suchen tue ich dann selbst. Du kannst doch einfach woanders hinschauen. Niemand wird je ein Sterbenswörtchen davon erfahren. Außerdem schwöre ich dir, dass ich die Manschette nur ab und zu für ein paar Minuten abnehme.“

„Dad würde einen Anfall kriegen!“

Daran zweifelte sie keine Sekunde. „Er wird es nicht erfahren, Ehrenwort. Es würde unser Geheimnis bleiben.“

Roans Sohn schaute weg und kaute nachdenklich auf seiner

Unterlippe. Dann straffte er die Schultern, schaute ihr fest in die Augen und sagte in missbilligendem Ton: „Ich habe vor meinem Dad keine Geheimnisse. So läuft das bei uns nicht."

Das war es dann. Nachdem sie ihn gezwungen hatte, sich zu entscheiden, hatte sich der Junge auf die Seite seines Vaters gestellt. Das hätte sie sich vorher denken können. Er hatte eine gute Erziehung genossen. Treue, Gerechtigkeit und Aufrichtigkeit bis in alle Ewigkeit, Amen. Es war zweifellos das Motto, nach dem die Benedicts lebten.

„Na, macht ja nichts", sagte sie mit einem gespielt beiläufigen Schulterzucken. „Es ist nicht wirklich wichtig. Vergiss es." Sie schwieg einen Moment. „So. Und was machen wir mit diesem grauen Nachmittag?"

„Nichts. Das heißt, ich kann nicht im Moment", murmelte Jake, der knallrot geworden war und jetzt verlegen wegschaute. „Ich muss mich um einen Hund kümmern, der seit zwei Tagen krank ist."

Tory war sich sicher, dass es eine Ausrede war. Er versuchte ihr aus dem Weg zu gehen, wahrscheinlich weil er sie irgendwie nicht mehr so mochte wie früher. Obwohl ihr klar war, dass das irgendwann sowieso passiert wäre, verspürte sie Bedauern. Es war schön gewesen, Jakes unkomplizierte Billigung zu finden. Sie würde es vermissen.

Kurz nachdem Jake aus dem Haus gegangen war, begann es zu regnen. Tory ging von Fenster zu Fenster und schaute auf die sich im Wind biegenden Bäume und das Wasser, das von den Dachvorsprüngen herunterklatschte, bis sie merkte, dass Allen sie von seinem Streifenwagen aus beobachtete. Sie winkte ihm zu, als er grüßend eine Hand hob, dann zog sie sich wieder nach oben zurück. Ihr Schlafzimmer hatte nichts Interessantes zu bieten, und sie hatte auch keine Lust zu lesen oder fernzusehen. Weil ihr nichts Besseres einfiel, ging sie die Treppe zum Speicher hinauf und streifte zwischen den alten Sachen umher.

Der Regen trommelte aufs Dach. In der schwülfeuchten Luft entwickelten sich Gerüche nach Staub und Verfall, nach Mottenkugeln und uraltem Schweiß. Es war nicht schwer, sich auszumalen, dass sich die Geister der Benedict-Vorfahren in den Ecken herumdrückten und miteinander flüsterten, als versuchten sie zu entscheiden, wer sie war und mit welchem Recht sie in ihrem ehemaligen Eigentum herumschnüffelte.

Sie schaute in Kisten mit altem Christbaumschmuck und neuen Dekorationen für kommende Weihnachtsfeste, die sie nicht miterleben würde. Sie schmunzelte über uralte Babykleidung und Kinderspielzeug, das mindestens drei Generationen alt war, und kramte in alten Schallplatten und Tonbändern. Dabei wirbelte sie so viel Staub auf, dass sie mehrmals hintereinander niesen musste. Schließlich wandte sie sich zum Gehen, vor allem, weil sie wieder das unangenehme Gefühl hatte, dass sie in Dingen herumstöberte, die ihr nicht gehörten.

In der Nähe der Treppe stand eine Ansammlung von Kisten, die alle unbeschriftet waren und offenbar hastig in eine Nische zwischen zwei Stützbalken geschoben worden waren. Sie standen in einem so auffälligen Kontrast zu den restlichen sorgfältig beschrifteten und ordentlich gestapelten Kartons, dass ihre Neugier erwachte.

Die Kartons enthielten die Erinnerungen an ein Eheleben. Sie waren hastig hineingeworfen worden, ohne dass sich jemand die Mühe gemacht hatte, sie einzupacken oder sich sonst erkennbar um ihren Wert zu sorgen, egal ob er ideeller oder materieller Natur war. In einer Kiste waren die vertrockneten Überreste eines Brautstraußes, zwei mit einst weißen Bändern zusammengebundene Champagnerflöten, auf denen die Worte

Braut und Bräutigam eingraviert waren, ein verhedderter Strumpfhaltergürtel, Servietten mit eingesticktem Namen und Datum sowie ein Hochzeitsfoto in einem angelaufenen Silberrahmen. Die lächelnde Braut war eine zerbrechlich aussehende Blondine, und der Bräutigam war Roan.

Jetzt schnüffelte sie wirklich herum, sie tauchte in Roans Leben ein wie an jenem Tag, an dem sie das Rennfahrerfoto entdeckt hatte, aber sie konnte einfach nicht widerstehen. Sie nahm das Hochzeitsfoto aus dem Karton und hielt es ins Licht, wobei sie tief durchatmete, weil sie plötzlich das Gefühl hatte, keine Luft mehr zu bekommen.

Es war natürlich albern. Die so nachlässig verstauten Sachen stammten offensichtlich von Roans Hochzeit, wahrscheinlich hatte seine Frau sie zurückgelassen, und er hatte sie dann weggepackt. Irgendwo ganz hinten in ihrem Hinterkopf hatte Tory natürlich immer gewusst, dass es da eine Trauungszeremonie, Gäste und alles, was zu einer Hochzeit gehörte, gegeben hatte. Und doch machte das Foto, das sie jetzt in Händen hielt, alles irgendwie erst real. Sie musste sich zwingen, ihren Griff zu lockern, weil sonst die Gefahr bestand, dass sie den Rahmen verbog.

Das Foto, das das Brautpaar, flankiert von mit Bändern geschmückten Kandelabern, in einer Kirche mit einem Buntglasfenster im Hintergrund zeigte, unterschied sich in nichts von unzähligen anderen Hochzeitsfotos. Und doch wurde Tory das Gefühl nicht los, dass hier etwas nicht ganz stimmte.

Das Mädchen war auf eine liebreizende Art hübsch, mit der schlanken Figur und den noch wenig ausgeprägten Gesichtszügen eines Teenagers. Sie wirkte fast puppenhaft in ihrem bodenlangen spitzenbesetzten Kleid, dem Brautstrauß, den sie fest an sich gepresst hielt, und dem nervösen Lächeln auf den

Lippen. Roan, der einen weißen, zweifellos geliehenen, aber perfekt sitzenden Smoking trug, stand mit gestrafften Schultern da und schaute fast trotzig in die Kamera. Auf eine seltsame Art wirkte das Paar unendlich jung und gleichzeitig merkwürdig alt.

Die beiden mussten mit dem Versprechen, das sie sich gegeben hatten, Träume und Hoffnungen auf eine lebenslange gemeinsame Zukunft verbunden haben, aber sie waren enttäuscht worden. Die Ehe war vorbei, die Versprechen waren gebrochen, die Hoffnungen und Träume für immer dahin.

Aufseufzend legte Tory das Foto in den Karton zurück, dann klappte sie den Deckel zu. Erst nachdem sie den Speicher verlassen hatte und wieder auf dem Weg in ihr Zimmer war, begann sich das Gefühl von Verwirrung über das Hochzeitsfoto langsam zu verflüchtigen, und ihr wurde klar, worüber sie gestutzt hatte.

Das Problem war der Ausdruck auf dem Gesicht des Bräutigams. Falls sein Hochzeitstag ein freudiges Ereignis für ihn gewesen war, hatte er es sich zumindest nicht anmerken lassen.

11. KAPITEL

Als an diesem Abend die Zeit für das frühe Abendessen, das auf Dog Trot üblich war, heranrückte, ging Tory in die Küche und setzte sich wie selbstverständlich an den Tisch. Roan, der am Herd stand und Hähnchenschenkel briet, hob den Kopf und schaute sie schweigend an. Tory hielt seinem Blick ohne mit der Wimper zu zucken stand, aber sie sagte auch kein Wort. Roan schien einen Moment nachzudenken, dann bat er Jake in ruhigem Ton, noch ein weiteres Gedeck aufzulegen. Tory fühlte sich, als ob sie in einem unerklärten Krieg einen großen Sieg errungen hätte.

Während des Essens nahm sie sorgfältig, wenn auch verstohlen, am Feind Maß, indem sie den Roan, der ihr gegenüber am Tisch saß, mit dem Roan, den sie auf dem Hochzeitsfoto gesehen hatte, verglich. Sein Gesichtsausdruck verriet wenig über seine Gefühle, während er sich mit Jake über den kranken Hund und einen Autounfall, der sich in der Stadt ereignet hatte, unterhielt. Sie gelangte zu der interessanten Schlussfolgerung, dass Roan ein ernster Mensch war oder zumindest nicht allzu oft lächelte.

Vielleicht war das ja ein Nebeneffekt seines Berufs, der ihn ständig mit den weniger erfreulichen Seiten der menschlichen Natur konfrontierte. Andererseits konnte es auch sein, dass er unglücklich war oder sich in irgendeiner Hinsicht, die wichtig für ihn war, unausgefüllt fühlte. Wenn es so wäre, könnte sie es nur allzu gut verstehen.

Nach dem Essen bot sie an, beim Aufräumen zu helfen, was jedoch entschieden abgelehnt wurde. Das hatte zur Folge, dass sie sich nutzlos und im Weg fühlte, vor allem, weil Roan und sein Sohn so gut aufeinander eingespielt herumwirbelten, als ob sie schon unzählige Male zusammen die Küche aufgeräumt hätten. Sie brauchten ihre Hilfe nicht, sie brauchten sie nicht, das ließ sich nicht übersehen.

Trotzdem blieb sie in der Nähe der Küchentür stehen, unsicher, ob sie bleiben oder gehen und sich, obwohl es immer noch hell draußen war, wieder in ihr Zimmer zurückziehen sollte. Noch während sie so dastand, hievte Beau sich gemächlich von seinem Platz am Fenster hoch, kam zu ihr herübergetrottet und schob seinen dicken weichen Kopf unter ihre Hand. Sie folgte seiner Aufforderung und kraulte ihn hinter den Ohren, während sie darüber nachdachte, dass Roan sie in Haushaltsdingen wahrscheinlich für total unfähig hielt. Was ungerecht war, denn immerhin konnte sie gut kochen. Vielleicht musste sie ihm das einfach irgendwann einmal demonstrieren. Falls sie noch lange genug hier war.

Der Bluthund, der sie aus seelenvollen Augen mit Leichenbittermiene beobachtete, schnüffelte jetzt an ihrem Handgelenk, dann leckte er ihr hingebungsvoll die Hand ab. Sie wischte sie an ihren Shorts trocken, lächelte den Hund aber trotzdem an. Es war schön, dass wenigstens einer auf Dog Trot sie schätzte und bereit war, ihr ein bisschen Freundschaft anzubieten.

„Komm, Beau“, sagte sie. „Machen wir einen Spaziergang.“

„Aber nicht zu weit weg“, ermahnte Roan sie, der gerade dabei war, die Bratpfanne abzutrocknen.

Sie hatte nicht bemerkt, dass er sie beobachtete. Seine Worte waren eine Erinnerung oder vielleicht auch eine Warnung, als ob er spürte, dass sie irgendetwas plante. Während sie die Tür öffnete, warf sie ihm einen kühlen Blick zu, ohne sich die Mühe zu machen zu antworten.

Roan stand auf der hinteren Terrasse und ließ auf der Suche nach Donna seine Blicke über den Garten und das bewaldete Gebiet zwischen dem Haus und dem See schweifen. Sie war nicht weit weg, auch wenn es schon eine geraume Weile her war, seit sie die Küche verlassen hatte. Das wusste er natürlich, weil sonst die Kontrollbox schon längst Alarm geschlagen hätte. Dessen ungeachtet, atmete er erleichtert auf, als er zwischen den Bäumen einen Blick auf sie und Beau erhaschte.

Sie lehnte mit halb in die Taschen ihrer abgeschnittenen Jeans geschobenen Händen am Stamm einer alten Eiche. Irgendetwas an der Haltung ihrer Schultern und ihres Kopfes ließ sie nachdenklich, unnahbar und, ja, auch einsam erscheinen. Gleich darauf rief sie Beau, löste sich von dem Baumstamm und ging auf das Haus zu.

So würde es ihm also zumindest erspart bleiben, sie unter Gewaltanwendung ins Haus zurückzuschleppen. Gott sei Dank.

Sie war nicht glücklich mit dem Überwachungsinstrument, und er konnte es ihr nicht verdenken. Gleichzeitig sagte sie jedoch erstaunlich wenig dazu. Das verunsicherte ihn, es war, als ob man einen Silvesterkracher mit abgebrannter Lunte in der Hand hielt. Er wusste nicht, ob das Ding losgehen oder sich als ein Blindgänger herausstellen würde.

Ungefähr eine Stunde nachdem er nach Hause gekommen war hatte es aufgehört zu regnen. Die Gewitterwolken waren nach Nordosten abgezogen und hatten ein paar rosa- und purpurfarbene Streifen zurückgelassen, die das letzte Licht des Tages einfingen. Die Insekten stimmten gerade ihr Nachtkonzert an. Er atmete die vom Regen reingewaschene Luft tief ein und rollte die Schultern, um die Anspannung aus seiner Nackengegend zu vertreiben.

Was zum Teufel sollte er bloß mit seiner Gefangenen machen?

Sie störte seinen geregelten Tagesablauf, sie stahl sich in seine Träume und verkomplizierte sein Leben. Er hatte heute mehr als ein Dutzend mal per Funk mit Cal Kontakt aufgenommen. Und zusätzlich auch noch mit Jake gesprochen. Außerdem hatte er den lieben langen Tag Fragen, die sie betrafen, beantworten müssen. Ein paar Anrufer hatten ihre Besorgnis zum Ausdruck gebracht, und zwei ältere Frauen waren bezüglich der Schlafarrangements auf Dog Trot vor Neugier fast geplatzt. Dazu kam noch, dass sich ein ehemaliger Lehrer von Jake beunruhigt darüber geäußert hatte, dass der Junge „kriminellen Elementen" ausgesetzt sein könnte. Tante Vivian hatte ihn angerufen, um ihn zu fragen, ob sie ihm einen Schmortopf vorbeibringen sollte, und der Bürgermeister hatte ihn an die Polizeieskorte für seine Besucher erinnert. Diese ganze Arbeit hätte er genauso gut zu Hause erledigen können, und wahrscheinlich wäre es wirklich besser, wenn er zu Hause bliebe, um selbst auf seine Gefangene und seinen Sohn aufzupassen.

Was Donna anbelangte, das wusste er, musste er bald eine Entscheidung treffen, weil ihm die Zeit davonlief und die Ausreden knapp wurden. Aber irgendwie hatte er es bis jetzt immer noch nicht über sich gebracht, sie der Justiz zu übergeben. Noch nicht.

Als sie mit Beau die Treppe heraufkam, drückte sich der Bluthund so nachdrücklich an ihr Bein, dass sie fast ins Stolpern kam, als Erinnerung daran, dass er erwartete, zum Dank dafür, dass er sie während des Spaziergangs beschützt hatte, gestreichelt zu werden. Roan, der sie beobachtete, sagte: „Ich wusste gar nicht, dass Sie und Beau so dick befreundet sind."

Sie lächelte verkrampft. „Wir haben eine beide Seiten zufrieden stellende Abmachung getroffen. Ich fütterte ihn mit Eiscreme, und er beißt mir nicht das Bein ab."

„Klingt einleuchtend. Sie haben bei ihm einen schwachen Punkt getroffen."

„Nicht absichtlich", gab sie scharf zurück.

Sie dachte offenbar, dass er sie der Sabotage bezichtigen wollte. „Nein, ehrlich gesagt glaube ich, dass er für die Frau mindestens genauso empfänglich ist wie für die Eiscreme."

„Wirklich?" Sie ging an ihm vorbei und setzte sich auf die Verandaschaukel, dann stieß sie sich mit den Zehenspitzen vom Boden ab, wobei sie auf Beau aufpasste, der ihr gefolgt war und sich so dicht vor ihren Füßen niedergelassen hatte, dass die Schaukel über ihm hin und her schwang.

„Er wurde mit vier Wochen Waise", fuhr Roan fort, während er sich zu ihr umdrehte. „Carolyn, Jakes Mutter, hat ihn mit der Flasche großgezogen."

Tory schaute ihn eine Sekunde an, bevor sie sagte: „Dann muss er ja schon ganz schön alt sein. Das war mir gar nicht klar."

„Oh, ja." Dem hatte Roan nichts mehr hinzuzufügen, hauptsächlich weil er es bereits bereute, das Thema überhaupt angeschnitten zu haben. Er lehnte sich mit übereinander gestellten Füßen gegen die Brüstung.

„Aus irgendeinem Grund hatte ich eigentlich gedacht, dass sich Ihre Frau aus Hunden nicht allzu viel gemacht hat."

Seine Abneigung, über die Vergangenheit zu sprechen, war mehr als nur das Bedürfnis, seine Privatsphäre zu schützen, oder der normale männliche Widerwille, über persönliche Probleme zu reden. Sie saß ihm tief in den Knochen, es war etwas, das er auf dem Schoß seines Vaters gelernt hatte; über Familienangelegenheiten redete man ausschließlich mit der Familie.

Trotzdem wollte er Donna jetzt nicht einfach abblocken. Auch war er froh, dass sie überhaupt wieder mit ihm redete, weil er eigentlich erwartet hatte, dass sie wegen der Fußfessel immer noch wütend auf ihn war. Obwohl natürlich schon der Umstand, dass er sich darüber Gedanken machte, ein schlimmes Zeichen war.

„Carolyn liebte Hunde und Kinder nur, solange sie klein und hilflos waren", erklärte er, die Arme über der Brust verschränkend. „Sobald sie einen eigenen Willen entwickelten, bekam sie Probleme. Aber was sie absolut nicht ertragen konnte, waren Dog Trot und Turn-Coupe. Und mich natürlich."

Das einzige Geräusch auf der Veranda war das rhythmische Quietschen der Verandaschaukel. In dem Moment, in dem Roan schon dachte, dass Donna das Interesse an seinem Privatleben verloren hätte, ergriff sie wieder das Wort.

„Oben auf dem Speicher habe ich ein Hochzeitsfoto von Ihnen und Carolyn entdeckt. Wäre es nicht normaler gewesen, es irgendwo aufzustellen, damit Jake es sich von Zeit zu Zeit anschauen kann, statt es wegzuräumen, als ob seine Mutter nicht existierte?"

Genau aus diesem Grund redete man nicht über Familienangelegenheiten, dachte er. Die Leute glaubten immer alles besser zu wissen als man selbst. „Haben Sie beim Herumschnüffeln sonst noch etwas Interessantes gefunden?" fragte er.

„Ich habe nicht herumgeschnüffelt, sondern mich nur ein bisschen ... umgeschaut."

„Sie und Jake."

„Nein, nur ich. Aber ich bin trotzdem davon ausgegangen, dass Sie nichts dagegen haben."

„Sie haben sich geirrt." Er war einen Moment lang fast gerührt, weil sie seinen Sohn entlastet hatte, obwohl er sich fragte, was sie wohl für eine Vorstellung von ihm haben mochte, wenn sie glaubte, Jake vor seinem Vater in Schutz nehmen zu müssen.

Sie brachte die Schaukel zum Stillstand und hielt ihm ihr Fußgelenk hin. „Wenn Sie mir das abnehmen, müssen Sie nicht mehr darüber nachdenken, was ich während Ihrer Abwesenheit treibe, weil ich dann nämlich mehr zu tun hätte, als in Ihren Sachen herumzuschnüffeln."

„Wie zum Beispiel zu verschwinden."

„Ich bin doch nicht blöd."

„Und wenn ich Sie in Ihrem Zimmer einsperre, brauche ich mir auch keine Gedanken zu machen."

„Das würden Sie nicht tun!"

Da war er sich gar nicht so sicher. Diese Frau hatte eine unheimliche Fähigkeit, ihn an seiner empfindlichsten Stelle zu treffen, deshalb sagte und tat er dauernd Dinge, die alles andere als rational durchdacht waren. Er musterte angelegentlich seine Stiefelspitzen, während er langsam ein- und ausatmete. Schließlich seufzte er und stützte sich wieder mit den Händen auf der Brüstung ab. „Vielleicht nicht", sagte er. „Heute jedenfalls nicht."

„Aber Sie wären dazu imstande", sagte sie mit ausdrucksloser Stimme. „Vor allem, wenn ich versuchen würde, dieses Haus ein bisschen wohnlicher zu machen und weniger wie ein Museum."

„Dog Trot ist gut so, wie es ist", antwortete er abwehrend. „Wir brauchen hier keine Staubfänger, die bloß unnütz herumstehen."

„Die meisten Leute betrachten Familienandenken nicht als Staubfänger."

„Egal, jedenfalls hat Jake zwei wertvolle Porzellanfiguren und ein oder zwei Vasen beim Ballspielen im Haus kaputtgemacht. Das war kurz nachdem meine Mom gestorben war. Dann waren mein Dad und ich der Meinung, dass die wertvollen Sachen auf dem Speicher besser aufgehoben sind."

„Er ist kein Kind mehr", protestierte sie.

„Ihre Sorge um unser Wohlergehen ist wirklich rührend, oder wäre es, wenn ich es Ihnen abnehmen würde. Leider tue ich das nicht. Was haben Sie davon? Was wollen Sie?"

„Nichts", sagte sie und begann wieder zu schaukeln. „Ich habe nur nachgedacht, über Erinnerung, aus offensichtlichen Gründen. Fotos sind das beste Mittel, die Vergangenheit wach zu halten. Und sie helfen Kindern, sich verbunden zu fühlen und die Dinge zu verstehen, die passiert sind. Wenn von Jakes Mutter ein paar Bilder herumstehen würden, wäre sie vielleicht nicht so ein Geheimnis."

„So viele gibt es nicht", wehrte er schroff ab.

„Eins dann eben. Jakes Mutter sah hübsch aus auf dem Hochzeitsfoto, aber so jung und so ... zerbrechlich."

Das war eine feinsinnige Beobachtung. „Stimmt. Sie wollte verheiratet sein, aber für sie war es wie ein Märchen. Nach der großen Sache mit der Hochzeit hasste sie alles, was damit zusammenhing, vor allem hasste sie es, schwanger zu sein und ein Kind zu haben. Solange Jake lächelte, machte es ihr Spaß, mit ihm zu spielen, aber sobald er weinte, gab sie ihn weiter, an mich, an meine Mutter oder meinen Vater. Deshalb weiß ich wirklich nicht, was es Jake helfen sollte, daran erinnert zu werden, dass seine Mutter versucht hat, sich nach seiner Geburt das Leben zu nehmen und ihn dann verlassen hat."

Ihre Augen waren dunkel, als sie ihn anschaute. „Jake hat erzählt, dass sie depressiv war, aber ich wusste nicht, dass sie versucht hat, sich das Leben zu nehmen."

„Mit meiner Pistole", sagte er.

„Ich ... es tut mir Leid."

„Dass es passiert ist oder dass Sie die Sprache darauf gebracht haben? Da Sie jetzt schon so viel wissen, können Sie den Rest auch noch erfahren. Es ist hier in diesem Haus passiert, in dem Zimmer, in dem Sie schlafen. Wir lebten mit meinen Eltern zusammen – es ist ein großes Haus, und Carolyn war nicht scharf darauf, die Verantwortung für ein eigenes Haus zu tragen. Ich hatte an diesem Tag dienstfrei, deshalb hing mein Holster über einem Stuhl in unserem Schlafzimmer. Dad und ich waren mit den Hunden hinter der Scheune, wir trainierten einen neuen Leithund. Als ich den Schuss hörte, rannte ich ins Haus. Ich fand sie in dem weißen Nachthemd, das sie in der Hochzeitsnacht angehabt hatte, auf dem Boden liegend. Sie hatte versucht, sich in den Kopf zu schießen, aber es war schiefgegangen, und ich ..." Er unterbrach sich, nicht ganz sicher, wie er fortfahren sollte oder warum er so entschlossen gewesen war, ihr die grausigen Details zu erzählen.

„Sie mussten erste Hilfe leisten", beendete sie seinen Satz. „Darum waren Sie so außer sich, als ich angeschossen wurde."

„Als ich Sie anschoss", stellte er, bei der Erinnerung erschauernd, klar. Er starrte an ihr vorbei auf die länger werdenden Schatten der Bäume, aber was er wirklich sah, waren hellrote Flecken auf Weiß. Blut, so viel Blut.

Die Schaukel ruckte und schwang hin und her, als Tory aufstand. Sie trat neben ihn und legte eine Hand auf seinen Arm. „Es war nicht Ihre Schuld, nichts davon."

Er begegnete ihrem mitfühlenden Blick. „Woher wollen Sie das wissen?" wehrte er schroff ab.

„Sie hatten das Recht dazu, wenn man in Rechnung stellt, wie ich in dieser Nacht aus dem Van sprang. Ich war so wild entschlossen Zits und Big Ears zu entkommen – zu Ihnen zu kommen –, dass ich mir keine Gedanken darüber machte, wie es wirken würde. Hinterher musste ich zu meinem Entsetzen feststellen, dass sich meine Flucht in einen Albtraum verwandelt hatte, für den ich nicht verantwortlich war, dass ich Dinge sagte, die ich in Wirklichkeit gar nicht meinte. Mit Carolyn ist es dasselbe. Jake hat erwähnt, dass sie eine schwierige Zeit durchmachte, bevor Sie heirateten. Sie konnten nichts dagegen tun und ihr auch nicht helfen, mit ihren Problemen zurechtzukommen."

„Früher dachte ich, ich könnte es", sagte er, dann lachte er hart auf. „Ich dachte, ich könnte alle ihre Drachen töten."

Ihre Hand auf seinem Arm zu spüren fühlte sich tröstlicher an, als er für möglich gehalten hätte. Das weiche Timbre ihrer Stimme war wie Balsam auf seine Wunden. Seltsamerweise war es ihm wirklich wichtig, dass sie verstand, wie sich die Sache mit Carolyn entwickelt hatte, vielleicht weil Donna eine Fremde war, die keine vorgefasste Meinung hatte, aber vielleicht auch, weil es zwischen den beiden Frauen in seinem Kopf eine wie auch immer geartete Verbindung gab.

Nach einem Moment fuhr er fort: „Als wir jung waren, zwölf oder dreizehn, half ich Carolyn, sich aus dem Haus zu schleichen, damit ihr Dad sie nicht finden und schlagen konnte, wenn er nachts betrunken nach Hause kam. Freitags war es immer besonders schlimm, dann übernachteten wir in dem Fort, das wir uns unten am Fluss gebaut hatten. Carolyn hatte eine blühende Fantasie. Sie nannte mich Sir Roan und bezeichnete mich als ihren Ritter in einer schimmernden Rüstung, der sie immer beschützen würde. Es war ein gutes Gefühl, so in den Himmel gehoben zu werden, aber es machte auch Angst. Ich versuchte so zu sein, wie sie es von mir erwartete, ich tat wirklich alles dafür, aber manchmal denke ich, dass das genau das

Falsche war. Indem ich ihre Schlachten schlug, hinderte ich sie daran, auf eigenen Beinen zu stehen."

„Und nachdem ihr Vater schließlich weg war, wurde es da nicht besser?"

„Nicht wirklich", gab er zurück, wobei er sich fragte, was Jake ihr wohl sonst noch alles erzählt haben mochte. „Ihre Mutter war nicht in der Lage zu arbeiten, und mit der öffentlichen Unterstützung, die sie bezogen, kamen sie nicht weit. Um von der Kirche Hilfe anzunehmen, waren sie zu stolz, geschweige denn, dass sie darum gebeten hätten. Sie verstanden es immer vorzutäuschen, dass es ihnen besser ging, als es in Wirklichkeit der Fall war, aber ich wusste, dass es nicht stimmte. Deswegen versuchte ich zu helfen, wo ich konnte. Ich fuhr Carolyns Mutter zum Arzt, mähte das Gras und versuchte das Haus und das Grundstück einigermaßen instand zu halten. Irgendwann legte ich ihnen einen Nutzgarten an, aber sie ernteten das Gemüse nicht, weil es ja so aussehen könnte, als ob sie zu arm wären, um sich ihr Essen zu kaufen. Wenn ihre Mutter Medikamente brauchte, war Carolyn bereit, ein paar Dollar von mir anzunehmen, aber mehr auch nicht."

„Dann haben sich Carolyn und ihre Mutter also auf Sie verlassen", sagte Tory behutsam. „Es muss eine schwere Bürde gewesen sein."

Er war so überrascht, dass er einen Moment lang nicht wusste, was er sagen sollte. So hatte er es nie betrachtet, in seinen Augen war es immer seine Pflicht gewesen, einer Freundin zu helfen. „Jedenfalls sahen alle, wie nah wir uns standen, und schlossen irgendwie automatisch daraus, dass wir ein Paar seien. Und wir auch, nehme ich an. Carolyn kam gern nach Dog Trot, sie mochte meine Eltern. Und als sie und ihre Mutter schließlich zu deren Bruder ziehen mussten, schien es eine gute

Idee zu heiraten. Wir machten es, und ich dachte, jetzt wäre alles gut."

„Aber das war es nicht."

Nein, das war es nicht gewesen, aus all den Gründen, die er vorher schon genannt hatte. Roan wandte den Kopf und suchte Donnas Blick. Irgendetwas in seinem Gesicht schien sie zu beunruhigen, oder vielleicht hatte sie ja auch nur bemerkt, dass ihre Hand immer noch auf seinem Arm lag, weil sie sie jetzt wegnahm und einen Schritt zurücktrat. Er studierte ihre Gesichtszüge, ihre Augen, kühl dreinblickend, aber auch mit einem Anflug von Mitgefühl, der weiche, nachgiebige Mund, das beherrschte Kinn. Sie hatte ihre Probleme, aber sie war nicht wie Carolyn. Ganz und gar nicht. Gott sei Dank.

Der Wind änderte seine Richtung und trug ihren Duft zu ihm herüber. Ehe Roan es sich versah, hatte er ihn auch schon eingeatmet, diesen frischen Seifenduft, vermischt mit einem atemberaubenden femininen Aroma, das ihn seit der Nacht, die er im Krankenhaus an ihrem Bett verbracht hatte, verfolgte. Die spontane Reaktion seines Körpers war lästig, aber keine Überraschung. Er befand sich jetzt schon so lange in einem halberregten Zustand, dass es sich fast schon normal anfühlte. Was neu war, war dieser plötzliche wilde Drang, sein Gesicht in ihre weiche Halsbeuge zu schmiegen und diesen einmaligen Geruch so tief einzuatmen, dass er sich in seine Erinnerung einbrannte.

Sie schien seinen Stimmungsumschwung gespürt zu haben. Sie legte den Kopf auf die Seite und zog eine Augenbraue hoch. Als er nichts sagte, fragte sie: „War es dann wirklich eine postnatale Depression, die zu dem Selbstmordversuch führte, wie Jake zu denken scheint, oder etwas anderes?"

„Ich glaube, dass es mehrere Gründe waren. Ihre Mutter

starb, ihr Vater wurde tot aufgefunden, und sie war nie wieder dieselbe. Es war fast, als ob sie schließlich zu dem Schluss gelangt wäre, dass sich die Dinge nie zum Besseren wenden würden, es sei denn, sie unternähme etwas."

„Und deshalb ging sie fort, nachdem sie schließlich doch nicht gestorben war. Tragisch."

„Vielleicht, vielleicht auch nicht." Er trat einen Schritt zurück, ging auf Abstand. Das Letzte, was er wollte, war ihr Mitleid. Er wollte ihre Hände wieder auf sich spüren, aber nicht nur auf seinem Arm, er wollte, dass sie von seinen Gedanken Besitz ergriff und ihm den Frieden brachte, nach dem er sich so sehnte und den er doch nicht finden konnte. Die Unerfüllbarkeit dieser Sehnsucht machte seine Stimme schärfer als beabsichtigt, als er hinzufügte: „Kann sein, dass es so das Beste war."

„Soll heißen?"

„Carolyn benötigte professionelle Hilfe. Das war mir nie klar, ich wollte es mir nicht eingestehen, dass ich nicht die Welt für sie in Ordnung bringen konnte. Dass ich nicht alles war, was sie brauchte."

Ihm versagte die Stimme, als er hörte, was er gerade gesagt hatte. Er hatte zugegeben, dass er zum Teil die Probleme seiner Frau mitverursacht hatte. Das war etwas, das er noch nie zuvor getan hatte.

„Ich glaube, Sie nehmen zu viel Schuld auf sich", sagte Tory in nachdenklichem Ton, als ob sie noch an etwas anderes dächte als nur an seine trostlose Geschichte. „Es war die Entscheidung Ihrer Frau."

„Sozusagen. Ihr Therapeut hat ihr klargemacht, dass sie nie zu sich selbst findet, wenn sie sich weiterhin an mich klammert ... dass sie endlich loslassen muss. Und ich nehme an, damit hatte er Recht, weil es mehr oder weniger das war, was sie getan hat. Sie hatte keine andere Wahl, als sich selbst zu suchen." Roan schaute Donna, die dicht neben ihm stand, fest in die Augen. „Aber ich nehme doch nicht an, dass es das ist, was Sie hier tun, oder?"

Ihr entschlüpfte ein kurzes Auflachen. „Mich suchen? Wohl kaum. Außerdem dachte ich, Sie sind sich sicher, dass ich eine ziemlich undurchsichtige Person, wenn nicht gar eine Kriminelle bin."

Sie hatte Recht. Hatte er seine Meinung geändert, oder zog er nur verschiedene Möglichkeiten in Betracht? Er durfte sie nicht wissen lassen, dass er schon so weit geschwächt war, andernfalls bestand die Gefahr, dass sie es zu ihrem Vorteil ausnützen könnte. Hier waren Recht und Gesetz das Einzige, worauf es ankam, nicht, was er vielleicht oder vielleicht auch nicht dachte.

Er zuckte beiläufig die Schultern und sagte: „Ich wollte damit nur sagen, dass Sie ja vielleicht deshalb mit Ihren Kumpels Zits und Big Ears losgezogen sind. Vielleicht sind Sie ja ein armes reiches Mädchen mit Problemen, die Sie dadurch zu lösen versuchen, dass Sie für ein Leben ohne Regeln und Verpflichtungen alles hinschmeißen."

Sie warf ihm einen finsteren Blick zu. „Und wäre das so schlecht?"

„Gelegentlich hat das für jeden von uns seinen Reiz, aber es ist keine Lösung. An irgendeinem Punkt muss man sich entscheiden, sonst läuft man im Kreis. Wie man es auch macht, die Probleme sind immer noch da. Was also ist die Antwort?" Er wartete, um zu sehen, ob sie endlich mit der Wahrheit herauskommen oder ob sich der Vorhang zu einer weiteren Szene ihres endlosen Theaterstücks heben würde.

Sie trat unbehaglich von einem Fuß auf den anderen, dann bewegte sie sich langsam an der Brüstung entlang. Ohne darüber nachzudenken folgte er ihr, fast instinktiv ihre Nähe suchend, wobei er sich in Gedanken für seine Schwäche verfluchte. Sie war in seiner Obhut. Das musste er um jeden Preis im Kopf behalten.

„Vielleicht möchte ich mich ja lieber nicht erinnern", sagte sie schließlich gepresst.

Das war zwar nicht ausgeschlossen, aber darauf wetten wollte er auch nicht. Also hüllte er sich zunächst in ein beredtes Schweigen.

„Genau gesagt ist es mir egal, wenn ich mich nie mehr erinnere. Ich glaube, ich könnte mich daran gewöhnen, auf dem Land zu leben, mich den Jahreszeiten anzupassen, im Garten zu arbeiten und nachts die Sterne zu betrachten."

„Ihrem Fußkettchen nach zu urteilen würde ich sagen, dass die Sterne in Ihrer Welt ein bisschen heller leuchten", sagte er mit leisem Spott.

Ihr Lachen klang angestrengt. „Wegen der Strasssteine?"

„Da würde Ihnen der örtliche Juwelier aber vehement widersprechen. Er sagt, dass es lupenreine Brillanten sind. Wir haben ein Foto der Kette ins nationale Netz gestellt, aber bis jetzt hat sich noch nichts ergeben."

„Sie meinen, sie wurde nirgends als gestohlen oder verloren gemeldet."

„Und angefertigt haben will es bis jetzt auch niemand."

„Sie denken wirklich an alles", sagte sie tonlos.

„Ich versuche es." Er hielt einen Moment inne, dann fuhr er fort: „Es gibt Hilfen, um sich zu erinnern, wenn Sie einverstanden sind. Unter anderem Hypnose."

Sie straffte die Schultern und schaute ihn herausfordernd

an. „Sie erwarten von mir, dass ich Sie in meinem Gedächtnis herumstochern lasse?“

„Nicht ich. Dr. Watkins hat eine Zulassung, und in besseren Händen könnten Sie nicht sein.“

„Ich glaube nicht, danke.“

„Fürchten Sie sich vor dem, was wir finden könnten?“

„Wie schon gesagt, ziehe ich mein Gedächtnis so wie es ist vor, auch mit seinen Lücken.“

Sie hatte auf alles eine Antwort. Das musste er trotz allem bewundern. „Sie könnten sich an etwas erinnern, das beweist, dass Sie unschuldig sind.“

„Ach, du meine Güte, Sir Roan, versuchen Sie jetzt auch noch, meine Probleme zu lösen?“

Er zuckte zusammen. Er hatte gewusst, dass er ihr damit, dass er ihr aus seinem Leben erzählte, eine Waffe aushändigte, aber er hatte erwartet, dass sie mehr Skrupel hätte, sie einzusetzen. Er musste mit seinen Vermutungen der Wahrheit ziemlich nah gekommen sein. Das war ein verheißungsvoller Gedanke, doch er hütete sich, sich etwas anmerken zu lassen.

„Ich tue nur meine Arbeit“, sagte er ruhig. „Dazu gehört es, Ihre Probleme zu lösen, da sie den Fall betreffen.“

„Mit anderen Worten, Sie wollen mich so bald wie möglich loswerden.“

„Ihr Aufenthalt auf Dog Trot sollte nie etwas anderes sein als vorübergehend“, erwiderte er gleichmütig.

Ihre Mundwinkel zuckten. „So ist es. Zu schade.“

„Was wollen Sie damit sagen?“

Ihr Blick wanderte zu dem Stern an seiner Hemdbrust und verweilte dort. Einen Augenblick lang glaubte Roan, sie würde die Hand ausstrecken und den Stern berühren, so wie sie es schon einmal getan hatte. Als sie sprach, war ihre Stimme tief und nicht ganz fest: „Wenn wir genug Zeit hätten, würden wir uns vielleicht besser verstehen."

Meinte sie das, was er dachte? Es brachte nichts, darüber zu spekulieren. „Ich glaube, wir verstehen uns gut genug", gab er scharf zurück.

„Glauben Sie wirklich? Aber es gibt immer Raum für ... Verbesserungen."

Es war die Nagelprobe für seine Willenskraft und seinen Schwur, sie nicht mehr anzufassen. Sie forderte ihn heraus, ja, sie machte sich sogar lustig über ihn, weil sie genau wusste, dass er sie wollte. Sie glaubte, sie könnte den ältesten Trick der Welt anwenden, um ihn vergessen zu machen, warum er sie hier festhielt, um ihn alles vergessen zu machen außer der süßen, oh, so süßen Lust, sie zu schmecken, sie zu besitzen. Und sie hatte Recht, verdammt.

„Lassen Sie das", befahl er, angewidert von sich selbst, mit harter Stimme.

„Was?"

„Schauen Sie mich nicht so an und sagen Sie kein Wort mehr. Gehen Sie jetzt in Haus, bevor Sie mehr Probleme bekommen, als Sie in den Griff kriegen können."

Sie hob das Kinn und begegnete herausfordernd seinem Blick. „Und angenommen, ich gehe nicht?"

Er hatte nicht vor, sich zu bewegen; es gab keinen erkennbaren Befehl von seinem Gehirn an seine Muskeln. Eben noch standen sie beide mit dem Rücken an der Brüstung, und im nächsten Moment war er auch schon bei ihr. Er hob sie mit einer einzigen geschmeidigen Bewegung hoch und setzte sie auf die Brüstung, dann packte er sie mit beiden Händen an der Taille, während er sich zwischen ihre gespreizten Schenkel drängte, bis er ihren weichen Schoß spürte. Sie keuchte und umklammerte seine Schultern. Gleich darauf verharrten sie beide in ihren Bewegungen.

„Wenn Sie jetzt nicht auf der Stelle gehen", zischte er, „dann werden Sie herausfinden, wie leicht es mir fällt zu vergessen, was und wer ich bin. Sie werden herausfinden, wie es ist, auf leidenschaftliche Südstaatenart geliebt zu werden, ohne die geringste Zurückhaltung. Und anschließend werden Sie herausfinden, dass sich dadurch nicht das Geringste verändert, weil ich es nämlich nicht zulasse. Ich kann es nicht zulassen, nicht, wenn ich weiter mit mir leben will."

Sie schluckte schwer; er schaute mit brennenden Augen auf die Schluckbewegungen unter der goldenen Haut ihrer Kehle. Sie flüsterte: „Ich dachte ... Sie hätten gegen einen Versuch nichts einzuwenden?"

„Das habe ich gesagt, aber ich habe mich geirrt", antwortete er gepresst. „Nennen Sie mich überempfindlich, doch ich habe etwas dagegen, wenn es eine Lüge ist. Ich habe etwas dagegen, wenn ich dadurch nur abgelenkt werden soll. Ich habe etwas dagegen, wenn es nicht um mich geht, sondern nur um das, was Sie erreichen wollen."

„Dann denken Sie also, dass es das ist?"

Sie zitterte; er konnte ihr Beben unter seinen Händen, an seinem Körper deutlich spüren. Das bewegte ihn so, dass er es kaum schaffte, seine Hand nicht unter den weichen Baumwollstoff ihres T-Shirts zu schieben, ihre Brust nicht zu umfassen und nicht seinen Daumen auf die Stelle zu legen, wo ihr Herz klopfte.

Sie war kein durchtriebenes Callgirl, wie er anfangs vage vermutet hatte, sondern eine Frau, der die Dinge über den Kopf gewachsen waren und die sich jetzt nicht allzu geschickt anstellte. Das machte die Angst mit manchen Leuten.

Sie reagierten nur noch und vergaßen nachzudenken. Und wenn sie erst einmal einen falschen Weg eingeschlagen hatten, war es ihnen fast unmöglich, wieder umzukehren. Er hätte eine Menge gegeben, um zu erfahren, wo sie sich verlaufen hatte und wie weit sie schon gegangen war. Wenn er es wüsste, könnte er sie vielleicht auf den richtigen Weg zurückführen. Sie war trotz all ihrer Winkelzüge viel zu aufrichtig und geradeaus, um etwas wirklich Schlimmes gemacht zu haben.

Entschuldigungen. Wie schon so oft suchte er schon wieder nach Entschuldigungen für sie. Man hätte darüber lachen können, wenn es nicht so erbärmlich gewesen wäre. Und wer würde für ihn nach Entschuldigungen suchen, wenn er sein Wort nicht hielt?

Es erforderte eine fast übermenschliche Anstrengung, zurückzutreten, sie auf dem Boden abzusetzen und festzuhalten, bis sie wieder fest auf beiden Füßen stand, und sie dann loszulassen. Aber er tat es. Wenn er es nicht getan hätte, hätte er keine andere Wahl gehabt, als hier in der hereinbrechenden Dunkelheit Liebe mit ihr zu machen, sie mit leidenschaftlicher Zärtlichkeit und ohne Hoffnung auf ein Morgen zu nehmen, sie dann nach oben in ihr Bett zu tragen und noch einmal zu nehmen. Und noch einmal.

„Es spielt keine Rolle, was es war", sagte er mit grimmiger Vorsicht. „Es ist vorbei."

Er legte ihr die Hand auf den Ellbogen und drehte sie zur Küchentür um. Sie ging mit ihm ins Haus, dann schlug sie gehorsam die Richtung zur Treppe ins obere Stockwerk ein, als er sie mit leichtem Druck auf ihre Schultern dazu veranlasste. Aber am Fuß der Treppe drehte sie sich noch einmal um. Ihre Augen standen riesig und dunkel in ihrem blassen Gesicht, während sie ihn anschaute. Dann verzog sich ihr schön geformter Mund zu einem Lächeln.

„Vorbei?“ sagte sie in ruhigem Ton, fast nachdenklich. „Ich denke, es hat gerade erst angefangen.“

12. KAPITEL

Tory erfuhr von der bevorstehenden Ankunft der Mitglieder des Spielkasino-Konsortiums über Polizeifunk. Es war ein Zufall. Sie ging gerade an der offenen Tür von Roans Schlafzimmer vorbei, als der Polizeiscanner auf seinem Schreibtisch anfing zu knacken und zu rauschen, dann wurde irgendein Polizeicode durchgegeben. Sie warf im Vorübergehen einen Blick ins Zimmer und blieb erst stehen, als sie Roans Stimme hörte.

Da Jake den Tag bei seinem Freund Terry verbrachte, war sie allein im Haus und fühlte sich mehr als nur ein bisschen angeödet. Solange sie den Polizeifunk abhörte, würde sie vielleicht nicht wie eine verlorene Seele durchs Haus wandern oder Cal auf einen Kaffee oder einfach nur auf ein Schwätzchen ins Haus einladen.

Die Meldung über den bevorstehenden Besuch von zwei hohen Tieren des Spielkasino-Konsortiums, Evan Battersea und Harrell Melanka, wurde Roan, der irgendwo im Landkreis unterwegs war, von seinem Büro übermittelt. Der Bürgermeister ersuchte um Roans Besuch, weil er die Einzelheiten mit ihm besprechen wollte. Tory lauschte von Entsetzen erfüllt und wünschte sich ihre Langeweile zurück.

Harrell kam nach Turn-Coupe.

Bestimmt hatte es damit zu tun, dass Zits und Big Ears ihm über das, was vorgefallen war, Bericht erstattet hatten. Zweifellos hatten sie ihm ebenfalls erzählt, dass sie verletzt worden war und sich in Polizeigewahrsam befand. Falls sich die beiden ein bisschen umgehört hatten, konnte es auch sein, dass ihnen zu Ohren gekommen war, dass sie unter einer Amnesie litt und kein Mensch in Turn-Coupe wusste, wer sie war.

Ihr Exverlobter war im Anmarsch. Er würde es irgendwie

schaffen, zu ihr zu gelangen, um dann mit einer rührenden Wiedersehenszene aufzuwarten. Anschließend würde er einen Beweis für ihre Identität vorlegen und darum bitten, dass man sie in seine Obhut entließ, während er eine Herde einflussreicher Anwälte zusammentrommelte, die alle notwendigen Maßnahmen einleiteten, um eine eventuelle Anklage niederzuschlagen. Und falls das nicht funktionierte, würde er Paul Vandergraff ins Spiel bringen. Wenn ihr Stiefvater auf der Bildfläche erschien, würde sie, noch ehe die Tinte auf den Formularen trocken war, wieder auf dem Weg nach Florida sein.

Sie würde nicht mitgehen.

Ja, aber wie konnte sie bleiben? Roan glaubte ihr von dem, was sie bis jetzt gesagt hatte, kaum ein Wort. Wenn sie jetzt plötzlich vorgab, sich wieder erinnern zu können, und ihm erzählte, dass Harrell hinter ihrer Entführung steckte, würde ihm klar werden, was für eine geschickte Lügnerin sie war. Wie wahrscheinlich war es, dass er ihr dann auch nur ein einziges Wort glaubte?

Aus dem, was sie soeben gehört hatte, ließ sich schließen, dass das Konsortium seinen Besuch schon vor einiger Zeit angekündigt hatte. Tory fragte sich einen Moment lang, ob Roan ihr womöglich nichts erzählt hatte, weil er die Zusammenhänge kannte und sie hinhalten wollte. Dann meldete sich ihr Verstand zu Wort. Roan hatte nichts davon erwähnt, weil er gar nicht auf die Idee gekommen war, dass es sie interessieren könnte. Etwas anderes zu denken grenzte an Verfolgungswahn, obwohl die Situation durchaus dazu angetan war, einen ein bisschen verrückt zu machen.

Im Moment konnte sie nichts tun. Als Erstes musste sie herausfinden, wann Harrell eintraf. Wenn sie wusste, wie viel Zeit sie hatte, um sich etwas zu überlegen, würde sie entscheiden, ob sie ihm gegenübertreten oder weglaufen sollte. Auch wenn sie es eigentlich nicht wollte, schien Flucht die intelligentere Lösung zu sein. Natürlich nur, falls sie es schaffte, das Überwachungsgerät loszuwerden, damit sie der stets wachsame Sheriff nicht aufhielt, noch bevor sie auch nur eine Meile von Dog Trot entfernt war.

Den Rest des Tages verbrachte sie damit, zwischen Roans Schlafzimmer und der Küche hin und her zu pendeln, wo sie einen Steak- und Brokkoli-Pie fürs Abendessen zubereitete. Sie entwickelte immer mehr Geschick darin, die einzelnen Stimmen, die aus dem Polizeiscanner kamen, zu unterscheiden und zu verstehen, was im Landkreis vor sich ging. Eine Sache war es, den Kontext, in den die Mitteilungen eingebettet waren, zu verstehen, aber die Buchstaben- und Zahlencodes, die die Fernmeldeoffiziere herunterrasselten, waren denen, die in den täglichen Folgen von Jakes Lieblingspolizeiserie vorkamen, sehr ähnlich.

Und immer wieder hörte sie Roan, der sich von verschiedenen Standorten aus meldete. Ihr wurde klar, dass sie, wenn sie den Polizeifunk aufmerksam abhörte, immer wissen würde, wo er sich gerade aufhielt und was er machte. Abgesehen davon, dass es ihm so viel schwerer fallen würde, überraschend nach Hause zu kommen, würde sie auf diese Weise auch immer wissen, ob es einen Sinn hatte, irgendeine zweifelhafte Aktivität in Angriff zu nehmen oder nicht. Dass sie einen Weg gefunden hatte, sich über Roans Treiben auf dem Laufenden zu halten – und zwar einen fast genauso guten wie seine Methode, sie zu überwachen –, verschaffte ihr eine immense Genugtuung.

Am Spätnachmittag konzentrierte sie sich so auf den Polizeifunk, dass sie nicht hörte, wie die Hintertür aufging, und auch die ersten schnellen Schritte auf der Treppe entgingen ihr.

Erst als Beau, der zu ihren Füßen lag, mit einem warnenden Knurren den Kopf hob, wurde sie aufmerksam.

Sie sprang auf und lauschte angestrengt. Bei Jake oder Roan würde Beau nicht knurren. Cal hatte Anweisung, in regelmäßigen Abständen in der nächsten Umgebung Streife zu gehen, das Haus im Blick zu behalten und sich weitgehend draußen aufzuhalten. Ansonsten sollte eigentlich niemand Zutritt haben, allein, der Eindringling schien genau zu wissen, wohin er wollte.

Der große Bluthund hievte sich hoch und beobachtete mit fest in den Boden gestemmten Vorderpfoten die Tür. Als sein Knurren noch tiefer und drohender wurde, stellten sich seine Nackenhaare auf. Tory legte ihm beruhigend eine Hand auf den großen Kopf.

Die gleichmäßigen Schritte hallten auf den Bodendielen der Halle, wurden kurz von dem Teppich gedämpft, dann näherten sie sich ohne Zögern dem Schlafzimmer. Falls der Eindringling befürchtete, von dem knurrenden Hund angegriffen zu werden, merkte man jedenfalls nichts davon.

Tory schaute sich nach einem Fluchtweg um. Die Fenster des Schlafzimmers gingen auf die hintere Galerie hinaus, aber sie würde es nicht schaffen, sie rechtzeitig aufzubekommen. Der Messingknauf drehte sich bereits, gleich darauf ging die Tür auf. Beaus Knurren verwandelte sich in ein heiseres Bellen. Tory griff nach einer kleinen Messingstatue, die auf dem Nachttisch stand.

Der Mann blieb, mit der Hand immer noch auf dem Türknauf, auf der Schwelle stehen. Es war ein Fremder mit schwarzen kurz geschnittenen Haaren und den leuchtendsten blauen Augen, die Tory je gesehen hatte. Die Kombination aus Hell und Dunkel erinnerte sie an ein Sommergewitter, das über dem

Golf aufzog, mit einem ganz klaren blauen Himmel auf der Landseite und schwarzen Wolken über dem Meer.

Tory hielt ihm ihren provisorischen Totschläger entgegen und fragte: „Wer sind Sie?"

Der Mann warf ihr einen kurzen Blick zu, konzentrierte seine Aufmerksamkeit jedoch auf den bellenden Hund. „Platz, Beau", versuchte er den Höllenlärm, den dieser veranstaltete, zu übertönen. „Verdammt noch mal! Wenn du nicht sofort mit dem Zirkus aufhörst, kriegst du nächsten Winter keinen einzigen Wildknochen."

Der Bluthund stellte sein Gebell ein und schaute verlegen weg, während er mit dem Schwanz wedelte. Es war offensichtlich, dass er den Mann kannte, der halb belustigt und halb verzweifelt weiter auf ihn einredete. Tory war allerdings immer noch nicht ganz bereit, sich zu entspannen.

Jetzt richtete der Fremde seine Aufmerksamkeit auf sie und streifte mit einem kurzen Blick ihre Waffe, bevor er grüßend den Kopf neigte. „Entschuldigung, Ma'am, wollte Ihnen keinen Schreck einjagen. Ich bin Clay. Clay Benedict. Roan hat mich angerufen und gebeten herzukommen, weil er noch zwei Stunden zu tun hat. Weil Cal jetzt gleich Feierabend hat und Jake immer noch auf Achse ist", fügte er erklärend hinzu.

„Sie hätten klopfen können", wandte sie ein.

„Hab ich, aber Sie waren wohl beschäftigt. Da Roan mir erzählt hat, worum es geht, schien es mir am besten, mich umzuschauen, um sicherzugehen, dass mit Ihnen alles okay ist. Ich bin mit dem Ersatzschlüssel aus der Scheune reingekommen."

„Und das soll ich Ihnen glauben?"

Seine Lippen verzogen sich zu einem langsamen Lächeln, das sich auf seinem Gesicht ausbreitete und sich in seinen Augen widerspiegelte. „Ich wäre Ihnen sehr verbunden, wenn Sie es täten", sagte er in seinem schleppenden Südstaatentonfall.

Er war ein Benedict, okay. Die Familienähnlichkeit war nicht zu übersehen. Sie fand sich in der Größe, den breiten Schultern, den dichten Augenbrauen und dem ruhigen Blick aus großen, weit auseinanderstehenden Augen. Er schien etwas jünger zu sein als Roan, vielleicht zwei Jahre, aber er strahlte dieselbe Selbstsicherheit und Verwegenheit aus wie die drei Männer auf dem Foto, das Tory auf dem Speicher gesehen hatte. Trotzdem war sie immer noch nicht ganz bereit, ihre Wachsamkeit aufzugeben.

„Nennen Sie mir einen guten Grund."

„Hm. Ich könnte Ihnen meinen Führerschein zeigen, aber ich habe meine Brieftasche nicht mitgenommen, weil ich auf *Jenny* rübergekommen bin."

„*Jenny*", wiederholte sie mit ausdrucksloser Stimme.

„Mein Flugboot", erklärte er kurz, bevor er auf das Telefon auf dem Nachttisch deutete. „Rufen Sie Roan an, okay? Er wird sich für mich verbürgen."

Roan bei der Arbeit zu stören, war das Letzte, was sie wollte. Da sie sich plötzlich mit der Statue in der Hand lächerlich vorkam, stellte sie sie auf den Nachttisch zurück. Beau ließ sich wie auf ein Stichwort hin wieder auf den Bettvorleger fallen. Nachdem sie einen Moment nachgedacht hatte, schlug sie vor: „Vielleicht könnten sie mir ja etwas über Ihren Cousin erzählen, das mich überzeugt."

„Ich soll Cousin Roans Geheimnisse preisgeben?" Clay legte den Kopf auf die Seite, während in seine klaren blauen Augen ein Glitzern trat. „Das könnte ein Problem werden."

„Soll heißen?"

„Ich bin mir nicht sicher, ob er welche hat."

Sie bedachte ihn mit einem bösen Blick. „Ich erwarte, dass Ihnen etwas einfällt."

„Eine Herausforderung, hm?" Er lehnte sich gegen den Türrahmen, dann stellte er lässig einen gestiefelten Fuß über den anderen. „Warten Sie. Er wird vierunddreißig. Jake ist vierzehn, das heißt also, dass Roan knapp zwanzig war, als sein Sohn geboren wurde. Er ist schon seit einer halben Ewigkeit Sheriff von Tunica Parish und arbeitet nach allgemeiner Einschätzung viel zu viel. Wie finden Sie das?"

„Machen Sie weiter." Sie verschränkte die Arme über der Brust.

Clay erweckte den Eindruck, als ob er angestrengt überlegte. „Also: Der alte Roan angelt leidenschaftlich gern, vorausgesetzt natürlich, dass er die Zeit dafür findet. Am liebsten isst er gebratenen Flussbarsch. Er hasst Light-Bier, wohingegen er Light-Kartoffelchips liebt. Sein Sohn ist das Wichtigste in seinem Leben, aber gleich danach kommt sein 1970er Plymouth Super Bird."

„Sein was?"

„Ein Klassiker", sagte Clay mit Betonung. „Ein superelegantes Wunder aus Chrom und Stahl, wie es heutzutage nicht mehr hergestellt wird – eine Symphonie aus Präzisionstechnik und atemberaubendem Design, die so viel Anmut und Bewegung ausstrahlt, dass sie sogar im Stillstand aussieht, als würde sie rasen."

Er redete von dem Auto auf dem Foto, das sie auf dem Speicher gesehen hatte. „Farbe?"

„Purpur. Irgendein blöder Name. Hab's vergessen."

„Plum Crazy", sagte sie und lächelte.

„Richtig", stimmte er zu und schaute sie scharf an.

„Noch die Originalfarbe?"

„Garantiert. Das Auto ist spitzenmäßig in Form ... kein einziger Kratzer oder was, fährt wie der Teufel und verliert keinen Tropfen Öl." Er starrte sie an. „Aber wie kommt's, dass Sie von Roans Baby noch nichts gehört haben?"

Sie zuckte die Schultern, senkte halb die Lider und versuchte ihre Begeisterung zu zügeln. „Es hat sich nicht ergeben."

„Das kommt schon noch, warten Sie's nur ab."

Sie legte den Kopf auf die Seite. „Das klingt, als hätten Sie mehr als nur ein flüchtiges Interesse."

„Es färbt eben ab, wenn man hinter drei Cousins herdackelt, die alle Autonarren sind. Das ist natürlich schon Jahre her. Jetzt, bei der vielen Arbeit und wo fast alle Familie haben, hat keiner mehr die Zeit dafür. Ich jedenfalls bin auf Boote umgestiegen, na ja, Boote und Landschaftsfotografie."

„Dann sind Boote Ihre derzeitige Leidenschaft?"

Über sein Gesicht huschte ein Grinsen. „Sozusagen. Roan hat einen superschnellen Flitzer mit einem 150 PS-Motor, den ich ihm unbedingt aus dem Kreuz leiern will. Aber er will nicht so recht ... dabei steht das Ding bloß bei ihm rum, weil er nicht mehr Zeit dafür hat als zum Angeln. Ist auch so eine Art Klassiker, allerdings so frisiert, dass alle anderen Boote auf dem See ziemlich alt dagegen aussehen. Er hat es sich gekauft, nachdem er gegen Luke und Kane ein Rennen verloren hat und ihnen dafür am nächsten Tag im Adamskostüm das Frühstück servieren musste."

Sie starrte Clay an. „Sie meinen ... nackt?"

„Bei der Vorstellung wird Ihnen ganz schwindlig, was?"

Lieber nicht dran denken. „Und darum hat er sich dann dieses superschnelle Boot gekauft, weil er das nächste Rennen unbedingt gewinnen wollte."

„Und das hat er auch", stimmte Clay mit einem Nicken zu. „Unser Roan verliert nämlich nicht gern."

Das war ihr auch schon aufgefallen. Sie verkniff sich ein Grinsen, während sie auf Clay zuging und ihm ihre Hand hinstreckte. „Alles klar. Sie haben mich überzeugt."

Er straffte die Schultern und umschloss ihre Finger mit seiner warmen Hand, während er sie angrinste. „Aber erzählen Sie Roan ja nicht, dass ich ausgepackt habe, okay? Er kann es nämlich nicht ausstehen, wenn die Leute hinter seinem Rücken über ihn reden."

„Offenbar machen Sie sich ja wirklich Sorgen."

Clay hob eine Schulter. „Ich scheue mich zwar nicht, ihn auf die Schippe zu nehmen, aber es könnte durchaus sein, dass er es vorzieht, Ihnen seine vergeudete Jugend aus einem ganz anderen Blickwinkel zu schildern."

„Ich verstehe." Ihre Stimme war wieder kühl geworden.

„Das bezweifle ich", gab er zurück, ohne ihrem Blick ganz zu begegnen. „So etwas gehört nämlich zu den Dingen, die ein Mann lieber selbst über sich ausplaudert." Er drehte sich zum Flur um. „Sie wissen nicht zufällig, ob Roan vielleicht noch ein extra Bier im Kühlschrank hat? Ich finde nämlich, dass er mir wenigstens eine kleine Erfrischung zugestehen kann, wenn ich schon die Schicht für ihn übernehme."

Es war ein offensichtliches Ablenkungsmanöver, aber sie beschloss, nicht darauf einzugehen.

Clay stellte sich als menschliche Datenbank heraus, auf der sämtliche Informationen über die Familie Benedict gespeichert waren, sowohl was die Gegenwart als auch die Vergangenheit betraf. Er unterhielt sie mit Geschichten über die Brüder, die sich vor vielen Generationen in Turn-Coupe niedergelassen hatten, einschließlich seines eigenen Familienzweigs, wobei er das, was Johnnie ihr bereits im Krankenhaus erzählt hatte, noch ausschmückte. Er hatte noch zwei Brüder, Adam und Wade, und seine Mutter war Künstlerin; außerdem erwähnte er einen Zwillingsbruder, der vor ein paar Jahren bei einem Unfall ums Leben gekommen war. Seine Geschichten wirkten manchmal ein bisschen überzogen, aber sie waren lebendig und einfühlsam.

Tory spürte, dass sie die unbeschwerte Kameradschaft, die sich zwischen ihnen entwickelte, genoss. Auf ihr sanftes Drängen hin füllte er sogar noch ein paar Wissenslücken über Roan. Dabei hielt er sich mit allem, was ihm zu persönlich erschien, zurück, war jedoch bei allem, was Roans Hobbys oder seine Arbeit und seine Verantwortlichkeiten betraf, ausgesprochen auskunftsfreudig.

Es war bereits spät geworden, als er anfing, ihr zu erzählen, wie Roan zur großen Frustration der örtlichen Jugendlichen seinen Streifenwagen frisiert hatte, weil die ihre Autos ebenfalls frisierten und damit durch die Gegend rasten.

„Sie hätten Dale Rathson mal hören sollen, als Roan ihn nach einer Verfolgungsjagd auf der alten Seestraße überholt und rechts rausgewinkt hat. Er ist schnurstracks nach Hause gedüst und hat angefangen, den Motor seines nagelneuen Mustangs auseinander zu nehmen, wobei er geschworen hat, dass er den Sheriff nächstes Mal schlägt. Dales Dad hat fast der Schlag getroffen, als er es herausfand.“

„Du hattest den Auftrag, Donna zu bewachen und nicht den, sie zu Tode zu langweilen, Cousin“, sagte Roan von der offenen Küchentür her.

Tory fuhr herum. Wie lange mochte er schon dort gestanden haben? Wusste er, dass sie seinen Cousin über ihn ausgefragt hatte? Und war ihm klar, dass zumindest der Verdacht aufkommen konnte, dass Clay eher zu ihrem Schutz als zu ihrer Bewachung da war?

Clay stand auf und begrüßte seinen Cousin. „Wird auch höchste Zeit, dass du endlich auftauchst."

„Dachte mir, du wolltest vielleicht langsam mal gehen", sagte Roan leicht dahin. „Damit du nach Hause kommst, solange es noch hell genug ist, um den See von den Bäumen zu unterscheiden."

„Dafür sind die Scheinwerfer da, Kumpel."

„Man sollte nie ein Risiko eingehen."

Clay legte den Kopf schräg und ließ seinen Blick von Roan zu Tory schweifen, dann wieder zurück. „Versuchst du mich loszuwerden? Ein Wort genügt, und ich bin weg."

„Ach, bleiben Sie doch noch zum Abendessen", mischte sich Tory ein, bevor Roan antworten konnte. „Wir können gleich den Tisch decken." Roans Verhalten wirkte seltsam, fast besitzergreifend, vor allem, weil er schließlich derjenige war, der Clay nach Dog Trot beordert hatte.

Roan presste die Lippen zusammen, ein sicheres Zeichen dafür, dass er ungehalten war. „Und wer kocht? Jake ist noch nicht zurück, und ich habe keine Lust, jetzt noch große Umstände zu machen."

„Das Essen ist fertig", sagte sie mit einem zufriedenen Lächeln. „Ich habe es schon heute Nachmittag gemacht." Sie genoss den verblüfften Ausdruck auf Roans Gesicht.

„Sie?"

„Einschließlich der Nachspeise."

Er drehte sich zu seinem Cousin um. „Dann ist es wohl besser, wenn du bleibst, nur für den Fall, dass Jake und ich zufällig mit einer Lebensmittelvergiftung enden."

„Wenn ich Sie vergifte", sagte Tory in zuckersüßem Ton, „wäre es ganz bestimmt kein Zufall, glauben Sie mir."

Clay grinste, während er von Roan zu Tory schaute. „Na,

ich glaube, dann gehe ich wohl besser doch noch nicht", sagte er. „Klingt so, als bräuchtet ihr einen Schiedsrichter."

Roan warf Clay einen bösen Blick zu, aber der zog nur nonchalant eine Augenbraue hoch. Einen Augenblick später lachte der Sheriff. „Warte, ich hole mir nur schnell ein Bier und dir auch, und dann setzen wir uns nach draußen, damit Donna sich ungestört nützlich machen kann. Wenn das Essen auf dem Tisch steht, kann sie uns ja rufen."

Tory hätte sich wahrscheinlich geärgert, dass er sie wie eine Dienstmagd behandelte, wenn da nicht ihr dumpfer Verdacht gewesen wäre, dass Roans einziges Bestreben war, Clay so schnell wie möglich loszuwerden, und zwar ihretwegen. Dieser Gedanke war so überraschend, dass sie noch eine ganze Weile dastand und den beiden Männern nachschaute, nachdem bereits die Fliegengittertür hinter ihnen zugefallen war. Dann schüttelte sie den Kopf und machte sich daran, den Steak- und Brokkoli-Pie in die Mikrowelle zu stellen und den Tisch zu decken.

Als Tory die Männer kurze Zeit später rufen wollte, blieb sie an der Fliegengittertür stehen. Roan und Clay lagen entspannt auf den Liegestühlen auf der Terrasse und tranken kameradschaftlich ihr Bier. Jake war gerade zurückgekommen und rief den beiden einen Gruß zu, während er von seinem Dirtbike kletterte und den Motor ausmachte, dann gesellte er sich zu ihnen. Das Grüppchen strahlte etwas Stabiles und Dauerhaftes aus, so als ob sie alle genau da wären, wo sie hingehörten, und es auch wussten.

In diesem Moment wurde das Stimmengemurmel durch ein Klingeln unterbrochen. Roan machte eine verärgerte Handbewegung, dann zog er sein Handy aus seiner Brusttasche. Er stand auf und ging ein Stück beiseite, während er knappe Fragen stellte, zuhörte und ab und zu nickte. Wenig später klappte er das Handy zu und kehrte zu den beiden anderen zurück.

„Ein schwerer Unfall an der alten Brücke“, sagte er. „Ich muss weg.“

Tory öffnete die Fliegengittertür und trat auf die Terrasse. „Das Essen ist fertig, wenn Sie vorher schnell noch einen Happen ...“

„Keine Zeit“, unterbrach er sie mit nur einem kurzen Blick in ihre Richtung, bevor er sich seinem Cousin zuwandte. „Es ist eine böse Sache, ein Auto mit Jugendlichen und ein Truck, der Chemikalien geladen hat.“ Er erzählte kurz, was passiert war, und aus den nachfolgenden Bemerkungen ging hervor, dass auf der alten Brücke, eine von vielen Brücken im Bundesstaat, die für Umbaumaßnahmen auf Zuschüsse warteten, immer wieder Unfälle passierten. Dann fügte er hinzu: „Sie haben das First-Response-Team alarmiert. Clay, wenn du willst, nehme ich dich mit.“

„Kann ich auch mit?“ fragte Jake mit hoffnungsvollem Blick auf seinen Vater.

Clay verzog keine Miene und schaute aus zusammengekniffenen Augen zu Roan auf. „Was ist mit Donna?“

„Jake ist jetzt hier, außerdem übernimmt Allen Dog Trot, solange ich weg bin. Jedes First-Response-Team-Mitglied wird gebraucht.“

„Och, Dad“, maulte Jake, und sein Gesichtsausdruck ließ keinen Zweifel daran, dass er viel lieber mitgekommen wäre.

„Und in der Zwischenzeit?“ fragte Clay.

„Gibt keine. Allen ist bereits unterwegs.“ Roan streckte Clay die Hand hin, um ihn von der Liege hochzuziehen, kein allzu subtiler Wink, dass er erwartete, sein Cousin werde sich ihm anschließen.

„Du hast dich rundum gut abgesichert, stimmt's?" fragte Clay ausdruckslos, während er aufstand, aber Tory glaubte in seinen tiefblauen Augen ein belustigtes Funkeln zu entdecken.

Roan ersparte sich eine Erwiderung. Er drehte sich auf dem Absatz um und stiefelte auf seinen Streifenwagen zu, der in der Auffahrt stand. Nachdem er sich hinters Steuer geklemmt hatte, ließ er den Motor an und wartete kaum, bis Clay auf dem Beifahrersitz saß, bevor er den Rückwärtsgang einlegte. Sekunden später waren die beiden Männer fort.

So viel zu ihrem tollen Einfall, alle mit ihren Kochkünsten zu beeindrucken. Tory wandte sich um und ging in die Küche zurück. Roan konnte später essen, aber das war nicht dasselbe, nichts würde so frisch und gut sein wie im Moment. Dabei hatte sie sich so viel Mühe gegeben und zum Dessert sogar noch eine besondere Crème Brûlée gezaubert. Aber natürlich war ein ruiniertes Essen nichts im Vergleich zu dem Versuch, bei einem schweren Verkehrsunfall Menschenleben zu retten. Dennoch war sie enttäuscht. Sie hatte sich wirklich gewünscht, ihre Nützlichkeit unter Beweis stellen zu können.

Tory überlegte erneut, ob sie Roan nicht von Harrell erzählen sollte, ob sie nicht ihre Karten auf den Tisch legen sollte. Das wäre doch bestimmt der Weg, den die Benedicts wählen würden, oder? Alles völlig offen, so dass jeder ganz genau sehen konnte, was vor sich ging und wer wo stand. Es war möglicherweise der beste Weg.

Sie wagte es nicht. Sie hatte zu viel zu verlieren. Davon abgesehen würde es unerträglich sein, die Verachtung auf Roans Gesicht zu sehen, wenn er herausfand, dass sie ihn nach Strich und Faden angelogen hatte.

Seit wann war ihr das, was er über sie dachte, so wichtig? Warum war es ihr überhaupt wichtig?

Es war nicht wichtig, nicht wirklich. Natürlich nicht.

Mit einem schnellen Kopfschütteln ging sie zum Tresen, wo sie für sich und Jake je einen Teller mit Fleischpie zurechtmachte. Roans Sohn, der immer noch grollte, weil man ihn nicht mitgenommen hatte, verzog sich mit seinem Teller ins Wohnzimmer. Tory ging zum Küchentisch, schenkte sich ein Glas Merlot ein und nahm einen Salat aus dem Kühlschrank. Dann setzte sie sich hin, um zu essen. Allein.

Tory wurde an einem strahlenden Samstagmorgen von einem lauten Röhren geweckt. Es klang, als ob jemand vor dem Haus in der Auffahrt an einem starken Motor herumspielte, mächtig Gas gab und den Motor dann wieder drosselte, um dem Geräusch nachzulauschen. Sie warf ihr Laken zurück, glitt aus dem Bett und griff nach Shorts und T-Shirt.

Roans Super Bird stand in der Auffahrt. Er war ein Prachtstück, elegant und schnittig und so auf Hochglanz poliert, dass sein purpurroter Lack mit dem irisierenden Glanz einer Santa Rosa-Pflaume in der Sonne blinkte. Dass er noch genauso perfekt aussah wie an dem Tag, an dem er vom Fließband gerollt war, war der liebevollen Pflege zu danken, die ihm sein Besitzer im Laufe seines Lebens hatte angedeihen lassen.

Torys Schritte knirschten auf dem Kies, als sie um das Auto herum nach vorn ging, wo Roan mit dem Kopf unter der Motorhaube stand. Als er sie hörte, richtete er sich auf und drehte sich zu ihr um.

Woanders hätte sie ihn womöglich nicht erkannt. Er wirkte völlig verändert, jünger und unbeschwerter, in seiner Jeans, die so ausgewaschen war, dass sie an manchen Stellen fast weiß war, einem T-Shirt mit abgeschnittenen Ärmeln und Badelatschen an den Füßen. Seine noch feuchten Haare waren verwuschelt und nicht wie sonst ordentlich gekämmt, ganz so, als ob er sich nach dem Duschen nur flüchtig mit den Fingern durchgefahren wäre. Ein feiner Schweißfilm auf seinen muskulösen Armen lenkte die Aufmerksamkeit auf ihre geschmeidige Kraft.

Tory hatte nie gesehen, dass er Sport trieb, was bedeutete, dass seine Konstitution weitgehend angeboren sein musste. Gehörig beeindruckt, gestattete sie ihrem Blick, an seinen langen, ebenfalls muskulösen Beinen nach oben zu wandern, über seine schmalen Hüften und den flachen Bauch hin zu seinem breiten Brustkorb.

„Morgen“, sagte er gedehnt, wobei er fragend eine Augenbraue hochzog.

Als ihr klar wurde, dass sie ihn fast mit Blicken verschlungen und er sie dabei ertappt hatte, konnte sie spüren, wie ihr die Röte bis unter den Haaransatz kroch. Um die peinliche Situation zu überspielen, trat sie schnell neben ihn und warf einen Blick in den Motorraum. Sofort war ihre Verlegenheit vergessen.

„Ein 426er Hemi“, sagte sie und stieß in Gedanken einen anerkennenden Pfiff aus. „Ich wette, sie kann fliegen.“

Seine Antwort ließ so lange auf sich warten, dass sie aufschaute und seinen Blick suchte. Er musterte sie mit einem amüsierten Gesichtsausdruck. Als er ihrem Blick begegnete, blinzelte er, dann nickte er und sagte: „Ich hatte ihn auf der Rennstrecke schon über dem Tacholimit, mehr als zweihundert Meilen pro Stunde. Bei den NASCAR-Rennen fährt man auch Super Birds, obwohl die Fiberglasstege ersetzt werden mussten. Sie fliegen zu leicht auseinander.“

Sie streckte den Arm aus, um mit den Fingerknöcheln auf den Überrollbügel zu klopfen. Bei dem metallischen Geräusch sagte sie: „Dann haben Sie ihn gefahren?“

Für den Bruchteil einer Sekunde verengten sich seine Augen überrascht. „Eine Weile."

„Woher haben Sie ihn?"

„Gewonnen."

„Sie wollen mich auf den Arm nehmen."

Als er jetzt langsam den Kopf schüttelte, fiel ihm eine Haarsträhne in die Stirn, die sein kantiges Gesicht weicher erscheinen ließ.

„Wie?"

Seine grauen Augen glitzerten vor Vergnügen, während er ihr von dem Sommer erzählte, den er mit seinen Cousins bei dem NASCAR-Rennen verbracht hatte. Den Wagen, den sie gefahren hatten, hatten sie Wirbelwind getauft, weil er sich so oft um die eigene Achse drehte, aber sie hatten mit ihm den großen Preis des Sommers, den Super Bird, gewonnen.

„Ich glaube, ich habe oben im Speicher ein Foto gesehen", sagte sie, als er sich unterbrach, um Atem zu holen.

„Mit Kane im Rennfahreranzug, stimmt's? Er fuhr normalerweise, während Luke und ich an den Boxen waren."

„Dann waren Sie also der Mechaniker." Bei der Vorstellung musste sie unwillkürlich lächeln.

„Chefmechaniker", stellte er klar und stemmte die Hände in die Hüften.

„Und Kane und Luke haben Ihnen den Super Bird überlassen? Die beiden müssen ja schwer in Ordnung sein."

„Sind sie auch, obwohl ich ihnen ihren Anteil abgekauft habe."

Natürlich hatte er das; er gehörte nicht zu der Sorte von Leuten, die sich an anderen schadlos hielten. Seltsamerweise wurde ihr bei diesem Gedanken plötzlich die Brust eng. Während sie den Kopf wieder unter die Motorhaube steckte, sagte sie: „Nun, Mr. Chefmechaniker, dem Gestank nach zu urteilen, würde ich sagen, dass Ihr Carter Thermoquads neu eingestellt werden muss."

„Der Vergaser?" Nackte Haut berührte nackte Haut, als seine Schulter ihre streifte, während er neben sie trat und ebenfalls unter die Motorhaube schaute.

„Lassen Sie ihn noch mal an, wenn Sie den Beweis wollen."

„Oh, das ist nicht nötig, weil ich nämlich gerade zu demselben Schluss gelangt bin." Er wandte den Kopf und schaute sie an. „Was mich viel mehr interessiert ist die Frage, wie Sie zu Ihren Wissen über Rennautos kommen."

Das war gefährliches Terrain. Sollte sie die Ahnungslose spielen oder so tun, als ob ein kleiner Teil ihrer Erinnerung zurückgekommen wäre? Um Zeit zu gewinnen, sagte sie mit gespielter Verwirrung: „ Na ja ... ich weiß nicht genau. Es scheint fast, als ..."

„Was?" Er drehte sich um, lehnte sich gegen den Kotflügel und wartete geduldig.

„Irgendwie kommt es mir so vor, als könnte ich so ein ähnliches Auto gehabt haben, nur in Rot, und da war ... ein Mann."

„Ganz bestimmt", sagte er leise. „Was sonst noch?"

Er sprach im ruhigen Ton eines Freundes, was ihr den Mut gab fortzufahren: „Irgendwie kommt es mir so vor, als ob es ein Geburtstagsgeschenk gewesen wäre, als ich ein Teenager war."

Genau gesagt war sie sechzehn gewesen, und das Auto war ein feuerroter 1969er Cutlass mit weißem, aufklappbarem Verdeck gewesen. Es war ein Ablass- oder vielleicht auch ein Bestechungsgeschenk von ihrem Stiefvater, nachdem er ihre Mutter in dem Luxuspflegeheim weggesperrt hatte. Er hatte gewusst, dass sie ein Faible für Klassiker hatte, und geglaubt, dass es der beste Weg wäre, sich ihre Zustimmung zu erkaufen. Es hatte nicht funktioniert, aber bis ihm das klar geworden war, hatte es eine Weile gedauert.

„Könnte Ihnen dieser Mann, den Sie eben erwähnt haben, etwas über Automotoren beigebracht haben?"

Er war Tennislehrer im Club gewesen, gut aussehend, braun gebrannt und immer darauf aus zu nehmen, vor allem, wenn es um junge dumme Mädchen ging. Ihr hatte er ihr Vertrauen und ihr Auto genommen. Beides war in tausend Stücke gegangen, dort auf dem Damm nach Key West, zusammen mit ihrer besten Freundin. Aber das konnte sie Roan nicht sagen. Sie wich seinem Blick aus und setzte ein leeres Lächeln auf, als sie antwortete: „Wer weiß?"

„Ja, richtig."

Bedeutete diese lakonische Feststellung, dass er immer noch an ihre Lüge glaubte oder dass er es nicht tat? Sie wusste es nicht. Aber eins wusste sie: Sie war weit genug gegangen. Wenn sie jetzt nicht sehr gut aufpasste, würde sie Roan Benedict alles erzählen. Wie sie und Mark Wochen damit verbracht hatten, den Motor des Oldtimers zu frisieren, wie sie neue Zündkerzen eingebaut hatten, einen stärkeren Kolben, sogar die Zylinderköpfe hatten sie aufgebohrt, um die Leistung zu verbessern. Sie waren ein Paar gewesen, eine Einheit in ihrer Gruppe. Er war alles, was sich die Mädchen wünschten: sportlich, erfahren, mit langen, von der Sonne ausgebleichten blonden Haaren, die er sich zu einem Pferdeschwanz zusammengebunden hatte, atemberaubenden türkisfarbenen Augen und einer Menge Freizeit. Und sie hatte ihn gehabt. Für ein paar kurze Wochen.

„Das war doch nicht etwa der Kerl, wegen dem Sie sich die Brust haben operieren lassen, oder?"

Tory schaute Roan scharf an, überrascht darüber, dass er aus dem wenigen, das sie ihm erzählt hatte, diesen Schluss gezogen hatte. Sie musste wirklich aufhören, diesen Mann zu unterschätzen. Und er hatte natürlich in gewisser Weise Recht. Die Brustvergrößerung hatte sie in den Weihnachtsferien desselben Jahres vornehmen lassen.

Sie begegnete einen langen Moment seinem Blick, ihr eigener offen und verletzlich. Auf seinem Gesicht spiegelte sich so viel Toleranz, so viel ruhige Akzeptanz menschlicher Schwächen. Trotz der hohen Maßstäbe, die er an sich selbst anlegte, verlangte er von anderen offensichtlich nicht, dass sie perfekt waren.

Plötzlich hasste sie die Barriere, die sie mit ihren Lügen zwischen ihnen errichtet hatte. Sie sehnte sich danach, sie niederzureißen, ihm alles erzählen zu können. Dass sie es nicht konnte, dass sie ihn verlassen musste, und zwar schon bald, tat so weh, dass sie spürte, wie ihr die Tränen in die Augen stiegen.

Er wartete auf eine Antwort. Alles, was sie in dem Moment konnte, war ein Schulterzucken, während sie verzweifelt nach einem anderen Gesprächsthema suchte und es aus ihrem dringenden Bedürfnis heraus zu erfahren, wann Harrell eintraf, auch gleich fand. „Dann haben Sie sich also wirklich ausnahmsweise mal einen Tag freigenommen", sagte sie, während sie sich wieder zur Motorhaube umdrehte. „Das bedeutet vermutlich, dass im Augenblick in Turn-Coupe nicht viel los ist, wo die Polizei gebraucht würde, oder?"

„Heute nicht."

Der Mann war wirklich unglaublich zugeknöpft. Sie würde noch einen zweiten Anlauf machen müssen. „Keinerlei Aufregungen irgendwelcher Art, hm?"

„Tja, lassen Sie mich überlegen. Also, Bobby Crofton hat Joe Myers' Sohn beim Ballspielen eins auf die Nase gegeben, woraufhin sich ihre Mütter mächtig in die Haare geraten sind.

Das rief die Gatten der beiden Damen auf den Plan und veranlasste sie, sich gegenseitig wüste Beleidigungen an den Kopf zu werfen und ein paar Boxhiebe in den Magen zu verpassen. Über dieses Spektakel war Bobbys Großmutter dermaßen empört, dass sie die ganze Bande mit dem Wasserschlauch abgespritzt hat, was wiederum dazu geführt hat, dass der Boxkampf zu einer großen Schlammschlacht ausgeartet ist. Libby Myers, die nicht nur mit ihrer weißen Hose in den Dreck gefallen ist, sondern auch noch ihre neue Dauerwelle ruiniert hat, hat die alte Dame wegen Körperverletzung und ..."

„Jetzt reicht's aber, das denken Sie sich doch alles nur aus", beschwerte sich Tory.

„Es ist passiert. Ehrenwort." Er suchte mit einem Lachen in den Augen ihren Blick. Sie standen so nah beieinander, dass sie seine Körperwärme spüren konnte, dass die Haare auf seinem Unterarm sie am Ellbogen kitzelten, als ihr Arm den seinen streifte. Der Duft des Kräutershampoos, das er benutzt hatte, hüllte sie ein, zusammen mit dem Geruch nach frischer Wäsche, warmem Mann und Motorenöl. In seinen Pupillen konnte sie ihr Spiegelbild sehen.

Sie nahm ihn mit einer Schärfe wahr, die ihr durch und durch ging, es war eine Angelegenheit von Instinkt und aufflackernden Gefühlen, die nichts damit zu tun hatten, was für sie beide das Beste war. Sie schaute ihn an, während ihre Gedanken gefährliche Pfade entlangschlidderten. Wie würde es sein, ihn zu lieben? War es möglich, dass sich diese nebulöse Zufriedenheit, die sie in seiner Anwesenheit verspürte, bis ins Schlafzimmer erstreckte? Konnte sie mit ihm lachen und scherzen, ihm vertrauen, während sich ihre Gefühle in fiebrige Leidenschaft verwandelten und in ihrem Blut eine erregende Spur elementarer Gefahr summte? Irgendwo in ihrem Hinterkopf, wo der

Verstand aufhörte und die Intuition begann, glaubte sie, dass es möglich war.

Es war eine verlockende Vorstellung, so verlockend, dass sie fast hören konnte, wie die Alarmglocken in ihrem Kopf schrillten. Das wurde alles viel zu gefährlich.

Sie streckte die Hand aus, um mit einem Finger über den glänzenden purpurroten Lack zu fahren, und sagte: „Wenn der Kasinodampfer erst hier ist, haben die Leute ja vielleicht etwas anderes zu tun, als sich herumzuzanken. Gibt es an dieser Front irgendwelche neuen Entwicklungen?"

„Demnächst kommen zwei Bonzen von dem Konsortium in die Stadt, um den Gang der Dinge etwas zu beschleunigen."

Endlich. „Dann sind Sie doch bestimmt auch dabei, wenn Kriegsrat gehalten wird, oder? Wann ist es denn?"

„Übermorgen."

Das war nicht mehr lange hin, gar nicht lange. Sie musste sich schleunigst überlegen, wie sie am besten von hier wegkam. Als sie wieder auf das Auto vor sich schaute, nahm in ihrem Kopf ganz langsam eine vage Idee Gestalt an. Sie fuhr mit dem Finger über den Kotflügel und sagte mit sorgfältig berechneter Beiläufigkeit: „Und wo stellen Sie Ihr Prachtstück unter, dass es in so einem tadellosen Zustand ist?"

„In der Scheune", erwiderte Roan mit einem kühlen silbrigen Glitzern in den Augen. „Sicher verwahrt hinter Schloss und Riegel."

Sie hätte es wissen müssen.

In diesem Augenblick wurde ihre Aufmerksamkeit von dem Motorengeräusch eines Fahrzeugs abgelenkt, das draußen auf der Straße seine Fahrt verlangsamte. Als sie sich umdrehten, sahen sie, wie ein türkismetallicfarbener Koloss von einem Wohnmobil in die Auffahrt einbog. Es fuhr auf sie zu und hielt wenig später hinter dem Super Bird an. Gleich darauf glitt die Seitentür mit einem hydraulischen Zischen auf, dann stieg ein Mann aus und ging auf sie zu.

Er war hoch gewachsen und schlank, hatte volles dunkles Haar, durch das sich zahlreiche graue Strähnen zogen, und die breitschultrige, schmalhüftige Figur eines viel jüngeren Mannes. Die grauen Augen unter den buschigen Brauen wirkten sanft und doch scharf, und auf seinem sonnverbrannten Gesicht lag ein Lächeln.

„Sagen Sie jetzt nichts", sagte Tory. „Noch ein Benedict."

„Gib der Lady einen Preis", rief der Neuankömmling. „Und ich nehme inzwischen einen großen Becher Kaffee. Seit ich deinen Anruf bekommen habe, bin ich fast vierundzwanzig Stunden gefahren, Sohn."

„Alles, was du willst, Pop", sagte Roan, während er auf seinen Vater zuging und ihn umarmte. „Schön, dich endlich wieder mal zu Hause zu haben."

„Na ja, das musst du auch sagen, nachdem du mich von der hübschesten, reizendsten Lady weggelotst hast, die ich seit langem getroffen habe." Der ältere Mann räusperte sich und klopfte seinem Sohn noch einmal auf die Schulter, bevor er sich aus der Umarmung löste.

„Hätte mir gleich denken können, dass du was am Laufen hast."

„Das hättest du allerdings, weil wie ein Mönch zu leben nicht unbedingt der Lebensart der Benedicts entspricht. Na ja, für die meisten von uns jedenfalls. Aber mach dir keine Gedanken. Wenn das die Lady ist, wegen der du den Clan zusammentrommelst, könnte sich das Heimkommen ja vielleicht doch noch lohnen."

„Den Clan zusammentrommeln?" fragte Tory, wobei sie

Roan mit einer fragend hochgezogenen Augenbraue anschaute. Clay war noch einmal vorbeigekommen und gestern Nachmittag hatte Luke reingeschaut und sich eine Weile mit Jake unterhalten, während sie einen Mittagsschlaf gemacht hatte. Hatten alle diese Besuche einen bestimmten Grund?

Roans einzige Reaktion bestand darin, dass er eine schnelle Handbewegung in ihre Richtung machte. „Darf ich vorstellen, Donna, Pop Dad."

Roans Vater war allem Anschein nach ein Mann, der sein Leben damit verbracht hatte, andere Leute einzuschätzen; der Blick, mit dem er sie taxierte, glitt so schnell über sie hinweg, dass Tory es kaum mitbekam. Falls er das Überwachungsinstrument an ihrem Fußgelenk registrierte, so besaß er jedenfalls genug Taktgefühl, um den Blick nicht darauf verweilen zu lassen.

„Donna", wiederholte er, während er ihre Hand nahm und an die Lippen zog, wobei sich in seinen dunkelgrauen Augen, die denen seines Sohns so ähnlich waren, Wertschätzung spiegelte. „Es ist mir ein Vergnügen."

„Danke, Mr. Benedict", gab sie zurück und wurde rot, nachdem ihr klar wurde, was das für ein Unsinn war, denn wofür sollte sie ihm dankbar sein?

„Nennen Sie mich Pop, das machen alle."

Irgendetwas an seiner galanten Art und seinem warmen Lächeln bewirkte, dass sie sich wünschte, ebenso reagieren zu können. „Tut mir Leid, wenn Sie meinetwegen Unannehmlichkeiten haben."

„Überhaupt nicht."

„Es war nur eine Ausrede, um ihn herzulocken", sagte Roan schnell, bevor er seinen Vater anlächelte. „Wie lange warst du diesmal fort?"

„Gar nicht lange“, protestierte der ältere Mann.

„Seit kurz nach Weihnachten. Tatsächlich lange genug, um morgen die Familie zu einer kleinen Begrüßungsfete zusammenzutrommeln, finde ich.“

„Ach ja?“ Pop warf ihm einen verdutzten Blick zu.

„Könnte ein bisschen Leben in die Bude bringen“, sagte Roan. „Weißt du eigentlich schon, dass Donna uns kürzlich damit überrascht hat, dass sie eine großartige Köchin ist? Sie macht einen tollen Vanillepudding.“

„Eine Crème Brûlée“, stellte sie richtig. Sie wäre von dem Kompliment beeindruckter gewesen, wenn sie nicht den Verdacht gehabt hätte, dass es im Grunde nur dazu diente, das Thema zu wechseln. Sie hatte das Gefühl, dass Roans Vater die Taktik ebenfalls durchschaute. Die Art, wie er misstrauisch die Augen zusammenkniff, war der seines Sohns so ähnlich, dass Tory sich ein Grinsen verkneifen musste.

„Crème Brûlée? Gott, sie muss ja eine Gourmetköchin sein“, sagte Pop. Er ließ ihre Hand los, legte ihr in einer selbstverständlichen Geste einen Arm um die Schultern und drehte sie in Richtung Treppe um. „Beim Thema Essen fällt mir gerade auf, dass ich nicht nur dringend eine Tasse Kaffee brauche, sondern auch fast am Verhungern bin. Lassen Sie uns bei einem späten Frühstück Freunde werden, was meinen Sie dazu, Honey?“

„Freunde?“

„Ja, unbedingt. Und wenn Sie mir dann noch sagen, dass Sie auch ein anständiges Omelett machen können, nehme ich Sie vielleicht sogar in den Clan auf.“

Tory warf über die Schulter einen Blick auf Roan, während sie überlegte, was er von diesem Vorschlag wohl halten mochte. Sie hätte schwören mögen, dass das, was sich da auf seinem strengen Gesicht spiegelte, Genugtuung war. Aber das war nicht möglich. Oder doch?

13. KAPITEL

Wenig später waren die Pläne für die Wiedersehensfeier auch schon geschmiedet. Ehe Tory es sich versah, war sie dazu verdonnert worden, Rinderbrust in Knoblauchsauce und Brombeercobbler vorzubereiten, und alle möglichen Vettern und Cousinen oder ihre Ehepartner riefen an, um sich zu erkundigen, was sie mitbringen sollten.

Meistens gingen Pop oder Jake ans Telefon, aber ab und zu sah auch sie sich genötigt, Fragen zu beantworten. Während sie über Essen und Getränke redeten, hörte sie die Neugier in den Stimmen der Frauen mitschwingen, aber nicht eine Einzige fragte, warum sie bei einem Benedict-Familientreffen dabei war, statt im Gefängnis zu sitzen, wohin sie eigentlich gehörte. Sie hätte auf die Idee kommen können, dass ihr distanziertes Verhalten sie davon abhielt, Fragen zu stellen, aber sie wusste es besser. Nachdem sie gehört hatte, wie Roan und sein Sohn und sein Vater am Telefon reagiert hatten, nahm sie an, dass es ein Zeichen von Respekt war, das sie dazu brachte zu schweigen. Das und der offensichtliche Schutzkordon, den Roan, Jake und Pop um sie gezogen zu haben schienen. Ihre Stimmen wurden kalt und abweisend, wenn die Sprache auf sie kam. Sie ermunterten niemanden, Fragen zu stellen, und beantworteten auch keine. Pop und Jake machten es vermutlich, weil sie ihnen irgendwie sympathisch war oder vielleicht auch, weil sie Roans Beispiel folgten. Warum Roan sich die Mühe machte, war jedoch eine andere Frage, die sie unablässig in ihrem Kopf hin- und herwälzte.

Machte er es nur aus Prinzip? Oder hatte womöglich irgendjemand in der Stadt Einwände dagegen erhoben, dass er sie nach Dog Trot gebracht hatte, so dass er jetzt beweisen musste, dass von ihrer Anwesenheit keine Gefahr ausging? Oder war es einfach nur seine Privatsphäre, die er schützte?

Noch etwas anderes ging ihr durch den Kopf. Er könnte sie als Köder für Zits und Big Ears benutzen. Vielleicht erklärte ja das seine außerordentliche Wachsamkeit.

Das Problem war, dass bei Roan alles möglich war, absolut alles. Wie wahr das war, fand sie heraus, als sie spät an diesem Nachmittag Brombeeren für den Cobbler pflückte.

Die Sträucher wuchsen nicht weit entfernt vom Haus, aber außerhalb der Reichweite des Monitors. Roan erklärte sich damit einverstanden, dass sie die Beeren pflückte, und arrangierte es, dass die Überwachung vorübergehend ausgesetzt wurde. Kurz darauf fuhr er in die Stadt, um noch ein paar Sachen für die Party einzukaufen. Jake hatte die Anweisung, ihr beim Beerenpflücken zu helfen, und Pop übernahm den Wachdienst.

Die Brombeersträucher wuchsen in dem Teil des Gartens, der früher ein großer Kräuter- und Obstgarten gewesen war und sich an dem Weg jenseits der Scheune erstreckte. Roan mähte offensichtlich ab und zu zwischen den Beeten, um zu verhindern, dass das Unkraut überhand nahm, aber das war auch schon das ganze Ausmaß an Kultivierung, das man dem Garten angedeihen ließ. Die Äste der wild wuchernden Brombeersträucher bogen sich unter der Last der vielen Früchte in allen Reifestadien von Grün über Rot bis hin zu fast schwarzem Purpur. Die Beeren waren beinahe so groß wie Pflaumen und von köstlicher Süße und versprachen einen herrlichen Cobbler.

Tory und Jake arbeiteten in kameradschaftlichem Schweigen, das vom Summen der Bienen und dem gelegentlichen Kreischen eines Eichelhähers begleitet wurde. Ab und zu wehte süßer Geißblattduft herüber. Die hohen Bäume schirmten den alten Garten von der Spätnachmittagssonne ab, aber es war trotzdem heiß. Tory schwitzte, ihre Fingerspitzen waren lila, ihre von den Dornen zerkratzten Hände brannten, aber es machte ihr nichts aus. Es war ein herrliches Gefühl, sich endlich wieder einmal frei bewegen zu können. Sie genoss das Zusammensein mit Jake, und der Gedanke, sich nützlich machen zu können, gefiel ihr. Es war gefährlich, so zu denken, aber sie war glücklich.

Sie war glücklich. Wann hatte sie zum letzten Mal eine derartige – fast euphorische – Zufriedenheit verspürt? Sie konnte sich nicht erinnern. Es war lange her. Darüber, warum das so war, wollte sie allerdings nicht nachdenken, nicht jetzt und auch nicht in nächster Zeit.

Ihr Beereneimer war noch kaum zur Hälfte voll, als sie hörte, wie der Motor des Wohnmobils ansprang und das Fahrzeug kurz darauf langsam die Einfahrt hinuntertuckerte. Sie schaute Jake fragend an.

„Schätze, Pop hat irgendwas nicht ganz mitbekommen", sagte er, während er mit hochgezogenen Augenbrauen dem davonfahrenden Wohnmobil nachschaute.

Damit meinte er offenbar, dass Roans Vater Schwierigkeiten hatte, sich zu vergegenwärtigen, dass sie eine Gefangene war. Das war Tory auch schon aufgefallen. Es war nett, dass er so unbesorgt war. „Er hat heute Mittag irgendetwas von Einladungen gesagt, die er überbringen will."

„Ja. Wahrscheinlich fährt er zu Kane rüber, er hat vorhin am Telefon so was gesagt. Aber keine Sorge, Dad wird nicht lange wegbleiben. Und der alte Beau wird schon Lärm schlagen, falls hier irgendjemand rumschleicht."

Das war zwar gut gemeint, doch da Beau lang ausgestreckt auf dem Weg lag und den Schlaf des Gerechten schlief, ließ sich nicht viel Trost daraus schöpfen. Aber davon abgesehen, beschäftigte Tory etwas ganz anderes. Jetzt, nachdem Pop weg war, war sie ohne einen Aufpasser, weil Allen und Cal an den Wochenenden frei hatten. Ihr Überwachungsgerät war deaktiviert. Eine bessere Gelegenheit, sich unauffällig aus dem Staub zu machen, konnte es gar nicht geben.

Das Einzige, was ihr fehlte, war ein fahrbarer Untersatz, und der war in der Scheune. Jetzt musste sie nur noch herausfinden, wie sie hineinkam.

Auf Jakes Hilfe konnte sie nicht zählen; es hatte sich bereits gezeigt, dass er sich nicht gegen seinen Dad stellen würde. Außerdem würde sich der Junge vielleicht verpflichtet fühlen, sie aufzuhalten, wenn sie zu fliehen versuchte, und sie war sich nicht sicher, ob es ihr gelingen würde, sich loszureißen, wenn er sie festhielt. Davon abgesehen, könnte er auf die Idee kommen, ihr Beau hinterherzuschicken, und obwohl der Hund eine gewisse Zuneigung zu ihr entwickelt hatte, war er darauf trainiert, Befehlen zu folgen.

Tory wälzte das Problem wieder und wieder in ihrem Kopf herum, während sich ihr Eimer langsam füllte. Die Zeit flog dahin, und es kam ihr vor, als ob ihr Verstand und ihre Willenskraft gelähmt wären. Sie musste ihren inneren Widerstand endlich überwinden und es einfach versuchen, dann würde sie schon sehen, was passierte.

Was brauchte sie, um wegzukommen? Die Schlüssel zur Scheune und zum Super Bird. Nachdem Roan das Auto gewaschen und poliert hatte, hatte er es wieder eingeschlossen. Bevor er in die Stadt gefahren war, hatte er sich umgezogen. Vielleicht waren die Schlüssel ja noch in der alten abgeschnittenen Jeans.

Das konnte sie nur herausfinden, indem sie nachschaute.

Und dafür war jetzt die beste Gelegenheit. Aber vorher musste sie sich noch eine Ausrede einfallen lassen, die ihren derzeitigen Bewacher nicht misstrauisch machte.

„Mein Eimer wird mir langsam ein bisschen zu schwer, meine Schulter fängt schon an wehzutun“, rief sie Jake zu, der auf der anderen Seite der vordersten Reihe in dem Sträuchergestrüpp herumkroch. „Ich glaube, ich leere ihn besser aus und bringe uns dann gleich etwas Kaltes zu trinken mit.“

„Ja, gut.“

Es klang, als ob er in Gedanken mit anderen Dingen beschäftigt wäre. Tory hoffte, dass es so blieb.

Betont langsam schlenderte sie zum Haus. In der Küche schüttete sie die Beeren in eine Schüssel, dann rannte sie die Treppe nach oben in Roans Schlafzimmer.

Von dem Hemd und den Shorts, die er angehabt hatte, war nirgends etwas zu sehen; wahrscheinlich hatte er beides im Bad in den Schmutzwäschekorb geworfen. Dann waren die Schlüssel natürlich nicht mehr drin. Sie waren allerdings auch weder auf dem Schreibtisch noch auf der Kommode oder der Frisierkommode, und auch in den zahlreichen Schubladen, in denen sie nachschaute, waren sie nicht. Tory stand in der Mitte des Zimmers und schaute sich ratlos um, während sie spürte, wie sich Frust und Verzweiflung in ihr breit machten.

Der Nachttisch. Natürlich.

Wenige Minuten später saß sie mit der Hand am Zündschlüssel und der offenen Scheunentür im Rücken hinterm Steuer des Super Bird. Den Fuß hatte sie auf der Kupplung, ihre freie Hand auf dem Lenkrad. Jetzt musste sie nur noch den Zündschlüssel umdrehen, einen Gang einlegen und wegfahren.

Sie schaffte es nicht.

Roan hatte sie in sein Haus aufgenommen, obwohl er es

nicht gemusst hätte und es für ihn ein beträchtliches Risiko barg. Er hatte sie umsorgt, beschützt und fast wie jemanden aus seiner Familie behandelt. Wenn sie jetzt floh, würde sie sein Vertrauen missbrauchen. Sie würde ihn damit der allgemeinen Kritik aussetzen, wenn nicht sogar seine Stellung als Sheriff gefährden. Er würde gezwungen sein, sie zu verfolgen. Und wenn er sie schnappte, was durchaus im Bereich des Möglichen lag, würde er gezwungen sein, sie wegen ihres Fluchtversuchs vor Gericht zu bringen.

Und wohin sollte sie überhaupt gehen? Zurück zu ihrem Stiefvater? Dann würde sie wahrscheinlich dort statt hier mit Harrell konfrontiert werden. Sie würde sich immer noch gegen seine Lügen und Intrigen zur Wehr setzen müssen, nur dass sie es dann allein tun musste.

Tory nahm die Hand vom Zündschlüssel, rutschte ein Stück nach unten und lehnte den Kopf gegen die niedrige Rückenlehne. Finster starrte sie auf ihr Spiegelbild in der Windschutzscheibe. Wovor sie diesmal davonlief, das sah sie ganz klar, waren ihre eigenen albernen Lügen, aus denen sich diese ganze Scharade entwickelt hatte. Wenn sie von Anfang an die Wahrheit gesagt hätte, müsste sie jetzt nicht weg. Kein Benedict würde sich je in so eine Lage bringen, weil Lügen und Vortäuschungen keine Mittel waren, derer sich die Benedicts bedienten. Wie viel einfacher war es doch auf lange Sicht, auf dem Pfad der Tugend zu bleiben.

Sie sollte sich jetzt sofort ihren Eimer holen und zurückgehen, um die Brombeeren zu pflücken, und dann jede Minute der Zeit, die ihr auf Dog Trot noch verblieb, zählen. Zwei Tage, mehr würden es nicht sein. Dann würde ihre seltsame Idylle als Gefangene vorbeisein. Es musste sein, einen anderen Weg gab es nicht.

In diesem Moment wurde die Tür neben ihr aufgerissen. Über ihr ragte Roan, die eine Hand auf dem Türgriff, die andere auf den Rahmen gestützt, auf. „Haben Sie vor wegzufahren?“ fragte er schroff.

„Offensichtlich nicht“, gab sie zurück, während sie langsam den Kopf in den Nacken legte und seinem stählernen grauen Blick begegnete. „Sonst wäre ich schon weg.“

Sein Gesicht entspannte sich. Eine ganze Weile bewegten sie sich beide nicht und sprachen auch nicht. Schließlich sagte er ruhig: „Aber Sie haben daran gedacht.“

„Wenn Denken ein Verbrechen wäre, hätte die ganze Welt ein Vorstrafenregister. Aber Sie haben Recht“, fuhr sie fort, während sich fast unmerklich der Wunsch, mit ihren Problemen nach Art der Benedicts umgehen, bei ihr einschlich. „Ich hatte vor wegzugehen. Ich habe in Ihrem Zimmer nach dem Schlüssel gesucht, aber es tut mir Leid, es tut mir wirklich Leid.“

„Was hat Sie aufgehalten?“

Sie befeuchtete sich die Lippen, während sie versuchte, den Mut aufzubringen, ihm alles zu erzählen, doch dann entschied sie sich für die halbe Wahrheit. „Mir wurde klar, dass ich nirgendwo hingehen kann.“

Er schwieg einen Moment. „Und nun?“

„Jetzt gehe ich wahrscheinlich zurück, um die Brombeeren zu pflücken, nehme ich an“, sagte sie mit unsicherem Lächeln, während sie die Beine aus dem Auto schwang und aufstand. „Es sei denn, Sie haben eine andere Idee.“

Er wirkte so streng und ließ sich so viel Zeit mit einer Antwort, dass sie schon glaubte, er würde ihr befehlen, ins Haus zu gehen. Dann gab er bedächtig zurück: „Ich habe eine, aber ich bin mir nicht sicher, ob sie Ihnen gefällt.“

„Was denn für eine?“ Sie wartete und forschte in seinem Gesicht.

Sein Brustkorb hob sich, als er tief durchatmete, dann schüttelte er den Kopf und trat einen Schritt beiseite. „Egal. Sie haben Ihren Helfer verloren, wissen Sie.“

„Jake? Warum?“

„Weil ich ihn zu Kane rübergeschickt habe. Pop hat eine von Tante Vivans jungen Katzen auf einen Baum gescheucht, als er mit seinem Wohnmobil vorfuhr. Tante Vivian hat mich angerufen, weil sie befürchtete, Pop könnte sich bei dem Versuch, sie zu retten, den Hals brechen, deshalb habe ich Jake gesagt, dass er das arme kleine Ding runterholen soll.“

Roan klang verärgert, dass man ihn damit behelligt hatte, aber mittlerweile kannte sie ihn gut genug, um sich täuschen zu lassen. Die Leute würden ihn nicht so oft anrufen, wenn sie nicht wüssten, dass er bereit war zu helfen. Es war sein Job, ja, aber es lag auch in seiner Natur. Seine zur Schau gestellte Verärgerung diente nur dazu, die Menschen darüber hinwegzutäuschen, dass er so ein weiches Herz hatte.

Er war schon ein prima Kerl, dieser Roan Benedict. Würde er sie verstehen, falls sie die richtigen Worte fand, um ihm zu erklären, wie allein und in der Falle sie sich gefühlt hatte, sich immer noch fühlte? Würde er über seine Wut hinwegkommen und ihr die Lüge, mit der sie die letzten Wochen gelebt hatte, verzeihen? Würde es ihm sein ausgeprägtes Gefühl für Ehre und Anstand erlauben, ihr zu helfen, oder würde er sie fallen lassen?

Der Drang es herauszufinden war so heftig, dass es fast wehtat. Es wäre so eine Erleichterung, alles offen auf den Tisch zu legen, damit sie endlich wieder sie selbst sein konnte. Es sollte doch eigentlich so einfach sein, sich zu entspannen und ihm alles zu sagen, was sie ihm sagen wollte.

Es sollte. Aber es war nicht so.

Er beobachtete sie. Sie musste sich etwas einfallen lassen, irgendeine geistreiche Bemerkung, bevor er sie fragte, was ihr durch den Kopf ging. Sie ließ ihren Blick über die makellose Uniform schweifen, die er sich, bevor er in die Stadt gefahren war, angezogen hatte, und fragte: „Und wer hilft mir jetzt? Sie?"

Er warf einen argwöhnischen Blick auf die Beerensträucher am Weg. „Haben Sie noch nicht genug?"

„Für so viel Cobbler braucht man eine ganze Menge", erklärte sie. Die Aussicht zu beobachten, wie er versuchte, kühl und sauber zu bleiben, während er ihr bei so einer schweißtreibenden unsauberen Arbeit half, hatte einen unwiderstehlichen Reiz.

Der Blick, den er ihr zuwarf, verriet ihr, dass er genau wusste, worauf sie aus war, auch wenn er beschlossen hatte, fürs Erste nichts zu sagen. Er drehte sich zu den Beerensträuchern um und sagte: „Gut. Je eher wir anfangen, desto eher sind wir fertig."

Sie füllten mehrere Minuten schweigend Jakes Eimer, doch die Ungezwungenheit, die Tory in Gesellschaft des Jungen verspürt hatte, war dahin. Die Sonne war noch genauso warm, und die Bienen schwirrten genauso emsig, aber die Atmosphäre war spannungsgeladen. Kam diese Spannung von ihr oder von Roan? Oder von ihnen beiden?

Nach einer Weile sagte er: „Wie hat Pop es eigentlich geschafft, sich da rauszuhalten? Ich dachte, das mit den Brombeeren wäre seine Idee gewesen?"

„Nicht ganz, obwohl Cobbler offenbar seine Lieblingsnachspeise ist."

„Und Sie sind bereit, für sein leibliches Wohl Schlangenbisse und einen Hitzschlag zu riskieren? Offenbar verstehen Sie sich mit Pop ja ziemlich gut, stimmt's?"

„Er ist ein Schatz", gab sie leichthin zurück. „Ganz davon abgesehen, dass ich wirklich nicht wüsste, wie ich einen Mann nicht mögen sollte, der verspricht, mir Unterwäsche, Make-up und noch mehr solcher lebensnotwendiger Dinge aus der Stadt mitzubringen, die Sie mir seit Wochen vorenthalten."

„Ich hatte vor, Sie zum Einkaufen mitzunehmen, sobald Sie gesundheitlich wieder ganz hergestellt sind", protestierte er.

Sie hatte ihn in Verdacht, dass er ihre Garderobe als eine zusätzliche Sicherheitsmaßnahme absichtlich knapp gehalten hatte, aber sie hatte nicht vor, sich darüber mit ihm zu streiten. „Auf jeden Fall ist Ihr Dad etwas Besonderes, er ist so ein guter Mensch, dass er immer nur das Beste von den Leuten denkt. Als Konsequenz daraus zeigen sie sich ihm dann wahrscheinlich von ihrer besten Seite."

Er starrte sie einen Moment an, bevor er leise auflachte. „Sie haben Recht, wissen Sie."

Sie pflückte eine Beere ab und ließ sie in den Eimer fallen, den er hielt. „Ich freue mich schon darauf, den Rest der Benedicts auch noch kennen zu lernen, ich bin wirklich gespannt, wie sie so sind."

„Manche sind echt prima, andere ganz in Ordnung und wieder andere können einem gehörig auf den Keks gehen, genauso wie in jeder anderen Familie auch."

„Es macht mir Spaß, Ihnen und Jake und Ihrem Dad zuzuhören. Sie verstehen sich alle so gut."

„Kennen Sie das nicht?"

Sie wich seinem Blick aus, weil sie nicht wollte, dass er sah, wie sehr seine Frage sie schmerzte. „Scheint so. Es kommt mir so vor, als ob ich vielleicht doch nicht so viel Familie habe."

„Wie kommen Sie denn darauf?"

„Na, sonst würden sie doch nach mir suchen, oder nicht?" Paul Vandergraff würde bestimmt wissen wollen, wo sie abgeblieben war, und vielleicht machte er sich inzwischen sogar leichte Sorgen. Aber so etwas wie familiäre Nähe hatte sie ihm gegenüber nie empfunden.

Roan schwieg einen Moment, dann streckte er die Hand nach einer Beere aus, die so hoch hing, dass Tory sie nicht hatte erreichen können. „Ich frage mich manchmal, aus was für einem Zuhause Sie kommen, aus was für einer Art Leben."

Ihre Kehle wurde plötzlich unangenehm eng. Sie hatte nichts, was sie mit ihm teilen könnte, nichts, um irgendeine Art Brücke zwischen ihnen zu bauen.

„Vielleicht werde ich es ja nie erfahren", sagte sie schließlich. „Es ist fast, als wäre ich als Einwohnerin von Turn-Coupe wiedergeboren worden."

Er schaute auf und sah sie forschend an, fast als ob er Sarkasmus zu sehen erwartete. Dann ließ er seinen Blick träge abschätzend über ihr zu weites T-Shirt, Jakes Boxershorts und die Badelatschen, die ebenfalls Jake ihr geliehen hatte, wandern. „Ah ja? So sehen Sie aber gar nicht aus, nicht mal in diesem Dixieland-Outfit."

„Ich könnte aber herpassen", protestierte sie, obwohl ihr die Röte ins Gesicht schoss. „Ich bekomme langsam ein Gefühl für das Landleben. Frisches, selbst geerntetes Gemüse, Tiere, eine herrliche Natur."

„Es ist viel Arbeit, außer es gibt da eine große Familie, auf die man sie verteilen kann."

„Wie zum Beispiel auf die Benedicts?"

„Wie zum Beispiel auf Kinder. Sie wissen schon, Vorhangkletterer. Müslischleuderer. Miniaturmenschen, die einem bei jeder Mahlzeit in den Eistee sabbern und ständig geknuddelt werden wollen."

„Ach die." Sie hatte sich von seiner abfälligen Beschreibung einen Moment lang täuschen lassen, aber jetzt hörte sie die Liebe darin mitschwingen und die Sehnsucht. Er schien Jakes frühe Jahre trotz allem genossen zu haben.

„Sie bekommen bestimmt mal hübsche Kinder, mit wunderbar glatter Haut und großen dunklen Augen", sagte er in nachdenklichem, halb widerstrebendem Ton. Er schien ganz vergessen zu haben, dass er hier war, um Brombeeren zu pflücken.

„Hängt nicht unwesentlich vom Vater ab, würde ich sagen", scherzte sie, ohne seinem Blick zu begegnen.

„Ja, das tut es."

Er sprach jetzt mit noch tieferer Stimme als vorher, und die Worte klangen bedeutungssschwer. Konnte er ihre Gedanken lesen? Oder wollte er nur sehen, wie weit sie sich von dem, was er über Kinder gesagt hatte, in Bann ziehen lassen? Zu weit, erkannte sie mit plötzlicher Klarheit. Sie war regelrecht entzückt von der – wenn auch unerreichbaren – Vorstellung, in Frieden und Sicherheit auf Dog Trot zu leben, im See zu angeln, sich um den Garten zu kümmern und zu seiner weit verzweigten Familie zu gehören. Eine Benedict zu werden.

Sie beugte sich weit über das Dornengestrüpp, in dem Versuch, sich eine besonders große Brombeere zu angeln. Aber die Frucht hing immer noch außerhalb ihrer Reichweite. Sie drang noch tiefer in das Dickicht ein, bis sich eine harte Barriere aus trockenen braunen Zweigen gegen ihren Unterarm drückte. Doch sie bekam die Beere immer noch nicht zu fassen, vor allem, weil sie ihr Gleichgewicht nicht so gut halten konnte, wenn sie ihren verletzten Arm gegen ihren Körper presste. Sie drang noch ein bisschen tiefer in das Gestrüpp ein.

Gleich darauf rutschte sie in ihren schweißfeuchten Gummisandalen ab und schwankte. Als sie sich in dem Dornengestrüpp verhedderte und hängen blieb, rissen ihr die Dornen die Haut am Unterarm auf. Es brannte wie Feuer, und sie holte scharf Atem.

„Nicht bewegen!“ rief Roan hinter ihr.

„Ich kann nicht ...“, begann sie, brachte den Satz jedoch nicht zu Ende.

Er langte von hinten um sie herum, packte mit bloßen Händen die Brombeerranken und zog sie von ihrem Arm weg. Noch ehe sie erleichtert aufatmen konnte, hatte er sie schon befreit und aus dem Gestrüpp herausgezogen. Gleich darauf legte er ihr einen Arm um die Schultern, beugte sich nach unten und umschlang mit dem anderen ihre Knie. Einen Moment später spürte sie, wie er sie eng an seinen Körper gepresst hochhob.

Es kam so unerwartet, und der Kontakt war so intim, dass sie erschauerte. Sein Körper war an den Stellen, wo er ihren berührte, heiß, und sein Gesicht war nur Zentimeter von ihrem entfernt. Sie bog sich leicht zurück und legte ihm eine gespreizte Hand auf die Brust, um ihn ein bisschen von sich wegzuschieben. Der Beerensaft an ihren Fingerspitzen hinterließ dunkle Flecke auf dem glatten sandfarbenen Stoff seines Hemds. Sie konnte zuschauen, wie sie größer wurden. Komisch, aber eigentlich wollte sie lieber doch nicht sehen, wie ihm seine Makellosigkeit abhanden kam.

Sie schaute mit geweiteten Augen zu ihm auf. „Ihre Uniform ...“

„Macht nichts“, sagte er. „Was ist mit Ihrer Schulter?“

„Der geht es gut. Aber diese Flecken könnten beim Waschen nicht rausgehen.“

Seine Lippen verzogen sich zu einem Lächeln, doch seine Augen blieben ernst. „Vieles geht nicht mehr raus."

Sie wusste, dass er nicht von den Beerenflecken sprach, doch dies einzugestehen schien ihr keine gute Idee zu sein. „Wenn Sie mich runterlassen, kann ich laufen."

„Diese verdammten Latschen von Jake sind Ihnen viel zu groß." Er schwenkte herum und begann mit ihr auf das Haus zuzugehen.

„Die Brombeeren!"

Er drehte sich halb um, und sie sah den Eimer an der Stelle stehen, wo er ihn abgestellt hatte. Mit zwei langen Schritten war er dort, dann ging er weit genug in die Knie, dass sie den Henkel zu fassen bekam.

„Das ist lächerlich", protestierte sie, während sie den Eimer ergriff.

„Es ist eine Methode, Energie zu sparen, Ihre Energie", widersprach er und begann wieder auf das Haus zuzugehen. „Sie sind sowieso schon viel zu lange hier draußen. Es ist noch zu früh."

„Danke, Dr. Benedict, aber so ist es nicht, wissen Sie. Doc Watkins hat gesagt, dass ich alles tun kann, wozu ich mich in der Lage fühle."

„Das umfasst ein breites Spektrum, richtig?"

Das tat es natürlich, einschließlich jener Aktivitäten, die gar nicht in ihrem Kopf hätten sein sollen. „Ich glaube, Sie wollen mich nur einfach unter Kontrolle haben. Sie wollen mich im Haus wieder unter elektronische Bewachung stellen, damit Sie jederzeit wissen, wo ich bin."

Er schaute ihr offen in die Augen. „Stimmt genau."

Wenigstens war er ehrlich, auch wenn ihr darauf keine Antwort mehr einfiel. Sie tauchte ihre Hand in den Eimer und pickte sich eine Beere heraus, die sie sich in den Mund warf, um sie auf der Zunge zu schmecken und wo sich sogleich eine köstlich herbe Süße entfaltete. Sie nahm sich noch eine. Solange sie Beeren aß, musste sie sich wenigstens nicht mit ihm anlegen oder Geistesblitze versprühen, sondern konnte sich in seinen starken Armen und der Leidenschaft, die in den silbernen Tiefen seiner Augen aufflackerte, verlieren.

Ohne zu überlegen suchte sie sich die größte und saftigste Beere aus, die sie in dem Eimer entdecken konnte, und hielt sie Roan an den Mund. Er zögerte einen Moment, bevor er sie nahm. Während er kaute, schaute er sie unverwandt an und ging langsamer. Schließlich blieb er stehen. Sein Gesicht wirkte angespannt in dem Bemühen, jeden Impuls rigoros im Zaum zu halten. Sie senkte den Blick, während ihr Herz schneller zu klopfen begann.

Die Frucht hatte einen kleinen nassen Fleck auf seiner vollen Unterlippe hinterlassen. Tory starrte darauf, wie gebannt von diesem purpurfarbenen glänzenden Punkt. Der Drang, von seiner Süße, die sich mit dem warmen Geschmack seines Mundes mischte, zu kosten, war so stark, dass ihre eigenen Lippen anfingen zu kribbeln. Sie sah, wie er schluckte, und konnte sich nicht davon abhalten, mit ihren Fingerspitzen seine braun gebrannte Kehle zu berühren.

Sie beschloss nicht, ihn zu küssen. Es gab keinen einzigen Moment, in dem sie sich sagte: *Genau das will ich und ich werde es tun*. Es war wie ein Zwang, als ob sie keine andere Wahl hätte, als ihre Hand über seinen Hals gleiten zu lassen und seinen Kopf zu sich herunterzuziehen.

Seine Muskeln waren so angespannt, dass er den Hals nur millimeterweise und widerstrebend beugte, so als ob er sich der Weisheit seines Tuns alles andere als sicher wäre, wenngleich er auch unfähig war, dem sanften Druck, den sie ausübte, zu widerstehen. Dann war sein Widerstand plötzlich gebrochen.

Nach frischen Brombeeren und Sonne und warmem sauberen Mann, nach all dem schmeckte er und nach noch etwas, das einfach nur Roan war. Er schmeckte perfekt. Sie spürte, wie sich sein Brustkorb ausdehnte und sich sein Griff verstärkte, bevor er den Kuss vertiefte. Die glatte Festigkeit seiner Lippen schickte Befriedigung durch ihren Körper, die sich spiralförmig in ihr ausbreitete. Seine Zunge umspielte die ihre so verführerisch, dass es kaum auszuhalten war. Tory hätte nichts dagegen gehabt, so Mund an Mund, selbstvergessen im warmen Louisiananachmittag schwankend, stehen zu bleiben, bis die Nacht der Nächte kam und in einem Taumel des Glücks endete.

Warum? Warum musste ausgerechnet dieser Mann so perfekt zu ihr passen? Warum musste es hier sein, so weit weg von allem, was sie kannte? Warum musste sie ihn jetzt finden, wo alles so falsch war und vielleicht nie wieder richtig werden würde? Warum?

Auf keine der Fragen gab es eine Antwort. Deshalb schob sie sie weg, während sie wieder förmlich mit ihm verschmolz und sie nicht mehr wusste, wo sie aufhörte und er anfing. Und es machte ihr nicht das Geringste aus.

Sie spürte, dass er weiterzugehen begann, spürte seine langen, zielgerichteten Schritte, die sie schnell zum Haus zurückbrachten. Bald würden sie umringt von Telefonen und all den anderen zudringlichen Dieben der Intimsphäre sein. Sie würden dort sein, wo der Monitor wieder übernahm, wo sie wieder nur eine Gefangene war und sich auch so fühlte.

Tory beendete den Kuss und schmiegte ihr Gesicht in seine Halsbeuge. Mit ihren Lippen an seiner nach Salz schmeckenden samtigen Haut flüsterte sie: „Müssen wir wirklich zurück?“

Statt einer Antwort änderte er seine Richtung und schlug den Weg zur Scheune ein, deren Tor sie offen gelassen hatten. Zwei Minuten später waren sie in dem großen offenen Raum, das Scheunentor hinter sich geschlossen.

Es roch nach Heu aus vergangenen Sommern und Tieren, die schon lange nicht mehr da waren, nach Staub und Mäusedreck, getrocknetem Dünger, der zu einem Puder zermahlen war, vermischt mit einem kräftigen Schuss Benzin und Gummi. Durch die Ritzen der Bretterwände fielen Sonnenstrahlen und ließen den purpurroten Super Bird aufleuchten, der funkelnd wie ein riesiger Edelstein in dem kühlen Dämmerlicht stand.

Roan stellte Tory auf die Füße, ehe er die hintere Tür des Super Bird öffnete und weit aufhielt. Er drängte sie nicht einzusteigen, sondern wartete auf ihre Entscheidung. Sie wusste ganz genau, dass sie mit ihrem Einsteigen in alles, was anschließend auch kommen mochte, einwilligte. Aber sie hatte sich geschworen, jede Minute der Zeit, die ihr auf Dog Trot noch blieb, gut zu nutzen, oder nicht?

Sie schaute ihn noch einen Moment an, dann stellte sie ihren Beereneimer ab, stieg ein und machte ihm Platz, indem sie ein Stück rüberrutschte. Die Tür fiel mit so einem entschiedenen und endgültigen Geräusch ins Schloss, dass ihr ein Schauer über den Rücken rieselte. Dass er, um Luft ins Auto zu lassen, das Fenster herunterkurbelte, half nicht. Während er es sich neben ihr bequem machte, erschauerte sie wieder.

„Dir kann unmöglich kalt sein", sagte er leise, während er einen Arm über die Rückenlehne legte.

Sie schüttelte den Kopf. „Nein, heiß. Mir ist so heiß."

„Gleich könnte es dir noch heißer werden. Macht es dir etwas aus?" Seine Stimme klang heiser, fast behutsam.

„Ich liebe es, wenn mir heiß wird", sagte sie und schmiegte

sich an ihn, dann lachte sie nervös auf. Um es zu kaschieren, fuhr sie schnell fort: „Warum habe ich das Gefühl, dass du das schon früher gemacht hast? Vielleicht in der High School?"

„Ich selbst nicht, aber dafür habe ich in den letzten Jahren mit meiner Sirene ganz schön viele Jugendliche in parkenden Autos aufgeschreckt."

„Du solltest dich was schämen", murmelte sie, während sie sich noch enger an ihn schmiegte und ihre Hand auf seiner Brust spreizte. Darunter spürte sie sein Herz hart und schnell schlagen. Ihn machte das, was sie gerade taten, offenbar genauso unsicher wie sie selbst.

Sie fühlte, wie seine Lippen über ihren Scheitel wanderten, dann an ihrer Schläfe hinab zu ihrem Ohr. „Offen gestanden tue ich das auch", murmelte er. „Kann sein, dass ich in Zukunft ein bisschen großzügiger bin."

„Das will ich doch hoffen", sagte sie, in Gedanken woanders. Sie zerknitterte seine Uniform, indem sie sich an ihn schmiegte, und das war nicht gut. Mit einem bemerkenswerten Mangel an Raffinesse suchte sie nach den Knöpfen und machte sie auf, dann zog sie ihm das Hemd aus der Hose, wobei er ihr behilflich war, indem er ein Stück von ihr wegrutschte. Als das Mikro, das er im Ärmel hatte, herausrutschte, fing sie es auf. „Was ist damit?"

„Aus", sagte er mit Genugtuung in der Stimme.

„Und damit?" Sie hielt den Pager hoch, nachdem sie ihn von seinem Gürtel abgemacht hatte.

Roan nahm ihn ihr wortlos ab und warf ihn zusammen mit seinem Gürtel auf den Vordersitz. Dann streckte er die Hand nach ihr aus und zog sie auf seinen Schoß, wobei er darauf achtete, ihre verletzte Schulter nicht in Mitleidenschaft zu ziehen. Gleichzeitig rutschte er ein Stück nach unten, so dass sie halb sitzend und halb liegend in der geräumigen Ecke des Fahrzeugs lehnten, das ein Schiff von einem Auto war.

Er fuhr ihr mit einer Hand über den Arm, dann schob er das T-Shirt über ihre Schulter und den Verband. „Tut es noch weh?“

„Nur ab und zu, wenn ich es vergesse und etwas tue, das ich nicht tun sollte.“

„Wie jetzt?“

Sie schüttelte den Kopf. „Im Moment tut es überhaupt nicht weh.“

„Das ist gut“, sagte er sanft, wobei sein Atem sacht wie eine Feder über ihre Haut strich, während er mit seinen Lippen den Verband streifte und dann eine Spur kleiner heißer Küsse zum Hügel ihrer Brust zog und den Stoff, der ihn bedeckte, wegschob, um ihre Knospe freizulegen. Dann nahm er ihre empfindsame rosa Spitze in den Mund.

Tory entfuhr ein leiser Laut, während sich ein Lustgefühl spiralförmig in ihr ausbreitete und sie sich Roans Mund hungrig noch ein Stück weiter entgegenwölbte. Gleichzeitig streichelte sie die warme Haut seines Oberkörpers.

Er stöhnte laut auf und zog sie noch näher an sich heran. Tory packte ihn am Hosenbund und zog ihn noch enger an sich heran, damit sie den pulsierenden harten Beweis seines Verlangens spüren konnte.

Sie war sich nicht sicher, wo sie ihre Kühnheit hernahm. Sie war in sexueller Hinsicht noch nie sonderlich aktiv gewesen. Vielleicht lag es an der Hitze und daran, wie geschmeidig ihre Hände über seine schweißfeuchte Haut glitten. Es konnte aber auch Verzweiflung sein und das Wissen, dass sie fast gestorben wäre, was sie zwang, die Hand auszustrecken und sich das zu nehmen, was sie wollte, die Chance auf Liebe und Leben zu ergreifen. Oder vielleicht lag es auch einfach nur an dem Mann selbst.

Roan war alles, was sie sich je von einem Mann erträumt hatte. Stark, anständig, ehrenwert und fürsorglich zog er sie auf einer unbewussten Ebene an, für die sie keine Erklärung hatte, trotz seiner unbeugsamen Haltung oder vielleicht gerade deswegen. Dass sie ihn jetzt in diesem Moment haben konnte, war eine unerwartete Belohnung für ihre Gefangenschaft. Ein heftiges Verlangen, ihn mit ihren Händen zu erobern, den Verlauf der Muskelstränge in seinem Rücken zu erforschen, seinen strammen Po zu kneten, den harten, heißen, seidigen Beweis seiner Männlichkeit zu liebkosen trieb sie an. Sie war schockierend und quälend, diese wilde Begierde, diese Sehnsucht, ihn an ihrer Haut zu spüren, ihn in sich zu spüren, ihn tief in ihren Körper aufzunehmen. Sie zerrte an ihrem T-Shirt, zog es sich über den Kopf und ließ es auf den Boden fallen.

Die Lederpolster in ihrem Rücken waren heiß, ebenso heiß wie Roans gebräunte Haut. Mit ihren harten Knospen über die weichen Härchen auf seiner Brust zu streichen, erfüllte sie mit tiefer Befriedigung. Es brachte ihr Blut in Wallung und rief in ihrem Schoß ein Sehnen hervor, das verlangte, gestillt zu werden.

„Ganz langsam“, flüsterte er an ihren Lippen. „Schön langsam ist es am besten.“

Er hatte Recht. Die Zeit dehnte sich und passte sich ihren Bedürfnissen an. Mit gemurmelten Worten und ermutigenden Berührungen bewegten sie sich gegeneinander, auf der Suche nach den Stellen, deren Berührung die höchste Lust hervorrief. Warm und tief, wild und frei verschmolzen ihre Bewegungen, jeden Millimeter nackter Haut und Äonen unerforschter Jahre umspannend. Sie suchten die Substanz, das Sein des anderen, jeden Geschmack, jede feste Wölbung und jede feuchte seidige Vertiefung. Tory, der es heiß war, so unendlich heiß, verlor sich in einem Rausch von Empfindungen, die die weichen Lederpolster unter und der starke Mann über ihr auf ihrer köstlich sensibilisierten Haut auslösten.

Die noch verbliebenen Kleiderbarrieren waren mit ein paar schnellen Bewegungen entfernt. Durch die geöffneten Fenster wehte ein leichter Luftzug herein, der durch die tausend Ritzen der Bretterwände drang. Er fächelte ihre glühende Haut, während Roan ihre Schenkel auseinander drückte und behutsam in sie eindrang. Sie reagierte, indem sie sich ihm in unbekümmerter, ansteckender Begierde anbot.

Er verharrte bewegungslos, von einem Taumel köstlichster Lust ergriffen, und stieß einen leisen Laut aus, der eine Mischung aus Stöhnen und Gebet war. Tory liebkoste mit fiebrigen Bewegungen seine Haut, wobei sie mit einem tiefen Aufstöhnen ihre Zustimmung signalisierte. Noch immer ohne sich zu bewegen, suchte er ihren Blick, wobei er die Grenzen dessen, was sie beide ertragen konnten, immer noch weiter ausdehnte, während seine Männlichkeit in ihrem Schoß im Rhythmus seines Herzschlags pulsierte.

„Roan."

Das geflüsterte Wort war ein Flehen und das Versprechen, dass sie ganz bei ihm war, dass sie ihn wollte, ihn brauchte und es nicht ertragen konnte, ihn nicht zu bekommen. Jetzt. Endlich.

Tief Atem holend, schloss er die Augen und begann sich zu bewegen. Seine Handflächen schlossen sich um ihre Brüste, während er gleichzeitig anfing, ganz sacht ihre Knospen zu reiben. Es war mehr, als sie ertragen konnte. Sie bäumte sich auf und beschwor ihn mit Händen und Lippen, sich noch härter und schneller in ihr zu bewegen, noch tiefer in sie einzudringen, um ihr wildes Verlangen, mit ihm zu verschmelzen, zu befriedigen, damit sie seine Stärke in sich aufnehmen und bis zum Ende ihrer Tage in sich behalten konnte.

Sie rangen in einem primitiven Rhythmus miteinander, der weit über den Kontakt ihrer schweißüberströmten Körper hinausreichte, und strebten in ein uraltes Königreich jenseits von Zeit und Raum, das sich jenen auftut, die vorbehaltlos und leidenschaftlich lieben. Sie fanden es, stolperten im Taumel der Glückseligkeit über die Schwelle in das Nirwana, wo ihnen das einzige wahre Wunder des Universums zuteil wurde.

Und anschließend lagen sie da, während der Schweiß ihre Körper kühlte und ihre Hände sich unablässig liebkosten, um den Schmerz der kommenden Trennung zu lindern. Sie mussten sich trennen, mussten wieder zwei Körper werden statt eines. Um ihre unterschiedlichen Leben mit all ihren Problemen und Pflichten fortzuführen, an denen sich auch dadurch, dass sie sich geliebt hatten, nichts geändert hatte.

Es wird hart werden, dachte Tory, während sie mit trockenen, brennenden Augen in die staubige Dämmerung der Scheune starrte. Unglaublich hart.

Es würde so hart werden, ihn zu verlassen.

14. KAPITEL

Luke und April Benedict waren die Ersten, die eintrafen, dicht gefolgt von Kane und Regina mit Sohn Stephen. Und Kane hatte Lewis Crompton mitgebracht. Der ältere Herr befand sich in Begleitung seiner Frau Elise, die er mit einem Augenzwinkern als seine Braut vorstellte. Doc Watkins wurde sofort nach seinem Eintreffen von Pop Benedict für eine Spritztour mit seinem Wohnmobil in Beschlag genommen, weil Pop einige technische Probleme mit ihm diskutieren wollte, die er mit seinem fahrbaren Untersatz hatte. Danach erfolgte der Anschlag. So viele Benedicts beiderlei Geschlechts strömten in das Haus, dass Tory bald jede Hoffnung aufgab, ihre Namen und die verwandtschaftlichen Beziehungen, in denen sie zueinander standen, zu behalten. Die einzigen Leute, die sie kannte, waren Clay und Johnnie, die Krankenschwester.

Aber es war ja auch nicht ihre Party, sondern eine Begrüßungsparty für Roans Vater. Pop, der nach seiner Rückkehr von Jake aus seinem Wohnmobil gezerrt wurde, hielt auf der Vorderveranda Hof, schüttelte allen Männern die Hände und umarmte all die Frauen, die auf ihn zukamen, um ihn zu begrüßen. Genau gesagt umarmte jeder jeden, und alle schienen sich zu freuen, wieder einmal beisammen zu sein. Man redete viel über diejenigen, die nicht hatten kommen können, und hechelte sämtliche Geburten, Hochzeiten und Todesfälle durch, die sich während Pops Abwesenheit ereignet hatten.

„Abstoßend, stimmt's?“ fragte Clay grinsend, während er zu Tory hinübergeschlendert kam, die neben einer Säule im Aufgang Zuflucht gesucht hatte. Er trank einen Schluck aus der Bierflasche, die er in der Hand hielt.

„Was?“ fragte Tory.

Clay deutete mit seinem Bier auf Luke und April, die sich mit Kane und Regina unterhielten. „So viele Beweise Benedictscher Fruchtbarkeit, zum einen. Und dann auch noch diese öffentliche Zurschaustellung ehelicher Zuneigung."

Seine Augen lachten, aber in seiner Stimme schwang auch eine Spur von Neid mit, die bewirkte, dass Tory für einen Augenblick ein Gefühl von Zusammengehörigkeit verspürte. „Das meinen Sie doch nicht ernst", sagte sie mit einem spöttischen Lächeln.

„Klar meine ich's ernst. Luke ist so glücklich, dass man am liebsten mit den Zähnen knirschen möchte. Und was Kane betrifft, könnte man denken, dass er oder besser gesagt seine über alles geliebte Regina die Schwangerschaft erfunden hätte. Dieses arme Baby wird sich wahrscheinlich noch mindestens weitere sechs Monate nicht raustrauen, vor lauter Angst, dass es den Erwartungen seiner närrischen Eltern nicht gerecht wird."

„Oh, das bezweifle ich." Torys Blick blieb auf Regina liegen, die ein elegantes aquamarinblaues Umstandskleid trug. Sie war hochschwanger, aber schön anzuschauen, da sie die heitere Gelassenheit und Gesundheit ausstrahlte, die manchen Frauen in diesem Zustand anhaftet.

„Na ja, wahrscheinlich nicht, weil Kane es nämlich nicht zulassen wird. So wie ich ihn kenne, wird er wahrscheinlich eine einstweilige Verfügung erlassen, mit der er das arme Kind zwingt, auf die Minute pünktlich zu kommen."

„Ist er so ein Pünktlichkeitsfanatiker?"

Clay schüttelte grinsend den Kopf. „Nein, nur schrecklich ungeduldig."

„Ungeduldiger als Regina kann er wohl kaum sein. Sie hat vorhin gesagt, dass sie sich sehnlichst wünscht, dass es nur noch zwei Minuten dauert und nicht noch zwei Wochen."

„Es ist wie Weihnachten, sie können es nicht erwarten, das Päckchen aufzumachen, um zu sehen, was drin ist."

„Wissen sie denn nicht, was es wird?"

„Warum sollten sie sich um die Überraschung bringen? Wer macht denn so was?"

Eine interessante Sichtweise, die allerdings nur wenige meiner Freundinnen teilen, dachte Tory. Weil ihr Motto *umgehende Befriedigung* war. Es war schön, auf Menschen zu treffen, die Vorfreude noch auskosten konnten. Noch während sie darüber nachdachte, fiel ihr auf, dass Roan dieselbe Fähigkeit besaß.

„Und was ist mit Ihnen?" fragte sie. „Auch irgendwelche Aussichten in dieser Richtung?"

„Gott, nein, Liebe, ich bin nicht verheiratet."

„Das weiß ich. Was ich meinte, ist, ob Sie schon ein Auge auf jemand geworfen haben."

„Anwesende ausgeschlossen?"

„Natürlich", gab sie ohne zu zögern zurück, obwohl sie einen Moment später überrascht war, wie leicht ihr die Versicherung über die Lippen gekommen war. Clay sah gut aus, umwerfend gut sogar, wenn man auf den lässigen Was-schert's-mich-Typ stand. Für sie war er nichts. Sie zog einen Mann mit mehr Ernst vor, einen, auf den sie sich jederzeit felsenfest verlassen konnte.

„Aber Sie haben ein Auge auf jemanden geworfen, stimmt's?" fragte er mit einem sanften Unterton in der Stimme.

„Was?" Sie richtete ihren Blick auf ihn, und als sie den wissenden Ausdruck in seinen strahlend blauen Augen sah, wurde ihr klar, dass sie Roan beobachtet hatte. Das war eine schlechte Angewohnheit, die sie dringend ablegen musste. Etwas steif fuhr sie, noch ehe er antworten konnte, fort: „Nein, natürlich nicht. Es wäre töricht, solange ich eine Gefangene bin, oder?"

„Träumen tut nicht weh."

„Aber helfen tut es auch nicht", sagte sie leise.

„Soll heißen?"

„Nichts."

„Ach kommen Sie schon, raus damit." Er legte den Kopf in den Nacken und trank den letzten Schluck, dann stellte er die Flasche auf einem Tisch in der Nähe ab.

„Ich ... es ist nur ... vermutlich fühle ich mich fehl am Platz." Sie verlagerte ihr Gewicht unbehaglich von einem Fuß auf den anderen, da sie sehr genau wusste, was er dachte. Er irrte sich. Sie hatte seit gestern Nachmittag kaum ein Wort mit Roan gesprochen. Er hatte allein in seinem Zimmer geschlafen, während sie in ihrem geblieben war, und den heutigen Tag hatte er größtenteils damit zugebracht, die Party vorzubereiten. Es war offensichtlich, dass ihm ihr Liebesspiel auf dem Rücksitz seines Super Bird weniger bedeutet hatte, als sie geglaubt hatte. Er gab ihr keine Gelegenheit, darüber zu reden, ganz zu schweigen davon, dass er gewillt wäre, es zu wiederholen.

„Das ist alles. Wirklich", beharrte sie, nachdem Clay viel sagend schwieg.

„Ja, nun, aber Sie haben heute Abend doch Leute kennen gelernt, oder?"

„Ein paar." Roan, Jake und Pop Benedict hatten sie mit einer Cousine und einem Cousin nach dem anderen bekannt gemacht, letztendlich hatte sie ihnen jedoch wenig zu sagen. Von daher war es auch keine große Überraschung gewesen, dass sie sich schließlich höflich verabschiedet hatten, um sich anderen Gruppen zuzugesellen, mit denen sie mehr Gemeinsamkeiten hatten.

Sie hatte die Verwandten beobachtet, über die sie von Roan und Jake am meisten gehört hatte, und hätte sich brennend gern mit ihnen unterhalten. Aber Kane war ihr auf seine Art ebenso Furcht einflößend erschienen wie der Sheriff, und seine Frau Regina mit ihren herrlichen roten Haaren, die ihr in weichen Locken über die Schultern fielen, den Sommersprossen auf der Nase und dem tollen alten Schmuck war viel zu sehr beschäftigt, weil alle Welt sich nach ihrem Befinden erkundigte, als dass Tory es gewagt hätte, sich ihr zu nähern. Und Luke war ebenfalls umlagert. Seine Frau, die bekannte Liebesromanautorin April Halstead, die ein pfirsichfarbenes Seidenkleid trug und sich das goldbraune Haar zu einem eleganten Knoten hochgesteckt hatte, versprühte so viele Geistesblitze, dass Tory sich ihr im Augenblick nicht gewachsen fühlte. Selbst Mr. Crompton und Miss Elise mit ihrem sanften Lächeln und den kultivierten Manieren gehörten so offensichtlich dazu, dass Tory nicht den Mut aufbrachte, sie auf sich aufmerksam zu machen.

„In Wahrheit ist es wahrscheinlich so, dass ich glaube, kein Recht zu haben, hier zu sein“, sagte sie ein bisschen lahm.

„Diese Entscheidung sollten Sie besser Roan überlassen.“

„Ich bin mir nicht sicher, ob ihm in den Sinn gekommen ist, dass ich ein Problem damit haben könnte.“

„Machen Sie sich nichts vor“, sagte er mit einem trockenen Auflachen. „Roan entgeht nicht viel, vor allem nicht, wenn es etwas mit Ihnen zu tun hat. Zum Beispiel überlegt er jetzt gerade, was wir wohl so Interessantes zu besprechen haben, und wie er uns am besten unterbrechen könnte, ohne dass es auffällt.“

„Sie machen Witze“, sagte sie mit einem Blick in die Richtung, in die er deutete.

„Schauen Sie nicht hin!“ warnte Clay. „Jedenfalls nicht, wenn Sie nicht wollen, dass er schnurstracks herüberkommt. Aber vielleicht wollen Sie ja genau das?“

„Sie spinnen wirklich, wissen Sie das?“ Es kostete sie einige Mühe, in leichtem Ton zu sprechen. Natürlich hatte er Recht, aber das würde sie niemals zugeben.

„Ja, ja, es ist immer dasselbe“, jammerte er. „Keiner nimmt mich ernst.“

„Armer Kleiner“, neckte sie ihn. „Vermutlich sind sie glücklich, dass sie Sie für alles andere nehmen können.“

Er trat einen Schritt zurück und griff sich in gespieltem Entsetzen ans Herz. „Oh, Donna, allerliebste Donna, was meinen Sie damit?“

„Nichts, nichts. Entschuldigen Sie mich einen Moment, ja? Ich muss nach dem Braten sehen und mir überlegen, wie ich es schaffe, die Unmengen Essen, die die Leute mitgebracht haben, ein bisschen ansprechend zu arrangieren.“

„Feigling“, rief er ihr hinterher, als sie sich umdrehte, um wegzugehen.

Sie schaute lächelnd über die Schulter und erwiderte trocken: „Stimmt.“

Sie war dabei, Topfdeckel zu lüften und Aluverpackungen zu entfernen, um die Hauptspeisen von den Gemüsebeilagen zu trennen und die Salate von den Nachspeisen, als April und Regina in die Küche kamen. Tory hob den Kopf und lächelte die beiden Frauen kurz an, allerdings ohne ihre Arbeit zu unterbrechen.

„Wir dachten, dass Sie vielleicht ein bisschen Hilfe gebrauchen könnten“, sagte Lukes Frau, deren kluge Augen vor Neugier funkelten.

Regina, die werdende Mutter, ergänzte mit einem Lächeln, das ihr sanftes Gesicht erhellte: „Sagen Sie uns einfach, was wir tun sollen.“

Tory fühlte sich für einen kurzen Moment angenommen, so

wie sie es zum letzten Mal in den Cliquen in ihrer Internatszeit erlebt hatte. Machte sie sich nur etwas vor, oder schauten sie die Frauen wirklich so an, als könnte es da vielleicht etwas Verbindendes zwischen ihnen geben, als wüssten sie oder ahnten zumindest, dass zwischen ihr und Roan mehr war als nur eine Gefangenenaufseher-Gefangenen-Beziehung. Aus irgendeinem Grund, den sie nicht verstand, schoss ihr die Röte ins Gesicht.

„Ich weiß nicht, wirklich. Weil ich mir eigentlich selbst nicht sicher bin, was ich damit machen soll", sagte sie. Das war die Wahrheit. Sie war zwar an große Einladungen gewöhnt, aber ihre Aufgaben bei den Vorbereitungen beschränkten sich normalerweise darauf, mit den Leuten vom Cateringservice die Menüfolge zu besprechen und den Scheck auszustellen.

„Macht nichts", versicherte April. „Stellen Sie einfach nur alle Hauptspeisen zusammen, und legen Sie Gabeln dazu, das genügt."

Ganz so einfach war es freilich nicht, größere Schwierigkeiten aber gab es auch nicht. Logik war der Schlüssel. Ganz vorn wurden die Pappteller gestapelt, zusammen mit Besteck und Servietten, dann folgten die Salate, das Fleisch, das Gemüse und die Nachspeisen. Getränke und Gläser standen auf einem extra Tisch, so dass jeder, der wollte, sich bei einem zweiten Ausflug etwas zu trinken holen konnte, ohne sich dafür in der Essensschlange anstellen zu müssen. April half Tory, die Hauptspeisen zusammenzustellen, und entschied, was noch einmal heiß gemacht werden musste und was nicht, während Regina Eiswürfel in Plastikgläser packte und dann Tee und andere kalte Getränke darüber goss.

Dabei redeten sie über alltägliche Dinge, obwohl Tory aus dem Augenwinkel registrierte, dass April ein oder zwei Mal zu ihr herüberschaute, wobei um ihren Mund ein belustigtes Grinsen spielte. Nach ein paar Minuten fing Tory einen dieser Blicke und hob fragend eine Augenbraue.

„Entschuldigung, das ich Sie so ansehe, es ist nichts, wirklich“, sagte April daraufhin mit einem eiligen Kopfschütteln, während sie geschickt einen gebackenen Schinken im Brotteig aufschnitt. „Das einzig Komische ist nur, dass ich Roan schon vor geraumer Zeit gewarnt habe, dass Sie ihm eines Tages über den Weg laufen werden.“

„Sie haben was?“

„Es war bei Reginas und Kanes Hochzeit. Ich neckte Roan ein bisschen, weil er immer noch solo ist. Er argumentierte, dass er für so was keine Zeit hätte, woraufhin ich irgendeine schlaue Bemerkung machte, dass er die Zeit schon finden wird, wenn ihm eine Frau die Pistole auf die Brust setzt. Ich muss offenbar eine Hellseherin sein, wirklich.“

„Oder Roan ein Hellseher“, sagte Regina lachend. „Erzähl Donna, was er geantwortet hat.“

April verdonnerte Regina mit einem Blick zum Schweigen. „Oh, ich glaube nicht, dass sie das wissen will.“

„Ich denke vielleicht schon.“ Tory schaute von der einen zur anderen.

April biss sich auf die Unterlippe, dann nickte sie kurz. „Gut, er sagte, dass jede Frau, die das täte, sich auf dem Rücken liegend wiederfinden würde. Daraufhin sagte ich ...“

„... wenn du Glück hast, will sie das ja“, beendete Regina ihren Satz kichernd.

„Und was sagte er daraufhin?“ fragte Tory gefährlich ruhig.

„Wenn mich nicht alles täuscht, sagte er so was wie ‚Hoffen wir es‘.“ April schaute Tory in das verschlossene Gesicht. „Bitte, es war nur ein Spaß. Das ist alles.“

„Da bin ich mir sicher.“ Tory schaute wieder auf den Pie,

den sie gerade auspackte. „Obwohl ich es nicht besonders komisch finde."

Regina kam heran und legte ihr eine Hand auf den Arm. „Es tut uns Leid, wirklich. Was er gesagt hatte, war nur so völlig untypisch für ihn, dass es jetzt, nachdem es tatsächlich passiert ist, die Art von zufälligem Zusammentreffen ist, über die man einfach lachen muss. Auch wenn Roan vielleicht streng wirkt, er ist doch der zärtlichste und fürsorglichste der Benedict-Jungs. Einer Frau mit vorgehaltener Waffe den Hof zu machen ist wirklich nicht sein Stil."

„Völlig unvorstellbar", fügte April hinzu.

Die beiden Frauen waren so ernst geworden, dass Tory es nicht schaffte, an ihrer Verärgerung festzuhalten. Sie schaute weg und sagte: „Ich glaube trotzdem, dass Sie da etwas völlig falsch sehen. Ich bin nicht auf Dog Trot, weil mir irgendwer den Hof macht."

„Wenn Sie das wirklich glauben", sagte April, ihr Messer in der Schwebe haltend, „müssen Sie noch eine Menge über die Benedict-Männer lernen."

„Absolut", stimmte Regina trocken zu. „Sie verlieben sich Hals über Kopf und unsterblich, und wenn es passiert, lassen sie es nicht zu, dass ihnen etwas im Weg steht. Dann sind sie zu allem bereit, um die Frau, die sie wollen, auch zu bekommen – selbst wenn es bedeutet, sich nicht an die Regeln zu halten oder sogar ein paar Gesetze zu brechen."

„Oh, bitte, Roan Benedict ist der sturste, gesetzestreueste, nachtragendste Mann, der je das Licht der Welt erblickt hat. Er würde nie eines seiner geliebten Gesetze brechen, selbst wenn sein Leben davon abhinge."

„Nein? Warten wir's ab", sagte Regina nachdenklich. „Kane behauptet, dass er gar kein Recht hat, Sie hier festzuhalten, weil niemand Anzeige gegen Sie erstattet hat – und zwar deshalb, weil er es Cousine Betsy ausgeredet hat. In der Zwischenzeit lässt er Sie von seinen Leuten bewachen, weil er sich aus privaten Gründen um Ihre Sicherheit sorgt ... ein klarer Gesetzesverstoß. Außerdem verheimlicht er, dass Sie von Ihren Verletzungen schon weitgehend genesen sind, um zu verhindern, dass man ihm unbequeme Fragen stellt. Das nur für den Anfang."

Tory starrte sie an. Schließlich sagte sie: „Aber er gefährdet damit doch nicht seinen Job, oder?"

„Oh, Liebes", sagte April und grinste Regina an. „Es hat sie wirklich bös erwischt."

„Nun, du musst zugeben, dass sie sich da in guter Gesellschaft befindet."

„Wie wahr", sagte April und seufzte. Dann hellte sich ihr Gesicht wieder auf. „Habe ich dir schon erzählt, dass mir letzte Nacht noch ein anderer Gedanke gekommen ist?"

„Du weißt, dass du es nicht getan hast", sagte Regina, während sie aufhörte, ihre Hände zu schütteln, die wahrscheinlich halb erfroren waren von den Eiswürfeln, die sie auf die Gläser verteilt hatte.

„Die Geschichte wiederholt sich, zumindest erscheint es manchmal so. Du erinnerst dich doch an die vier Benedict-Brüder, die sich als Erste in Turn-Coupe niedergelassen haben? Der Erste hat die Indianerin geheiratet, die sie hierher geführt hatte, der Zweite eine rothaarige Schottin, die als Siedlerin kam, der Dritte hat eine Spanierin entführt, die darüber nicht allzu böse war, und der Letzte hat sich eine Französin zur Frau genommen, die sich in den Wäldern verirrt hatte."

„Und?" Regina schien Tory mit einem Blick einzuladen, sich den Spaß zu gönnen und sich an Aprils lebhaften Spekulationen zu beteiligen.

„Na ja, du stehst für die Schottin, die aus dem Osten kam, und ich bin diejenige, die entführt wurde. Und Tory hier", schloss April mit Genugtuung, „kam aus den Wäldern, ohne Erinnerung daran, wer sie ist oder wo sie hingehört, genau wie die Französin."

„Ganz schön weit hergeholt, Honey", gab Regina zurück. „Ziemlich weit."

April verbuchte es als ihren Erfolg. „Vielleicht, vielleicht auch nicht. Aber du musst zugeben, dass es eine interessante Theorie ist."

„Nein, das muss ich gar nicht. Auch wenn ich schottisches Blut in den ..."

„Siehst du!" triumphierte April. „Und einer meiner Vorfahren war ein spanischer Kaufmann, der nach New Orleans kam, weil er irgendeinem Granden in Spanien auf den Schlips getreten ist und deshalb beschlossen hat, dass eine weite Reise seiner Gesundheit wahrscheinlich ganz zuträglich wäre."

„Jetzt fehlt uns nur noch eine Indianerin."

„Für Clay", platzte Tory unversehens heraus. Und natürlich war es ein Witz. Oder etwa nicht?

„Perfekt", gab Regina zufrieden zurück.

„Kann man nur hoffen, dass sie ihn nicht skalpiert, weil er so ein Flattermann ist."

„Ein was?" Tory kam wieder einmal nicht mit.

„Männliche Form von Schmetterling. Sie wissen schon, so ein Kerl, der von Blüte zu Blüte flattert, weil er Angst hat, eingefangen zu werden. Luke war früher auch so. Tatsächlich erinnert mich Clay oft an Luke – wie er als Junggeselle war, natürlich. Inzwischen ist er ja praktisch in Zement gegossen."

„Das ist noch etwas, worauf Sie bei den Benedict-Männern achten müssen", sagte Regina weise. „Sie sind derartige Stubenhocker, dass Sie von Glück sagen können, wenn Sie je wieder mal aus Turn-Coupe rauskommen."

„Danke für den Rat", sagte Tory angespannt. „Obwohl ich bezweifle, dass das mein Problem sein wird."

April und Regina wechselten einen kurzen Blick, fragten jedoch nicht nach. Dennoch befürchtete Tory, dass sie es tun könnten, weshalb sie schnell abzulenken versuchte, indem sie zu April sagte: „Jake hat mir ein bisschen was über Sie und Luke erzählt, aber ich habe die Geschichte nie ganz gehört."

Daraufhin begann April mit leuchtenden Augen zu erzählen, wie sie beschlossen hatte, einen Roman über die Benedicts zu schreiben. Die Familie war nicht besonders glücklich darüber gewesen, unters Mikroskop gelegt zu werden, besonders Luke oder genauer gesagt seine Großmutter. In der Zwischenzeit hatte sich an einer anderen Front eine schwierige Lage entwickelt. Das Ergebnis waren anonyme Anrufe, nächtliche Schießereien und eine Explosion auf einem Hausboot gewesen, bei der Gott sei Dank niemand ernsthaft zu Schaden gekommen war. Schließlich hatte Luke April gegen ihren Willen aus der Gefahrenzone in die Sümpfe auf der anderen Seeseite geschafft, an den einzigen Ort, an dem sie seiner Meinung nach sicher war.

Zu hören, wie die Stimme der Romanautorin weich wurde, wenn sie von den Tagen erzählte, die sie mit Luke auf dem See verbracht hatte, war eine Offenbarung. Tory war sich ganz sicher, dass ihre Geschichte ein weiteres Beispiel dafür war, dass ein Benedict einer Frau seinen Willen aufgezwungen hatte, ohne dass diese darüber schrecklich unglücklich war, wie April angedeutet hatte. Oder es im Nachhinein zu schätzen wusste.

„Ich fürchte, dass Luke und ich Roan das Leben in dieser Zeit ein bisschen schwer gemacht haben", sagte April. „Er musste im kritischen Moment einspringen, um die Täter festzunehmen, die wir zufälligerweise beide kannten."

„Ich glaube kaum, dass er etwas dagegen hatte", gab Tory mit leichter Schärfe zurück. „Wenn man bedenkt, wie er in seinem Beruf aufgeht."

„Er hatte in den letzten Jahren auch nicht sehr viel, worin er sonst hätte aufgehen können", erwiderte April.

„Obwohl er noch ein bisschen extremer geworden ist, seit ihr beide verheiratet seid", gab Regina mit einem besorgten Stirnrunzeln zu bedenken. „Ich habe manchmal das Gefühl, dass er vielleicht ... einsam ist."

„Er hat doch Jake und Pop", sagte Tory schroff.

„Stimmt, aber das ist nicht dasselbe."

Tory weigerte sich zuzustimmen, während sie nervös einen Kuchen herumrückte, den sie gerade ausgepackt hatte. „Davon abgesehen, bin ich mir sicher, dass es hier eine Menge Frauen gibt, die nichts dagegen hätten, die Frau des Sheriffs zu sein."

„Er hat mir irgendwann mal erzählt, dass er gegen Frauen zwar nicht immun ist, aber nicht viel Zeit für sie hat", sagte April nachdenklich. „Außerdem glaube ich, dass er viele Frauen auch einschüchtert, vor allem, wenn sie ein bisschen jünger sind."

„Das Letzte, was er braucht, ist ein törichtes junges Ding. Sie würde ihn binnen einer Woche in den Wahnsinn treiben. Nicht dass sein Liebesleben meine Sorge wäre", fügte Tory eilig hinzu.

„Natürlich nicht", sagte April, ohne eine Miene zu verziehen.

„Absolut nicht." Das Echo kam von Regina.

Und die beiden Frauen schauten sich nicht einmal an.

Kurze Zeit später riefen sie alle zum Essen ins Haus. Vor

dem langen Buffet bildete sich eine Schlange, und bald hatte jeder einen voll beladenen Teller in der Hand, mit dem er sich auf die Suche nach einem stillen Eckchen machte. Die Hauptgefahr bildeten die Kinder unter zehn, die mit einem guten halben Dutzend Hunden auf den Fersen ständig durchs Haus und wieder hinaus rannten. Geplagte Mütter riefen sie schließlich zur Ordnung und schickten sie weg, sich die Hände zu waschen, bevor sie sich mit den Tellern, die man für sie vorbereitet hatte, hinsetzten.

Schließlich folgte eine Zeitspanne relativer Ruhe, während der sich ein jeder der ernsten Angelegenheit des Essens widmete. Die einzigen Geräusche außer dem Klappern von Besteck und dem Klirren von Eiswürfeln waren die Komplimente an die Köche. Nicht wenige davon erhielt Tory für ihre Rinderbrust und später für ihren Cobbler, der mit selbst gemachtem Vanilleeis gereicht wurde.

Tory, die neben Miss Elise und Mr. Lewis saß, beobachtete, wie Roan seinen Löffel in seinen Cobbler versenkte. Sie selbst brachte es nicht einmal über sich zu kosten. Allein der süße Beerenduft überschwemmte sie mit einer Flut von Erinnerungen, bei denen ihr ganz heiß wurde. Als Roan sich den ersten Bissen Cobbler in den Mund schob, schloss er die Augen. Einen Moment später öffnete er sie wieder und schaute direkt zu ihr hin. Sein Blick war undurchsichtig und sein Gesicht blass. Nachdem er sich wieder von ihr abgewandt hatte, schob er seinen Teller von sich.

Er konnte es auch nicht ertragen.

Clay gehörte zu den Ersten, die mit dem Essen fertig waren, hauptsächlich deshalb, weil er der Erste in der Schlange gewesen war. Nachdem er seinen Teller weggestellt hatte, holte er seine Gitarre und begann bekannte Country- und Westernballaden und alte Folksongs zu singen. Er hatte eine gute Stimme, einen ausdrucksvollen Bariton, in dem eine Menge Humor mitschwang. Seine immer neuen Versionen von „Froggy Went A-Courting“ und „There's a Knot on a Log“ begeisterten die Kinder, bis sie ihn schließlich umringten und „Mehr, mehr mehr!“ schrien.

Auch nachdem die benutzten Pappteller und Plastikbecher eingesammelt und in Mülltüten verstaut waren, dachte noch niemand an Aufbruch. Irgendwer ging nach draußen zu seinem Auto und kam mit einer Geige zurück, jemand anders holte ein Akkordeon. Aus dem Salon hatte man die Stühle und den Teppich rausgeschafft, so dass getanzt werden konnte. Tory hielt sich so lange wie möglich in der Küche auf, wo sie das Essen wegräumte. Als absolut nichts mehr zu tun war, zog sie sich in den ersten Stock zurück, wo sie sich auf der untersten Stufe der Treppe, die zum Speicher führte, niederließ.

Leute kamen und gingen. Ein paar Treppenstufen über ihr hielten Teenager Händchen und flüsterten miteinander, während in den Sesseln an der Wand der Halle ältere Frauen saßen, die sich Luft zufächelten. Tory fühlte sich beobachtet und war sich sicher, dass man über sie sprach. Sie hatte hier keinen Platz und würde auch nie einen haben.

Sie war erleichtert, als Clay wieder zu ihr kam.

„Lust zu tanzen?“ fragte er und streckte ihr seine Hand entgegen.

Sie schaute in seine lachenden blauen Augen und war mächtig versucht, und wenn auch nur aus dem Wunsch nach Zugehörigkeit heraus. Aber dann schüttelte sie doch den Kopf. „Ich glaube nicht.“

„Ach, kommen Sie. Das Überwachungsgerät sieht man unter dem langen Rock doch nicht, falls es das ist, worüber Sie sich Sorgen machen.“

Das war natürlich Sinn und Zweck des langen Wickelrocks, den Pop Benedict ihr aus dem örtlichen Discountladen mitgebracht hatte. Sie konnte sich nicht erinnern, je in ihrem Leben etwas dermaßen Unspektakuläres getragen zu haben oder etwas, in dem sie sich wohler gefühlt hätte. Trotzdem schüttelte sie den Kopf. „Es wäre unpassend."

„Wen interessiert das? Spaß gehört allen." Wieder streckte er ihr die Hand hin, um sie hochzuziehen. „Wir bleiben hier in der Halle, wenn Ihnen das lieber ist."

Wie hätte sie sich verweigern können? Auf jeden Fall wollte sie es nicht, nicht wirklich. Außer dass sie sich danach sehnte, sich zugehörig zu fühlen, wenigstens für ein paar Minuten. Es war lächerlich, aber sie konnte nichts dagegen machen. Sie griff nach Clays Hand und ließ sich hochziehen.

Er tanzte gut, doch sie hatte auch nichts anderes erwartet. Jedem, der ein Instrument spielen und singen konnte wie er, lag die Musik im Blut. Tory gratulierte ihm zu seinem Auftritt und sah zu ihrem großen Erstaunen, dass er rot wurde. Dass er in solchen Dingen nicht blasiert war, machte zum Teil seinen Charme aus, und sie mochte ihn dafür noch lieber.

Sie bewegten sich erst kurz zu den Klängen eines Walzers im Texasstil, als jemand Clay auf die Schulter tippte. Tory hob den Kopf und schaute in Lukes erwartungsvolles Gesicht.

„Also wirklich", sagte Clay und blieb stehen. „Geh und tanz mit deiner Frau, um Himmels willen!"

„Das habe ich bereits", sagte Luke, während er zwischen Clay und Tory trat und ihr einen Arm um die Taille legte. „Und jetzt tanzt sie mit Pop, dem Mann der Stunde."

„Schön", sagte Clay warnend. „Dann stelle ich mich eben an."

Luke lachte nur und wirbelte Tory herum. Doch dann

schaute er sie an und sagte: „Ich hoffe, Sie haben nichts dagegen. Aber ich konnte es unmöglich zulassen, dass Clay die Frau der Stunde als Einziger mit Beschlag belegt."

„Das wohl kaum", erwiderte Tory trocken, während sie zu Aprils Ehemann aufschaute. „Ich fühle mich eher wie das Gespenst beim Festbankett."

„Aber was für ein atemberaubendes ... nur, dass Sie mich richtig verstehen, ich spreche ganz objektiv als ein sehr verheirateter Außenstehender."

„Alles klar", sagte sie, belustigt über seine Besorgnis, dass sie sein Kompliment falsch auffassen könnte.

„Nicht dass April je eifersüchtig wäre, sie weiß schließlich, dass sie keinen Grund dazu hat, aber bei Roan liegt der Fall etwas anders."

Jetzt hatte er ihre volle Aufmerksamkeit. „Hat er Sie geschickt, damit Sie mich von Clay loseisen?"

„Nicht direkt. Es war meine Idee, weil ich nicht scharf darauf bin mit anzuschauen, wie sich zwei meiner Lieblingscousins die Ärmel hochkrempeln und aufeinander losgehen."

Tory fand es langsam etwas ermüdend, dass sich alle mit ihrer Beziehung zu Roan zu beschäftigen schienen. „Falls Roan tatsächlich beunruhigt ist, dann höchstens deshalb, weil er Angst hat, ich könnte Clay beschwatzen, dass er mir hilft zu fliehen."

„Und würden Sie das denn?"

„Was spräche dagegen?" fragte sie, wobei sie sich weit genug zurücklehnte, um ihm in seine dunklen Augen blicken zu können.

„Rücksicht vielleicht? Oder Dankbarkeit?"

„Weil Roan mich in sein Haus gebracht hat? Ich habe ihn nicht darum gebeten. Aber das ist sowieso egal. Weil ich nämlich bezweifle, dass Clay irgendetwas tun würde, das Roan schaden könnte."

Luke lächelte zustimmend. „Klug beobachtet. Was mich zu der interessanten Schlussfolgerung verleitet, dass Roan, was Sie betrifft, total vernagelt sein muss, sonst hätte er schon längst Clays Platz eingenommen und wäre sich nicht so sicher, dass er widerstehen kann."

„Das sehe ich überhaupt nicht so", wehrte sie schroff ab „Er versucht nur, sich abzusichern."

Luke legte den Kopf leicht schräg. „Möglich. Obwohl ich es bezweifle."

Die beste Antwort darauf war würdevolles Schweigen. Doch bevor die Stille zwischen ihnen unbehaglich werden konnte, spürte Tory, dass irgendwer hinter ihr war. Gleich darauf sagte ein Mann: „Jetzt bin ich dran, Cousin. Du hast lange genug mit der Lady getanzt."

Es war Kane, von dem Roan öfter gesprochen hatte als von den anderen, vermutlich weil sie beide ihre Büros im Gerichtsgebäude hatten.

„Es ist immer noch derselbe verdammte – Verzeihung – verflixte Walzer", sagte Luke verzweifelt.

„Tut mir Leid. Befehl vom Sheriff."

Luke lächelte Tory schief an, während er sie freigab. „Na, was habe ich gesagt?"

Sie blieb zwar bei ihrer Meinung, erwiderte sein Lächeln aber trotzdem. Sogar sie konnte sehen, dass die Situation einer gewissen Komik nicht entbehrte.

In diesem Moment war die Musik zu Ende. Eine langsame Ballade begann, ein Schmachtfetzen, der von einem Cowboy erzählte, der sich in die Stimme einer Frau verliebt hatte. „So ist es viel besser", sagte Kane, während er ihr einen Arm locker um die Taille legte. „Und was ist Ihnen lieber? Soll ich diskret sein oder Öl ins Feuer gießen?"

„Ich bin mir nicht sicher, ob Sie überhaupt eine Wahl haben", sagte sie, ohne so zu tun, als ob sie ihn missverstanden hätte. „Ich möchte wetten, Roan erzählt Ihnen mehr als allen anderen."

„Glauben Sie? Ich meine, wenn Regina mir nicht noch im Lauf dieser Party einen Sohn und Erben schenkt, ist es ein Wunder. Ich habe aber trotzdem Anweisung, unauffällig dafür zu sorgen, dass Sie sich in Kürze wieder in ein Mauerblümchen verwandeln."

Tory spürte Verärgerung in sich aufsteigen. „Der Mann ist wirklich unmöglich! Wenn er schon nicht will, dass mich andere Männer zum Tanzen auffordern, warum tut er es dann nicht selbst?"

„Er ist im Augenblick mit dem Bürgermeister beschäftigt, andernfalls würde er es mit Sicherheit tun."

„Mit dem Bürgermeister? Was macht der denn hier? Soweit ich von Jake weiß, sind die beiden nicht gerade die dicksten Freunde", gab Tory erstaunt zurück.

„Soweit ich weiß, sind die Leute von dem Spielkasinokonsortium ohne Vorwarnung in die Stadt eingefallen, deshalb hat er die große Parade vom Flughafen nach Turn-Coupe ganz umsonst geplant. Roan sollte meines Wissens nach eine Polizeieskorte zur Verfügung stellen, aber er hat sich mehr oder weniger geweigert. Der Bürgermeister ist davon überzeugt, dass Roan die Leute ..."

„Dieses Konsortium", fiel Tory ihm mit gepresster Stimme ins Wort, „wie viele Leute sind das? Das heißt ... äh ... ich meine ... wie viele sind hier?"

„Zwei, glaube ich. Sie haben um die Mittagszeit im Hotel

eingecheckt, das weiß ich von Betsy. Das ist eine Cousine von uns, die das Hotel und den Gemischtwarenladen hat ... aber ich habe ja ganz vergessen ... Sie haben sie doch kennen gelernt, oder?“

„Wir sind uns vorgestellt worden, sozusagen“, sagte sie, in Gedanken woanders, und registrierte kaum das entschuldigende Lächeln, das Kane ihr zuwarf. In ihrem Kopf wirbelte alles wild durcheinander. Wenn die Männer von dem Konsortium hier waren, bedeutete das, dass Harrell bereits in Turn-Coupe sein konnte. Ihre Zeit lief mit rasender Geschwindigkeit ab.

Oder vielleicht doch nicht? Vielleicht war er ja gar nicht ihretwegen hier. Vielleicht wäre er wegen dieses Spielkasinogeschäfts ja sowieso gekommen und wusste gar nicht, dass sie verletzt und in Gewahrsam war. Dann machte sie sich umsonst Sorgen.

In diesem Augenblick schwang die vordere Eingangstür auf und brachte einen Schwall heiße Sommerluft ins Haus. Die Frau, die hereingefegt kam, hatte ein forsches Auftreten und strahlte, während sie alle in Sichtweite mit großem Hallo begrüßte und sich tausendmal entschuldigte, dass sie so spät kam. Die hübsche mollige Frau sah ganz anders aus als beim letzten Mal, als Tory sie hinter dem Tresen ihres Gemischtwarenladens gesehen hatte, wo sie mit beiden Händen das Bargeld aus der Kasse in die Tüte geschaufelt hatte, die Zits und Big Ears ihr hingehalten hatten. Jetzt drehte sie sich um und winkte jemanden, der noch draußen auf dem Vorplatz stand, herein, wobei sie etwas über einen Hotelgast sagte, der an einem heißen Sommernachmittag nicht recht wusste, was er mit sich anfangen sollte.

Dieser Gast war Harrell Melanka.

15. KAPITEL

Roan hing seinen Gedanken nach. Er war dem Bürgermeister gegenüber so kurz angebunden gewesen, dass der Mann wutschnaubend abgedampft war. Jetzt gestattete er es sich, eine heftige Auseinandersetzung über Baseball zu überhören. Sie würde schon nicht ausarten. Er war heute nicht im Dienst und für niemandes Wohlergehen verantwortlich. Es war eine angenehme Abwechslung oder hätte es sein können, wenn er bloß nicht andauernd an Donna und was sie wohl tun mochte und mit wem sie zusammen war denken müsste.

Verdammt, sie ging ihm einfach nicht mehr aus dem Kopf. Er konnte keine Entscheidung treffen, die es lohnte, ausgeführt zu werden, er konnte weder essen noch schlafen, weil er ständig an sie denken musste. Ihr leidenschaftliches Liebesspiel in der Scheune verfolgte ihn Tag und Nacht, der Wunsch, zu ihr zu gehen, sie zu nehmen, sie nachts an sich zu pressen, war so stark, dass er bei dem Versuch, ihn zu unterdrücken, vor Anstrengung zitterte.

Er durfte nicht nachgeben. Sie war seine Gefangene, eine Frau, die er in seinem Gewahrsam hatte. Er hatte sich ein Mal schuldig gemacht, indem er das vergessen hatte, aber er durfte es nicht wieder tun. Es verstieß gegen alles, woran er als Polizist und Mensch glaubte. Es brandmarkte ihn in seinen eigenen Augen als einen Mann, der seine Position ausnutzte, um sich die Gunst einer Frau zu erschleichen, die sich schlecht dagegen wehren konnte. Es stellte ihn mit dem charakterlosen Gesindel, das er am allermeisten verabscheute, auf ein und dieselbe Stufe.

Und doch war die Erinnerung an Donnas Hingabe so warm und köstlich wie der Cobbler, den sie zubereitet hatte, und ebenso verführerisch. Beides vermischte sich in seinem Kopf, bis allein der Gedanke an Brombeeren bewirkte, dass sein ganzer Körper vor Sehnsucht nach ihr schmerzte. Er konnte ihren Geschmack nicht mehr vertragen, so viel hatte er heute gelernt. Er konnte sie von seiner Liste der Köstlichkeiten streichen.

Eine irgendwo entstandene Unruhe veranlasste ihn, den Kopf zu heben. Die Geräusche kamen aus der Nähe der Eingangstür, wo er Donna zum letzten Mal gesehen hatte. Er hatte versucht, Kane in die Pflicht zu nehmen, aber sein Cousin hatte jetzt, wo Regina so kurz vor der Niederkunft stand, andere Sorgen. Roan erhob sich und begann auf den Lärm zuzugehen.

Donna stand wie erstarrt neben der Tür, während Cousine Betsy einen Neuankömmling vorstellte. Der Mann, den sie bei sich hatte, wirkte auf Roan wie ein Lackaffe. Als der Blick des Fremden jetzt auf Donna fiel, blieb ihm vor Verblüffung der Mund offen stehen.

„Tory!“ rief er aus, dann breitete er die Arme aus und rannte auf sie zu. „Großer Gott, was machst du denn hier?“

Roan war einen Moment wie vom Donner gerührt, dann wurde er von einer Welle des Triumphs überschwemmt. Zumindest würde er jetzt die Identität seiner Gefangenen erfahren. Dieser Erkenntnis dicht auf dem Fuß folgte etwas, das fast an Bestürzung grenzte, weil ihm schlagartig klar wurde, dass dies das Ende ihres Aufenthalts auf Dog Trot bedeutete.

Er schaute Donna an. Ihr Gesicht war so weiß wie ihre ärmellose Bluse, und ihre Augen waren groß und leer. Es war offensichtlich, dass sie den Lackaffen kannte, aber sie löste sich sofort wieder aus seiner Umarmung und hob abwehrend eine Hand.

Roan ging auf die beiden zu, fast ohne Notiz von seinen Verwandten zu nehmen, die ihm aufgeregt miteinander flüsternd den Weg freimachten. Er ließ in seine Stimme jede Unze Autorität, die er besaß, einströmen, als er jetzt fragte: „Was geht hier vor? Gibt es ein Problem?"

„Roan, Gott sei Dank", rief Betsy aus. „Ich wollte keinen Wirbel machen, aber als Mr. Melanka sagte, dass er noch nie eine Willkommensfeier auf dem Land miterlebt hat, habe ich ihn natürlich eingeladen mitzukommen. Ich meine, das gebietet doch die Gastfreundschaft."

„Melanka?"

„Harrell Melanka, er wohnt im Hotel. Er ist aus Florida, von dem ..."

„Spielkasinokonsortium", beendete Roan grimmig ihren Satz.

„Das ist richtig", sagte Melanka und hob das Kinn. „Und darf ich fragen, mit wem ich die Ehre habe?"

Betsys lautes Auflachen war ein deutliches Zeichen ihres Unbehagens. „Oh, Harrell, das ist unser Gastgeber Sheriff Roan Benedict."

Zur Begrüßung die Hand auszustrecken war für Roan eine ganz natürliche Reaktion. Aber es war auch ein Test. Ein wirklich selbstsicherer Mann hatte einen festen kurzen Händedruck. Er hatte keine Veranlassung, seine Stärke unter Beweis zu stellen, indem er aus einer schlichten Begrüßung einen Ringkampf machte. Roan war bereit zu wetten, dass Melanka nicht so ein Mann war, und er behielt Recht. Melankas Händedruck war zu dreist und zu fest. Er versuchte etwas zu beweisen, aber Roan war nicht beeindruckt.

Als er wieder zurücktrat, fragte er: „Sie kennen meine Gefangene?"

„Gefangene?" Der andere Mann zog die Augenbrauen über der operativ begradigten Nase zusammen.

„Die Lady, die Sie eben ... Tory genannt haben." Es war erstaunlich, wie schwer es Roan fiel, den Namen auszusprechen.

„Falls sie wirklich Ihre Gefangene ist, muss ein Missverständnis vorliegen", gab Melanka mit harter Stimme zurück, während er aggressiv einen Schritt nach vorn machte. „Sie ist Victoria Molina-Vandergraff, Stieftochter des Großindustriellen Paul Vandergraff, und die Prinzessin Trantalara. Außerdem ist sie meine Verlobte."

Roan fühlte sich, als ob er eine harte Rechte in den Magen bekommen hätte. Eine lange Sekunde blieb ihm vor Schmerz die Luft weg. Er hatte gewusst, dass die Frau, die er Donna nannte, irgendwo anders ein anderes Leben hatte, aber diese Art Hintergrund hätte er sich nie träumen lassen. Es war glasklar, dass nichts und niemand sie jetzt noch in Turn-Coupe halten konnte, und er schon gar nicht.

„Exverlobte."

Diese kalte Richtigstellung kam von Donna. Sie führte nicht unbedingt dazu, dass Roan das Herz blutete, obwohl er nicht die Absicht hatte, sich zu fragen, warum. Es war genug, dass er wieder Luft holen konnte.

Dann drehte sie den Kopf in seine Richtung. Er begegnete ihren braunen Augen, die so defensiv und doch hellwach blickten, und erkannte plötzlich, dass sein Verdacht richtig gewesen war, dass sie jede Sekunde genau gewusst hatte, wer sie war und was sie tat.

„Victoria." Er stellte zu seiner Überraschung fest, dass er den Namen unabsichtlich laut ausgesprochen hatte.

„Tory", sagte sie. „Meine Bekannten nennen mich Tory."

„Du lieber Gott, Tory", sagte Melanka. „Erzähl mir jetzt bitte nicht, dass du dich hier draußen unter einem anderen Namen versteckt hast. Ich weiß nicht, was für eine Art Spiel du mit diesen braven Leuten spielst, aber es ist aus. Lass uns nach Hause fahren."

Sie schenkte ihm nur einen Bruchteil ihrer Aufmerksamkeit. „Ich gehe nirgendwohin. Und schon gar nicht mit dir."

„Ich weiß, dass du ein bisschen über mich aufgebracht warst, Darling, aber ich verspreche dir, dass das alles vergessen ist."

„Für mich nicht."

Roan fand, dass es an der Zeit war, den Neuankömmling mit der Wirklichkeit vertraut zu machen. „Entschuldigen Sie", sagte er mit ausdrucksloser Höflichkeit. „Aber die Lady befindet sich immer noch in meinem Gewahrsam. Ich sage, wohin sie geht und wann."

„Stimmt das?" fragte Melanka nach einem kurzen Auflachen. „Wenn ich Paul Vandergraff erzähle, dass seine Tochter in irgendeinem Krähwinkelkaff festgehalten wird, statt wie angenommen an der Riviera in der Sonne zu faulenzen, wird er Ihnen so viele Anwälte auf den Hals hetzen, dass Ihnen Hören und Sehen vergeht."

„Das ist sein gutes Recht, aber ich sollte Sie warnen, dass es nur die Gewähr dafür böte, die Anklageerhebung zu beschleunigen."

„Es gibt noch keine Anklage?" fragte Melanka und griff damit ausgerechnet den einen Punkt auf, den Roan bisher versäumt hatte. „Was ziehen Sie hier eigentlich ab? Wenn ich mich recht erinnere, hat Mrs. North irgendeine Geschichte von Ihnen und irgendeiner Frau erzählt, auf die Sie geschossen haben, obwohl ich zu diesem Zeitpunkt noch nicht wusste, dass es sich bei dieser Frau um Tory handelt. Wenn das stimmt, dann werde ich Tory nicht nur sofort mitnehmen, sondern überdies auch dafür sorgen, dass Sie mit Schimpf und Schande aus dem Amt gejagt werden."

Roan lachte auf. „Tun Sie, was Sie nicht lassen können. Aber beantworten Sie mir vorher noch eine Frage, damit ich Sie auch wirklich richtig verstehe: Sie sind so besorgt um das Wohlergehen Ihrer angeblichen Verlobten, dass Sie mir sogar mit gerichtlichen Schritten drohen, obwohl sie schon seit Wochen verschwunden ist und Sie erst jetzt merken, dass sie weg ist?"

„Sie kennen Tory nicht. Sie macht solche Sachen, sie verschwindet einfach, ohne irgendwem Bescheid zu sagen. Und dann taucht sie wieder auf, und wir sind da, wo wir angefangen haben."

„Das ist nicht wahr!" rief Tory aus. „Zumindest ... auch wenn ich ab und zu verschwinde, weiß ich doch, was ich will."

War sie deshalb mit diesen Ganoven zusammen gewesen, die Betsys Laden ausgeraubt hatten, war sie mit ihnen weggelaufen, weil sie ihrem Verlobten irgendetwas heimzahlen wollte? Roan wollte es nicht denken, aber ganz von der Hand weisen ließ es sich nicht. Gleichzeitig hatte er für einen Mann, der eine Frau, die ihm angeblich etwas bedeutete, in aller Öffentlichkeit als verwöhnt und verantwortungslos darstellte, nur Verachtung übrig.

„Sie behauptet, dass sie entführt wurde", sagte er ruhig. „Ich nehme nicht an, dass Sie Licht in diese Sache bringen können?"

„Klingt das wahrscheinlich?" fragte Melanka mit gepeinigtem Gesichtsausdruck.

„Wollen Sie damit sagen, dass es nicht möglich ist?"

„Ich sage nur, dass ich nichts darüber weiß."

„Und auch nicht über den Raubüberfall, den sie mit den beiden Männern verübte, die sie entführt haben sollen?"

„Warten Sie. Warum zum Teufel sollte sie irgendeinen

Kramladen ausrauben, wenn sie aus dem Erbe ihrer Mutter ein sechsstelliges monatliches Einkommen hat?"

„Kramladen?" heulte Betsy auf, noch während er sprach. Hinter ihr stieß jemand in Anbetracht eines so beträchtlichen Einkommens einen bewundernden Pfiff aus.

„Dann hat also niemand ihr Verschwinden gemeldet, weder Sie noch Paul Vandergraff?"

„Offensichtlich", sagte Melanka gedehnt.

Das erklärte zumindest, warum er im Computer nicht fündig geworden war. „Und das kommt Ihnen nicht seltsam vor?"

„Um das zu beurteilen müssten Sie sie kennen."

Melanka versuchte durch seine herablassende Art zu erreichen, dass Roan wie ein Idiot dastand und sich auch so fühlte. Doch das würde nur funktionieren, wenn er es zuließ, und er war nicht in der Stimmung dafür. „Andererseits könnte es aber auch sein, dass Sie nichts wussten, weil Ihnen die Lady die rote Karte gezeigt hat."

Melanka gab vor zu überlegen, dann nickte er großzügigerweise. „Ich weiß, dass es so aussehen könnte, Sheriff. Tatsache ist aber, dass Sie und ich ganz genau wissen, wie die Sache ausgeht. Deshalb ersparen Sie sich eine Menge Ärger, wenn Sie sie mir einfach übergeben. Ich bringe sie nach Hause, und ihr Stiefvater wird sich von dort aus um alles kümmern."

„Nein!" Tory machte einen Schritt auf Roan zu und legte ihm eine Hand auf den Arm. „Bitte, Roan."

„Sie haben sie gehört. Sie will nicht mit Ihnen mitgehen. Das reicht – mir zumindest. So, und jetzt möchte ich Sie bitten zu gehen."

Melanka drehte sich zu der Frau neben Roan um. „Tory, Honey, du hast es jetzt weit genug getrieben, findest du nicht? Ich weiß, dass wir ein paar Meinungsverschiedenheiten hatten, aber das spielt doch jetzt keine Rolle mehr. Ich bringe dich nach Hause, wohin du gehörst. Wenn du keine Lust hast, brauchst du auch nicht mit mir zu reden. Und wenn wir erst wieder in Florida sind, wird alles gut. Du wirst sehen."

„Nein", sagte Tory mit gepresster Stimme.

„So, jetzt ist es aber genug", sagte Roan und ging auf den ungebetenen Gast zu.

Melanka machte einen Schritt auf Tory zu, packte sie am Handgelenk und zerrte sie zur Tür. Sie schrie auf und umklammerte ihre verletzte Schulter.

In Roan rastete irgendetwas aus. Er stürzte sich auf Torys Exverlobten und packte ihn hart am Arm, um zu erreichen, dass er sie losließ. Dann landete er eine harte Rechte auf seinem zu wohl gestalteten Kinn.

Melanka taumelte rückwärts durch die Eingangstür, stolperte, fand sein Gleichgewicht aber sofort wieder. Sein Gesicht war wutverzerrt und gleich darauf sprang er wieder nach vorn. Roan stellte sich ihm entgegen, fing seinen Schlag ab und landete den nächsten harten Schwinger. Der andere Mann ächzte, während er von der Wucht des Schlages herumwirbelte. Dann krachte er so hart zu Boden, dass die Dielen wackelten, und er stumm liegen blieb.

Roan ging auf ihn zu und schaute auf ihn hinunter. Melanka hievte sich mühsam hoch und stützte sich auf einen Ellbogen auf, als ob er den nächsten Schlag erwartete. Als nichts passierte, fuhr er sich mit einer Hand über die Oberlippe, und als er gleich darauf an seinen Fingern Blut sah, wurde er ganz grün im Gesicht. Sein Auflachen war heiser und atemlos. „So viel zu der berühmten Südstaatengastfreundlichkeit."

„Exakt", stimmte Roan zu. „Sie haben zwei Minuten Zeit, um von hier zu verschwinden, oder Sie finden heraus, was passiert, wenn ein Südstaatler wirklich von einem unerwünschten Besuch die Nase voll hat.“

„Sie wollen mich fertig machen, stimmt's? Obwohl ich bezweifle, dass Ihr großartiger Bürgermeister diese Geste zu schätzen weiß.“

„Der Bürgermeister ist hier nicht das Gesetz.“

„Und Sie auch nicht, jedenfalls nicht mehr lange. Ich werde dafür sorgen, dass Sie Ihren Stuhl räumen müssen, glauben Sie mir.“

„Fein.“ Roan beugte sich nach unten und zerrte den Mann an der Hemdbrust auf die Füße, dann schob er ihn auf die Treppe zu. „Aber machen Sie es weit weg von Dog Trot.“

Harrell Melanka drohte um ein Haar erneut das Gleichgewicht zu verlieren, doch dann stand er wieder sicher auf den Beinen. Er ordnete mit einem wütenden Ruck seine Kleidung, während er den Benedicts, die sich auf der Terrasse drängten und das Schauspiel verfolgten, einen Blick zuwarf, in dem sich pure Gehässigkeit spiegelte. Gleich darauf fuhr er herum und marschierte auf seinen Mietwagen zu. Nachdem er die Fahrertür hinter sich zugeknallt hatte, heulte der Motor auf, dann raste er mit quietschenden Reifen die Auffahrt hinunter.

„O je, das tut mir Leid“, sagte Betsy, die neben Roan stand. „Ich wusste das alles nicht, und ganz bestimmt wollte ich nicht in so einem Hornissennest stochern.“

„Macht nichts“, gab Roan zurück und fuhr sich aufseufzend mit den Fingern durchs Haar. Dann drehte er sich um und ging wieder ins Haus, wo sein Blick auf Donna – nein, Tory – fiel, die in der Halle stand.

Neben ihr war April. „Ich kümmere mich um sie“, sagte Lukes Frau zu ihm. „Kümmere du dich um deine Gäste.“

Es war nicht das, was Roan wollte. Er hätte seine Gäste viel lieber zum Teufel geschickt und Tory in den Arm genommen und festgehalten, bis ihr Schmerz abgeklungen war. Aber das würde niemandem helfen und am wenigsten einer Frau, die offensichtlich aus dem feineren Teil der Welt stammte, wo die Leute zusätzlich zu all ihrem Geld auch noch Adelstitel hatten.

„Richtig", sagte er leise. Dann atmete er tief durch und schaute seine Verwandten an. „Okay, Leute, gehen wir wieder zum richtigen Spaß über."

Doch das klappte natürlich nicht. Dafür gab es einfach zu viel zu klatschen. Diejenigen, die daran nicht interessiert waren, hatten jetzt, wo sich alles in Auflösung befand, keinen Grund, noch länger zu bleiben. Sie begannen ihre Kinder und Schüsseln einzusammeln, bedankten und verabschiedeten sich höflich und kletterten in ihre Autos und Trucks. In weniger als einer halben Stunde war das Haus wie leer gefegt. Sogar Jake und Pop waren weg, weil sie Clays Einladung zu einer Spritztour mit seinem Flugboot angenommen hatten. Er hatte ihnen versprochen, dass sie die komischen ersten Flugversuche eines jungen Kranichs sehen würden, den er vor einem nassen Grab gerettet und „Zwerg" getauft hatte, weil der Vogel überzeugt war, dass er ein Zwerghuhn war.

Roan räumte die schlimmsten Verwüstungen auf, die seine Gäste hinterlassen hatten, wischte in der Küche zwei klebrige Pfützen weg und brachte den Müll raus. Nachdem er es nicht mehr länger aufschieben konnte, ging er nach oben zu Donna ... Tory. Er nahm an, dass sie schlief, weil April ihm berichtet hatte, dass sie ihr zwei Aspirin gegeben hätte. Aber sie saß mit einem Buch auf den Knien im Bett und starrte durchs Fenster in die Dämmerung hinaus.

Sie wirkte so verführerisch, so weich und warm und einsam, dass er den wilden Drang verspürte, das, was vorhin passiert war, ebenso zu vergessen wie jeden Gedanken daran, was richtig und falsch und seine Pflicht war, und einfach zu ihr ins Bett zu steigen. Er wollte sie halten, wollte spüren, wie ihr Herz an seiner Brust klopfte, er wollte ihrem Atem lauschen und nicht mehr aufstehen, bis er ein sehr alter Mann war.

Idiotisch. Unmöglich. Unmöglich idiotisch.

Sie wandte den Kopf und begegnete seinem Blick. Ihre Augen waren ruhig und wachsam. Sie sagte nichts.

„Was macht die Schulter?“ fragte er, während er die Tür hinter sich schloss. „Hat sie was abbekommen?“

Sie schüttelte den Kopf. „Sie ist okay. Ich musste nur ... ich musste nur allein sein. Sind sie weg?“

„Endlich.“ Er ging auf das Bett zu und lehnte sich gegen einen Bettpfosten am Fußende.

Ihr Lächeln wirkte erschöpft, ein Anzeichen dafür, dass keiner von ihnen größere Menschenansammlungen besonders schätzte, zumindest nicht über eine längere Zeitspanne hinweg. Nach einem Moment sagte sie: „Es tut mir Leid, dass Harrell die Begrüßungsparty für deinen Dad ruiniert hat.“

„Oh, er war der Zuckerguss auf dem Kuchen“, sagte er mit einem kurzen Auflachen. „Über diese Party werden die Benedicts nächstes Jahr um diese Zeit immer noch sprechen.“ Er schwieg einen Moment, dann kam er mit der Frage heraus, die ihm am meisten auf den Nägeln brannte: „Warum? Warum hast du es mir nicht erzählt?“

„Was? Dass ich verlobt war?“

„Dass eine Prinzessin in meinem Gästezimmer wohnt und meinen Küchenboden schrubbt. Wenn ich bloß an all den Spaß denke, der mir entgangen ist, weil ich es nicht wusste.“ Er atmete tief durch und versuchte die Wut, die in ihm brodelte, in Zaum zu halten.

„Willst du damit unterstellen, ich hätte mich an diese Nebensächlichkeit erinnert?“ fragte sie mit heiserer Stimme und sah ihn an.

Der Blick, den er ihr zuwarf, war ruhig und entschlossen. „Du hast dich erinnert. Genau genommen glaube ich nicht, dass es nie auch nur einen einzigen Moment gegeben hat, der dir entfallen wäre.“

Sie hielt seinem Blick für einen langen Moment stand, dann schaute sie weg. „Stimmt. Obwohl ich wünschte, es wäre so.“

Er fluchte leise in sich hinein. Irgendwie hatte er immer noch gehofft, dass sie es ableugnen würde. Es hätte ihm einiges erleichtert. „Und was ist passiert? Hattest du mit Melanka Krach und bist mit diesen beiden Ganoven, die dich hierher gebracht haben, weggelaufen? Oder war es eine Art Komplott, um deinem Stiefvater mehr Geld aus den Rippen zu leiern, als dir zusteht?“

Sie presste ihre Lippen zusammen und schaute ihn wütend an. „Ich habe dir erzählt, was passiert ist! Ich wurde auf Sanibel am Strand entführt. Zits und Big Ears wurden angeheuert, um mich nach hier zu verschleppen. Ich bin mir sicher, dass Harrell sie bezahlt hat.“

Roan verschränkte die Arme über der Brust. „Warum sollte er das tun?“

„Was glaubst du wohl? Ich bin eine Erbin, verstehst du, oder ist dir dieses kleine Detail entgangen? Meine Mutter war die Alleinerbin von Angus Bridgeman, dem Besitzer der bekannten Warenhauskette. Mein Stiefvater hat von der Ehe mit meiner Mutter profitiert, es war ihr Geld, mit dem er sein Imperium aufgebaut hat. Alle denken, es ist für mich eine tolle Sache, dass ich seine Stieftochter bin, dabei verwaltet und vermehrt er bloß das Vermögen, das mir beim Tod meiner Mutter zugefallen ist. Und darauf ist Harrell so scharf, deshalb war er so außer sich, als ich die Verlobung gelöst habe."

„Dann war es Rache!"

„Und auch um sicherzustellen, dass ich ihm nicht den Deal vermassle, den er mit diesem Spielkasinokonsortium ausgeheckt hat. Er hat meinen Namen und unsere Verlobung benutzt, um seinen Geschäftspartnern zu beweisen, dass er in der Lage ist, seinen Anteil an Geld, der ihm einen Teil des erwarteten Profits sichert, aufzubringen. Obwohl sie auf dem Vertrag dann doch meine Unterschrift wollten. Und weil Harrell genau wusste, dass ich mich auf so etwas nie einlassen würde, hat er sie einfach gefälscht. Ich fand es heraus, löste die Verlobung und war naiv genug, ihm zu erzählen, dass ich vorhätte, mich mit seinen Geschäftspartnern in Verbindung zu setzen, um ihnen zu sagen, dass ich nicht die Absicht habe, bei dem Geschäft mitzumachen. Darüber war er nicht gerade glücklich."

„Du hast die Verlobung mit ihm gelöst, nur wegen eines miesen Geschäfts? Nach einer Liebesheirat klingt das aber nicht." Die Leere, die er in sich verspürte, war eine Warnung, aber er tat sein Bestes, sie zu ignorieren.

Sie zuckte trübsinnig die Schultern. „Das miese Geschäft war der Beweis dafür, dass er nur hinter meinem Geld her war und dass er zu allem bereit war, um es in die Finger zu bekommen. Nicht dass mir das viel ausgemacht hätte, mir war schon vorher klar geworden, dass die Verlobung ein Fehler war. Harrell ist ein Selfmademan, ein Außenseiter, deshalb glaubte ich anfangs, er sei anders, aber das war eine Täuschung. Sobald er Zugang zu meinen Kreisen hatte, führte er sich schlimmer auf als der arroganteste Harvard-Absolvent. Er wurde Paul Vandergraff immer ähnlicher. Paul und ich ... wir verstehen uns nicht besonders gut. Seit dem Tag, an dem meine Mutter in diesem teuren Pflegeheim gestorben ist, in das er sie abgeschoben hat, habe ich es mir zur Lebensaufgabe gemacht, ihn mindestens einmal im Monat zu beleidigen.“

Roan gefiel die Erleichterung nicht, die in ihm aufstieg, aber sie war trotzdem da. „Nicht unbedingt die reifste oder wirkungsvollste Rache.“

„Nein“, stimmte sie zu. „Ich war ein Teenager, als ich damit anfing, und ich nehme an, dass es irgendwann zu einer Angewohnheit wurde. Obwohl mir kürzlich klar geworden ist, dass es Wichtigeres im Leben gibt.“

Der Drang, sie zu fragen, was, war so stark, dass er fast daran erstickt wäre. Aber er würde kein Teil ihrer wie auch immer gearteten Zukunft sein, konnte es nicht, und je eher er sich dieser Tatsache stellte, desto besser. „Also schön, dann hat dich Melanka also entführen lassen, um zu verhindern, dass du mit seinen Geschäftspartnern sprichst. Was dann?“

„Was meinst du damit?“

„Es ist doch nicht wahrscheinlich, dass du später darüber Stillschweigen bewahrst.“

„Oh, ich sollte natürlich sterben. Viele Entführungsopfer sterben.“

Die tödliche Ruhe, mit der sie das sagte, bewirkte, dass sich ihm die Nackenhaare aufstellten. Da sie diese Wahrheit so ungerührt hinnahm, war davon auszugehen, dass sie sich ihr schon viel früher gestellt hatte, vielleicht sogar schon als Kind. Der Schmerz, der ihn bei diesem Gedanken durchzuckte, war fast so stark wie der, den das Wissen verursachte, dass er am Ende ihres Leidenswegs auf sie geschossen hatte. Fast, aber nicht ganz.

„Erzähl mir noch einmal von der Entführung, von Anfang an“, forderte er sie so ruhig und so offiziell wie möglich auf.

„Ich möchte jede Einzelheit wissen, von dem Moment an, in dem du von wo auch immer weggegangen bist an den Strand bis zu dem Moment, wo du mit der Pistole in der Hand aus diesem alten Klapperkasten rausgefallen bist. Lass nichts aus. Ich muss alles wissen, wo ihr angehalten habt, wann du gegessen hast, mit wem die Entführer wann und wo geredet haben. Wen sie angerufen haben könnten und jedes Wort, das sie zu dir gesagt oder untereinander gesprochen haben. Fang an. Jetzt."

„Heißt das, dass du mir glaubst?"

„Wie könnte ich das, nachdem du mich wochenlang belogen hast? Die Tatsache, dass du kein Geld brauchst, heißt noch lange nicht, dass du an dem Überfall auf den Gemischtwarenladen nicht beteiligt warst. Dazu kommt noch, dass es bis jetzt keinen Beweis dafür gibt, dass Melanka wirklich der ist, der zu sein er vorgibt. Du könntest ihn angerufen und gemeinsame Sache mit ihm gemacht haben, so unwahrscheinlich das auch klingen mag. Tut mir Leid, aber ich werde noch viel genauer hinschauen müssen, bevor ich meine Anschuldigungen gegen dich fallen lasse."

Um ihren Mund spielte ein Lächeln. „Immerhin nimmst du nicht das, was dir der erstbeste Mann erzählt, zum Vorwand, um das, was ich sage, in Frage zu stellen."

„Was heißt, dass ich zwar ein Trottel, aber kein Chauvi bin?" Er löste sich von dem Bettpfosten und trat ans Ende des frei stehenden Himmelbetts, wo er das mit Holzschnitzereien verzierte Kopfteil zwischen sich und sie bringen konnte.

„So ungefähr", sagte sie.

„Meinetwegen bin ich alles, was du willst, solange du nur mit mir redest. Los, komm. Ich will hören, wie du von Florida hierher gekommen bist."

Sie erzählte es ihm, sie redete fast eine Stunde ohne Pause.

Manchmal sprudelten die Worte nahezu zusammenhanglos aus ihr heraus, als ob sie die ganze Zeit nur auf diesen Moment gewartet hätte. Er hätte gerne geglaubt, dass sie sie nur für ihn aufgespart hatte, aber ihr Verhalten war zu distanziert, zu in sich gekehrt, als dass er diesen Gedanken hätte zulassen können. Während er ihr zuhörte, studierte er ihr Gesicht, registrierte die aristokratische Nase, die schön geformten Lippen, die Verfeinerung, die es in jedem Zug ausstrahlte. Er hätte wissen müssen, dass sie etwas Besonderes war. Oder vielleicht hatte er es ja gewusst und vorgezogen, es nicht zur Kenntnis zu nehmen, aus all den Gründen, die es ihm sogar jetzt noch unmöglich machten, sie als unschuldig zu betrachten.

Schließlich war Tory mit ihrem Bericht am Ende angelangt. Das Schweigen zog sich hin, während er sich all das durch den Kopf gehen ließ, was sie dem wenigen, das er bereits gewusst hatte, hinzugefügt hatte. Der eine, den sie Zits getauft hatte, hatte von öffentlichen Telefonzellen aus zwei Anrufe gemacht, aber auf die Entfernung hatte sie nichts verstehen können. Sie hatten manchmal den Big Boss erwähnt, der sie bezahlte, hatten ihn jedoch nie beim Namen genannt. Zits hatte alles in allem ziemlich gerissen gewirkt. Natürlich hatte sie ihnen Geld angeboten, damit sie sie freiließen, mehr Geld, als sie von ihrem Auftraggeber bekamen. Das war möglicherweise der Grund dafür, dass sie noch am Leben war. Ob es am Ende ausgereicht hätte, um ihr das Leben zu retten, war eine andere Frage.

Sie beobachtete ihn so eingehend, dass er fast den Eindruck hatte, sie versuche, seine Gedanken zu lesen. Schließlich sagte sie: „Was denkst du?“

„Es passt zusammen, einigermaßen.“

„Und das ist alles, was du dazu zu sagen hast? Warum sollte ich mir so etwas ausdenken?“

„Vielleicht, um nicht ins Gefängnis zu müssen, nachdem du dich in so eine unangenehme Lage gebracht hast?“

„Oh, bitte. Habe ich irgendetwas getan, seit ich hier bin, das dir zu der Vermutung Anlass gibt, ich könnte zu der Art von Leuten gehören, die ständig auf der Suche nach einem Kitzel sind, oder dass ich dermaßen labil bin, dass ich mir meine Kicks dadurch verschaffe, dass ich Menschen mit einer Pistole bedrohe? Das ist verrückt! Ich habe das Gefühl, du willst mir einfach nicht glauben, dass ich unfreiwillig in diesem Van war!“

Er starrte sie an, sein Blick wanderte von ihren Brüsten, die sich unter ihrer Bluse schnell hoben und senkten, zu ihrem zusammengepressten Mund und dann zu ihren anklagenden Augen. „Du hast Recht“, sagte er in schneidendem Ton.

Ihr Gesicht veränderte sich, es wurde weicher, und auf ihren Wangen breitete sich eine schwache Röte aus. „Was? Ich meine ...“

„Wenn ich dir ohne Beweise glaube, heißt das, dass ich mich im allergünstigsten Fall der billigenden Inkaufnahme krimineller Handlungen schuldig mache.“

„Nein, du machst dich nur schuldig, deine Pflicht zu tun.“

„Wenn ich mir sicher bin, dass du die Wahrheit sagst“, fuhr er unerbittlich fort, „muss ich dich laufen lassen.“

„Man sollte eigentlich annehmen, dass es das ist, was du willst. Dann bist du mich wenigstens endlich los und damit auch all die Scherereien, die ich dir mache. Vielleicht schaffst du es dann ja auch, deine Meinungsverschiedenheiten mit dem Bürgermeister beizulegen ...“

„Glaubst du wirklich, es interessiert mich auch nur für zwei Cent, was der Bürgermeister denkt oder wie ich meine Meinungsverschiedenheiten mit ihm beilegen könnte?“

„Du bist dir meinetwegen mit ihm in die Haare geraten, stimmt’s? Zumindest hat Jake gesagt ...“

„Jake redet zu viel", gab er verärgert zurück. „Ich bin ein gewählter Beamter des Landkreises, der dem Bürgermeister der Stadt Turn-Coupe keinerlei Rechenschaft schuldig ist. Er hat mich nicht eingestellt, und er kann mich auch nicht entlassen. Wenn ich beschließe, mich ihm um des lieben Friedens willen und damit gewisse Dinge getan werden anzupassen, ist das eine Sache. Wenn wir aber unterschiedliche Einschätzungen haben über das, was für die Stadt und das Umland am besten ist, ist das etwas ganz anderes."

„Das war mir nicht klar."

„Schön. Jetzt weißt du es. Und vielleicht weißt du jetzt auch, dass das Problem mit Melanka und seinem Spielkasinokonsortium auf jeden Fall bestehen bleibt, egal ob du gehst oder bleibst."

„Ja", sagte sie nachdenklich. „Ich denke schon."

Wusste sie es wirklich? Und verstand sie auch, dass es ihm lieber war, sie hier zu haben, wo er sie beschützen konnte, solange der Mann noch eine Gefahr für sie darstellte? Das Letzte, was er gebrauchen konnte, war es, dass man sie als Geisel nahm, um seine Kooperation zu erzwingen. Und das war etwas, das leicht passieren konnte, wenn Melanka und sonst wer herausfand, wie sehr ihm ihr Wohl am Herzen lag.

„Gut", sagte er, als ob das Thema erledigt wäre. Was es für ihn auch tatsächlich war. „Es kann sein, dass sich jetzt die Medien für deine Geschichte interessieren – bei mir im Büro wird zwar nichts durchsickern, denke ich, aber eine Menge Leute haben Spekulationen über dich angestellt, und ich befürchte, dass wir deine Identität nicht mehr sehr lange geheim halten können. Vielleicht überlegst du dir, ob du nicht besser vorab deine Familie informierst."

„Falls du meinen Stiefvater meinst, den habe ich bereits angerufen“, sagte sie. „Es erschien mir das Beste, seine Anwälte aufzuhalten, solange ich es noch kann.“

„Und was ist, kommen sie oder kommen sie nicht?“ Wenn er morgen noch vor dem Frühstück von einem Anwaltsschwarm überfallen werden sollte, konnte er es genauso gut schon jetzt erfahren.

„Paul hat sich einverstanden erklärt, noch zu warten, obwohl er sie nicht ewig an der Leine halten wird. Genau genommen sagte er ...“

„Was?“ fragte er, als es so aussah, als ob sie nicht die Absicht hätte, ihren Satz zu beenden.

Ihre Brust hob und senkte sich mit einem Seufzer. „Er sagte, dass ich nur ein Wort zu sagen brauche, dann wäre ich innerhalb weniger Stunden frei.“

„Und warum hast du es nicht getan?“

„Weil ich mir so sicher war, dass du vernünftig wirst, so dass es überflüssig ist.“

Roan musterte sie aus zusammengekniffenen Augen. „Erwartest du wirklich, dass ich dir das glaube?“

„Warum nicht? Du bist ein fairer Mann.“

„Danke. Ich denke nach. Was mich viel mehr interessiert, ist die Frage, warum du dich erst jetzt entschlossen hast, mit Vandergraff Verbindung aufzunehmen. Warum bist du so lange hier geblieben und hast eine Amnesie vorgetäuscht, wenn er dir so bereitwillig mit seinen Anwälten zur Hilfe kommt? Warum hast du es zugelassen, dass sich der gute alte Doc Watkins um deine Schussverletzung kümmert, wo du doch die beste ärztliche Versorgung hättest bekommen können?“

„Weil ...“ Sie unterbrach sich und presste die Lippen zusammen.

„Weil du Angst hattest, dass Vandergraff in die Sache verwickelt sein könnte?“ fragte er. „Oder ist es etwas anderes? Hat es dir vielleicht Spaß gemacht, uns durch die Gegend zu scheuchen und zuzuschauen, wie wir uns überschlagen, nur damit du in Sicherheit bist und es bequem hast?“

Tory hob die Hand, dann ließ sie sie in müder Geste wieder fallen. „Was spielt das jetzt noch für eine Rolle? Es ist vorbei oder jedenfalls fast. Nicht mehr lange, dann werde ich weg sein, und du kannst wieder zu deinem normalen Leben zurückkehren, als ob ich nie hier gewesen wäre. Bis dahin wäre ich dir dankbar, wenn du mir wenigstens den Monitor abnehmen würdest. Selbst du wirst zugeben müssen, dass ich keine so gefährliche Verbrecherin bin, dass du über jeden meiner Schritte informiert sein musst.“

Roan ging um das Bett herum auf die Seite, wo sie ihr Bein in einer Pose unbewusster Anmut vor sich ausstreckte. Er schob seinen kleinen Finger unter das Plastikband. Obwohl er nur überprüfte, ob es zu eng war oder scheuerte, spürte er die seidige Glätte ihrer Haut, wobei ihm einfiel, dass ihre Haut an gewissen Stellen noch seidiger war.

Das Plastikband war in Ordnung. Er nahm die Hand weg und trat abrupt einen Schritt zurück, bevor er sagte: „Ich würde mich besser fühlen, wenn du das Ding wenigstens noch für ein oder zwei Tage trägst.“

„Du wirst es also nicht abnehmen.“

Er schüttelte den Kopf.

Sie beobachtete die Bewegung, beobachtete ihn, während sich auf ihrem Gesicht finstere Entschlossenheit spiegelte. „Schön, wenn es dir wirklich Spaß macht, mich in elektronischen Fesseln zu halten. Aber wenn es nur ein Ersatz dafür ist, dass du mich selbst im Auge behältst, kann ich dir sagen, dass ich nicht viel davon halte. Stille meine Neugier, willst du? Erzähl mir, warum du mir aus dem Weg gehst, seit wir zusammen Brombeeren gepflückt haben, ja?"

„Darauf zu kommen dürfte nicht allzu schwierig sein", sagte er, wobei er sich noch einen Schritt zurückzog und die Hände in seine Gesäßtaschen schob.

„Nein? Nun, dann muss mir wohl irgendetwas entgangen sein, weil ich nämlich nicht draufkomme. Es sei denn, ich hätte etwas falsch ..."

„Es liegt nicht an dir", fiel er ihr eilig ins Wort, als bei dem Gedanken, dass sie sich Vorwürfe machen könnte, seine Kopfhaut vor Beunruhigung zu kribbeln begann. „Es hat mit mir zu tun. Ich bin der Sheriff, du bist meine Gefangene. Es verstößt gegen mein Berufsethos, deine Situation auszunutzen."

„Ich erinnere mich nicht daran, dass du meine Situation ausgenutzt hättest", wandte sie ein. „Ich war mehr als willig."

„Ich meine es nicht wortwörtlich", gab er zurück, wobei er die Unterbrechung zu ignorieren versuchte. „Aber es ist meine Pflicht, so weit Abstand zu halten, dass überhaupt nicht die Frage aufkommt, dass ich meine Position ausnützen könnte, um ..."

„Mich zu zwingen, verrückte leidenschaftliche Liebe mit dir zu machen?"

„Mach es mir doch nicht schwerer, als es sowieso schon ist", sagte er, ohne sie anzuschauen. Er konnte sich nicht erinnern, wann er sich bei einem persönlichen Gespräch je so unbehaglich gefühlt hatte. Aber das Problem war nicht Beschämung, sondern der fast unwiderstehliche Drang, sein Berufsethos einfach über Bord zu werfen.

„Das würde mir nicht im Traum einfallen", gab sie zurück. „Genauso wenig wie es mir einfallen würde, dich, nur weil wir uns so verrückt und leidenschaftlich geliebt haben, zu beeinflussen. Selbst wenn ich es wollte und selbst wenn es möglich wäre ... falls es das ist, worauf du hinauswillst."

„Nein, aber das reicht nicht, um die Möglichkeit auszuschalten. Ich muss allem aus dem Weg gehen, was auch nur den Anschein von Beeinflussung aufkommen lässt. In jeder Hinsicht."

„Dann ist es also deine Pflicht, mir aus dem Weg zu gehen."

„Richtig", sagte er und spürte, wie ein kleines Lächeln an seinen Mundwinkeln zerrte, als er von einer Welle der Erleichterung überschwemmt wurde.

„Daran ist zweierlei falsch", sagte Tory mit ernstem Gesicht, während sie sich aufsetzte und die Beine über die Bettkante schwang.

Er wurde sofort hellhörig, aber er konnte sich genauso wenig davon abhalten zu fragen, wie er sich davon abhalten konnte zu atmen. „Und das wäre?"

„Erstens lebe ich jetzt schon seit gut drei Wochen unter deinem Dach, und dank Cals Geschwätzigkeit vermutet inzwischen jeder, dass du nur einen einzigen Grund hattest, mich hierher zu bringen. Und zweitens ...

„Zweitens?"

Sie glitt von der Matratze und tappte in unheilverkündendem Schweigen auf geschmeidigen nackten Füßen zu ihm herüber. Ihr Blick war offen und unschuldig – zu unschuldig –, als sie antwortete: „... sieht uns keiner."

16. KAPITEL

Sie stellt dich auf die Probe, dachte Roan. Und sie quälte ihn. Wusste sie eigentlich, wie sehnsüchtig er sich wünschte, seine verdammte Benedict-Moral in den Wind zu schießen? Hatte sie auch nur die geringste Ahnung, wie verführerisch sie aussah mit ihrem zerknautschten Rock, dem verschmierten Augen-Make-up und dem zerzausten Haar? Ahnte sie, dass ihm nichts in seinem Leben je so schwer gefallen war, wie hier zu stehen und sie anzuschauen, wo er sich doch nichts sehnlicher wünschte, als sie hochzuheben, aufs Bett zu legen und dann neben ihr unter die Decke zu kriechen und sie die ganze Nacht zu halten.

Er hoffte nicht, sonst war er erledigt.

„Das Richtige zu tun hängt nicht davon ab, ob irgendwer es sehen kann oder nicht", sagte er mit rauer Stimme. „Es ist eine Frage der persönlichen Integrität. Und es hat auch nichts damit zu tun, was ich will, oder was du vielleicht brauchst. Es geht allein darum, was das Beste für alle ist, einschließlich der Leute, die mich in mein Amt gewählt haben und mich seit Jahren immer wieder wählen."

„Und wenn das, was ich brauche, du bist, und das, was du brauchst, ich bin, dann bist du bereit, mich ebenso wie dich selbst zu opfern?"

Sie legte ihm ihre Hand auf die Brust und ließ ihre Finger über den Stoff seines Oxfordhemds wandern. Obwohl die Berührung federleicht war, fühlte sich jede einzelne Fingerspitze glühend heiß an.

„Nur so funktioniert es."

„Wie lange?" Sie hob die Hand, um über die leichten Bartstoppeln auf seiner Wange zu fahren.

„So lange es dauert", gab er zurück oder glaubte es jedenfalls. Sein Kopf war plötzlich so leer und gleichzeitig so voll, voll von ihr und ihrer Wärme und ihrem Duft, von dem Gefühl ihres Atems an seinem Hals und ihrer Beine an seinen, so voll, dass es fast zu viel für ihn war.

„Du willst mich also nicht küssen oder berühren und willst mich auch nicht in irgendein stilles Eckchen in deinem Haus oder an deinem See verschleppen, wo wir beide ungestört übereinander herfallen könnten?"

„Nie im Leben. Wenn ich es täte", sagte er bedächtig, „könnte ich vielleicht nicht mehr aufhören, bis wir beide so satt sind, dass wir uns nicht mehr rühren können."

Sie begegnete seinem Blick, obwohl ihrer nicht ganz scharf war. „Das hört sich gut an."

Das ist ein Spiel, dachte er. Ein Spiel, das man nur zu zweit spielen konnte. Er senkte seine Stimme, bis sie nicht ganz, aber fast ein Flüstern war: „Ganz meiner Meinung. Wenn ich könnte, würde ich dich am helllichten Tag oben auf dem Speicher lieben, wo es trocken und staubig ist und so heiß und mucksmäuschenstill, dass du hören kannst, wie die Dachziegel in der Sonne knacken. Oder ich würde dich um Mitternacht am See nehmen, wo die Ochsenfrösche quaken und die Seetaucher kreischen und der Mond über uns ruhig seine Bahn zieht. Ich würde mit dir im Boot auf den See hinausfahren und auf den Wellen schaukeln, bis wir von der Sonne krebsrot sind. Oder ich würde mit dir durch den Wald wandern, bis wir ein weiches Moosbett finden. Am liebsten aber würde ich dich mit in mein eigenes großes Bett nehmen. Ich würde dich halten, während wir beide schlafen, und dann in der frühen Morgendämmerung mit dir aufwachen und dich wieder lieben; das ist oft am schönsten und immer richtig."

Sie befeuchtete sich mit der Zungenspitze langsam und gründlich die Lippen, bevor sie in vorsichtig verwundertem Ton fragte: „Würdest du das? Wirklich?“

„Es ist vielleicht nicht das raffinierteste Programm, aber nichts könnte befriedigender sein.“

„Ich brauche keine Raffinessen.“

Tory sagte es mit solcher Entschiedenheit, dass er ihr fast geglaubt hätte. „Keinen Eiffelturm, kein Paris im Regen? Keine venezianischen Gondeln oder nach Lavendel duftende Satinlaken in einem Fünf-Sterne-Hotel in Mayfair?“

„Romantik ist dort, wo man sie findet, und Liebe.“

„Solange es wirklich das ist, wonach man sucht“, antwortete er leise.

Sie war einen Moment still, während sie in seinem Gesicht forschte. „Aber du glaubst, dass es das ist, was ich will?“

„Hier und jetzt, vielleicht. Doch was ist später, wenn jeder Tag genauso ist wie der vorhergehende und jede Nacht auch, und das einzig Interessante, was in einem Monat passiert, ist, dass der Perserkater der alten Mrs. Adams mit der hässlichen gescheckten Katze ein paar Häuser weiter durchbrennt? Was ist, wenn dir erst klar wird, dass es in Turn-Coupe kein einziges Einkaufszentrum gibt, und dass der beste Frisörsalon einer Frau gehört, die Dauerwellen und kräftiges Haar liebt, ihren Salon ‚Millie's‘ nennt und keine Fußpflege im Programm hat?“

„Ich würde es überleben“, sagte sie mit einem Anflug von Trotz. „Weil ich sowieso lieber im Internet einkaufe und weil ich meine Füße schon seit Jahren selbst pflege.“

„Es würde nicht klappen.“

„Weil ich nicht als Provinzlerin geboren bin?“

„Weil du eine reiche Lady mit einem weiten Blick auf die Welt bist, und ich ein Kleinstadtsheriff mit Kleinstadtvorstellungen und Kleinstadtallüren bin. Du passt hier nicht her und wirst nie hierher passen."

„Und weil du zu viel Angst davor hast, dass du anschließend wieder allein sein könntest, um es mich wenigstens versuchen zu lassen", sagte sie und presste die Lippen zu einem schmalen Strich zusammen.

„Das war unter der Gürtellinie, Tory." Hatte sie Recht? Er wusste es nicht. Er hatte Tory noch nicht mit Carolyn und dem, was mit seiner Exfrau passiert war, in Verbindung gebracht. Zum einen war dafür noch nicht genug Zeit gewesen und es gab auch wenig Grund, solange er sie noch als eine Gefangene eingestuft hatte. Aber die beiden waren auch viel zu verschieden, als dass man sie hätte vergleichen können. Tory war trotz all ihrer Unsicherheiten eine Kämpferin. Das war Carolyn nie gewesen; es lag einfach nicht in ihrer Natur.

„Ich brauche keine schicken Sachen, und ich brauche auch keine Veränderung", sagte sie. „Was ich brauche, sind Dinge, die sich *nicht* verändern, und Leute, die es auch nicht tun."

Das ist deutlich, dachte er, zumindest in diesem Punkt. Das Problem war nur, dass er nicht so deutlich werden konnte. Und er würde es auch nicht werden, bis das Ganze vorbei war, falls es je wirklich vorbei sein würde.

„Und was ich brauche", sagte er behutsam, „ist, dass du mich meinen Job machen lässt. Ich brauche dein Vertrauen."

Sie nahm ihre Hand weg und schaute in eine andere Richtung. „Das ist so schwer."

Er holte tief Atem, zum ersten Mal, seit sie ihn berührt hatte. „Es ist nie einfach, für keinen von uns. Aber anders funktioniert es nicht."

Es war ein Schlusswort, vor allem, weil sie darauf nicht antworten musste. Roan trat von ihr weg, dann blieb er stehen.

„Noch mal zu deiner Verlobung, gab es da irgendeinen Vertrag?"

Ihr Blick war vage, als sie ihn wieder anschaute. „Was ist damit?"

„Ich habe mich nur gefragt, ob er ein Testament beinhaltete oder irgendetwas in der Richtung, falls dir etwas zustößt?"

„Nein. Harrell wollte zwar eine Vereinbarung, die festlegt, dass ich nach seinem Tod seinen gesamten Besitz erbe und umgekehrt. Aber da es statistisch gesehen wahrscheinlicher war, dass ich ihn überlebe, sah ich keine Notwendigkeit dafür, weil ich auf sein Geld nicht angewiesen bin."

Roan nickte. „Und du hast nicht in Betracht gezogen, dass er dein Geld brauchen könnte."

„Er schien zu dieser Zeit finanziell gut dazustehen."

Das musste Roan erst verdauen, bevor er fragte: „Und wer beerbt dich in dem Fall, dass dir etwas zustößt?"

„Verschiedene Wohltätigkeitsorganisationen, ein paar alte Freunde und mein Stiefvater", sagte sie mit einem beiläufigen Schulterzucken oder einem, das zumindest so wirken sollte.

„Ist das nicht ein bisschen seltsam, wo du doch nicht besonders viel für deinen Stiefvater übrig hast?"

„Das Testament wurde von den Familienanwälten aufgesetzt und beruht in seinen Grundzügen auf dem Testament meiner Mutter. Außerdem gibt es sonst niemand."

„Aber du hattest vor, nach deiner Heirat einen anderen Begünstigten einzusetzen?"

„Natürlich, vor allem, wenn Kinder da gewesen wären."

„Das dachte ich mir", sagte er und verließ, die Tür behutsam hinter sich schließend, das Zimmer.

Ungefähr vierundzwanzig Stunden später kam der Anruf. Da

es bereits spät war, war Roan zu Hause. Sein Vater, der mit Jake und Lewis Crompton zum Angeln gefahren war, war noch nicht zurück. Roan beorderte Cal nach Dog Trot und wartete, bis er da war, dann fuhr er weg.

Der Unfall war wieder auf der alten Brücke passiert. Das Fahrzeug war von der Brücke in den Fluss gestürzt, und als Roan eintraf, war der Abschleppdienst bereits da und versuchte das Wrack zu bergen. Die Taucher des Rettungsteams waren bereits mehrmals getaucht und berichteten, dass es sich bei dem Unfallwagen um einen Truck mit zwei Passagieren handelte. Aller Wahrscheinlichkeit nach hatte keiner der beiden den Unfall überlebt.

Roan untersuchte im Scheinwerferlicht die Bremsspuren und die Trümmer auf der Straße und sprach mit den Beamten der Staatspolizei, die die Vermessungsarbeiten durchführten. Allem Anschein nach war der Truck mit hoher Geschwindigkeit über die Brücke gefahren, als er von hinten mit solcher Wucht gerammt wurde, dass er die Leitplanke durchbrach und ins Wasser stürzte. Es gab nur minimale Bremsspuren, was darauf hindeutete, dass der Aufprall von hinten völlig unerwartet erfolgt war. Abgesplitterter Lack legte die Vermutung nahe, dass der Unfallflüchtige ein weißes Fahrzeug fuhr, was immerhin auf gut vierzig Prozent der zugelassenen Fahrzeuge des Bundesstaates zutraf, weil hier helle Farben während der glühend heißen Sommer kühlere Innenräume garantierten.

Roan hatte einen dumpfen Verdacht, um wen es sich bei den beiden Insassen des Fahrzeugs im Wasser handeln könnte. Er war ihm bereits gekommen, als er gehört hatte, dass es ein roter Truck war, der da in den schmutzig braunen Fluten des Flusses lag. Dass die beiden Passagiere männlichen Geschlechts waren, bestärkte seinen Verdacht noch. Als der Truck schließlich von dem Kran langsam an die Oberfläche gehievt wurde, war er bereit für die Neuigkeiten.

Zits und Big Ears. Daran konnte kein Zweifel bestehen. Er hätte sie schon allein nach Torys Beschreibung erkannt, aber er hatte auch noch das Foto von der Überwachungskamera. Bei den Passagieren in dem Unfallwagen handelte sich um die beiden Männer, die Tory entführt hatten, und sie waren mausetot. Irgendwer hatte sie nicht nur mit seinem Fahrzeug von der Straße abgedrängt, sondern den Truck zusätzlich auch noch mit Kugeln aus einer automatischen Handfeuerwaffe durchsiebt.

Er diskutierte gerade mit einem Kollegen von der Staatspolizei über den vermuteten Unfallhergang, als ein Jeep die Straße heruntergerast kam und kurz vor der Brücke mit einem Schlenker auf der Standspur anhielt. Luke und Kane sprangen heraus, gefolgt von Pop. Bevor Roan nach Jake fragen konnte, hüpfte sein Sohn ebenfalls aus dem Wagen, dann kamen sie zu viert auf ihn zu. Roan trat einen Schritt beiseite, damit sie sehen konnten, was passiert war.

Luke stieß einen Pfiff aus. Kane fluchte. Jake war ein bisschen grün im Gesicht und schien nichts dagegen zu haben, dass sein Großvater ihm einen Arm um die Schultern legte.

„Vermute ich richtig?“ fragte Kane und starrte mit zusammengekniffenen Augen in Roans Richtung.

„Ja.“

„Zeugen?“ erkundigte sich Luke, während er ein paar Schritte vortrat, um dem Jungen ebenso wie einer vorbeifahrenden Frau den Blick auf die grausige Aussicht zu verstellen.

„Zumindest keine, die noch hier sind oder es als ihre staatsbürgerliche Pflicht empfunden hätten, den Unfall zu melden“, gab Roan zurück. „Was macht ihr eigentlich hier?“

„Wir sind gerade vom Angeln gekommen“, mischte sich

Jake ein. „Tory wusste alles über den Unfall, weil sie den Polizeifunk abgehört hatte."

Das hätte Roan sich denken können. Er versuchte sich zu erinnern, ob irgendjemand Beschreibungen der Opfer oder des Trucks durchgegeben hatte. Es war gut möglich, und das bedeutete, dass Tory, falls es so war, inzwischen wahrscheinlich wusste, dass sie sich wegen Zits und Big Ears keine Sorgen mehr zu machen brauchte. Und sie würde ebenfalls wissen, dass von demjenigen, der die beiden Ganoven ins Jenseits befördert hatte, eine Gefahr für sie ausging. Hoffte er jedenfalls. „Cal war doch noch beim Haus, oder?" fragte er, ohne zu versuchen, sich seine Besorgnis nicht anmerken zu lassen.

„Und er war stocksauer darüber, dass er nach Dog Trot geschickt wurde statt hierher, wo die Action ist", berichtete Pop. „Da wir gerade ..."

„Falls du wissen willst, wer das getan hat, kann ich dir nur sagen, dass ich auch noch nicht mehr weiß als du."

„Ganz bestimmt", sagte Pop und warf ihm einen scheelen Blick zu. Er war schließlich kein Idiot.

„Es hat was mit Tory zu tun, stimmt's?" fragte Jake.

„Jake", sagte Roan warnend.

„Bestimmt", brummte Jake, aber ohne weiter zu drängen.

Dafür drängte Kane. „Wenn Jake Recht hat, dann wirft das ein ganz neues Licht auf deine Gefangene. Es sieht fast so aus, als ob jemand versucht hätte, Spuren zu verwischen, was bedeutet ..."

„Ich weiß, was es bedeutet", fiel Roan ihm schroff ins Wort. Er wollte im Moment nicht weiter darüber nachdenken.

„Irgendwer wollte unsere Tory aus dem Weg haben, und jetzt wollen sie vielleicht noch etwas Schlimmeres", warf Pop ein. „Wenn sie es riskieren, zwei Leute auf einem öffentlichen

Highway mit einem Maschinengewehr zu durchlöchern, was werden sie dann erst mit ihr tun?"

Luke schaute die anderen kaum an, als er fragte: „Es hat etwas mit diesem Kasinodampfer zu tun, stimmt's?"

„Scheint so." Roan brachte sie mit ein paar Sätzen auf den neuesten Stand, soweit er ihn kannte.

„Das erinnert mich an etwas", sagte Pop nachdenklich. „Du hast dich vielleicht gewundert, warum ich gleich einverstanden war, nach Hause zu kommen, nachdem du mich angerufen hast. Es war nicht gerade eine Augenblicksentscheidung."

„Pop", sagte Roan, wobei er versuchte, nicht ganz so ungeduldig zu klingen, wie er sich fühlte.

„Hab Geduld mit mir, Junge, hab noch ein bisschen Geduld. In Vegas war ich ja oft im Kasino, hauptsächlich wegen der netten Ladys, die gern an den einarmigen Banditen spielen. Irgendwann bin ich mit einem Croupier ins Gespräch gekommen, der zufälligerweise aus Natchez stammte, wo er auf den Kasinodampfern auf dem Mississippi sein Handwerk gelernt hat. Er erzählte mir von Plänen, dass eine Gruppe von Investoren vorhat, einen Kasinodampfer auf den Horseshoe Lake zu stellen, und natürlich war ich sofort ganz Ohr."

Und Roan plötzlich ebenfalls. „Erzähl weiter."

„Danke, Sohn. Nun, es sieht ganz danach aus, als ob diese Investorengruppe Verbindungen zu kriminellen Organisationen hätte, was keine große Überraschung ist, obwohl sie nichts mit dem Ableger der Cosa Nostra in Louisiana zu tun hat. Wie es scheint, kommen diese Leute aus Florida, wo sie mit Drogengeschäften eine ganze Menge Geld gescheffelt haben, das gewaschen werden muss. Aus diesem Grund haben sie sich unter anderem aufs Glücksspiel verlegt, wobei sie offenbar zu dem Schluss gelangt sind, dass sie in Städten wie Vegas oder Atlantic City kein Bein auf den Boden kriegen. Deshalb haben sie sich das kleine alte Turn-Coupe ausgesucht, wahrscheinlich vor allem, weil sie glauben, dass wir hier so rückständig sind, dass sie ihre Schwindelmanöver in aller Ruhe durchführen können, ohne dass ihnen jemand auf die Schliche kommt. Und wenn sie erst einmal diesen Stützpunkt haben, können sie sich weiter ausbreiten."

„Warum erfahre ich das erst jetzt?" fragte Roan ruhig.

„Weil es so aussah, als hättest du alles im Griff ... bis plötzlich Leichen auftauchten, wie diese beiden hier."

Roan schaute auf Kane und Luke, denen er ansah, dass sie dasselbe dachten wie er. Wenn diese fiese Bande wirklich glaubte, so ein leichtes Spiel zu haben, würden sie bald merken, dass sie sich geirrt hatten. Ihre Glücksspieloperation war in Turn-Coupe bereits Geschichte, sie wussten es nur noch nicht.

Und so wie es aussah, war Harrell Melanka mit von der Partie. Er hatte geglaubt, sich mit Torys Geld in den Glücksspieldeal einkaufen zu können, und war bösartig geworden, nachdem sein Plan gescheitert war. Jetzt sah es ganz danach aus, als versuche er zu retten, was noch zu retten war, damit das Geschäft wie geplant über die Bühne ging. Die Frage war nur, was das für Tory bedeutete.

Als Roan mit seinen Überlegungen an diesem Punkt angelangt war, zerschnitten die Scheinwerfer und das rotierende Blaulicht eines herankommenden Streifenwagens die Dunkelheit. Der Fahrer ließ zur Begrüßung kurz die Sirene aufheulen, bevor er auf die Standspur einschwenkte und seinen Wagen hinter dem Jeep zum Stehen brachte.

Cal. Das konnte nur Cal sein. Roan spürte, wie sich sein Magen verkrampfte und sein Gesicht anspannte.

„Kane!" rief der Hilfssheriff beim Aussteigen und kam mit

seinem schlenkernden Gang auf sie zu. „Genau der Mann, den ich suche."

Roan gab seinem Cousin keine Gelegenheit zu antworten. „Was machen Sie hier?" fragte er mit einem stählernen Unterton in der Stimme. „Sie sollen das Haus bewachen."

„Immer mit der Ruhe", sagte Cal und hob besänftigend beide Hände. „Ihre Gefangene hat mich gebeten, Sie zu suchen. Es scheint ..."

„Warum zum Teufel sagen Sie das nicht gleich?" unterbrach Roan ihn und schwenkte postwendend zu seinem Streifenwagen herum.

„He, Moment mal!" protestierte Cal. „Genau gesagt wollte sie Kane finden."

„Regina", entfuhr es Kane, während er bereits den ersten Schritt machte. „Das Baby, o Gott, es ist das Baby. Ich wusste, dass ich besser zu Hause bleiben sollte."

„Es ist alles in Ordnung! Es wusste bloß niemand, wo Sie stecken und wo Sie zu finden sind, nachdem Ihre Frau ins Krankenhaus eingeliefert worden war. Daraufhin versuchten sie es bei Roan zu Hause, bekamen aber nur Tory an den Apperat. Und die hat mich hergeschickt."

„O Gott, o Gott", flüsterte Kane, dann sprintete er zu seinem Jeep.

„Warte!" rief Luke und rannte hinter ihm her. Doch Kane sprang schon in den Wagen.

Zu einem anderen Zeitpunkt hätte Roan sich ihnen angeschlossen. Aber nicht jetzt. Er schaute Cal finster an und fragte: „Warum zum Teufel haben Sie mich nicht angerufen oder Sherry gebeten, es zu tun?"

„Auf Dog Trot war alles ruhig, wirklich", gab der Deputy zurück. „Und es ist schließlich nicht so, dass Ihre Gefangene die Absicht hätte zu fliehen. Ich meine, das hätte sie doch schon längst ..."

„Darum geht es jetzt gar nicht. Aber was ist, wenn derjenige, der ihre Entführung in Auftrag gegeben hat, in diesem Moment hinter ihr her ist?"

„Sie fangen doch nicht schon wieder mit der Geschichte an? Nein wirklich. Ich dachte ja nur, wenn ich hier rausfahre, besteht ja vielleicht die Chance, dass ich Kane unterwegs irgendwo treffe."

„Jetzt hören Sie mir mal ganz genau zu, lieber Freund", sagte Roan mit nur mühsam gezügelter Wut. „Ich will Ihnen sagen, was Sie gedacht haben: Sie haben gedacht, dass Sie etwas verpassen, weil Sie bei einem langweiligen Überwachungsjob auf Dog Trot festsitzen, während alle anderen etwas Aufregendes erleben. Und genau aus diesem Grund haben Sie Ihren Posten verlassen wie der dümmste Grünschnabel. Und Sie glauben wirklich allen Ernstes, dass Sie das Zeug dazu hätten, meinen Job zu übernehmen?"

Cal riss die Schultern zurück und schob das Kinn vor. „Für wen zum Teufel halten Sie sich eigentlich, dass Sie so mit mir sprechen?"

„Ich bin immer noch der Sheriff von Tunica Parish. Solange Sie unter meinem Kommando stehen, rede ich genau so mit Ihnen, wie ich es für nötig halte. Die beiden Männer, die wir eben aus dem Wasser gezogen haben, sind die Ganoven, die Tory entführt haben, und der, der für ihren Tod verantwortlich ist, wird aller Voraussicht nach als Nächstes versuchen, Tory in die Finger zu bekommen. Das bedeutet, dass Sie ihre Sicherheit gefährdet haben. Hat man Ihnen solche Sachen auf der Polizeischule nicht beigebracht?"

Cal schaute von Roan zu den Toten. Sein rotes Gesicht verfärbte sich grau. „Doch“, sagte er schließlich kleinlaut. „Hat man. Tut mir Leid, Roan. Tut mir wirklich echt Leid.“

Es war zumindest ein erster kleiner Schritt hin zu dem Verantwortungsbewusstsein, das von einem Polizeibeamten verlangt wurde.

Roan nickte kurz. „Das soll es auch. Und jetzt setzen Sie sich wieder in Ihren Streifenwagen und sehen Sie zu, dass Sie Kane einholen. Fahren Sie mit Blaulicht voraus zum Krankenhaus, damit Kane nicht noch vor lauter Aufregung jemanden überfährt oder sich selbst umbringt.“

Cal trat einen Schritt zurück, dann salutierte er zackig und machte, dass er wegkam. Roan schaute ihm nur eine Sekunde nach, bevor er über die Schulter fragte: „Jake?“

„Ja, Dad. Schätze, wir sollten wohl besser nach Hause fahren, oder?“

„Ich fahre mit euch mit, weil ich, wie's aussieht, zu Fuß da bin“, sagte Luke, während er mit dem Kopf auf die Rücklichter seines Jeeps deutete, die gerade in der Ferne verschwanden.

„Und mich lasst ihr auch nicht hier“, sagte Pop.

„Richtig“, gab Roan zurück. „Also los.“

Es war eine Erleichterung, Cal für eine Weile los zu sein. Tory hatte ihm nicht unbedingt zugeredet dazubleiben, nachdem sie gesehen hatte, wie scharf er darauf gewesen war wegzufahren. Sie war schon seit Wochen nicht mehr wirklich allein gewesen. Es war ein seltsames Gefühl.

Im Haus war es unnatürlich still. Die Räume, deren Decken so hoch waren, dass der Lichtstrahl der Deckenlampe kaum bis auf den Boden reichte, wirkten wie Höhlen. Als sie durchs Haus ging, warfen die Wände das Echo ihrer Schritte zurück. Es gab zu viele Fenster, vor denen sich die Dunkelheit sammelte. Das abgehackte Quäken, das aus dem Polizeiscanner kam, war so laut, dass es an ihren Nerven zerrte.

Beau schien ebenfalls nicht recht zu wissen, wo er sein Ei hinlegen sollte, und folgte ihr auf Schritt und Tritt. Nachdem sie sich auf Fußende von Roans Bett gesetzt hatte, rollte er sich auf dem Bettvorleger zusammen. Ab und zu hob er lauschend den Kopf, und zweimal stand er auf und ging zur Tür, wo er leise und fragend bellte. Weil sie den Eindruck hatte, dass er raus wollte, öffnete sie ihm die vordere Eingangstür, aber er blieb unbeweglich stehen und starrte in die Nacht hinaus. Nachdem sie die Tür wieder zugemacht hatte und ins Roans Schlafzimmer zurückging, kehrte er an ihre Seite zurück.

Ungefähr eine halbe Stunde nachdem Cal weggefahren war, hob Beau den Kopf und bellte warnend. Gleich darauf richtete er sich auf und stand, die großen Vorderpfoten fest auf den Boden gestemmt, da, während er mit gesträubten Nackenhaaren lauschte. Tory schaute in seine Richtung, während sie via Polizeifunk das Drama, das sich auf der alten Brücke abgespielt hatte, verfolgte. „Was ist los, Junge? Hast du etwas gehört? Ist es wieder Clay oder nur Aprils Katze, die dich ärgert?"

Lukes Frau hatte Tory von ihrem großen schwarzen Kater Midnight erzählt, der mit Vorliebe am Seeufer herumstreifte. Tory ging davon aus, dass der Kater klug genug war, sich von Dog Trot mit den vielen Hunden fern zu halten, aber sie hatte April versprochen, die Situation im Auge zu behalten.

Beau knurrte wieder. Gleich darauf klopfte es unten in der Küche an der Hintertür. Tory lauschte dem Geräusch mit zum Zerreißen angespannten Nerven nach. Sie hatte kein Auto vor dem Haus vorfahren gehört. Aber da der Polizeiscanner so laut war, konnte sie es natürlich auch überhört haben.

Am liebsten hätte sie das Klopfen einfach ignoriert. Aber

die Hintertür war verschlossen, und sie war sich nicht sicher, ob Pop oder Jake ihre Schlüssel dabeihatten. Es konnte auch jemand sein, der Neuigkeiten von Regina hatte. Sie mochte Kanes Frau und sorgte sich um sie, und vielleicht war es ja Cal, der ihr Bericht erstatten wollte.

Aber es war Harrell, der auf der hinteren Terrasse stand. In dem Licht, das durch die Glastür fiel, sah sie ihn mit seinen Händen in den Taschen und einem gedankenschweren Lächeln dastehen.

„Was willst du?“ rief sie, als sie unten war. Beau hinter ihr knurrte und bellte leise.

„Wir müssen reden, Tory. Mach auf.“

„Das glaube ich nicht.“ Tatsächlich war es das Letzte, was sie tun würde, weil sie sich sicher war, dass es die Leichen von Zits und Big Ears waren, die in diesem Moment aus dem Wrack ihres Fluchtautos geborgen wurden. Dass der Truck mehrere Einschusslöcher gehabt hatte, war ein untrüglicher Hinweis darauf, dass ihr Tod kein Unfall gewesen sein konnte.

„Ich meine es ernst, Darling. Du musst mich reinlassen. Ich weiß, dass du Fragen hast wegen dieser Papiere, die ich unterschrieben habe, aber ich bin mir sicher, dass ich alles erklären kann, wenn du mir nur zuhörst.“

Er war sich immer sicher gewesen, dass er sie beschwatzen konnte. Doch das war vorbei. „Geh weg, Harrell. Es interessiert mich nicht, was du zu sagen hast.“

„Na schön, ganz wie du willst.“

Für einen Sekundenbruchteil spürte sie Erleichterung in sich aufsteigen. Dann sah sie, wie Harrell ein Taschentuch aus der Hosentasche zog, es ausschüttelte und um seine zur Faust geballte Hand wickelte. Gleich darauf holte er aus und schlug mit voller Wucht zu. Das Glas über dem Türgriff zerbarst mit einem kalten Klirren, und ein Hagel aus Glasscherben prasselte auf den Steinboden. Dann schob Harrell seinen Arm durch das Loch und tastete nach dem Türgriff. Zwei Sekunden später stand er auf der Schwelle.

Tory wich mehrere Schritte zurück, aber als sie keine Waffe sah, blieb sie stehen. Zweifellos ging Harrell davon aus, dass er auch ohne Androhung von Waffengewalt mit ihr fertig wurde. Beau ging zwischen ihr und ihrem Exverlobten in Stellung, wobei aus seiner Kehle ein gefährliches Knurren aufstieg, das sich anhörte wie der Motor einer Kreissäge. Sie legte dem großen Hund eine Hand auf den Kopf. „Wenn ich du wäre, würde ich lieber bleiben, wo ich bin. Er ist darauf abgerichtet, Menschen zu jagen."

Harrell war bereits stehen geblieben. „Wir können hier reden", sagte er mit Blick auf den Hund. „Ich warte schon die ganze Zeit auf eine Gelegenheit und habe nicht die Absicht, sie mir jetzt entgehen zu lassen."

Er hatte das Haus beobachtet. Was hieß, dass er wusste, dass sie allein war. Es war kein angenehmer Gedanke. „Fass dich kurz."

„Ich wollte dir gestern nicht wehtun, wirklich. Aber du wirktest so normal und wohlauf, dass ich gar nicht auf die Idee kam, du könntest ..."

„Macht nichts. Ich habe keinen bleibenden Schaden davongetragen."

„Gott sei Dank. Es tut mir wirklich schrecklich Leid, weißt du. Das wollte ich dir unbedingt sagen."

„Harrell", begann sie.

„Mir tut alles schrecklich Leid, obwohl ich weiß, dass du das nicht hören willst. Du machst dir nichts mehr aus mir, stimmt's? Vermutlich bin ich bloß überrascht, wie schnell es passiert ist, wie schnell du dich an diese Typen rangeschmissen hast, die dich entführt haben."

„Ich habe dich nie geliebt, Harrell, das sagte ich bereits, als ich dir deinen Ring zurückgab. Unsere Beziehung war von Anfang an ein Fehler, und es hatte keinen Sinn zu versuchen sie zu kitten. Und dass ich mich nicht an meine Entführer rangeschmissen habe, wie du es ausdrückst, weißt du ganz genau. Hier ist niemand, der dich hören könnte, du brauchst mir also nichts vorzumachen."

Er lachte. „Richtig. Du warst dir zu schade für mich, stimmt's, Prinzessin? Aber bei deinem Sheriff ist das natürlich etwas ganz anderes. Wenn ich gewusst hätte, dass du darauf abfährst, wenn man auf dich schießt und dich um ein Haar umbringt, hätte ich es schon längst versucht."

„Primitiv, Harrell, sehr primitiv. Aber warum überrascht mich das?"

Er errötete unter seiner Sonnenbräune. „Das würde sich in der Presse gut machen, was meinst du? Ich kenne ein paar Reporter, die die Story über die entführte reiche Erbin, die von einem Provinzsheriff angeschossen wird, liebend gern bringen würden. Diese Stadt wird von Fernsehteams und Nachrichtenbussen überschwemmt werden. Keiner wird es mehr schaffen, auch nur ins Bad zu gehen, ohne dass ihm ein Reporter das Klopapier reicht. Sie werden deinen Rambo ans Kreuz nageln, einen Mann, der dir ein Loch in die Schulter geschossen und in deinem Kopf ein Chaos angerichtet hat und dich dann in seinem eigenen Haus eingesperrt hat, um dich als Sexsklavin zu benutzen. Was für ein Knüller! Ich finde ihn sensationell. Du nicht?"

„Du bist widerlich", sagte sie verächtlich.

„Findest du?" Er lächelte höhnisch. „Aber wie kannst du

das sagen, nachdem du das alles durchmachen musstest? Ich meine, wer kann dir einen Vorwurf daraus machen, dass du nach all diesen schrecklichen Erfahrungen die Dienste eines guten Therapeuten in Anspruch nehmen musst? Oder vielleicht sollten wir ja lieber einen Aufenthalt in einer teuren Privatklinik mit einer ganzen Schar hoch bezahlter Psychiater ins Auge fassen?“

Beau reagierte auf die Drohung, die in Harrells Ton mitschwang, mit einem gefährlichen Knurren und machte einen Schritt auf Harrell zu. Als Tory ihm beruhigend über den Kopf strich, sah sie, dass ihre Finger zitterten. Ihre Stimme war nicht ganz fest, als sie sagte: „Das ist lachhaft.“

„Das glaube ich nicht, weißt du. Ich denke, dass du mir mit dieser kleinen Affäre direkt in die Hände gespielt hast. Dein Stiefvater wird entsetzt sein über den Staub, den diese ganze Sache aufgewirbelt hat. Wir sind uns darüber einig, dass du deiner Mutter sehr ähnlich bist, dass du oberflächlich und leichtsinnig und absolut unfähig bist, mit dem Druck der gesellschaftlichen Stellung, die du innehast, umzugehen. Ich bin mir sicher, er teilt meine Meinung, dass du dringend eine Erholung brauchst, und folgt mir bei meinem Vorschlag, dich für lange Zeit ruhig zu stellen. Außer natürlich, du vergisst unsere kleinen Meinungsverschiedenheiten und entschließt dich doch noch, mich zu heiraten.“

„Du bist verrückt“, flüsterte sie.

„Nein, überhaupt nicht, nur entschlossen, die Dinge auf meine Art zu machen. Wir können sofort fahren. Ich werde dafür sorgen, dass nichts an die Öffentlichkeit dringt. Keine Presse, keine Heiratsanzeige. Es wird keine große Hochzeit werden, vielleicht nur eine standesamtliche Trauung. Du wirst die Papiere vergessen, über die du dich so aufgeregt hast, und wir werden bis an unser Lebensende glücklich miteinander leben.“

Sie lachte. „Oh, Wahnsinn! Genau so hab ich mir das vorgestellt. Mit dir als meinem Vermögensverwalter und ich in einer Privatklinik für reiche Geisteskranke."

„Darling, ich werde mich immer um dich kümmern. Dein Stiefvater und ich werden unser Bestes tun."

„Ich glaube nicht, dass es dir leicht fallen wird, Paul Vandergraff zu überreden, mit dir zu teilen."

Sein Gesicht wurde kalt. „Unterschätze mich nicht. Es wäre ein großer Fehler, wie du vielleicht bereits gemerkt hast."

„Ein Fehler, der häufig vorkommt, stimmt's?" fragte sie. „Sogar du hast ihn gemacht, indem du dachtest, ich würde zu allem, was du tust, Ja und Amen sagen."

„Hast du etwa vor, mir Widerstand entgegenzusetzen?" Seine Stimme klang schneidend. „Da kann ich dich nur warnen. Tu es nicht. Die Heirat mit dir ist für mich nicht unabdingbar. Ich muss nur mit deiner Unterschrift auf diesen Papieren durchkommen."

Er drohte kalt lächelnd, sie umzubringen. Das konnte er nur, weil er glaubte, dass sie nicht in der Lage war, sich zu wehren. Dieser Gedanke machte sie ganz krank. Und hatte zur Folge, dass weiß glühender Zorn in ihr hochkochte.

Sie war entführt, gefesselt und geknebelt worden, herumgeschubst, angeschossen, eines Verbrechens bezichtigt, eingesperrt, an ein entwürdigendes Überwachungsgerät angeschlossen und öffentlich der Lüge überführt worden. Zu allem Überfluss drohte ihr Exverlobter ihr jetzt auch noch, sie in ein Irrenhaus zu sperren. Sie hatte es satt. Sie hatte es verdammt satt, und sie würde es nicht mehr länger mitmachen.

„Hör mir zu", sagte sie mit scharfer Stimme. „Ich bin Victoria Molina-Vandergraff, die Prinzessin Trantalara. Du hältst dich für einen großen Mann, aber mein italienischer

Ururgroßvater hat seine Feinde in Streifen geschnitten, damit meine Ururgroßmutter Bettvorleger aus ihnen weben konnte. Wenn du dich weiter in mein Leben einmischst, wirst du dein blaues Wunder erleben, das schwöre ich dir."

Wie aufs Stichwort knurrte Beau. Harrells Augen weiteten sich für einen Moment, dann schnaubte er verächtlich. „Mir schlottern jetzt schon die Knie."

„Das ist klug von dir, weil ich jedes Wort ernst meine."

„Sei nicht albern, du wirst gar nichts tun. Komm jetzt, lass uns fahren."

Er streckte wieder die Hand nach ihr aus wie vorher schon, aber diesmal war sie gewappnet. Sie wirbelte herum und brachte den Tisch zwischen sich und ihn. Der Hund stand unbeweglich da, mit in den Boden gestemmten Vorderpfoten und gefletschten Zähnen. Sein Knurren klang wie Donnergrollen.

„Also gut, du kleines Biest ...", begann Harrell.

Beau griff an. Sein großer lang gestreckter Körper flog durch die Luft, als er Harrell ansprang.

Ihr Exverlobter ruderte wie ein Ertrinkender mit den Armen, dann heulte er auf, als Beau seine Fänge in sein Handgelenk schlug. Hund und Mann stürzten zu Boden, überschlugen sich und landeten draußen auf der Terrasse. Beim Sturz war Beau gezwungen gewesen loszulassen. Harrell rollte ein Stück, rappelte sich auf die Knie und versuchte mit vor Angst weit aufgerissenen Augen und fluchend eilig wegzukriechen, als Beau wieder nach ihm schnappte.

„Beau!" rief Tory und machte einen Schritt vorwärts. „Aus, Beau."

Es half nichts. Der Hund konnte sie über Harrells laute Schreie hinweg nicht hören. Dann bekam Harrell einen Pfosten zu fassen und zog sich daran hoch. Er warf einen Blick, in dem sich ohnmächtige Wut spiegelte, in Torys Richtung. „Das wirst du noch bereuen!“ schrie er. „Ich werde dir das Leben zur Hölle machen. Du wirst nicht mehr lange leben und dein Provinzsheriff auch nicht!“

Damit drehte er sich auf dem Absatz um und verschwand, dicht gefolgt von Beau, um die Hausecke. Einen Moment später hörte Tory, wie ein Motor ansprang, dann fuhr ein Auto weg. Beau bellte noch ein paar Minuten weiter; schließlich kam er angetrottet, um sich seine Streicheleinheiten abzuholen.

Tory lobte den großen Bluthund überschwänglich, kraulte ihn hinter den Ohren und tröstete ihn und sich selbst, während sie ihm das gesträubte Nackenfell glatt strich. Gleichzeitig wirbelten ihre Gedanken wild durcheinander.

Sie konnte nicht länger auf Dog Trot bleiben. Wenn Harrell seine Drohung wahr machte und seine Lügen in die Welt setzte, würde die Sache tatsächlich eine Menge Staub aufwirbeln. Sie war eine Last für Roan, alles, was er für sie getan hatte, würde in den Schmutz gezogen werden. Er würde der Lächerlichkeit preisgegeben werden oder, schlimmer noch, all der Scheußlichkeiten bezichtigt werden, die sich Leute mit einer schmutzigen Fantasie ausmalen konnten. Wenn es vorbei war, würden er und sein verschlafenes Städtchen berüchtigt sein. Und die Folge für ihn würde wahrscheinlich sein, dass man ihn mit Schimpf und Schande aus dem Amt jagte.

Das konnte sie ihm nicht antun, ihm nicht und auch seiner Familie nicht, die ihr so viel Achtung und Sympathie entgegengebracht hatte. Das verdienten sie nicht, keiner von ihnen.

Und Roan verdiente es nicht, dass sein Leben durch sie in Gefahr gebracht wurde. Der Gedanke, dass ihm etwas passieren könnte – oder Jake oder Pop, wenn sie im Weg waren –, war ihr unerträglich. Die Probleme, die sie mit Harrell hatte, musste sie selbst lösen. Es wurde Zeit, sich ihnen zu stellen. Es wurde Zeit, nach Hause zu gehen.

Das Seltsame war, dass sie bereit war. Sie hatte sich während der letzten Wochen verändert, war eigenständiger geworden, mehr sie selbst. Sie wusste, was sie vom Leben erwartete, und hatte – endlich – entschieden, was ihr wichtig war. Sie wollte aufhören, sich treiben und andere ihre Entscheidungen fällen zu lassen. Sie wollte nicht mehr weglaufen.

Außer natürlich noch dieses eine Mal.

Sie wusste inzwischen, wo Roan das Werkzeug, mit dem man die elektronische Fußfessel öffnen konnte, aufbewahrte, weil er es wieder dorthin zurückgelegt hatte, wo es vorher gewesen war. Sie wusste auch, wo die Schlüssel des Super Bird lagen. Und sie wusste, wie sie nach Sanibel zurückkam.

Das Einzige, was sie nicht wusste, war, ob sie jemals wieder nach Turn-Coupe kommen würde.

Oder zu dem Mann, der der Sheriff von Tunica Parish war.

17. KAPITEL

Tory war fort.

Als Roan und die anderen vor dem Haus hielten, brannte kein Licht. Die Haustür war verschlossen. Im Haus kam ihnen Beau winselnd entgegen und tänzelte mit sorgenzerfurchter Stirn vor ihren Füßen herum. Im selben Moment, in dem Roan das Küchenlicht anknipste, registrierte er die zertrümmerte Glasscheibe.

Jake schob ihn zur Seite und stürmte Torys Namen rufend die Treppe nach oben. Seine Stimme hallte in der Leere. Niemand antwortete, niemand ließ sich sehen.

Roan legte Beau eine Hand auf den Kopf, während sich der Hund gegen sein Bein drückte. „Wo ist sie, Junge?" fragte er leise. „Wo ist Tory?"

„Roan?" rief Pop mit gepresster Stimme von der Terrasse.

Roans Vater war als Letzter aus dem Auto ausgestiegen, er war der Letzte, der zur Küchentür ging. Er war auf der Terrasse stehen geblieben. Als Roan durch die offene Tür zu ihm hinschaute, sah er, dass Pop auf die Steinplatten vor sich schaute.

Eine Eisenfaust griff nach Roans Herz und presste es zusammen. Er ging zu dem Schalter neben der Tür und machte die Außenbeleuchtung an. „Was ist da?"

Pop warf Roan unter zusammengezogenen Brauen einen Blick zu. Dann deutete er mit dem Kopf auf den dunklen Fleck zu seinen Füßen.

Roan ging in die Knie und berührte den Fleck. Er war nass und klebrig. Roan richtete sich wieder auf, schwenkte herum und hielt seinen Finger ins Licht.

Blut.

Er fühlte sich, als hätte er einen Tritt in den Magen bekommen. Er konnte nicht durchatmen, konnte nicht denken. Seine Gedanken jagten sich. Die Welle aus Angst und Wut, von der er überschwemmt wurde, war so gewaltig, dass er absolut bewegungslos dastehen musste, um nicht von ihr hinweggerissen zu werden.

„Es muss nicht ihr Blut sein", sagte sein Dad.

Nein, das musste es nicht, aber sie war allein gewesen. Ohne Schutz. Wessen Blut sollte es sonst sein?

„Ist da noch mehr?" fragte er mit einer Stimme, die in seinen eigenen Ohren fremd klang. Der verschmierte Fleck vor ihm war klein, etwa von der Größe einer Vierteldollarmünze, mit ungefähr einem halben Dutzend kleiner Blutstropfen darum herum.

„Sieht aus, als ob da drüben beim Weg noch ein paar wären. Dann verschwinden sie im Gras und in der Dunkelheit."

„Hol eine Taschenlampe, ja? Meine ist im Auto." Noch während er sprach, ging Roan bereits zum Rasen und suchte den Boden ab. Es war hilfreich, dass Jake oben im Haus Licht gemacht hatte, dessen Schein den Garten erhellte.

„Dad? Dad, komm mal rauf!"

Das war Jake, der vom oberen Balkon rief. Roan drehte sich um und schaute mit zusammengekniffenen Augen nach oben zu seinem Sohn. Jake war allein.

„Hast du sie gefunden?" Roan wartete mit zu Fäusten geballten Händen auf eine Antwort.

„Sie ist nicht hier, aber ..."

Jakes Stimme brach; das war der Grund dafür, warum er mitten im Satz innehielt. Seine Worte klangen tränenerstickt und voller Angst, Angst um Tory. Der Junge hat sich in den letzten Wochen an sie gewöhnt, dachte Roan. Aber da war noch etwas anderes, etwas, das er nicht benennen konnte.

„Sag schon!“ rief Roan, während sein Herz wie verrückt in seiner Brust hämmerte. „Was ist los?“

„Das.“ Jake lehnte sich über den Balkon und warf einen dunklen Gegenstand nach unten. Roan riss instinktiv einen Arm hoch, um ihn aufzufangen. In dem Moment, in dem sich seine Finger darum schlossen, wusste er, was es war.

Torys elektronische Fußfessel.

„Wo hast du das gefunden?“ fragte er. „In ihrem Schlafzimmer?“

„Nein, in deinem.“

Die Antwort war knapp und ein Hinweis darauf, dass Jake gewusst hatte, wo er nach Tory oder einer Spur von ihr suchen musste. Der Junge musste zuerst in ihrem Zimmer gewesen sein. Nachdem er dort nichts entdeckt hatte, war er zu dem nächstmöglichen Ort gegangen, an dem er etwas, das ihm Aufschluss geben könnte, vermutete. Roan hätte wissen müssen, dass es unmöglich war, die Beziehung, die sich zwischen ihnen entwickelt hatte, geheim zu halten. Falls sich da tatsächlich etwas entwickelt hatte, was diese Bezeichnung verdiente.

Roan drehte sich mit dem Kontrollgerät in der Hand um und trat in den Lichtschein, der aus der Küche fiel. Er rechnete halb damit, dass das Schloss der Fußfessel geknackt war. Doch dem war nicht so. Es war allem Anschein nach mit dem dafür bestimmten Werkzeug geöffnet worden. Er starrte darauf und fuhr in einer unbewussten Bewegung mit der Daumenkuppe über das Plastikband, das sich an Torys Knöchel geschmiegt hatte.

Hatte sie die Zange gefunden und sich selbst befreit? Aber warum hatte sie dann bis jetzt damit gewartet, wenn sie die Absicht hatte und es so einfach war? Was hatte ihren Entschluss herbeigeführt? Hatte jemand sie gezwungen, das Kontrollgerät abzunehmen? War sie verletzt worden? Wohin war sie gegangen, um Himmels willen? Und von wem stammte das Blut?

Der Lichtstrahl aus einer Taschenlampe tanzte um eine Hausecke. Er fiel auf das Kontrollgerät in seiner Hand und blieb einen Moment lang darauf liegen. Roans Dad sagte nichts, bis er so nah war, dass er die Taschenlampe ausmachen und mit normaler Stimme sprechen konnte.

„Glaubst du, dass Melanka hier war?"

„Ich muss davon ausgehen, weil ..."

„Wie auch immer. Selbst wenn sie freiwillig von hier weggegangen ist und du nichts unternimmst, könnte sie sterben."

„Exakt."

„Und das könntest du nicht ertragen."

Roan lachte kurz und hart auf, während ihm Bilder der schlimm zugerichteten Leichen, die er vorhin gesehen hatte, durch den Kopf schossen. „Wenn er ihr auch nur ein Haar krümmt, erwürge ich ihn mit bloßen Händen."

„Das dachte ich mir", sagte sein Dad mit Genugtuung. „Also gut. Was hast du vor?"

Das war eine gute Frage. Roan schloss kurz die Augen und ging in Gedanken die Möglichkeiten durch, die er hatte. Soweit er es sah, gab es nur zwei: Er konnte Torys Spur folgen, oder er konnte in Turn-Coupe bleiben, eine Fahndung rausschicken und abwarten, was passierte.

Von Abwarten hielt er nicht viel.

„Dad?"

Die Unterbrechung kam von Jake auf der Veranda über ihm. Roan warf einen ungeduldigen Blick in diese Richtung. „Ja?"

„Ich bin mir nicht ganz sicher, weil es so dunkel ist, aber von hier sieht es so aus, als ob das Scheunentor offen wäre."

Die Scheune. Dort stand der Super Bird.

Er hatte dort gestanden. Der dunkle Innenraum der Scheune war leer. Sein geliebtes Auto, sein ganzer Stolz, sein gehätscheltes Prachtstück war weg.

Diesmal hatte Tory den Wagen tatsächlich genommen. Sie hatte ihn genommen und war damit nach Florida gefahren.

Aber was war, wenn sie es nicht getan hatte? Was war, wenn er von demjenigen, der ihretwegen hierher gekommen war, gestohlen worden war? Es spielte keine Rolle. So oder so, er wollte seinen Super Bird zurück. Er wollte ihn zurück und würde ihn zurückbekommen, selbst wenn es das Letzte wäre, was er in seinem Leben tat.

Er durfte keine Zeit verlieren. Sofort nachdem er seine Entscheidung gefällt hatte, begann Roan methodisch zu handeln. Er überzeugte sich davon, dass Tory keine Nachricht hinterlassen hatte, schaute in ihren Schrank, um zu sehen, was sie mitgenommen hatte, wobei sich herausstellte, dass sie alles zurückgelassen hatte. Dann setzte er sich mit seinem Büro in Verbindung, um sicherzustellen, dass während seiner Abwesenheit alles glatt weiterlief, und bat, die Fahndung nach dem Mietwagen einzuleiten, den Melanka gefahren hatte, und dessen Kennzeichen er sich in weiser Voraussicht notiert hatte. Anschließend gab er Jake und seinem Dad ein paar Anweisungen für den Fall, dass Tory sich melden sollte. Nachdem all dies getan war, ging er nach oben in sein Schlafzimmer und warf ein paar Sachen in eine Reisetasche. Er war eben dabei, den Reißverschluss zuzuziehen, als sein Vater auf der Schwelle erschien.

„Was hast du eigentlich vor?“ fragte Pop mit ernster Stimme, in der etwas mitschwang, das ziemlich stark nach Besorgnis klang.

„Ich dachte, das hätten wir geklärt.“

„Oh, ich weiß, dass du Tory nachfährst, um sie zu beschützen, aber was kommt danach? Hast du vor, die Situation zwischen euch zu klären, oder willst du sie nur aus Trotz wieder zurückschleppen, weil du es für deine verdammte Pflicht und Schuldigkeit hältst, dafür zu sorgen, dass sie vor Gericht gestellt wird?"

„Himmel noch mal, Pop!"

„Komm mir nicht so, Roan, weil es nämlich dein alter Herr ist, der da mit dir spricht. Ich bin zwar nicht mehr so jung, wie ich einmal war, aber deshalb bin ich noch lange nicht blind. Diese Frau bedeutet dir etwas, genau wie du ihr etwas bedeutest."

„Ja, ich habe ihr etwas bedeutet, in Ordnung", antwortete Roan mit Blick auf das, was er gerade tat. „Ich war ihr Gefängniswärter."

„Weil du es so wolltest, weil du dich anders unwohl gefühlt hättest. Solange du das, was zwischen euch war, kontrollieren konntest, war für dich die Welt in Ordnung. Aber sobald dir die Kontrolle zu entgleiten drohte, hast du dich in dein Schneckenhaus zurückgezogen."

„Vergiss es, Pop. Sie passt einfach nicht hierher. Sie hat anderswo ein großartiges Leben, zu dem sie vielleicht irgendwann wieder zurückwill. Das bisschen, das wir miteinander hatten, bedeutet nichts. Sie hat sich nur die Zeit vertrieben."

„Du hast Angst, dass sie dich verlassen könnte, genau wie Carolyn, und deshalb baust du vor."

„Das ist nicht wahr!" Roan schaute auf, aber er sah den Mann vor sich nicht ganz scharf, weil die Gedanken in seinem Kopf wild durcheinander wirbelten.

„Nicht alle Frauen brauchen Luxusboutiquen und Feinschmeckerrestaurants und tausend andere verschiedene Ablenkungen. Manche können einfach nur den Frieden und die Stille und eine schöne Aussicht auf den See genießen. Nicht alle Frauen sind wie Carolyn, Roan. Sie verlassen einen nicht ohne guten Grund."

„Schön. Dann reden wir eben über die Zukunft, wenn sich die Gelegenheit dazu ergibt." Er meinte es nicht ernst. Aber es war offensichtlich das, was sein Dad hören wollte, und Roan hatte keine Zeit, sich noch länger herumzustreiten.

„Na, endlich! Jake und ich sind gespannt, was wir von dir hören. Und von Tory."

Roan antwortete nicht. Was gab es dazu auch noch zu sagen?

Aber das waren offensichtlich noch nicht alle Erklärungen, die von ihm erwartet wurden. Als er aus dem Haus kam, lehnte Jake an der Beifahrertür des Streifenwagens.

„Ich will mit, Dad", sagte er so leise, dass es kaum mehr als ein Murmeln war. „Ich halte es nicht aus, hier rumzusitzen und mich ständig zu fragen, was wohl mit Tory passiert."

Zuerst sein Vater, jetzt sein Sohn. Victoria Molina-Vandergraff hatte es geschafft, sich in das Herz eines jeden männlichen Wesens auf Dog Trot zu schleichen, einschließlich Beaus Herz. Es würde lange dauern, bis man sie vergessen hatte. Roan warf seine Tasche auf den Rücksitz und knallte die Tür zu. Dann drehte er sich wieder zu seinem Sohn um.

„Hör zu", begann er mit so viel Geduld, wie er unter diesen Umständen aufbringen konnte.

„Ich weiß schon, was du jetzt gleich sagst", fiel Jake ihm ins Wort und hob trotzig das Kinn. „Dass ich zu jung bin und dass ich dir nur im Weg sein werde und dass du schnell reagieren musst blablabla. Es ist mir egal! Ich will irgendwas tun, ich will irgendwie helfen. Vielleicht ist sie ja irgendwo da draußen verletzt oder wieder entführt und gefesselt und kann nicht weg. Sie braucht uns, ich weiß ganz genau, dass sie uns braucht, und sie ist meine Freundin. Ich habe dasselbe Recht sie zu suchen, wie du."

Der Junge hatte mit dem, was er sagte, nicht Unrecht. Noch mehr aber freute sich Roan über den Beschützerinstinkt, den er Tory gegenüber entwickelt hatte. Daran zeigte sich, dass er langsam erwachsen wurde, er war schon fast ein Mann und ein echter Benedict. Trotzdem konnte er ihn nicht mitnehmen.

„Ich weiß, dass du dir Sorgen um sie machst." Er legte seinem Sohn eine Hand auf die Schulter. „Ich mache mir auch welche. Aber ich weiß nicht mal, ob das, was ich tue, überhaupt irgendeinen Sinn hat oder nur Aktionismus ist. Irgendwer muss hier bleiben für den Fall, dass sie anruft oder sich sonst irgendwie meldet."

„Pop ist doch da."

„Das stimmt. Aber es gibt noch ein anderes Problem. Ich kann nicht mit einem Mörder fertig werden, wenn ich nicht nur auf Tory, sondern auch noch auf dich aufpassen muss."

Jake presste kurz die Lippen zusammen, bevor er sagte: „Ich kann selbst auf mich aufpassen."

„Bei einem fairen Kampf ja, aber dieser Kerl kämpft nicht fair. Wenn ich gezwungen wäre, mich zu entscheiden, ob ich dich oder Tory retten soll, würde ich nicht zögern ..." Er unterbrach sich abrupt, unfähig den Satz zu beenden.

„Ja", sagte Jake langsam. „Kapiert."

Roan nickte und räusperte sich. „Wenn du hier irgendwelche Probleme hast, mit denen Pop nicht klarkommt, ruf Clay oder Luke an. Kane hat im Augenblick alle Hände voll zu tun."

Jake nickte.

„Schön." Roan schickte sich an einzusteigen.

„Dad?“

Er zog eine Augenbraue hoch und drehte sich um.

„Du ... pass auf dich auf.“

Roan lächelte. „Ja, das werde ich tun. Mach dir keine Sorgen.“

„Und bring Tory zurück.“

Das konnte er nicht versprechen und versuchte es auch nicht. Mit einer schnellen Drehung zog er seinen Sohn in seine Arme und drückte ihn für einen kurzen Moment fest an sich, dann trat er wieder zurück und schlug ihm nach Rennfahrerart auf die Schulter, die typische Geste von Männern, die sich ihrer Gefühle schämen, aber trotzdem das Bedürfnis haben, sie irgendwie auszudrücken. Einen Augenblick später saß er hinterm Steuer seines Streifenwagens und fuhr weg. Als er am Ende der Auffahrt auf den Highway abbog, stand Jake immer noch dort, wo er ihn zurückgelassen hatte, und schaute ihm nach.

Auf dem Weg durch die Stadt hielt Roan an einer Tankstelle, um zu tanken und im Krankenhaus anzurufen, um sich bei Kane nach dem Stand der Dinge zu erkundigen. Er erfuhr, dass er zur Geburt eines hübschen kleinen Mädchens gratulieren konnte. Regina sei erschöpft, berichtete Kane, aber sie habe ihre Sache großartig gemacht. Weil er merkte, dass sein Cousin im Moment mit ganz anderen Dingen beschäftigt war, machte sich Roan nicht die Mühe, ihm zu erklären, was mit Tory passiert war, sondern trug ihm nur auf, auch Regina seine besten Glückwünsche zu überbringen, und legte dann auf.

Während er wieder auf die Straße fuhr, rief er noch ein letztes Mal in seinem Büro an, um zu hören, ob die Suche nach Melankas Mietwagen schon irgendein Ergebnis gezeitigt hatte. Das Auto hatte sich eingefunden; Melanka hatte es am Flughafen zurückgegeben. Er hatte einen Flug nach Florida gebucht, und er war allein gewesen. Sein Kreditkartenkonto war nur mit einem Ticket belastet worden. Ein weiblicher Fluggast mit dem Namen Victoria Molina-Vandergraff war nicht in der Maschine gewesen.

Für ungefähr zwei Sekunden leistete sich Roan den Luxus, sich erleichtert zu fühlen. Melanka hatte die Stadt verlassen. Tory war nicht bei ihm gewesen.

Aber da war immer noch das Blut. Von wem stammte es?

Angenommen, Melanka hatte Tory getötet und ihre Leiche beiseite geschafft? Angenommen, er hatte dafür den Super Bird genommen, um in dem Mietwagen keine verräterischen Spuren zu hinterlassen? Vielleicht hatte er das Auto ja mit Tory im See oder im Fluss versenkt? Oder was war, wenn er irgendeinen Gangster angeheuert hatte, der jetzt die Drecksarbeit für ihn machte, während er, die personifizierte Unschuld, seinen Mietwagen am Flughafen abgab und nach Hause flog? Tory würde einfach verschwinden. Er, Roan, würde vielleicht nie erfahren, was mit ihr passiert war oder was zwischen ihnen hätte sein können.

Gott. Er würde noch durchdrehen, wenn er weiter so im Dunkeln tappen musste und nur raten konnte. Und vielleicht riet er ja falsch.

Roan überlegte, ob er einen Fahndungsbefehl nach dem Super Bird herausgeben sollte. Wenn Tory damit in Richtung Florida fuhr, könnte er sie verhaften lassen.

Ja, aber hatte er ihr denn nicht schon genug angetan? Sie brauchte es nicht, von irgendeinem Hallodripolizisten wie Cal gejagt zu werden, der möglicherweise auch noch eine Leibesvisitation machte, ihr die Hände auf den Rücken fesselte, ohne auf ihre verletzte Schulter zu achten, und sie dann zusammen mit allem möglichen lichtscheuen Gesindel in eine Zelle sperrte, wo ihr alles passieren konnte.

Nein, dieser Gedanke war unerträglich.

Und wenn Tory den Bird nicht fuhr, was hatte es dann für einen Sinn? Wenn sie tot war, wenn sie irgendwo in den Sümpfen lag, wollte er ihren Mörder. Er wollte Melankas Kopf, und er würde ihn bekommen, selbst wenn er dafür in die Hölle fahren müsste.

Er beendete sein Telefonat, dann fuhr er sich mit den Fingern durchs Haar, während er auf die Straße schaute, die sich vor ihm dahinschlängelte. Warum hatte er ihr nicht geglaubt, als sie behauptete, entführt worden zu sein, und dass die Männer, die das getan hatten, den Auftrag hatten, sie zu töten? Obwohl sie ihm nicht wie der Typ erschienen war, der mit den Ganoven, die auf dem Video zu sehen gewesen waren, gemeinsame Sache machte. Wenn er doch bloß auf seinen Bauch gehört hätte.

Trotzdem war sie ihm so ausweichend, so vage und so unzuverlässig erschienen. Ja, und erschwerend hinzu kam noch, dass seine Hormone ihm einen Streich gespielt hatten, das hatte ihn aus dem Gleichgewicht gebracht. So eine starke sexuelle Anziehungskraft hatte er seit der High School nicht mehr gespürt. Er hatte nicht gewollt, dass sie ein menschliches Wesen aus Fleisch und Blut und unschuldig war, weil er sonst gezwungen gewesen wäre, sich mit dem, was er fühlte, auseinander zu setzen. Und die Aussicht darauf hatte ihm eine solche Angst eingejagt, dass er es vorgezogen hatte, überhaupt nicht zu denken. Es hatte ihn geängstigt, weil ihm bewusst war, dass er verlieren würde, dass man sie entweder einsperren würde, weil sie schuldig war, oder dass sie wieder in ihr vermutetes schönes und leichtes Leben zurückkehrte. Und dass er dann so oder so wieder allein sein würde.

Und was hatte es ihm gebracht, die Augen vor den Tatsachen zu verschließen? Tory hatte ihn verlassen, weil sie nicht darauf vertraut hatte, dass er sie noch länger beschützte. Er hatte sie allein gelassen, und jetzt war sie fort. Er musste sie finden, er musste dafür sorgen, dass sie in Sicherheit war, selbst wenn es bedeutete, dass er sie verlor. Es war besser zu wissen, dass sie irgendwo in der Welt lebte, als denken zu müssen, dass sie sie für immer verlassen hatte. Er ertrug es nicht, sich vorzustellen, dass sie tot sein, dass sie unter Schmerzen und voller Angst gestorben sein könnte, während er seine Pflicht erfüllte. Seine ewige Pflicht, die ihm nichts bedeutete, wenn sie nicht da war. Seine Pflicht, die er jetzt ohne Bedauern oder Zweifel vernachlässigte, ohne sich auch nur eine Sekunde lang darüber Gedanken zu machen, was irgendwer wohl darüber denken könnte, dass er seinen Dienstwagen für halbprivate Zwecke benutzte. Das nur dazu, wie wichtig es war, für ihn oder sonst jemanden.

Er musste daran glauben, dass sie sein Auto genommen hatte. Es war die einzig akzeptable Erklärung. Jede andere Möglichkeit ins Auge zu fassen war einfach zu schwer. Genau gesagt unmöglich.

Roan grübelte weiter.

Wenn Melanka geflogen war, war er allein geflogen, was bedeutete, dass er Tory während der nächsten – wie viel? – sechzehn oder siebzehn Stunden, die sie für die Fahrt nach Florida brauchte, nicht anrühren konnte. Oder länger, falls sie irgendwo übernachtete. Aber vielleicht wusste ihr Exverlobter ja auch, wohin sie fuhr, und wollte vor ihr da sein, um sie bei ihrem Kommen gleich in Empfang zu nehmen?

Tory kam gegen Melanka nicht an. Dafür war sie nicht wachsam genug und viel zu wenig bösartig. Obwohl sie sich gelegentlich viel Mühe gab, hart und zynisch zu wirken, war sie innerlich doch weich, außerdem war sie immer noch geschwächt von ihrer Verletzung. Nein, gegen einen Mörder kam sie nicht an.

Oder doch? Schließlich hatte sie ihn, Roan, doch auch getäuscht.

Sie musste die ganze Zeit über gewusst haben, wo er den Schlüssel für das Kontrollgerät aufbewahrte; andernfalls hätte sie ihn heute nicht so schnell gefunden. Er glaubte auch genau zu wissen, wann sie ihn entdeckt hatte; es war gewesen, als sie nach dem Autoschlüssel gesucht hatte. Stellte sich nur die Frage, warum sie nicht schon viel früher verschwunden war. Vielleicht, weil sie sich sicher gewesen war, dass er sie finden würde, egal ob mit oder ohne dem verdammten Ding. Jetzt war sie gegangen, weil er erfahren hatte, wer sie war, und weil sie ihm ansehen konnte, was für einen Unterschied es für ihn machte. Weil sie ihm jetzt nicht mehr zutraute, ihr Geheimnis zu hüten oder sie zu beschützen.

Spielte es eine Rolle, dass sie eine reiche Erbin und eine echte Prinzessin war? Tat es das wirklich?

Natürlich spielte es eine. Es veränderte alles. Alles.

Roan war nach seinen Schätzungen ungefähr zwei Stunden oder weniger hinter ihr. Der Bird war schnell, aber Roan hatte den Vorteil, dass er einen Polizeiwagen mit Blaulicht und Sirene fuhr, beides Dinge, die er einsetzen konnte, wenn er sie brauchte. Er müsste sie eigentlich einholen können. Die größte Gefahr war, dass er sie in der Dunkelheit übersah oder sie überholte, während sie tankte oder eine Pause machte.

Er hatte keine Befehlsgewalt in Florida oder in irgendeinem der Bundesstaaten dazwischen; sein Zuständigkeitsbereich erstreckte sich nur auf Tunica Parish. Und sobald er an dem Schild vorbei war, das das Ende des Landkreises anzeigte, würde er genau wie jeder andere Mensch sein. Nicht besser und nicht schlechter. Ohne irgendwelche Privilegien.

Es würde reichen müssen.

Fahrzeuge, Straßenschilder und Gemeinden, in denen man längst für die Nacht die Bürgersteige hochgeklappt hatte, flogen vorbei. Roan fuhr von Natchez bis Hattisburg auf der Landstraße, dann bog er nach Süden und Osten ab, erst auf den Highway 49 und dann auf die I-10. Vor ihm entrollte sich bei seiner Fahrt durch die Nacht die breite Interstate mit ihren durchbrochenen weißen Mittelstreifen, die wie blinkende Lichter aufleuchteten. Er hielt kurz an, um zu tanken und sich ein Päckchen gesalzene Erdnüsse zu kaufen, dann fuhr er weiter.

Als er Mobile erreichte, ging gerade die Sonne auf. Er blinzelte in das helle Licht, während das Geräusch der Reifen auf den Nahtstellen des Asphalts seine Gedanken und Ängste rhythmisch untermalte. Er hatte keine Spur von dem Super Bird gesehen.

Er raste durch das mit verkrüppelten Kiefern bestandene Ödland des Pfannenstiels von Florida, gewann Zeit. Auf der anderen Seite von Tallahassee stieß er auf die I-75 South und die ständige Parade aus Werbetafeln, auf denen vollmundig Sonnenlotion, subtropische Landschaften und Ruhestandshimmel angepriesen wurden. Mit dem dichter werdenden Strom aus Autos, Wohnwagen und Campingbussen erreichte er Touristenland und sah die ersten Bougainvilleen, die ersten Palmen, die ersten korallenfarben getünchten Villen und die ersten riesigen Wohnwagenparks, die wie Städte aus Aluminium und Fiberglas anmuteten. Er fuhr mittlerweile fast wie im Tran, so dass es fast ein Schock war, als gänzlich unvermutet das Ausfahrtschild für Fort Myers auftauchte und ihm klar wurde, dass er es beinahe geschafft hatte.

Sanibel, eine ruhige Insel mit herrlichen alten Bäumen und einer üppigen Vegetation beherbergte Privatbungalows und Strandvillen, die so groß waren, dass es nicht immer ganz leicht war, sie von den Hotels zu unterscheiden. Doch die meisten davon lagen jetzt still und verlassen, mit heruntergelassenen Rollläden, da, weil ihre Besitzer vor der feuchten Hitze der Sommermonate in kühlere Regionen wie Bar Harbor oder die Hamptons geflüchtet waren. Roan war für einen kurzen Moment überrascht, dass Vandergraff nicht weggefahren war, aber dann überlegte er, dass Torys Stiefvater möglicherweise ein Alter erreicht hatte, in dem ein halbjährlicher Umzug zu beschwerlich war oder dass bei seiner Entscheidung finanzielle Interessen im Vordergrund standen.

Roan hatte sein Büro gebeten, die Adresse des Vandergraff-Hauses ausfindig zu machen und ihm durchzugeben. Am Nachmittag schließlich kam er an das Tor des von einer Mauer umgebenen Grundstücks. Da es offen stand, bog er ein und fuhr die breite gewundene Auffahrt hinauf, über der sich Jacarandabäume wölbten, vorbei an hohen Königspalmen zu den großen Eingangstüren aus facettiertem Glas. Dort hielt er an, stieg aus und dehnte seine vom langen Sitzen steif gewordenen Muskeln. Er stand, die Ellbogen auf der geöffneten Autotür aufgestützt, da und betrachtete das Vandergraffsche Winterquartier eingehend.

Es war ein Architektentraum aus Winkeln und Flügeln, Balkonen und wunderbar schattigen Veranden, ein weiträumiges Paradies aus Marmor und Stuck, das um einen maurischen Garten mit wasserspeienden Löwen und einem glitzernden Swimmingpool von olympischen Ausmaßen herum angelegt war. Blendend weiß in der tropischen Sonne daliegend flüsterte es von Luxus und Abschottung und Geld. Es war ein Ort, der mit Sicherheit über jede nur vorstellbare Bequemlichkeit, über jede Schwelgerei, die ein menschliches Gehirn ersinnen konnte, verfügte. Es war Torys Zuhause oder eines davon.

Mit einem schnellen Kopfschütteln warf er die Autotür zu und ging zum Eingang. Ein Dienstmädchen oder eine Haushälterin in einer schwarzweißen Uniform öffnete die Tür einen Spalt und schaute mit großen Augen auf ihn und den Stern an seiner Brust.

Sí, das sei die Vandergraff-Villa, aber Señorita Victoria sei nicht zu Hause. Sie sei zurückgekommen. *Sí, sí.* Aber sie habe geduscht und sich umgezogen, schnell, schnell, und sei dann wieder ausgegangen, sie sei in einem violetten Monster von einem Auto über den Damm nach Fort Myers gefahren. Nein, sie habe nicht gesagt, wohin sie wolle oder wann sie zurückkomme; vielleicht würde es ja spät werden. Señor Vandergraff sei zum Golfspielen gegangen und müsse eigentlich in einer, vielleicht auch in zwei oder drei Stunden wieder zurück sein. Ob der Señor zu warten wünsche.

Roan wünschte es, entschied sich jedoch dagegen. Er würde sich stattdessen ein Hotel suchen, kurz duschen und einen Happen essen. Dann würde er zurückkommen.

Bevor er seinen Wagen wieder startete, warf er noch einen letzten Blick auf das Haus. Es war ein Palast. Darin war Tory eine echte Prinzessin, eingehüllt in diamantenbesetzte Seide und den ganzen Snobismus all jener, die sich nie in ihrem Leben etwas gewünscht oder ausgemalt hatten. Es war ihr angestammter Platz. Der einzige, den sie je brauchen würde.

Und dann wurde Roan schlagartig klar, dass er geträumt hatte. Irgendwie hatte er es vom Verstand her natürlich die ganze Zeit über gewusst, aber trotzdem hatte er gehofft, das Tory vielleicht, nur ganz vielleicht den Wunsch hatte, Sanibel und ihr

Luxusleben gegen die bodenständige Bequemlichkeit von Dog Trot einzutauschen. Dass sie es seinetwegen und Jakes wegen, wegen Pop und Beau und all den anderen Benedicts wollte, die sie willkommen heißen und zu einer der Ihren machen würden.

Kindisch. So ein unglaublich kindischer Traum. Ja, und der Beweis für seine unermessliche Unkenntnis des hohen Turms, auf dem sie gestanden hatte, als sie es zum ersten Mal gewagt hatte, auf seine Stadt hinunterzuschauen.

Als der beschränkte Provinzsheriff, der er vielleicht sein mochte, ja, unzweifelhaft war, konnte er jetzt sehen, dass es unmöglich war, dass sie diesen Turm je verlassen würde.

18. KAPITEL

Tory hörte Stimmen im Wohnzimmer, als sie nach ihrer Rückkehr von Fort Myers die Eingangstür aufschloss. Auf der Suche nach einem Hinweis, wer die Gäste ihres Stiefvaters wohl sein mochten, schaute sie über die Schulter auf den halb hinter Bäumen versteckten Parkplatz. Kein Fahrzeug war in Sicht. Mit leicht gerunzelter Stirn schloss sie die Tür hinter sich. Die Stimmen verstummten. Eine Sekunde später erschien Paul Vandergraff mit einem Whiskyglas in der Hand auf der Schwelle.

„Tory, meine Liebe, da bist du ja endlich", sagte er, als wäre sie nur zu spät zum Abendessen gekommen, statt nach einer Entführung wohlbehalten wieder nach Hause zurückzukehren. „Komm rein und trink einen Schluck mit uns."

Sie zögerte und musterte ihn in dem Gefühl, ihn mit neuen Augen zu sehen. Seine schlanke Erscheinung mit dem sehr kurz geschnittenem silbergrauem Haar, das in einem angenehmen Kontrast zu seiner Sonnenbräune stand, strahlte eine Eleganz aus, die er im Sommer mit weißen Polohemden und im Winter mit Kaschmirpullovern kultivierte. Während er früher für Tory die Verkörperung von Ostküstenblasiertheit und Schliff gewesen war, erschien er ihr jetzt nur noch oberflächlich. Er hatte sich nicht geändert, was bedeutete, dass sie sich geändert hatte, und zwar dramatisch. Als er wieder zurück ins Zimmer ging, deponierte sie ihre Schlüssel und ihre Handtasche auf dem Tisch im Foyer und folgte ihm, wobei die Absätze ihrer italienischen Lederpumps auf dem Marmorboden klapperten.

Ihr Exverlobter stand auf, als sie eintrat. „Darling, was für eine Überraschung. Ich dachte schon, du hättest dich in Louisiana niedergelassen."

„Harrell. Wie reizend", sagte sie, die Lippen zu einem spöttischen Lächeln verziehend. Dann ging sie zu dem Tisch mit den Getränken, schenkte sich kaltes Mineralwasser in ein Glas und sagte über die Schulter: „Aber du hast dich geirrt. Selbstverständlich bin ich zurückgekommen. Ich muss mich schließlich um meine Geschäfte kümmern. Obwohl es mich nicht überrascht, dich nach unserer letzten Begegnung hier bei Paul zu sehen, immerhin seid ihr ja dicke Freunde."

„Bitte, Darling, lass uns nicht schon wieder anfangen." Harrell warf Paul Vandergraff einen Blick zu, so als wolle er sagen *Na, was habe ich dir gesagt*?

„Warum nicht? Glaub mir, deine Drohungen sind nichts, was ich so schnell vergesse." Sie drehte sich zu ihnen um, gepanzert in ihrem grauen Designerkostüm, der Seidenbluse, der graurosa Perlenkette ihrer Mutter und dem Haar, das sie sich zu einem glänzenden französischen Knoten frisiert hatte. Wenn es notwendig war, konnte sie die reiche Dame von Welt ebenso gut geben wie jede Debütantin. Dies war eine dieser Gelegenheiten.

„Ich persönlich würde es vorziehen, nicht daran erinnert zu werden, dass du mit zwei Gammlern vom Strand weggelaufen bist. Obwohl zu befürchten steht, dass sich dein kleiner Kriminalitätsrausch in Louisiana ein bisschen schwieriger ausbügeln lässt als frühere Eskapaden."

„Das war kein Kriminalitätsrausch", erklärte sie, wobei sie Paul in dem kalten Blick, den sie Harrell zuwarf, mit einschloss. „Ich wurde vielmehr durch Gottes Gnade und die Geistesgegenwart von Sheriff Roan Benedict davor bewahrt, dass man mich ermordet."

„Durch einen Mann, in den du dich Hals über Kopf verliebt hast ... oder mit dem du zumindest ins Bett gestiegen bist."

„Ich bin nicht ..." Sie unterbrach sich, um tief durchzuatmen. „Hast du dich eigentlich je wirklich von mir angezogen gefühlt, Harrell, oder war es immer nur mein Geld? Stört es dich nicht, ein Mitgiftjäger zu sein, oder hältst du es für besonders raffiniert, eine Frau zu umgarnen, nur weil sie durch einen glücklichen Zufall reich ist?"

Er schüttelte den Kopf. „Bitte hör auf so daherzureden. Natürlich liebe ich dich, ich habe dich immer geliebt. Ich weiß, dass ich gestern schreckliche Sachen zu dir gesagt habe, aber ich war verletzt und wütend."

„Da wir gerade davon sprechen", sagte sie gedehnt. „Was macht dein Arm? Keine Anzeichen von Tollwut, hoffe ich doch?"

„Mit meinem Arm ist alles in Ordnung", sagte er, wobei sich sein Gesicht verfinsterte. „Obwohl ich das weder dir noch deinem Schürzenjäger mit dem Sheriffstern zu verdanken habe."

Sie lächelte über diese Beschreibung, bevor sie sanft sagte: „Mir geht es inzwischen auch wieder gut, vielen Dank für die Nachfrage, ihr beiden."

Paul hatte die Güte, betreten dreinzuschauen, als er sagte: „Das sind in der Tat gute Neuigkeiten."

Harrell warf ihr einen schmerzlich berührten Blick zu. „Du denkst, ich hätte mir keine Sorgen gemacht? Ich habe die ganze Zeit über an nichts anderes als dein Wohlergehen gedacht."

„Da bin ich mir sicher."

„Wir müssen wirklich reden, Darling. Lass uns irgendwo hingehen, wo es ruhig ist und wo wir uns hinsetzen und ..."

„Ruhig und einsam? Du scheinst mich für eine Idiotin zu halten."

„Wirklich, Victoria, du darfst Harrell nicht derart hart angehen", mahnte Paul, bevor er sein Glas hob, um einen Schluck zu trinken.

„Warum nicht?“ fragte sie mit Blick auf ihn. „Ich habe nicht die Absicht, es ihm auch noch leicht zu machen, mich umzubringen.“

„Davon kann doch überhaupt keine Rede sein.“ Die Verärgerung, die in Pauls Stimme mitschwang, war unüberhörbar.

„Du warst nicht dabei, woher willst du es also wissen? Ich verstehe nicht, warum du Harrell so in Schutz nimmst. Es sei denn, du hättest ebenfalls ein Interesse daran, dass ich verschwinde, damit du in aller Ruhe mein Vermögen verpulvern kannst.“

Er stand unbeweglich da und starrte sie an, das Glas in seiner Hand war vergessen. „Dein Vermögen verpulvern? Das könnte komisch sein, wenn es nicht so unglaublich wäre.“

„Meinen Anwälten zufolge ist es gar nicht unglaublich. Du hast mit meinem Vermögen Raubbau getrieben, während du deins vermehrt hast. Du hast allem Anschein nach falsch investiert, Aktienpakete manipuliert und höchst verdächtige Geldtransaktionen vorgenommen. Das einzig Gute, was ich über dich sagen kann, ist, dass du, zumindest soweit ich es weiß, im Gegensatz zu Harrell nicht versucht hast, auf irgendwelchen Dokumenten meine Unterschrift zu fälschen.“

Aus Pauls Gesicht wich alle Farbe, es wurde aschgrau. Er öffnete den Mund, aber es kamen keine Worte heraus. Er wandte den Blick ab und starrte auf die schmelzenden Eiswürfel in seinem Glas.

In diesem Moment wurde Tory alles klar, obwohl der Verdacht schon seit Tagen, wenn nicht seit Wochen in ihrem Kopf gelauert hatte. Sie holte tief Atem, bevor sie fortfuhr: „Aber du hast es getan, stimmt’s? Irgendwer musste dir eine Vollmacht über meine Konten geben, nachdem ich mündig geworden war. Du musst mit der Zeit große Übung darin entwickelt haben, meine Unterschrift zu fälschen. Dann hast du also das Dokument unterschrieben, das Harrell seine Teilhaberschaft an diesem Spielkasinoprojekt garantiert. Wie praktisch, dass ich nicht da war, um Einspruch zu erheben."

„Ich wollte nie, dass dir etwas zustößt."

Zweifellos hatte er vor dieser Möglichkeit die Augen verschlossen, genauso wie er es geschafft hatte, die ganzen Jahre über nicht daran zu denken, wie es wohl um ihre Mutter bestellt sein mochte. Aber zumindest erklärte seine Verstrickung in Harrells dunkle Geschäfte, warum er nach ihrem Verschwinden keine Vermisstenanzeige aufgegeben hatte, selbst nach all der Zeit nicht.

„Warum?" fragte sie, weil sie einfach fragen musste. „Du kannst das Geld doch nicht gebraucht haben?"

„So, meinst du." Sein Gesicht hatte sich verfinstert. „Du hattest ja immer alles, was du brauchst. Dein Geld zu vermehren hat dich nie interessiert. Aber bei mir ist das anders."

„Es macht dir Spaß, immer noch mehr Geld anzuhäufen? Auch wenn du dafür Millionen von meiner Mutter stehlen musstest? Und von mir?"

„Es war totes Kapital, das einfach nur herumlag, ohne dass du etwas damit gemacht hättest. Warum hätte ich es nicht anlegen sollen?"

Der Trotz, der in seiner Stimme mitschwang, war fast verständlich. Er schien in dem, was er gerade gesagt hatte, nichts Ehrenrühriges zu sehen, er schien einfach nicht zu begreifen, dass seine Schwindelmanöver mit fremdem Geld, die dazu dienten, seinen eigenen Reichtum zu mehren, nicht hinnehmbar waren, so als wäre wie selbstverständlich davon auszugehen, dass Recht und Gesetz nur auf kleinere Betrüger Anwendung fänden, aber nicht auf ihn. Es brachte Tory dazu, sich zu fragen, wie viel seines Wirtschaftsimperiums durch Betrügereien zu Stande gekommen oder gar eine Tarnung für noch dunklere Geschäfte war.

„Idiot!“ Harrell stierte Paul Vandergraff mit verächtlich verzogenen Lippen an. „Jetzt werden wir sie loswerden müssen, und das wird nach diesem anderen Schlamassel nicht einfach sein.“

„Dieses andere Schlamassel war deine brillante Lösung, falls du dich erinnerst“, konterte Torys Stiefvater schroff. „Auf jeden Fall können wir sie trotzdem loswerden. Wir brauchen nur den richtigen Arzt und müssen ihm genug bezahlen, dann wird ihr niemand ein Wort von dem, was sie erzählt, glauben.“

„Dieses Risiko können wir nicht eingehen. Die Leute, mit denen wir es zu tun haben, mögen keine losen Enden.“

Tory musste unwillkürlich lachen, obwohl es ein bisschen kurzatmig klang. Die Drohung, die Paul gerade ausgesprochen hatte, schwebte seit Jahren wie ein Damoklesschwert über ihrer Beziehung zu ihrem Stiefvater. Jetzt wurde ihr klar, dass ihre Angst der Grund für ihre Unrast gewesen war, der Grund dafür, dass sie so unfähig gewesen war, sich zu konzentrieren, sich zusammenzunehmen, um zu überlegen, was sie mit ihrem Leben eigentlich machen wollte. Es war fast eine Erleichterung, dass es endlich heraus war.

Gleichzeitig wusste sie, dass sie einen Fehler gemacht hatte, indem sie ihren Verdacht offen geäußert hatte. Die Anwälte, mit denen sie während der letzten Stunden zusammengesessen hatte, hatten ihr dringend angeraten, die Angelegenheit nur in Anwesenheit ihrer Rechtsbeistände zu diskutieren. Diesem Rat wäre sie gern gefolgt, wenn sie die Gelegenheit dazu gehabt hätte. Nachdem sie mit den beiden Männern konfrontiert worden war, hatte sie mehr oder weniger darauf vertraut, dass sich ihr Stiefvater angesichts ihrer Entdeckungen zivilisiert benahm und dass Harrell seine bösartigeren Regungen in Pauls Anwesenheit im Zaum hielt. Doch nachdem sie einmal angefangen hatte, konnte sie nicht mehr aufhören. Und es war gut, endlich die Wahrheit zu wissen.

Ihr Herz hämmerte vor Angst, aber es war eine andere Angst als früher. Sie hatte ihren Stiefvater immer für einen starken Mann gehalten. Doch jetzt erschien er ihr kraftlos und fast erbärmlich. Sie war mittlerweile daran gewöhnt, die Benedict-Männer um sich zu haben, deshalb hatten sich ihre Maßstäbe verändert. Sie hatte gelernt, Männer wie Harrell und Paul an diesen veränderten Maßstäben zu messen, und entdeckt, dass sie mehr als mangelhaft abschnitten.

„Waren Zits und Big Ears auch lose Enden für euch?“ fragte sie gespannt.

Harrell zuckte verächtlich die Schulter. „Diese Stümper haben alles verpfuscht, und dann hatten sie auch noch die Frechheit zu verlangen, dass ich den Mund halte.“

„Und deshalb hast du sie umgebracht.“

„Sie haben bekommen, was sie verdient haben.“

Der Mangel an Gefühl in seiner Stimme war erschreckend. Doch Tory war wild entschlossen, sich davon nicht beeindrucken zu lassen. „Ich hoffe, ihr entschuldigt, aber ich könnte mir vorstellen, dass ich vielleicht doch ein bisschen mehr als ein loses Ende bin. Habe ich schon erwähnt, dass ich heute Nachmittag eine Unterredung mit meinen Anwälten hatte?“

Sie hatte schlagartig ihre volle Aufmerksamkeit. Paul erholte sich als Erster. Zwischen seinen Augenbrauen bildete sich eine steile Falte. „Was hast du getan?“

„Etwas, wofür es höchste Zeit war. Ich habe jetzt die volle und alleinige Verantwortung für meine Angelegenheiten übernommen, für die finanziellen wie für alle anderen. Meine erste geschäftliche Anordnung wird eine vollständige Wirtschaftsprüfung sein. Sobald das Ausmaß des Schadens festgestellt ist, der unter deiner Führung entstanden ist, werde ich die komplizierte Struktur des Familienunternehmens auflösen, die du eingeführt hast, und die Leitung selbst übernehmen. Von dir wird selbstverständlich erwartet, dass du dich mit der Übertragung der Verantwortung auf mich einverstanden erklärst."

Paul lachte. „Deine Anwälte? Meinst du die Anwälte der Familie, mit denen ich seit Jahrzehnten Golf spiele? Sie sind meine Freunde. Himmel noch mal, die Hälfte von ihnen hat ihre Eigentumswohnungen in Aspen und ganze Mercedesfuhrparks von meiner Firma gekauft. Ich brauche ihnen nur zu sagen, wie sich die Angelegenheit verhält, und das Problem löst sich in Luft auf."

„Das glaube ich nicht. Der derzeitige Leiter der Kanzlei war ein guter Freund meiner Mutter. Sein Vater war mit meinem Großvater in Yale. Sie verstehen beide sehr gut, dass ich mich ab jetzt selbst um meine Interessen kümmern will."

„Ich bin mir sicher, dass deine psychische Labilität ein Faktor sein wird, den sie bedenken ..."

„Wir haben auch über die Möglichkeit einer Anzeige wegen Verleumdung gesprochen. Sie haben sich bereit erklärt, mich vor Gericht zu vertreten, falls du versuchen solltest, dich auf dieses Thema zu versteifen. In der Zwischenzeit wurde eine unabhängige Firma mit der Finanzprüfung beauftragt. Du bist aufgefordert, ihnen binnen achtundvierzig Stunden sämtliche das Erbe meiner Mutter betreffende Unterlagen zu übergeben."

„Das ist unmöglich, und das weißt du auch!" explodierte Paul. „Die Buchhalter brauchen mindestens eine Woche, um die Unterlagen aufzubereiten."

„Es ist nicht nötig, irgendetwas aufzubereiten", gab sie zurück. „Genauso wenig, wie irgendetwas zu frisieren. Du wirst alles so wie es ist übergeben, zum Wohl der Firma und zu deinem eigenen."

Seine Hand zitterte so stark, dass die Eiswürfel in seinem Glas klirrten, als er einen Schluck von seinem Whisky trank. Tory nahm es als ein Zeichen dafür, dass er Zeit brauchte, um die Bilanzen so zu frisieren, dass seine Betrugsmanöver nicht entdeckt wurden. Eingedenk dessen, was er ihrer Mutter angetan hatte, konnte sie nicht behaupten, dass der Anblick sie schmerzte.

Nachdem es so schien, als würde er nicht antworten, fuhr sie fort: „In der Zwischenzeit werden keinerlei finanzielle Transaktionen durchgeführt, es sei denn, ich unterschreibe sie im Beisein meines Rechtsbeistands. Eine notariell beglaubigte Erklärung über meine Weigerung, mich in irgendeiner Weise an Harrells – entschuldige, an deinen und Harrells – Glücksspielgeschäften oder irgendeinem anderen Geschäft, in das du involviert bist, zu beteiligen, liegt jetzt bei den Akten." Sie schaute Harrell an. „Und was dich betrifft, hat man sich mit der Glücksspielkommission von Louisiana in Verbindung gesetzt und sie über deine betrügerischen Machenschaften aufgeklärt. Man wird dich auffordern, unverzüglich alle Kopien der Dokumente, die eine gefälschte Unterschrift von mir tragen, zurückzugeben."

„Du Biest", sagte Harrell, obwohl in den Worten das blanke Entsetzen mitschwang.

„Ich habe dich gewarnt, falls du dich erinnerst", sagte Tory und schaute ihn offen an. „Du hast vierundzwanzig Stunden."

„Du bist sehr groß im Stellen von Ultimaten, was?" schnaubte Paul.

Sie warf ihm einen flüchtigen Blick zu. „Manche Dinge macht man besser schnell. Ich denke, ich sollte dir auch sagen, dass ich ein Testament gemacht habe. Wenn mir irgendetwas zustößt, wird ein Teil meines Vermögens an verschiedene Wohlfahrtsorganisationen gehen, aber den größten Batzen erbt ein junger Mann in Louisiana namens Jake."

Harrell fluchte erneut, obwohl die Worte kaum mehr als ein Flüstern waren.

„Das kannst du unmöglich tun", protestierte Paul.

„Ich glaube doch. Genau gesagt habe ich es bereits getan. Und wenn es dir nicht passt, steht es dir frei, dir einen eigenen Anwalt zu nehmen und das Testament anzufechten."

„Dieser verdammte Provinzsheriff", sagte Harrell. „Das haben wir alles nur ihm zu verdanken."

„Das stimmt nicht."

Er schnaubte. „Wenn er nicht wäre, hättest du nie den Mut dafür aufgebracht."

Das war, wie sie wusste, wahr, wenn auch anders, als Harrell glaubte. Sie erwartete nicht, dass Roan ihr bei diesem Spiel unter die Arme griff, aber das Beispiel, das er ihr mit dem, was er tat und wie er es tat, vorgelebt hatte, hatte ihr den Mut verliehen, sich ihren Ängsten zu stellen und zurückzuschlagen. Und dafür würde sie ihm, egal was auch passierte, ewig dankbar sein.

„Das ist ungeheuerlich", sagte Paul. „Ich kann es nicht glauben, dass du mir das antust."

„Ich finde es noch viel ungeheuerlicher, dass du nach allem, was du meiner Mutter angetan hast, auf die Idee kommen kannst, ich könnte es dir nicht antun."

„Ich habe für dich gesorgt wie ein leiblicher Vater, ich habe dir alles gegeben ..."

„Du hast mich um des lieben Geldes willen ertragen. Mit knapper Not."

„Ich habe dein Vermögen verwaltet, ja. Es war nur normal, dass ich die Verantwortung übernahm."

„Und unnormal, es dort zu lassen, wo es hingehört, und mir nach Erreichen der Volljährigkeit zu erlauben, es selbst zu verwalten? Wahrscheinlich glaubst du das wirklich. Es ist ja so bequem."

Auf Pauls Gesicht spiegelte sich Abscheu. „Es ist mehr als unnormal, es ist obszön, dass Leute wie du und deine Mutter so viel Geld haben. Was willst du damit machen? Dir fällt offenbar nichts Besseres ein, als es an einen jungen Bauerntölpel weiterzugeben."

„Obszön ist es, es anzuhäufen, um damit herumzuprahlen, wie die Made im Speck zu leben und an der Spitze irgendeiner bedeutungslosen Liste von Millionären zu stehen. Obszön ist es, mich entführen zu lassen, um mich auf Dauer daran zu hindern, dass ich dir bei deinen Geldspielereien dazwischenfunken kann. Und was das Weggeben von dem, was mir gehört, anbelangt, wird das nur passieren, wenn ..." Tory unterbrach sich.

„Wenn du stirbst", sagte Harrell mit finsterem Gesicht. Er schob eine Hand unter sein Leinenjackett und zog eine Pistole mit kurzem Lauf hervor. Tory schaute in die hässliche schwarze Mündung.

„Es bringt dir nichts, wenn du mich tötest", sagte sie schneidend, während sie spürte, wie sich ihre Bauchmuskeln anspannten und ihre Lippen erstarrten.

„Nichts, außer dass ich dich daran hindere, noch mit weiteren Leuten zu sprechen."

„Roan weiß es bereits. Wenn mir irgendetwas passiert, wird

er dir umgehend einen Besuch abstatten. Und meine Anwälte ebenso."

„Möglich. Obwohl ich mir gut vorstellen kann, dass dein Gesetzeshüter in Louisiana gar keine Lust hat, hinter einer toten Frau herzujagen." Harrell schüttelte traurig den Kopf, während er mit seiner Pistole auf die Tür deutete, dann packte er Tory am Ellbogen und zerrte sie in diese Richtung. „Davon abgesehen gibt es nicht viel, was irgendjemand von ihnen tun könnte, wenn du dir selbst das Leben nimmst, oder? Und ich fürchte, das könntest du tun. Du bist immerhin seit Jahren höchst labil, das wird Paul bezeugen. Und jetzt dieses seltsame Verhalten von dir, mit zwei Verrückten loszuziehen, einen Laden auszurauben, dich anschießen zu lassen, eine Amnesie vorzutäuschen ... ach, ja und dich mit dem Gesetzeshüter, der dich angeschossen hat, auf eine Affäre einzulassen. Du bist schon seit langem kurz davor, den Boden unter den Füßen zu verlieren, daran besteht überhaupt kein Zweifel. Von daher wird es für niemanden eine große Überraschung sein, wenn du zu weit ins Meer rausschwimmst und nicht mehr zurückkommst."

„*Ich* bin kurz davor, den Boden unter den Füßen zu verlieren?" fragte sie in grimmigem Sarkasmus. „Du bist es, der verrückt ist, vor allem, wenn du glaubst, dass ich in der nächsten Zeit noch mal schwimmen gehe." Tory riss sich von ihm los und rannte auf die Eingangstür zu, aber sie kam nicht weit, weil Harrell sie aufhielt.

„Oh, ich habe auch nicht gesagt, dass du allein gehst. Es wird mir ein Vergnügen sein, dir Gesellschaft zu leisten und ein bisschen nachzuhelfen." Er deutete auf den Flur, der in einem rechten Winkel abzweigte. „Hier entlang, Darling. Bringen wir es hinter uns."

Er war wirklich wahnsinnig, ein anderes Wort gab es dafür nicht.

Sie erwog, sich mit Händen und Füßen zu wehren und ihn damit zu zwingen, sie unter heftigster Gegenwehr vom Haus wegzuzerren. Aber das ließ ihre Würde nicht zu. Vor allem jedoch erschien es ihr töricht, Energie zu verschwenden, die sie vielleicht noch bitter nötig brauchen würde.

Ihren Stiefvater um Hilfe zu bitten erschien mehr als sinnlos. Er hatte Harrell bis zu diesem Moment nicht widersprochen, und es gab keinen Grund anzunehmen, dass er es jetzt tun würde, oder dass Harrell auf ihn hörte, falls er es täte. Alles, was sie im Moment tun konnte, war vor ihrem Exverlobten herzugehen, während sie nach einer Fluchtmöglichkeit Ausschau hielt.

Es erschien ihr so unwirklich, dass sie sterben könnte. Trotz allem, was sie in Turn-Coupe durchgemacht hatte, weigerte sich ihr Verstand, diese Möglichkeit auch nur entfernt in Erwägung zu ziehen. Sie fühlte sich unverwundbar, randvoll mit Leben und Hoffnung. Dass dies alles enden könnte, dass ein Mensch einfach einen Schlusspunkt setzen und das Leben eines anderen Menschen beenden konnte, war eine Ungeheuerlichkeit und eine Tragödie. Es sollte rein physisch unmöglich sein.

Von dem Flur aus, auf dem sie waren, gelangte man auf der einen Seite in einen Fitnessraum und eine Sauna und auf der anderen in einen Innenhof. Dieser bildete eine abgeschlossene stille Oase aus üppigem Grün, mit Palmen, die tanzende Schatten über die Wände warfen, und einem schmiedeeisernen Tor, durch das man an den Strand gelangte.

Die in der Villa lebende Haushälterin war nirgends in Sicht. Entweder bereitete sie im Küchenflügel des Hauses das Abendessen vor, oder sie hatte sich in ihr eigenes Zimmer zurückgezogen. Harrell schien mit ihrem plötzlichen Auftauchen zu rechnen, weil er sich umschaute und stehen blieb, bevor er durch die offene Tür trat. Erst als sie im Patio waren und den gewundenen Weg hinuntergingen, der zu dem schmiedeeisernen Tor führte, schien seine Wachsamkeit ein bisschen nachzulassen.

Sanibel war eine Insel mit wenigen öffentlichen Stränden. Das Strandstück, das zu der Vandergraff-Villa gehörte, war größer als die meisten anderen Privatstrände, ein breiter Streifen aus fast weißem Sand. Er wurde an diesem Abend von gewaltigen Wellen überschwemmt, weil ein Gewittersturm draußen das Wasser hochpeitschte. Die Wellen hinterließen bei ihrem Rückzug vom Land eine gezackte schwarze Linie aus zerschellten Muscheln und angeschwemmten Algen. Der Sturm fuhr so wütend in die Blätter der hohen Palmen über ihrem Kopf, dass es sich anhörte, als ob es schüttete. Möwen flogen im Sturzflug nach unten und schwangen sich mit einem durchdringenden Kreischen wieder in die Lüfte.

Überm Wasser hing das letzte Licht der Abenddämmerung, aber am Strand war es mittlerweile fast dunkel. Aus den zurückgesetzten, von wucherndem Grün umschlossenen Villen drang nur wenig Licht. Die meisten Häuser waren Winterquartiere, die nur während der Hochsaison von Weihnachten bis Ostern bewohnt waren. Ihre Besitzer hatten die Sturmläden vor den Fenstern geschlossen und waren vor der erbarmungslosen Hitze, dem Monsunregen und den tropischen Sommerstürmen in kühlere Gefilde geflohen. Ein paar der Anwesen gehörten überzeugten Insulanern, aber die waren vernünftig genug, während eines Sturms nicht an den Strand zu gehen.

Harrell lachte zufrieden auf, als er den verlassen daliegenden Strand sah. Er forderte Tory auf, vom Haus wegzugehen, und stapfte dann neben ihr her, während sie aufs Wasser zuging, wobei sie mit den Absätzen ihrer Pumps tief im Sand einsank.

Sie konnte doch nicht einfach stumm in den Tod gehen. Sie musste etwas sagen, etwas tun, Zeit gewinnen. Sie musste nur ihre Ungläubigkeit überwinden, dann würde ihr Verstand wieder so weit arbeiten, dass sie einen Weg fand, um Harrell aufzuhalten. Aber wie? Wie?

„Das ... das ist wirklich eine verrückte Idee." Sie musste ihre Stimme, die nicht ganz fest war, heben, um das Heulen des Winds und das Donnern der Brandung zu übertönen. „Ich würde dir raten, es dir noch mal zu überlegen."

„Ach ja?" Sein Tonfall war herablassend, viel zu selbstgewiss, um neugierig zu sein.

„Die Polizei hat heutzutage viele Mittel und Wege, um herauszufinden, was mit einem Toten passiert ist. Ich habe kürzlich gelesen, dass sie genau sagen können, ob ein Ertrunkener wirklich ertrunken ist oder erstickt oder untergetaucht wurde und ob er sich die Prellungen und Druckstellen auf der Haut vor oder nach seinem Tod zugezogen hat. Du kannst mich nicht anfassen, ohne irgendeine Spur zu hinterlassen, und wenn du glaubst, dass ich mich geduldig wie ein Lamm zur Schlachtbank führen lasse, solltest du dir den Kopf untersuchen lassen."

„Oh, ich denke, du wirst es tun. Du bist schon einmal angeschossen worden. Es würde mich überraschen, wenn du noch ein zweites Mal eine Kugel riskierst."

Bei der Vorstellung spannte sich alles in ihr an, aber sie ignorierte es. „Ich habe keine große Wahl. Und vielleicht nehme ich die Kugel ja in Kauf, weil sie dir aller Wahrscheinlichkeit nach die Giftspritze beschert."

Er schaute sie aus zusammengekniffenen Augen an. „Das ist also dein Plan?"

Tory schüttelte nachdrücklich den Kopf. „Ich erlaube mir nur, dich daran zu erinnern, dass du ein Problem bekommen könntest."

„Das Problem hast du, Darling", widersprach er, „obwohl du in einem Punkt leider Recht hast. Wenn es nicht die Spuren hinterließe, von denen du gesprochen hast, wüsste ich nicht, was ich lieber täte, als dir das zu geben, was du verdienst." Er fuhr fort, ihr mit drastischen Worten genau zu beschreiben, was wäre, wenn.

„Du bist wirklich ein kranker Mann", sagte sie und schaute auf die Brandung, die sich ununterbrochen heranwälzte und wieder zurückzog. In der Ferne rauschte auf dem San-Cap Highway, der Hauptverkehrsader der Insel, der Verkehr vorbei. Das Geräusch schwoll mit den Windstößen an und verlor sich wieder, so dass es klang, als ob die Autos in der Nähe der Hauseinfahrt ihre Geschwindigkeit verlangsamten, um sie gleich darauf erneut zu beschleunigen. Die Menschen gingen ihrem wohl geordneten Leben nach, ohne zu wissen oder sich darum zu kümmern, was hier am Strand passierte.

„Aber auch ein reicher", gab er zurück, „oder ich werde es zumindest sein."

„Ich gebe dir keine sechs Monate", sagte sie mit abgrundtiefer Verachtung. „Dann wirst du etwas so Dummes und Arrogantes machen, dass dich entweder die Polizei oder deine neuen Geschäftspartner auffliegen lassen." Es war vielleicht nicht sehr klug, ihn zu reizen, aber sie fühlte sich kühn und trotzig, und umbringen konnte er sie schließlich nur ein Mal.

„Das hättest du vielleicht gern." Er lachte. „Die Wahrheit allerdings ist, dass ich einen Riesenreibach machen werde. Dann kaufe ich mir die eleganteste Villa auf ganz Sanibel und reibe diesen arroganten Idioten, die auf mich heruntergeschaut haben, weil ich nicht mit einer Hundert-Dollar-Windel auf die Welt gekommen bin, mein Geld unter die Nase."

Sie drehte sich zu ihm um und forschte in seinem Gesicht. „Das ist es also", sagte sie, als ihr schlagartig ein Licht aufging. „Du hasst mich wirklich."

„Erst seitdem du beschlossen hast, dass du dir zu schade für mich bist. Seitdem verabscheue ich dich als das faule, winselnde, selbstmitleidige reiche Miststück, das du bist."

„Dass ich unsere Verlobung gelöst habe, hat nichts mit deiner Herkunft zu tun oder damit, wie du dir deinen Lebensunterhalt verdienst!"

„Ach hör doch auf! Glaubst du vielleicht, ich hätte nicht gesehen, wie du mich immer taxiert hast, meine Kleidung, mein Auto, meine Wohnung und die Leute, mit denen ich zusammen war? Du hast geglaubt, in punkto Geschmack, Bildung und Herkunft haushoch über mir zu stehen ... als ob solche Sachen beim Bumsen eine Rolle spielen. Aber ich stand ja so weit unter dir, dass du dich nicht mal überwinden konntest, mit mir ins Bett zu gehen, ganz zu schweigen davon, dass du dich in mich verliebt hättest."

Tory wollte kein Mitleid mit ihm haben, und sie würde es auch nicht haben. Nein, sie würde es nicht. Sie stand dicht vor ihm, als sie sagte: „Und das musstest du mir heimzahlen, stimmt's? Allerdings in Anbetracht deiner Mentalität nicht eigenhändig. Deshalb hast du mich entführen lassen, einerseits um dich an mir zu rächen, und andererseits, damit ich dir nicht dein Geschäft vermassle, nicht wahr? Du warst der Meinung, dass ich es verdiene, von diesen beiden fiesen Typen, die du angeheuert hast, verschleppt zu werden. Du glaubtest, dass alles, was sie mir antun würden, genau richtig wäre. Bevor sie mich umbringen, natürlich."

Er schnaubte und verzog den Mund zu einem verächtlichen Grinsen. „Ich habe sie dafür bezahlt, dass sie deinen süßen kleinen Hintern nach Louisiana verfrachten. Und dann sollten sie dort auf ihn aufpassen, weil ich ohnehin geplant hatte, wegen diesem Spielbankdeal nach Turn-Coupe zu kommen. Und was hinterher noch davon übrig gewesen wäre, hätte ich den Krokodilen zum Fraß vorgeworfen."

Sie hatte dem Tod, den er für sie in Louisiana geplant hatte, ein Schnippchen geschlagen. Sie war ihm von der Schippe gesprungen und hatte dafür etwas gefunden, wonach sie sich ihr ganzes Leben lang gesehnt hatte. Sie hatte einen Ort gefunden, an dem Geld, Herkunft und soziale Stellung weder ein Grund für Dünkel und schon gar kein Ziel waren, für das es sich zu töten lohnte, und einen Mann, der die Familienwerte hochhielt und für alles stand, was gut und richtig war. Sie hatte Liebe gefunden. Sie hatte Roan gefunden.

Sie hatte ihn gefunden, und sie wollte nicht sterben, bevor sie ihm gesagt hatte, was sie für ihn empfand, sie wollte nicht sterben, ohne zu wissen, ob es vielleicht die Hoffnung gab, dass er ihre Gefühle erwiderte, wenigstens ein bisschen. Sie hatte nicht vor, aufzugeben und den Dingen ihren Lauf zu lassen, so wie ihre Mutter es getan hatte. Sie würde sich nicht um ihr Leben betrügen lassen. Sie würde nicht ohne jede Gegenwehr alle Hoffnung auf Liebe und Freude aufgeben, ganz bestimmt nicht.

Zorn, blutrot und lebensspendend, schoss aus irgendeiner verborgenen inneren Quelle, deren Ursprung sie nicht kannte, in ihr hoch. Sie scherte sich nicht um die Konsequenzen. Sie ballte einfach die Hände zu Fäusten, so wie sie es in ihrem Selbstverteidigungskurs gelernt hatte, und schlug Harrell mit aller Kraft, die sie aufbringen konnte, ins Gesicht.

Er taumelte, überrascht von ihrem Angriff, mit einem Aufschrei zurück, dann stolperte er in dem nassen Sand und fiel hin. Tory rannte ohne zu zögern davon.

Hinter sich hörte sie ihn fluchen. Als sie einen kurzen Blick über die Schulter warf, rollte er sich gerade herum und rappelte sich auf. Sie rechnete jeden Moment damit, den Einschlag einer Kugel zwischen ihren Schulterblättern zu spüren. Es war ihr egal. Der salzige Wind peitschte ihr ins Gesicht und presste ihr das Seidenkostüm an den Körper. Weiße Gischt leckte an ihren Füßen, als eine einzelne Welle weiter als alle anderen den Strand überspülte. So wie jetzt war sie schon tausendmal durch den Sand gerannt, seit Jahren jeden Morgen.

Er kam hinter ihr her.

Um keine Spuren zu hinterlassen, wollte er nicht auf sie schießen, das war es. Er versuchte sie einzuholen. Er hatte immer noch vor, sie zu ertränken. Schön. Sollte er es versuchen. Im Meer war sie in ihren Element, sie war ihr ganzes Leben lang im Golf geschwommen. Es könnte ihm schwerer fallen, als er glaubte.

Aber würde es schwer genug sein?

Ihr Kopf war klar, ihre Gedanken rasten unter dem Einfluss des Adrenalins, das ihr Körper ausschüttete. Entkommen, sie musste entkommen. Sie könnte ins Wasser gehen, dann wäre sie nicht mehr eine so gute Zielscheibe. Aber gegen die Strömung würde sie nicht so schnell vorwärtskommen, und er wollte sie im Wasser haben. Das würde sie nicht tun, sie würde ihm sein schändliches Vorhaben nicht erleichtern. Rennen, sie musste rennen.

Sie rang nach Atem, ihre Seiten stachen. Sie war nicht mehr so fit wie früher. Die Tage erzwungener Inaktivität hatten ihren Tribut gefordert. Ihre Schulter schmerzte. Ihre Absätze versanken im Sand. Sie würde schneller vorwärtskommen, wenn sie ihre Schuhe wegschleuderte, aber dafür war keine Zeit. Harrell kam näher. Er holte auf.

Rennen, rennen. Sie musste rennen. Sie rannte wieder weg, wie immer, trotz alledem.

Nur dass sie diesmal aufgehalten wurde.

19. KAPITEL

Harrell packte sie von hinten an ihrer Kostümjacke und hielt sie fest, so dass Tory nichts anderes übrig blieb, als stehen zu bleiben. Als er sie zu sich herumwirbelte, durchschoss ein heißer Schmerz ihre Schulter. Sie riss sich los und taumelte zurück, doch er war mit einem Satz bei ihr und packte sie am Handgelenk. Sein Gesicht war wutverzerrt, und aus seinen Augen leuchtete Mordlust. Wieder riss sie sich los und rannte, die Augen wegen des Windes zusammengekniffen, davon. Eine Welle spülte ihr über die Füße, so dass sie in dem mit Wasser voll gesogenen Sand fast gestolpert wäre. Sie hörte ihn hinter sich mit platschenden Schritten durchs Wasser rennen, dann packte er sie an der Jacke und schlang ihr einen Arm fest um die Taille. Tory stieß einen erstickten Schrei aus, als sie sich an ihn gezogen und hochgehoben fühlte. Er lachte triumphierend auf und watete mit ihr tiefer ins Wasser hinein.

Der Arm, mit dem er sie umklammerte, verhinderte, dass sie genug Luft bekam. In ihrer Brust und ihrer Schulter tobte ein heftiger Schmerz. Der Sog des Wassers hatte ihr die Schuhe von den Füßen gezogen. In ihren Ohren dröhnte es, als ob jemand einen Motor anließe, ein Geräusch, das mit jedem Schritt, den Harrell machte, lauter zu werden schien. Sie wehrte sich aus Leibeskräften und setzte alles daran, ihm ihre Knie in den Unterleib zu rammen, aber die hohen Wellen, die sich um sie herum auftürmten, machten alle Anstrengungen zunichte. Sie versuchte ihre Zehen als Hebel einzusetzen, fand jedoch nirgendwo Halt. In einer obszönen Parodie einer leidenschaftlichen Umarmung klammerte sie sich verzweifelt an seinen Rücken, aber ihre Nägel fanden nur Stoff. Ihre Gedanken verwirrten sich. Das Tosen von Wind und Wellen war jetzt so laut, dass jeder Gedanke auf Rettung darin ertrank und nur Angst und Schrecken zurückließ.

Dann berührte sie Metall. Harrells Pistole, die er sich wieder hinten in den Hosenbund geschoben hatte. Sie schloss ihre Finger um den Griff, riss die Waffe heraus und rammte ihm den Lauf in die Armbeuge.

Abrupt blieb er stehen. Sein Fluch klang erstickt.

Dann kam das Wasser hinter ihm in Bewegung. Aus der Dunkelheit erhob sich wie ein riesiges Ungeheuer eine gewaltige Welle und schwappte über ihn hinweg. Harrell wurde umgerissen und war gezwungen, Tory loszulassen. Die Pistole entglitt ihr. Sie selbst wurde wie eine Lumpenpuppe im Wasser herumgeschleudert. Tosende Wellen schlugen über ihr zusammen und gurgelten in ihren Ohren. Ihre Lunge stach, ihre Kehle und ihre Nase brannten. Sie schlug auf Sand auf, schrammte mit dem Gesicht über den Meeresboden. Mit ihrem heilen Arm stemmte sie sich hoch und versuchte ihre Füße zu finden, um sich aufzurappeln.

Plötzlich war sie wieder gefangen. Starke Arme schlangen sich wie Stahltrossen um ihre Mitte. Blind von Salzwasser und Sand holte sie aus und schlug mit aller Kraft zu.

Allerdings ohne ihr Ziel zu treffen. Ihr Arm wurde eingefangen und locker gehalten, obwohl sie eng an einen Körper gezogen und sanft hin und her geschaukelt wurde. Der Mann, der sie hielt, legte seine Wange auf ihren Kopf, während er über das Tosen von Sturm und Wellen und das aufgeregte Kreischen der Möwen hinweg beruhigend auf sie einredete.

„Es ist alles gut, Tory. Schon gut, schon gut. Ich bin's doch nur, Tory, ich bin's."

Roan.

Er war hier.

Sie wusste nicht, wie und warum, aber es war ihr auch egal. Wichtig war nur, dass er da war. Sie klammerte sich an ihn, hielt ihn fest und sog seine Kraft und das Gefühl von Geborgenheit, das seine Arme ihr gaben, gierig zusammen mit einem halberstickten Atemzug in sich ein. Dann wurde sie erneut von Panik überschwemmt. Sie wand sich aus seiner Umarmung und keuchte: „Harrell! Er ist ..."

„Er ist dort drüben."

Roan drehte sie behutsam um, bis sie den Strand sehen konnte. Dort lag Harrell auf dem Bauch wie ein gestrandeter Wal, als wäre er von einer Welle an Land geschleudert worden. Er fluchte monoton in sich hinein und spuckte bei jedem Wort Sand und Salzwasser, während die Brandung in einem gleichförmigen Rhythmus seine Beine überspülte und sich wieder zurückzog. Seine Hände waren mit Handschellen auf seinem Rücken gefesselt, und ein zweites Paar zierte seine Fußgelenke.

„Ich glaube nicht, dass er noch ein Problem ist", sagte Roan mit ruhiger Stimme.

Das fand sie auch. Deshalb verweilte ihre Aufmerksamkeit nicht länger bei ihrem Exverlobten. Tory starrte an der kläglich wirkenden Gestalt vorbei auf das purpurfarbene Heck, das aus dem Wasser aufragte.

„Der Super Bird", sagte sie völlig verdutzt und gepeinigt. „Wie kommt ..."

„Ich war heute Nachmittag bei dir, aber man sagte mir, du seist nicht da. Als ich mein Glück eben ein zweites Mal versuchte, öffnete mir Paul Vandergraff. Er behauptete, du wärst zwar inzwischen zurückgekommen, seist jedoch wieder weggegangen, vielleicht ja zum Strand am anderen Ende der Insel, wo du so gern spazieren gehst. Das leuchtete mir nicht ganz ein, weil der Super Bird immer noch in der Einfahrt stand. Als ich hinging und einen Blick ins Wageninnere warf, sah ich, dass du den Zündschlüssel hattest stecken lassen. Ich stieg ein und wollte gerade wegfahren, als ich zufällig sah, wie Melanka dich ins Wasser zerrte." Roan hob eine Schulter. „Mit dem Bird auf ihn zuzufahren erschien mir die beste Idee, um ihn abzulenken."

Die tiefe Fahrrinne im Sand, die sich vom Haus zum Strand zog, sprach eine deutliche Sprache. Roan war mit dem Bird, seinem ganzen Stolz, in das den Lack angreifende Salzwasser gebraust. Sie hatte das Motorengeräusch gehört, ohne zu begreifen, was es war.

„Was dir auch gelungen ist", sagte sie, wobei sie an die mächtige Welle dachte, die unversehens über Harrell hinweggeschwappt war und ihn umgerissen hatte. Und die ihm das Leben gerettet hat, dachte sie. In der nächsten Sekunde hätte sie nämlich geschossen. Zumindest war sie sich fast sicher, dass sie es getan hätte.

„Mein Stiefvater war ... er wusste alles", sagte sie. „Er hat es zugelassen, dass Harrell ..."

„Ich weiß." Roan legte den Arm ein bisschen fester um sie, während er sie aus dem Wasser an den Strand führte. „Denk jetzt nicht mehr daran. Ich habe bereits mit der hiesigen Polizei gesprochen. Scheint so, als ob sie schon seit einiger Zeit ein Auge auf ihn hatten, weil sie ihn irgendwelcher dunkler Machenschaften verdächtigten. Das müsste eigentlich reichen. Sobald ich sie anrufe, wird man ihn und Melanka abholen."

„Gut", sagte sie ruhig. „Das ist gut." Es war vorüber, es war wirklich vorüber. Sie blieb stehen, schloss die Augen und lehnte ihren Kopf an Roans Schulter. Ihre Rechte lag auf dem starken Handgelenk des Arms, der sich um ihre Taille schlang. Unter ihren Fingern konnte sie seinen gleichmäßigen, kräftigen Pulsschlag spüren. Er war lebendig, so lebendig. Und sie auch.

„Wir sollten jetzt besser gehen", drängte er. „Anrufen kann ich auch vom Streifenwagen aus."

„He, und was ist mit mir?" brüllte Harrell, der mit dem Gesicht zum Meer im Sand lag und sich jetzt fast den Hals verrenkte, als sie sich zum Gehen anschickten.

Der Sheriff von Tunica Parish gönnte ihm kaum einen Blick. „Sie bleiben hier. Die Flut geht bald zurück."

Tory wollte nicht gehen. Sie wäre viel lieber geblieben, wo sie war, weit weg von den Problemen, die sie auf sich zukommen sah, weit weg von den Erklärungen und endlosen Fragen. Genau gesagt wäre sie am liebsten ein weiteres Mal fortgelaufen, doch diesmal mit Roan, zurück nach Dog Trot, wo alles einfach war, und wo niemand es wagte, dem Mann dreinzureden, der in Tunica Parish das Gesetz war.

Doch das konnte sie nicht. Es gab hier Dinge, die getan werden mussten, und die nur sie tun konnte.

„Ja", sagte sie mit einem tiefen Aufseufzen.

„Lehn dich an mich", forderte er sie auf.

Sie hätte seiner Hilfe nicht bedurft, sie hätte allein laufen können. Dennoch watete sie, gestützt von seinem starken Arm, durch den nassen Sand auf das große charakterlose Haus zwischen den Bäumen zu.

Roan rief die Polizei an, und man sagte ihm, dass der Streifenwagen in fünf bis zehn Minuten da sein werde. Dann zogen sie sich in den Schatten der Bäume zurück und beobachteten das Haus. Dort war alles ruhig, und es gab kein Anzeichen dafür, dass Paul Vandergraff sich über die veränderte Situation im Klaren war.

Roan war nervös. Er wanderte ziellos auf und ab. Wahrscheinlich wurmte es ihn, dass er nicht einfach ins Haus gehen konnte, um die Verhaftung vorzunehmen, die ein für alle Mal einen Schlusspunkt setzte. Er war nicht daran gewöhnt, anderen eine Aufgabe zu überlassen, die er sehr gut selbst übernehmen konnte.

Um ihn auf andere Gedanken zu bringen, sagte Tory: „Ich habe dir noch gar nicht gedankt für das, was du eben für mich getan hast. Ich bin wirklich froh, dass du gekommen bist, so froh, dass ich es kaum in Worte fassen kann."

„Keine Ursache", gab er zurück, ohne das Haus aus den Augen zu lassen. „Du musst gewusst haben, dass ich komme."

„Nicht wirklich. Oh, ich weiß, dass ich weggegangen bin, ohne dir zu sagen ..."

„Du bist geflohen", erklärte er kategorisch.

„Bin ich das wirklich? Ich meine rein formal, wo doch keine Anzeige gegen mich erstattet wurde? Du hättest mich doch einfach laufen lassen können. Aber auch wenn du nur gekommen bist, um mich zurückzubringen, bin ich trotzdem überrascht."

„Glaubst du wirklich, dass ich deshalb gekommen bin?"

„Ja, es sei denn, du bist nur gekommen, um dir den Super Bird zurückzuholen. Ich habe mir schon gedacht, dass du es tun könntest, obwohl ich nicht so schnell damit gerechnet habe. Ich werde ihn reparieren lassen, versprochen. Hier unten kennen sie sich mit Salzwasserschäden aus."

Er hob nur leicht eine Schulter. Gleich darauf fuhr er sich mit den Fingern durchs Haar und drehte sich zu ihr um. „Es tut mir wirklich Leid, dass ich dir anfangs nicht geglaubt habe, mehr als ich sagen kann. Wenn ich dir bloß zugehört hätte ..." Er unterbrach sich und presste die Lippen zusammen.

In dem indirekten Licht des Scheinwerfers, der zwischen dem Laubwerk verborgen in dem Baum hing, konnte Tory nicht in seinem Gesicht lesen. Da sie nicht wusste, was er dachte und fühlte, konnte sie nur ihr Bestes tun, indem sie aufrichtig war. Sie befeuchtete sich die Lippen und sagte: „Ich habe es dir ja auch nicht gerade leicht gemacht. Ich war nicht daran gewöhnt, jemandem zu ... zu vertrauen. Ich bin früher als Teenager oft von zu

Hause weggelaufen. Aber die Polizei schickte mich immer wieder zu meinem Stiefvater zurück, egal was ich ihnen auch erzählte."

„Deshalb dachtest du, es würde diesmal auch wieder so sein."

„Ich befürchtete, du könntest Paul anrufen, und er würde Harrell beauftragen, mich nach Sanibel zurückzubringen. Aber dieses Risiko wollte ich nicht eingehen, weil ich Angst hatte, es könnte mein Tod sein."

„Geschickter Zug", sagte Roan lakonisch. „Auch wenn er dazu führte, dass ich dich auf Dog Trot einsperrte."

„Das war mir egal. Nach einer Weile jedenfalls."

Er musterte sie eine ganze Weile schweigend. Als sie schon dachte, er werde überhaupt nichts mehr sagen, fragte er: „Was ist passiert, nachdem du hier ankamst? Wo bist du heute Nachmittag gewesen? Und wie hat Melanka es geschafft, Vandergraff davon zu überzeugen, dass sich das Risiko lohnt, dich vor seinem Grundstück zu ertränken?"

Tory erzählte ihm von ihrem Besuch bei ihren Anwälten und von der anschließenden Auseinandersetzung mit Paul und Harrell. Sie empfand es als eine Erleichterung, mit Roan so offen über alles sprechen zu können und zu wissen, dass die Geheimnisse, die wochenlang zwischen ihnen gestanden hatten, sie nicht mehr trennten.

Nachdem sie ihren Bericht beendet hatte, stieß er einen bewundernden Pfiff aus, dann schüttelte er den Kopf. „Du hast wirklich Schneid, Lady. Das muss man dir lassen."

„Es wäre wesentlich klüger gewesen, es meinen Anwälte zu überlassen", gab sie trocken zurück. „Aber wahrscheinlich hatte sich alles schon viel zu lange in mir angestaut. Und dann brach es plötzlich heraus."

„Ich hätte wirklich gern gesehen, wie du auf sie losgehst."

Sie verzog das Gesicht. „Das war nicht schwer, weil sie mich so wütend gemacht haben."

„Erinnere mich daran, dass ich mich davor hüte." In seiner Stimme schwang ein Anflug von Belustigung mit.

„Glaubst du, dass ich überreagiert habe?" fragte sie ruhig, während in der Ferne das Heulen der Sirenen ertönte. Die Polizei würde jeden Moment hier sein.

„Schon möglich", sagte Roan gedehnt, wobei er den Kopf zur Seite neigte. „Ich meine, warum solltest du dich auch aufregen, wo sie dir doch nur dein ganzes Geld wegnehmen und dich aus dem Weg räumen wollten."

Er zog sie auf seine trockene Art auf. Sie schaute auf den Strand hinaus, wo Harrell bewegungslos im Sand lag, und sagte: „Jetzt ist es vorbei."

„Ist es das wirklich? Wo du doch immer die Narben haben wirst, die du dabei davongetragen hast? Besonders die Narbe von meiner Kugel?"

„Als ich aus diesem Van purzelte, wusstest du nicht, dass ich unschuldig war." Der Selbstvorwurf, der in seiner Stimme mitschwang, gefiel ihr nicht, auch wenn er vor noch nicht allzu langer Zeit Balsam auf ihr verwundetes Ego gewesen wäre.

„Das ist jetzt egal. Ich musste nur gerade daran denken ... was wäre gewesen, wenn ich dich getötet hätte?"

„Das ist nicht passiert."

„Es hätte aber leicht passieren können."

Tory ging einen Schritt auf ihn zu und legte ihm eine Hand auf den Arm. Sie wusste nicht, ob sie ihn freisprechen oder nur trösten wollte. Aber sie kam weder zu dem einen noch zu dem anderen, weil in diesem Moment die Streifenwagen die Auffahrt heraufkamen und Roan sich umdrehte. Grelles Scheinwerferlicht brach sich zwischen den Bäumen Bahn. Das rotierende Blaulicht eines schwarz-weißen Streifenwagen erhellte Roans grimmiges Gesicht und fing die Trostlosigkeit in seinen Augen ein. Tory tat es im Herzen weh, aber es gab absolut nichts, was sie dagegen hätte tun können. Es wurde Zeit, unter den Bäumen hervorzutreten, damit man sie sehen konnte.

Die nächsten paar Stunden vergingen wie im Flug. Harrell wurde vom Strand heraufgeholt und weggebracht. Paul Vandergraff, der vergebens in seinem Arbeitszimmer Zuflucht gesucht hatte, protestierte lautstark und verlangte wütend nach seinem Anwalt, aber schließlich wurde er doch aus dem Haus geführt und in den Streifenwagen verfrachtet. Die Haushälterin Maria war befragt worden, aber sie hatte nichts gehört oder gesehen, weil sie sich im Fernsehen einen Actionfilm angesehen hatte. Tory wurde erlaubt, kurz zu duschen und ihre salzverkrusteten Kleider zu wechseln, dann wurde sie ins Polizeirevier gefahren, wo man ihre Aussage zu Protokoll nahm.

Sie schilderte die Ereignisse der vergangenen Wochen in allen Einzelheiten, was eine Ewigkeit zu dauern schien. Roan war ebenfalls anwesend und sorgte sowohl durch seine umfassenden Verfahrenskenntnisse wie seinen starken rechten Arm dafür, dass man sie mit dem gebührenden Respekt behandelte. Ohne sich selbst in den Mittelpunkt zu stellen schirmte er sie nicht nur ab, sondern führte sie zudem geschickt über manche Klippe. Schon gleich zu Anfang ließ er sich von ihr die Namen ihrer Rechtsbeistände geben und ging weg, um sie zu informieren. Wenig später trafen drei Anwälte ein, und aus dem Bestreben, ihre Interessen zu schützen, entwickelte sich zwischen Torys Rechtsbeiständen und Roan ein angenehmes Zusammenspiel.

Endlich war es vorbei. Roan fuhr sie zu der Villa am Strand zurück. Auf dem Parkplatz angelangt, schaltete er den Motor aus, aber Tory machte keine Anstalten auszusteigen. Sie war plötzlich so müde, zu müde, um etwas anderes zu tun, als auf den Strand und die endlos heranrollenden Wellen zu starren, die im Mondlicht glitzerten. Vor ihrem geistigen Auge sah sie, wie Harrell sie zwang, näher ans Wasser heranzugehen, sie sah seinen kalt berechnenden Gesichtsausdruck genau vor sich.

„Hör auf damit", sagte Roan heiser, während er sich in seinem Sitz zu ihr umdrehte. „Denk nicht mehr daran."

Sie schloss die Augen und holte tief Luft, dann atmete sie aufseufzend aus. Während sie den Kopf gegen die Nackenstütze lehnte, sagte sie: „Ja. Ja, ich höre auf."

„Es ist vorbei. Jetzt kannst du dich ausruhen."

„Man kann es nur schwer begreifen, dass jemand einen wirklich töten will." Tory öffnete die Augen und schaute ihn an. „Es muss dir auch schon passiert sein. Wie geht man damit um? Wie kommt man darüber hinweg?"

„Man versucht, nicht mehr daran zu denken und sein Leben weiterzuleben. Du schiebst es in eine Ecke irgendwo ganz weit hinten in deinem Kopf und machst die Tür zu. Und dann wachst du eines Morgens auf und fühlst dich wieder gut. Oder du denkst immer seltener daran, bis du eines Nachts daliegst und merkst, dass du schon seit Monaten nicht mehr daran gedacht hast, geschweige denn, dass es dich bis in deine Träume verfolgt hätte. Das ist ganz natürlich. Nichts dauert ewig, kein Zweifel und kein Schmerz, keine Angst und keine Trauer. Irgendwann kommt man über alles hinweg."

„Und bis dahin?"

„Macht man weiter, so gut man kann."

Sie schaute von ihm weg, hinaus aufs Wasser. „Ich weiß nicht, was ich tun werde. Es gibt so viel, um das man sich kümmern muss, so viele Geschäftsentscheidungen, die wegen Pauls Ausscheiden getroffen werden müssen. Ich befürchte, dass noch andere Unregelmäßigkeiten ans Licht kommen, in die Paul verwickelt war. Alte Konkurrenten und vielleicht sogar Freunde könnten versuchen, aus der Krise der Firma einen Nutzen zu ziehen."

„Du wirst es schaffen", sagte Roan, ohne zu zögern.

„Ich bin mir aber nicht sicher, ob ich es machen will."

„Außer dir gibt es niemanden, der es machen könnte. Davon abgesehen, ist es ja offensichtlich alles aus dem Besitz deiner Mutter aufgebaut worden. Das heißt, es gehört dir. Niemand sonst hat das Recht zu sagen, was damit passiert."

Das war zweifellos richtig, aber es war nicht das, was sie sich zu hören erhofft hatte. Was hatte sie von ihm gewollt? Dass er ihr anbot, ihr bei der erforderlichen Klärung der finanziellen und rechtlichen Probleme zu helfen, dass er sie an der Hand nahm und sie durch diesen Dschungel führte? Und was dann? Er hatte kein Interesse an dem protzigen Leben, das ihr Stiefvater geführt hatte.

Roan gehörte nach Turn-Coupe, wo das Leben friedlich und gut war und wo sich das Böse, sofern es überhaupt existierte, klar vom Guten unterschied. Er hatte dort einen Job, er musste Hilfssheriffs anleiten und ausbilden, und er hatte Menschen, die sich auf ihn verließen. Das kam zuerst. Natürlich kam es zuerst.

Tory wandte den Kopf und schaute ihm in das vom Mondlicht erhellte Gesicht. Seine Züge waren entschlossen und selbstsicher, seine Schultern gestrafft. Er war selbstbewusster als jeder andere Mann, den sie je gekannt hatte, er wusste ganz genau, wer und was er war, und suchte nach keinen Ausflüchten oder Entschuldigungen, um ab und zu vom rechten Weg abweichen zu können. Er war das, was man früher als einen guten Menschen bezeichnet hatte, aufrecht, ehrlich, mit einem tief verwurzelten Sinn für die Werte, die man ihm von klein auf beigebracht hatte, er liebte seine Familie und das Land, in dem er lebte.

Er war alles, was sie liebte, und er würde es immer sein, auch wenn er es nie aus ihrem Mund erfahren würde. Sie hatte es schon vorher gewusst, in jenem Moment, in dem sie geglaubt hatte, sterben zu müssen. Obwohl ihre Liebe jetzt, wo feststand, dass sie leben würde, sogar noch stärker war.

„Bleib heute Nacht bei mir", bat sie spontan.

„Wenn du möchtest." Die Worte kamen ruhig, ohne einen Anflug von Doppelbödigkeit, sie waren nicht mehr als die höfliche Gewährung einer Bitte, die eine Dame an ihn gerichtet hatte.

„Ich meine ..."

„Du möchtest gern noch jemand anders in deiner Nähe wissen als die Haushälterin", unterbrach er sie. „Keine Sorge, ich verstehe dich schon nicht falsch. Ich werde die Situation nicht ausnutzen."

Es war überhaupt nicht das, was sie brauchte. Doch das zu sagen, war unmöglich; seine distanzierte Art ließ keinen Zweifel daran aufkommen, dass er nicht die Absicht hatte, irgendeine Situation auszunutzen, selbst wenn sich ihm eine Gelegenheit dazu böte.

„Und was ist morgen?" fragte sie. „Muss ich mit dir nach Louisiana fahren, weil dort vielleicht noch irgendetwas geklärt werden muss?"

„Es gibt keine Veranlassung, dir noch weitere Ungelegenheiten zu bereiten. Ich kümmere mich darum."

„Danke", sagte sie tonlos. So viel zu dieser Ausrede.

Plötzlich hatte sie das Gefühl, dass sie gleich weinen würde. Sie wollte nicht, dass er es sah; das Letzte, was sie von ihm brauchte, war sein Mitleid. Deshalb stieg sie eilig aus. Er folgte ihr und ging um das Auto herum, um die Tür abzuschließen und ihren Arm zu nehmen. Die Haushälterin schien bereits gesehen zu haben, wie sie die Einfahrt heraufkamen, denn sie öffnete ihnen die Tür und hielt sie auf, während sie das Foyer betraten.

„Danke, Maria, das ist alles für heute. Oder nein, warten Sie noch“, sagte sie, während sie sich zu Roan umdrehte. „Möchtest du irgendetwas essen oder vielleicht einen Drink? Es war ein langer Abend.“

Er schüttelte den Kopf. „Ich habe alles, was ich brauche. Wenn du mir nur noch das Gästezimmer zeigen würdest.“

Das beantwortete alle Fragen. „Ja. Gut. Maria wird dir den Weg zeigen. Dann also ... gute Nacht.“

„Gute Nacht“, gab er mit tiefer Stimme zurück.

Sie wandte sich von ihm ab und ging blind auf ihr Schlafzimmer zu. Nachdem sie drei oder vier Schritte gemacht hatte, rief er hinter ihr her: „Tory?“

Sie drehte sich zu ihm um, aber sie sah ihn nicht ganz scharf. „Ja?“

Er schwieg, während lange Sekunden verstrichen und Maria darauf wartete, ihn in den entgegengesetzten Flügel des Hauses zu begleiten. Schließlich sagte er nur: „Nichts.“

Sie zwang sich zu einem Lächeln. „Schlaf morgen, so lange du möchtest. Maria wird das Frühstück bereithalten, wann immer du aufstehst.“

„Danke“, erwiderte er höflich und sonst nichts.

Sie sagte nichts mehr darauf und ging hoch erhobenen Hauptes weiter.

Es dauerte lange, bis sie einschlief. Es gelang ihr nur, weil sie schließlich eine Entscheidung traf. Sie würde es einem sturen Provinzsheriff nicht erlauben, ihr zu diktieren, was sie zu tun und zu lassen hatte. Gleich morgen früh würde sie mit Roan Benedict zu einer Verständigung kommen.

Aber als sie am nächsten Morgen ins Frühstückszimmer kam, war es leer. Das Gästebett war unbenutzt, und der Streifenwagen der Polizei von Tunica Parish in der Auffahrt war verschwunden.

Roan war fort.

20. KAPITEL

Die Abendluft war weich wie Samt. Roan stand, eingehüllt in Zigarrenrauch, mit der Schulter an eine der mächtigen weißen Säulen gelehnt da, die die Galerie auf der Rückseite von Kanes Haus *The Haven* abstützten. Der Rauch stammte aus der kubanischen Cohiba, die Kane zur Feier der Geburt seiner Tochter endlich herausgerückt hatte. Dieses abendliche Treffen war die erste Gelegenheit zu einem gemütlichen Beisammensein seit über einem Monat. Kane war während dieser Zeit seiner Frau und seinem Baby kaum von der Seite gewichen, woraus Roan ihm nur schlecht einen Vorwurf machen konnte. Courtney Morgan Benedict war ein hübsches kleines Ding, mit den rötesten Haaren, die man in Turn-Coupe je gesehen hatte.

Die Stimmen von Luke, Kane, Clay und Pop verschmolzen zu einem dröhnenden Rumpeln. Sie hatten sich gerade darüber unterhalten, dass der Plan für einen Kasinodampfer auf dem Horseshoe Lake abgeschmettert worden war. Als sie aufs Angeln zu sprechen kamen, hörte Roan weg. Ihm gingen andere Dinge im Kopf herum.

„He, Roan, hast du etwas von Tory gehört?"

Das war Cal, der da fragte. Roan zog die Augenbrauen zusammen und warf seinem Cousin über die Schulter einen Blick zu, bevor er antwortete: „Seit ich zurück bin, nicht."

„Also wirklich, Roan. Hast du sie denn nicht mal angerufen?"

Er schaute auf den See, der zwischen den Bäumen glitzerte. „Ich hatte viel zu tun, es ist eine Menge liegen geblieben. Und sie ist auch sehr beschäftigt."

„Richtig", sagte Cal trocken. „Einen ganzen Monat lang. Oder sind es schon sechs Wochen?"

„Das ist wirklich verdammt lang“, beklagte sich Roans Dad. „Gott, ich vermisse dieses Mädchen.“

Roan spürte, wie sich sein Herz zusammenkrampfte, ein Gefühl, das er seit seiner Rückkehr aus Florida so oft verspürte, dass er sich inzwischen schon fast daran gewöhnt hatte. Er vermisste sie auch. Auf Dog Trot wurde er auf Schritt und Tritt an Tory erinnert. Das Haus erschien ihm dunkler, staubiger und leerer, seit sie fort war. Beau jaulte manchmal abends um die Zeit, zu der Tory mit ihm spazieren gegangen war. Dann legte er den Kopf in den Nacken und verlieh seiner Traurigkeit dadurch Ausdruck, dass er einen lauten lang gezogenen Klagelaut ausstieß. Roan wünschte, er könnte es genauso machen.

„Hab sie vor zwei Tagen gesehen“, sagte Pop mit nachdenklicher Stimme.

Roan fuhr herum. „Du hast was? Wo?“

„Auf CNN. Sie brachten einen Bericht über Vandergraff und Melanka und dass sie in eine hochkarätige Geldwäscheoperation verwickelt waren, an der drei Bundesstaaten und ein halbes Dutzend Inseln und andere Länder beteiligt waren ... mutmaßlich, natürlich. Sie zeigten Tory, wie sie nach der Vernehmung zur Anklage das Gericht verließ, und dann brachten sie in diesem Zusammenhang noch mal alles über ihre Entführung. Die Pressefritzen wollten ein Statement von ihr, aber unsere Tory ging durch den ganzen Verein durch, als ob er Luft wäre, mit hoch erhobenem Kopf und stolz und jeder Zoll eine Prinzessin.“

„Ich habe nichts darüber gesehen.“ Roans Stimme klang schärfer als beabsichtigt.

„Du solltest eben in Rente gehen, so wie ich“, gab sein Dad mit einem breiten Grinsen zurück. „Dann könntest du sämtliche Seifenopern und Nachrichten rund um die Uhr anschauen.

Auf jeden Fall war es eine Sensation, die selbst in Übersee ein kleines Erdbeben ausgelöst hat.“

Roan fragte sich einen Moment, ob sein Dad sich das alles womöglich nur aus den Fingern gesogen hatte, einfach nur um zu sehen, wie er reagierte. Falls ja, musste er mit der Reaktion mächtig zufrieden sein.

Ein paar Leute in der Stadt hatten ihn auf Tory angesprochen und versteckte Andeutungen gemacht, so als ob sie davon ausgegangen wären, dass zwischen ihnen etwas wäre. Sie wussten nichts von der tiefen Kluft, die eine Frau wie sie und einen Mann wie ihn trennte. Er hatte es selbst nicht genau gewusst, bevor er auf Sanibel gewesen war und den Luxus gesehen hatte, in dem sie lebte. Dabei war die Villa für Torys Stiefvater nur ein Feriendomizil gewesen. Unvorstellbar, wie die Häuser aussehen mochten, in denen sie den Rest des Jahres verbrachte.

Es war besser, nicht daran zu denken. Dann tat es wenigstens weniger weh.

„Ich schätze mal, der Ärger ist für Tory noch nicht vorbei, oder?“ fragte Jake.

Roan schüttelte den Kopf. „Der Prozess kann Jahre dauern. Aber ich gehe davon aus, dass sie sich schon durch eine ganze Menge Papierkram durchgearbeitet hat.“

„Vielleicht kommt sie uns dann ja besuchen.“

„Mach dir nicht allzu viele Hoffnungen“, riet er seinem Sohn. „Ihre Erinnerungen an unser Haus gehören wahrscheinlich nicht zu den glücklichsten in ihrem Leben.“

„Ich wette, sie kommt, wenn du sie fragst.“

Roan erwiderte nichts.

„Der Junge hat Recht“, mischte sich Pop ein.

„Und ob“, stimmte Luke zu.

Kane, der ihn mit einem gewissen Mitgefühl in den Augen

beobachtete, fügte hinzu: „Man wird es nie erfahren, es sei denn, man macht die Probe aufs Exempel.“

„Vergiss es“, sagte Roan. „Es wird nicht passieren.“

„Und warum nicht, zum Kuckuck?“

Das war Pop, aber er redete zu Roans Rücken. Der Sheriff von Tunica Parish verließ die Terrasse und ging zu seinem Streifenwagen.

Auf manche Fragen gab es eben keine Antwort.

Das Licht auf der hinteren Veranda von Dog Trot war aus, als er in die Einfahrt einbog. Jake musste vergessen haben, es anzumachen, bevor er und Pop weggefahren waren. Und Beau kam auch nicht, um ihn zu begrüßen. Der Hund hatte in letzter Zeit oft Trübsal geblasen. Bis jetzt hatte Roan immer geglaubt, dass ihm wahrscheinlich nur die zusätzliche Aufmerksamkeit fehlte, die er von Tory bekommen hatte, aber vielleicht brütete er ja auch eine Krankheit aus oder hatte einen Bandwurm oder irgendwas. Er sollte vielleicht besser Clay bitten, einen Blick auf ihn zu werfen.

Im Haus war es still, und in der Luft hing ein leicht muffiger Geruch, so als ob es endlich wieder einmal ordentlich durchgelüftet werden müsste, nachdem es einen ganzen Sommer lang wegen der brütenden Hitze fest verrammelt gewesen war. Oder vielleicht musste ja auch der Filter der Klimaanlage gereinigt werden. Auf jeden Fall musste er sich so bald wie möglich darum kümmern.

Es war schon eine geraume Zeit her, seit Roan zum letzten Mal allein im Haus gewesen war – normalerweise waren Jake und Pop da. Obwohl er natürlich in diesen letzten Wochen nicht viel daheim gewesen war, weil er alle Hände voll zu tun gehabt hatte. Es war schon erstaunlich, wie viele Leute sich mit ihren Ansprüchen an ihn zurückgehalten hatten, als er mit Tory beschäftigt gewesen war. Manchmal fragte er sich, ob sie ihn womöglich jetzt nur mit Bitten und Erledigungen eindeckten, damit er abgelenkt war, so als ob ihm die ganze Stadt helfen wollte zu vergessen.

Er wollte nicht vergessen. Er wollte sich an jede Einzelheit erinnern – wie sie aussah, wie sie lächelte, wie sie schmeckte und wie sie sich in seinen Armen anfühlte. Manchmal bildete er sich ein, sie in der Küche sitzen zu sehen oder auf der oberen Galerie oder mit Beau draußen auf der Terrasse, wo die Sonnenstrahlen in ihrem Haar und in ihren Augen tanzten. Dann wieder erinnerte er sich daran, wie weh er ihr getan hatte, wie sie sich gestritten oder angespannt geschwiegen hatten. Das alles tat ihm im Nachhinein unsagbar Leid. Wie sehr wünschte er sich doch, dass alles anders gekommen wäre. Dass er ihre gemeinsame Zeit besser genützt hätte.

Seltsam, aber ihm war nie aufgefallen, wie Tory das Haus mit ihrer Anwesenheit erfüllt hatte, genauso wenig wie er geahnt hatte, was für ein riesiges Loch ihr Weggang in seinem Leben hinterlassen würde. Ständig hin und her gerissen zwischen Pflichterfüllung und der knisternden Spannung sexueller Anziehungskraft, war ihm vollständig entgangen, wie selbstverständlich und süß sie sich in seinem Leben eingenistet hatte.

Er hatte nicht gewusst, wie sehr er sie liebte.

Nicht dass es ihm gut getan hätte, wenn ihm das schon früher klar geworden wäre. Sie lebte in einer anderen Welt. Sie war nicht für ihn gemacht. Und wenn er sich das nur oft genug sagte, würde es irgendwann auch sein Herz begreifen, und es würde nicht mehr so wehtun.

Aus seinem Schlafzimmer fiel von der Lampe auf seinem Nachttisch ein weicher Lichtschein auf den Flur. Roan blieb einen Moment an der Tür stehen und überlegte, was er getan hatte, bevor er heute früh sein Zimmer verlassen hatte. Er konnte sich nicht erinnern, das Licht ausgemacht zu haben, aber er erinnerte sich auch nicht, es angeknipst zu haben. Entweder hatte er es vergessen, oder er musste mit Jake und Pop ein ernstes Wörtchen bezüglich der Stromrechnung reden.

Es gab noch eine andere Möglichkeit. Irgendjemand anders war da oben gewesen. Oder versteckte sich noch in dem Zimmer.

Aber wie wahrscheinlich war das? Auf Dog Trot gab es äußerst wenig, das sich zu stehlen lohnte. Davon abgesehen würde kein Einbrecher, der auch nur einen einzigen Funken Verstand besaß, auf die Idee kommen, ausgerechnet in das Haus des Sheriffs einzubrechen. Obwohl das natürlich nicht für seine Feinde galt, und es gab tatsächlich ein paar Primitivlinge, die Rachegelüste hegten. Doch wie wahrscheinlich war es, dass sie das Licht brennen ließen? Oder dass Beau, der vor der Tür zum Bad lag und verschlafen mit dem Schwanz auf den Boden klopfte, sie hatte gewähren lassen?

Eine überhitzte Fantasie, das war sein Problem. Das zeigte sich allein daran, dass er immer noch glaubte, sich an das Parfüm erinnern zu können, das Torys Jogginganzug aus weißer Seide entströmt war, den sie in der Nacht, in der er sie angeschossen hatte, angehabt hatte. Ja, dass er sich einbildete, es förmlich riechen zu können.

Roan schüttelte aufseufzend den Kopf, während er sein Schlafzimmer betrat. Nachdem er seinen Stern abgenommen und auf die blank polierte Holzplatte der Kommode geworfen hatte, bedachte er Beau, der aufgestanden und herangekommen war, mit ein paar Streicheleinheiten. Dann legte er sein Funkgerät neben seinem Stern ab, Gürtel und Armbanduhr folgten.

Anschließend knöpfte er sich sein kurzärmliges Hemd auf und zog es aus seinem Hosenbund, in Gedanken Lichtjahre von dem, was er tat, entfernt. Mit offenem Hemd bückte er sich, zog gemächlich seine Stiefel aus und stellte sie ordentlich unter den Stuhl neben der Kommode. Danach zog er sich das Hemd aus und warf es in die ungefähre Richtung des Stuhls, bevor er sich umdrehte, um ins Bad zu gehen.

„Mach weiter. Was ich bis jetzt gesehen habe, gefällt mir, aber es verspricht noch interessanter zu werden."

„Tory." Das Wort klang ebenso betäubt, wie er sich fühlte, davon war Roan überzeugt. Er starrte sie an wie eine Erscheinung, während sie in der offenen Tür zum Bad auftauchte und sich an den Rahmen lehnte. Sie trug ein T-Shirt und Jeans und hatte sich das Haar zu einem langen Pferdeschwanz zusammengebunden. In ihrer Hand lag die Pistole aus seinem Nachttisch. Er schaute von der schwarzen Mündung in ihre klaren braunen Augen.

„Was tust du hier?"

„Ich bin gekommen, um dir den Super Bird zurückzubringen, der wieder wie neu ist, weil du offenbar nicht vorhattest, ihn abzuholen", gab sie zurück. „Und nachdem ich jetzt schon mal hier bin, habe ich beschlossen, dich spüren zu lassen, wie es ist, wenn man einem anderen Menschen auf Gedeih und Verderb ausgeliefert ist. Los, zieh den Rest auch noch aus. Ich will es sehen."

„Und was ist, wenn ich es nicht mache? Wirst du dann auf mich schießen?"

„Wer weiß? Dann könntest du auch noch herausfinden, wie das ist."

Er schüttelte langsam den Kopf. „Was soll das? Was soll das alles?"

„Nenn es Rache. Das ist ein guter Grund."

„Weil ich dich hier eingesperrt habe?"

„Und für dieses verdammte blöde Überwachungsgerät. Ich habe das Ding gehasst, und du wusstest es."

Sie hatte Recht, obwohl er der Meinung war, dass er ihr damals seine Sicht der Dinge sehr genau dargelegt hatte. Er schüttelte wieder den Kopf. „Ich kann es einfach nicht glauben, dass du wirklich hier bist."

„Du hast doch nicht etwa jemand anders erwartet?" fragte sie mit einer Stimme, die so kalt war wie ihr Blick.

„Gott, nein, natürlich nicht, ich hätte bloß nie gedacht ..."

„Offensichtlich bin ich die letzte Person, an die du gedacht hast oder die du je wiedersehen wolltest."

„Das würde ich so nicht sagen." Seine Stimme war heiser, aber es war ihm egal.

Sie legte den Kopf auf die Seite. „So? Obwohl du auf Sanibel vor mir weggelaufen bist? Aber diesmal entkommst du mir nicht, zumindest nicht, bevor wir nicht ein paar Dinge geklärt haben."

„Und dafür soll ich mich nackt ausziehen?"

Sie bedachte ihn mit einem vernichtenden Blick. „Warum denn sonst?"

Ja, warum denn? Es war erstaunlich, wie enttäuscht er war. Inzwischen zeigte die Mündung seiner Pistole direkt auf seinen Bauchnabel. Er würde gern glauben, dass sie nicht vorhatte, die Waffe zu benutzen. Und er würde ebenso gern glauben, dass er sie entwaffnen könnte, wenn er es wollte, aber das war hier nicht einer dieser Filme, in denen der Held seelenruhig auf die Frau mit der Waffe zuging und sie ihr aus der Hand nahm. Jeder Idiot, der das im wirklichen Leben versuchte, konnte schwer verletzt, wenn nicht gar getötet werden.

Andererseits hatte er aber auch nicht vor, einer Sache, die alle Merkmale eines viel versprechenden Szenarios trug, den Rücken zu kehren. Wenn Tory mehr von ihm sehen wollte, war er bereit, ihr zu gehorchen. Ohne sie aus den Augen zu lassen begann er seinen Gürtel zu öffnen. „Was gibt es denn noch klarzustellen? Ich dachte, wir wären quitt."

„Glaubst du?" Ihr Lächeln bestand aus nicht mehr als einem minimalen Anheben ihres rechten Mundwinkels. „Du tötest mich um ein Haar, und um das wieder wettzumachen, rettest du mir das Leben? Und das war's dann? Ich glaube nicht. Ich war wochenlang hier eingesperrt, wobei mir alles mögliche Verlockende in Aussicht gestellt wurde. Doch nachdem du erfahren hattest, wer ich bin, löste sich die ganze Zukunft plötzlich in Luft auf. Und du auch. Warum?"

„Weil plötzlich alles anders war", sagte er, während er sich daran machte, den obersten Hosenknopf zu öffnen. „Du warst anders."

Sie schaute kurz auf seine Hand, dann wieder weg. „Wie das? Ich hatte plötzlich einen richtigen Namen und eine Vergangenheit, aber ich war immer noch dieselbe. Du bist es, der sich geändert hat."

„Meinst du wirklich? Du hast mich und alle anderen in Turn-Coupe belogen. Du hast dich hinter dieser Lüge versteckt und uns alle zum Narren gehalten. Und als die Zeit reif war, hast du dich einfach aus dem Staub gemacht, ohne einen Gedanken daran zu verschwenden, was wir denken oder fühlen könnten."

„Das ist nicht wahr!"

„Ich denke doch." Nachdem der Hosenknopf offen war, zog er den Reißverschluss nach unten. „Du wolltest oder brauchtest meine Hilfe nicht. Du hast es vorgezogen, deine Anwälte und Finanzberater und all die anderen Leute, die dich unterstützen, zu konsultieren. Schön. Ich habe verstanden. Aber glaub ja nicht, dass wir nur darauf warten, wann du endlich zur Kenntnis nimmst, dass wir existieren."

Sie starrte ihn einen langen Moment an. Dann sagte sie: „Du hast wir gesagt, aber in Wirklichkeit meinst du doch dich, stimmt's? Du denkst, ich brauche dich nicht."

„Ich weiß, dass du mich nicht brauchst. Ich habe gesehen, wie du lebst."

„Wirklich? Hast du auch gesehen, wie einsam ich bin? Wie verloren ich mich fühle? Ist dir aufgefallen, dass es in meinem Leben keinen einzigen Menschen gibt, den ich lieben kann und der meine Liebe aufrichtig erwidert, ohne dass er nur auf mein Geld schielt?"

„Dann brauchst du eben einen Mann, der genauso viel Geld hat wie du und dieselben Freunde, denselben gesellschaftlichen Hintergrund und dieselben Wertvorstellungen. Wenn du Glück hast, hat er sogar auch noch einen Titel."

„Glaubst du wirklich, irgendetwas davon interessiert mich?" rief sie aus. „Ich will eine Familie. Ich will Menschen um mich haben, denen es wichtig ist, dass ich so bin, wie ich bin, und nicht, wer mein Großvater war oder was ich besitze! Ich will einen Menschen, der zu mir gehört, und ich zu ihm. Ich will ..."

Sie unterbrach sich abrupt, was Roan absolut nicht gefiel. Das Gefühl, dass er knapp davor war, etwas sehr Wichtiges zu hören, war so stark, dass er behutsam nachfragte: „Du willst was?"

Sie hob das Kinn. „Wie schon gesagt, ich will dich nackt."

„Du kennst doch das Sprichwort: ‚Pass gut auf, was du dir wünschst'?"

„Ich habe es satt aufzupassen“, sagte sie. „Ich habe mein ganzes Leben lang aufgepasst, und was hat es mir eingebracht? Einen Verlobten, der nur scharf auf mein Geld war, dass ich entführt, angeschossen und gefangen gehalten wurde, dass ich mich von einem großen blöden Hund abschlabbern lassen musste, dass man mich hintergangen und betrogen, fast ertränkt und dann bei der Polizei von Florida abgeladen hat ... oh, und genug Anwälte, um einen Ozeandampfer von hier nach China zu rudern. Ich habe das alles satt. Und ich bin fertig damit.“

„Schön“, sagte er, während er sich wieder aufrichtete, seine Hose auf das Fußende des Betts warf und dann in einer weit ausholenden Geste die Arme ausbreitete. „Und was wolltest du klarstellen, nachdem du mich jetzt nackt hast?“

Sie starrte ihn aus zusammengekniffenen Augen an, ihre Aufmerksamkeit richtete sich jedoch ausschließlich auf die Region oberhalb seiner Taille. „Du genießt das, stimmt's? Du denkst, es ist lustig.“

„Ich denke“, sagte er bedächtig, „dass ich schon in schlimmeren Situationen war.“

„Gefährlicheren meinst du wohl“, stellte sie scharf richtig.

„Unerfreulicheren“, präzisierte er.

Sie schaute an die Decke, dann warf sie ihm einen anklagenden Blick zu. „Ich wusste es! Du denkst, ich schieße nicht. Du hast kein bisschen Angst vor mir.“

„Doch“, sagte er sanft, während er langsam auf sie zuging. „Ich habe Angst, dass du nicht bleiben könntest, wenn wir fertig sind mit reden.“

„Das ist Blödsinn. Ich habe nicht vor, überhaupt je wieder von hier fortzugehen.“

„Ich habe Angst, dass du dich nicht nackt ausziehen könntest“, sagte er mit einem Lächeln in der Stimme.

„Noch blöder. Ich hatte nie etwas anderes vor."

Das Nächste war wichtiger. „Ich habe Angst, dass du hier in meinem verschlafenen Nest nie glücklich werden könntest."

„Besten Dank, aber ich hatte genug Unruhe in meinem Leben."

„Ich habe Angst, dass du mich nie genug lieben wirst, um dich mit einer ganz normalen Familie abzufinden, die einen hormongetriebenen Teenager, einen besserwisserischen alten Mann und den ganzen neugierigen Benedict-Clan einschließt, lauter Leute, die uns bis an unser Lebensende im Nacken sitzen werden."

„Blöder geht's nicht mehr. Ich kann mir nichts Schöneres vorstellen, als zu deiner Familie zu gehören. Außerdem liebe ich dich. Ob du es glaubst oder nicht."

„Es dämmert mir langsam."

Sie schaute von ihm weg, dann presste sie die Lippen zusammen und warf die Pistole aufs Bett. „Das Ding war sowieso nicht geladen."

„Ich weiß", sagte er reumütig.

„Du hast es gewusst." Es klang resigniert.

„Die Trommel ist leer."

„Es war sowieso blöd, damit auf dich zu zielen."

„Nein, war es nicht. Zumindest nicht, wenn du meine Aufmerksamkeit wolltest." Er stand so nah, dass er die Hand ausstrecken und ihr geliebtes schönes Gesicht berühren konnte, um sie dazu zu bringen, dass sie ihn wieder anschaute. „Und das ist dir mit Sicherheit gelungen."

„Außerdem war ich wütend", brummte sie, immer noch ohne ihn anzuschauen.

„Ich weiß, und es tut mir Leid, was immer ich auch falsch gemacht habe."

Aber jetzt schaute sie ihn an. „Du weißt es nicht? Du hast wirklich keine Ahnung?"

Jetzt war es an ihm, ein finsteres Gesicht zu ziehen. „Ich denke, du hast mir eben eine hübsche Liste von Verfehlungen aufgezählt, angefangen damit, dass ich dich angeschossen habe, bis hin dazu, dass ich mich nach Melankas Verhaftung ohne ein Wort aus dem Staub gemacht habe."

„Außerdem hast du es versäumt, in Florida mit mir zu schlafen", legte sie in bestimmtem Ton nach. „Hinzu kommt noch, dass du dich standhaft geweigert hast, mich nach Turn-Coupe mitzunehmen, damit ich mich vor Gericht für meine Verbrechen verantworte, *und* du hast mich zur Begrüßung nicht geküsst."

„So viel zum Punkt Entschädigung", sagte er mit einem reumütigen Kopfschütteln, während er sie in seine Arme zog und begann, sie sanft hin und her zu wiegen. „Ich weiß gar nicht, wo ich anfangen soll."

„Ich schon." Den Worten folgte ein schmetterlingszarter Kuss, den er bis in die Zehenspitzen spürte.

„Wo?"

„Damit, dass du mir endlich erzählst, was du mit mir tun wolltest, nachdem du mich nach Dog Trot gebracht hattest."

„Was?"

„Du hast gesagt, dass du es mir erzählst, sobald es mir gut genug geht, dass ich es verkraften kann."

Er stöhnte auf, drückte sie noch enger an sich und streifte mit seinen Lippen ihr Haar. „Ich und meine große Klappe. Es war das, nur das. Immer nur das."

Sie schlang ihre Arme fester um seinen Nacken. „Du könntest mir auch sagen, dass du mich liebst."

„Mehr als das Leben selbst, obwohl ich, bevor wir weiterreden, doch sagen muss, dass ich es wirklich nicht bereue, dich gezwungen zu haben, dieses Überwachungsgerät zu tragen."

„Ich weiß", gab sie zurück.

Er lehnte sich ein bisschen zurück, damit er ihr ins Gesicht sehen konnte. „Du weißt es?"

„Du hältst dich über die Menschen, die du liebst, gern auf dem Laufenden. Du musst jederzeit wissen, wo sie sind, damit du sie erreichen kannst, wenn sie in Schwierigkeiten sind."

„Du weißt es wirklich", sagte er mit einem erleichterten Aufatmen.

„Aber ich werde das Ding trotzdem nicht tragen, wenn wir verheiratet sind. Es sei denn ..."

„Was?" fragte er mit einer Stimme, die nicht ganz fest war, weil ein überwältigendes Glücksgefühl in ihm aufstieg.

„Es sei denn, du trägst auch eins." Sie stellte sich auf die Zehenspitzen und drückte ihm einen schnellen Kuss auf die Stirn.

„Niemals!"

„Bist du sicher?" Sie küsste ihn auf einen Mundwinkel.

„Ja."

„Wie sicher?" murmelte sie, kurz bevor sie quälend süß ihre Lippen auf seine legte.

Er würde darüber nachdenken. Später.

– ENDE –

Alex Kava

Schwarze Seelen

Der neue atemberaubend spannende Thriller der Bestsellerautorin Alex Kava entlarvt beklemmende Sektenmachenschaften…

Im dritten Thriller der amerikanischen Bestsellerautorin Alex Kava ermittelt FBI-Profilerin Maggie O'Dell in der düsteren Welt einer fanatischen Sekte…

Band-Nr. 25052
7,95 € (D)
ISBN 3-89941-067-X

MIRA®

Penny Jordan

Von Liebe, Ehre und Betrug

Der Moment der Wahrheit ist gekommen: Claudia und ihr Ex-Mann Garth müssen Tara sagen, dass sie adoptiert wurde, dass sie all die Jahre eine Lüge gelebt haben…

Band-Nr. 25055
7,95 € (D)
ISBN 3-89941-070-X

MIRA®